LA LOUISIANE

Julia Malye est née à Paris en 1994. Elle a publié son premier roman, *La Fiancée de Tocqueville* (éditions Balland), à l'âge de quinze ans. Elle est traductrice de l'anglais pour Les Belles Lettres et enseigne, depuis 2018, l'écriture créative à Sciences Po. Son quatrième roman, *La Louisiane*, écrit parallèlement en français et en anglais, est en cours de traduction dans plus de vingt pays et sera prochainement adapté en série.

JULIA MALYE

La Louisiane

ROMAN

STOCK

ISBN : 978-2-253-25083-8 – 1re publication LGF

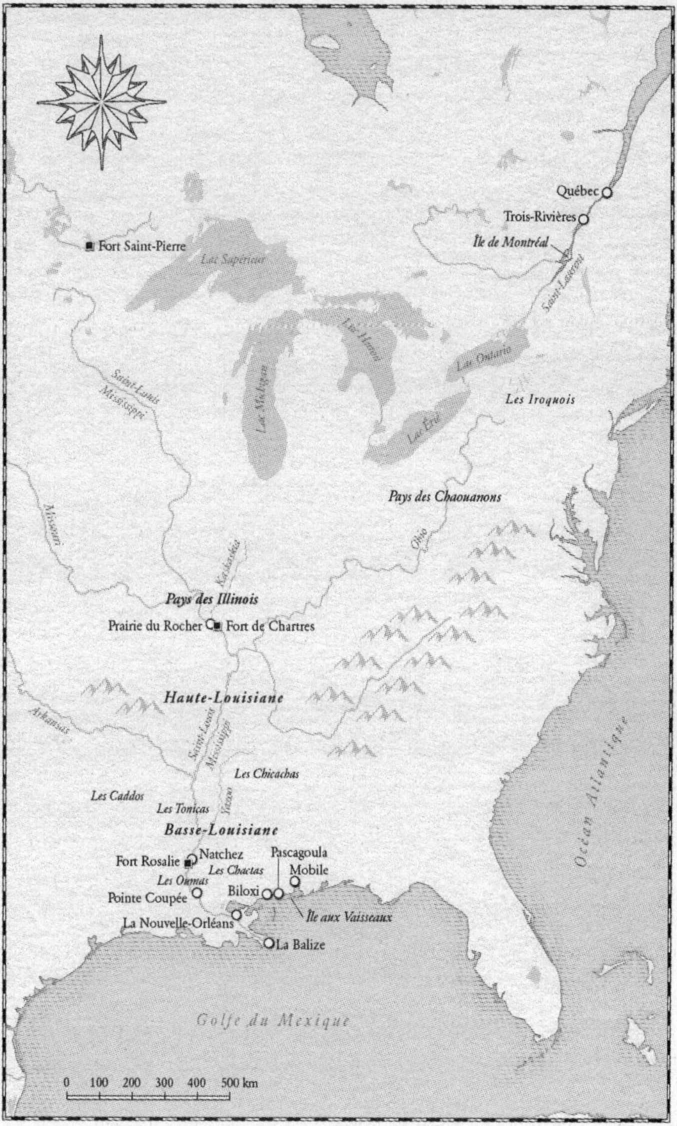
Québec
Trois-Rivières
Île de Montréal
Saint-Laurent
Fort Saint-Pierre
Lac Supérieur
Lac Huron
Lac Michigan
Lac Ontario
Lac Érié
Les Iroquois
Saint-Louis
Mississippi
Missouri
Pays des Chaouanons
Ohio
Kaskaskias
Pays des Illinois
Prairie du Rocher
Fort de Chartres
Haute-Louisiane
Arkansas
Saint-Louis
Mississippi
Les Chicachas
Les Caddos
Les Tonicas
Yazoo
Basse-Louisiane
Fort Rosalie
Natchez
Pascagoula
Les Chactas
Mobile
Les Oumas
Pointe Coupée
Biloxi
Île aux Vaisseaux
La Nouvelle-Orléans
La Balize
Océan Atlantique
Golfe du Mexique
0 100 200 300 400 500 km

À ma mère et à mon père

En 1720, le navire *La Baleine* quitte la France, emportant à son bord des femmes élevées ou enfermées à l'hôpital de la Salpêtrière, à Paris. Elles embarquent pour la Louisiane à un moment où les colons ont désespérément besoin d'épouses et rejoignent en 1721 ces contrées aussi connues sous le nom de « Mississippi ». Inspiré de leur histoire, ce roman est un hommage à toutes ces femmes qui, pendant trop longtemps, ont sombré dans l'oubli, en France comme aux États-Unis.

Partie I

À leur arrivée en Louisiane, elles sont aveuglées. Le soleil tombe sur Biloxi, étonnamment éblouissant pour un après-midi de janvier. Les femmes clignent des yeux dans la lumière d'hiver et bientôt la plage blanche et sa foule immobile apparaissent, des hommes hâlés et émaciés dressés sur la pointe des pieds. Dans les pirogues, les passagères se serrent les unes contre les autres. Les semelles de leurs chaussures sont si élimées qu'elles devinent les aspérités du bois. Quand les marins arrêtent de ramer, à quelques mètres du rivage, certaines tentent de se lever. Sous leur poids, les pirogues ondoient ; l'air humide colle à leurs gorges comme du pain mouillé.

Pour la première fois depuis trois mois, elles discernent le sable que leur cachait l'eau lors de la traversée de l'Atlantique, ce fond de l'océan qu'elles ont brièvement aperçu ce matin en débarquant de *La Baleine*. Personne ne leur a expliqué où elles seraient logées ce soir, dans combien de temps elles seraient fiancées. On ne dit pas tout aux femmes.

Certaines se penchent par-dessus le plat-bord. Roches, coquillages, poissons : leurs écailles brillantes, leurs mouvements vifs, un éclat argenté logé dans le coin du regard. Lorsqu'un cri retentit, les passagères s'agitent dans les canoës. Une jeune fille bascule dans la mer avec un bruit mat. La pirogue vacille dangereusement, ne se retourne pas, et plusieurs mains se tendent vers la naufragée. Sous l'eau, sa robe sombre se déploie comme de l'encre. Elle cesse soudain de se débattre. Contrairement à tout ce que les femmes ont toujours cru savoir des flots qui les ont menées jusqu'ici, elle ne coule pas. Elle a pied. Elles la regardent se redresser, le dos droit et le corps tendu, son souffle court balayant la surface, la tête tournée vers la plage où la rumeur des hommes se mêle au ressac de la mer. Ses compagnes l'imitent, l'air inquiet, enthousiaste, nerveux. Elle n'essaye pas de remonter dans la pirogue. Elle se dirige vers le rivage. Ses cheveux sont un masque noir plaqué contre ses tempes.

Les femmes font la seule chose qu'il leur reste à faire – elles attrapent la main la plus proche et sautent.

1

MARGUERITE

Paris, mars 1720

Marguerite doit dresser une liste. Elle replie la lettre de l'avocat général, s'efforce de trouver une meilleure posture pour sa jambe raide. Après la pluie de ces derniers jours, la douleur enfle de ses orteils à sa cuisse, bourgeonne jusque dans les articulations de ses mains. C'est l'heure où les filles ont quitté les ouvroirs, où les voix récitant les derniers psaumes se sont tues, où les sœurs officières lui ont remis leurs derniers inventaires. Les ateliers sont fermés et les artisans retirés dans leurs logements. On n'entend même plus les prisonnières des loges aux folles. Marguerite enlève sa coiffe. Elle ne devrait pas être à son bureau après le coucher du soleil mais dans son jardin, sous le mimosa en fleur, avec ses épais bouquets qui lui rappellent les perruques de certains hommes. Là, au milieu des pâquerettes et des asphodèles, elle parvient à oublier la véritable odeur de la Salpêtrière.

Elle ouvre un dossier presque vide. Ses mains sont devenues maladroites, agitées de tremblements soudains, et la liste de l'année précédente manque de filer sous le secrétaire. Depuis presque un an et demi, elle choisit les femmes envoyées au Mississippi. Sa première sélection a plu à l'avocat général ; dans son courrier, M. Joly de Fleury lui annonce que le gouverneur de Louisiane en personne réclame davantage d'épouses pour la colonie. Marguerite approche la bougie de la feuille. Ce soir, elle ne sait pas par où commencer.

Les choses étaient différentes l'hiver dernier. L'idée de transférer des détenues au Mississippi était la sienne : elle avait été libre de choisir les candidates idéales. À la Salpêtrière, il ne restait plus assez de lits pour celles qui avaient véritablement besoin d'un refuge. Les dortoirs étaient occupés par des filles qui ne changeraient jamais. Il lui avait suffi de décider de qui elle voulait se débarrasser en premier – des empoisonneuses, des libertines, des rebelles ou des sorcières.

Oui, cette première liste comprenait toutes sortes de prisonnières. Des deux cent neuf pensionnaires sélectionnées l'an passé, elle se souvient particulièrement bien de l'affabulatrice qui, depuis la prison des femmes, avait passé son temps à hurler des insultes sordides contre le roi. Mais cette fois, fini les filles enfermées à la Grande Force. M. Joly s'est montré clair : le gouverneur Bienville ne veut plus d'anciennes détenues, mais demande environ quatre-vingt-dix futures mères. Des femmes fertiles, compétentes, discrètes. Ce qui, pour Marguerite, signifie des repentantes de la Maison de Correction ou des filles de l'orphelinat de la Salpêtrière, la Maison Saint-Louis. Elle imagine aussitôt Charlotte Couturière, l'orpheline rousse de douze ans, embarquant pour la Louisiane, cette contrée inconnue et barbare qui lui inspire plus de crainte que d'admiration. Non, pas Charlotte. La fillette restera à la Salpêtrière, sauve ; dans quelques années, elle pourra y devenir sœur officière. Le Mississippi a besoin de femmes fortes.

Elle remue sa plume dans l'encrier. L'affabulatrice avait une sœur, plus jeune, pas encore corrompue. Marguerite essaye de se souvenir de son prénom, mais seul son nom lui revient. Sous le titre « Passagers de *La Baleine* », elle écrit : « 1) Étiennette (ou Antoinette ?) Janson – entre 15 et 17 ans. »

Plus que quatre-vingt-neuf noms à ajouter. Marguerite s'appuie contre le dossier de sa chaise, et la douleur galope de ses pieds à son cou. Dans le pot en porcelaine, l'encre se souvient des cercles dessinés par sa plume.

« Madame ? »

De l'autre côté de la porte, la femme répète le même mot d'une voix plaintive. Mlle Bailly sait qu'elle n'a rien à faire ici après complies, la dernière prière du soir.

« Qu'y a-t-il ? »

La porte en bois gémit lorsque sa nouvelle assistante entre dans la pièce. Ses gestes reflètent sa manière de penser – grossière, méticuleuse, timorée.

« Que voulez-vous ?

— La sous-officière de la Grande Force a signalé de nouveaux cas de morsures de rat. »

La peur qui transparaît dans ses yeux exaspère Marguerite. Une fois de plus, son assistante est incapable de se débrouiller seule.

« Dites-moi donc quelque chose que je ne sais pas déjà, Mlle Bailly.

— La démente. Émilie Le Néant. »

Marguerite touche sa mauvaise jambe du bout des doigts.

« Avez-vous appelé les gardes ? Où est la sœur officière ?

— Ils ont essayé, en vain. Elle refuse de se calmer. »

Évidemment. Même le fouet n'a rien donné avec Le Néant. Un mois plus tôt, Marguerite a ordonné que la fille soit tenue à l'écart de tout sacrement – il n'y a plus rien à espérer d'une femme se vantant de ne pas avoir fait le signe de croix depuis dix ans.

« Les autres prisonnières commencent à s'agiter. »

Marguerite prend appui sur son secrétaire pour se redresser. On ne peut pas se passer d'elle. Ces derniers temps, cette pensée lui vient de plus en plus souvent, et avec elle un sentiment de fierté, de soulagement. Puis lui succèdent l'épuisement et la peur.

« Dépêchons. »

Elles ne peuvent pas se dépêcher. Marguerite fait de son mieux pour traverser la cour Lassay d'un pas rapide, mais elles doivent s'arrêter devant le dortoir Sainte-Claire. La nuit est tombée, l'obscurité engloutit les quelques ouvriers qui se hâtent de rentrer chez eux, les sœurs vérifient que les pauvres sont bien couchés et qu'ils ont assez d'eau pour la nuit. Mlle Bailly scrute l'église Saint-Louis comme si elle venait de découvrir ses quatre nefs. Appuyée contre le mur, Marguerite attend que la douleur se résorbe avant de se remettre en marche.

Elles coupent par le bâtiment des Vieilles Femmes et Marguerite avance en regardant droit devant, jusqu'à ce qu'elles atteignent la cour Sainte-Claire. D'autres pavés ici, de petits pièges qui agrippent le bout de sa canne. La Salpêtrière, sa cité, lui semble immense ce soir. À leur droite, les bâtiments Saint-Augustin et Saint-Jacques sont silencieux – il ne reste plus qu'une seule fenêtre éclairée dans l'atelier des Jeunes Filles. Un éclat de rire transperce soudain la nuit, juste à côté de la prison. Alors qu'elles pénètrent dans la rue du Corps-des-Gardes, d'autres sons leur parviennent : les pleurs des logements des petits garçons, les grognements de l'enclos des cochons, les insultes du bâtiment des Archers. À gauche, la prison de la Grande Force se dresse dans la nuit. Il y a dans ce quartier quelque chose de vicieux qui affecte toujours Marguerite. Si elle avait eu la charge de la construction de la Salpêtrière, elle aurait fait bâtir les cellules des femmes à l'autre bout de la ville, où se trouvent actuellement les Cuisines et la cour des Chèvres. Elle aurait préféré garder les folles à la périphérie de l'hôpital.

« Par ici », lance Mlle Elautin.

Les gardes baissent la voix quand la sous-officière de la Grande Force apparaît sur le seuil de la prison ; leurs rires s'éteignent tout à fait une fois la porte refermée. Dans le couloir humide, l'odeur de renfermé, froide et écœurante, glisse dans la gorge de Marguerite.

« J'ai répété à Mlle Bailly qu'il était inutile de vous déranger, dit Mlle Elautin.

— Elle hurlait si fort qu'on l'entendait depuis le cimetière, explique Mlle Bailly.

— Il est grand temps que vous vous fassiez aux sons de cette institution, rétorque Mlle Elautin.

— Cela n'a plus d'importance. Racontez-moi ce qu'il s'est passé », intervient Marguerite.

À l'étage, on demande du vin, Pierre ou Jean, puis simplement de l'aide. La responsable croise les bras.

« L'une des prisonnières l'a calmée.

— Quelqu'un est entré dans la cellule de Le Néant ? » demande Mlle Bailly.

Marguerite lui jette un regard agacé.

« Bien sûr que non, répond Mlle Elautin. Si cela avait été le cas, vous auriez eu une bonne raison de déranger notre Supérieure.

— Qui l'a fait taire ? »

La bougie n'éclaire qu'une partie du visage de la sous-officière, et son profil aplati rappelle à Marguerite les têtes de carpes alignées dans un cageot.

« Une certaine Geneviève Menu. »

Habituellement, Marguerite se débrouille plutôt bien pour éviter de penser à sa sœur. Mais c'est pourtant Lucie qui a fait arrêter cette Geneviève Menu il y a deux mois, et qui l'a mise en garde contre les vices de son ancienne blanchisseuse. À cette occasion, sa sœur n'a pas manqué de rappeler à Marguerite ses liens avec des hommes puissants : avant que le fils de Lucie ne suive l'exemple de son père et ne devienne le nouveau chef de police, personne ne se souciait de contrôler les décisions de Marguerite. Elle n'avait eu aucun mal à déporter les femmes de son choix ; à présent, l'homme à la tête des autorités porte à nouveau le nom de sa sœur, d'Argenson, une famille de marquis et de comtes.

« Allons-y », déclare Marguerite et lorsqu'elle lève sa canne vers la prison, elle manque de peu la robe de Mlle Elautin. Penser à Lucie l'irrite.

Les deux autres femmes obéissent en silence. Elles traversent des antichambres désertes ; les murs aveugles donnent sur d'étroites cours, des cellules extérieures où le ciel n'est plus qu'un mince rectangle. Marguerite essaye de rassembler ce qu'elle sait de Geneviève Menu. À son arrivée à la Salpêtrière, elle était capable de retenir des centaines de noms et de visages. Elle se souvient encore de ceux des prisonnières enfermées aux loges aux folles il y a trente ans, des traits des jeunes protestantes qu'on lui avait confiées en 1700 après leur fuite avortée en Angleterre. Elle revoit les yeux de Charlotte, alors âgée de huit ou neuf mois, scrutant son visage puis celui de la responsable de l'orphelinat, un soir glacial de janvier 1709. Mais aujourd'hui, Marguerite est incapable de se remémorer précisément les accusations portées contre Menu.

La sœur officière se fige et le cliquetis de son trousseau de clés résonne dans le couloir. Mlle Bailly et un garde l'aident à ouvrir la porte.

« Le Néant est gardée à l'isolement, au fond. »

Marguerite se pince le nez. C'est le moment du mois où les dortoirs sentent le métal et la peau humide. Comme tous les hivers, le système d'évacuation qui longe le mur à l'est de la Salpêtrière a débordé quand les eaux épaisses de la Seine se sont mises à couler trop vite ; la prison trempe dans une odeur qui paraît aussi solide que de la boue séchée, de la fiente d'oiseau – une pestilence qui, Marguerite le sait, pénétrera le tissu de sa robe, se glissera sous sa coiffe. Dans l'obscurité, elle entend les corps remuer dans la paille, un sanglot sourd, une toux grasse, mais aucun des hurlements auxquels elle s'attendait. Elle s'arrête devant l'avant-dernière porte.

Au début, elle ne remarque rien d'anormal. La lumière de sa bougie traverse la première cellule, éclabousse la pierre d'une lueur jaune. L'air frais de la nuit coule depuis la lucarne, dissout momentanément les effluves fétides de la prison. Puis elle l'entend : un martèlement monotone et insistant. Marguerite connaît bien ce bruit – à la Crèche, elle a vu plus d'un bébé heurter son crâne contre son panier, se berçant avec de petits à-coups qui auraient dû être les caresses d'une mère. Le Néant gît immobile, endormie. Ses chevilles semblent plus maigres là où ses chaînes les encerclent ; la peau de ses bras est desséchée par le froid, son corps nu recouvert d'une couverture élimée. Le son ne faiblit pas.

En levant sa bougie vers la lucarne de la cellule mitoyenne, Marguerite y trouve une silhouette agenouillée, enveloppée dans une robe de tiretaine, les genoux enfoncés dans un matelas esquinté. Les doigts de la prisonnière sont rouges, abîmés par la pierre. Elle continue de taper du poing contre le mur, même lorsque Marguerite croise ses yeux délavés. La détenue la fixe juste assez longtemps pour que Marguerite aperçoive les vaisseaux sanguins qui tissent une fine toile autour de ses iris bleus. En rendant la bougie à la sœur officière, elle ne saurait dire qui a détourné le regard la première – elle, ou la femme qui travaillait pour sa sœur.

« Faites le nécessaire pour que cette pauvre créature soit vêtue, ordonne Marguerite à Mlle Elautin. Et transférez Menu à la Maison de Correction. »

Mlle Bailly offre timidement son bras et cette fois-ci, Marguerite le saisit sans tarder. De retour à son bureau, elle ajoute un deuxième nom à la liste des futures passagères de *La Baleine*.

*

À l'arrivée de Marguerite à la Salpêtrière, l'Hôpital général avait treize ans, et elle dix-huit. Pour la dernière fois de sa vie, elle portait une robe bleu cyan, aux manches brodées de fil d'argent qui enserraient ses poignets comme des menottes. Ses cheveux avaient encore la couleur d'une pomme croquée. Marguerite n'avait pas choisi de devenir sous-officière mais elle était déterminée à ne pas rentrer chez elle, à ne pas se marier comme sa sœur.

On était en 1669. Molière était enfin autorisé à jouer sa pièce *Le Tartuffe* ; le comte de Grignan et Françoise-Marguerite de Sévigné venaient de célébrer leur union à l'église de Saint-Nicolas-des-Champs ; par un tiède après-midi d'avril, face à une foule silencieuse, Louis XIV embrassait les pieds de douze indigents. La veille du départ de Marguerite pour la Salpêtrière, Lucie ne parlait que de Paris. Assise à sa coiffeuse, elle étalait sur son visage un mélange d'œuf et de blanc de céruse, lissant les cicatrices creusées par la petite vérole qui avait ravagé sa peau claire. Elle avait dessiné des veines bleutées sur sa poitrine pour sembler plus pâle.

Marguerite se fichait des pièces de théâtre et des noces. Avant que son père décide qu'elle servirait un jour la cause du jeune hôpital, elle n'aurait pas non plus prêté attention aux pouvoirs guérisseurs du roi. Mais maintenant qu'elle était sur le point de s'installer à la Salpêtrière, elle écoutait avec intérêt les histoires d'indigents. Bientôt, elle vivrait parmi eux, les soignerait. En écoutant Lucie décrire les baisers royaux, Marguerite imaginait des orteils noirs et des ongles émaillés, les lèvres charnues du souverain. « Ne vous inquiétez pas, lui dit Lucie. Là où vous allez, vous ne serez contrainte d'embrasser personne. Et je doute que vous touchiez qui que ce soit. »

Il s'avéra que sa sœur n'avait qu'à moitié raison. On ne s'embrassait pas à l'Hôpital général. Mais on se touchait. Après cinquante et un ans passés à la Salpêtrière, Marguerite ne saurait compter le nombre de mains malades qu'elle a dû serrer entre les siennes.

Enfant, son père lui parlait souvent des pauvres gens à Paris. Après la Fronde, il lui racontait des histoires de paysans dépossédés fuyant les campagnes, s'agglutinant dans des faubourgs si exigus que l'air et le soleil ne filtraient que par les cheminées. Il évoquait le quartier du Chasse-Midi où, la nuit, des garçons volaient des charognes aux abattoirs. En 1642, plus de trois cents hommes avaient été assassinés dans les rues de Paris ; son père répétait ces chiffres, émerveillé, comme s'il comptait des pièces d'or. Même après que la cour des Miracles avait été nettoyée, il continuait de lui décrire le faux soldat, celui qui enlevait les bandages de sa jambe soi-disant blessée après des heures passées à mendier. Son père parlait de lui comme s'il le connaissait personnellement ; sous l'hôtel particulier, la rivière charriait des os et des feuilles vers la Seine. Il fallut des années à Marguerite pour comprendre que son père ne connaissait rien à la condition des pauvres. Que les indigents n'avaient jamais été qu'un sujet de conversation pendant les conseils royaux, des fantômes derrière les rideaux de la berline qui le ramenait de Versailles.

Marguerite n'était pas le premier choix de son père pour travailler à la Salpêtrière. Quelques années après la création de l'Hôpital sur ordre du roi, il pensait y envoyer Lucie. L'idée n'avait surpris personne, pas même Marguerite. Lucie était vive et intelligente ; elle faisait preuve d'un entêtement que les gens prenaient pour de la patience ou de la détermination. Leur père était convaincu qu'avec ses idées et son audace, l'aînée ferait de l'Hôpital une institution moderne.

Il changea d'avis le jour où le futur lieutenant général de police demanda la main de Lucie. C'était un chaud matin d'hiver, le ciel orangé faisait fondre la neige. Il se tourna vers Marguerite ; il avait une façon de faire des propositions qui laissait ses interlocuteurs penser que l'idée venait d'eux. Il évoqua une fois de plus l'homme de la cour des Miracles jouant au soldat blessé, déclara que les gens comme lui avaient grand besoin de l'aide de filles comme elle.

Marguerite ignore toujours quel genre de fille elle est. Ce qu'elle sait, c'est qu'à soixante-neuf ans, elle essaye encore de prouver qu'elle aurait dû être le premier choix.

*

Les sœurs officières entreront bientôt dans le réfectoire et elles seront ravies de découvrir leur nouvelle mission. Depuis sa visite à la Grande Force, il y a cinq jours, Marguerite a décidé de demander aux responsables de chaque maison de composer une liste – une simple source d'inspiration pour l'aider à choisir les quatre-vingt-dix femmes qui partiront pour la Louisiane. Elle se penche près de la fenêtre. Elle pourrait décrire les yeux fermés ce qui se trouve de l'autre côté du bâtiment Mazarin et de l'atelier Saint-Léon : l'église Saint-Louis, et au-delà, un labyrinthe de cours, des dizaines de dortoirs et d'ateliers, suivis d'autres rues menant aux Cuisines, à la Lingerie et à l'Infirmerie, et enfin, au plus grand jardin de l'Hôpital, le Marais. Marguerite cherche du regard l'uniforme noir et blanc des sœurs officières mais l'heure du dîner approche et la foule grossit entre la Porte-des-Champs et l'Allée-des-Prêtres. Les apprentis chaudronniers et serruriers se hâtent de retourner aux ateliers de leurs maîtres. Au milieu des étals du marché, des garçons ramassent les pelures de légumes qui nourriront les cochons, des enfants de chœur sont rappelés à l'ordre par un prêtre. Quatre officières chargées de surveiller la distribution du repas se précipitent vers le bâtiment des Vieilles Femmes. Marguerite souffle. Elles sont en retard pour la bénédiction. Elle les imagine courir dans les escaliers ; elle voit les yeux vitreux qui les fixent, connaît le silence qui tombe au début de la prière. La Salpêtrière n'a pas de secret pour elle. Marguerite, mieux que personne, sait les devoirs de chaque quêteuse, veilleuse, palefrenier ou maîtresse d'ouvrage qui traverse les cours de sa ville.

« Madame. »

Elle se tourne juste à temps pour voir la responsable de la Maison de Correction se redresser de sa révérence. Mlle Suivit rougit en permanence, et Marguerite ne sait jamais si c'est à cause du froid, de la chaleur ou d'une autre émotion mystérieuse.

« Je voulais m'entretenir avec vous au sujet de la nouvelle pensionnaire. Geneviève Menu. Je doute qu'une femme comme elle soit capable de repentir. »

Marguerite avale une gorgée de vin. Il y a quelques années, personne n'aurait osé remettre en cause ses décisions – elle transférait les prisonnières d'un dortoir à un autre au gré de ses envies.

« Je crains de ne pas être la seule de cet avis, reprend Mlle Suivit. Je pense que Menu devrait retourner à l'isolement.

— Auquel cas vous serez heureuse d'apprendre qu'elle ne restera pas dans votre maison bien longtemps. »

La sous-officière fronce les sourcils et Marguerite se rend aussitôt compte de son erreur. Elle s'est toujours efforcée de ne partager avec son personnel que le strict nécessaire ; ignorantes, ses équipes remettent rarement en cause ses choix. Dehors, les cloches de l'église sonnent sexte, la prière de midi, et trois gouvernantes entrent en chuchotant dans le réfectoire. La sœur officière de la Maison de Correction la fixe toujours – un regard plein de pitié et de nostalgie, de ceux qu'on lancerait à une poupée abîmée, un jour adorée.

De retour dans ses appartements, Marguerite n'est pas surprise de trouver une lettre de Lucie posée sur son secrétaire. Elle ne l'ouvre pas immédiatement, se dirige vers l'étagère où s'entassent les dossiers des pensionnaires. Les papiers les plus anciens ont pris la couleur brune des coquilles d'œuf ; le document qu'elle retire est d'un blanc laiteux. En haut de la page sont indiqués l'âge de l'accusée au moment de son arrestation (22), les noms de ses parents (Jacques Menu & Françoise Boisseau), la date de son incarcération (12 janvier 1720), la personne ayant demandé la lettre de cachet (Lucie de Voyer de Paulmy d'Argenson). Et, tout en bas, écrit si petit que

Marguerite peine à déchiffrer les lettres tortueuses : *avorteuse*.

Elle sait ce qu'elle devrait faire : convoquer la sœur officière de la Grande Force, lui ordonner de ramener Menu dans sa cellule. Dans l'ouvroir le plus proche, les filles entonnent les litanies de la Sainte Vierge. Marguerite déplie la lettre de sa sœur. Lucie exagère tout. À douze ans, elle avait crié à l'empoisonnement le jour où une servante avait eu le malheur de lui servir une chopine de lait tourné. À soixante et onze ans, elle est capable de faire passer une débauchée pour une meurtrière.

Dans sa lettre, Lucie profère de pires accusations. Elle a appris que Menu est sortie de prison et demande qu'elle soit renvoyée à l'isolement sur-le-champ. Les paragraphes sont ponctués de questions rhétoriques et d'exclamations, typiques de son style. Marguerite s'attarde sur la dernière phrase : « Ayez pitié de ces enfants dont les mères savent l'art de ces meurtres barbares ! » Mais Marguerite n'éprouve aucune pitié. Elle est furieuse et déçue – furieuse contre Lucie qui ne peut jamais s'empêcher d'intervenir, déçue envers Geneviève dont les crimes rendent le pardon si difficile, pour qui la Louisiane demeure le seul espoir de sortir de prison. Elle revoit le regard déterminé de la détenue, accroupie dans sa cellule.

Marguerite déplace la fiche de Menu des archives de la Grande Force à la pile réservée à celles des pensionnaires de la Maison de Correction. Que Geneviève soit le monstre que sa sœur décrit a peu d'importance. Marguerite expliquera à Lucie ce qu'elle aurait dû comprendre il y a des années – que sous ses ordres, la Salpêtrière peut transformer une faiseuse d'anges en une mère dévouée.

*

Marguerite n'a jamais remis en question la mission de l'Hôpital. Elle n'en a douté qu'une seule fois, il y a onze ans, pendant l'hiver 1709. Cette année-là, quand la vague de froid s'abattit sur la France, personne n'était préparé. Au cours des premiers jours de janvier, un vent glacial balaya Paris. Les troncs des arbres du bois de Boulogne éclatèrent et des morceaux d'écorce gelée recouvrirent les sentiers. En l'espace de deux nuits, la Seine se mua en un lit de glace. Très vite, les dortoirs de la Salpêtrière se remplirent de nouveaux pensionnaires. Une foule désespérée affluait tous les jours aux portes de l'hôpital.

Un soir de cet interminable hiver reste gravé dans la mémoire de Marguerite. La nuit était déjà tombée lorsqu'on l'appela à l'orphelinat des petits enfants. Elle se souvient du froid qui avait traversé son corps une fois dehors, si brutalement qu'elle en avait eu le vertige. Elle entendit les hurlements des bébés, respira l'odeur nauséeuse de la laine souillée bien avant d'avoir atteint le dortoir principal. La moitié de la pièce était plongée dans l'obscurité. Les bougies manquaient ; un feu timide brûlait dans l'une des deux cheminées. Des sœurs officières, connues sous le nom de « Tantes » à la Crèche, nourrissaient, changeaient et berçaient les enfants. Dans leurs bras, les visages des petits semblaient anciens ; le regard des femmes, dur. Il fallut à Marguerite plusieurs minutes pour trouver la responsable de l'orphelinat.

Elle lui fit signe de la suivre dans le couloir qui menait à l'escalier de service. La sœur officière avait l'air si éreintée que Marguerite fut tentée de lui proposer de s'asseoir, mais il n'y avait aucune chaise. Elle s'apprêtait à suggérer que les nouveau-nés, ceux qui n'avaient pas de berceaux, soient envoyés à la Maison Saint-Louis pour dormir avec les orphelines plus âgées lorsqu'elles entendirent un bruit. On aurait dit un chaton, un chiot, un être blessé. C'était une petite fille, âgée d'à peine un an.

Comme la sœur officière ne bougeait pas, Marguerite prit l'enfant dans ses bras. Sa tête semblait énorme ; le bébé était si maigre qu'elle sentait ses omoplates rouler sous son pouce. Elle releva la tête juste à temps pour voir la sœur officière se précipiter dans le dortoir, sans un regard pour la fillette. Marguerite considéra la petite – des yeux gris, bleutés, des cheveux fins qui se révélèrent être roux à la lumière orange du dortoir. Elle avait été abandonnée, puis oubliée. Marguerite ne pouvait rien pour les gens qui mouraient dans les rues de Paris. Mais la Salpêtrière était différente de la capitale. Dans sa ville, Seine gelée ou non, on s'occupait des tout-petits.

Elle se rendit à l'orphelinat le lendemain, et le jour qui suivit. Traverser l'hôpital lui rappelait ses vingt ans, les journées passées à courir d'un dortoir à un autre. À cinquante-huit ans, elle se disait qu'elle retournait à la Crèche pour s'assurer du bien-être de tous les enfants, et non pas de celui d'une seule fillette. Elle avait appris à ses dépens, en tant que jeune sœur officière, que ses pouvoirs étaient limités : la femme épileptique aurait fini par succomber à l'une de ses crises, la libertine de treize ans avait toujours été trop fragile pour survivre à un accouchement. Mais son institution, son personnel pouvaient sauver des gens.

Marguerite ne tint plus jamais la petite contre elle. Comme n'importe quel autre pensionnaire, elle pourrait être morte à sa prochaine visite. On la baptisa Charlotte, pour une raison que Marguerite ignorait ; on lui donna le nom de « Couturière », à cause du tissu brodé qu'elle serrait dans son poing le jour de son admission à l'Hôpital. Marguerite ne saurait jamais rien d'autre d'elle. Ça n'avait pas d'importance. La Salpêtrière était l'avenir de cette enfant, le seul qu'elle et les autres orphelines aient jamais eu.

*

En avril, les sœurs officières lui annoncent que leurs listes sont prêtes. Les plantes du Jardin des Pauvres gouttent entre deux averses ; on devine du jaune et du rouge dans les poings encore fermés des bourgeons. La semaine dernière, une grande messe a rassemblé une foule ébahie dans les nefs de l'église Saint-Louis. Le parloir n'a pas désempli de la journée. Quatre jours après Pâques, Marguerite se rend à la Maison Saint-Louis.

Elle sait qu'elle ne trouvera pas Charlotte parmi la quarantaine de pensionnaires alignées dans le dortoir. La nouvelle responsable de l'orphelinat a été prévenue ; Charlotte n'ira pas en Louisiane, son nom ne doit pas figurer sur la liste. « Elles reviennent tout juste de Sainte-Claire », lui chuchote maintenant Mlle Brandicourt, enthousiaste. Elles y passent la matinée, jusqu'à tierce, elles y apprennent à coudre et à broder. Elles connaissent la Bible. Les plus brillantes savent lire et écrire. La sous-officière continue de parler à l'oreille de Marguerite, comme si elle, la Supérieure, n'avait pas conçu l'emploi du temps des orphelines. « De précieux atouts pour notre colonie », conclut la jeune femme.

Marguerite choisit une enfant au hasard. Elle lui demande si elle est disposée à partir en Louisiane et, bien que sa voix soit un simple murmure, l'expression fière de Mlle Brandicourt confirme ce que Marguerite veut entendre. Elle tapote le bras de la fillette. Au dernier conseil du Bureau, l'avocat général du roi a bien insisté : les passagères doivent, dans une certaine mesure, se porter volontaires. Si elles le sont, a ajouté M. Joly de Fleury, il ne sera pas nécessaire de les enchaîner pendant le voyage comme les femmes précédentes. Plus d'archers du guet payés pour arracher des enfants et des vagabonds aux rues de la capitale. Le mois dernier, les Parisiens, rendus furieux par ces arrestations, se sont soulevés contre les bandouliers du Mississippi – certaines rumeurs disent que plusieurs ont été tués par la foule révoltée.

Cette image hante toujours Marguerite. La réaction de ces habitants suggère qu'ils avaient pressenti, d'une façon ou d'une autre, ce qu'elle craint. Que l'or caché dans les rivières de la Louisiane n'est peut-être rien d'autre que le reflet aveuglant du soleil sur l'eau ; que les forêts de ce pays immense, inhospitalier regorgent de bêtes assez féroces pour vous avaler tout entier.

Mlle Brandicourt la raccompagne ; Marguerite a fait son devoir. Leurs maris les protégeront. Elle jette un dernier regard aux orphelines. Au milieu de la pièce, Charlotte se précipite vers l'une des pensionnaires rassemblées. Elle est frêle, même pour son âge. Ses traits ciselés, presque abrupts, s'adouciront sûrement un jour. Elle glisse une mèche de cheveux roux derrière son oreille, attrape la main de la fille blonde, essuie ses yeux humides. Quand Marguerite demande à Mlle Brandicourt comment se porte la petite Couturière, le sourire de la jeune femme s'évanouit. « Elle a refusé de chanter, ce matin, dit-elle. Elle était bouleversée d'apprendre que son nom ne figure pas sur la liste. »

En chemin pour la Maison de Correction, Marguerite peine à se débarrasser de la sensation de malaise qui lui broie la poitrine. Charlotte n'a aucune idée de ce qui l'attend au Mississippi ; là-bas, sa jolie voix ne lui servira à rien. Elle ignore tout des soldats qui meurent de faim en Louisiane, dont même Marguerite ne soupçonnait pas la détresse avant de surprendre les chuchotements soucieux de deux membres du Bureau, à la dernière réunion du conseil de l'Hôpital. Elle a beau ne pas savoir grand-chose de la colonie, elle ne doute pas que Charlotte est plus en sécurité ici, à la Salpêtrière.

Dans le dortoir de la Maison de Correction, les pensionnaires restent concentrées sur leurs bobines de laine. Toutes ont déjà péché ; leurs proches les ont fait interner dans l'espoir qu'elles retrouvent le droit chemin. Les plus riches possèdent leur propre chambre, de l'autre côté du bâtiment. Les autres vivent ici, dans les dortoirs. Le soleil d'avril cloue leurs ombres au sol ; en regardant par terre, il est impossible de savoir où les femmes commencent, où leur rouet s'arrête.

« Elles sont presque toutes là », déclare la sous-officière.

Elle parle fort pour que Marguerite l'entende par-dessus le vacarme des roues, montre du doigt quelques filles. Certaines relèvent la tête comme si elles avaient été touchées. En marchant dans l'allée principale, Mlle Suivit explique qu'elle a reçu une demande de la famille d'une pensionnaire, l'une des plus aisées, actuellement logée dans une chambre individuelle.

« Elle s'appelle Pétronille Béranger. Sa mère m'a écrit pour m'annoncer qu'elle ne pourrait bientôt plus payer sa pension. »

Auquel cas, fini les privilèges – plus de lit à soi, ni de chandelles ou de bois pour sa cheminée personnelle.

« Qu'elle soit donc transférée ici, avec les autres », répond Marguerite, le regard rivé sur ses pieds pour éviter de trébucher.

Mlle Suivit hésite.

« Cela pourrait poser problème, fait-elle observer. Cette femme est différente. J'ai bien peur qu'elle ne trouve pas sa place dans les dortoirs. »

La sœur officière la scrute, semble attendre sa réaction. Mais Marguerite n'a rien à ajouter. Elle cligne des yeux, fixe le siège vide et le rouet immobile au fond de la pièce, demande s'il manque quelqu'un.

« Menu a été autorisée à sortir dans la cour après dîner, répond Mlle Suivit.

— Son attitude est satisfaisante, donc. »

La sœur officière redresse la tête. Les roues tournent plus rapidement, envoient danser des éclairs de lumière sur les murs.

« Jusqu'à ce qu'elle disparaisse avant l'heure de catéchisme aujourd'hui.

— J'aimerais la voir. »

La femme que Marguerite trouve dans la cellule de la Maison de Correction ressemble peu à celle qu'elle a rencontrée à la Grande Force, en mars. Sa peau est moins terne, une boucle châtain s'échappe du bonnet qui s'écrasait avant sur son crâne rasé. À travers la lucarne, un rayon de soleil filtre, tombe sur ses pommettes hautes et ses yeux bleus.

La prisonnière l'observe attentivement, comme si elle guettait les mouvements d'un animal. Marguerite s'appuie contre le mur, sa main serrée sur sa canne.

« Savez-vous pourquoi vous avez été admise à la Maison de Correction ? »

Geneviève ne répond pas tout de suite. Elle s'est assise dans la paille, le visage tourné vers l'un des coins de la cellule, où une poignée de rats visqueux enfoncent leurs museaux roses dans le ventre flétri de leur mère. Geneviève ne les quitte pas des yeux en demandant :

« Parce que Lucie d'Argenson est morte ? »

Marguerite déglutit avec peine. Personne n'omet jamais le titre de marquise de sa sœur. Elle écoute Geneviève expliquer que Lucie avait promis qu'elle vivante, Geneviève croupirait en prison.

« Non, reprend Marguerite, mais nombreuses sont celles qui voudraient vous voir enfermée à la Grande Force. Si vous vous comportez à nouveau comme vous l'avez fait aujourd'hui, je n'aurai pas d'autre choix que de soutenir cette décision. »

À l'étage, les filles chantent vêpres. Geneviève la fixe d'un regard dur, froid, sans rien dire. Marguerite reprend sa canne. Elle espérait que la femme pour laquelle elle se battait en valait la peine.

« En juin, un navire partira pour le Mississippi », ajoute-t-elle.

Elle n'arrive pas à trouver la clé, celle que la sous-officière lui a montrée.

« Comportez-vous bien encore quelques semaines et vous aurez peut-être une chance d'être à bord. »

Pendant un instant, l'expression de Geneviève s'adoucit, les muscles de son cou disparaissent sous sa peau. Au moment où Marguerite s'apprête à sortir de la cellule, elle l'entend demander :

« N'est-ce pas vous qui décidez ? »

Son ton n'est pas méchant ; il rappelle à Marguerite la voix curieuse des enfants, celle de Charlotte, il y a des années – son intérêt sincère, la même question répétée jusqu'à obtenir satisfaction.

« Si seulement », répond Marguerite, le dos tourné.

Elle jette un dernier coup d'œil derrière elle avant de refermer la porte. Dressée sur la pointe des pieds, Geneviève se tient debout près de la lucarne, les mains agrippées à la pierre, le visage baigné de soleil.

*

Mlle Suivit ne demande qu'une seule fois à Marguerite de revenir à la Maison de Correction. Mais cette fois-ci, elles se rejoignent de l'autre côté du bâtiment, là où séjournent les femmes riches – des filles légèrement dérangées, au comportement inhabituel ou peu convenable, que leurs proches ont envoyées guérir, prier et méditer dans une cage dorée. Mlle Suivit insiste au sujet de cette Pétronille Béranger. « Sa mère prétend toujours être une grande dame, dit-elle, mais d'après ce que j'ai entendu, elle ne le restera pas longtemps. » Mlle Suivit baisse la voix. « Le père s'applique à dilapider la fortune familiale au jeu. » Marguerite la suit à l'étage. Elle se souvient enfin de ce que Mlle Suivit lui a raconté – d'une fille qui serait différente, de parents incapables de payer sa pension.

À première vue, la femme semble anodine. Des clavicules aiguës creusent ses épaules étroites ; ses sourcils, noirs et fins, dessinent deux parfaites courbes au-dessus de ses yeux verts. Mais quand elle se redresse, Marguerite aperçoit sa joue droite, couverte d'une tache de naissance blanche qui s'étire de sa mâchoire jusqu'au coin de ses lèvres, une marque qui donne envie à Marguerite de la frotter jusqu'à ce qu'il n'en reste rien. Assise près de la cheminée, la pensionnaire se penche au-dessus d'un herbier.

« Quelles belles couleurs, fait remarquer Mlle Suivit en pointant du doigt les pétales séchés. L'avez-vous confectionné vous-même, Mlle Béranger ? »

La femme regarde la sous-officière comme si elle fixait les flammes d'un feu. Elle se tourne vers Marguerite, son index toujours posé sous une fleur violette. Sa voix ne flanche pas lorsqu'elle prend la parole.

« Je voudrais partir pour la Louisiane. »

Elle n'ajoute rien, s'intéresse à nouveau à son livre, comme si elle était déjà seule.

« Comme je vous le disais, reprend la sœur officière une fois dans le couloir, j'ai bien peur qu'elle ne trouve pas sa place parmi les autres pensionnaires. Mlle Béranger parlait à peine à son arrivée, mais son comportement s'est considérablement amélioré. » La responsable sourit à Marguerite. « Son départ pour la Louisiane vaut pour le mieux. La discrétion n'est-elle pas l'une des plus rares qualités que l'on puisse exiger d'une épouse ? »

Marguerite n'est pas certaine que le mot « discrète » soit le premier qui lui vienne à l'esprit et elle doute que ce soit celui qu'emploiera le mari de Mlle Béranger pour la décrire, au Mississippi.

« Nous ajouterons son nom à la liste », répond-elle sans regarder Mlle Suivit.

Elle traverse la cour Mazarine seule, à pas prudents. Au coin de l'atelier Saint-Léon, un apothicaire et ses assistants s'écartent pour laisser passer un troupeau de chèvres. Des employées retraitées marmonnent sous les bouleaux et les pigeons, leurs paniers remplis de pain blanc prêts à être rapportés au quartier des Reposantes. En vérité, Marguerite se fiche de savoir si cette Pétronille Béranger embarque à bord de *La Baleine*. Tout ce qu'elle veut, c'est remettre la liste à M. Joly de Fleury. Elle est lasse d'être responsable du destin de ces femmes.

*

Cette année, le printemps tombe sur Paris de manière si abrupte que le changement de saison semble suspect. La mousse verte sèche entre les pierres des bâtiments, le prix du blé diminue lorsque les paysans annoncent de bonnes récoltes. Des effluves nauséabonds s'échappent à nouveau de l'amphithéâtre d'anatomie, et les chirurgiens se plaignent de devoir travailler plus rapidement. Dans les dortoirs, les filles de service se font plus indulgentes et tendent aux résidents des fraises diaphanes.

Marguerite peine à profiter du temps doux. Une quinzaine de jours plus tôt, Mlle Suivit a demandé une dernière fois à ce que Geneviève soit transférée à la Grande Force. Des gouvernantes ont décrit la fascination de certaines pensionnaires pour l'ancienne détenue. « Une mauvaise influence », a insisté Mlle Suivit. Marguerite lui a répondu que Menu resterait où elle était ; les sœurs ont pour devoir de maintenir le silence dans les dortoirs.

À chaque fois qu'on frappe à la porte de son bureau, Marguerite s'attend à voir surgir Lucie, furieuse, exigeant d'être menée à la prison, lui ordonnant de renvoyer Geneviève dans sa cellule. Mais c'est toujours Mlle Bailly – venue s'entretenir d'un garde ivrogne, d'une livraison de remèdes à approuver, des certificats à délivrer aux maîtres d'école éduqués à la Salpêtrière, d'une comtesse adultère récemment admise à Sainte-Dorothée.

Son jardin privé est le seul endroit où elle parvient à oublier tout cela. Elle n'aura bientôt plus à penser à la Louisiane – dans trois semaines, elle aura rendu sa liste aux membres du Bureau. Elle appuie son dos contre le dossier du banc. Elle ne se souvient même plus de la dernière fois qu'elle s'est reposée là, au crépuscule.

Elle contemple le chèvrefeuille, ses fleurs blanches et jaunes enveloppant le portail, lorsque la poignée en bois se met à bouger. Même Mlle Bailly n'ose pas venir ici après vêpres. Marguerite tend la main vers sa canne mais avant qu'elle ait eu le temps de l'attraper, une mince silhouette apparaît dans le jardin. Le bonnet de la fillette s'enfonce sur sa tête, recouvre la moitié de son front, mais Marguerite reconnaîtrait entre mille le petit nez pointu de Charlotte, son visage noyé de taches de rousseur.

« Que faites-vous ici ? » demande-t-elle.

Derrière la fillette, le portail bâille toujours. Marguerite ose à peine imaginer ce que les prêtres, sortant de leur propre jardin, penseraient s'ils apercevaient une gamine habillée d'une robe de tiretaine dans la cour de la Supérieure.

« Dépêchons, fermez la porte. Approchez. »

Charlotte s'exécute, s'assied à l'autre bout du banc. Au-dessus d'elles, le ciel de fin de printemps est si pâle qu'il semble presque blanc. Le visage de Charlotte ne trahit pas la moindre émotion.

« Vous allez manquer complies », dit Marguerite.

Comme l'enfant ne répond pas, elle ajoute :

« Je ne vous demanderai pas comment vous avez réussi à trouver votre chemin jusqu'ici. »

Charlotte sourit. La fillette a l'air satisfaite d'elle-même, elle se réjouit de si bien connaître la Salpêtrière. Elle ne devrait pas en être fière, mais Marguerite ne devrait pas l'être non plus.

« Pourquoi mon nom n'est-il pas sur la liste ? »

Les raisons sont si évidentes que Marguerite ne répond pas tout de suite. Elle la regarde balancer ses pieds d'avant en arrière, les mains agrippées au rebord du banc. La poitrine timide qu'on devine sous sa robe paraît incongrue entre ces épaules enfantines.

Elle prend la parole sans laisser le temps à Marguerite de dire quoi que ce soit :

« Mlle Janson, mon amie, a été choisie. »

Le mouvement des jambes de Charlotte s'accélère.

« Une fois Étiennette partie, je serai seule.

— Non, vous ne le serez jamais à la Salpêtrière.

— Je serai seule », répète Charlotte d'une voix plus basse.

Marguerite inspire profondément. La Salpêtrière est sa maison, sa famille. Et aujourd'hui, assise à côté d'une orpheline de douze ans, d'une enfant terrifiée à l'idée d'être abandonnée, Marguerite ne pense qu'à sa sœur, à sa propre solitude. Elle voudrait dire à Charlotte, ne vous inquiétez pas, je suis là. Mais en dépit de ce qu'elle a voulu croire pendant toutes ces années, elle se rend compte qu'elle ne l'a jamais vraiment été – qu'elle ne pourra jamais véritablement l'être, ici ou ailleurs.

« S'il vous plaît », entend-elle Charlotte dire. Au-dessus des arbres, les hirondelles plongent dans le ciel. « Préférez-vous envoyer une criminelle en Louisiane plutôt que moi ?

— Je vous demande pardon ?

— Mlle Brandicourt, répond Charlotte, affirme que vous protégez une femme de la Grande Force. »

Marguerite fixe la fillette. Elle ne sait rien, si ce n'est ce qu'une sœur officière indiscrète a pu raconter.

« Elle a dit qu'une ancienne prisonnière serait…

— Le sort de Geneviève Menu ne vous regarde en rien », rétorque Marguerite.

La poignée en ivoire de sa canne lui fait froid aux doigts. Si la responsable de la Maison Saint-Louis se tenait devant elle, elle la renverrait volontiers.

« Vous devriez vous mettre en route, à présent, reprend-elle. Les sœurs officières doivent vous chercher. »

Charlotte se plie en une révérence rigide. Quand elle se redresse, son visage est défait. Marguerite ne la quitte pas des yeux alors qu'elle traverse le jardin. Ses lèvres asséchées semblent rugueuses ; dans sa poitrine, son cœur se débat.

« Faites attention à vous en rentrant. »

Mais sa voix porte à peine, et elle doute que Charlotte l'ait entendue. À moins d'être accompagnés par un membre du personnel, les pensionnaires sont rarement autorisés à sortir de leurs bâtiments, et Marguerite a aperçu plus d'un apprenti ivre errer dans l'Hôpital à la nuit tombée. Pourtant, elle sait que Charlotte sera prudente. Elle lui fait confiance. Elle n'a pas le choix. Une fois que Charlotte partira pour le Mississippi, elle devra se débrouiller seule.

*

Le troisième samedi de mai, Marguerite est prête à soumettre sa liste aux membres du Bureau. Debout devant la voiture, Mlle Bailly lui demande si elle a bien tous ses documents ; Marguerite fait la sourde oreille, son assistante la materne trop ces derniers temps. Les chevaux s'avancent déjà vers la Porte-des-Champs, laissant derrière eux le chantier de bois à brûler et les ateliers des artisans de la cour Saint-Louis. Entre les rideaux de velours, le ciel est si bleu qu'il paraît plat, lointain. Cette semaine, le conseil des directeurs se rassemble chez le président du parlement. Marguerite ne s'est jamais trop inquiétée de ces réunions, mais aujourd'hui sa gorge lui semble étroite, une impasse où son souffle se tord. Les sept directeurs de l'Hôpital, l'avocat général du roi, l'archevêque de Paris et le lieutenant général de police – le fils de Lucie – seront présents. Ils étudieront ensemble la liste qu'elle leur remettra ; ils devront l'approuver. Marguerite se laisse aller contre la banquette. Le trot des chevaux secoue la peau de son cou.

Au fil des années, elle a fini par considérer Paris comme une autre Salpêtrière, plus vaste, plus chaotique, à jamais indomptée. À chaque fois qu'elle quitte l'Hôpital, elle se sent d'abord perdue dans la campagne – les deux moulins perchés au-dessus de la Seine, le château de Bicêtre et son hospice, et au-delà, quelques maisons éparpillées au milieu des champs, les hameaux d'Ivery et de Vitery. Il faut attendre que le carrosse dépasse le marché aux chevaux et plonge dans le faubourg Saint-Victor pour qu'elle ait véritablement l'impression d'entrer dans la capitale. Le long de la route, des blanchisseuses rapportent dans leurs draps l'odeur de la rivière. Plus loin, le Jardin royal bourgeonne en face de La Pitié, et les chaussures des botanistes s'enfoncent dans la boue, les hommes bien habillés se frayent un chemin jusqu'aux laboratoires du roi. La voiture cahote le long de la rue Saint-Victor, passe devant les chanoines de saint Augustin et leur abbaye, jusqu'à la place Maubert.

C'est jour d'exécution, et instinctivement, Marguerite recule contre la banquette. Le bourreau donne des ordres à son assistant au pied des potences déjà lourdes, la foule s'épaissit autour de la voiture, les visages défilent entre les rideaux, une femme borgne portant un panier rempli de pots de miel et d'huile de noix, des épaules masculines ployant sous des cordelettes en cuir. L'air s'engouffre par à-coups secs entre les lèvres de Marguerite. L'espace d'une seconde, elle s'imagine déjà sur le chemin du retour, arrivée à la Salpêtrière, là où elle peut décider quand disperser une foule, quand la laisser en paix.

Elle rouvre les yeux. Le fleuve coule sous ses pieds. Le carrosse file sur le pont, de l'eau verdâtre apparaît entre les maisons en bois et une femme crie « Attention ! » en vidant son pot de chambre. Au bord de la rive droite, un garçonnet trébuche dans des œufs cassés, ses orteils noyés dans leur jaune visqueux. Puis vient Notre-Dame, le dos de la cathédrale hérissé d'arcs-boutants, rejoignant la voûte comme les vertèbres d'un animal monstrueux. Plus qu'une passerelle et elle arrivera à destination, rue Saint-Louis. Au-dessus d'elle, les gargouilles ouvrent grand la mâchoire, comme pour avaler le ciel d'été.

Dans le salon du comte d'Avaux, les hommes sont déjà tous installés.

« Madame, quel plaisir de vous recevoir ! »

Marguerite a toujours aimé M. Joly de Fleury. Les traits durs de l'avocat général contrastent avec sa nature placide : en vingt ans, Marguerite ne l'a jamais vu perdre son sang-froid. Il semble aussi complètement oublieux de l'âge de Marguerite. Il parle souvent d'elle au futur, imaginant de nouveaux projets comme si elle devait survivre à la Salpêtrière, et non l'inverse.

« Je vous en prie, prenez place. »

Les invités sont trop absorbés par leur conversation pour la remarquer. Elle repère facilement le fils de Lucie, le comte d'Argenson – aussi sec et brun que son père, l'attitude des hommes habitués au pouvoir. Il s'exprime de manière véhémente, critique la Compagnie du Mississippi, les actions achetées par centaines à la Banque générale de la rue Quincampoix. L'un des directeurs se met à énumérer les stratagèmes de John Law, accuse l'Écossais nommé par le roi contrôleur général des Finances d'abuser de la confiance des actionnaires, de les mener à la ruine avec son papier-monnaie. Le nouveau lieutenant général de police acquiesce lentement ; Marguerite a toujours admiré le visage indulgent qu'offre son neveu à ses interlocuteurs, juste avant de leur assener l'une de ses tirades cinglantes. Cette fois-ci, elle n'entend pas sa réponse. Le comte d'Avaux crie plus fort que tout le monde, jurant que le parlement contestera l'édit de la semaine dernière, que la crise financière sera évitée. Personne ne l'écoute.

« Le Mississippi que M. Law nous a fait miroiter n'existe pas, dit l'un des directeurs.

— J'ai bien peur qu'il le faille. Notre chère Supérieure a rassemblé les noms des filles qui rejoindront bientôt nos compatriotes. »

Marguerite se redresse. Les hommes la fixent, leurs perruques bouclent dans leurs cous. Lorsqu'ils se penchent sur la liste, leurs joues flasques s'affaissent contre leurs cols étriqués.

« J'espère qu'elles valent mieux que les dépravées que nous avons déportées l'année dernière.

— Elles ne peuvent pas être pires.

— Au moins elles sont jeunes.

— Qui les accompagnera ?

— Des sœurs, je crois. »

La liasse de feuilles passe de main en main. Au plafond, les muses s'offrent des couronnes de laurier et des pommes d'un rouge violent.

« Assez de femmes pour convaincre ces vauriens de rester où ils se trouvent.

— Voyons combien de filles survivront au voyage.

— Un long voyage.

— Terriblement long.

— Et dangereux.

— Mais Mlle Pancatelin aura, j'en suis convaincu, choisi nos femmes les plus robustes et les plus vertueuses. »

La liste est arrivée devant le comte d'Argenson. Le nom de Menu apparaît en premier sur la seconde page. Marguerite tourne la tête. Elle se demande ce que son neveu sait des manigances de Lucie. En baissant les yeux, elle ne voit pas les chérubins brodés dans le tapis. Elle se voit enfant, cherchant désespérément le regard de la préceptrice, sa sœur trop bavarde accaparant la parole. Ce qui reste chez Marguerite, c'est ce désir de se taire et de parler, de rester immobile et de s'enfuir. Son neveu tend le document à son voisin.

« Cela semble prometteur », dit-il.

Marguerite s'attendait à ce que ses joues cessent de la brûler mais elle respire toujours mal dans son corset. La liste rejoint une pile de papiers, elle sera bientôt approuvée par le régent, une simple formalité. De l'autre côté de la table, l'un des directeurs aborde la question des finances de la Salpêtrière, et l'avocat général promet une donation importante du roi dans les mois à venir.

La réunion se poursuit. Marguerite entend vaguement les discussions des hommes. Elle pense à Lucie après leurs leçons, la priant de l'aider avec une lecture ou un devoir – au bien que ça lui faisait de ne plus se sentir seule, d'avoir l'attention de sa sœur, même pendant quelques minutes.

*

Le jour du départ, la chaleur se répand dans Paris comme de l'eau dans un bateau naufragé. Dehors, rien ne bouge. La Salpêtrière ressemble à une peinture d'elle-même. Dans les ateliers et les ouvroirs, des gestes saccadés secouent les roues et les tissus ; les chemises s'assombrissent de sueur, les manches retroussées tamponnent des tempes humides. Le marché de la cour Saint-Louis est désert, mais l'odeur de poisson salé, de muscade et de luzerne se faufile sous le pas des portes closes. Les charrettes ont été tirées des étables ; depuis le seuil du bâtiment de la Direction, Marguerite regarde les garçons d'écurie préparer les équipages. Mlle Bailly lui a répété que ce n'était pas raisonnable d'attendre là, qu'elle serait au frais dans son bureau. Marguerite l'a envoyée chercher une chaise. Elle tient à faire ses adieux. Dans l'air immobile du mois de juin, les mouches bourdonnent aux yeux des chevaux.

Les filles se déplacent en une foule compacte. Marguerite ne les a jamais vues toutes ensemble. Elles ont dû recevoir des ordres stricts, puisqu'elles traversent la cour en silence. Mais elle remarque les coups d'œil rapidement échangés, les murmures emportés par la brise épaisse. Elle reconnaît Pétronille Béranger, la femme à la tache sur la joue, marchant d'un pas lent devant le groupe d'orphelines. Vient ensuite Charlotte, la main dans celle de son amie, Étiennette Janson. Marguerite détourne le regard. Elle espère avoir pris la bonne décision. Pour partir en Louisiane, Charlotte n'a jamais été son premier choix. Mais Marguerite ne l'était pas non plus pour travailler à la Salpêtrière.

Elle n'a pas à chercher Geneviève longtemps ; il n'y a qu'une seule femme, le dos déjà appuyé contre les planches en bois, qui se tourne pour faire face à l'entrée du bâtiment. Elle plisse les yeux dans la lumière ardente. D'ici, Marguerite peut être tout ce que Geneviève choisit de voir – une forme indistincte dans un couloir où s'arrête le soleil blanc, une silhouette familière à l'ombre des pierres, une vieille dame affalée dans un fauteuil trop étroit. Marguerite essaye de ne pas penser au moment où les chevaux se mettront à trotter vers la sortie, où il faudra demander de l'aide à Mlle Bailly et monter à l'étage. Pour l'instant, il fait trop chaud pour faire quoi que ce soit. Elle a encore le temps de se convaincre qu'elle seule peut décider qui doit rester à la Salpêtrière, et qui peut la quitter. Elle a encore le temps de regarder ses filles partir.

2

GENEVIÈVE

Paris, juillet 1720

Geneviève peine à concilier les faits : il y a deux semaines, elle était enfermée dans un dortoir de la Salpêtrière et aujourd'hui, à Paris, elle s'apprête à recevoir les habits qu'elle portera de l'autre côté de l'Atlantique. Ce matin, les nonnes les ont enfin amenées, elle et les autres filles, au commissariat du faubourg Saint-Victor, après quinze jours passés à attendre dans une auberge du quartier. Geneviève avance vers sœur Louise et son tas de vêtements, vers les charrettes et leurs animaux suants. Elle coince derrière son oreille les boucles de ses cheveux qui repoussent enfin. Elle ne les a jamais connus aussi courts – sauf en janvier, lorsque son crâne rasé la démangeait sous la tiretaine de son bonnet.

Ces dernières semaines, tandis que les chaperons et les policiers réglaient les préparatifs finaux du voyage, Geneviève a eu le temps de réfléchir à la décision de la Supérieure. La directrice ne pouvait pas tout savoir de son passé, juste ce que

Mme d'Argenson avait écrit dans sa lettre de cachet – la marquise avait cru tout connaître d'elle alors qu'elle ne savait rien, ou si peu. Pour éviter de penser à son ancienne maîtresse, Geneviève s'est efforcée de se concentrer sur la Supérieure. Elle s'est demandé si la vieille dame n'avait pas tout simplement perdu la tête. Si elle ne l'avait pas prise pour une autre, ou utilisée pour compléter sa liste. Une fois seulement, elle s'est imaginé qu'elle avait agi par bonté. Cette nuit-là, elle est restée éveillée jusqu'à l'aube, écoutant les cloches de la chapelle du couvent des Filles-Anglaises et les cris des marchands de la Halle-aux-Vins. Elle s'est souvenue des mois passés seule à Paris après la disparition de ses parents, du temps incompréhensible, opaque, de ces semaines sans fin à la Grande Force. Personne, à part Amélie, n'avait fait preuve de bonté envers elle ; et pourtant, Geneviève l'avait déçue. Non. Aux yeux de la Supérieure, elle n'était qu'un nom sur une liste.

La file progresse, la pile de vêtements diminue devant sœur Louise. Les femmes étreignent leurs baluchons et soulèvent leurs jupes avant de monter dans les charrettes. L'odeur de bétail et de foin tiède pique le nez de Geneviève. Appuyés contre le mur, les policiers les surveillent en tirant sur leurs pipes. Nerveuse, elle passe sa langue sous ses dents de devant, sent le léger écart entre ses incisives. Le bas de sa robe se tend brusquement. Quand elle baisse les yeux, un soulier écrase le tissu gris dans la poussière.

« Elle était là en premier. »

La fille a des traits délicats qui ne vont pas avec le ton de sa voix. La sueur plaque ses mèches blondes sur son front. Elle montre du doigt la petite rousse à ses côtés.

« Charlotte était là avant vous », insiste-t-elle.

Il y a quelques mois, Geneviève n'aurait même pas répondu mais aujourd'hui, elle s'écarte.

« Eh bien, qu'attendez-vous pour avancer ? » demande-t-elle.

La blonde lui lance un regard exaspéré mais son amie garde les yeux rivés au sol. Elles s'arrêtent devant la table où la nonne continue de fourrer corsets, jupons et chemises dans des besaces en toile. La fille qui lui a adressé la parole, la blonde, celle qui est aussi la plus jolie, crache dans sa main, frotte une tache sur sa manche. C'est la petite rousse qui se charge d'attraper les deux sacs qu'on lui tend.

« Vous serez bien heureuse d'avoir un habit de rechange à notre arrivée », dit la nonne.

Elle répète la même chose à Geneviève, et le baluchon lui tombe dans les mains, filandreux et rêche. Le soleil de juillet pèse sur ses épaules ; certaines filles ont déjà les joues écarlates et Geneviève se demande si sa peau se souvient qu'elle a grandi en Provence. Elle se dirige vers les charrettes, y cherche une place. À son arrivée à la Maison de Correction, après des mois de solitude, elle aurait donné n'importe quoi pour un peu de compagnie. Entre deux prières, elle avait pris l'habitude de discuter à voix basse avec ses voisines d'atelier. La troisième fois que la responsable l'y avait prise, la sœur officière n'avait pas mâché ses mots : Geneviève avait une mauvaise influence et si elle enfreignait encore la règle de silence, elle retournerait à la Grande Force. Elle s'était bien gardée de lui expliquer qu'elles discutaient juste du Louvre, du faubourg Saint-Honoré, de leurs anciennes positions. Elle s'était remise au travail. Elle ne courrait pas le risque d'être de nouveau emprisonnée pour une simple conversation.

Au loin elle aperçoit Pétronille, la fille à la joue couverte d'une tache de naissance, celle qui lui a décrit les fleurs du jardin de la Hauteur comme si elle y avait passé des après-midi entiers. Geneviève n'arrive pas à voir s'il reste de la place dans la charrette où elle est installée, et l'une des nonnes crie de se dépêcher, une fille la bouscule, lui demande ce qu'elle attend. Lorsque le regard de Geneviève croise celui de la petite rousse, il est trop tard pour faire demi-tour ; les autres femmes se poussent déjà pour qu'elle puisse s'asseoir. Elle se hisse à bord, sent la paille ployer sous ses semelles.

« Je ne voulais pas vous brusquer, explique la blonde en se décalant. Mais ici, la politesse ne mène nulle part. »

Elle éclate d'un rire coquet, indulgent. Elle se penche vers son amie – une enfant, vraiment, qui serre toujours les deux baluchons contre son ventre comme s'il s'agissait de poupées.

« Je savais que nous la connaissions, chuchote la blonde.

— Tu me l'as déjà dit », répond la plus petite à voix haute, impassible.

Elles semblent toutes deux assez jeunes pour avoir grandi à la Maison Saint-Louis avec les autres orphelines. Et pourtant elles ne lui lancent pas les coups d'œil suspicieux que lui jetaient les trois fillettes au souper, hier soir. Geneviève se répète une nouvelle fois que les pensionnaires de la Maison de Correction n'ont pas toutes la réputation d'être dangereuses, que leurs fautes ne peuvent pas être pires que la sienne – qu'aucune des passagères assises dans les charrettes ne sait qu'elle a un jour été enfermée à la Grande Force, la prison des femmes dont personne n'est censé sortir. La blonde se tourne vers Geneviève :

« Nous vous avons aperçue dans le jardin de la Hauteur, une fois, fait-elle remarquer. Vous étiez seule. »

Elle a la gentillesse de ne pas mentionner les sœurs officières furieuses qui étaient accourues après s'être rendu compte qu'il manquait quelqu'un pour la leçon de catéchisme. Ce matin-là, Geneviève s'était réveillée haletante – à l'heure du dîner, elle avait été prise de vertiges à l'idée d'être encerclée par cette foule de femmes, et elle avait erré quelques minutes, au cœur de l'Hôpital, jusqu'au jardin. Elle avait regardé les filles de la Maison Saint-Louis jouer, les jardiniers arracher les mauvaises herbes. Derrière leurs dos courbés étaient apparues les sous-officières. Geneviève n'avait pas besoin d'être guidée pour deviner où on la conduisait. En bas, dans la cellule, l'odeur de moisi et d'urine l'avait prise à la gorge. Quelques heures plus tard, elle avait entendu le son irrégulier des pas de la Supérieure, avait retenu son souffle en écoutant la clé tourner dans la serrure du cachot. La blonde pose sa main sur son bras.

« Je m'appelle Étiennette », dit-elle.

Ses yeux sont d'un bleu foncé qu'on pourrait croire noirs par un jour sans soleil.

« Et voici Charlotte. »

La fillette lui sourit timidement. Sous son bonnet trop grand, elle essuie la sueur qui perle sur ses taches de rousseur. Quand Geneviève leur donne son nom, les yeux de Charlotte s'agrandissent.

Sœur Gertrude a fini de compter les femmes et fait signe à l'un des policiers. Les hommes, débarrassés de leurs vestes en coton humides, se dirigent vers le portail. Trois filles montent dans leur charrette en gloussant.

« Que faisiez-vous dehors ce matin-là ? »

Geneviève sent toujours le regard de Charlotte peser sur elle. Elle replie ses jambes pour laisser de la place à une nouvelle passagère.

« Je prenais l'air.

— Écoute-la ! Prendre l'air. » Étiennette rit. « Et je parie qu'un mauvais pas de danse vous a amenée à la Maison de Correction. »

Comme Geneviève ne la reprend pas, elle demande :

« Comment êtes-vous arrivée à la Salpêtrière ? »

Au cours des premiers jours à l'auberge de la rue des Boulangers, Geneviève a chuchoté la même question aux anciennes pensionnaires. C'était une façon comme une autre d'entendre sa propre voix ; elle n'avait pas oublié les menaces de la sœur officière à l'atelier et évitait de prononcer le moindre mot devant les nonnes. Elle écoutait avec attention les histoires des filles. L'une d'entre elles avait été envoyée à l'Hôpital parce que son père ne la supportait plus, une autre parce que sa belle-mère était la véritable délurée qu'on aurait dû enfermer à la Maison de Correction. Pétronille, la femme à la tache de naissance, a commencé à répondre, trop bas pour que Geneviève puisse la comprendre ; puis sa voix a été couverte par les moqueries d'une brune, qui l'a traitée d'aristocrate hypocrite. Geneviève a baissé les yeux. Elle osait à peine imaginer ce que cette fille aurait glapi en découvrant pourquoi Geneviève avait été incarcérée à la Salpêtrière. Après cet échange, elle a tout simplement renoncé à questionner qui que ce soit.

Dans l'obscurité de sa cellule, elle en était venue à se demander si Mme d'Argenson avait eu raison de la punir. Elle revoyait les filles enceintes qui venaient la trouver, leurs traits tirés. Elles n'auraient pas pu se permettre d'être mères. Puis la voix de Madame s'insinuait, se mettait à susurrer – qui était Geneviève pour décider du destin d'un enfant ? Comment pouvait-elle perpétrer ces ignominies ? Les premières nuits à la Grande Force, appuyée contre la pierre froide de ces murs qu'elle aurait dû fixer jusqu'à la fin de ses jours, les mots de son ancienne maîtresse l'écrasaient. Aujourd'hui, elle parvient presque à les ignorer. Elle se souvient qu'elle sera bientôt loin d'ici ; de l'autre côté de l'océan, là où la marquise ne pourra jamais l'atteindre.

Même dans ces moments-là, sa culpabilité ne disparaît jamais tout à fait. Il y a une femme qu'elle aurait dû écouter, mais elle n'est pas encore prête à parler d'Amélie aux autres filles. À l'auberge de la rue des Boulangers, elle n'a évoqué son passé qu'à demi-mot. Elle se rend compte qu'elle aurait dû se montrer plus franche, que ses silences n'ont fait qu'aiguiser la curiosité des femmes.

« J'ai rencontré un homme », commence Geneviève.

Elle marque une pause. Charlotte hausse les sourcils.

« Il s'appelait Félicien, reprend-elle. Nous nous entendions bien au début. »

Étiennette lance un regard entendu à Charlotte, mais son amie garde les yeux rivés entre les oreilles dressées des bœufs. Geneviève se dit qu'à la maison Saint-Louis, elles n'ont dû rencontrer aucun homme à part les menuisiers qui venaient réparer les portes et raboter les pieds de table, ou les prêtres, serruriers et poissonniers qu'elles épiaient depuis leur dortoir.

Les deux filles ne s'en doutent probablement pas, mais le voyage sera dangereux. Hier, Geneviève a entendu un policier expliquer à son collègue qu'avec autant de passagères, il ne faudrait pas deux semaines mais quatre pour rejoindre Lorient. « Une bonne raison de demander davantage de cartouches. » Son collègue le fixait, l'air confus. « Quatre-vingt-dix filles sillonnant les campagnes ? avait continué le premier homme. Vous ne pensez tout de même pas qu'elles passeraient inaperçues ? » Il avait enfoncé son doigt dans la chambre de sa pipe. « Je ne voudrais pas avoir à répondre de leur vertu quand nous arriverons à la Loire », avait-il conclu.

Ni de la mienne aujourd'hui, pense Geneviève. Elle sent les doigts d'Étiennette sur sa main.

« Ma chère, dit-elle, vous aurez tout le temps de nous parler de Félicien. »

Le portail du commissariat s'ouvre. Étiennette s'appuie contre les planches en bois. Les femmes se taisent ; certaines lèvent la tête vers un ciel si bleu qu'il blesse les yeux. Paris est là, de l'autre côté des portes, avec sa foule de badauds curieux qui chanteront et les suivront d'une rue à une autre, comme le jour où elles ont quitté la Salpêtrière. À ce moment-là, Geneviève pensait qu'elle ne reverrait plus jamais la ville. Mais on l'a ramenée à la capitale, à l'auberge de la rue des Boulangers – entassée dans un autre dortoir bondé, avec trois nonnes au visage indéchiffrable et d'innombrables policiers. Elle a attendu assez longtemps pour croire qu'elle ne partirait jamais. Qu'on lui avait joué un tour, qu'il n'y avait pas plus de Louisiane que de chapons et de taffetas à la Salpêtrière, et qu'elle serait bientôt ramenée à la Maison de Correction ou, pire, à la Grande Force.

Mais non : les premières charrettes s'engagent dans la rue. Les os des bœufs roulent sous leur chair élastique, et Paris oscille au rythme de leurs pas. Les cris des vendeurs ambulants lui parviennent pour la dernière fois. Geneviève laisse son regard errer sur la foule. Elle était enfant lorsqu'un incendie a détruit la magnanerie de ses parents et que sa famille a dû abandonner La Bastide-des-Jourdans, entreprendre le périple de la Provence à Paris. Geneviève garde peu de souvenirs de l'unique voyage qu'elle ait jamais fait. Le fin chiffon de soie de sa mère glissait entre ses doigts comme si c'était de l'air ; le paysage ondulant, les forêts interminables et les chemins perdus, retrouvés, la peur qui l'étreignait le soir, quand elle guettait les bandits que son père craignait. C'est tout ce qui lui reste de ces semaines sur la route. Les souvenirs de son enfance en Provence, eux, sont aussi éclatants qu'une matinée d'été : elle voit encore les chenilles sur les feuilles de mûrier, sa mère penchée sur l'immense métier à tisser, ses frères punis pour avoir touché les cocons avant qu'ils ne soient prêts. Geneviève doute qu'il y ait le moindre ver à soie au Mississippi.

Elle jette un coup d'œil à Étiennette et à Charlotte, dont l'attention est tournée vers la rue. Une fillette perchée sur les épaules d'une femme cogne ses mollets contre la poitrine fatiguée de sa mère ; à la vue du convoi, des potiers cessent brusquement d'entasser leur marchandise sur des palettes, les piles d'assiettes demeurent suspendues entre boue et ciel. Geneviève ferme les yeux sur ce vieux monde. Paris, la France n'ont plus rien à lui donner. Bientôt, elle sera loin d'ici.

*

Étiennette avait raison. Elles ont tout le temps de discuter. Non pas de la Louisiane, ou alors à peine ; lorsqu'une fille mentionne les pierres précieuses de la colonie, elle est interrompue par les ricanements d'une autre passagère. « Foutaises, lui lance-t-elle, on y crève de faim. Il paraît que la plus grande ville ne vaut pas notre plus piètre hameau. » Les femmes secouent la tête. Geneviève a entendu pire : dans la comédie qui faisait fureur à Paris avant son arrestation, on parlait d'ogres au Mississippi. Elle refuse de croire ces sottises. La Louisiane la sauvera, se répète-t-elle.

Les conversations reprennent, les filles se livrent, racontent comment elles sont arrivées à la Salpêtrière, tout ce qu'elles aimaient et détestaient là-bas. Elles se connaissent comme on connaît son voisin d'en face ; à la Maison de Correction, elles choisissaient leurs alliances prudemment. Elles ne pouvaient pas se permettre plus d'une amitié avec des chuchotements volés. À l'isolement, Geneviève n'avait même pas le droit à ça. Les autres prisonnières étaient des corps qu'elle entendait remuer dans les cellules adjacentes, des voix dont les plaintes soudaines la faisaient sursauter. Elle s'est promis qu'elle ne serait plus jamais aussi seule qu'à la Grande Force, ou à Paris avant de rencontrer Amélie. Alors que la rue de Vaugirard se transforme en un simple chemin et que les charrettes s'enfoncent dans la campagne, Geneviève mêle sa voix à celle des autres filles.

Elle ne mentionne pas encore Amélie. Elle se contente d'expliquer à Charlotte et à Étiennette que Félicien avait une sœur, et c'est un soulagement de partager des bribes de son histoire, de décrire à ces deux inconnues le garçon d'écurie de

Mme d'Argenson. Ici, au milieu des champs, rien n'arrête la brise de juillet ; elle plaque l'herbe contre les naseaux des veaux, ébouriffe les buissons de bruyère, laisse planer sur les charrettes une odeur de terre retournée, âcre et sucrée. La campagne lui semble aussi profonde qu'une plaie ouverte, aussi écrasante qu'un premier baiser. Elle décrit l'endroit où elle a rencontré Félicien – dans les quartiers des domestiques de l'hôtel particulier de Madame –, le tournesol qu'il lui a offert un soir parce qu'il prétendait détester les roses.

« Était-il beau ? »

Étiennette trouve toujours une nouvelle question à lui poser. Charlotte a l'air sérieuse, un sac en toile calé sous chaque coude. Elle fredonne. Sa voix assurée, chaleureuse donne envie de se pencher pour mieux l'entendre. Au bord du chemin, le rouge des coquelicots égaye le paysage. Certaines passagères somnolent, leurs joues roulent sur les épaules de leurs voisines.

« Oui, répond Geneviève, charmant. »

Étiennette mentionne deux ou trois hommes qui n'étaient jamais les siens et qui, Geneviève s'en rend vite compte, ne sont qu'un prétexte pour parler de sa sœur, Marceline, déportée un an plus tôt en Louisiane. Puis elle se tait, attend la suite de l'histoire de Félicien. Elle l'écoute si attentivement que Geneviève se surprend à vouloir satisfaire sa curiosité.

« Comme l'apprenti tonnelier de la cour Saint-Louis, fait observer Charlotte.

— Tu ne vas tout de même pas regretter la Salpêtrière pour les quelques biscuits qu'il t'a donnés ? »

Charlotte ne répond pas immédiatement.

« La Maison Saint-Louis était ma maison, dit-elle enfin.

— Elle était si jeune à son arrivée, explique Étiennette en se tournant vers Geneviève, qu'elle ne se rappelle plus qui l'y a amenée. »

Charlotte lui lance un regard peiné.

« Si, je m'en souviens. »

Geneviève resserre la ficelle de son sac en toile, cherche quelque chose à dire.

« Tu connais donc la Salpêtrière mieux qu'aucune d'entre nous, suggère-t-elle.

— Sans aucun doute, rétorque Charlotte. Nous ralentissons.

— Ce n'est pas trop tôt, soupire Étiennette, je ne sens plus mes fesses. »

Une brune ajoute qu'elle a faim et d'autres femmes lui font écho. Dans la première charrette, sœur Gertrude se penche vers un fermier au visage buriné. Comme tous les autres paysans, il fixe la longue file du convoi, l'air éberlué ; son chien blond inspecte les roues des voitures, sa queue agitant les fleurs jaunes de colza. Étiennette se plaint de picotements dans les pieds mais Geneviève garde le silence. Elle sent ressurgir le malaise qui l'étreignait à la Grande Force, quand l'obscurité et la solitude lui faisaient perdre la tête. Cet après-midi, elle avait l'impression de partir à l'aventure. Elle avait réussi à échapper à la

Salpêtrière. Elle allait de l'avant. Maintenant qu'elle suit les femmes vers un nouveau dortoir, elle ne parvient plus à ignorer les trois nonnes et les policiers qui les escortent.

Mais en entrant dans la grange au sommet de la colline, Étiennette se comporte comme si personne ne les surveillait.

« Essayons de rester ensemble, propose-t-elle. Toutes les trois. Où est Charlotte ? »

Le chien du fermier jappe, les autres filles se faufilent déjà entre les bottes de foin.

« Elle doit être devant », dit Geneviève, et la réponse d'Étiennette est couverte par les voix des femmes, la discussion de deux garçons de ferme, adossés aux portes en bois. « Regarde celle-là ! Encore un peu de lait ? » lance le plus grand des deux, et Geneviève devine sans mal qu'il parle de Pétronille. Elle croit apercevoir Charlotte près d'une brouette, mais quand la fille se redresse, elle a au moins deux ans de plus. Geneviève se fraye un passage, sœur Gertrude les prie de se préparer pour vêpres. La poussière tourbillonne au-dessus de la paille comme une nuée d'insectes gris et minuscules, flottant dans la lumière du soir. Au fond de la grange, les derniers rayons de soleil tombent en oblique ; ils tachent les poutres, le plancher du grenier, Charlotte en dessous, ses cheveux rouges, son bonnet froissé entre ses mains. Elle se décale légèrement, juste assez pour qu'une seule personne puisse s'asseoir.

*

Geneviève rencontra Félicien grâce à sa sœur. Amélie était mince mais forte, capable de soulever n'importe quelle pile de linge sale pour la porter de l'hôtel particulier jusqu'à la Seine. Le bout de ses doigts était toujours froid, bleuté en hiver, d'un rose vif en été. Geneviève découvrirait, des années plus tard, que c'était aussi vrai de ses orteils et de son nez. Elles avaient treize ans l'année de leur rencontre. Félicien en avait douze ; élancé, souple, enfantin, comme les garçons le sont souvent jusqu'à ce qu'ils grandissent subitement.

La famille de Geneviève avait disparu l'année précédente. Ils étaient morts de ce qui n'aurait jamais dû les toucher, du froid et de la misère dont la Provence et leurs vers à soie les avaient longtemps protégés. Le jour où elle fit la rencontre d'Amélie au Petit Marché du Marais, Geneviève était livrée à elle-même depuis des mois – seule dans cette ville brutale qu'elle connaissait mal, aux gens rudes et pâles, aux averses abruptes et à la boue permanente. Elle était prête à tout pour quitter son poste à la tannerie des berges de la Bièvre et abandonner la pièce puante qu'elle partageait avec six gamins – tous plus jeunes qu'elle –, aux vêtements imprégnés de l'odeur des peaux d'animaux. Quand Amélie lui parla de la position de blanchisseuse chez Mme d'Argenson, Geneviève osa à peine y croire. Pour la première fois depuis qu'elle avait quitté la Provence, elle avait une décision à prendre. Elle accepta sur-le-champ.

C'est Amélie qui l'emmena au bateau-lavoir où se réunissaient les lavandières du quartier. À bord de

La Sirène, Geneviève sentait parfois ses doigts frôler les siens, leur peau aussi froissée et humide que les draps qu'elles lavaient. Entre deux coups de battoir, elles discutaient d'elles, de Paris. Geneviève avait son histoire préférée : celle d'une mère devenue folle de chagrin à la mort de son fils et qui, désespérée, avait décidé de retrouver son corps. La femme avait prié. Elle avait planté une bougie dans une miche de pain, posé la miche dans un panier, le panier sur la Seine. Elle espérait qu'en dérivant, le panier lui indiquerait l'endroit exact où son fils s'était noyé. Au lieu de quoi, la chandelle avait flotté jusqu'à deux navires aux cales remplies de foin ; elle avait mis le feu aux vaisseaux, qui avaient à leur tour brûlé le pont Notre-Dame et plongé dix maisons en flammes dans l'eau. Amélie avait une manière de raconter cette anecdote qui faisait sourire Geneviève. Dans la bouche de son amie, l'histoire ne parlait plus de mort et de destruction, mais d'erreur humaine, d'espoirs fous et de gestes insignifiants devenus grands.

Où était Félicien à cette époque-là ? Il était partout. Dans les écuries, occupé à panser des juments dodues et des poulains qui tenaient à peine debout. Attablé dans les cuisines, les bras de sa sœur jetés autour de son cou, un pichet de vin devant eux. De retour des Halles, où il avait dépensé ses quelques sous pour acheter des pommes à la peau aussi brillante que celle des bébés. Il les tendait à Geneviève et à Amélie, et les fruits croquaient sous leurs dents.

Geneviève avait toujours trouvé Félicien beau. Il lui fallait souvent quelques secondes avant de comprendre ses plaisanteries, souvent absurdes, et elle les préférait comme ça. Il grandit en un seul été, apprivoisa ses longues jambes au cours de quelques semaines ensoleillées. Cet automne-là, au bal de la rue Mouffetard, ils ne se joignirent plus aux rondes comme ils en avaient l'habitude ; leur groupe de trois s'était divisé en duos.

*

Il faut presque dix jours de voyage pour rejoindre la Loire, et Geneviève ne se souvient pas d'avoir progressé si lentement en traversant la France avec sa famille. Les harnais des bœufs se couvrent de sueur et de boue à mesure que les bêtes piétinent vers le sud-ouest. Depuis les champs, les paysans fixent les femmes ; quelques-uns leur souhaitent bonne route, d'autres baissent la voix en les observant. Geneviève ne veut pas savoir ce qu'ils marmonnent. Elle s'efforce d'éviter de penser au policier à Paris, celui qui aurait voulu emporter d'autres caisses de cartouches.

Le soir, les nonnes les mènent aux granges, aux étables et aux cours où les canards et les poules se dandinent entre les matelas de fortune. Les filles ne dorment dehors qu'une seule fois, près de Nemours, l'obscurité de la nuit de campagne trouée d'étoiles, si nombreuses que le ciel en devient presque blanc ; Geneviève en a le souffle coupé. Depuis qu'elle a laissé Paris derrière elle, son sommeil est moins troublé. Ses discussions avec Étiennette l'aident. Après des mois d'isolement, elle est soulagée de pouvoir offrir son histoire à quelqu'un, de l'entendre s'émerveiller des péripéties de son récit. Il y a quelque chose d'attachant dans les questions d'Étiennette au sujet de Félicien, dans sa façon d'ignorer les compliments des fermiers – on voit bien qu'elle n'a jamais connu de garçons, qu'elle s'inspire des frasques de sa sœur à Paris et à Versailles pour ne pas se trouver à court d'histoires. À chaque fois qu'Étiennette mentionne Marceline ou *La Mutine*, le navire à bord duquel son aînée a traversé l'Atlantique, le visage de Charlotte se ferme. Étiennette n'a pas l'air de remarquer quoi que ce soit.

« Tout cela paraît si lointain. N'est-ce pas ? » demande-t-elle quelques jours après Nemours. Geneviève hoche la tête sans quitter du regard les champs dorés. Elle ne ment pas tout à fait. Félicien lui semble lointain ; Amélie, la Provence resteront toujours près d'elle.

Charlotte lui adresse à peine la parole, ne s'intéresse pas à ses histoires. Elle parle de la Salpêtrière, décrit des bâtiments dont Geneviève ignorait l'existence – l'apothicairerie, la rue de la Lingerie, l'atelier de broderie, le jardin de la Supérieure. Elle baisse les yeux le jour où Geneviève mentionne une couturière que Madame faisait parfois appeler ; mais quand elle lui demande ce qui la tracasse, Charlotte hausse les épaules et ne dit plus un mot de l'après-midi. « Une sœur officière lui a un jour raconté qu'elle devait son nom à une couturière », lui explique Étiennette ce soir-là. Elle lui demande pourquoi, et Étiennette soupire. « À cause du bout de tissu brodé avec lequel elle est arrivée à la Salpêtrière. »

À Orléans, Geneviève se réveille à nouveau à bout de souffle. Elle parcourt du regard le dortoir sombre de l'auberge, convaincue d'avoir entendu un cri. Rien. Somnolente, elle essaye de se souvenir des hôtes qui les ont accueillies plus tôt dans la soirée, un couple avenant et un jeune homme, mais elle ne parvient pas à se rappeler le visage des autres clients. Elle tend l'oreille, à l'affût d'un autre son. Le soupir triste d'un bœuf, Charlotte ronflant derrière l'épaule d'Étiennette, un gémissement étouffé de l'autre côté du mur, un martèlement doux. Elle écoute, mais doit s'endormir puisqu'en ouvrant les yeux, la pièce est inondée de lumière, les filles presque déjà toutes levées. Dehors, Charlotte demande à Étiennette si elle a perçu le moindre bruit, la nuit dernière. « J'ai dormi comme un bébé », répond-elle.

Elles quittent Orléans, reviennent aux hameaux, aux champs et aux forêts. À l'aube, des fermières leur servent des bouillons fumants payés par les nonnes et les policiers. Il manque toujours des bols et lorsque Geneviève en réclame d'autres, on lui ordonne de s'asseoir et de patienter. Les femmes se blottissent les unes contre les autres, le froid de la nuit niché dans leurs mains, leurs ongles cassant la mie épaisse du pain. Geneviève laisse Étiennette manger en premier, elle ne sent pas l'humidité dont les autres se plaignent. À la Grande Force, elle se réveillait parfois les coudes enfoncés dans la neige, les membres si courbatus que le moindre mouvement la faisait souffrir. Elle essaye de faire passer de la nourriture à Charlotte, mais la petite attend toujours qu'Étiennette ait fini de déjeuner, les yeux sur son amie, sur ses lèvres appuyées contre le bol. Quand Étiennette le lui tend enfin, Charlotte détourne le regard, les joues rouges.

Le jour où elles sont censées enfin rejoindre le fleuve, Geneviève se retrouve seule avec Charlotte. Devant elles, Pétronille fixe son bol encore plein, le menton dans la main. Étiennette est partie s'accroupir dehors, là où le tas de fumier couvre l'odeur des femmes. Charlotte continue de plier son jupon, elle ne prête pas la moindre attention à Geneviève. La petite la met mal à l'aise, lui donne l'impression d'être sans cesse au mauvais endroit au mauvais moment. Dans l'écurie désertée, on n'entend que Pétronille avaler sa soupe. Pour une fois, Geneviève ne sait pas quoi dire ; elle ne partage rien avec Charlotte à part leur périple et Étiennette.

« J'ai l'impression que nous n'atteindrons jamais la côte, offre-t-elle.

— Ce n'est pas pour te déplaire.

— Comment ça ? »

Charlotte garde le silence, s'acharne sur la ficelle fragile avec laquelle elle tente de refermer son sac.

« Ce voyage nous donne le temps de faire connaissance », reprend Geneviève. Le nez de Charlotte se fronce.

« Il te donne surtout le temps d'apprendre à connaître Étiennette. » Charlotte marque une pause. « Tu dois être contente d'être sortie. »

Geneviève sent un frisson lui parcourir l'échine. Charlotte tire une dernière fois sur la cordelette de son sac, puis un autre baluchon tombe par terre, et les cheveux blonds d'Étiennette oscillent entre elles.

« Qu'y a-t-il ? »

Ses yeux errent de Geneviève à Charlotte.

« Charlotte, tu as l'air fâchée.

— Tout va pour le mieux, intervient Geneviève. Nous discutions simplement de la prochaine étape du voyage. »

Charlotte rougit, la tête baissée. En voyant son visage furieux, Geneviève tressaille.

« Évidemment. La prochaine étape », répond Charlotte.

Geneviève la regarde traverser la cour de la ferme, ses bras maigres se balançant contre sa robe terne. Sortie d'où ? voudrait-elle savoir. La Salpêtrière, lui rétorquerait Charlotte. Pendant un bref instant, un doute terrible saisit Geneviève, et elle se demande si la petite en sait plus que les autres femmes à son sujet. Elle tente de se rassurer, se répète que c'est impossible. Sous la colère naissante, son inquiétude s'écaille. Cette gamine ne connaît pas sa chance d'être sur la route, accompagnée de son amie d'enfance qu'elle n'a pas été forcée de quitter ; à son âge, Geneviève luttait pour survivre dans une ville qui ne lui offrirait que la solitude de ses rues et de ses prisons. Elle a été isolée trop longtemps pour faire ce voyage seule.

« Ne t'en fais pas, la rassure Étiennette en souriant, elle a peut-être enfin commencé à saigner. »

*

Chez Mme d'Argenson, lorsque Geneviève se mit à compter les semaines depuis ses dernières règles, elle n'en parla à personne, pas même à Amélie. Si elle l'avait fait, il aurait fallu en dire bien plus, et elle n'avait pas envie que son amie apprenne – pas là, pas comme ça – ce qui s'était passé avec Félicien. Ce n'était arrivé qu'une seule fois. Ça ne signifiait rien, rien de plus que les étreintes des couples qu'elles apercevaient souvent dans les ruelles, à la nuit tombée, en rentrant de *La Sirène*. Geneviève ne pouvait pas exprimer ce qu'elle-même n'avait pas encore compris : coucher avec Félicien avait été la manière la plus proche d'aimer Amélie.

Elle décida qu'elle était assez grande pour se débrouiller sans l'aide de personne. Elle avait entendu les histoires de femmes qui ne voulaient pas garder leur enfant. On racontait que manger de l'absinthe stimulait le sang. La nuit, elle s'introduisait dans les cuisines désertes et mâchait les herbes amères qui lui donnaient la nausée, lui broyaient l'estomac. Au matin, elle se réveillait épuisée. Elle s'agenouillait sur son lit à la recherche des taches qui feraient taire les autres domestiques et ne trouvait rien d'autre que les marques salées de sa propre sueur.

Elle essayait de gagner du temps. Elle imaginait son ventre, rond, puis à nouveau plat – le regard que Madame lui jetterait en la renvoyant, comme si elle lui avait craché au visage. Elle voyait Amélie, courbée au-dessus des cuves du bateau-lavoir, seule. Mais Geneviève ne parvenait pas à se figurer de bébé. Rien de plus que cet endroit sombre et humide, juste en dessous de ses seins, cette partie de son ventre qu'elle imaginait rouge, de la couleur chaude et mouvante des paupières fermées.

*

Geneviève n'a connu que deux fleuves jusqu'ici : le Rhône qui a mené sa famille à Paris, la Seine qui l'a recueillie avec Amélie. Le troisième, la Loire, lui semble interminable. Au cours des deux dernières semaines passées à en suivre le cours, elle a aperçu des donjons et des châteaux, leurs toitures aussi étincelantes que des pâtisseries dorées au jaune d'œuf. Peu après Tours, une femme s'est moquée de Pétronille, le doigt pointé vers l'un des domaines, demandant si la châtelaine souhaiterait être déposée chez elle. Puis la réponse de Pétronille, sèche et inattendue : « Taisez-vous. » La fille ne se l'est pas fait dire deux fois.

Aujourd'hui, même Charlotte peine à dissimuler son enthousiasme. Leur navire les attend à Paimbœuf, elles abandonneront bientôt les charrettes. Juste après Nantes, la petite parlait à Étiennette d'une portée de chatons, d'un bouquet de marguerites offert par le gamin d'un maréchal-ferrant. Charlotte n'adresse plus la parole à Geneviève. C'était un soulagement, au début – sans mots, les reproches devenaient plus faciles à ignorer. Tant qu'elle les garde toutes les deux proches d'elle, ce nouvel arrangement ne semble pas gêner Étiennette. Ce matin, Geneviève a entendu Charlotte chantonner en empilant les bols vides du déjeuner. Elle était de dos et chantait comme on le fait lorsqu'on se croit seul. Geneviève ne se souvient plus des paroles. Seul reste son timbre chaleureux, aussi riche et dense que le miel noir de son enfance, celui que son voisin tirait des châtaigniers de Provence.

La petite la rend de plus en plus anxieuse. Geneviève n'imagine pas passer un mois de plus comme ça. Elle ne peut s'empêcher de se demander ce que Charlotte serait prête à faire pour la tenir à l'écart. Les insultes que lui murmurait Madame dans sa cellule de la Grande Force surgissent à nouveau et cette fois-ci, ce n'est plus la voix de sa maîtresse qu'elle entend, mais la sienne. Ne sois pas idiote. Tout ne tourne pas autour de toi. Charlotte n'est qu'une enfant.

Les charrettes s'immobilisent dans le port. Les femmes se redressent puis se lèvent – toutes, à l'exception de Pétronille. Geneviève tente d'attirer son attention mais la brune garde la tête basse, les mains plaquées contre ses côtes. Un policier les somme de descendre et Geneviève s'empresse d'obéir. Après des semaines de voyage, elle n'a qu'une envie : marcher, détendre ses muscles engourdis. Elle espérait que l'océan les attendrait à Paimbœuf. Mais elle comprend enfin ce que sœur Gertrude expliquait ce matin à l'une des nonnes. Cette ville n'est rien de plus qu'une étape : avant de larguer les amarres pour de bon et de faire route vers la Louisiane, *La Baleine* les emmènera jusqu'à la côte atlantique, où des marins prépareront le bateau pour son périple. Geneviève fixe la Loire ; le sable de ses îles rondes casse la surface de l'eau comme des seins dans un bain.

Elle n'a jamais vu de navire aussi imposant. Le bateau-lavoir parisien n'est rien à côté de *La Baleine.* Ses trois mâts ressemblent à la potence de la place de Grève, ses voiles hissées à l'ombrelle d'une jeune fille ; les poutres qui les soutiennent, aux bras d'un enfant sur un chemin trop étroit, s'efforçant de garder son équilibre. Le navire est dodu, sa coque peu profonde, ses petits canons pointés vers le rivage, vers elles. Des hommes cavalent d'un mât à un autre, grimpent et dévalent les échelles des deux ponts surélevés. Depuis le port, leurs pas demeurent parfaitement silencieux.

Les nonnes les comptent pour la énième fois. Geneviève sent les mains des policiers la pousser vers la file, juste derrière Charlotte et Étiennette. Elle entend un reniflement discret, jette un coup d'œil à Pétronille mais un bruit sourd la fait sursauter. La passerelle vient de s'écraser entre le quai et le navire. Devant elle, Charlotte serre la main d'Étiennette.

« J'ai le vertige, murmure-t-elle.

— Ce sera rapide », la rassure son amie.

Elle passe en premier, suivie de Charlotte. La Loire est plus tumultueuse que la Seine et bientôt, les pavés s'effacent sous les pieds de Geneviève, le bois humide ploie sous ses chaussures, et elle se revoit dans les cuisines de Madame, un œuf à la main, les doigts d'Amélie entourant les siens, son index placé en haut de la coquille et son pouce en dessous – lui chuchotant de serrer, plus fort, lui promettant que l'œuf ne se casserait pas. Sa mère lui avait dit la même chose de la soie.

« Ne regardez pas en bas », lui lance-t-on depuis le navire.

Mais c'est impossible. Geneviève baisse la tête comme lorsqu'elle se hissait à bord du bateau-lavoir ; la pente abrupte de la coque rencontre le remous de l'eau, soudain très proche. Encore un, deux, trois pas et Étiennette la tire vers les canons et le pont. Sous elle, *La Baleine* se meut imperceptiblement. En se retournant, Geneviève voit les femmes osciller sur la passerelle et, derrière elles, les maisons du port, immuables. Pétronille trébuche en montant à bord, sa manche pressée contre ses lèvres et elle aimerait lui demander si elle va bien, mais on lui crie de se hâter. Au pied de l'un des mâts, à l'entrée de la cale, les filles disparaissent entre les battants ouverts de l'écoutille, sous l'œil attentif de sœur Gertrude. Le vent agite les longs voiles qui encadrent le visage de la nonne. Charlotte se tient à sa droite, les mains croisées.

« Viens, dit Étiennette.

— Et Charlotte ?

— Ne t'en fais pas, elle nous rejoindra. »

Pétronille passe à côté d'elle. Son visage est livide, ses lèvres pincées.

« Pourquoi ? » demande Geneviève.

Étiennette hausse les épaules, soulève ses jupes.

« Elle voudrait s'entretenir avec sœur Gertrude. »

Geneviève imagine tout ce que Charlotte pourrait inventer sur elle, tout ce que la nonne pourrait lui raconter. Elle ne sait pas quelle version serait pire. Elle pose sa main sur l'épaule d'Étiennette.

« À quel sujet ?

— Dépêchons, Mesdemoiselles, s'il vous plaît ! lance sœur Bergère.

— Je n'en ai pas la moindre idée. Viens », répète Étiennette.

Un mousse tire sur un cordage, le regard levé vers l'un des mâts, mais Geneviève n'a pas le temps de voir ce qu'il en tombera. Elle doit à nouveau se concentrer sur ses pas pour descendre l'échelle qui s'engouffre dans les profondeurs de *La Baleine*, jusqu'à son entrepont détrempé. Elle attend que ses yeux s'habituent à l'obscurité, que les ombres émeraude s'estompent. En levant la tête vers l'écoutille, elle aperçoit Charlotte discuter avec sœur Gertrude, les deux femmes sur fond de ciel gris, le menton baissé, comme si elles l'observaient.

*

Geneviève avoua à Amélie qu'elle était enceinte au bord de la Seine. Les nuages étaient d'un rose fragile ce soir-là. Elle n'avait pas prévu de lui admettre la vérité alors qu'elles pliaient les derniers draps, ramassaient leurs battoirs avant de rentrer à la maison. Mais sur le quai, la nausée l'avait prise subitement. Quand sa vue s'était dégagée, elle avait sous les yeux deux canetons, un bonnet à la dérive et d'énormes algues qui ondulaient sous la surface de l'eau. Geneviève tâcha de respirer par la bouche pour éviter d'avaler l'odeur âcre du fleuve. Elle craignait de se remettre à vomir si elle devait jeter le nom de Félicien au visage de son amie. Mais elle n'eut même pas à le prononcer ; Amélie le fit pour elle.

Lorsque Geneviève parvint à se relever, le regard d'Amélie était posé sur la Seine, au-delà de *La Sirène*, ses doigts pressés contre sa propre mâchoire, comme si elle s'efforçait de contenir quelque chose de violent. « S'il ne s'agissait pas de mon frère, finit-elle par dire, tu m'en aurais déjà parlé. » Même si ce n'était pas une question, Geneviève acquiesça. « Il ne saurait pas comment t'aider », reprit Amélie. Elle répéta la même phrase, comme si ces mots la réconfortaient. Au-dessus du pont, trois mouettes se répondaient. « Mais moi, je sais. »

Deux jours plus tard, Amélie lui confia l'adresse d'une maison rue de Buci, sur la rive gauche. Amélie connaissait une fille dont la sœur s'y était rendue. Si elles avaient pu demander autour d'elles, Geneviève était certaine de découvrir que la fille de la laitière, la cousine du cordonnier ou la mère du cocher avaient déjà toqué à cette même porte – ces femmes auraient pu lui raconter ce qui l'attendait, une fois son seuil franchi. Au lieu de quoi, elle attrapa un panier vide et traversa la Seine seule. Elle ne voulait pas attirer l'attention en y allant à deux. Elle ne pouvait pas se permettre de perdre Amélie en plus de l'enfant qu'elle portait.

*

Après une journée en mer, *La Baleine* ne lui paraît plus si vaste. L'entrepont où sont confinées les femmes pourrait être une nouvelle cellule – même si celle-ci, au moins, l'emmène ailleurs. L'obscurité et l'humidité règnent, l'eau s'acharne contre la coque. Allongée, Geneviève écoute le ressac battre à son oreille, le pont vibrer contre sa tempe ; la Loire puis l'Atlantique semblent sur le point de l'engloutir. Au cours de ses premières nuits à bord de *La Baleine*, elle rêve d'eau, d'un pays traversé de rivières charriant du bois mort ; dans ces rêves, personne ne lui adresse plus la parole. Elle se réveille le souffle court, et le clapotis des vagues résonne toujours, l'odeur de bois pourri persiste. « La cale sera remise à neuf à Lorient », leur assure sœur Gertrude à l'aube du quatrième jour. Elle ajoute que des bancs et des matelas seront fournis pour leur confort.

Étiennette et Charlotte sont installées près de l'un des sabords qu'il est interdit d'ouvrir. Le matin du départ, Geneviève a vu Charlotte chuchoter quelque chose à l'oreille d'Étiennette. Elle a beau se répéter que la fillette ne lui ferait jamais de mal, elle ne peut s'empêcher d'imaginer les nonnes apprenant son passé d'avorteuse, ordonnant qu'un policier la ramène à la Salpêtrière. Alors elle décide de rester aux côtés de Pétronille, malade depuis leur départ de Paimbœuf. Elle tient un seau sous son menton, s'approche pour l'entendre murmurer : « Merci. »

L'accès au pont leur demeure défendu jusqu'à Lorient. Parfois, Geneviève sent son cœur s'emballer, comme à la Grande Force. Lorsqu'elle peine à respirer, elle ferme les yeux. Elle s'efforce d'ignorer les pas des marins au-dessus de sa tête, le son glaçant des bourrasques dans les mâts. Elle pense à la Provence, au sentier sinueux qui coupait à travers champs, à ce raccourci qu'elle ne pouvait emprunter qu'au coucher du soleil, une fois que les abeilles laissaient la lavande en paix. Elle se réfugie à La Bastide-des-Jourdans aussi longtemps qu'elle le peut.

La première fois qu'elle voit l'océan, à Lorient, elle se remémore ces champs bleus. Le vent qui y soufflait, l'ondulation liquide des fleurs. Depuis le pont, elle fixe les vagues sombres, épaisses, argentées qui s'écrasent sur la plage, s'enroulent pour se fondre dans la ligne plate de l'horizon. Elle ignorait que son regard puisse porter aussi loin. Face à l'Atlantique, un vertige l'étreint. Jusqu'à présent, elle n'avait pas véritablement saisi ce que voyager en Louisiane impliquait. Elle se dit qu'au-delà d'une telle masse d'eau, rien n'aura plus d'importance. Elle pourrait à nouveau être libre. Et à ce moment-là, alors qu'elle s'apprête à débarquer dans le port breton, il lui semble impossible que quiconque puisse lui enlever ça.

*

Le jour où Geneviève avala les plantes achetées rue de Buci, quelques minutes de sa vie disparurent. Elle les oublia comme elle oublie chaque soir l'exact instant où elle s'endort, se réveillant effrayée, surprise à l'idée qu'elle ait pu perdre trace d'elle-même pendant si longtemps. Elle sait que ça ne signifie pas qu'il ne s'est rien produit. Il y avait un bébé et puis il n'y en avait plus. C'était aussi simple que ça – aucun souvenir, juste des faits. Elle était endormie et puis elle ne l'était plus.

Quand elle se mit à extraire le jus d'armoise, de rue et de sabine pour offrir ces mixtures opaques à d'autres femmes, c'est ce qu'elle prit l'habitude de leur dire : « N'y pensez pas. Bientôt, ce sera comme si vous vous réveilliez d'un mauvais rêve. Mais au moins vous aurez eu le choix. »

*

À Lorient, l'auberge choisie par les nonnes se trouve près du port. Mais de l'unique fenêtre de la chambre que Geneviève partage avec Pétronille, Étiennette et Charlotte, elle ne voit pas l'océan qui les emmènera bientôt loin d'ici. Pourtant pas avant plusieurs semaines : sœur Gertrude leur a expliqué qu'il faudra encore attendre l'arrivée des concessionnaires, la fin du carénage du navire. Le premier soir, Geneviève observe Étiennette et Charlotte assises à l'autre bout de la table. À bord de *La Baleine*, elle n'a pas pu se résoudre à interroger la petite sur sa discussion avec sœur Gertrude. La cale ressemblait trop à la Grande Force : obscure, close, imbibée d'une odeur aigre et marine. Mais de retour sur la terre ferme, contrainte de dormir dans la même chambre qu'elle, Geneviève sait qu'elle n'a plus le choix.

Après souper, elle découvre Pétronille étendue sur leur lit. Le sol est couvert de vomi ; le bas de la robe de Charlotte aussi. Étiennette se tient à l'écart, une main plaquée contre ses lèvres. Charlotte ajuste avec douceur son sac en toile sous la tête de Pétronille. Elle recule quand Geneviève entre dans la pièce.

« Que s'est-il passé ? » demande cette dernière.

Les joues de Pétronille reprennent peu à peu des couleurs. Elle lui sourit faiblement.

« J'ai l'impression d'être encore en mer, dit-elle.

— Mais tu ne l'es plus, répond Geneviève.

— Je vais chercher de l'eau et des torchons », intervient Charlotte.

Geneviève s'écarte pour la laisser passer.

« Attends, je t'accompagne. »

Dans le couloir, elle se faufile entre les femmes qui remontent de la salle à manger, presse le pas pour rattraper Charlotte dans les escaliers.

« Que veux-tu ? » demande cette dernière.

Geneviève ne voit que son dos, ses pieds qui battent les marches. Elle attend qu'elles aient atteint le palier du dernier étage, désert, pour prendre la parole.

« Tu t'es entretenue avec sœur Gertrude », dit Geneviève.

Les yeux de Charlotte tombent sur le seul coffre du couloir.

« En effet.

— Pourquoi ?

— Ça ne te regarde pas.

— Ce qu'elle t'a confié à mon sujet me regarde. »

Charlotte la dévisage ; la pénombre éclipse ses taches de rousseur.

« Tu étais enfermée à la Grande Force, comme je m'en doutais.

— Comme tu t'en doutais. »

Geneviève se dit qu'elle ment, mais la fillette ne cille pas. Ses jambes lui semblent soudain trop faibles pour la porter.

« Que t'a-t-elle raconté d'autre ? »

Charlotte s'agenouille près du coffre. Lorsque Geneviève répète sa question, elle reconnaît à peine sa propre voix.

« Elle a dit… » commence Charlotte. Elle se racle la gorge, poursuit : « Sœur Gertrude a dit qu'elle se fichait de ce que nous avions pu faire. Qu'elle n'avait pas dressé cette liste. » Elle marque une pause, l'air soudain très triste. « La Supérieure nous a choisies. Sœur Gertrude doit simplement s'assurer que nous arrivions en Louisiane saines et sauves. »

Pendant un instant, le soulagement empêche Geneviève de répondre. Elle partira pour le Mississippi, quoi qu'il se passe.

« Si tu savais que j'étais prisonnière à la Grande Force, demande-t-elle, pourquoi interroger sœur Gertrude ? »

La fillette se mord la lèvre.

« Parce que, explique-t-elle, Étiennette refusait de me croire. »

Geneviève détourne les yeux. Elle s'est fait des idées, Charlotte n'a jamais eu l'intention de la renvoyer à la Salpêtrière. Elle voulait simplement la tenir à l'écart d'Étiennette. Geneviève pense à tout ce qu'elle aurait fait pour Amélie, à l'unique chose qu'elle n'a pas su lui donner. Elle aimerait ne pas comprendre Charlotte, mais elle ne peut s'empêcher de compatir. Elle se reprend. Savait-elle déjà, à cet âge-là, qu'Amélie deviendrait un jour plus qu'une amie ? Elle la revoit le tout premier jour chez Madame, l'après-midi d'automne où Amélie lui a montré leur chambre. Non, bien entendu. Rien que la joie simple, l'apaisement profond qui l'avaient envahie à l'idée de partager son quotidien avec quelqu'un.

« Tiens, dit Charlotte en lui tendant un torchon. Pour Pétronille. »

Geneviève referme sa main sur le chiffon mais ne bouge pas. Elle la regarde dévaler les escaliers, les seaux à bout de bras. Elle ne sait pas combien de temps elle reste là, sur le palier du deuxième étage, seule. Une lourde pluie d'été s'est abattue sur le toit, et l'auberge bourdonne, un fracas sourd et persistant qui lui rappelle celui de l'eau contre la coque de *La Baleine*.

*

Amélie ne quitta plus Geneviève après qu'elle eut perdu le bébé. Sa présence la rassurait. Posés sur ses joues, ses doigts froids lui faisaient l'effet d'un tissu frais contre des tempes fiévreuses. Elle fermait les yeux et pensait aux arcs-en-ciel suspendus entre les cils, quand le soleil s'est glissé sous des paupières trop longtemps fermées. Geneviève l'écoutait descendre aux cuisines, attendait qu'elle revienne s'allonger à ses côtés, son visage tout près du sien. Dès qu'Amélie se concentrait, elle écorchait sa lèvre supérieure de son doigt, son ongle couvrant ses dents, le menton caché derrière son pouce. Elle grattait là où le triangle de peau entre nez et bouche se fait lèvre, où la bouche devient humide. La petite blessure ne cicatrisait jamais vraiment. On la remarquait à peine, et pourtant, elle rendait chaque baiser différent.

L'été à Paris ; Madame était partie rendre visite à la cousine de son mari, souffrante, et ne rentrerait pas avant la fin du mois. Elles se retrouvaient dans des endroits où elles n'avaient jamais été auparavant. Dans le grenier, entourées de souris intrépides et de commodes qui avaient survécu aux règnes de plusieurs rois ; dans l'orangerie, à l'ombre de fruits qui n'auraient jamais dû pousser à Paris mais qui y parvenaient. Elles partageaient le même lit et remerciaient leur maîtresse de la promiscuité qu'elle imposait à ses domestiques ; la nuit, lorsque leurs doigts couraient le long de leurs côtes et que leurs cuisses se rencontraient, elles tiraient les couvertures, respiraient l'air chaud qui se glissait entre elles, se serraient l'une contre l'autre jusqu'à ce qu'il n'y ait plus de place pour quoi que ce soit d'autre.

Ensuite, Geneviève ouvrait la fenêtre. Elle laissait entrer la brise, contemplait l'aube incolore. Dans la rue, la voisine grondait des gamins aux chemises souillées. Des tonneaux de bière imprimaient des empreintes rondes et mouillées dans la boue. Paris n'était plus la ville haïe qui avait tué sa famille ; Amélie l'avait adoucie, transformée.

*

Alors que le mois d'août touche à sa fin et que les premiers jours de septembre s'installent, Étiennette se comporte différemment avec elle. Geneviève aimerait pouvoir se convaincre qu'elle se fiche de son amitié, mais ce n'est pas le cas. Elle perd l'appétit. Dans la cour de l'auberge, elle frotte les boucles grasses de ses cheveux, enfin redevenus châtains, mais personne ne lui a gardé d'eau propre et le bac qu'elle utilise est déjà sale. Le soir, Étiennette s'endort après un simple « bonne nuit ». À la messe, dans l'église Saint-Louis de Lorient, Charlotte garde les yeux clos, le visage levé vers la nef inachevée. Les prières n'apportent aucun réconfort à Geneviève. Elle écoute le vent souffler dans les vitraux brisés, comme si leurs personnages expiraient l'air de la mer.

Pétronille n'a pas été malade depuis leur première nuit à Lorient. Pourtant elle ne parle presque plus. Ni aux autres femmes ni même à Geneviève, et ce silence écrasant la peine. Il n'y a plus personne pour se demander à quelle date *La Baleine* lèvera enfin l'ancre ; quand arriveront le prêtre et les concessionnaires de Mme Chaumont, une riche propriétaire terrienne – si les rumeurs sont vraies : le navire doit apporter des vivres à la colonie, ces terres où le blé et le tabac étaient pourtant censés pousser comme du chiendent.

Entourée d'une centaine de femmes, Geneviève se sent plus seule que dans sa cellule de la Grande Force.

Mi-septembre. L'air s'alourdit à nouveau, comme si l'automne ne devait jamais venir. Dans la chambre désertée, elle inspecte les coutures de ses habits. Les autres femmes sont descendues rapiécer leur linge à l'aide des aiguilles et de la tiretaine offertes par les sœurs ursulines du couvent voisin. Sœur Gertrude ne cesse de saluer leur générosité ; l'oisiveté est mère de tous les vices. Les filles s'empressent de déplier leurs chemises. S'il faut les raccommoder, ça ne peut signifier qu'une chose : le départ approche.

La porte s'ouvre brutalement et Geneviève manque de lâcher ses bas. Mais ce n'est ni Étiennette ni Charlotte. Pétronille se tient sur le seuil, les cheveux lâches, les doigts serrés autour de son bonnet.

« Qu'y a-t-il ? » demande Geneviève.

Pétronille jette un regard par-dessus son épaule, referme la porte.

« J'espérais te trouver ici, répond-elle. Je sais ce qu'Étiennette raconte à ton sujet. »

Les mains de Geneviève se figent au-dessus de son jupon.

« Elle prétend que tu peux m'aider », poursuit Pétronille.

Sa voix est aussi calme que lorsqu'elle lui décrivait les fleurs de son herbier à bord de *La Baleine*. Elle baisse la tête, et il faut quelques secondes à

Geneviève pour comprendre qu'elle ne regarde pas ses pieds mais son ventre.

Les voix des servantes dans la cour s'estompent. Elle est soudain de retour rue de Buci, assise face à la fille qui attendait avec elle, cette femme ronde qui sursautait au moindre bruit, dont le visage trahissait le même espoir que Geneviève lit maintenant dans les yeux de Pétronille. Elle est à nouveau étendue sur le matelas d'une chambre sans fenêtres, les draps poisseux lui collent à la peau, les doigts étrangers de la vieillarde la palpent, la touchent comme on éplucherait un fruit. Elle revoit le plafond souillé, la nuit d'une pièce qui n'a jamais connu le soleil, sent la poignée d'herbes lui gratter les doigts – celles qu'Amélie écraserait ce soir-là dans un bol, que Geneviève tendrait un mois plus tard à la première fille qui viendrait la trouver. Ce jour-là, dans la maison de la rive gauche, Geneviève n'avait pas pu s'empêcher de demander à la vieille femme ce qu'elle devrait faire si les plantes ne fonctionnaient pas. Elle la voit rattraper le châle qui glissait de ses épaules, entend encore sa réponse : « Élève ton enfant. »

« Je suis désolée de ne pas en avoir parlé avant. »

Geneviève scrute le visage épuisé de Pétronille. Elle n'arrive pas à se rappeler la dernière fois qu'on a eu besoin d'elle.

« Ça n'a pas d'importance. Depuis combien de temps ? dit-elle.

— Le soir où nous avons dormi à Orléans. À l'auberge. »

Geneviève se souvient des bruits qu'elle a entendus cette nuit-là. Elle est étrangement soulagée. Pour une fois, elle peut agir, tenter quelque chose – ce qu'elle maîtrise le mieux, ou presque.

« Je ferai tout mon possible, reprend-elle, mais je ne peux rien promettre.

— Je ne te le demande pas. »

Geneviève rassemble ses habits. Elle se sent un peu chancelante, faible. Elle s'apprête à ouvrir la porte lorsque Pétronille l'appelle.

« Tu sais, nous avons de la chance de te compter parmi nous. »

Geneviève s'arrête. Son cœur tambourine à ses tempes.

« Merci », répond-elle.

Elle longe le mur jauni du couloir, les paumes moites, le souffle court. Elle a peur, mais elle sait exactement ce qu'elle doit faire. Cette certitude est une force, un réconfort, le seul qu'elle ait connu depuis son arrestation, neuf mois plus tôt. En bas, elle reprise son jupon à l'écart des autres femmes. Elle croise le regard d'Étiennette mais se concentre sur l'étoffe déchirée. Elle s'applique à en rassembler les fragments, comme sa mère le lui a montré, afin d'être prête le jour où elle ne pourrait plus compter que sur elle-même.

*

Dépravée, faiseuse d'anges. La situation était bien plus complexe, évidemment, mais Mme d'Argenson ne lui donna pas la chance de s'expliquer. Madame n'était pas une menteuse, elle avait trop peu d'imagination pour ça. Elle n'eut jamais complètement raison ni complètement tort à son sujet. Si la marquise avait eu vent de sa relation avec Amélie, des dizaines de filles que Geneviève avait aidées, il y aurait eu un procès, elle aurait été au Petit Châtelet, on l'aurait traitée de débauchée, de prostituée. Personne ne serait venu la chercher dans sa cellule, personne ne l'aurait assise dans une charrette pour partir au bout du monde. Mais Madame ne découvrit pas tout ; elle ne sut que pour une fille, la pâtissière qui s'était présentée à la porte de service l'hiver précédent. Geneviève finit par considérer la vérité comme quelque chose d'écrasant et de caché, une arme dont on pourrait se servir pour la détruire. Avant que Pétronille vienne la chercher, elle n'aurait jamais espéré pouvoir se réapproprier cette partie d'elle-même.

*

Dans les chambres de l'auberge, on ose à nouveau parler de voyage. Au fil des dernières semaines, Geneviève a observé les concessionnaires arpenter le port ; les futurs ouvriers de la Louisiane traînaient derrière eux le bétail entêté, chargeaient des tonneaux remplis de vivres et de munitions. *La Baleine* reposait sur le côté, comme un énorme animal échoué ; des hommes grattaient sa coque, changeaient le bois moisi. Le navire brille maintenant comme un parquet tout juste ciré.

Geneviève doit agir vite : elles partiront le premier jour d'octobre. Avant cette date, il lui faut rassembler les plantes nécessaires, se procurer de l'eau-de-vie. S'introduire dans la cuisine de l'auberge, solliciter l'une des servantes, prétendre être souffrante pour manquer la dernière messe – s'aventurer au marché de la rue adjacente en priant pour y dénicher autre chose que des courges et du poisson.

Ce sont Charlotte et Étiennette qui lui font peur. Geneviève aura besoin de la chambre, de leur discrétion.

*

Quelques heures avant son arrestation, Geneviève courut chercher Amélie dans la cour où elles étendaient le linge. À la fin de n'importe quel autre après-midi, elles seraient descendues aux cuisines, auraient demandé un peu de bière. Boire au cabaret était devenu trop risqué : on racontait que les policiers y arrêtaient des femmes, qu'ils les envoyaient de l'autre côté de l'océan.

Un an s'était écoulé depuis que Geneviève s'était rendue rue de Buci ; elle offrait son aide depuis des mois aux blanchisseuses, aux bouquetières, aux dames de compagnie du quartier. Trois jours plus tôt, elle avait juré à Amélie que la pâtissière serait la dernière ; après cette fille, elle cesserait tout. La promesse avait été un soulagement. « Enfin. Ce n'était qu'une question de temps avant qu'on t'attrape », avait dit Amélie, et elle l'avait embrassée. Ce jour de janvier, quand la fille lui chuchota qu'elle ne pouvait pas rester, que sa maîtresse était au courant, Geneviève referma doucement la porte derrière elle. Elle n'était pas surprise.

Elle s'efforça de respirer calmement, il fallait qu'elle se concentre si elle voulait avoir une chance de faire ses adieux. Ses mains tremblaient si fort qu'elle ne parvint pas immédiatement à tourner la poignée. Dehors, les draps mouillés ondulaient mollement dans l'air froid, au-dessus de la seule paire de souliers visible ce jour-là. Amélie comprit aussitôt en la voyant. Elles laissèrent le linge trempé derrière elles, montèrent quatre à quatre les marches des escaliers. Dans leur chambre, elles n'eurent que quelques minutes avant d'entendre les pas de Mme d'Argenson marteler le plancher et s'immobiliser dans le couloir, de l'autre côté du mur.

Aujourd'hui, elle se félicite encore de ne pas avoir hésité, d'avoir entraîné Amélie à l'étage, poussé la chaise contre la porte. Elle se félicite d'avoir arraché à Madame ce que personne ne pourra jamais lui reprendre.

Elle n'hésite pas non plus avec Charlotte et Étiennette. Quelques jours avant le départ, sur le chemin de l'église, Geneviève saisit la manche de Charlotte. Autour d'elles, les femmes sont distraites, les yeux rivés au sol pour ne pas glisser dans du crottin, ou levés vers le ciel qu'elles ne voient comme ça – lointain et vaste – qu'une fois par semaine. Geneviève ralentit, fait signe à Charlotte et à Étiennette de se rapprocher. Dans sa poitrine, son cœur est un oiseau, un papillon, un ver à soie affamé. Les filles se sont figées au coin de la rue ; dans la brise salée, elles attendent le passage d'une cargaison de vin. Geneviève se penche vers Étiennette et Charlotte, et sent leurs bonnets toucher le sien. Elle chuchote ce qu'elle sait et ce que personne ne doit apprendre.

Elle s'attend à un froncement de sourcils, à une exclamation surprise, à des questions inquiètes. Mais Étiennette ne prononce pas une parole. C'est Charlotte qui, l'air grave, lui demande :

« Pensais-tu vraiment que je dirais quoi que ce soit ? »

3

PÉTRONILLE

Lorient, octobre 1720

Pétronille aurait voulu rester dans l'entrepont. Elle préfère la pénombre du ventre de *La Baleine*, surtout depuis que le navire a levé l'ancre. L'océan cogne contre sa coque, les ordres des officiers résonnent au-dessus d'elle. Dans les charrettes, elle se sentait perdue au milieu des champs et des arbres, si hauts que leurs branches dessinaient des alcôves sous lesquels les bœufs s'engouffraient ; elle n'avait aucun moyen d'échapper à la campagne. Quand elle avait cru y parvenir en suivant le fils de l'aubergiste à Orléans – le jeune homme avait caressé sa tache de naissance en lui répétant qu'il n'avait jamais vu une femme comme elle –, Pétronille s'était trouvée prise dans un autre piège, incapable de décider si elle voulait, si elle avait toujours envie que la main du garçon coure le long de sa cuisse.

Ici, tant qu'elle ne voit pas la mer, elle peut se convaincre que *La Baleine* n'est pas si différente de la Salpêtrière. Qu'au fil des mois à venir, il lui suffira de se terrer dans l'entrepont, de dormir à la nuit tombée et de se nourrir aux repas. Grâce à Geneviève, la simple vue des marmites de soupe ne lui soulève plus l'estomac. Mais les crampes lui ont laissé le bas-ventre courbatu, les jambes cotonneuses ; Pétronille ne tient pas à se rendre à la poupe du navire comme sœur Gertrude vient de le leur demander. La nonne pensait sûrement leur faire plaisir en les autorisant à dire adieu au continent, mais Pétronille n'en ressent pas le besoin. La France ne lui a jamais offert de véritable refuge.

Sur le pont, tout l'assaille : la lumière éclatante de l'après-midi, les cris des marins et des mouettes, l'eau roulant sous le bateau comme une pâte pétrie. Les trois mâts du navire se dressent au-dessus d'elle – l'un près de l'écoutille de l'entrepont, les autres plantés sur chacun des deux gaillards. Les bourrasques lui mouillent les yeux, elle ne sait pas si elle essuie des larmes ou des embruns. Elle grimpe tant bien que mal l'échelle menant au pont supérieur, suit les autres filles vers le bastingage. Elle a appris à anticiper les heurts, les mains sur sa robe, ces gestes qui, il y a peu de temps encore, lui donnaient des frissons. Elle a appris à ignorer le surnom que les autres femmes chuchotent derrière son dos, « la Tachée ». Jusqu'à présent, elle n'aurait jamais imaginé un jour regretter la sœur officière de la Salpêtrière, celle qui appelait sa tache de naissance une malédiction. Au moins, à la Maison de Correction, on la laissait en paix.

« Étiennette, regarde ! »

Charlotte, la petite qui lui a apporté un linge frais après que Geneviève lui a donné les herbes, agite son doigt vers une mouette nichant en haut d'un mât. Au-delà de la poupe et de la barre, rien n'arrête l'océan. Pétronille cligne des yeux sous la couleur laiteuse du ciel d'octobre, inspire profondément, comme Paul le lui a montré à Château-Thierry. À l'horizon, les côtes françaises sont à peine plus épaisses qu'un pétale. Si elle ne prête pas attention aux autres passagères, si elle parvient à se concentrer sur le continent avalé par l'Atlantique, tout ira bien. Les conversations s'atténueront. Elle réussira à faire fi du vent, à oublier l'homme d'Orléans.

« Mademoiselle, attention ! »

Pétronille entend l'homme au moment où elle sent l'étau se refermer autour de sa cheville. Elle sursaute, tente de se dégager, mais le nœud est déjà trop serré. Autour d'elle, les femmes reculent. Quelqu'un s'écrie : « La Tachée est coincée ! », et ses mains se remettent à trembler. Puis la voix masculine lui parvient à nouveau, plus basse.

« Si vous tirez là, vous devriez pouvoir vous libérer. »

Le marin pointe sa jambe du doigt. Il tient l'autre bout du cordage. Pétronille ne bouge pas, et il ne s'approche pas pour l'aider. Il se contente de répéter ce qu'il vient de dire, sur le même ton – encourageant, désolé, mais ferme. Pétronille s'agenouille, joue avec le chanvre rêche, cherche le point d'entrée. Il a raison ; le nœud se dénoue facilement. Autour d'elle, les femmes s'écartent, désintéressées, tandis qu'elle se relève.

« Le filin sert à carguer l'artimon », explique l'homme en désignant le mât et l'immense voile derrière lui.

Elle le dévisage. Il n'est pas particulièrement attirant, son nez trop large pour ses joues émaciées, des mèches auburn tombant sur sa peau malmenée par le soleil, des yeux d'un bleu clair, différent de celui de l'océan. Il doit avoir le même âge qu'elle – en tout cas, elle ne lui donnerait pas plus de vingt-six ans. Sa voix lui plaît. Il ne la bouscule pas, ne lui prend rien sans le lui demander. Elle lui tend le cordage et il la remercie. Puis il disparaît dans la foule, remplacé par Geneviève. Elle aussi s'exprime avec assurance. Un petit espace sépare ses dents de devant, et Pétronille ne croit pas ce que les autres murmurent – que le diable souffle à travers cet interstice. Elle aime la façon dont Geneviève laisse les boucles de ses cheveux châtains flotter contre ses tempes, librement.

« Es-tu blessée ? demande-t-elle.

— Je vais bien. »

Pétronille a gardé les tulipes que Geneviève lui a offertes, après que tout a été fini. Elle les a attachées en haut de ses bas, les fleurs frôlent ses cuisses, si douces qu'elle les sent à peine. Elle est prise d'une envie soudaine de soulever sa robe pour s'assurer qu'elle ne les a pas perdues.

« Ne te retourne pas, dit Geneviève, les sourcils froncés. Il t'observe toujours. »

Pétronille continue de fixer la mer. Elle a conscience du regard du marin sur elle, d'une pression tiède entre ses omoplates. Elle essaye de focaliser son attention sur l'horizon, cherche des yeux le continent. Mais elle ne voit rien d'autre que les vagues, l'eau, lisse, grise, s'élançant jusqu'à la ligne parfaitement droite du ciel. La France a disparu.

*

Pour ses parents, Pétronille était simple d'esprit. Ça ne faisait aucun doute. Face aux invitées de sa mère à Château-Thierry, elle restait muette. Elle observait leurs robes, leur trouvait un air de gâteau trop sucré, écoutait les chuchotements de ces dames : « Quel gâchis, elle est si jolie. »

À cinq ans, elle parlait à peine. Ses quatre frères et sœurs, tous déjà mariés, l'appelaient « Simplette » dans leurs lettres. Elle avait plus d'une fois entendu les adultes évoquer son visage saisissant, admirer ses yeux vert d'eau et ses fins cheveux noirs, commenter la tache de naissance blanche qui partait de la commissure de ses lèvres et s'épanouissait comme une fleur sur sa joue droite. La marque invitait à regarder plus loin, comme le point de fuite d'une allée de jardin. Certains assuraient qu'elle ne faisait qu'accentuer sa beauté ; d'autres secouaient la tête d'un air réprobateur. Elle n'en avait pas honte, elle n'avait jamais connu son visage autrement – elle s'était habituée aux regards des visiteurs. Après quelques secondes, ils finissaient toujours par se détourner, convaincus d'avoir tout vu.

Mais Pétronille comprenait tout. Le problème, c'était qu'elle n'arrivait pas à répondre. Le bruit des conversations s'épaississait, elle percevait le cliquetis de l'argenterie, les notes de piano, les pas des domestiques. À table, elle se figeait et s'efforçait de classer ces sons – vent, musique, voix. À la fin du repas, tandis que les invités s'éparpillaient dans le fumoir et le petit salon, sa mère s'agenouillait à côté d'elle et lui demandait comment elle se sentait, signe qu'il était enfin temps de monter dans sa chambre. Pétronille devinait sans mal ce qu'elle voulait entendre. Elle lui répondait toujours : « Bien, merci. »

*

Elle n'a jamais soupçonné que l'océan puisse être aussi vaste. À Lorient, paralysée par la nausée, elle tentait d'ignorer les vagues, leur va-et-vient qui secouait le pont sous ses pieds, son bas-ventre qu'elle sentait différent. Elle s'autorise désormais à laisser errer son regard sur l'eau. Pourtant, l'inquiétude la ronge. Elle préférait finalement les repères de la campagne – les forêts qui grossissaient au fil des heures, les rivières dont les sons s'affinaient à chaque lieue parcourue. Elle avançait un peu plus chaque jour. Dans l'entrepont, tout ce qu'elle sait, c'est que le soleil se lève et se couche. Le voyage à bord de *La Baleine* lui paraît sans fin.

Au cours de la semaine suivante, tandis que les femmes vomissent et suent, le mal de mer abandonne Pétronille. La voix du marin, comme le roulis du bateau, ne la quitte jamais tout à fait. Elle l'a aperçu quelques jours plus tôt dans l'entrepont, il aidait un mousse en pleurs à repriser une voile. L'enfant fixait l'aiguille de ses yeux humides ; le marin était trop absorbé par sa tâche pour la remarquer. Cette nuit-là, Pétronille n'a cessé de revenir à son ton patient, à ses gestes précis ; il y a quelque chose d'honnête chez lui, une douceur que même l'âpreté de la vie en mer n'a pas su effacer. Elle ne veut pas se faire des idées, elle craint de se méprendre sur les intentions des gens, ce dont sa mère se plaignait souvent. Mais elle sait que tous les hommes ne sont pas comme le fils de l'aubergiste à Orléans. C'est une des nombreuses leçons que lui a enseignées Paul, dans les jardins de Château-Thierry.

Les nonnes aussi sont souffrantes. Elles ne peuvent ni surveiller les femmes ni gérer leur quotidien ; Pétronille, Geneviève et quatre autres filles se chargent des malades. La partie de l'entrepont où les passagères ont été installées a déjà absorbé les effluves de bile et d'eau stagnante. La lumière et l'air ne filtrent qu'à travers les trous percés dans les rares trappes du pont, par l'écoutille parfois – Geneviève critique les ordres du capitaine qui leur a défendu d'ouvrir les sabords. Pétronille ne se plaint pas. Elle s'est habituée à vivre dans la pénombre, à éviter les tonneaux alignés contre les murs, à trouver son chemin entre les matelas, à longer la cloison qui les sépare de ce bétail dont l'odeur les empoisonne. Elle suit Geneviève, tend aux filles des chopines d'eau infusée aux herbes en se demandant quelle en est la recette ; elle en offre à Étiennette et à Charlotte, qui passent le plus clair de leur temps à somnoler, blotties l'une contre l'autre. Chaque passagère a le droit à deux lampées. Pétronille regarde les gorges des femmes remuer quand elles déglutissent, et compte. La nuit, elle écoute les rires et les ronflements des concessionnaires amassés derrière la cloison, les coups de sabot des vaches, le jacassement des poules parquées sous la dunette.

L'entrepont est un labyrinthe qu'elle peine à déchiffrer. Elle sait que la pièce où sont entreposées la poudre et les munitions, celle que les marins appellent la Sainte-Barbe, se situe tout près de là où elle dort. Elle est passée devant le garde-manger plusieurs fois, mais elle ignore où se trouvent l'infirmerie et la timonerie dont parlent les mousses. Sous l'écoutille du pont principal, il y a une autre échelle. Les chats du bateau la parcourent de leurs pattes humides, avant de disparaître dans la cale.

Elle s'en tient à ce qu'elle connaît, vide les seaux des malades et frotte les taches grumeleuses avec des torchons imbibés d'eau de mer. Ces corvées l'occupent, la laissent libre d'aller et venir, lui donnent le temps d'imaginer un homme qui n'est pas celui d'Orléans. Plus elle pense au marin, plus son visage lui semble distant, sa mémoire le polissant comme une pierre roulée par les vagues, qui ne réapparaîtra peut-être jamais.

*

Enfant, Pétronille inventait ses propres jeux, collectionnait les questions sans réponses. Elle faisait galoper ses mains sur le mur, imaginait une fille s'évertuant à courir après son fiancé qui, pour des raisons différentes à chaque fois, ne voulait plus d'elle. Elle se demandait d'où venaient les chatouillements et les minuscules mouches qui avaient l'air de naître des fruits. Elle s'allongeait sur son lit, guettait les battements de son cœur. Ils se déplaçaient dans son poignet, entre ses cuisses, dans le creux de son coude, et elle s'amusait à suivre leur imprévisible voyage.

À l'aube, elle aimait descendre aux cuisines. Les servantes revenaient déjà de la ferme, leurs paniers pleins ; les domestiques ne prêtaient plus attention à ses excentricités, la cuisinière lui avait même appris à pocher un œuf. Pétronille se penchait au-dessus de la marmite, cassait une coquille, puis une autre. Elle regardait le blanc et le jaune danser dans l'eau, s'émerveillait de toujours les voir se retrouver.

*

La Baleine navigue depuis onze jours lorsque les femmes reçoivent la permission de monter à nouveau sur le pont. Encore épuisées par le mal de mer, la plupart d'entre elles ne quittent pas leur matelas ; leurs visages pâles brillent dans la lumière crépusculaire. En grimpant en haut de l'échelle derrière Geneviève, Pétronille les oublie. Ici, le vent sèche la sueur, soulève les jupons, lisse le visage. Pendant une seconde, elle a l'impression d'être propre. À l'avant et à l'arrière du navire, les gaillards brisent la régularité du bastingage, les deux ponts surélevés dominant le pont principal. Et au-delà, l'océan, plus bleu et tumultueux qu'à Lorient, dessine un cercle sombre et infini autour d'elle, comme si *La Baleine* était devenue le cœur de ce monde aquatique. Elle se demande si le marin à la voix douce l'aperçoit de là où il se tient.

« Promenons-nous un peu », propose Geneviève en glissant son bras sous le sien.

Pétronille s'agrippe à la rambarde et sent les muscles de ses jambes se tendre à mesure que la pente du gaillard s'accentue. À la proue du navire, elle se penche légèrement : le bateau rompt l'eau comme une bêche s'enfonçant dans la terre, la mer tambourine contre la coque. Elle détourne le regard. L'horizon, le vide alentour lui donnent le vertige. Dans les hauts des mâts, les hommes sont des ombres mouvantes derrière les voiles. Sur le pont, ils semblent se compter par dizaines – dévidant les cordages, tirant sur les câbles, bourrant leurs pipes à l'abri des impitoyables bourrasques. Leurs visages sont hâlés, leurs chemises et leurs cheveux délavés par le soleil. Pétronille craint de repérer le marin parmi eux. Elle craint qu'il ne soit pas là.

« Profitons-en tant que nous le pouvons, entend-elle Geneviève dire. Une fois que les sœurs seront guéries, nous ne reviendrons plus jamais seules ici. »

Elle sait que son amie a raison. Elles redescendent sur le pont principal, passent devant la porte du carré des officiers. Sur le gaillard d'arrière, quelqu'un hurle de barrer un quart à tribord. Près du canot, le pilote joue avec un disque en métal. Il les salue, et sa main s'agite contre le bleu du ciel comme pour le caresser. Puis il retourne à nouveau à son instrument, et Pétronille s'accoude au bastingage, à droite de Geneviève. La lumière d'automne lui réchauffe le visage, le vent plaque sa robe contre ses cuisses.

« Mesdemoiselles. »

Pétronille est déçue en voyant les deux hommes. Le premier porte une soutane, le second des culottes qui peinent à contenir son ventre.

« Permettez-moi de me présenter, commence le plus dodu en époussetant sa veste. Officier Des Étaux, chirurgien de *La Baleine.* Voici père Jean Richard. »

Le prêtre les fixe sans prononcer un mot. L'officier ajoute :

« J'ai appris que certaines de vos compagnes étaient incommodées. Comment se portent-elles ?

— Mieux », lui répond Geneviève.

Pétronille l'entend ajouter qu'il n'a sûrement pas de temps à perdre avec de faibles créatures comme elles – elle n'est pas sûre que l'officier perçoive l'ironie de sa remarque. Elle n'écoute pas sa réponse. Elle fixe le pied du mât, derrière le chirurgien, là où deux matelots s'agenouillent au milieu des cordages ; un seul lui sourit. Elle détourne les yeux, rapidement, puis revient prudemment en arrière, en prenant soin de bouger la tête aussi légèrement que possible. Lorsque son regard se pose à nouveau sur le marin, il lui fait signe, mais pas pour la saluer – ses gestes sont plus complexes qu'un simple « bonjour ». Au début, elle a du mal à les suivre : une main tendue vers le soleil, dessinant un arc dans le ciel, puis désignant le sol, l'endroit où il se tient. Il semble si sérieux en répétant le même enchaînement que Pétronille se surprend à rire.

« J'ignorais que le manque d'air et d'espace, des mesures d'hygiène les plus primaires devrais-je dire, puissent être un sujet de plaisanterie », fait observer père Jean Richard.

Le marin a repris sa place dans le ballet de l'équipage. Geneviève jette un coup d'œil à Pétronille et se penche vers le prêtre. L'officier plisse les yeux. « Veuillez nous excuser, chuchote-t-elle, mon amie est parfois confuse. »

Pétronille se tourne vers Geneviève. Elle sait qu'elle essaye seulement de la protéger, mais elle déteste l'expression désolée de leurs interlocuteurs, celle qu'elle a vue tant de fois, enfant. Le médecin se racle la gorge.

« Eh bien, Mesdemoiselles. » Il prononce chaque syllabe lentement, avec précaution. « Nous nous croiserons certainement dans les semaines à venir. »

Père Jean Richard la dévisage un instant avant d'emboîter le pas au chirurgien.

Pétronille se sent lasse, irritée. Elle entend Geneviève prononcer son nom. Elle aimerait ne pas être contrainte de descendre dans l'entrepont, qu'elle lui prenne le bras aussi assurément qu'au début de leur balade. En passant près du marin accroupi en bas du mât, elle hoche la tête, discrètement. Demain, ici, même heure.

*

Pétronille avait treize ans quand son père engagea un nouveau jardinier. Paul était presque deux fois plus âgé qu'elle. Ses mains étaient toujours sales, ses paumes noircies par la terre. Il avait un petit visage, avec une bouche si proche de son nez qu'elle se demandait s'il pouvait toucher ses narines avec sa langue. Elle finit par lui poser la question ; il y arrivait sans mal.

Le jour de leur rencontre, Pétronille remontait l'allée principale. Elle s'était promenée une heure, peut-être deux. Elle partait souvent seule, ramassait sur le chemin des nids qui lui écorchaient les doigts, des insectes morts et des bourgeons fermés qu'elle entassait dans ses appartements. Ses « disparitions » rendaient sa mère furieuse. Cet après-midi-là de printemps, elle rapportait une longue tige de rosier. Elle réfléchissait à l'endroit où elle l'installerait lorsqu'une voix lui parvint : « Vous tuez ces plantes. »

L'homme était assis au bord d'un parterre de fleurs ; il pointait du doigt la branche qu'elle tenait.

Elle n'aimait pas les inconnus, encore moins ceux qui s'approchaient d'elle. Mais celui-ci ne bougea pas en ajoutant : « Laissez-moi vous montrer. » Il coupa une pivoine et gratta le minuscule bourgeon de son ongle court. Pétronille s'avança tandis qu'il déchirait la fragile enveloppe, révélant les pétales recroquevillés. « Vous voyez ? » Elle ne dit rien. Il ne lui posa aucune autre question. Pétronille s'éloigna, se retourna plusieurs fois en gravissant les marches du perron.

Elle ne cacha plus jamais de plantes derrière sa coiffeuse. Le lendemain, elle se joignit à Paul. Elle le regarda tailler le chèvrefeuille, lui donner la forme qu'il avait imaginée.

*

Elle ne peut pas remonter sur le pont le jour de son rendez-vous avec le marin. Ni le lendemain, ni le dimanche suivant alors que l'aide de cuisine sert du vin pour célébrer le jour du Seigneur. Le temps s'est assombri. Le vent et les flots bousculent le navire, les vagues s'écrasent contre sa coque – le choc est parfois si violent que l'océan semble devenu bois, pierre. Après quatre jours d'intempérie, il faut abattre une vache qui s'est brisé la jambe. Le soir, Pétronille écoute la pluie ricocher sur la bâche que les marins ont tendue au-dessus du canot, elle entend les vivres et la marchandise cogner contre les planches qui maintiennent le ballast en place. Elle est soucieuse, mais la tempête n'y est pour rien. Après leur promenade sur le pont, Geneviève lui a dit que ses œillades avec le marin ne lui avaient pas échappé. « Fais attention, a-t-elle ajouté, avant de s'excuser d'avoir parlé au chirurgien et au prêtre comme elle l'a fait. Mais puisque tu es si discrète, tu ferais bien de jouer de tes silences. »

Pétronille n'en a aucune envie. Elle veut suivre son intuition, qui la guide si rarement vers les autres. Elle n'est pas comme son amie, dont les décisions sont toujours réfléchies. À la première accalmie, elle ouvre l'écoutille ; les mousses empruntent cette échelle si souvent que personne ne la remarque. Entre les mâts, un soleil argenté brille dans les flaques. Les ombres du gaillard et des voiles flottent autour d'elle. Pendant une seconde, elle hésite. Avec Geneviève, elle pouvait se convaincre que les hommes les observaient toutes les deux. Seule, il n'y a plus de doute. Ils n'ont d'yeux que pour elle.

Elle essaye de se concentrer sur ce qu'elle sait. Sous ses pieds, les filles trempent leurs lèvres gercées dans des chopines. Sœur Gertrude apporte une marmite de potage. Geneviève la cherche sûrement.

« J'ignorais si vous m'aviez compris. »

Pétronille tressaille. Elle n'a pas entendu le marin s'approcher. Elle voit bien qu'il est sincère. Il se tient près d'elle ; son nez semble plus large que dans son souvenir. Mais elle reconnaît parfaitement sa manière de s'exprimer, les signes que ses mains esquissaient, jusqu'à ce qu'ils deviennent aussi insignifiants qu'un mot répété trop souvent. Elle rit, plus ouvertement que devant l'officier Des Étaux et le père Jean Richard.

« Je ne suis plus certaine de vous comprendre, dit-elle.

— Ça n'a pas d'importance à présent. »

Sa main agrippe le bastingage. Elle craint qu'il la glisse vers la sienne, mais il ne fait pas le moindre mouvement. Lorsqu'il reprend la parole, sa voix est rauque. Il lui demande son nom et se présente, Baptiste Dubier.

« Mlle Béranger, où sont passées vos compagnes ?

— Juste là. »

Pétronille montre le plancher du doigt et ils regardent tous les deux leurs pieds.

« Vous ne paraissez pas malade.

— Je suis aussi surprise que vous.

— Est-ce votre premier voyage en mer ?

— Oui. Et vous ? »

Elle baisse le menton ; sa question est ridicule. Il sourit.

« Non, pas du tout. Même si, d'une certaine manière, vous avez raison. C'est la première fois que je me rends au Mississippi. » Il marque une pause. « Nous avons ça en commun.

— Où avez-vous voyagé ?

— Au nord et à l'est, répond-il. Le Canada et la Chine. »

Pétronille revoit l'atlas de son père – le monde, à la fois si vaste et si étroit, assez pour tenir sur deux pages. Elle ne se rappelle pas si ces deux pays reposaient sous sa paume droite ou gauche.

« Les navires à bord desquels vous avez voyagé étaient-ils plus imposants que celui-ci ?

— Ils étaient différents.

— Y avait-il des femmes à bord ? »

Elle n'arrive pas à croire qu'elle ait osé lui demander ça. Mais il rit, secoue la tête.

« Les femmes portent malheur sur les bateaux. »

Et les hommes sur la terre ferme, pense-t-elle.

« Pourquoi donc ? »

Les mots lui viennent plus facilement. Baptiste ne fait aucun commentaire sur son visage, ne la complimente pas sur ses yeux ou sur ses cheveux. Il lui raconte des histoires de filles ayant provoqué la furie des dieux et de marins ensorcelés par le chant des sirènes. Il lui montre ce qu'est une vergue, un hauban, une enfléchure, lui donne le nombre exact de matelots nécessaires pour tourner le cabestan et remonter l'ancre ; il décrit les ailes translucides des poissons volants et promet qu'elle en verra bientôt. Il lui apprend que sainte Barbe est la patronne des artilleurs et lui demande si elle n'a pas peur de dormir si près des tonneaux de poudre. Pétronille ne connaissait pas l'origine du nom de la poudrière, mais elle secoue la tête.

« L'endroit où je vivais, dit-elle, s'appelait la Salpêtrière à cause du salpêtre qui y était fabriqué.

— Alors vous devez en savoir plus que moi sur la poudre à canon. »

Il se charge de la conversation et elle lui en est reconnaissante. Sa façon de s'exprimer la rassure. Ses descriptions sont méticuleuses et élaborées ; elles la ramènent aux après-midi passés dans les jardins de Château-Thierry avec Paul. Elle écarte ces pensées, se concentre sur Baptiste. Il crie quelque chose à un homme qui l'interpelle depuis le haut du mât d'artimon et elle comprend qu'il doit partir avant qu'il ne lui dise quoi que ce soit.

Elle ne sait pas combien de temps elle a passé là avec lui. Sur le pont, il n'y a que des hommes, ceux que Baptiste appelle des timoniers, des gabiers, des bâbordais, des tribordais.

« Reviendrez-vous ? » demande-t-il.

Elle voudrait lui dire « Si je peux », lui expliquer qu'une fois remises, les sœurs se montreront plus vigilantes, que Geneviève n'appréciera probablement pas l'idée qu'elle le revoie.

« Bien sûr », répond-elle.

*

Si Pétronille n'avait pas rencontré Paul, elle aurait continué à tuer des fleurs. Elle n'aurait rien su du calcaire qui change la couleur des hortensias, ou des chenilles processionnaires capables de dévorer la langue des chiens. Elle ne serait jamais allée chercher un livre de botanique du siècle dernier dans la bibliothèque de son père, ne l'aurait pas lu jusqu'à ce que ses pages menacent de se détacher. Elle n'aurait jamais plongé ses doigts dans la terre moelleuse, ni arpenté le jardin à l'italienne en devinant exactement ce qui se tramait sous ses pieds.

Sans Paul, elle n'aurait pas eu d'ami. Elle n'aurait pas découvert qu'auprès de quelqu'un qu'on connaît si bien, les silences – ceux qui enrageaient sa mère – n'ont plus d'importance. Elle n'aurait pas éprouvé le besoin de prendre la parole, lui décrivant d'une voix hachée les différentes espèces dénichées dans *De la nature, vertu et utilité des plantes*. Elle n'aurait jamais découvert que les gens sont à peine plus difficiles à comprendre qu'une lavande assoiffée, un bougainvillier en fleur, du chiendent bon à arracher.

*

Gagner le pont devient de plus en plus compliqué. À nouveau sur pied, les trois nonnes semblent partout : repoussant les matelas contre les cloisons, servant de la soupe, du cidre et, si les marins ont été chanceux, du marsouin grillé. Après vingt-cinq jours de voyage, les filles se pincent le nez avant d'avaler l'eau maintenant trouble. Leurs couvertures ne sèchent jamais. Pétronille lâche son morceau de biscuit le jour où Charlotte tire la langue, crache les vers qui se tortillent entre ses dents. Le lendemain soir, le second du capitaine informe Geneviève que les feux, y compris celui qui brûle dans la lanterne qu'elle tient, sont interdits. Pétronille souffle elle-même la bougie.

Elle se demande comment les autres arrivent à supporter le voyage. Elle n'y parviendrait pas sans Baptiste. Quand elle le lui confie, il passe plusieurs fois la main dans le col de sa chemise, sans quitter des yeux la voile qu'il recoud. « Je suis certain que vous vous porteriez très bien », répond-il. Il laisse retomber son bras, la peau maculée de points blancs, comme s'il avait froid.

Elle le voit aussi souvent que possible, deux, trois fois par semaine. Toutes les excuses sont bonnes. Elle prétend porter un message au cuisinier, il vient simplement vérifier le lest dans la cale. Un jour, elle l'aperçoit près des quartiers des marins, frottant ses épaules avec du savon brun. Elle se détourne rapidement, les joues en feu.

Elle aime l'écouter, apprendre des mots dont elle ignorait l'existence – aussière, encablure, calfatage. Il se plaint des capitaines, lui parle du recrutement laborieux des marins ; il ajoute qu'abandonner un poste est encore plus difficile. Ils discutent de mimolette et de souris, du scorbut qui déchire d'anciennes plaies. Le navire cesse d'être un mystère. Elle conçoit désormais *La Baleine* comme une maison à trois étages, où elle vivrait au second, l'entrepont. Sous ses pieds : le fond de cale rempli de caisses et de tonneaux, les soutes du charpentier, du calfat et du voilier. Au-dessus de sa tête : le pont principal, les deux gaillards et la mer aveuglante, les quartiers des officiers et du capitaine, ceux des marins, qu'elle se plaît à imaginer plus près de là où elle dort. La mer, parcourue de frissons. En regardant la risée sur l'eau, elle imagine des créatures pressées et invisibles, les pas de tous ceux qui ne sont plus là.

Elle ne se sent ni menacée ni intimidée aux côtés de Baptiste. Il ne se comporte en rien comme l'homme d'Orléans, avec ces caresses qu'elle pensait aimer avant de se rendre compte qu'elle aurait préféré ne jamais l'avoir rencontré. Lorsque Baptiste penche la tête sur le côté, ses cheveux auburn tombent sur ses yeux, et il n'entend rien d'autre que ce qu'elle lui dit. Paul aussi l'écoutait attentivement. Mais avec lui, Pétronille n'aurait jamais regretté ses mains sales, ses cheveux grouillant des poux qu'elle déniche dorénavant jusque sous ses orteils. Dans la roseraie du château, elle n'a jamais ressenti les vagues de chaleur qui parcourent son ventre dès que Baptiste se rapproche d'elle, pointe du doigt une fissure dans un mât, une ombre sous l'eau. Elle attend aussi longtemps que possible avant de lui répondre qu'elle la voit.

Près d'un mois après avoir quitté Lorient, Pétronille est accroupie dans le recoin le plus obscur de l'entrepont quand Geneviève la rejoint. Elles ne sont pas les seules à tremper des bouts de filasse dans des bacs remplis d'eau de pluie, à frotter le tissu rêche entre leurs cuisses. Charlotte et son amie partagent un seau. Étiennette salue Geneviève mais la petite, que Pétronille a entendu chanter d'une voix qui n'allait pas avec son corps maigre, ne prononce pas un mot. Geneviève remonte sa robe jusqu'à ses genoux. Elle a récemment cessé de poser la moindre question sur Baptiste.

« Tu ignores toutes mes mises en garde », chuchote-t-elle.

Dans la pénombre, Pétronille ne discerne que sa silhouette, ses seins lourds, les boucles de ses cheveux, ses genoux pliés.

« Non. Je t'écoute », lui assure-t-elle.

Elle regarde Charlotte et Étiennette s'éloigner, leurs traits apparaissant brièvement dans la lueur blafarde des sabords.

« Tu m'en parlerais s'il te faisait du mal, dit Geneviève.

— Il est différent. Il ne ferait jamais rien de tel.

— M'en parlerais-tu ?

— Oui, répond Pétronille, et le roulis du bateau jette de l'eau sur ses pieds.

— Ne te demandes-tu jamais pourquoi les nonnes ne t'empêchent pas de le fréquenter ? »

Pétronille s'est déjà posé la question. Mais elle s'est convaincue que les sœurs étaient débordées, que trois chaperons ne suffiraient jamais à surveiller quatre-vingt-dix femmes, que la vie en mer avait ses propres règles.

« Je pense savoir pourquoi, poursuit Geneviève en repoussant le seau. Réfléchis : ne serait-ce pas formidable si nous pouvions rencontrer nos maris avant même de rejoindre la Louisiane ? »

Pétronille hausse les épaules. Elle déteste les questions rhétoriques.

« Des maris, je veux dire, qui pourraient eux aussi s'y installer un jour, reprend Geneviève. A-t-il déjà abordé ce sujet ? »

Baptiste n'a jamais mentionné de mariage. Il a évoqué des contrats interminables qu'aucun capitaine ne voulait rompre, il devra encore passer quatre ans en mer. Ce jour-là, Pétronille a préféré parler d'autre chose. C'était une des premières fois qu'ils se retrouvaient sur le pont, et la question semblait hors de propos. Elle se rend compte qu'elle a été idiote. Elle aurait dû se sentir concernée.

« Pourquoi me demandes-tu tout ça ? Qu'est-ce que ça peut te faire ? »

Geneviève se rapproche, appuie son dos contre le bois.

« Sois prudente. Tu sais aussi bien que moi que les enfants n'attendent pas les noces. Je ne suis pas certaine de pouvoir réitérer ce que j'ai fait à Lorient. »

Pétronille ferme les yeux. Elle en veut à Geneviève, qui vient de convoquer l'homme, l'auberge, la douleur.

« J'essaye simplement de t'aider.

— Mais je n'ai pas besoin d'aide », murmure-t-elle.

Pendant un instant, elle n'entend que le grondement caverneux de la mer. Geneviève se lève, heurte un seau et Pétronille sent l'eau s'immiscer sous ses jupes déjà humides. Lorsque son amie reprend la parole, sa voix est lasse :

« Crois-moi. Tu pourrais bien changer d'avis. »

*

Ses parents ne critiquèrent pas immédiatement la nouvelle routine de Pétronille : avant l'arrivée de Paul, elle ne s'était jamais montrée aussi bavarde. Elle rapportait des bouquets, s'asseyait à côté de son père avec son herbier. Peu à peu, sa mère tenta de la garder près d'elle. Elle voulut l'intéresser à la mode des robes volantes, aux fards et à l'étiquette. Rien de tout ça n'empêcha Pétronille de retrouver Paul. Mais à son retour, sa mère la faisait toujours appeler dans son boudoir. Elle lui répétait : une dame ne passe pas son temps dehors, une dame ne fréquente pas de jardiniers.

Tout bascula le dernier jour de juillet. Au château, on avait fermé les volets – la soie des causeuses était tiède sous la main, les servantes rassemblées au lavoir. Dehors, c'était un de ces après-midi où la lune est de sortie. Pétronille avait envie d'être seule. Elle voulait s'assurer que les anémones plantées avec Paul survivaient à la chaleur : les pétales violets s'inclinaient au-dessus de l'eau, les poissons mastiquaient leurs reflets. Elle plongea ses pieds dans l'étang, sentit l'eau fraîche bercer ses mollets ; elle remonta sa jupe au-dessus de ses chevilles pour les faire sécher.

Les heures passèrent comme elles passent en été. Elle fit un collier de marguerites, enfonçant leurs tiges tendres dans le pollen, puis une ceinture de fleurs parfaitement ajustée à sa taille. Elle la termina à l'ombre des arbres, dans le bois à l'ouest de la mare. En se levant, elle aperçut Paul au bord de l'eau. Il sursauta lorsqu'elle se laissa tomber à ses côtés, puis il lui demanda où elle était passée, il l'avait attendue pour la ramener à la maison, et elle n'aima pas ce mot, « ramener », comme s'il parlait d'un enfant ou d'un chien. Un cri l'interrompit.

Sa mère se tenait sur l'autre rive, entre l'intendant et une vieille servante. Ils ne quittaient pas Pétronille des yeux. Elle ne saisit pas tout de suite qu'ils fixaient ses pieds nus, sa robe en coton relevée, et Paul, trop proche d'elle, debout désormais, s'écartant. Il fallut un moment à Pétronille avant de comprendre qu'on les accusait d'une chose dont l'idée ne l'avait même jamais effleurée.

*

En partant à la recherche de Baptiste, elle se rend compte qu'elle n'a pas réfléchi à ce qu'il adviendrait d'eux une fois le voyage terminé. Elle n'a jamais pu se fier qu'au présent. Avec lui, elle ne veut rien d'autre que ce qu'ils partagent là, maintenant.

Elle croise sœur Gertrude en remontant le couloir qui mène au garde-manger. La nonne est si petite qu'elle redresse le menton en la toisant du regard. Mais entre les cloisons étroites, elle paraît immense – capable de la sommer de faire demi-tour, de la renvoyer avec les autres femmes.

« Inutile de vous presser, Mlle Béranger, dit-elle. Le souper ne sera pas servi avant six heures.

— Mlle Menu se sent nauséeuse. J'allais chercher de quoi la soulager. »

Dans la pénombre, la lumière ricoche où elle peut : sur les pommettes de la nonne, son front couvert d'embruns, l'articulation de son doigt qu'elle agite vers le plafond.

« Les navires sont moins grands qu'on ne le croie. En ceci, ils ressemblent aux couvents. »

Pétronille appuie sa paume contre le mur, comme elle le faisait lorsqu'elle peinait encore à garder son équilibre. Elle est étrangement consciente du poids de son corps, de toute l'eau qui tourbillonne sous *La Baleine*.

« Nous sommes trois à vous surveiller, poursuit sœur Gertrude. Sœur Louise et sœur Bergère me disaient aujourd'hui encore combien l'intimité est rare à bord, avec un tel équipage. En vous voyant, je n'ai d'autre choix que de leur donner raison. » La nonne croise les bras. « Vous vous doutez bien que je ne suis pas la seule à faire régner l'ordre. »

Pétronille attend, immobile. Son corset lui colle au dos.

« Si Mlle Menu est souffrante, ajoute sœur Gertrude avant de s'éloigner, vous feriez mieux de vous hâter. »

Pétronille la suit des yeux. Le bateau est petit. Mais seulement parce que la nonne ne sait pas où regarder. Il y a des espaces infinis, connus d'elle seule. Sur le pont, là où Baptiste pointe son doigt ou même ici, au fond de *La Baleine*, dans le garde-manger où elle le trouve accroupi, les mains sur un sac en toile. Il semble surpris en la voyant.

« Que faites-vous ? demande-t-elle.

— L'aide de cuisine avait besoin d'aide avec les vivres. »

Pétronille s'écarte pour laisser passer un mousse.

« Vraiment ? »

Elle s'approche de lui et il s'avance devant le sac, le dérobant à sa vue. Elle se fige, interdite.

« Vous comprendrez demain, dit-il.

— De quoi parlez-vous ?

— Pétronille, s'il vous plaît. »

Baptiste ne l'a jamais appelée autrement que « mademoiselle » ou « Mlle Béranger ». Son prénom, dans sa bouche, lui coupe le souffle. Elle se revoit entrer dans l'étang de Château-Thierry, se souvient du frémissement qui la traversait juste avant que l'eau n'atteigne son nombril. Elle a éprouvé la même chose avec le fils de l'aubergiste ; mais elle sait que si Baptiste se penchait vers elle, cette sensation ne disparaîtrait pas comme à Orléans.

« Vous ne m'en direz pas plus », dit-elle.

La lumière de l'unique bougie enveloppe le visage de Baptiste d'une lueur orangée – ses cheveux rendus presque roux, la manche de sa chemise couleur cire d'abeille, le reste de son corps plongé dans l'obscurité.

« Ça vous plaira, ajoute-t-il. J'en suis convaincu. »

Il jette le sac sur son épaule et Pétronille attrape sa main. Elle n'a même pas pris le temps de s'assurer qu'ils sont seuls. Les doigts de Baptiste caressent sa paume, tièdes, rugueux. Elle sent un battement timide mais elle ignore s'il vient de son pouce ou du sien. Il l'attire contre lui et elle frissonne, mais la sensation n'a rien à voir avec celle qui la submergeait, enfant, à l'époque où le moindre contact la laissait tremblante, le crâne bourdonnant. Aujourd'hui, c'est elle qui fait le premier pas.

Elle a l'impression de tomber au creux d'elle-même quand ses lèvres trouvent les siennes – fraîches et salées, comme le coquillage qu'elle a un jour goûté du bout de la langue, puis tout à fait différentes. Elle ferme les yeux en sentant sa bouche errer sur son cou, embrasser le bas de son oreille, sa main entre sa poitrine et ses côtes, et elle doit s'être laissée aller contre lui : quand Baptiste se redresse brusquement, il lui faut une seconde avant de retrouver son équilibre.

« Tout de suite », lance-t-il, mais il ne s'adresse pas à elle, et elle se rend compte que quelqu'un doit être près d'eux et qu'elle n'a rien entendu. Elle imagine sœur Gertrude sur le seuil du garde-manger. Elle réajuste son corset, tente de reprendre son souffle.

« Allez-vous m'expliquer de quoi il s'agit ? » chuchote-t-elle.

Il a déjà saisi le sac, il s'apprête à partir.

« Demain est un grand jour, répond-il, et elle l'entend sourire. Mais personne ne m'a gâché la surprise quand mon tour est venu. Je vous promets que vous ne serez pas déçue. » Il passe une main sur les poils clairs qui commencent à repousser sur ses joues. « Nous nous verrons en début d'après-midi. »

Pétronille s'assied par terre. Elle se fiche qu'on la découvre ici. Si près des tonneaux, l'odeur du vinaigre l'étourdit. Son cœur cogne dans sa poitrine. Là, maintenant, tout semble possible. Le contrat qui lie Baptiste au capitaine de *La Baleine* pourrait disparaître. Il pourrait la demander en mariage. Tant qu'elle ne dit rien à personne, elle peut donner aux indices – demain, le sac, son prénom, leurs baisers – le sens qu'elle veut.

*

Sa mère décréta qu'après l'incident avec Paul, Pétronille ne pourrait pas rester au château. Elle eut beau lui répéter qu'elle se méprenait, qu'il ne s'était jamais rien passé entre eux – en vain. Elle renonça à la convaincre. Le monde se voila, se fit à nouveau lointain, elle retomba dans le silence auquel elle avait cru échapper.

Elle comprit des mois plus tard, dans sa chambre de la Maison de Correction, la véritable raison pour laquelle elle avait dû quitter Château-Thierry. Ce n'était pas à cause d'une erreur qu'elle aurait commise ou d'un devoir auquel elle aurait manqué, mais de tout ce qu'elle ne serait jamais aux yeux de sa mère.

*

Le lendemain, le temps s'est rafraîchi ; quelques nuages s'amassent, noirs et distants, au-dessus de l'horizon. Pétronille jette à peine un regard à la risée aujourd'hui. Elle est déçue. Elle n'est plus la seule à sortir. Pour la première fois depuis le début de la traversée, toutes les femmes ont été convoquées sur le pont. L'ordre ne venait pas des nonnes, mais du second du capitaine.

Il est déjà presque une heure de l'après-midi. Derrière Charlotte et Étiennette, Pétronille ne discerne rien d'autre que le grand mât vers lequel la foule se dirige. L'atmosphère a changé, les marins semblent moins nombreux. Ceux qu'elle aperçoit sont rasés de près, leurs chemises étonnamment blanches, comme s'ils naviguaient depuis une semaine au lieu de six. Autour d'elle, les femmes parlent fort, cherchent du regard un dauphin, un autre bateau, un bout d'horizon qui ne soit pas mer. Depuis le premier rang, Geneviève leur fait signe mais Pétronille laisse Étiennette lui répondre.

« Pensez-vous qu'ils aient une annonce à faire ? demande Charlotte.

— Peut-être », dit Pétronille.

Elle n'a pas envie de deviner pourquoi on les a sommées sur le pont. Tout ce qu'elle sait, c'est que la surprise de Baptiste ne lui est pas destinée, qu'il faudra la partager. Elle pense à ce qu'il lui a dit la veille, à sa façon de l'embrasser dans le garde-manger. Elle a été folle de croire qu'il la demanderait en mariage. Il n'a pas la moindre idée de ce qui lui ferait plaisir.

Pétronille sursaute en sentant les premières gouttes de pluie. Elle porte sa main à son bonnet, comme si ce geste pouvait la protéger. Mais le tissu reste sec, les grêlons sont solides, verts, des fèves sèches qu'elle écrase en tentant d'éviter celles qui s'abattent autour d'elle. Lorsque l'averse prend fin, elle lève les yeux vers le ciel.

Tout en haut du mât, un homme mince s'incline au-dessus de la foule, un sac en toile sur l'épaule. Il lui faut quelques secondes pour reconnaître Baptiste qui descend avec des gestes lents et mesurés, les pieds sur les enfléchures des haubans. Il porte un déguisement : des guêtres jusqu'aux genoux, la veste cintrée des postillons – un long fouet claquant contre le ciel, se balançant si près de ses bottes que Pétronille retient son souffle, priant pour qu'il ne trébuche pas. Les femmes rient, Charlotte admire le spectacle, l'air ébahi ; les marins se mettent à chanter, et elle se joint sans hésiter à leur chœur. Étiennette étudie les mouvements de Baptiste avec un sourire amusé.

« Il est élégant, dit-elle.

— Oui », murmure Pétronille.

Maintenant qu'il a sauté sur le pont, elle voudrait se rapprocher du mât. La colère la gagne subitement – dirigée non pas contre lui mais contre elle-même. Elle se fraye un chemin à travers la foule, ignorant les railleries des filles – « Attention, voilà la Tachée » –, jusqu'à Geneviève, au premier rang. Pétronille s'attend à ce que son amie lui fasse une remarque mais elle lui dit simplement : « Je me demandais où tu étais passée. »

Baptiste leur tourne le dos. Peu importe. D'ici, Pétronille voit tout ce qui s'offre à son regard – la lettre dans sa main, la tente dressée au pied du grand mât, l'officier qui s'avance vers lui. Baptiste s'est transformé en acteur, il est devenu inatteignable ; une violente envie de le serrer dans ses bras la saisit. Elle rougit lorsqu'il prend la parole.

« Vous avez pénétré dans notre royaume. »

L'officier déplie le papier que Baptiste lui tend. À la droite de Pétronille, Geneviève chuchote qu'elle trouve le sérieux de l'équipage à la fois ridicule et touchant.

« Le roi du Tropique exige que les passagers n'ayant jamais franchi le Tropique du Cancer payent leur tribut », déclare Baptiste.

Autour de Pétronille, certaines filles baissent le ton, d'autres rient nerveusement. Quelqu'un pointe du doigt la tente, le capitaine qui traverse le gaillard d'arrière, une barbe en filasse jetée sur les épaisses fourrures dont il est vêtu. Une horde de matelots le suit, de jeunes tritons escortent un marin à l'air étrangement féminin, les joues imberbes, un corset plaqué contre son torse maigre. Ils paradent jusqu'au pied du mât.

Pétronille ne reçoit pas le baptême du roi du Tropique la première. Dans la tente, elle observe la croix, les cartes de navigation, les pointes sèches éparpillées sur l'autel improvisé. Elle ne se moque pas du costume du capitaine, comme les filles qui attendent d'être appelées. Il s'agit probablement de l'un des seuls moments joyeux que comptera la traversée, mais elle se fiche de ces festivités. Elle n'a d'yeux que pour Baptiste qui se tient dehors, près du mât. Ses vêtements, si similaires aux habits qu'il porterait sur la terre ferme, pourtant si différents de ceux que Pétronille a connus en France, la troublent et l'apaisent. Habillé ainsi, elle pourrait presque croire qu'il ne reprendra jamais la mer, qu'ils débarqueront bientôt ensemble. Et, pour le moment, c'est tout ce qu'elle choisit de voir : un après-midi de novembre nuageux, des fèves tombant du ciel, *La Baleine* naviguant dans un royaume imaginaire.

4

CHARLOTTE

Océan Atlantique, novembre 1720

Sur le pont de *La Baleine*, Charlotte s'adosse au pavois et écoute l'inlassable ressac de l'océan, l'estomac noué. Elle n'aperçoit Étiennette ni au pied du grand mât ni près de l'autel de fortune où les femmes attendent d'être baptisées. Elle essuie ses poignets encore trempés de l'eau bénite que le capitaine a versée sur ses mains. En entendant les rires d'un groupe de matelots, elle se blottit contre le bastingage ; les hommes passent près d'elle sans lui accorder la moindre attention. Elle se répète de ne pas être idiote, qu'Étiennette sortira d'un moment à un autre de la tente du roi du Tropique. Elle croise les bras, sent ses côtes sous ses doigts.

En juin, lorsqu'elle a suivi les autres filles dans les charrettes, elle ne connaissait que la Crèche et la Maison Saint-Louis. C'était la première fois qu'elle quittait la Salpêtrière. Six mois plus tard, après des semaines en mer, les poux fourmillent sous son bonnet et le sel marin creuse dans son jupon des taches décolorées, rigides. Charlotte s'est rarement trouvée seule depuis que *La Baleine* a levé l'ancre. Dehors, sans personne, le pont principal lui semble immense, l'océan qui l'entoure, vorace – elle, plus petite que jamais.

Cinq filles émergent de la tente en gloussant et le vent agite leurs cheveux, masque leurs yeux. Il y a deux jours, la grande rousse s'est moquée d'elle, lui a assuré qu'aucun homme ne voudrait épouser une gamine de douze ans. Étiennette lui a répondu « Encore moins un laideron », et à ce moment-là, Charlotte aurait pu la prendre dans ses bras. Le groupe de femmes contourne le mât, son amie n'est pas parmi elles ; elle ne reconnaît que Geneviève. Elle se rassied. Là, tout de suite, elle préférerait encore sa compagnie que de rester seule.

Elle se revoit au commissariat parisien le jour de leur rencontre, elle l'entend dire son nom pour la première fois. En juillet dernier, il avait suffi de quelques syllabes pour que l'inconnue se transforme en criminelle. Elle s'est aussitôt souvenue de ce que chuchotait la responsable de la Maison Saint-Louis au sujet de la prisonnière de la Grande Force, la protégée de la Supérieure. Sur les routes de France, elle se débattait avec les émotions qui l'assaillaient : la peur, le vague respect qu'elle avait d'abord éprouvés pour Geneviève, la colère et la tristesse qui les avaient vite remplacés. Il était impossible d'ignorer la fascination d'Étiennette pour cette nouvelle venue, le choix de la directrice qui avait préféré inscrire le nom d'une avorteuse sur sa liste plutôt que le sien

– impossible de ne pas se demander ce que sa mère, la couturière, cette étrangère, aurait fait si elle avait côtoyé une femme comme Geneviève.

« Pourquoi n'as-tu pas rejoint les autres ? »

Étiennette se tient devant elle. Elle a maigri, la crasse ternit ses cheveux blonds. Charlotte respire plus aisément ; elle écarte ses doigts de sa bouche, la pulpe écorchée de ses ongles. Elle s'est remise à les ronger depuis le départ. Elle prend la main d'Étiennette, la serre entre les siennes, jusqu'à ce que son amie la lâche.

« Où étais-tu ? » demande Charlotte.

Étiennette désigne la tente du menton. Elle a son air amusé, celui de la Salpêtrière, lorsqu'elle se moquait des sœurs officières.

Charlotte la suit de près. Dans l'ombre du gaillard d'avant, les marins se chamaillent devant leurs quartiers, des bouteilles à leurs pieds. Leurs dés terminent leur course sur le plancher. Ils ne semblent plus si menaçants.

« Cette cérémonie était impressionnante », dit Charlotte.

Elle a été soulagée d'apprendre que les filles seraient simplement baptisées sous cette tente improvisée, une voile tendue entre quatre piquets confectionnés par le charpentier. Charlotte n'a pas dû s'asseoir sur un tonneau d'eau, ni faire la moindre promesse à l'équipage, ou jeter des pièces sur des planches de bois. Ces rituels sont réservés aux matelots, à ceux qui n'ont encore jamais franchi le Tropique du Cancer.

« Ce n'est qu'une excuse pour nous divertir, répond Étiennette.

— Le cocher était mon favori. »

L'homme qui est descendu du mât avec son fouet lui rappelle le garçon d'écurie à la Salpêtrière, celui qui la laissait caresser les mules des Étables.

« Où est-il parti ? demande Charlotte.

— Trouve la Tachée et tu le sauras. »

Charlotte baisse la tête. Geneviève n'est jamais loin de la Tachée. Depuis qu'elle a aidé Pétronille à l'auberge, ces deux-là passent leur temps ensemble. Charlotte n'aime pas penser aux derniers jours en France. À Lorient, elle n'a pas pu s'empêcher de compatir à la situation de Pétronille – elle ne connaît que trop bien la peur d'être laissée pour compte. Elle ne le souhaiterait à aucune des filles, pas même à Geneviève. Elle entend encore sœur Gertrude lui expliquer que le passé des femmes ne la regardait pas, qu'elle n'avait qu'une mission : les protéger et les mener à bon port.

Elle aperçoit le marin aux cheveux presque aussi roux que les siens, mais pas la Tachée. Elle observe les allées et venues du couple depuis plus d'un mois. Une distraction comme une autre, qui vient interrompre les nuits interminables, les repas sifflés par le maître d'équipage, les rares minutes volées sur le pont. Dehors, elle guette toujours un signe indiquant qu'elles ne sont pas seules en mer, que l'Atlantique se heurtera un jour à un autre rivage et que leur traversée s'achèvera.

Sœur Gertrude, probablement irritée par le faux baptême, guide d'une voix sèche les femmes vers l'entrepont. Le vent secoue les voiles, le ciel est strié de cordages, comme muselé, si bien que lors des premières sorties sur le pont, Charlotte se tournait toujours avec soulagement vers l'océan – une fois, même, pour y découvrir des dauphins jouant dans l'écume du bateau. Elle voudrait emporter un peu de ce monde-là avec elle, en bas.

« Tu sais, cette cérémonie m'a fait réfléchir à notre voyage », dit Étiennette.

Elle s'arrête au pied du grand mât, derrière les autres filles. Elle montre d'un signe de tête la tente que trois mousses démontent en se disputant.

« C'est étrange, mais maintenant que nous sommes à mi-chemin, je me rends compte que notre traversée prendra fin. »

Charlotte ne reconnaît pas le ton d'Étiennette, si sérieux. Dans le monde de son amie, le pire n'arrive jamais ; à la Salpêtrière, elle s'en sortait toujours par une pirouette, une fausse promesse, un sourire contrit. Charlotte s'attend à l'entendre rire d'elle-même, mais quand Étiennette reprend la parole, elle a l'air pensive.

« Nous serons bientôt là-bas. »

Là-bas. Elles se sont mises d'accord : tant qu'elles ne prononcent pas son nom, la Louisiane n'existe pas.

« Imagine si des gens y habitaient, si nous leur prenions leurs terres, dit Charlotte. Ils se battraient contre nous et nous serions obligées de rentrer chez nous. »

Elle manque de rater la première marche de l'échelle. Au-dessus d'elle, le ciel rétrécit, puis disparaît complètement.

« Que ferions-nous ? »

Étiennette descend à son tour.

« C'est peut-être ma dernière chance de découvrir où est ma sœur », déclare-t-elle en la rejoignant en bas.

L'odeur de nourriture, amère, se loge dans la gorge de Charlotte. Depuis le début du voyage, Étiennette a rarement mentionné Marceline, sa sœur déportée en Louisiane un an plus tôt. À l'auberge parisienne, elle a interrogé les filles de la Maison de Correction ; personne ne connaissait Marceline, et celles qui affirmaient le contraire mentaient. Étiennette a vite renoncé et Charlotte a pu souffler, même brièvement. Puis Geneviève est montée dans leur charrette et elle s'est une nouvelle fois trouvée en marge, à la périphérie du monde d'une autre.

« J'ai une nouvelle idée, reprend Étiennette.

— Laquelle ? »

Charlotte cligne des yeux dans la pénombre de l'entrepont. Elle distingue de longues tables, des bancs, des marmites fumantes.

« Je vais à nouveau me lancer à sa recherche. J'en parlais avec Geneviève lorsque nous attendions devant la tente », répond Étiennette.

Charlotte se pince la lèvre. C'est donc ce qui l'a retenue si longtemps. Elle essaye de se concentrer sur les mots d'Étiennette :

« Geneviève a raison. Il est impossible qu'aucune femme n'ait croisé le chemin de Marceline. Quelqu'un l'a forcément connue. J'étais idiote de me décourager aussi rapidement. »

Non, pas du tout, voudrait protester Charlotte, et pourquoi est-ce que je ne te suffis pas ? Elle pense à sa mère, à la réaction d'Étiennette si elle avait un jour tenté de la retrouver. Elle écarte cette pensée – peut-être son amie ne s'en serait-elle même pas souciée. Étiennette désigne déjà du doigt l'une des tables où Pétronille soulève ses jupes, semble hésiter puis jette sa jambe de l'autre côté du banc, près de Geneviève. Charlotte a une furieuse envie de se gratter le crâne, de récolter les poux sous ses ongles et de s'en débarrasser.

Étiennette passe un bras autour de ses épaules. Même dans l'entrepont, Charlotte discerne la teinte rosée de ses joues – à cause du vent dehors, à cause de Marceline. Elle sent les doigts d'Étiennette s'enfoncer dans sa peau, là où la manche de sa robe ne tient plus qu'à un fil.

*

Sa maison, la Salpêtrière, comptait plusieurs milliers de pensionnaires. Aucun ne faisait partie de sa famille. À la Crèche, elle s'amusait souvent à imaginer ses parents, attribuant ses yeux gris à son père ou ses taches de rousseur à sa mère. Elle inventait parfois une série de tantes et de cousines à la poitrine lisse qui, comme elle, ressemblaient à des enfants jusqu'au jour où elles avaient donné naissance aux leurs. Charlotte aimait ce jeu. C'était comme deviner à qui un bébé devait ses joues ou son nez, mais dans l'autre sens.

Lors des rares visites de la Supérieure à l'orphelinat, elle scrutait le visage de Mlle Pancatelin. Elle cherchait des taches de son entre les rides, se disait que les cheveux qui s'échappaient de sa coiffe avaient un jour eu la couleur de la rouille. Elle attendait, le cœur battant, que la Supérieure la regarde, ce qui finissait toujours par se produire. Si Charlotte avait de la chance, Mlle Pancatelin lui souriait. Quand les autres orphelines commencèrent à chuchoter qu'elle était la favorite de la directrice, Charlotte ne répondit rien. Non, aurait-elle voulu rétorquer, je suis sa fille cachée. Elle comprit vite son erreur ; jalouses, les autres pensionnaires la tenaient à l'écart, s'arrangeaient pour faire d'elle l'orpheline la plus esseulée de la Maison Saint-Louis. À cinq ans, Charlotte cessa de croire à un quelconque lien de parenté avec la Supérieure. Sa mère aurait dit la vérité aux autres pensionnaires. Elle l'aurait sauvée.

Tout bascula avec l'arrivée d'Étiennette. Étiennette bavardait avec elle alors que personne ne lui adressait la parole ; elle se fichait de ce que pensaient les autres orphelines. Elle avait été aimée par sa sœur – Marceline, son aînée de dix ans qui, racontait-on, avait trafiqué du sel aux quatre coins de la France, entretenu un amant à Versailles, tout fait pour Étiennette après la mort de leurs parents. Étiennette n'avait pas besoin de l'attention des sœurs officières, comme les autres pensionnaires. Celle de Charlotte lui suffisait.

En avril dernier, le jour où la responsable de la Maison Saint-Louis rassembla les orphelines sélectionnées pour le voyage, Charlotte s'accroupit dans le couloir, sur le seuil du dortoir. Elle retint sa respiration lorsque la Supérieure demanda à l'une des filles si elle souhaitait partir pour le Mississippi. Elle était trop loin pour entendre la réponse. Sa gorge lui paraissait minuscule, un étau. Elle posa son menton sur ses genoux et ferma les yeux. D'habitude, c'était elle qu'on choisissait parmi tant d'autres.

Plus tard ce matin-là, elle suivit Étiennette derrière le bâtiment des Vieilles Femmes, près des loges aux folles. Ici, les lamentations des démentes couvraient leurs voix. Étiennette répétait qu'elle ne comprenait pas ce qui était passé par la tête de la Supérieure ; le nom de Charlotte aurait dû apparaître sur la liste. Elle ne dit pas qu'elle renoncerait à la Louisiane, qu'elle resterait si Charlotte restait. À la place, Étiennette lui confia que c'était là-bas, au Mississippi, que Marceline avait été déportée. Les cris aigus des prisonnières donnèrent soudain des frissons à Charlotte. Sans son amie, la Salpêtrière deviendrait ce qu'elle avait toujours été – une prison aussi vaste qu'une ville, la demeure des pauvres, des malades et des orphelins. Elle aurait fait n'importe quoi pour ne pas être abandonnée une nouvelle fois.

*

À bord de *La Baleine*, Charlotte et Étiennette ont un jeu. Étiennette l'a inventé la première fois qu'elles ont pu remonter sur le pont, le jour où elle y a trouvé un coquillage nacré. Entre ses mains, le bigorneau s'est transformé en boucle d'oreille ; il est devenu le premier objet de ce que Charlotte a baptisé leur « trousseau de mer ». Au cours du dernier mois, elles l'ont rempli de tout sauf de chemises, de jupons et de corsets. Charlotte en a tiré une chanson, une berceuse qui recense chacun de leurs trésors. Des algues séchées, la moitié d'une étoile de mer délavée, deux flasques tachées d'huile, six ficelles, une blague à tabac confectionnée avec la gorge d'un oiseau ; le coin d'une voile déchirée qu'elle noue un jour autour de sa tête, comme un pirate, jusqu'à ce qu'elle se souvienne de l'histoire de la Tachée sur les bandits anglais – les voleurs de poussière d'or et brûleurs de vaisseaux, leurs navires hantés par le diable et les marins pendus sur des plages désertes. Elle détache aussitôt le turban.

Une semaine s'est écoulée depuis la cérémonie du Tropique du Cancer. Charlotte observe les quelques filles adossées contre la porte de la Sainte-Barbe. Quand la Tachée leur a expliqué ce qu'on entreposait dans la petite pièce, Étiennette a ri. « Des femmes et de la poudre à canon, a-t-elle fait remarquer. Mieux vaut garder tous les dangers au même endroit. » Depuis, Charlotte préfère s'asseoir près des sabords, où le jour filtre parfois. Une lueur oblique, faible, mais de la lumière tout de même, qui tombe maintenant sur sa dernière trouvaille, une plume bleu-gris.

Étiennette y a attaché une cordelette et tient les deux extrémités de son collier improvisé devant son cou.

« Peux-tu m'aider ? » demande-t-elle.

Charlotte hausse les épaules. Dans sa main, la plume semble fragile. Elle se sent morose depuis la cérémonie. Deux fois, Étiennette est allée discuter avec Geneviève avant de se coucher. Elle lui a proposé de l'accompagner le premier soir ; le second, elle a promis qu'elle n'en aurait pas pour longtemps. À chaque fois, Étiennette est revenue avec un air mystérieux qui donnait envie à Charlotte d'être quelqu'un d'autre.

Les cris retentissent au moment où Étiennette lui tend le collier. Il échappe à Charlotte, et elle ne le ramasse pas, se fige. Il lui faut une seconde pour comprendre que l'homme sur le pont ne hurle pas de douleur mais qu'il répète le même mot – un mot qu'elle confond d'abord avec « tare », qui finit par se transformer en « terre ».

Le pont est déjà bondé, le vent fait pleurer. Charlotte suit les autres femmes, se dresse sur la pointe des pieds. Les concessionnaires grimpent aux échelles, pressés de se hisser jusqu'à la proue derrière le capitaine et ses officiers. Elle lève la tête, aperçoit la lunette de la vigie entre deux voiles, trébuche dans les cordages. Elle fait volte-face mais Étiennette est restée près de l'écoutille. Charlotte essaye de revenir sur ses pas, de résister à la foule qui la pousse vers la mer.

« Regardez, là-bas ! » s'exclame un mousse.

Au début, la bande de terre semble incongrue. Au fil des semaines, Charlotte s'est habituée aux nuances de bleu, a oublié le réconfort des teintes chaudes. Le jaune, le brun et le vert du rivage lui font l'effet d'une chanson familière, oubliée, qui ne l'aurait pourtant jamais vraiment quittée. Les femmes l'entraînent vers les échelles du gaillard d'avant et elle n'a d'autre choix que d'attraper les mains qu'on lui offre pour rejoindre le pont supérieur. Une fois accoudée au bastingage, elle décide que personne ne la délogera. Étiennette la rejoindra et elles descendront ensemble sur la plage. Elle jette un coup d'œil derrière son épaule pour voir si son amie a réussi à avancer, mais croise les yeux bleu pâle de Geneviève, entrevoit le léger écart entre ses dents lorsqu'elle prononce son nom.

Alors elle se tourne vers le rivage. Les nuages, les collines, les minuscules bateaux s'entremêlent, leurs couleurs se brouillent.

« Je ne t'ai pas vue depuis un certain temps », entend-elle Geneviève dire.

Charlotte est à nouveau submergée par ce malaise vertigineux qui la gardait éveillée, le soir, dans les hameaux français. Aux côtés de Geneviève, elle a toujours l'impression qu'elle passera en deuxième. Elle doit rester sur ses gardes.

« Il y a d'autres navires dans le port, fait-elle observer.

— Pourquoi n'es-tu pas venue avec Étiennette hier soir ? » demande Geneviève.

Charlotte n'arrive pas à imaginer quitter *La Baleine* avec cette fille.

« Il faut que je la trouve avant que nous débarquions.

— Je ne pense pas que nous soyons en Louisiane, répond Geneviève.

— Comment ?

— Ne crois-tu pas que les nonnes nous auraient prévenues ?

— Je ne vois pas pourquoi.

— J'ai bien peur que les premières impressions soient importantes », répond Geneviève en effleurant sa robe crasseuse.

Sur le pont principal, en bas des échelles, le mât coupe la foule en deux. Près du bastingage, Étiennette discute avec la Tachée.

« Je tenais à te dire, reprend Geneviève en suivant le regard de Charlotte, Pétronille t'est très reconnaissante. Que tu n'aies rien dit à Lorient. » Elle s'interrompt et ajoute :

« Moi aussi.

— De quoi parlent-elles ? » demande Charlotte.

Geneviève suit son doigt pointé vers les deux femmes, toujours plongées dans leur conversation, entre le canot et les quartiers des officiers.

« Oh, j'ai pensé que Pétronille saurait peut-être quelque chose à propos de la sœur d'Étiennette. Elle a vécu à la Salpêtrière bien plus longtemps que moi. »

Charlotte voudrait ne pas avoir envie de pleurer. Elle voudrait avoir suggéré en premier à Étiennette de s'adresser à la Tachée, que personne ne sache rien de Marceline. Elle se presse contre la rambarde, fixe la terre qui grossit devant elle – ses plages opalines, ses collines broussailleuses, les silhouettes pas plus grandes qu'un grain de blé s'agitant à bord des navires et, plus loin encore, la jetée du port. Elle voudrait être arrivée ; puis elle se souvient de tout ce qu'elle perdra en débarquant.

*

L'année de sa rencontre avec Étiennette à la Maison Saint-Louis, Charlotte ne prétendait plus que la Supérieure était sa mère. Au lieu de quoi, elle parlait du mouchoir brodé qui lui avait donné son nom. Pour éviter d'expliquer que ce tissu avait été perdu, elle racontait souvent à Étiennette l'un de ses rêves, qu'elle appelait parfois souvenir.

Dans le songe, elle est très jeune. Rien ne trouble le silence, le froid brûle la peau. Deux femmes se tiennent dans la pièce. L'une porte l'habit fade des Tantes, la seconde un bonnet à la dentelle bleue. Cette femme n'a pas de visage. Elle n'a pas de voix non plus, même si elle a un jour dû chanter à son oreille, puisque certaines mélodies lui brisent le cœur comme aucune autre. La femme n'a qu'un parfum, qui enveloppe Charlotte lorsqu'elle se sent soulevée, serrée contre son cou chaud. Une odeur de beurre frais, de lait séché, de fleurs mouillées. Et avec elle vient cette certitude – le sentiment qu'elle n'est pas seule, que tout ira bien.

Des années plus tard, allongées sur leur matelas, Étiennette la prit dans ses bras pour la première fois. Charlotte dormait seule depuis une semaine ; Catherine, la fille avec qui elle partageait son lit, était partie. Personne ne lui avait dit où, mais elle aimait imaginer qu'une femme l'avait reconnue pour celle qu'elle était vraiment – sa fille, sa sœur, sa nièce, l'un de ces mots étrangers aux enfants de la Maison Saint-Louis – et l'avait emmenée loin de la Salpêtrière. Catherine ne s'était jamais blottie contre elle, sauf en hiver, ces matins où il faisait si froid qu'elles se réveillaient en claquant des dents. Mais la nuit où Étiennette l'étreignit, l'été était déjà là.

Charlotte avait cinq ans, Étiennette neuf. Il y avait un cou chaud contre lequel s'endormir, du beurre avait été servi au souper ou des fleurs coupées plus tôt dans la journée – du mimosa ou des tulipes, celles qu'elle avait un jour respirées dans les bras d'une femme coiffée d'un bonnet à dentelle. Quoi qu'il en soit, Charlotte décida qu'elle ne laisserait plus personne lui échapper.

*

Geneviève avait raison : sœur Gertrude a annoncé que *La Baleine* mouillerait à Saint-Domingue quelques jours. Au fur et à mesure que le navire s'approche de l'île, le brouhaha du rivage se précise et Charlotte perçoit les cris, les beuglements, le claquement des cordages, la rumeur du vent dans les arbres. Une odeur de cochon grillé envahit le pont et un groupe de marins se prépare à descendre le canot. Dans le port, des femmes vendent des poissons à la criée, une mule refuse d'avancer. Un groupe d'hommes s'affairent sur l'embarcadère, Charlotte n'a jamais vu personne à la peau aussi sombre. Elle les regarde rouler des tonneaux dans les magasins, guider le bétail vers les champs et la brousse. Les bourrasques ont subitement faibli : le monde paraît étrangement statique sous les voiles lâches, comme découragées. Il lui faut quelques minutes pour se frayer un chemin à travers la foule amassée à la proue et repérer Étiennette, avachie contre le bastingage du gaillard d'arrière. Geneviève a disparu. Charlotte se mord les lèvres, elle regrette d'avoir réagi si violemment. Dans l'ombre approximative du mât, Étiennette tamponne ses tempes luisantes de sueur avec son bonnet.

Charlotte s'accroupit à côté d'elle, chasse un énorme moustique. Elle se rend bien compte que son refus de l'aider ne fait que l'éloigner d'elle. Son amie a l'air crispée, et elle hésite à prendre la parole.

« Que s'est-il passé ? finit-elle par demander.

— Rien. »

Elle s'attendait à ce qu'elle lui confie immédiatement ce que la Tachée lui a raconté ; Étiennette ne lui a jamais épargné le moindre détail de l'histoire de Marceline, sans paraître s'apercevoir combien ils la blessaient. Mais être tenue à l'écart lui semble soudain pire.

« Qu'a-t-elle dit ?

— Je t'ai déjà répondu. Rien, parce qu'elle ne sait rien. »

Le visage d'Étiennette ne trahit pas la moindre émotion, et le mystère de ces traits familiers alarme Charlotte. Étiennette passe sa tête entre les colonnades en bois du bastingage. Lorsqu'elle l'imite, les écailles de peinture lui chatouillent les joues. Au loin se dressent quelques cabanons en bois, un hangar aux portes béantes, des troncs d'arbre coiffés de cocons de feuilles mortes et ocres qu'elle n'a jamais vus à Paris.

« Sœur Gertrude pourrait peut-être t'aider », suggère-t-elle.

La chaleur lui écrase le crâne, la lumière coule sur ses mains. Elle sent les doigts d'Étiennette effleurer les siens.

« Si quelqu'un sait quelque chose, ce doit être elle », poursuit-elle. Elle tourne la tête autant que possible, croise les yeux d'Étiennette, à nouveau alertes. « Elle savait tout de Geneviève. Elle connaît chacune d'entre nous.

— Tu as raison. Je ne sais pas pourquoi l'idée ne m'est pas venue plus tôt.

— Je viens d'y penser. »

En bas, les rayons du soleil ondoient dans l'eau limpide. Un banc de minuscules méduses violettes longe la coque, puis s'évanouit.

« Imagine, si nous étions coincées ici, dit Étiennette.

— Un dauphin pourrait nous attraper. »

Étiennette fait une grimace.

« Il n'oserait pas s'en prendre à nous si je le regardais comme ça. »

Charlotte rit.

« Et nous resterions là pour toujours.

— Je trouverais une façon de nous libérer, répond Étiennette. Et ensuite, nous irions parler à sœur Gertrude. »

Charlotte essaye d'acquiescer mais les échardes des colonnades lui éraflent les joues.

*

La Baleine a atteint la mer des Caraïbes. L'eau est maintenant si bleue qu'elle semble gorgée de soleil, moins dangereuse que la houle grise de l'Atlantique. Sous la surface, Charlotte devine les formes de créatures qui s'effacent avant même qu'elle ait pu les nommer. Dauphin, marsouin, requin. Étiennette s'allonge sur le dos. Depuis quelques jours, elle est distraite, mais attentionnée.

La nourriture aussi a changé depuis l'escale à Saint-Domingue. Les légumes sont servis en priorité aux membres de l'équipage qui naviguent depuis des mois. Trois jours après leur départ, Charlotte aperçoit la Tachée apporter des pois frais au marin dont elle semble tant apprécier la compagnie ; quelques filles ont eu le droit à une orange juste parce qu'elles perdaient leurs cheveux. Puis Charlotte a vu ce qui lui avait d'abord échappé – leurs gencives blessées, le sang qui dessinait d'épais triangles entre leurs dents. Deux d'entre elles ne sont toujours pas revenues de l'infirmerie ; les nonnes répètent que le médecin fait tout ce qu'il peut pour elles.

Elle n'ose pas demander à Étiennette quand elle ira s'entretenir avec sœur Gertrude – elle en a dit assez. Elle veut profiter de ces quelques jours de paix, faire l'inventaire de leur trousseau de mer, pincer son nez et sentir les doigts de son amie se refermer sur les siens lorsque la soupe de tortue atterrit sur la table. Elle goûte le nouveau biscuit, plus fin et plus pâle que le précédent, qu'Étiennette lui tend.

Un soir de décembre, Étiennette s'approche d'elle, réajuste son sac qui lui sert d'oreiller ; leur paillasse est élimée, à peine plus épaisse que les couvertures de la Maison Saint-Louis.

« Et si elle n'avait rien à m'apprendre ? demande-t-elle.

— Tu le sauras bien assez vite. Rien ne presse. »

Le roulis régulier du bateau la berce.

« Rien ne presse », répète-t-elle.

*

Charlotte apprit à coudre et à chanter à la Salpêtrière. Dans l'atelier Sainte-Claire, elle travaillait jusqu'à ce que sa peau soit constellée de piqûres d'aiguille. Elle espérait que ses mains se souviendraient du métier que sa mère avait exercé. Peine perdue : pendant les leçons de broderie, ses doigts erraient sur la toile, maladroits. À la messe, cependant, les choses étaient différentes. Les autres filles se retournaient dès qu'elle entonnait les refrains ; les Tantes s'émerveillaient de ce qu'elles appelaient son « charmant mezzo ». Charlotte ne savait pas de qui elle le tenait. Lorsqu'elle chantait, elle ne pensait à rien. Elle finit par se dire que sa voix n'appartenait à personne d'autre qu'à elle.

Étiennette n'était pas plus douée pour le chant que pour la couture. À son arrivée à la Maison Saint-Louis, Charlotte l'avertit de ne pas s'éloigner de l'orphelinat. Non pas parce que c'était interdit – elle s'aventurait elle-même parfois jusqu'aux Cuisines, où une jeune servante lui offrait du fromage, une prune dure sous la dent. Mais elle avait compris qu'il valait mieux éviter certaines cours de la Salpêtrière.

Elle tenta de convaincre Étiennette que les loges aux folles ne lui plairaient pas, mais ce matin-là, son amie ne s'arrêta pas avant d'atteindre le bâtiment des femmes épileptiques. Les prisonnières au crâne rasé étaient assises dehors, leurs chaînes si courtes que leurs bras se touchaient. Une balafre traversait le visage de l'une d'entre elles, coupait ses sourcils d'une ligne claire. C'est elle qui se mit à apostropher Étiennette et la fit sursauter.

Mais Charlotte se trouvait trop loin pour lui prendre la main. Appuyée contre le bâtiment Sainte-Laure, elle observait les servantes jeter de la paille fraîche dans les cabanons. Elle savait quand détourner le regard à la Salpêtrière, et désormais, son amie le saurait aussi.

*

Étiennette voulait rester près des sabords, alors Charlotte décide de monter sur le pont avec Pétronille. Pour une fois, elle se réjouit à l'idée de suivre quelqu'un d'autre. Depuis leur escale à Saint-Domingue, lier de nouvelles amitiés semble possible. Auprès de Pétronille, elle ne se sent ni vulnérable ni menacée. Pétronille n'a jamais tenté de prendre sa place ; elle connaît le navire mieux que toutes les autres filles. Son pas confiant la rassure, et Charlotte se rend compte qu'elle préfère l'appeler par son prénom plutôt que « la Tachée ». « Attention ! », l'avertit Pétronille lorsque son pied dérape sur les fientes d'oiseaux. « Là. » Elle agrippe la rampe de chaque côté de l'échelle et Charlotte l'imite.

Elle se doute bien que leur excursion n'est qu'une excuse pour rejoindre le marin aux cheveux roux, mais Pétronille n'a pas l'air mécontente d'être accompagnée ; de toute façon, Charlotte est si soulagée de gagner le pont principal, le ciel et la mer, les étendues de sable blanc qui brisent la surface de l'eau, qu'elle en oublie tout le reste. Pour une fois, elle n'est pas obligée de réajuster ses cheveux à chaque fois que le vent les décoiffe – Pétronille lui a offert une broche juste avant que l'écoutille ne s'ouvre. En redescendant, elle l'ajoutera à son trousseau de mer.

Comme à Saint-Domingue, un navire se trouve à quelques encablures, ainsi qu'une petite chaloupe dont émergent des marchands. Ils ressemblent à ceux qui leur ont vendu des vivres sur l'île, ils hissent des caisses de noix de coco et des tonneaux de liqueur à bord de *La Baleine*. Deux filles rient sur le gaillard d'avant en les regardant décharger la marchandise. Charlotte reconnaît l'une d'entre elles, Thérèse, aux fleurs rouges cousues dans la tiretaine de son bonnet. Elle ignore le nom de son amie ; mais même d'ici, elle voit bien qu'elles partagent sa joie d'être dehors. Ces derniers temps, les passagères ont été admises plus souvent sur le pont. Après plus de deux mois de voyage, les nonnes peinent à leur refuser ces quelques minutes à l'air libre. Charlotte pointe du doigt un îlot, plus étroit que *La Baleine*.

« Penses-tu qu'il soit habité ? » demande-t-elle.

Pétronille secoue la tête.

« Non, mais peut-être que des chasseurs de tortue s'y sont arrêtés. »

Une mince volute de fumée s'élève entre les palmiers, ces arbres dont Charlotte vient d'apprendre le nom. Elle aimerait elle aussi connaître un marin, quelqu'un capable de lui expliquer ce qui lui échappe à bord de *La Baleine*, sur ces rivages inconnus. Pétronille fixe toujours l'archipel.

« La forme de cette île ne te rappelle-t-elle pas celle des Greniers de la Salpêtrière ? demande-t-elle. Je veux dire, cette étendue de sable, là, n'a-t-elle pas exactement la même forme que l'aile sud du bâtiment principal ? »

Charlotte rit en se rendant compte qu'en France, elle habitait à quelques rues seulement de Pétronille. Si elles n'avaient pas décidé de partir, elles ne se seraient jamais rencontrées.

« Non, elle est trop carrée, on dirait le dortoir Sainte-Thérèse, fait-elle remarquer. Celle-ci, peut-être ? »

Un cordage tombe au sol. Un homme imposant se détache du groupe de marchands, s'avance vers le capitaine. Le soleil se reflète dans sa montre en argent et la lumière, aveuglante, force Charlotte à détourner le regard. Pétronille répond que cette île lui rappelle plutôt la maison des reposantes, ou non, mieux encore, un palmier qui aurait pris racine au fond de l'océan, et Charlotte se demande soudain ce qu'il se passerait si les îles se mettaient à dériver. Elle s'imagine seule, séparée des autres filles ; cette idée la glace.

« Que penses-tu de celle-là ? » l'interroge Pétronille.

Le capitaine continue d'échanger avec l'homme à la montre. Sa voix est basse, insistante. Les autres marchands se sont dispersés. Près de l'écoutille, Charlotte aperçoit sœur Gertrude, et sur l'échelle en dessous d'elle, Étiennette. Les yeux de Charlotte sont toujours rivés sur elle lorsqu'un son sourd transperce l'air. Le moment s'éternise, le pont se fige ; des chevaux en ivoire galopent sur la poignée du pistolet.

Avant que l'arme ne se lève à nouveau, Charlotte a le temps de dévisager l'homme qui la brandit et qu'elle n'avait pas remarqué jusqu'à présent ; son nez arqué, sa barbe décorée de perles. À sa droite, le marchand à la montre enfonce son fusil dans la veste du capitaine, le force à avancer. Leurs complices sont postés au pied de chaque mât, éparpillés sur les gaillards d'avant et d'arrière. Ils tiennent en joue l'équipage avec leurs mousquetons, ils bloquent l'accès aux quartiers des marins et aux petits canons de *La Baleine*.

Alors que le ciel et la mer se mettent à tournoyer, Charlotte se souvient de ce que Pétronille lui a raconté au sujet des pirates et de leurs bandeaux, de cet œil toujours plongé dans le noir, prêt à percer l'obscurité des cales pour mieux les guider vers leur butin.

Charlotte tend la main vers son amie mais un mousse la bouscule et le poignet de Pétronille lui échappe, elle se heurte à un matelot à la tempe blessée, sanglante ; elle doit avoir trébuché sur un cordage parce qu'elle est à terre, les genoux brûlants, son visage râpant le sol. Les sabres claquent, métalliques, fracassants, les voiles trouées par les coups de feu. Une balle roule à côté de Charlotte, sous le canot, hors de vue. Elle la suit, rampant aussi vite que possible, et le plancher vibre sous les pas des marins. Quelqu'un crie de ne pas bouger, et elle résiste à l'envie de s'assurer que rien ni personne ne la poursuit. Elle se jette sous la coque du canot et sa tête tape contre le bois, la quille tire sur sa robe comme pour la déchirer. Elle se recroqueville entre les cales ; l'odeur d'algues, de rhum et de bois mouillé lui monte à la tête. D'ici, elle aperçoit des mollets, des pieds et, si elle presse sa joue contre le plancher, quelques visages, des bras abîmés par le fouet. Elle sait que si l'un des assaillants s'agenouillait, elle serait aussitôt découverte.

Entre les salves lui parviennent des menaces de mort, la voix d'un pirate qui parle d'or, d'allumettes et de chair brûlée. Il s'exprime avec un accent si prononcé qu'elle comprend la moitié de ses phrases. Elle tente de reprendre son souffle, de se repérer. Ses cuisses sont tièdes, trempées, collées l'une à l'autre. Elle visualise le navire, vu du ciel : le gaillard d'avant et les quartiers des marins à sa gauche, le gaillard d'arrière et la poupe à sa droite. Entre les deux, le grand mât, l'écoutille. Et, parallèle au bastingage, le canot – elle, juste en dessous.

Elle sait ce qu'elle aurait dû faire : grimper dans la barque, s'allonger entre les rames, et ramener la bâche au-dessus d'elle jusqu'à ce que le ciel disparaisse. Elle sursaute au coup de feu suivant, si proche cette fois-ci qu'elle plaque ses deux mains contre ses oreilles, grimace en sentant la douleur lancinante qui traverse l'un de ses doigts. Son pouce est ouvert, sa peau d'un rouge qu'elle ne lui connaissait pas. Lorsque l'odeur de poudre s'immisce sous la coque, elle recule vers le pavois, aussi loin que possible du vacarme du pont. Ses doigts heurtent un objet lisse et humide. Non pas la broche de Pétronille, mais la balle qui l'a guidée sous le canot. En l'attrapant, elle ignore à qui appartient le sang qui la tache.

*

La clameur des combats cesse et le silence tombe. Charlotte se tient immobile. Sa respiration lui semble assourdissante. Elle a étrangement conscience de tout ce qui coule, palpite et bat à l'intérieur de son corps – son sang, sa salive, son cœur : comme elle aimerait qu'ils se taisent, combien cette idée la terrifie. Elle essaye de penser à une chanson, une mélodie réconfortante, mais rien ne lui vient. Elle plonge son doigt blessé dans une flaque d'eau et le sel mord la plaie – et ça, aussi, pourrait presque émettre un son. La broche que Pétronille lui a donnée s'est détachée de ses cheveux et lui pique la poitrine. Des bottes martèlent le sol. Elle se fait aussi petite que possible, pense aux bébés de la Crèche blottis les uns contre les autres. Elle pense à Étiennette, qui doit être en sécurité, qui a dû réussir à descendre l'échelle à temps.

Les ombres se retirent, les pas s'éloignent. Son doigt a cessé de saigner. Charlotte compte jusqu'à quatre-vingts sans quitter des yeux le pont baigné de soleil, terrorisée à l'idée de voir surgir les silhouettes si elle s'interrompt. Alors elle triche, passe directement de cinquante-quatre à soixante. Prudemment, en pivotant son cou, elle appuie sa tempe contre le plancher. Elle devine un ciel parfaitement bleu. Sous le grand mât, les pirates poussent les marins de *La Baleine* vers le gaillard d'avant, leurs fusils écrasés contre leurs chemises. L'un d'eux s'amuse à piquer de son épée les culottes des mousses. Elle les entend traverser le pont, et leurs cris de protestation s'atténuent une fois que les pirates verrouillent la porte des quartiers de l'équipage. Elle se met à plat ventre, lève la tête vers la proue du canot au moment où l'un des pirates fourre la clé dans sa poche. Un frisson l'étreint ; sans les matelots pour défendre le navire, *La Baleine* est perdue.

Puis la jambe d'un homme apparaît. Il est si proche du canot qu'elle se trouve nez à nez avec le tatouage d'une baleine crachant de l'eau, dessinée sous des poils drus, au-dessus de bottes en cuir. La sueur glisse sur ses paupières, sur ses mains. L'homme parle une langue qu'elle ne comprend pas. Il semble enthousiaste. Son pied s'éloigne, s'efface, remplacé, plus loin, par des jupes que Charlotte ne connaît que trop bien. Elle revoit Thérèse et son amie rire, accoudées au bastingage, loin de l'écoutille.

Lorsque les femmes commencent à se débattre, Charlotte ferme les yeux. Elle essaye de déglutir mais sa langue paraît soudain trop enflée pour sa bouche. Il y a d'autres bruits de pas, le cliquetis d'une ceinture ou d'un coutelas, suivis de hurlements, et elle donnerait n'importe quoi pour les faire taire. Elle résiste à l'envie de se boucher les oreilles. Elle doit rester attentive si elle veut reconnaître la voix d'Étiennette, savoir si elle est parvenue à se réfugier dans l'entrepont.

Elle ne sait pas combien de temps elle demeure figée. Elle compte jusqu'à trois cents une fois que le dernier homme a terminé. Les filles se sont tues, elles aussi, mais leur silence ne veut pas dire qu'elles ne souffrent plus ; elles ont simplement compris qu'aucun mot ne les sauverait. Quelques mètres plus loin, un objet roule sur le pont. Le pirate au tatouage pose une question dans sa langue incompréhensible

– le capitaine lui répond mais ses paroles échappent à Charlotte.

Elle ouvre les yeux parce qu'elle devine sans mal ce qui va suivre, ce qui se produit déjà ; des bottes, une douzaine de paires au moins, battent le plancher et se dirigent vers l'écoutille. Son dernier espoir qu'Étiennette, Pétronille et Geneviève soient épargnées s'évanouit. Cette fois-ci, les hommes ne s'en prendront pas à deux femmes mais à quatre-vingt-dix, et leurs cris enfleront sous Charlotte comme s'ils naissaient de sa propre poitrine. Elle imagine être la prochaine. Elle ramène sa main contre elle et sent la broche de Pétronille sous sa paume.

Elle redresse la tête en direction des quartiers des marins. La porte est verrouillée mais les deux gardes ont abandonné leur poste, eux aussi soucieux de gagner l'entrepont au plus vite. Charlotte sait qu'elle n'a pas beaucoup de temps. Elle est terrifiée à l'idée de ce qu'elle doit faire. Elle se revoit se faufiler dans l'allée qui menait au jardin de la Supérieure, en mai dernier. Ce jour-là, elle n'avait jamais eu aussi peur – de ne pas être entendue, de ne pas réussir à convaincre la directrice d'ajouter son nom à la liste. Aujourd'hui cependant, elle est ici. Elle se met à ramper vers la proue du canot.

Une dizaine de pas seulement la séparent des logements de l'équipage. Il semblerait presque que le soleil, terrassant, puisse la clouer au sol. Sur le pont, tout le monde lui tourne le dos. Les hommes – des pirates surtout, mais quelques officiers de *La Baleine* aussi, attachés et mutilés, surveillés de près – ne quittent pas des yeux la trappe qui mène à l'entrepont. À la vue des corps derrière le mât, de leurs chemises imbibées de sang, Charlotte se sent nauséeuse. Elle déglutit péniblement, elle doit se dépêcher, le temps est compté ; deux bandits s'approchent de l'écoutille.

Elle se jette en avant. Elle s'imagine être l'un de ces poissons aperçus dans le port de Lorient – rapide, agile, aussitôt disparu. La broche lui égratigne la main ; la blessure de son doigt s'est tue. Puis elle est plongée dans l'ombre du gaillard d'avant, face à la porte.

Elle s'attend à entendre des hurlements, à sentir des mains agripper sa robe. Il ne se passe rien. La serrure est fraîche et dure sous sa main. Ses doigts tremblent si violemment qu'elle doit s'y reprendre à trois fois avant de réussir à enfoncer la broche sous la poignée. Elle pousse plus fort, sent le mécanisme résister, ployer sous la pression, résister à nouveau.

Un bruit sourd retentit, l'ouverture de l'écoutille, un son qu'elle accueillait avec soulagement après les jours de mauvais temps. Elle jette un coup d'œil pardessus son épaule et s'en veut immédiatement. Elle n'a pas une seconde à perdre, elle ne devrait pas prêter attention à la scène qui captive tout le monde : en haut de l'échelle, sœur Gertrude menace les hommes d'un pistolet.

En entendant les voix s'élever, Charlotte croit d'abord à un sanglot. Mais alors que la clameur grandit, elle comprend que, face à la nonne armée, les pirates s'esclaffent. Des éclats de rire frénétiques, incrédules, irrépressibles qui disent : « Femme, penses-tu vraiment nous intimider ? » Charlotte entend sœur Gertrude gémir, elle tord une nouvelle fois la tige dans la serrure.

Elle manque de basculer en avant lorsque la porte s'ouvre. À l'intérieur, tout l'équipage la dévisage. Les marins plissent les yeux, éblouis ; elle se tient si proche du premier que leurs épaules se touchent. Puis les hommes se précipitent sur le pont, un mousse à peine plus âgé qu'elle l'entraîne vers un tas de couvertures ; elle passe sa langue sur ses lèvres, goûte ses larmes et sa morve. Dehors, les coups de feu se mêlent au choc des voiles qui s'affaissent. Le bruissement de l'eau s'immisce dans chaque silence.

Elle se laisse tomber entre deux hamacs, écarte un jeu de dés. La chemise dans laquelle elle se mouche empeste tant le tabac qu'elle éternue. Elle se recroqueville dans un coin. Les yeux clos, elle peut prétendre être accroupie dans un autre dortoir, à la Salpêtrière, guettant l'arrivée d'une sœur officière, attendant que la voie soit libre.

*

Les voix des femmes emplissent l'entrepont, étourdissantes. L'air est empreint de l'odeur de leur peur, un souffle âcre qui assaille Charlotte dès qu'elle atteint le bas de l'échelle, soutenue par sœur Gertrude. Étiennette lui saisit la main avant même que ses yeux aient eu le temps de s'ajuster à la pénombre, et pendant un bref instant, Charlotte ne sait pas si elle s'apprête à la gifler ou à l'embrasser. Étiennette se contente de glisser un bras autour de ses épaules, prudemment. Elle parle très bas, lui dit viens, suis-moi, la guide vers leur matelas près des sabords.

Elles s'allongent l'une à côté de l'autre. Étiennette effleure le bandage de son doigt blessé.

« Pétronille saura peut-être te soulager, suggère-t-elle.

— Comment va-t-elle ? Où est-elle ?

— Là, contre la cloison de la Sainte-Barbe. Elle est descendue juste avant que sœur Bergère ne referme l'écoutille. »

Charlotte sent à nouveau les doigts de Pétronille lui échapper, la terreur lui tordre le ventre. Elle s'efforce de respirer calmement. Pétronille est en sécurité ; elle l'est aussi. Elle suit le regard d'Étiennette. Pétronille se tient devant l'entrée de la poudrière ; à sa droite, Thérèse et son amie se blottissent l'une contre l'autre. Elles acceptent les couvertures et la nourriture qu'on leur tend. Le bonnet à fleurs de Thérèse a disparu. Charlotte baisse les yeux.

« Pétronille était affolée à l'idée que son marin soit enrôlé de force par les pirates, explique Étiennette, mais elle répétait qu'ils ne nous emmèneraient pas. Ils craignent les rivalités que les femmes pourraient susciter à bord d'un navire.

— Ils sont capables de pire », répond Charlotte.

Elle écarte une mèche de cheveux de son visage. Elle ne peut pas parler des bandits, retourner sur le pont.

« Qu'as-tu découvert ? demande-t-elle.
— Comment ça ?
— Je t'ai vue avec sœur Gertrude, juste avant. »

Pour une fois, évoquer Marceline ne la dérange pas. Mais Étiennette secoue la tête, comme pour dire non, ça n'a pas d'importance. Elle semble immensément triste.

« Même si je savais quoi que ce soit au sujet de votre sœur, qu'en feriez-vous ? » dit-elle.

Il faut un instant à Charlotte pour comprendre qu'elle cite la nonne. Il y a quelque chose de creux dans le visage d'Étiennette, une aspérité nouvelle venue se loger entre ses traits fins. Charlotte lui prend la main.

« Je suis désolée. »

Les mots de sœur Gertrude ne lui apportent pas le soulagement qu'elle espérait. Ils lui disent : tout ce qu'on laisse derrière soi disparaît à jamais. Charlotte se rend compte qu'elle le savait déjà.

Quelque part en dessous d'elle, les chats crachent et feulent. Elle tente de remuer ses doigts, ses orteils, mais son corps engourdi pèse si lourd qu'en s'abandonnant un peu plus, elle pourrait presque rejoindre les animaux à fond de cale. Elle entend Étiennette lui chuchoter :

« Sœur Gertrude dit que nous te devons tout.
— Pardon ? » demande Charlotte.

Elle écoute Étiennette répéter les mêmes mots. La fierté lui pince la poitrine. À la Salpêtrière, c'était un péché. Elle ne reconnaît pas la fille qu'elle était sur le pont, celle qui a fui la sécurité du canot, risqué sa vie pour libérer les marins.

« Où a-t-elle trouvé le pistolet ? s'enquiert-elle.

— On raconte qu'un des policiers le lui a confié à Lorient. Mais Pétronille jure l'avoir vue sortir de la Sainte-Barbe après notre escale à Saint-Domingue. » Elle hausse les épaules. « Je ne sais pas.

— Et elle leur a fait face, seule ?

— Oui.

— Elle est courageuse.

— Tu l'es aussi. »

Charlotte ferme les yeux. Le clapotis de l'eau la berce, elle se sent éreintée, sonnée. Courageuse. Le mot l'apaise, même si, d'une certaine façon, il sonne faux. Elle se demande comment Étiennette aurait réagi sur le pont, et si on peut faire preuve de bravoure lorsqu'on n'a pas d'autre choix. En y réfléchissant, elle se rend compte qu'elle en avait un : attendre qu'ils viennent la chercher, ou tenter le tout pour le tout.

Et même si ce n'est pas du courage, quelque chose l'a gardée en vie. Là-haut, elle n'a eu besoin de personne. Elle pense à la Supérieure ; elle aimerait pouvoir rassurer la directrice, lui dire qu'elle a pris la bonne décision. Elle espère que, d'une certaine manière, Mlle Pancatelin le sait déjà.

Quelque part dans la coque, une souris gratte le bois. Elle écoute le rythme lent de sa respiration, les bonds d'un poisson sous le sabord, puis la voix de Geneviève, demandant comment elle se porte.

« Bien, répond Charlotte. Je vais bien. »

Elle ignore si les autres l'entendent. Elle sent son corps se fondre dans le plancher, dériver avec le bateau, un nénuphar à la surface de l'étang du jardin du Marais, un îlot solitaire, ce qu'elle et les autres filles deviendront bientôt, qu'elles le veuillent ou non, une fois qu'elles auront rejoint la Louisiane.

Partie II

« Terre, terre ! » Le mot retentit entre le claquement des voiles, les cris des timoniers et le roulement des vagues. Impossible de le confondre avec un autre. Quelques filles sont tentées de joindre leurs voix à celle de la vigie – elles craignent que le rivage s'évanouisse si le marin se tait. Elles échangent des coups d'œil inquiets : un continent ne devrait pas paraître si fragile. Si étroit, aussi, une simple bande de sable à la surface de l'eau. Les femmes fixent la côte, incrédules et furieuses. Elles ont parcouru tout ce chemin pour rejoindre une île déserte.

Le vent est chargé d'embruns, et pendant un instant, elles respirent la mer plutôt qu'elles n'avalent de l'air. Lorsque leurs pieds foulent la terre ferme, le monde se met à valser. Elles tentent de reprendre leur équilibre, frottent leurs paupières brûlées par le sel. Elles sont entourées d'eau – l'île pourrait aussi bien être un autre bateau. Elles plissent les yeux sous les assauts des bourrasques, regardent les arbustes courbés par les intempéries, les crabes qui se précipitent dans les mares. Elles ignorent encore qu'elles ne sont pas les premières Françaises à débarquer ici : un an plus tôt, après une traversée cauchemardesque, deux groupes de prisonnières de la Salpêtrière ont été abandonnés sur l'île aux Vaisseaux, sans vivres, avant que les survivantes ne soient finalement amenées sur le continent. Les traces de leurs pas ont disparu, et pourtant, certaines filles de *La Baleine* frémissent. Ce lieu n'est pas moins hanté que la Salpêtrière.

Puis elles aperçoivent une vingtaine d'hommes amaigris et derrière eux, de longues barques. Les nonnes ne prennent pas la peine de leur expliquer qu'elles ne sont pas encore arrivées à destination, que ces marins les escorteront bientôt jusqu'à Biloxi.

Il faut des heures de navigation avant que les femmes ne voient le continent pour la première fois, perçant la brume bleue qui semblait jusqu'alors souder le ciel à la mer. Dans les pirogues, le silence se fait. La Louisiane n'est pas très impressionnante. Lisse et immobile, comme tout ce qui se trouve loin ; les mouvements effacés par la distance, les nuages et leur jeu d'ombres sur la terre, les arbres aussi flous que des dessins d'enfants. Les femmes l'observent comme elles étudieraient le visage d'une étrangère. Elles attendent ce moment depuis des mois et maintenant qu'elles sont là, elles se sentent indécises, mal à l'aise, un peu tristes. Que leur reste-t-il à espérer, une fois le voyage terminé ?

5

GENEVIÈVE

Biloxi, février 1721

Geneviève s'agenouille au bord du ruisseau avec les autres filles. Elle attrape le seau qu'elle vient de vider dans les chaudrons où flottent leurs habits, devant l'entrepôt. La bâtisse rudimentaire où les nonnes les ont installées à leur arrivée en Louisiane, six semaines plus tôt, n'a rien à envier aux dortoirs de la Maison de Correction : une immense pièce traversée de courants d'air, des poutres entre lesquelles la lune et le soleil s'invitent trop souvent, des matelas de paille qu'il faut reconstituer avant de se coucher. À cause des intempéries de la veille, le bois s'est gonflé de pluie et l'humidité ne se dissipera pas avant des jours. Le hangar, malgré tout, demeure un îlot, un refuge qui les protège tant bien que mal de cette nature exubérante. Geneviève retient son souffle en plongeant les mains dans l'eau glacée. La Louisiane lui assène une nouvelle fois ses paysages insondables – ses arbres à plumes, sa boue rouge, sa terre molle et aquatique. Elle ne les comprendra jamais vraiment, et chaque jour de ce premier mois et demi passé dans la colonie n'a fait que renforcer cette certitude.

Le ciel s'éclaircit avec l'aube, les ragondins filent dans l'herbe haute. Elle s'est habituée aux sons comme elle l'a pu. De ce côté de l'Atlantique, tout lui est inconnu, elle est sans cesse à l'affût. Elle donnerait beaucoup pour retrouver des plaisirs simples, familiers, et là, tout de suite, la chaleur relative du matelas qu'elle partage avec Pétronille. Elle revient au seau, à ses doigts violacés, à ce qu'elle doit faire. Ce matin n'est pas comme les autres. Il y a une demi-heure, avant laudes, Pétronille s'est levée avec une énergie que Geneviève ne lui a pas connue depuis des semaines. Aujourd'hui, c'est sa dernière chance de revoir Baptiste.

Geneviève soulève le second seau et ajuste son joug de fortune sur ses épaules. Elle ferme la bouche pour éviter d'avaler les moucherons qui s'abattent sur son visage. À sa gauche, le ruisseau se perd entre les arbres, abandonne le jardin détrempé et ses fleurs immenses pour s'enfoncer dans la forêt de pins. Derrière les murs aveugles de l'entrepôt, Pétronille rassemble sûrement les habits éparpillés entre les lits. Geneviève sait que le temps est compté. Bientôt, elles seront toutes mariées comme Étiennette l'a été au début du mois. Les femmes suivront leurs fiancés à Biloxi, la ville la plus proche, là où les gens meurent.

Demain, Geneviève épousera Pierre Durand. Son prétendant canadien lui a rendu visite une seconde fois et elle ne s'attendait pas à ce qu'il lui fasse sa demande aussi rapidement, en des mots qui lui semblèrent presque comiques. Ou alors elle était gênée, prête à se défendre comme elle le pouvait, et sur le moment, un gloussement lui a échappé. Son fiancé avait déjà tourné les talons ; les nonnes ont approuvé leur union dans la foulée. Depuis, elle a peu pensé à lui. Toute son attention était concentrée sur Baptiste et Pétronille, sur la maladie qui ne tue plus seulement à Biloxi.

Sœur Bergère entre dans le cabanon construit pour les femmes alitées. La maladie est différente de celle qui a emporté deux passagères à bord de *La Baleine*. Elle jaunit les yeux, emplit le ventre et la gorge de bile noire, transforme la lumière en poison. À Biloxi, le mois dernier, elle s'est infiltrée dans la plupart des maisons. Les décès ont été si nombreux que les mariages ont dû être repoussés. Les prêtres étaient trop occupés au chevet des mourants.

Elle attend que le poids s'équilibre sur ses épaules. En France, la Seine lui a gelé les doigts et fourbu les bras pour lui apprendre la patience. C'est elle qui a eu l'idée d'agir le jour du blanchissage. Blanchir rimait avec Paris et Paris avec Amélie. Ce matin, en saisissant son battoir improvisé, elle voyait presque le bateau-lavoir, le dernier orage jaune noyé dans le fleuve. L'eau de la Louisiane n'est pas plus tendre que celle de la capitale.

Autour d'elle, les femmes ramassent des bouts de bois pour alimenter le feu. Près de la porte de l'entrepôt, Geneviève aperçoit Pétronille s'avancer vers les chaudrons, les bras chargés de chemises et de jupons.

L'idée que Baptiste puisse vivre à Biloxi avec l'équipage de *La Baleine*, en attendant que le navire reparte pour la France, est le seul espoir qui anime Pétronille depuis leur arrivée : elle ne l'épousera jamais, mais son amant n'a peut-être pas encore irrévocablement disparu. Deux semaines plus tôt, Pétronille répétait inlassablement à Geneviève les mots de sœur Bergère, ceux qu'elle n'aurait pas dû surprendre : les marins de *La Baleine* logent à moins d'une lieue de l'entrepôt. Geneviève aussi a envie d'y croire. La violence de ses adieux à Amélie vit toujours quelque part dans son corps, dans le creux de sa poitrine, au coin de ses lèvres. Les espoirs de Pétronille sont aussi les siens – un signe que la Louisiane, en dépit de ce misérable entrepôt et des ravages de la maladie, a davantage à leur offrir que la France.

Geneviève évite de justesse un dôme de terre et ses fourmis rouges, se dirige vers le chaudron de Charlotte. Depuis qu'Étiennette s'est mariée, la petite a changé, comme si la tristesse l'avait polie, adoucie. On dit qu'Étiennette et son mari partiront bientôt pour un autre établissement, au nord, au bord de la rivière Yazoo ; Charlotte ne reverra pas plus son amie qu'Étiennette ne retrouvera sa sœur en Louisiane.

Sous les bulles épaisses du chaudron, les chemises tourbillonnent comme de gros poissons blancs. Ce qui reste de leurs trousseaux trempe, flotte et goutte dans l'aube rose. Charlotte remue les vêtements sans les regarder, et l'eau des seaux de Geneviève s'écrase sur les habits. Le plan qu'elles ont mis au point pour Pétronille est si simple qu'il semble infaillible : Baptiste, averti grâce à une note apportée par l'assistante du médecin, la rejoindra devant le portail tandis que Geneviève et Charlotte feront diversion.

Pétronille vacille sous le poids des jupons. Les premiers rayons de soleil sèment des reflets rouges et violets dans ses cheveux. Elle a maigri, l'inquiétude raidit ses gestes. Geneviève la débarrasse de sa pile de linge sale. Elle s'efforce de garder un ton neutre.

« Il est temps. Tu devrais y aller maintenant. »

Les yeux et le front de Pétronille brillent. Elle plaque une main tremblante sur sa joue.

« Qu'y a-t-il ? » demande Geneviève.

Pétronille jette un coup d'œil vers l'allée qui mène au portail, vers la barrière ridicule qui prétend séparer l'entrepôt de ces bois infinis.

« Rien », dit-elle, et elle s'éloigne avant que Geneviève ait pu ajouter quoi que ce soit. Ses sabots piétinent l'herbe mouillée et bien qu'elle ne porte plus rien, ses pas demeurent incertains. Geneviève aimerait la rattraper, mais elle doit agir ou les nonnes arrêteront son amie. Près du ruisseau, sœur Gertrude surveille les filles aux nuques courbées ; sœur Louise attache à une branche la corde qui accueillera les habits propres.

Le moment est venu. Geneviève lève la première chemise au-dessus du chaudron et ses doigts effleurent ceux de Charlotte. Leurs regards se croisent. Puis Geneviève abaisse le bras près des bûches. Le sang fourmille dans ses paumes. Elle lâche la chemise et le feu s'en empare aussitôt, l'attire contre le bois comme un animal jaloux, sauf que ce n'est plus un seul vêtement qui échappe à Geneviève mais un corset, des bas, une jupe. Les habits manquent le chaudron ; ils se tordent dans les flammes, bien plus vives que celles que Geneviève espérait, ployant vers une petite brune, embrasant sa robe. Lorsque la fille se met à hurler, les autres femmes se précipitent vers elle.

Charlotte ne bouge pas. Elle a lâché le bâton dont elle brassait l'eau.

« Qu'as-tu fait ? chuchote-t-elle.

— Ne t'inquiète pas », répond Geneviève ; elle déteste l'écho rauque de sa propre voix.

L'incendie faiblit déjà, le soleil monte dans un brouillard jaune. Une volute de fumée s'épaissit au-dessus de la blessée, tombée dans un buisson de fleurs bleues, et les nonnes s'affairent autour d'elle. Geneviève se tourne vers l'entrepôt : si les sœurs décident d'aller chercher le médecin, elles trouveront Pétronille et Baptiste.

Au bout de l'allée, la cour est déserte. La brise joue avec les feuilles des arbres, les plumes des poules ; Geneviève devine le silence effroyable qui se ferait si les oiseaux cessaient de chanter. Elle se précipite vers la barrière, secoue le portail qui résiste à ses mains pressées. Sa gorge est si sèche qu'elle peine à déglutir. Dans le coin de son œil gauche, elle distingue une forme blanche. Le bonnet de Pétronille, perché sur un nid d'orties.

Son amie est étendue par terre, au pied d'une botte de foin. Un énorme scarabée file sous son poignet.

Le soleil se glisse entre les branches, les pommiers et les chênes jettent leurs longues ombres sur l'herbe humide, sur Pétronille. Elle respire calmement. Son front est chaud et moite au toucher.

Avant de courir chercher de l'aide, Geneviève s'approche une dernière fois du portail. La pluie d'hier soir obscurcit la route en terre battue. Elle balaye le chemin du regard, les cyprès qui l'avalent au premier virage. Il n'y a pas la moindre trace de pas dans la boue, aucune charrette n'a creusé le sol de ses roues. Baptiste n'est jamais venu.

*

Le soir de l'accident, lorsque Geneviève et Charlotte sont autorisées à regagner le dortoir, Pétronille a déjà été emmenée dans le cabanon des malades. Les femmes ne parlent que de l'autre fille, sauvée par l'eau du ruisseau dont sa robe était imbibée. Pourtant, sœur Bergère s'est montrée ferme : Mlle Béranger doit se reposer, Geneviève et Charlotte seront punies pour leur maladresse, leur négligence. Elles ont jeûné, répété les *Ave Maria* prescrits, mais n'ont passé que quelques heures à l'isolement. La décision des nonnes n'était pas dictée par la pitié : incendie ou pas, Geneviève et Charlotte sont fiancées. Leurs prétendants ne sauront rien de l'incident. Elles seront mariées demain.

La dernière nuit de Geneviève à l'entrepôt est noire, une obscurité si lisse qu'elle lui rappelle celle qu'elle contemplait depuis les sabords de *La Baleine*.

À bord du bateau, la lune devenait ce phare énorme et blanc qui annonçait un port trompeur. Puis elle s'effaçait, mesquine et économe, rendait la mer et le ciel aux ténèbres de l'Atlantique. Dans l'entrepont, Geneviève luttait contre la panique qui menaçait de l'engloutir.

Ce soir, elle est calme, vigilante. Depuis son lit, elle attend que les pas du garde s'éloignent. Elle tâte sa robe pour s'assurer que les fèves sèches s'y trouvent toujours. Elle les a enveloppées dans un bout de tissu cet après-midi – abîmé, jauni, masculin, quelque chose qui aurait pu appartenir à Baptiste, qu'il aurait pu avoir dans sa poche le jour de novembre où le navire a franchi le Tropique du Cancer.

Quand les nonnes découvriront les fèves dans la main de Pétronille, elles les cuisineront, elles s'en débarrasseront ou elles seront trop occupées à faire baisser la fièvre pour y accorder la moindre attention. Mais Geneviève ne laissera pas son amie entièrement démunie le jour où elle reviendra à elle-même.

Dehors, près de la porte, l'odeur d'urine lui irrite les narines. Geneviève a parfois l'impression que les murs de la Grande Force l'ont poursuivie jusqu'ici, de l'autre côté de l'océan. Les pots de chambre sont alignés près de l'allée, aussi loin que possible de la pièce à ciel ouvert arpentée par les hommes tous les après-midi, sauf le dimanche, depuis la mi-janvier.

Ses yeux se font à la nuit, les étoiles trahissent le mouvement des nuages. Elle discerne une silhouette fluette et reconnaît immédiatement Charlotte. Geneviève a du mal à réconcilier son allure enfantine avec sa bravoure à bord de *La Baleine.* Son courage lui donne espoir ; les femmes pourraient être capables de tout en Louisiane. Mais Geneviève connaît aussi le prix de cette témérité. Le jour de leur arrivée sur l'île aux Vaisseaux, la petite demeurait prostrée sur sa paillasse, les restes de ce qu'elle appelait son trousseau de mer éparpillés à ses pieds. On lui avait interdit d'emporter quoi que ce soit, puis sœur Gertrude avait cédé. « La broche, avait-elle soupiré. Rien de plus. »

Demain, le premier mars, elles se rendront ensemble à l'église. Charlotte peine toujours à prononcer le nom de son mari correctement.

« Les nonnes risquent de t'attraper si tu vas la voir », dit-elle en se tournant vers le cabanon.

Geneviève est tentée de lui faire remarquer que si Étiennette était malade, elle aurait déjà accouru à son chevet. Mais elle a quitté l'entrepôt des semaines plus tôt, et Charlotte a changé depuis son départ. Geneviève s'est habituée à la fille taiseuse, parfois souriante, qui a même accepté la proposition des nonnes de guider le chœur pendant vêpres. Un signe encourageant. Depuis l'attaque des pirates, elle ne l'avait pas entendue chanter une seule fois. Hier, au-dessus de l'eau bouillante et des habits frémissants, leurs mains se sont touchées – et pendant un instant, Charlotte l'a regardée comme elle regardait autrefois Étiennette.

« Tu sais bien que j'irai de toute façon », chuchote Geneviève.

Charlotte hausse les épaules, s'éloigne ; l'inquiétude revient au galop. De l'autre côté du jardin, dans le cabanon, la lueur d'une bougie bataille avec la nuit. Elle n'imagine pas les malades allumer une chandelle. Elle s'arrête un instant, s'attend à entendre la voix de sœur Gertrude. Seul le chant des grenouilles, grave et mélancolique, lui répond.

À l'intérieur, l'odeur des malades sature l'air. L'incendie de ce matin devient tout à coup insignifiant, les espoirs des derniers jours, absurdes. Il lui semble impossible que le mois dernier, sur l'île aux Vaisseaux, Pétronille ait pu tenir tête à sœur Gertrude, s'acharner à faire signe à Baptiste jusqu'à ce qu'elle soit poussée vers les embarcations. Geneviève voit encore son amie dans la pirogue, ne prêtant pas la moindre attention aux hommes qui avaient pagayé deux lieues et demie depuis Biloxi pour saluer ces femmes auxquelles ils n'osaient probablement pas croire. L'eau était si proche qu'il semblait impossible qu'elles n'y tombent pas.

Les mains de Pétronille sont si pâles que les veines dessinent des lignes bleutées sous sa peau. Contre le blanc de sa tache de naissance, sa bouche ressemble à une plaie. Elle n'a pourtant jamais craint la maladie. Elle n'en parlait pas, comme si ça n'arrivait qu'aux autres. Geneviève regrette d'avoir accordé tant d'attention aux retrouvailles avec Baptiste. Elle se demande si elle aurait pu remarquer le moindre signe avant-coureur, si Pétronille aurait pu être épargnée.

Il y a quelques jours, elle a entendu les nonnes chuchoter qu'à Biloxi, le gouverneur Bienville était désespéré. La maladie et la famine fauchaient les meilleurs ouvriers, ces hommes grassement payés en tabac ou en argent, le prix de leurs outils parfois couverts par la Compagnie, venus apporter leurs savoir-faire à la colonie. Sans eux, la Louisiane s'effondrera. Sans les femmes, elle s'éteindra avec cette génération.

De l'autre côté du matelas, la lumière de la bougie souligne le teint jaunâtre de la deuxième malade. Elles n'ont perdu que quatre filles depuis que la fièvre s'est abattue sur l'entrepôt, cinq semaines plus tôt. Le médecin en a sauvé une – et c'est cette femme-là qui nourrit les espoirs de Geneviève, qui la convainc que Pétronille peut encore être guérie.

« Pétronille », dit Geneviève en s'accroupissant près du matelas.

Son amie ouvre les yeux. Pendant une seconde, elle semble perdue. Elle lui sourit.

« Baptiste est-il déjà là ? demande-t-elle.

— Pas encore. »

Sur la main de Pétronille, une mouche frotte ses dizaines d'yeux comme un chat ferait sa toilette.

« Tu me raconteras tout, reprend Geneviève.

— Demain ?

— Lorsque nous nous reverrons. »

Dehors, des pas glissent dans la boue, un son humide au milieu des plaintes des hiboux.

« Écoute-moi, murmure Geneviève, une fois que tu seras sortie d'ici, cherche Mme Durand. »

Elle aimerait entendre Pétronille lui répéter le nom qui sera le sien demain, mais ses yeux se sont refermés. Geneviève cache le tissu plein de fèves sous la couverture, près des côtes saillantes de son amie. Elle sursaute en entendant tomber les feuilles de palmier qui servent de porte.

« Vous devriez être couchée. »

Les cernes sous les yeux de sœur Gertrude ressemblent à des taches de vin. Son expression s'est assombrie depuis l'attaque à bord de *La Baleine*, la sérénité et l'assurance qu'elle exultait en France, évanouies. Hier, en apercevant le visage alarmé de la nonne penchée sur la fille brûlée, Geneviève s'en est voulu. Sœur Gertrude en a déjà assez vu.

« Je souhaitais dire adieu à Mlle Béranger.

— Vous feriez mieux de la laisser dormir. »

Geneviève n'a rien à répondre à ça. Avant de partir, elle adresse un dernier signe de la main à Pétronille. Son amie a le même air sidéré qu'à Lorient, quand Geneviève lui répétait qu'il n'y aurait pas de bébé, qu'elle pourrait voyager. Pétronille avait secoué la tête, et Geneviève comprenait sans mal ce qu'elle essayait d'exprimer : pendant un moment, elle avait cru que la douleur ne la quitterait jamais. « Non, lui avait assuré Geneviève, elle finit toujours par s'en aller. »

*

Geneviève a décidé que certains souvenirs étaient trop douloureux pour l'accompagner en Louisiane. À Biloxi, sa maison serait petite mais bien bâtie, et sa porte s'ouvrirait sur la mer ; elle pourrait deviner le temps qu'il fait depuis son lit. Les grenouilles ne sauteraient pas à ses pieds comme dans l'entrepôt. En France, elle n'avait jamais rien possédé si ce n'est ce qu'Amélie lui avait donné, et les souvenirs de la magnanerie de Provence. La colonie était sûrement assez vaste pour lui offrir quelques pièces. Geneviève ne demanderait la permission à personne avant de jeter une écuelle rouillée. Elle placerait un morceau de calebasse sous le pignon de la maison où nicheraient des hirondelles. Elle les protégerait des chats sauvages.

Le matin de son mariage, elle se lève de bonne heure. Les nonnes se montrent plus indulgentes les jours de noces, se gardent de rabrouer les filles enthousiastes. Puisque les femmes n'assistent pas aux cérémonies, les dernières heures avec les fiancées sont importantes. Geneviève a plus d'une fois eu les mêmes attentions qu'elles et coiffé les cheveux d'une inconnue, aidé à rapiécer une robe. Elle sentait déjà, alors, que ses gestes ne lui appartiendraient bientôt plus et qu'un jour, ce serait ses joues qu'on rosirait.

Seules Thérèse et Jeanne demeurent indifférentes aux préparatifs. Elles se mêlent rarement aux autres, échangent à voix basse. Après l'attaque, Geneviève était partagée entre l'envie d'aider et la certitude que rien de ce qu'elle ferait ne serait jamais assez. Elle demandait aux deux femmes si elles avaient faim, froid, soif. D'une voix transparente, Thérèse répondait pour deux. « Merci, nous avons déjà une couverture. » « Non, nous ne saignons plus. » Leurs yeux racontaient ce qu'elles n'auraient pas avoué : nous n'avons jamais autant souffert.

Dans le dortoir, Geneviève les salue d'un geste et Jeanne hoche la tête en retour. Peu après leur arrivée à Biloxi, Pétronille lui a confié que ces deux femmes l'effrayaient. « Sottises, a répliqué Geneviève, elles ont besoin de nous. » Mais elle comprenait son amie. En passant près d'elles, Geneviève se sentait parfois elle aussi menacée. Elle savait exactement ce que Pétronille voulait dire, parce que la même pensée lui avait traversé l'esprit : ça aurait pu être moi sur le pont, ce jour-là.

Il lui reste une heure avant de s'en aller. Dans le jardin, Geneviève tourne le dos au cabanon et au garde posté devant sa porte, à Pétronille derrière ses palissades. Elle ramasse une poignée de magnolias pour son trousseau. Un jour d'hiver à Paris, Amélie lui avait apporté un foulard en soie déniché dans le boudoir de Madame. Le tissu était doux, cristallin, ensorcelé ; il lui suffisait de l'effleurer pour retourner en Provence, dans la pièce sombre où le regard imprimait des formes fantasques, inventées par le soleil, sur les rouleaux de soie. Geneviève avait senti le tissu glisser sur ses seins, si léger qu'elle ne s'était rendu compte qu'il avait disparu qu'au moment où les lèvres d'Amélie l'avaient remplacé.

« As-tu réussi à lui faire tes adieux ? »

Les pieds de Charlotte trempent dans les pétales mouillés, son baluchon oscille au-dessus de ronces. Elle n'admettra jamais sa crainte de quitter l'entrepôt. Elle se serait peut-être confiée à Étiennette ; Geneviève n'en est pas certaine. Les choses sont plus simples depuis qu'elle a décidé de se tenir à l'écart de leur duo. À bord de *La Baleine*, Charlotte avait une façon d'être avec Étiennette – attentive, rarement ennuyée, soucieuse de plaire – qui rappelle à Geneviève la façon dont elle se comportait avec Amélie.

« Bien sûr, lui répond Geneviève.

— J'ai cru qu'on t'avait envoyée à l'isolement.

— Pourquoi donc ?

— J'ai entendu sœur Gertrude hier soir.

— Et tu penses qu'elle m'aurait punie. » Geneviève secoue la tête. « Sœur Gertrude ne voudrait pas que ma robe soit souillée le jour de mon mariage, fait-elle observer avant d'ajouter : De nos mariages. »

Charlotte baisse le menton et Geneviève regrette aussitôt d'avoir mentionné leurs maris – mais la petite, héroïne ou non, a parfois l'air si naïve qu'il est difficile de résister à l'envie de la bousculer, ne serait-ce qu'un peu. Elle ramasse l'une des tiges.

« Qu'en fais-tu ensuite ?

— J'en arrache les pétales », répond Geneviève.

Pétronille n'aurait pas approuvé, mais elle n'est pas là. Geneviève montre à Charlotte comment éparpiller les fleurs entre les habits, comment les frotter contre le tissu du sac, jusqu'à en avoir les mains tièdes. Elle ferme le baluchon avec une ficelle pour que le parfum des magnolias ne s'échappe pas. En lui tendant son trousseau, elle dit à Charlotte de ne pas l'ouvrir avant qu'il soit temps.

*

Souvent, Geneviève est tentée de blâmer les nonnes – ces religieuses qui les ont amenées dans cette colonie calamiteuse, traitées comme les tonneaux d'eau-de-vie qu'elle a vu rouler dans le port de Lorient. Les trois sœurs ne s'inquiètent ni de la santé ni du bonheur des femmes. Elles ne se soucient que de leurs ventres, des maris qu'elles devront satisfaire, de ces enfants qu'elles ne connaissent pas encore.

Mais parfois, Geneviève ne peut s'empêcher de voir sœur Gertrude pour celle qu'elle est vraiment – l'une des trois malheureuses chargées d'assurer la sécurité de quatre-vingt-dix femmes.

Peu après leur arrivée à Biloxi, sœur Gertrude a été convoquée par le gouverneur. À son retour, son visage était un miroir, un masque d'émotions si familières que Geneviève avait détourné les yeux. Il lui a fallu plusieurs jours pour démêler le vrai du faux. La nonne était accusée d'avoir autorisé les femmes à monter sur le pont : vrai. M. Bienville pensait qu'elle avait essayé de les sauver : faux. Elle devrait payer une amende de cent livres : faux. Elle serait renvoyée en France au plus vite, dès que *La Baleine* serait prête à reprendre la mer : vrai. Elle vivrait avec le souvenir de ce qu'elle avait probablement trouvé sur le pont ce jour-là – la peau violette des femmes sous le soleil éclatant, les poissons volants se débattant sur le bois gorgé de sang, Charlotte recroquevillée près d'un hamac dans les quartiers de l'équipage. Vrai.

*

Le prêtre de *La Baleine* ajuste sa soutane. La chapelle n'a rien d'un lieu de prière ; elle est à l'image de la ville, ou plutôt, du village – misérable. Quelques bancs, un autel de fortune et au-dessus, une violente représentation du Christ, sa silhouette bleutée flottant dans un cadre en bois. Le père Jean Richard paraît bien plus à l'aise ici qu'à bord du bateau, le jour où Pétronille riait en suivant des yeux les signes mystérieux d'un marin. Maintenant qu'elle est malade, Geneviève repense avec tristesse à la mer verte, à cet après-midi venteux où tout semblait encore possible.

À sa droite, Charlotte croise les jambes, s'excuse en heurtant le pied de la troisième fiancée qui ne cesse de fouiller son baluchon. Geneviève a rassemblé ses habits en quelques minutes à l'entrepôt. Elle n'y retournera jamais. Mais un jour, elle reverra Pétronille.

« Mesdemoiselles. »

Sœur Gertrude s'arrête à leur hauteur. Elle est légèrement essoufflée, comme si elle venait de faire un effort.

« Vous vous dirigerez une à une vers l'autel, où votre époux vous attendra, explique-t-elle. N'oubliez pas votre trousseau. Il serait regrettable de n'emporter qu'un seul jupon. »

La nonne parle vite, comme à son habitude. Puis elle reste là, sans rien ajouter. Elle leur lance un regard, inquiet ou soulagé, Geneviève n'en sait rien. Derrière elle, les portes s'ouvrent.

Pierre Durand est le plus petit des trois hommes qui s'avancent dans l'allée. Même pendant ses visites, il avait l'air ailleurs, comme si on l'avait traîné à l'entrepôt contre son gré. Sa voix était plus grave que celle des autres prétendants, une de ces octaves basses qui force le respect des chiens et des garçons, qui effraye ou endort les enfants. Il a des épaules larges, un menton bien dessiné et des cheveux clairs qui deviennent sûrement blonds en été. Geneviève n'a pas peur de lui. Elle a toujours su que quitter la Salpêtrière avait un prix.

Plus tard, elle se souviendra à peine de la cérémonie. Contrairement à Étiennette, elle n'a jamais rêvé de bouquets, de dots et de bans. À Paris, elle ne pensait pas se marier un jour. Mais elle n'aurait pas non plus imaginé qu'un mariage se résumerait à quelques prières et promesses ; les flammes de la chandelle ondulant sous le souffle du prêtre et sa propre voix, distante, répétant « oui ». L'odeur de sueur et d'encens, puis celle de son mari ; sa peau fraîchement rasée picotant sa joue, sa main rêche dans la sienne. De la fourrure de son manteau émane une senteur animale qui la renvoient instantanément aux tanneries des bords de la Bièvre. Au moment où Charlotte se met en marche vers l'autel, Geneviève saisit déjà son baluchon. Entre ses doigts, les fleurs de magnolia ont un parfum de bouquet abandonné. Son mari pousse la porte de l'église et Geneviève le suit dans cette ville, aussi étrangère que l'inconnu qui se tient à ses côtés.

*

À Biloxi, la maison de Geneviève est construite en bois de cyprès, et ses interstices comblés de mousse espagnole. Elle s'estime chanceuse : la plupart des bâtisses ressemblent à de simples cabanons. Elle ne voit pas l'océan depuis sa fenêtre mais une cour remplie d'herbes folles, avec une pirogue couchée où les poules se terrent, sortant parfois de son ombre à l'unisson. La maison est l'une des rares à avoir été blanchie à la chaux, et après la pénombre de l'entrepôt, le soleil y semble plus audacieux. Il y a une marmite, des couteaux, au moins deux poêles dans la cuisine, des taches de gras qui ne s'en iront pas. Dans la chambre, le matelas disparaît sous un tas de fourrures, des couvertures rousses et mouchetées qui, de loin, ressemblent à des chiens endormis.

Pierre n'est jamais allé à Paris. Il est originaire de Nouvelle-France, une région du Nord où vivent toutes sortes de marmottes et de rongeurs, dont les pelages recouvrent dorénavant leur lit. Il rit quand Geneviève lui demande de lui décrire le pays où il a grandi. « Les gens sont bien plus résistants à Québec. Ils ne sont pas nés dans le satin comme vous, en France. » Elle voudrait lui expliquer que ses fourrures valent sûrement bien plus que les draps fatigués dans lesquels elle se blottissait en Provence, que la soie n'était jamais pour elle. Au lieu de quoi, elle sourit.

Elle sourit beaucoup au cours de ces premiers jours. Pour son mari, pour elle aussi ; elle veut croire qu'elle peut être heureuse en Louisiane. Elle se sait chanceuse. D'autres filles sont mariées à d'anciens condamnés, accusés de vol ou pire, des hommes démunis qui luttent pour se nourrir, qui n'ont rien à offrir à une femme, dont les enfants grandiront à moitié nus, les dents cassées par les racines qu'ils auront arrachées à la terre. Geneviève ne peut s'empêcher de compatir. Elle connaît l'engrenage vicieux de la pauvreté, qui a méticuleusement anéanti sa famille. Elle se rappelle qu'en France, après tout, elle aussi est une criminelle.

Elle pense souvent à Pétronille – aux mots hachés qui passaient ses lèvres jaunes, à ce qu'elle entreprendra pour la revoir. Elle se répète d'être patiente. Seule chez elle, elle pousse les quelques meubles pour faire la poussière, chasse des insectes dodus qui lui donnent des frissons. La porte du jardin s'ouvre sur les bois et leurs animaux qui n'existent qu'à travers leurs cris, leurs râles, les sons de pattes et de griffes agitant cette forêt trop dense. Elle n'ose pas imaginer ce qui pourrait en surgir.

Parfois, le soir, Pierre la complimente sur les bouquets sauvages dont elle enfonce les tiges inégales dans un pichet fêlé – accroupie devant la cheminée, elle aperçoit sa table de travail et sa silhouette penchée, le bouillon d'os à moelle refroidissant près de ses mains maculées d'encre. Quand vient l'heure de se coucher, les fourrures reprennent vie sous le mouvement de leurs corps. Elle ne fait pas de difficulté avec Pierre. Ses baisers étaient d'abord inexistants, puis pleins de dents, et il cherche maintenant ses lèvres plus doucement. Il a perdu l'empressement gêné des premières nuits, lorsqu'elle retrouvait dans ses gestes la violence de ce continent, le noir huileux de ses forêts, la solitude terrassante de ces quelques centaines d'hommes qui fourmillent au bord de ses rivières. Elle écarte les jambes, pose les mains sur son dos trapu, le guide à l'intérieur d'elle. Il jouit toujours en silence, et elle doit se fier à sa respiration, au poids de son ventre sur le sien pour savoir s'il est temps de se dégager. Il se réfugie ensuite au bout du lit, l'abandonne à la nuit qui ne sait pas se taire, ici.

*

Des nouvelles de l'entrepôt lui parviennent trois semaines après son mariage. Dans la pièce principale, son mari sert du cidre à son associé et à un pilote. L'inquiétude teinte leurs voix ; depuis une demi-heure, ils parlent des embarcations indispensables pour mener les dizaines de travailleurs aux concessions de la Compagnie. *La Baleine* aussi transportait des ouvriers, en route pour Pascagoula, où ils exploiteraient les terres de Mme Chaumont et d'autres propriétaires fortunés. Les concessionnaires continuent d'affluer d'Europe. Ils débarquent sur l'île aux Vaisseaux, errent dans le sable éblouissant de Biloxi, s'aventurent dans les roseaux des bayous, dorment sous les pins. Ils ne peuvent pas travailler. Ils attendent.

Geneviève reconnaît le pilote, l'homme dont le sourire semble sur le point de se transformer en rire, le mari de Charlotte. Elle espère qu'elle n'a pas fait d'histoires la première nuit. Elle se souvient du jour où Charlotte a eu ses règles, peu après leur arrivée en Louisiane, des crampes qui drainaient le sang de son visage. Elle espère qu'elle n'a pas autant souffert pendant sa nuit de noces. Elle aurait dû lui conseiller de ne pas bouger, de se concentrer sur sa respiration. Mais à Paris, personne n'a jamais rien expliqué à Geneviève.

Elle passe une dernière fois sa main dans les entrailles de l'oiseau, gratte ses ongles souillés. De l'autre côté de la cloison, le ton monte. Biloxi et ses artisans épuisés, se gavant d'huîtres pour ne pas mourir de faim, arrachant aux serpents des grenouilles pour pêcher, et le besoin de pirogues, vite, afin de les acheminer là où ils sont attendus. Pas uniquement des hommes blancs : les premiers Africains réduits en esclavage, déportés d'un endroit appelé Ouidah, viennent de débarquer du *Duc de Maine* et de *L'Africain*. Plus de cinq cents hommes, femmes et enfants immobilisés à Biloxi, condamnés à périr après avoir survécu à un impossible voyage. Geneviève n'avait jamais vu de personnes à la peau noire avant l'escale de *La Baleine* à Saint-Domingue.

« Vous devriez nous remercier, dit l'associé de sa voix chantante – le coureur des bois, l'un de ces trappeurs qui extirpent des forêts des fourrures sanguinolentes. Vous mangeriez encore de la viande séchée si nous ne vous avions pas emmené à l'entrepôt.

— J'avais besoin de temps, répond Pierre.

— Si vous en avez encore besoin, je serais heureux de vous remplacer.

— Inutile. Il reste des dizaines de filles.

— Jusqu'à ce qu'il n'y en ait plus. »

Quelqu'un crache.

« Je suis prêt à parier qu'elles seront toutes mariées avant la fin du printemps, reprend l'associé.

— À moins que le mal de Siam ne les emporte.

— Sinistre.

— Mortel, vous voulez dire. Une autre fille vient d'être enterrée.

— Je ne m'inquiète pas pour votre femme, répond l'associé. Elle paraît aussi forte qu'une Canadienne. »

Son mari, à peine audible :

« Mais elle ne sera jamais l'une des nôtres. »

Geneviève pose le couteau près de l'oiseau. Son cœur bat si fort qu'elle a l'impression qu'ils pourraient l'entendre. Comme toujours quand elle a envie de pleurer, elle se rappelle la cellule glacée dont elle n'aurait jamais dû sortir. Aujourd'hui, cette pensée ne lui apporte aucun réconfort. Elle s'est déjà battue contre ce même sentiment de vide, à onze ans, dans la puanteur infernale des tanneries ; la capitale lui semblait alors aussi éloignée de la maison de son enfance qu'aujourd'hui la Louisiane de Paris. Après Lorient, après l'attaque et l'attente, elle ne peut pas perdre Pétronille, sa seule véritable amie. Les deux hommes partent. Elle essuie son visage dans son tablier.

Ce soir-là, après avoir tiré la couverture sur le dos nu de son mari, Geneviève laisse ses doigts errer dans son cou. Pierre appuie sa joue entre ses seins. Allongée, elle voit ses cheveux blonds et la peau de son crâne, aussi lisse et tendue que le ventre d'une femme enceinte. Elle inspire profondément avant de prendre la parole :

« J'espérais rendre visite à Mme Charpillon demain. » Elle peine à réconcilier l'image de Charlotte à l'église avec cette femme qu'elle appelle maintenant « Madame ».

Elle sent le genou de Pierre contre sa cuisse. Il les couvre tous les deux. Lorsqu'il souffle la bougie, ses lèvres frôlent sa moustache.

« Faites comme bon vous semble », dit-il.

Dans le noir, sa main trouve la sienne.

« Mais rentrez avant la tombée de la nuit. »

*

Charlotte en saura plus sur Pétronille. Geneviève aurait pu s'arranger pour la rencontrer au marché où sont parfois vendus de maigres vivres, mais Pierre lui a expliqué que M. Charpillon ne laissait pas sa femme sortir seule de peur qu'il lui arrive quelque chose. Pierre ne partage apparemment pas ses craintes.

Harcelée par les moustiques, Geneviève remonte la rue poisseuse, longe les cabanons qui servent de maisons. Elle croise le regard minéral et oblique des chèvres, les yeux envieux des garçons qui accompagnent les bêtes efflanquées. Au-dessus d'elle, des frégates volent vers la mer et leurs gorges rouges incendient le ciel de midi.

C'est l'une des premières fois qu'elle marche seule depuis qu'elle a été enfermée à la Grande Force et la sensation est grisante, terrifiante. À Paris, elle ne jetait que de rares coups d'œil par-dessus son épaule. Les rues lui étaient si familières qu'en pénétrant dans la cour de la marquise, elle ne se souvenait même pas d'être passée devant l'apothicaire, les lottes éventrées, le brie coulant et les œufs bruns des Halles. Elle savait qu'elle rejoindrait sa destination aussi sûrement que du linge sale l'attendrait le lendemain matin. Ici, elle n'est jamais sûre de rien.

La maison de Charlotte est plus petite que la sienne, le bois de ses poutres grossier. Même la poignée de la porte semble fragile. Geneviève sait que M. Charpillon, un simple pilote, n'était chez elle que pour l'aide qu'il pourrait apporter à Pierre. Sur le seuil, Charlotte s'immobilise en la voyant. Elle a maigri, et sa robe grise lui donne un air sérieux. Mais ses gestes, sa manière d'appuyer sa joue contre le cadre de la porte, sont ceux d'une enfant.

« Qui est-ce ? »

Charlotte n'a pas bougé les lèvres. La voix vient de derrière elle, et Geneviève reconnaît sans peine le ton curieux, empressé d'Étiennette. Charlotte lâche la porte si brusquement qu'elle manque de heurter le pied de Geneviève.

« Eh bien, entre », dit-elle.

Dans l'étroit couloir, Geneviève hésite à proposer de revenir plus tard, quand elle ne sera pas de trop. Elle ne comprend pas ce qu'Étiennette fait encore à Biloxi alors qu'elle était censée suivre son mari à Fort Saint-Pierre, près de la rivière Yazoo, mais elle n'a aucun mal à imaginer la joie de Charlotte en apprenant que son amie n'était pas partie. Elle a interrompu ces retrouvailles, privé Charlotte de ce moment dont elle a dû rêver.

Elle s'efforce de voir les choses autrement : Étiennette vit à Biloxi depuis des mois, elle sera peut-être mieux informée. Dans la pièce principale, Étiennette lui plante deux baisers bruyants sur les joues avant de se rasseoir sur son tabouret.

« Une journée riche en surprises, décidément », déclare-t-elle, souriante.

À la vue de ses joues rondes et sa robe neuve, Geneviève se demande qui elle a eu la chance d'épouser. Étiennette a probablement apporté le petit pichet et le pain qui trônent sur la table ; le tissu bleu qui enveloppe la miche n'appartient pas à la maison désolée de Charlotte.

« D'abord mon mari revient à la raison et me permet enfin de sortir, continue Étiennette. Ensuite tu toques à la porte de Charlotte.

— Je ne savais pas que tu habitais encore à Biloxi.

— M. Feuger ne m'a pas emmenée aussi loin que prévu, répond Étiennette. Je n'ai jamais vu Yazoo, juste ces quelques rues. »

Elle rit, ajuste son fichu puis reprend :

« Les hommes sont des menteurs. Je me disais que Charlotte ne se douterait de rien mais je pensais que tu serais moins naïve.

— Je craignais d'être déçue », intervient Charlotte.

Étiennette pose sa main sur sa taille, l'attire près d'elle. Charlotte se fige, le pichet à la main.

« Tu ne l'aurais pas été cette fois-ci », lance Étiennette.

Elle laisse retomber son bras. Un sirop épais et sombre dégouline sur le pain, et Geneviève reconnaît le sucre extrait de l'écorce de ces arbres que Pierre apprécie tant. Lorsque Charlotte lui tend une assiette, Geneviève la dévisage, étonnée. Elle ne s'attendait pas à ce que sa visite inopportune lui soit pardonnée si vite.

« Sais-tu quelque chose de nos compagnes à l'entrepôt ? lui demande Geneviève.

— Non.

— Moi, si », les interrompt Étiennette.

Elle plie le torchon bleu d'une main distraite. Son assurance est déconcertante, presque exaspérante.

« L'associé de mon mari cherche une épouse, poursuit Étiennette. Il en parlait hier avec M. Feuger.

— Que racontait-il ? dit Geneviève.

— Il semblerait qu'une autre fille ait succombé. »

Geneviève pousse l'assiette ; le sucre lui donne la nausée.

« Qui ? l'interroge-t-elle.

— Pétronille est tombée malade peu avant notre départ », signale Charlotte en étalant le sirop avec le dos d'une cuillère, les yeux rivés sur la mie devenue presque noire. Elle explique que Geneviève a vu Pétronille pour la dernière fois il y a un mois mais qu'elles n'ont aucune nouvelle depuis. « En sais-tu davantage ?

— Il n'a pas mentionné de tache de naissance », répond Étiennette.

Geneviève essuie la sueur de son visage. Étiennette ne s'interrompt pas : elle aurait voulu assister à l'enterrement mais M. Feuger ne la laisse se rendre nulle part. Une servante indienne va au marché et se charge des repas.

« Une servante, répète Charlotte, quel luxe !

— Un luxe ? » demande Étiennette.

Un rire bref et aigu lui échappe.

« Ma chère, on voit bien que tu ne vis pas ici depuis longtemps. Tu apprendras vite. D'ailleurs, ajoute-t-elle en se tournant vers Geneviève, je suis surprise que ton mari te permette d'aller et venir après ce qui s'est passé. »

Geneviève n'aime pas la pitié qu'elle lit dans son regard. La femme assise en face d'elle ne ressemble en rien à la fille qu'elle a rencontrée à Paris.

« Que veux-tu dire ?

— M. Feuger m'a raconté l'histoire de sa première épouse. La Canadienne qui a suivi ton mari jusqu'ici. »

L'humidité est soudain suffocante, la mie impossible à avaler. Dehors, un oiseau scande la même note monotone.

« Il est temps que je parte, dit Geneviève.

— Elle est morte cet hiver, continue Étiennette. De la même maladie.

— Étiennette ! intervient Charlotte.

— Qu'y a-t-il ? J'ai pensé qu'elle voudrait être prévenue. Regarde-la, bien sûr qu'elle préfère savoir. Ton mari, Charlotte, est connu pour visiter les cabanons près de la plage, ceux où… »

Cette fois-ci, c'est Geneviève qui lui coupe la parole, la questionne sur les embarcations, les concessionnaires et leurs mystérieuses destinations. Les joues de Charlotte reprennent peu à peu des couleurs. Elles écoutent Étiennette leur décrire Fort Rosalie, ses immenses plantations, ses champs de tabac cultivés par dizaines, ses chevaux, même.

« Êtes-vous déjà montées à cheval ? » demande-t-elle.

Geneviève et Charlotte secouent la tête. Elles ne sont jamais montées à cheval, et Étiennette s'en doute bien. Geneviève est lasse de sa méchanceté. Elle essuie les miettes qui couvrent sa jupe et dit :

« Fort Rosalie n'a pas l'air de te déplaire. Es-tu certaine que ton mari ne compte pas t'y emmener après tout ? »

Pour la première fois, Étiennette semble prise de court. Lorsqu'elle s'exprime, sa voix est hésitante.

« Évidemment, répond-elle, sinon nous serions déjà en chemin, nous aurions acheté une pirogue.

— Elles sont pourtant rares, fait observer Geneviève.

— Il m'aurait avertie, répète Étiennette. Il n'abandonnerait jamais son poste de garde-magasin et… »

Charlotte attrape la main d'Étiennette.

« Tu le saurais », dit-elle.

Étiennette serre ses doigts entre les siens. Elle jette un coup d'œil dehors, au toit de l'unique entrepôt de la Compagnie. Le mauvais temps monte de la mer, le ciel a l'air blessé.

« La voisine n'a plus de lait et son bébé me tient éveillée toutes les nuits. À la plage, j'ai déjà vu des hommes se battre pour un bout de pain. » Elle les dévisage. « Ces deux derniers mois, dans cette ville, étaient interminables. Et vous étiez là-bas, toutes ensemble. »

Charlotte garde la main d'Étiennette sous sa paume. Geneviève tire les ficelles de son bonnet jusqu'à ce qu'elles s'enfoncent dans la peau de son cou. Elle tâche de lui sourire en lui demandant :

« Mais sans toi, comment connaîtrions-nous les secrets de Biloxi ? »

*

La nuit de sa visite chez Charlotte, un vent chaud se glisse dans les ruelles, souffle sur le village une odeur d'excréments, d'eau stagnante et de fleurs mourantes. Deux images hantent Geneviève : Pétronille guérie, endormie dans leur lit à l'entrepôt ; la première femme de son mari, couchée dans la boue jaune et la sève des pins. Sa timide alliance avec Charlotte, l'attitude d'Étiennette, elle les met de côté pour l'instant. Elle ne peut s'empêcher de penser à la description, si vague, qu'Étiennette a donnée de la fille qui vient de mourir.

« Tabarnak ! »

Pierre, sa veste trempée, jure dans la cour. Geneviève referme la porte de la maison derrière elle. Son mari vide un autre seau sur la pirogue.

« Avez-vous besoin d'aide ? demande-t-elle.

— S'il vous plaît. »

Elle s'avance vers lui et les poules s'écartent sur son passage en caquetant doucement. Pierre soulève l'un des derniers bacs.

« Il faudra aller chercher de l'eau, dit-il.

— Que faites-vous ?

— Le bois de cyprès. S'il n'est pas régulièrement humidifié, il se fissure. On risque de couler. »

Geneviève se demande tout à coup si son tour est venu, si ce soir – « les hommes sont des menteurs » – son mari lui parlera d'un autre voyage interminable, sur le fleuve Saint-Louis cette fois-ci. Elle ne saura jamais si Pétronille a survécu.

« Nous n'allons pas nous en aller de Biloxi, n'est-ce pas ?

— Non, je la vends à un officier que j'ai rencontré aujourd'hui. S'ils comptent sur le gouverneur pour leur fournir des pirogues, ils ne rejoindront pas Fort Rosalie avant la nouvelle année. »

Il lui tend un seau.

« Il faut la répartir de manière égale. Comme ça. Encore un peu, arrosez le banc. Voilà. »

Le seau pèse lourd, mais pas plus que ceux qu'elle avait l'habitude de déverser dans les cuves du bateau-lavoir.

« Vous avez vu Mme Charpillon aujourd'hui, dit Pierre.

— Et une autre amie. L'une de nos compagnes nous a quittées. »

Les épaules de Pierre s'affaissent. Lorsqu'il reprend la parole, son ton la surprend :

« Je ne veux pas que vous vous approchiez de cet endroit. Cette maladie se répand plus vite que… »

Il pointe du doigt l'eau qui s'enfonce dans l'embarcation, en pénètre le bois.

« Je vous défends de prendre le moindre risque. Est-ce bien compris ? »

L'herbe est violette, le ciel rose et Geneviève n'y voit plus grand-chose – les poules réduites à de simples ombres, le visage de son mari à une esquisse. Pour la première fois, elle se rend compte que Pierre pourrait tenir à elle.

« Très bien », répond-elle.

Il hoche la tête, ses doigts serrés autour de l'anse. Il pose sa main sur son épaule.

« Rentrez, ajoute-t-il. J'irai au puits. »

Geneviève le laisse l'aider à porter les seaux. Elle ne lui dit pas qu'elle pourrait y arriver seule.

*

À la fin du mois de mai, une chaleur sirupeuse s'abat sur Biloxi. La pirogue est vendue et les poules arpentent inlassablement la terre dénuée d'herbe, seule marque qu'un bateau a un jour existé. Dans moins de deux semaines, des canoës emmèneront les ouvriers et plusieurs familles aux concessions.

La cour est devenue un enfer de lumière crue, d'air poisseux. Geneviève se lève avant l'aube pour cuisiner, elle trait la vache que Pierre a achetée avec l'argent du canoë, échange des pichets de lait contre des pommes de terre à l'odeur de noisette, dont elle tire des confitures charnues. Son mari se montre plus attentionné depuis quelques semaines. Le soir, ils veillent tard, la graisse de la viande braisée s'épaissit au fond de leurs bols, blanche et visqueuse.

Geneviève n'ose pas évoquer Pétronille. Avec Pierre, elle procède prudemment ; non pas parce qu'elle craint sa réaction, mais parce qu'elle a appris qu'il revient rarement sur ses décisions.

Elle ne le compare pas à Amélie. L'idée lui semblerait saugrenue.

Elle l'écoute lui décrire l'île de Montréal, les forêts infinies et bleues qui encerclent les bras d'eau, un bateau gelé découvert dans la glace d'une rivière et ses passagers figés, leurs joues cireuses et leurs postures rigides, aussi statiques que les arbres qui les entouraient. Lorsque Pierre se souvient, il a une certaine façon de regarder vers le plafond, comme s'il épiait du coin de l'œil une scène qui se rejouerait là, tout près d'eux. Ses parents sont de véritables gens du Nord, nés à Québec, et sa sœur aînée Laure descendra bientôt s'installer au pays des Illinois. Geneviève lui est reconnaissante : il ne mentionne jamais sa première femme.

Il lui parle des Iroquois. Il prononce rarement le mot « Indien ». Si Geneviève l'emploie, il lui demande à quelle tribu elle fait allusion et elle est obligée d'admettre qu'elle n'en sait rien. Il lui sourit, reprend son histoire où il l'avait interrompue, décrit ces femmes qui n'hésitent pas à trancher les doigts des colons et des coureurs des bois – Geneviève se dit que c'est peut-être le prix à payer pour pénétrer dans les forêts du Canada.

« Ou tout du moins, c'est ce qu'on prétend, conclut Pierre en grattant une piqûre de moustique sur son poignet. Personne ne s'intéresse aux Iroquois, à ce qu'ils vivent. »

Chez Charlotte, Étiennette n'évoquait que la barbarie des Indiens, les prêtres ligotés à des troncs d'arbre, leurs torses badigeonnés de sirop d'érable grouillant d'insectes affamés. Elle haussait le ton, excitée. Geneviève voyait bien qu'elle ne pensait ni aux tribus massacrées ni aux colons torturés ; Étiennette racontait ces histoires comme s'il s'agissait de contes. Ces récits avaient un tout autre effet sur Geneviève. Lointains, ils lui semblaient pourtant porteurs d'une mise en garde, d'une profonde vérité.

« Parlez-moi plutôt de la France, reprend Pierre. Je doute que ces sujets-là passionnent qui que ce soit, là-bas. »

Elle sait que sa vie à Paris ne lui plairait pas. Elle choisit donc ses histoires avec soin, retrace des souvenirs si vieux qu'ils lui paraissent étrangers. La Provence est un brouillard mauve, nimbé de lumière, qu'elle veut garder pour elle. Elle commence par l'arrivée de sa famille à Paris, à l'hiver 1709. Elle lui décrit le vent glacé, les engelures, les liqueurs qui brisaient les bouteilles, les cadavres que le froid soudait aux pavés des rues, et Pierre hoche la tête d'un air entendu. Les églises transformées en dortoirs, les pauvres réunis devant l'Hôtel-Dieu, dans l'espoir qu'on leur permette de s'y réfugier pour la nuit.

« Mon père et moi avons eu cette chance », dit Geneviève.

Pierre respecte ce qu'elle omet : il ne lui demande pas ce qu'il est advenu de sa mère, de ses frères et de sa sœur.

« Qu'a-t-il fait pour survivre ? poursuit-il.

— Ce qu'il a pu.

— Et vous ? »

Elle n'a aucune envie de lui livrer le récit de ses mois dans les tanneries, de ses années chez Madame. Elle s'en tient donc à 1709, août cette fois-ci, toujours plus de soldats envoyés mourir pour un certain trône d'Espagne, et les récoltes avortées, tuées par le froid. La Seine avait débordé, le fleuve était devenu impraticable. Pourtant, son père souriait pour la première fois depuis des mois : le roi venait de décréter l'ouverture d'ateliers publics. La promesse d'heures de labeur pour quelques sous, mais suffisamment pour qu'il parte sur-le-champ. Elle avait onze ans. Elle se souvient de la rumeur de l'émeute dans la rue bondée, des milliers de Parisiens furieux, espérant trouver du travail alors qu'il y avait trop peu d'outils, de terrains à niveler pour une telle foule d'ouvriers.

« Ensuite tout est allé très vite, dit-elle. Les troupes de Versailles ont été appelées en renfort. Les soldats ont ouvert le feu sur la foule. »

Pierre sirote son cidre et pendant un instant, Geneviève regrette de s'être laissée emporter. Elle empile leurs bols.

« Si de nouvelles embarcations ne nous parviennent pas bientôt, dit Pierre, nous manquerons de soldats et de munitions pour maintenir l'ordre chez les concessionnaires.

— Les bateaux ne sauraient tarder. Cette famine ne peut pas être pire que celle qui a suivi mon arrivée à Paris. »

Pierre semble sur le point de lui répondre, puis il hausse les épaules et se lève. Geneviève entend le lit gémir sous son poids. En grattant le fond noir de la marmite, elle se demande combien d'histoires elle devra encore raconter avant d'avoir le courage de prononcer le nom de Pétronille – avant d'accepter que cette histoire-là aussi pourrait avoir une fin.

*

Le lendemain de la Pentecôte, en juin, Pierre vient la chercher dans la cuisine. Geneviève tousse en agitant une poêle près de la cheminée. Elle a découvert qu'en faisant circuler la fumée à l'intérieur de la maison au lever et au coucher du soleil, les moustiques fuyaient. Des gouttes de sueur glissent entre son dos et son corset. Il est à peine neuf heures et la chaleur pèse déjà contre la porte.

« Venez. M. Charpillon et sa femme nous attendent, dit Pierre. Les pirogues sont là. J'ai pensé que vous aimeriez assister au départ. »

Geneviève n'a pas rendu visite à Charlotte depuis avril dernier. Elle n'est pas retournée sur la plage qui l'a vue débarquer sur le continent.

« Accordez-moi un instant », répond-elle.

Dehors, son mari et M. Charpillon discutent à voix basse. À côté d'eux, une pie écorche une pêche et Charlotte regarde l'oiseau fouiller la pulpe jaune du fruit. Elle paraît à la fois dégoûtée et fascinée par le spectacle. Sous ses taches de rousseur, sa peau est livide. Au son des pas de Geneviève, la pie s'envole, le bec brillant de jus. Les hommes se mettent en marche sans interrompre leur conversation.

« Je ne savais pas si tu viendrais », dit Charlotte.

Elle n'a pas l'air particulièrement heureuse de la voir, mais elle ne semble pas mécontente non plus. Geneviève lui demande comment elle se sent. Charlotte hausse les épaules.

« Nauséeuse », répond-elle.

Elle est plus maigre que jamais. Sous ses bras croisés, son ventre est encore lisse. La rue sent le vinaigre de mûrier et dans les fourrés, de gros lézards se figent à leur approche. À l'ombre de branches tortueuses, un petit garçon aux genoux écorchés jette des cendres sur des pommes de terre. Une femme lui crie d'arrêter, qu'elles ne sècheront jamais. L'enfant marque une pause, puis vide d'un geste furieux le reste du baluchon.

« Tu te sentiras bientôt mieux, dit Geneviève.

— Tu es bien placée pour le savoir. »

Geneviève espérait retrouver un peu de la Charlotte qu'elle connaissait à l'entrepôt mais celle-ci semble avoir disparu. La petite se tient à nouveau sur la défensive, elle a retrouvé l'attitude que lui inspire la compagnie d'Étiennette, qu'elle a dû beaucoup fréquenter ces dernières semaines. Le printemps de Geneviève était différent – moite, solitaire, mélancolique. Aujourd'hui, elle n'a aucune patience envers Charlotte, qui était entourée, qui ne s'est jamais enquise d'elle, qui dicte toujours les conditions de leur relation.

« Que t'ai-je fait ? » l'interroge Geneviève.

Charlotte paraît prise de court. Une expression paniquée passe sur son visage.

« Rien », murmure-t-elle.

Assez courageuse pour s'en prendre à des pirates mais incapable de répondre à une simple question. Geneviève presse le pas. Au coin de la rue, trois hommes brûlent des roseaux. Charlotte sursaute lorsque les tiges vertes, consumées par les flammes, laissent échapper un bruit de pistolet.

« Sais-tu ce qui est arrivé à Pétronille ? » demande Charlotte.

Pendant une seconde, Geneviève envisage de mentir. Elle est morte il y a des mois, je les ai vus l'emmener à la fosse commune, derrière la plage. Charlotte aussi perdrait une amie. Sa douleur serait divisée en deux.

« Non. »

Près de la garnison, des hommes frêles échangent des melons trop mûrs contre de rares poignées de farine de maïs. Des travailleurs épuisés par la chaleur et les mois d'attente somnolent sur le seuil des cabanons, rêvant peut-être du maïs bleu, des mines de plomb et des bœufs sauvages qui leur ont été promis à Paris. La boue crisse sous les pieds comme du pain rassis. Charlotte attrape la manche de Geneviève.

« Écoute, commence Charlotte, j'ai entendu dire que sœur Gertrude est repartie en France le mois dernier. Qu'il ne reste plus que quatre filles à l'entrepôt. Que si nous avions été deux fois plus nombreuses, nous aurions toutes trouvé un mari. Que *La Baleine* emporte à La Rochelle des fourrures et une autre marchandise dont j'ai oublié le nom. » Charlotte s'interrompt. « Voilà. Je n'en sais pas plus. Je suis désolée pour Pétronille. »

Dans la rue qui mène à la mer, quelques filles apparaissent, corsets lâches, comme dans les ruelles de Paris. Des hommes les épient, les joues creuses et drues, l'air brisé, comme s'ils avaient une décision à prendre. Sous un arbre, le ton monte entre deux gamins de l'âge de Charlotte. De nuit comme de jour, on se bat pour pas grand-chose, on se bat pour beaucoup à Biloxi – un morceau de pain, un coin d'ombre, un peu de réconfort.

« Bois du jus de citron, le ventre vide, finit par dire Geneviève. Tu auras moins mal au cœur les premiers mois.

— J'essaierai. »

Geneviève évite un crachat. Elle apprécie les efforts de Charlotte, son pas vers elle, mais ils ne chassent pas sa lassitude. Elle est fatiguée de chercher à comprendre les visages, toujours changeants, qu'elle lui offre.

« Mesdames ! » s'écrie M. Charpillon en leur faisant signe de se dépêcher.

Geneviève aperçoit déjà les curieux rassemblés sur la plage et au-delà, les canoës qui tanguent sur l'eau comme de gros oiseaux. Les vagues chahutent le reflet du ciel voilé, les œufs de tortue craquent sous les semelles ; l'odeur de coquillages et de sueur prend à la gorge. En regardant les hommes traîner les malles dans le sable, les pirogues s'enfoncer sous le poids des voyageurs, Geneviève se revoit il y a six mois, la houle battant ses cuisses, Pétronille essorant sa robe au bord de l'eau, la foule se refermant sur elle.

« Essayons de gagner la dune », suggère Pierre.

Derrière elle, M. Charpillon explique à Charlotte que quatre familles et quarante concessionnaires partent aujourd'hui pour Fort Rosalie. Geneviève n'a pas côtoyé autant de monde depuis qu'elle a quitté l'entrepôt. Elle aimerait soudain être entourée des mêmes femmes auxquelles elle a tant de fois voulu échapper, en France, à bord de *La Baleine*. Ses pieds se prennent dans des racines minuscules et coriaces, elle serre fort la main de Pierre. Elle respire une odeur de sel et d'ail, de citronnelle et de cheveux sales, se fraye un chemin comme elle le peut. Soudain, la foule se disperse, les embruns lui piquent les yeux. Au bord du rivage, là où vient mourir la mer, des garçons à la peau cuivrée s'affaissent sous le poids des meubles qui remonteront bientôt la rivière. Elle sent une pression sur son bras. C'est Charlotte, le souffle court, le doigt pointé droit devant elle.

« Regarde », dit-elle.

D'abord, Geneviève ne discerne que des ombres. Le soleil l'éblouit, l'onde est harcelée d'éclats argentés. Puis les silhouettes se précisent, l'écume s'effrite entre les pas des voyageurs qui s'apprêtent à embarquer. L'un d'entre eux, une femme, entre timidement dans l'eau – Pétronille, aussi silencieuse et concentrée que sur l'échelle de coupée qui s'élevait au-dessus du port de Lorient, ses mains appuyées sur les épaules de Geneviève, le matin d'automne où, ensemble, elles partaient pour ces contrées qu'elles devraient un jour apprendre à aimer.

6

PÉTRONILLE

Fort Rosalie/Natchez, août 1721

Ce voyage est sans fin. C'est ce que Pétronille se répétait sur le fleuve Saint-Louis, il y a plus de deux mois maintenant, à bord de la pirogue qui l'entraînait toujours plus loin de la côte. Recroquevillée dans l'étroit canoë, elle n'avait d'autre choix que de serrer ses genoux contre sa poitrine. Elle enviait les concessionnaires et leurs rames, les mouvements courts et répétitifs de leurs bras qui ripostaient aux assauts des courants imprévisibles. Pétronille ne pouvait rien faire. On l'avait amenée là, on lui avait intimé de se tenir tranquille – son mari d'abord, d'autres hommes ensuite.

Ils l'emmenaient à Fort Rosalie, un endroit qui, comme M. Ducros le lui avait expliqué, portait deux noms : l'un français, en l'honneur de la seconde épouse du comte de Pontchartrain, l'autre Natchez, d'après une tribu locale. Au cours des premiers jours de voyage, M. Ducros s'était lié d'amitié avec un ingénieur rentrant chez lui à Fort Rosalie, M. Cléry, un homme qui parlait de soldats libérant de la prison de Biloxi un officier accusé à tort, et de son désir de voir les forteresses de M. de Vauban percer les forêts de Louisiane. Pétronille s'était vite lassée de ses soliloques. À bord de *La Baleine*, elle était capable d'écouter Baptiste pendant des heures. Elle lui demandait de lui expliquer à quoi sert une « ancre » d'eau-de-vie, même si elle savait tout de ce récipient conçu pour résister au roulis de la mer. Il l'avait portée à ses lèvres juste après l'attaque des pirates en lui assurant que l'alcool restaurerait son courage.

Il en fallait, du courage, quand les vents tourmentaient les pirogues, que les bourrasques soufflaient si fort que les rameurs devaient faire halte sur le rivage de cette région qu'ils appelaient le Petit Désert, avant de reprendre la route vers Bâton Rouge. Le soir, Pétronille regardait les hommes décharger les malles et les tonneaux de poudre, partir chercher du bois avant de monter la garde auprès des bateaux et des armes. Elle s'endormait en imaginant tout ce qui les menaçait : les panthères, les crocodiles, les guerriers indiens, les soldats anglais. Sous la tente, elle s'enroulait dans des couvertures qui ne séchaient jamais, écoutait son mari marmonner dans son sommeil. Elle sentait sommeiller dans ses veines la maladie qui l'avait dévorée pendant des jours. Finissons-en, se disait-elle.

Le soir où l'ours les attaqua, elle changea d'avis. Ils avaient parcouru six lieues depuis l'aube et les hommes s'en réjouissaient, ils espéraient vaincre le courant, maintenir ce rythme-là jusqu'à Natchez.

Ils chantaient à la gloire de Neptune et leurs voix furieuses se mêlaient au son des éclaboussures. La nuit tombait. M. Ducros était en pleine conversation avec M. Cléry ; Pétronille remarqua l'ours avant eux. L'animal nageait devant les pirogues, les hérons s'envolaient à son approche. L'eau remuait autour de lui comme un lourd manteau. De loin, sa tête était compacte, angulaire, son poil lisse. Elle pensa à celui qu'elle avait vu sur une scène près de Paris, à la bête gigantesque qui s'était dressée sur ses pattes arrière. Il lui manquait quelques crocs ; l'intérieur de sa gueule était un gouffre noir.

Ce qui suivit terrifie encore Pétronille. Le commandant de leur embarcation ordonna aux concessionnaires d'accélérer la cadence. De mettre le cap non pas vers le rivage mais vers l'animal. L'ours se déplaçait désormais vers la rive, la tête glissant au-dessus de l'eau, sans un regard pour les voyageurs. Depuis la proue, l'officier tira. Le coup de feu résonna, brutal, incompréhensible. L'animal fit volte-face. Son oreille saignait ; ses muscles étaient visibles sous la surface de l'eau.

Pétronille ignore si le cri qu'elle entendit venait de sa gorge ou de celle de quelqu'un d'autre : les griffes de l'ours lacérèrent la coque, ses pattes avant s'emparèrent de la proue, les hommes se recroquevillèrent contre la cale. Pétronille sentit la main de son mari écraser la sienne, M. Cléry la pousser sur le côté, la pirogue osciller dangereusement sous le poids de l'animal. Elle se jeta au fond du bateau. Son corps formait un angle absurde qui lui coupait le souffle.

Elle n'imaginait pas la douleur qui la déchirerait bientôt et quelque chose en elle s'y opposait. Pliée sous les bancs du bateau, une seule question l'obsédait. Qui est assez stupide pour s'en prendre à un ours ?

L'animal passa au-dessus d'eux. Il disloqua l'omoplate d'un rameur, manqua de peu la tête d'un autre. Puis il repartit d'où il était venu.

Aujourd'hui, allongée dans son lit, Pétronille se raccroche toujours à ce souvenir quand les journées à Fort Rosalie lui semblent interminables. Si un ours menaçait de lui broyer le crâne, pour quoi, pour qui prierait-elle ? Pour rien. Pour que la bête soit rapide. Pour que son bébé soit sauvé. Mais ce jour-là, sur l'eau, elle n'était pas encore enceinte. Elle a du mal à concevoir qu'elle sera mère dans quelques mois.

La porte s'ouvre brusquement. À leur arrivée à Natchez, la servante faisait encore l'effort de frapper. Renée réajustait même ses oreillers, elle posait des questions à Pétronille sur son voyage en Louisiane ; elle lui décrivait les volontaires rassemblés dans la forteresse de Saint-Martin-de-Ré, se vantait des conditions négociées avec le recruteur de la Compagnie – elle ne se rappelait jamais s'il s'agissait de la Compagnie de la Louisiane, des Indes ou de l'Occident : un aller simple pour lequel elle recevrait cent livres de tabac par an, médicaments aux frais de la Compagnie. Elle citait souvent son contrat, qu'elle appelait son « document ». Elle aimait répéter à Pétronille qu'il interdisait qu'on l'envoie aux champs, même si personne n'avait rien suggéré de tel.

« Comment se sent Madame ce matin ? »

La coiffure de Renée est désordonnée, son regard insistant. Elle s'enquiert toujours de la santé de Pétronille avant de s'éclipser.

« Bien, merci. »

Elle sait de quoi elle a l'air : pâle, amaigrie, épuisée en dépit des heures de repos. Mais la réponse qu'elle donne à Renée est importante. Elle sera chuchotée en cuisine, rapportée à son mari. La servante acquiesce avant d'emporter son plateau. Pétronille se laisse retomber dans les oreillers. L'un d'entre eux est troué, et des plumes s'en échappent. Une brise, aussi légère soit-elle, doit souffler à travers la chambre.

Sa grossesse lui donne une bonne excuse pour rester au lit. Elle sait bien qu'elle se replie sur elle-même, comme à Château-Thierry avant l'arrivée de Paul, comme lors de ses premiers mois à la Salpêtrière, comme au cours des quelques semaines de voyage avant de rencontrer Geneviève. Cette sensation familière, pourtant écrasante, la rassure. Elle connaît bien le silence sourd de sa chambre, le bourdonnement de ses propres pensées, la solitude qui la protège des désillusions.

Elle a été mariée en mai, dès que sœur Gertrude l'a jugée capable de supporter la cérémonie. Ce matin-là, sœur Bergère lui a pincé les joues si fort que Pétronille a eu peur qu'elles saignent. Les nonnes avaient surestimé ses forces : devant l'autel, ses jambes menaçaient de se dérober. Son mari voyait sa fragilité comme un signe de noblesse, une nature délicate dont il fallait prendre soin – une pureté suggérée par ses origines, presque impossible à dénicher dans ces contrées. Il lui demandait souvent : « Où serait ma chère princesse si je ne l'avais pas épousée ? » Elle haussait les épaules. Avec un autre homme, un peu comme vous mais pas tout à fait, qui m'aurait conduite à Mobile ou au nouvel établissement près du delta, celui qu'on appelle La Nouvelle-Orléans, ravagé par une tempête l'année dernière. Le lieu n'a pas d'importance. Pétronille ne reverrait plus jamais Baptiste, Geneviève ou Charlotte. C'était comme si elle avait perdu sa place dans le monde – le Nouveau comme l'Ancien.

À Biloxi, M. Ducros lui répétait de ne pas s'inquiéter, qu'ils quitteraient bientôt cette ville miséreuse, avec ce maudit gouverneur Bienville qui laissait croupir des soldats en prison pendant des mois, refusait de fournir des vivres et des souliers aux sous-officiers. Il l'emmènerait bientôt à Fort Rosalie, un endroit si grand qu'elle s'y égarerait. L'idée horrifiait Pétronille ; elle se sentait déjà suffisamment désorientée. Elle aurait donné n'importe quoi pour retrouver Geneviève et Charlotte. Mais elle ne savait pas par où commencer : elle se réveillait souvent éreintée, trop faible pour s'habiller. Il y avait des bons et des mauvais jours. Quand elle avait les idées claires, elle supportait à peine son impuissance. Elle se rendait compte qu'elle perdrait bientôt ses amies, si ce n'était pas déjà fait, et sa poitrine se serrait. Elle pensait à la voix de Geneviève et au rire de Charlotte, et se demandait combien de temps elle s'en souviendrait encore. Les sons s'en vont toujours en premier.

Les mauvais jours, elle ne ressentait rien.

Elle était heureuse lorsqu'elle était malade. Dans le cabanon près de l'entrepôt, elle avait l'impression de passer des heures avec Baptiste. Il apparaissait près de son lit à chaque montée de fièvre, ses doigts jouaient avec les fèves sèches qu'elle avait trouvées nichées contre sa chemise. Il vidait les seaux qu'elle ne se rappelait pas avoir remplis, essuyait son front ou palpait son poignet et parfois, il était accompagné d'une femme à la peau brune. Elle venait les bras chargés de plantes ; un jour, Pétronille demanda à Baptiste s'il connaissait le nom de la racine qu'elle lui avait donnée à mâcher. Il secoua la tête. La femme fouillait son panier en répétant : « Docteur, je n'en ai plus assez. » Pétronille aurait voulu lui expliquer que Baptiste était marin et non médecin, mais sa langue pesait trop lourd pour formuler le moindre mot.

Le passé est plus doux que la vérité. Baptiste ne lui a jamais rendu visite dans le cabanon, il ne l'a pas rejointe devant le portail le jour du blanchissage. Sa fièvre inventait son visage, imitait le son de sa voix. Quant aux raisons de son absence, le jour de février où ils étaient censés se revoir, Pétronille ne pouvait que spéculer. Il était resté bloqué aux quartiers des marins, incapable d'échapper au capitaine. Son esprit lui jouait des tours, suppléait toujours une nouvelle explication. Baptiste était déjà reparti pour la France, il était mort ; il n'avait jamais su la date de leurs retrouvailles parce que l'assistante du médecin ne lui avait pas transmis le message. À Biloxi, Pétronille était terrifiée à l'idée de devoir affronter la seule raison qu'elle ne supporterait pas – qu'il n'était pas venu parce qu'il ne l'aimait plus.

Maintenant que tout est derrière elle, elle trouve encore quelques moments de douceur à Fort Rosalie. Très tôt le matin, à l'heure où la chambre semble rayonner, avant que les moustiques ne se mettent à bourdonner et qu'elle n'entende les Africains asservis du voisin partir pour les champs de tabac. Vers midi, quand le soleil dessine une ligne éblouissante au milieu de son lit. Au crépuscule, alors que le soir se referme sur elle et qu'elle sait qu'on ne la dérangera plus jusqu'au matin.

Renée chantonne quelque part dans la maison. La nuit tombe. Demain, à la même heure, Pétronille devra quitter sa chambre. Elle a été invitée avec son mari à souper chez l'ingénieur, M. Cléry, parti il y a plusieurs semaines faire Dieu sait quoi à Pascagoula. Il vient de rentrer. Son épouse sera là, et Pétronille l'imagine identique à son mari, comme s'ils étaient frère et sœur. Bavarde, observatrice, égoïste. En vérité, elle n'en sait rien. À part la servante, Pétronille n'a pas adressé la parole à une seule femme depuis des mois.

*

Les derniers jours à bord de *La Baleine* étaient déchirants. Pétronille n'en voyait pas la fin. Elle n'arrivait pas à concevoir son existence une fois l'ancre jetée – cette solitude lui semblait aussi absurde que l'idée de voir la terre venir se glisser entre le ciel et la mer. L'attaque des pirates lui avait donné un aperçu de sa vie sans Baptiste. Alors que la bataille faisait rage, elle l'avait cru grièvement blessé, contraint de rejoindre les rangs des bandits ; elle s'était demandé s'il réussirait à sauver Charlotte, dont les doigts lui avaient échappé. Lorsqu'elle avait supplié sœur Gertrude de la laisser remonter sur le pont, la nonne avait posé la main sur son épaule, l'air désolé, et dit qu'il était trop tard.

Charlotte et Baptiste lui avaient été rendus, mais aucun autre de ses vœux n'avait été exaucé. Baptiste ne l'épouserait pas. Les officiers de *La Baleine* se fichaient qu'il ait affronté les pirates avec bravoure ; défendre le navire était son devoir. Après l'attaque, la discipline avait été renforcée – l'équipage devait se tenir prêt en cas d'assaut. Le contrat de Baptiste l'obligeait à travailler encore quatre ans pour le capitaine. Il avait été rappelé à l'ordre : « Ne l'approchez pas. Contentez-vous de faire ce pour quoi vous avez été embauché. »

Après, Pétronille avait presque souhaité que ces jours passent plus vite. Il y avait trop de dernières fois. La dernière fois qu'elle retrouverait Baptiste dans le garde-manger, qu'elle sentirait son doigt calleux caresser sa peau mangée par le sel. La dernière fois qu'il poserait sa paume sur ses reins et qu'elle le sentirait entre ses cuisses. Ses lèvres, sa façon de lui prendre le bras, la cicatrice qui courait sur son omoplate – autant d'attaches quand le monde fuyait sous ses pieds. Les dernières fois commencèrent à avoir l'air de premières fois. Elles étaient uniques, passées, perdues.

*

Sous le porche, le soleil de Natchez lui brûle la peau. L'après-midi tire à sa fin, mais la lumière d'été est impardonnable. Pétronille aimerait pouvoir être ailleurs, s'imaginer autre part comme elle s'amusait à le faire, enfant. Son esprit l'emmenait loin des invités de sa mère et du moment présent, là où elle voulait – au lit, cherchant de la joue un coin frais sur l'oreiller ; dans le jardin, une bouture de fraisier à la main ; auprès de son herbier, effleurant les pétales pour qu'ils ne s'effritent pas.

« Je vous cherchais, dit son mari, mais vous étiez là. »

Où pourrait-elle aller ? Ce soir, elle manque d'inspiration. Elle regarde M. Ducros. Sa conversation est pleine de constatations, ce qui facilite les discussions. Il transpire, engoncé dans une veste rouge, offrant cet air vaguement ennuyé qui le quitte rarement. Inquiet même, ce soir. Il jette un dernier coup d'œil à sa montre de poche avant de lui donner son bras.

« Vous réjouissez-vous de revoir M. Cléry ? » demande-t-il.

Il l'aide à monter en voiture. L'habitacle a l'odeur d'une malle oubliée, mais au moins, ils possèdent un véhicule.

« M. Cléry est votre ami, répond-elle.

— Vous aussi avez voyagé avec lui. »

Le jour de l'attaque de l'ours, M. Cléry l'a bousculée si violemment que pendant un terrible instant, Pétronille a cru qu'elle ne pourrait pas se cacher.

« Tout à fait », dit-elle.

Des champs apparaissent entre les orangers. M. Ducros peinait à dissimuler sa déception en découvrant Fort Rosalie : l'industrie de tabac florissante dont il lui avait tant parlé n'en était qu'à ses balbutiements. Natchez était vaste, un vide qui trahissait un manque de construction, un trop-plein de forêt, de cette nature foisonnante qui intimidait Pétronille, qui l'attirait. M. Ducros agitait la main vers les bois et répétait qu'il ferait abattre ces arbres, que les plants de tabac seraient mis en terre. Il s'y était aussitôt attelé.

Les embarcations avaient tant tardé à rejoindre Biloxi que leur maison était déjà construite à leur arrivée à Fort Rosalie. Pétronille ne reconnaît la limite de leur terrain qu'aux buissons violets que M. Ducros lui a un jour montrés. « Le Grand Village des Natchez se trouve à l'opposé », a-t-il alors fait remarquer. Pétronille était incapable d'imaginer à quoi ressemble un village autochtone. Elle l'ignore toujours. Elle ne saurait pas non plus décrire les quartiers des esclaves pourtant bâtis sur leur domaine. Ils sont encore vides ; l'idée d'acquérir des Africains asservis obsède son mari, ce qu'elle a renoncé à comprendre. Le mois dernier, elle a aperçu une jeune fille noire revenir des champs de la plantation voisine. Elle portait un enfant de deux ou trois ans et marchait d'un pas lent, prudent, ses pieds ensanglantés s'enfonçant dans la boue rouge.

M. Ducros n'a pas voulu entendre parler d'elle, et lorsque Pétronille a insisté, il s'est énervé. L'idée que l'on puisse acheter quelqu'un la laisse incrédule. À Château-Thierry, elle avait toujours vu les paysans faire les récoltes. Elle se souvient de leurs corps déformés par le travail, de leurs visages creusés où s'enterraient les années. Les enfants mouraient comme des chatons et leurs aînés avaient l'air de vieillards. Mais si ces familles étaient écrasées par les impôts du roi, elles gagnaient tout de même quelques sous. Il n'y a rien de la sorte ici. Les livres passent d'une poche à une autre, mais une fois seulement, de celle de l'acheteur à celle du marchand d'esclaves. Après avoir vu la jeune fille blessée, Pétronille espère que le rêve de son mari ne se réalisera jamais.

Au sommet d'une colline, le fort de palissades se dresse au-dessus du fleuve Saint-Louis. Depuis la route, l'eau demeure invisible, comme s'il était suspendu au-dessus d'un océan vert, hirsute, habité d'oiseaux. Puis viennent de nouveaux champs, ponctués des silhouettes courbées de laboureurs français sur de modestes parcelles, ou d'Africains asservis travaillant les terres de la concession Sainte-Catherine ; un potager aux tomates gonflées, si grosses qu'elles semblent plus proches qu'elles ne le sont ; un garçon escortant quelques précieuses vaches, battant l'herbe d'un bâton. Pétronille n'a accompagné M. Ducros qu'une seule fois au magasin, pour chercher une boussole et des provisions d'encre. Aujourd'hui, l'homme qui les a alors servis fixe la route depuis le même tabouret, les yeux dans le vague, la fumée bleue de sa pipe s'évaporant dans l'air du soir.

Comme toujours lorsqu'elle cède à son mari et qu'elle accepte de sortir, Pétronille ne sait pas si elle apprécie être dehors ou si elle préférerait retourner au lit. Le seul ordre qu'elle aimerait donner au cocher serait de la ramener à Biloxi.

La femme de l'ingénieur oserait sûrement faire ce genre de choses. Sur le seuil de chez elle, Mme Cléry les presse d'entrer comme s'ils étaient des enfants.

« J'espère que vous ne venez pas voir mon mari, dit-elle en les guidant de l'autre côté de la maison jusqu'à un porche étroit. Il a encore disparu. Il doit être occupé à pêcher ou à dessiner. Vous devinerez vite en voyant l'état de son habit. »

Elle leur montre deux chaises, une bouteille de liqueur.

« Au moins nous avons de quoi patienter. Je crois que vous aviez apprécié ce brandy, M. Ducros, la dernière fois que vous avez soupé avec M. Cléry. »

Pétronille accepte le verre tiède que leur hôtesse lui offre. Elle n'est plus habituée à faire la conversation. Ses pensées se bousculent, les mots lui viennent trop tard. Mme Cléry ne ressemble en rien à son mari. Petite, assertive, pleine d'opinions. Presque pas de menton.

« Avec de telles idées, dit M. Ducros, l'absence de votre époux n'a pas dû trop vous importuner. »

Mme Cléry lève la tête vers lui.

« Pensez-vous », répond-elle.

Elle est interrompue par la voix d'un homme qui les salue d'un geste de la main, les genoux dans l'herbe haute.

« Vous n'auriez pas dû m'attendre, crie-t-il.

— Rassurez-vous, nous avons commencé sans vous », lance Mme Cléry.

Il n'y a aucune réponse mais la silhouette grossit peu à peu, un lapin déguerpit devant lui. M. Ducros s'avance à la rencontre de leur hôte, maintenant suffisamment proche pour que Pétronille le reconnaisse. M. Cléry a minci, sa peau est cuivrée, ses manches retroussées. Mme Cléry se penche vers elle, la lèvre pincée. Un cil pousse tout en haut de sa paupière gauche.

« Alors, pêche ou dessin ? »

Pétronille étudie les vêtements de l'ingénieur. La boue macule ses genoux ; il ne transporte rien qui puisse l'aider à deviner.

« Je ne saurais vous dire », répond-elle.

Mme Cléry se met à rire.

« Bonne réponse. Il revient toujours si sale que je n'en ai pas non plus la moindre idée. Peut-être qu'il fait tout autre chose là-bas, ajoute-t-elle d'une voix entendue, même si Pétronille n'est pas certaine de saisir ce qu'elle insinue. Je suis ravie que vous ayez pu venir cette fois-ci. »

Pétronille a décliné deux invitations le mois dernier mais le ton de Mme Cléry est dénué de sarcasme.

« Moi aussi, répond-elle.

— À notre arrivée il y a huit mois, reprend Mme Cléry, je ne voyais personne à part l'épouse du commandant. Une créature insipide, que seule la cruauté animait. Une femme très prévisible, somme toute. » Elle soulève la bouteille de brandy et Pétronille lui tend son verre. « Mais on finit par s'habituer à la solitude. Même si elle a un goût différent dans ces contrées, ne pensez-vous pas ? »

Pétronille acquiesce, la poitrine serrée. Les hommes discutent, accoudés à la balustrade. Les derniers rayons de soleil se noient dans la liqueur, et le reflet de la lumière sur le verre l'aveugle momentanément.

« J'étais très déçue en m'installant ici », dit Mme Cléry.

L'alcool brûle la gorge de Pétronille. Elle n'a jamais entendu personne parler ainsi de Fort Rosalie.

« Ce contrôleur des finances est un menteur effronté, poursuit Mme Cléry. Le seul or que ce continent ait à offrir se situe à plus de cent lieues au nord de l'embouchure de la rivière Arkansas, au fond d'un ruisseau.

— M. Law n'a rien inventé, intervient M. Cléry en s'asseyant à côté de sa femme. Il existe même un processus qui permet de récolter le métal. Une technique très particulière. »

Il hoche la tête, l'air sûr de lui, mais n'ajoute rien. Mme Cléry se tourne vers Pétronille, comme si elle ne s'adressait qu'à elle :

« Il faut d'abord fabriquer une espèce de filet avec un aulne de Limbourg. Puis on y place une pierre, pas trop lourde, d'environ une livre et demie. On la lâche là où l'eau n'est pas trop profonde, pas plus d'un pied, et on l'y laisse vingt-quatre heures, avant de la retirer du ruisseau et de faire sécher le tissu au soleil. On frappe ensuite du doigt le centre du filet en prenant soin de ne pas l'abîmer. Ainsi, on ramasse l'équivalent d'un œuf de poudre d'or.

— C'est ça, c'est ça », commente M. Cléry.

Il écrase un moustique, reprend sa conversation avec M. Ducros. La brise joue avec les branches des arbres, les cigales font vibrer l'air encore chaud de leur chant.

« La rivière Arkansas, dit Pétronille, ne se situe-t-elle pas près de cette mer de l'Ouest dont on parle tant ? »

De toutes les histoires de Baptiste, c'était sa préférée, la première qu'il lui a racontée au sujet de la Louisiane, ce pays assez vaste pour qu'une mer intérieure s'y cache.

« Qui sait ? demande Mme Cléry. Elle pourrait se trouver n'importe où, n'est-ce pas ? »

Du melon est apporté, des écrevisses sont servies, le soleil se couche. Pétronille continue de discuter avec Mme Cléry de ces eaux légendaires à l'ouest de la colonie. M. Ducros les épie du coin de l'œil mais Pétronille ne lui prête pas la moindre attention. Pour la première fois, Fort Rosalie lui paraît concret, tangible, à portée de main. Le village existe en relation avec d'autres endroits que Baptiste lui a un jour décrits – des lieux qu'il n'est pas le seul à connaître, qui vivent dans un imaginaire commun. L'herbe, presque bleue, ne lui paraît soudain plus si loin.

*

Dans le miroir au-dessus de la coiffeuse, Renée a l'air surprise. Pétronille ne lui a jamais demandé de l'aider à s'habiller. Un peu après dix heures, elle accompagnera Mme Cléry chez l'unique couturier de Natchez. « Dans un mois ou deux, cette robe vous serrera trop, et vous aurez besoin d'un corset plus ample », a-t-elle fait remarquer hier en regardant son ventre. Pétronille ne l'a pas contredite. Peut-être ne passera-t-elle finalement pas toute sa grossesse en chemise de nuit.

« Ne vous alarmez pas, dit Pétronille à Renée, quelque chose de simple conviendra. »

Elle n'imaginait pas employer un jour le ton de sa mère, cette voix autoritaire qui résonne dans ses souvenirs d'enfance. Pétronille observe son reflet. Pour la première fois depuis des mois, elle est curieuse de voir à quoi elle ressemble – ce qu'elle a perdu, ce qui pourrait encore changer.

Mme Cléry a insisté pour qu'elle l'appelle Marie quand elles se sont revues, il y a deux semaines. Sa nouvelle amie vit à Fort Rosalie avec son mari depuis presque un an : ses histoires confèrent au paysage une profondeur que Pétronille ne lui connaissait pas. Les bosquets, les champs, les gens font soudain sens – comme à Château-Thierry où Paul lui lisait les jardins, comme à bord de *La Baleine* quand Baptiste lui parlait de l'océan, des voiles et du vent. Elle découvre que certains villages autochtones sont pro-anglais ; en passant près du fort, elle parvient désormais à voir au-delà de ses palissades. Il y a six ans, la colline était une colline. Puis les soldats français s'y sont installés. Ils ont refusé de fumer le calumet de la paix, rompu l'alliance de leurs prédécesseurs avec les Natchez ; quatre colons ont été tués en représailles et le lieutenant Bienville, aujourd'hui gouverneur, les a âprement vengés. Dans le cadre du traité de paix, les Natchez ont été contraints de fournir le bois nécessaire à la construction du fort. Pétronille se demande ce que les Français leur ont offert en retour. Probablement rien.

Il a fallu du temps avant que Marie n'évoque sa vie en France. Et, lorsqu'elle s'est enfin livrée samedi dernier, elle chuchotait presque en décrivant le fer qui lui enserrait la taille pendant la traversée, les filles grelottant sous leurs simples chemises, la cale glacée d'un navire nommé *La Mutine.* Elle lui a dit qu'elles étaient à peine nourries, qu'il y avait plusieurs dizaines d'hommes à bord du bateau et que certains ne se souciaient même pas de détacher les chaînes des malheureuses auxquelles ils s'en prenaient ; en mer, les captives mouraient en si grand nombre qu'elle ne pensait pas arriver en vie au Mississippi. Et même après avoir rejoint l'île aux Vaisseaux, ses doutes avaient persisté : dépourvues de vivres, des dizaines de filles avaient succombé, ignorées ou oubliées par les autorités, à quelques lieues du continent. Marie était parmi les survivantes.

Pétronille a failli mentionner l'attaque des pirates, mais elle s'est ravisée. À bord de *La Baleine*, les bandits n'avaient pas réussi à gagner l'entrepont. Elle se demandait surtout ce que Marie et ces femmes avaient bien pu faire pour se voir infliger un tel supplice. Quand elle a osé lui poser la question, Marie a laissé échapper un rire amer. « Je suis entrée dans une boutique de luxe de la rue Saint-Honoré et on m'a accusée de vol. Un ruban de soie, selon le propriétaire du magasin. » Quand ses yeux ont trouvé ceux de Pétronille, elle semblait furieuse. « Rien de tout ça ne se serait produit sans cette maudite directrice de la Salpêtrière. De terribles rafles ont eu lieu à Paris cette année-là, elle a piégé des femmes. J'imagine que la police avait si désespérément besoin d'habitants pour la colonie que les officiers étaient prêts à tout. »

Son histoire n'est pas la pire : elle a entendu parler d'une jeune boulangère déportée juste parce qu'elle était rentrée tard d'une soirée dansante, d'une servante accusée d'avoir séduit le maître qui l'avait violée, d'une fille enfermée sous prétexte d'avoir « sali la réputation de ses frères ».

Pétronille a gardé le silence. Elle n'aurait pu connaître aucune de ces passagères. Mais elle s'est souvenue des questions d'Étiennette à bord de *La Baleine*, de sa sœur envoyée au Mississippi. Il lui a fallu quelques secondes avant de se rappeler son nom, puis elle a demandé à Marie si elle connaissait une certaine Marceline Janson. Son visage s'est fermé. « Elle est morte sur le bateau, peu après notre départ du Havre », a-t-elle répondu.

Pétronille n'a plus jamais abordé le sujet des années de Marie à Paris. Son amie n'a fait allusion qu'une fois à leur conversation, lorsqu'elle lui a décrit les espoirs que son mari nourrissait pour la Louisiane. M. Cléry méprise les ingénieurs qui ne viennent que pour un temps, séjournant chez une logeuse à Mobile avant de repartir pour Paris. Il a décidé de s'installer et de bâtir les futures villes de ces contrées vierges ; il avait débarqué à Biloxi, célibataire, peu après Marie. « Ce n'était pas si difficile de devenir celle qu'il voulait que je sois, a-t-elle expliqué. Une fille de Montereau qui rêvait d'apprendre le métier de couturière à Paris et qui aurait choisi, tout comme lui, de tenter sa chance en Louisiane. » Elle a souri tristement avant de conclure : « Il y a cru, et j'ai presque réussi à me convaincre. Mais les tissus manquent ici, et les femmes à habiller sont encore plus rares. »

Dans la voiture, Marie porte une robe que Pétronille pensait réservée aux jeunes filles ; elle ignore le regard étonné que lui lance le tailleur. En la voyant fouiller les malles, Pétronille ne peut s'empêcher de penser au ruban imaginaire qui l'a amenée ici. Elle se demande ce qui leur arriverait si elles étaient accusées de vol. Mais il n'existe pas d'autre lointaine colonie ; elles sont déjà au bout du monde.

Alors que le tailleur prend ses mesures derrière un rideau, Pétronille entend son amie commenter la fourrure des renards, plus épaisse qu'en France, ces reflets argentés qui émerveilleraient les dames du Cours-la-Reine. Marie lui montre un carré de lin bleu.

« Pour votre robe ? Qu'en pensez-vous ?

— Charmant », répond Pétronille.

Marie sourit, disparaît à nouveau. L'apprentie approche un mètre ruban des hanches de Pétronille. Vite, pense-t-elle. Elle s'est mise à détester qu'on touche son ventre.

« J'ai bien peur que nous n'en ayons pas suffisamment pour une robe, fait observer le couturier.

— Entendez-vous cela, Marie ? » demande Pétronille.

L'assistante crie un autre chiffre. De l'autre côté du voile, la porte claque et son amie salue quelqu'un, mais Pétronille n'entend aucune réponse. Le grincement du couvercle des malles s'éteint.

« Marie ? » répète Pétronille.

Le vent charrie une odeur de fraises et de fumier, agite le rideau, suspendu trop loin pour que Pétronille puisse l'atteindre. Marie murmure et le client lui répond si bas qu'il est impossible de comprendre quoi que ce soit. Puis Pétronille reconnaît la façon brève, sèche dont M. Ducros prononce le mot « femme » lorsqu'il parle d'elle aux domestiques. Son mari se trouve juste ici, dans la boutique, et il l'ignore.

« Pardonnez-moi, Madame, intervient l'assistante, pourriez-vous s'il vous plaît… »

Pétronille tend son bras et le mètre ruban glisse de son épaule à son poignet. Elle déglutit péniblement.

« M. Ducros ? » demande-t-elle.

La porte se referme. Marie apparaît. Elle a l'air de quelqu'un qui vient d'arrêter de rire.

« Comment m'avez-vous appelée ? dit-elle.

— J'ai cru que mon époux était là.

— M. Ducros, chez le tailleur ? »

L'idée ne lui semble pas si absurde, mais dans la bouche de Marie, elle paraît ridicule.

« J'ai cru l'entendre », reprend-elle, déjà moins sûre.

Marie essaye de tapoter son épaule sans lâcher le voile en lin mais sa main brasse le vide.

« Évidemment, répond-elle, M. Mézières aussi parle du nez. Mais je doute que vous le connaissiez. Vous étiez encore alitée lorsqu'il a rejoint la garnison. »

Sur le chemin du retour, Pétronille se promet d'interroger son mari. Elle a changé d'avis à la tombée de la nuit. Elle rend le rideau plus épais, la boutique plus bruyante, son amie aussi honnête qu'elle devrait l'être.

*

La nausée a disparu. Son ventre a une ténacité de fruit cueilli trop tôt, une fermeté qui la dégoûte et la fascine. Son corps est devenu étonnamment malléable. Pétronille se demande si son esprit, lui aussi, serait capable de changement – s'il pourrait se transformer, s'adapter à la vie qu'elle doit mener à Fort Rosalie. Elle ne reconnaît pas ses seins, elle est fatiguée pour rien ; les signes sont les mêmes qu'à Lorient mais son inquiétude, elle, est différente. Elle se demande qui se cache derrière cette peau qui, il y a encore quelques mois, n'appartenait qu'à elle.

Son mari l'a laissée tranquille depuis que l'accoucheuse a confirmé sa grossesse. Mais une semaine après la visite chez le tailleur, il toque à la porte de sa chambre. Pétronille ne sait pas quelle heure il est – seulement que les insectes fredonnent toujours, qu'ils chanteront encore un peu avant le début de la saison des ouragans. En Louisiane, même les tempêtes portent un autre nom, une fureur que Pétronille espère ne jamais découvrir.

« Entrez », lance-t-elle.

M. Ducros referme la porte derrière lui. Il est en colère, et ça se voit. Il vient de recevoir une lettre de M. de Laguehay, l'assistant des directeurs avec qui il travaille depuis plusieurs années. Ils se sont rencontrés en France, où l'homme recrutait ceux qui exploiteraient les terres achetées par la Compagnie – à cette époque-là, la colonie semblait encore avoir de beaux jours devant elle. John Law, le futur contrôleur général des Finances aujourd'hui tombé en disgrâce, persuadait encore des centaines d'investisseurs de miser sur ces contrées lointaines ; il n'avait pas encore causé le désastre financier le plus important du début du siècle. M. Ducros appelait d'abord M. de Laguehay son ami, son associé. Désormais, c'est un imbécile.

Ou du moins, c'est le mot qu'il a employé. Pétronille doute qu'il lui aurait répondu si elle lui avait demandé ce qui le tracassait. Cet après-midi, il a pourtant dit la vérité à Marie, expliqué que la Compagnie lui doit un an de service, que la qualité du tabac n'est pas celle promise, que l'homme à la tête de la concession Sainte-Catherine ferait mieux de traiter les Indiens plus respectueusement. Elle lui a ri au nez. « Tout le monde sait que M. Guenot est un idiot, a-t-elle répondu. Vous critiquez ce tabac, mais vous le fumez bien. Regardez tous ces mûriers : celui qui déciderait d'élever des vers à soie en Louisiane ferait fortune. »

M. Ducros l'écoutait sans un mot. Les taquineries de Marie semblent l'amuser.

Il s'assied au bout du lit, dos à Pétronille. Elle est habituée à ce qu'il la prévienne de ses visites, à ce qu'il soulève le drap d'un geste précipité comme s'il voulait vite en finir. Elle garde un souvenir terrible de leur nuit de noces, pire que celle passée avec l'homme d'Orléans. Le lendemain de leur mariage, dans la maison de Biloxi, elle sentait encore M. Ducros à l'intérieur d'elle, sur ses bras, ses hanches, ses fesses, partout où ses mains l'avaient touchée. Elle se sentait souillée, comme si ces gestes habitaient encore sa peau. Elle ne parvenait pas à se débarrasser de lui.

Elle a cherché des compromis. Mais la douleur revenait, entêtée, lancinante ; elle naissait au fond de son sexe, s'éparpillait dans son ventre, semait de nouvelles souffrances. Il tenta de s'y prendre autrement, renonça aux parties de son corps qu'elle lui refusait – les endroits que Baptiste avait aimés, même si M. Ducros ne saurait jamais pourquoi la mâchoire ou la clavicule de sa femme lui étaient interdites. Elle ne pouvait pas se résoudre à ce que les mains de son mari salissent le souvenir des moments passés avec Baptiste. C'était pourtant inévitable, et elle lui en voulait.

Elle a trouvé d'autres façons de rejoindre Baptiste, sans l'aide de personne. Dans sa chambre de Fort Rosalie, elle a pris l'habitude de se caresser dans la torpeur de l'après-midi, à l'heure où son estomac est plein, ses pensées lourdes, le soleil tiède. Elle glisse ses doigts entre ses cuisses, les fait courir sur les recoins de peau auxquels son mari n'a pas droit. L'intérieur de son poignet, le bout de son téton, là où ses seins rencontrent ses côtes. Un mois après leur arrivée, M. Ducros est entré sans frapper, l'interrompant ; il a eu l'air surpris en s'allongeant entre ses jambes. Pétronille a eu moins mal ce jour-là. Depuis, à la fin du repas, il a pris l'habitude de lui demander si elle est fatiguée. Elle sait que si elle lui répond non, elle devra se tenir prête.

« Qu'y a-t-il ? » finit-elle par demander.

Il secoue la tête, ne fait pas le moindre geste.

« Rien », dit-il.

Elle envie la façon dont il vit ses émotions, sans jamais les remettre en question. Ses sentiments n'admettent aucune ambivalence, paraissent toujours parfaitement légitimes. Parfois, l'entêtement de son mari la touche, mais elle est éreintée aujourd'hui. Elle pose la main de M. Ducros sur sa cuisse.

« Là », dit-elle en sentant la chair s'arrondir sous la pression de ses doigts.

Cette nuit-là est différente des autres. Pétronille n'a jamais couché avec lui enceinte. Elle est partagée entre l'envie de se dérober et la certitude qu'elle n'y parviendra pas. M. Ducros semble plus pressé qu'à l'accoutumée. Il lui attrape la nuque, un endroit qu'elle n'a pas tenté de protéger parce qu'il ne s'y est jamais intéressé. Il se montre prudent avec son ventre ; il lui demande de se mettre à genoux.

Il passe la nuit avec elle, une exception. Elle s'est habituée à dormir au milieu du lit et à l'aube, elle le trouve recroquevillé au bord du matelas, sur le point de basculer.

*

Elle se souvient à peine du matin de février où elle était censée revoir Baptiste. Les chemises tachées de sang, les bas rigides de sueur, le dessous des jupons couleur motte de beurre. Les frissons qui lui glaçaient le dos avant de mourir dans ses reins. Le regard gris de Charlotte dans la fumée du chaudron. Geneviève lui ôtant la pile de linge et chuchotant : pars, maintenant. L'inquiétude qui assombrissait le visage de son amie, sa langue qu'elle passait dans l'espace entre ses dents de devant. La boue agrippait les talons de Pétronille comme pour l'empêcher d'avancer.

Elle ne garde avec elle qu'une seule image. Elle se tient devant le portail de l'entrepôt, à bout de souffle. L'étroite cour semble s'agrandir, assez pour accueillir tout l'équipage de *La Baleine*, même si Pétronille n'en demande pas tant, elle ne veut qu'un seul marin. Mais il n'y a personne. Elle se rapproche de la barrière, le bois mou et humide ploie sous ses doigts. La tête lui tourne. Elle laisse son front reposer contre les palissades, plisse les yeux. Le monde devient une ligne verticale bordée d'échardes, un morceau de route bâti par les hommes puis abandonné aux femmes, aux oiseaux de la Louisiane. Sur le chemin qui l'a menée jusqu'ici, il n'y a qu'un pélican. Moqueur, il se dandine dans la boue, il secoue sa poche fine et vide dans l'air moite.

*

Premier octobre. Marie s'appuie contre l'embrasure de la porte d'entrée, les bras croisés. Un soleil épuisé par les mois d'été roussit sa robe blanche. Elle répète que l'Indienne, celle censée apporter le remède recommandé par la servante de sa voisine, ne tardera pas. Pétronille lui a assuré que son dos ne la faisait plus souffrir mais Marie n'a rien voulu entendre. Pétronille n'a pas réussi à lui expliquer que sa douleur, aujourd'hui, se loge ailleurs, loin de ses reins.

« La voilà ! » s'exclame Marie.

Pétronille se lève pour voir s'avancer une fille d'une dizaine d'années, ronde, la peau brune, le pas silencieux. Ses lèvres sont minces, ses joues pleines. Elle porte une jupe taillée dans un tissu que Pétronille ne connaît pas et serre dans ses mains une jarre en terre cuite. Sa poitrine est nue, son expression lisse comme l'eau d'un lac.

« Approchez, approchez », dit Marie.

Au son de sa voix, la fille s'immobilise. La plume qui orne ses cheveux noirs obéit aux caprices du vent. Lorsque Marie fait un pas vers elle, elle recule.

« Attendez », lance Pétronille à Marie.

La fille lui jette un coup d'œil, pose le remède dans l'herbe sans jamais les quitter des yeux. Sur son épaule gauche, un dessin de soleil suit les mouvements de son bras. Elle se redresse, demeure là un instant, se gratte le nez. Puis elle s'éloigne de sa démarche élastique. Sa silhouette s'évanouit sous les branches velues des arbres qui bordent la route, comme si le chemin n'existait pas, comme s'il était injustifié.

« Son nom est interminable », dit Marie en se tournant vers Pétronille. « Oodoo'wah quelque chose. Mais il semblerait que tout Fort Rosalie connaisse sa tante Bras Piqué. Peu importe. La servante m'a promis que ceci – elle pointe du doigt la jarre – vous ferait le plus grand bien. »

Pétronille regarde les bois, à nouveau impénétrables ; elle ne se souvient déjà plus de l'endroit où la fillette a disparu. Le baume que Marie pose sur la table est la seule preuve de son passage. Pétronille se penche sur la pâte verte où une mouche se débat. Elle ne doute pas que la médecine des Natchez est plus sophistiquée que celle des Français – un officier de la garnison prétend soigner ses fièvres avec quelques pipes de tabac, une assiette de lait caillé et du bordeaux.

L'odeur du bol lui soulève l'estomac. Les plantes n'apaiseront pas la douleur accablante qui la hante depuis son réveil, cette impression vaseuse qui noie sa poitrine. Il y a un an jour pour jour, *La Baleine* levait l'ancre et elle regardait s'effacer la France aux côtés de Geneviève. Un cordage enroulé autour de sa cheville, elle rencontrait Baptiste pour la première fois, elle ne le trouvait pas très beau. Tout ça paraît impossible.

« Vous sentez-vous mal ? lui demande Marie. Cette maudite maladie vous incommode-t-elle encore ?

— Quelle maladie ?

— La fièvre, celle de Biloxi.

— Oh, répond Pétronille, non.

— Que se passe-t-il, alors ? »

Si Marie n'avait pas insisté, Pétronille ne lui aurait pas parlé de Baptiste. Elle lui aurait posé des questions sur le remède de la fille natchez, aurait prétexté une fatigue soudaine pour rentrer chez elle. Mais son amie lui a raconté dans les moindres détails son arrestation, sa terrible traversée ; elle a su lui faire confiance.

« Il y a un an exactement, j'ai fait la connaissance d'un homme », dit Pétronille.

Marie s'est raidie. Elle coupe une tranche de gâteau aux kakis, porte la cuillère à sa bouche, la paume de son autre main prête à recueillir les miettes qui tomberaient. Elle prend son temps pour mâcher.

« Comment s'appelait-il ? demande-t-elle.

— Baptiste Dubier.

— Où l'avez-vous rencontré ?

— À bord du bateau qui m'a amenée ici.

— Et vous l'aimiez. »

Pétronille ne sait pas s'il s'agit d'une question ou d'une affirmation. Prononcer le nom de Baptiste à haute voix légitime sa tristesse. Hormis Geneviève, elle n'a pleuré devant personne depuis qu'elle a quitté Lorient.

« Allons, allons », dit maintenant Marie.

Elle remue sur son siège mais ne fait aucun geste pour la réconforter.

« L'amour ne devrait pas être source de malheur, reprend-elle, mais de réjouissance. »

Elle se penche au-dessus de la table, baisse la voix :

« Nous devrions aller nous promener à cheval. » Comme Pétronille ne répond pas, elle ajoute : « On vous a appris à monter à Château-Thierry, n'est-ce pas ? »

Pétronille hoche la tête. Elle se souvient de la première fois qu'elle est rentrée aux écuries, à douze ans – elle avait agrippé les rênes si fort que ses paumes saignaient. L'été suivant, elle arpentait le domaine à cheval presque tous les jours, seule. Cette sensation de liberté semble aujourd'hui appartenir à une autre.

« Mais ne serait-ce pas dangereux, ici ?

— Nous n'irions pas loin, la rassure Marie. De chez moi jusque chez vous. Ne souhaitiez-vous pas découvrir les environs ?

— Si, bien sûr.

— Dans quelques semaines, vous ne pourrez plus rien faire de la sorte. »

L'enthousiasme de Marie rend sa proposition facile à accepter. Pétronille pourrait continuer d'objecter et son amie trouverait toujours une réponse à lui donner, comme elle le faisait au sujet des récoltes, des Natchez, des concessions de la Compagnie. Fort Rosalie parle à travers Marie.

« Quand voudriez-vous y aller ? demande Pétronille.

— Après-demain ? »

*

Pétronille est nerveuse ce soir-là. À table, son mari paraît exaspéré. Elle le regarde vider son verre de bière, plonger son couteau dans le pâté de chevreuil. Dehors, de fins nuages roulent dans un ciel déjà sombre, et les dernières ombres s'étirent dans la pièce. M. Ducros lui a à peine adressé la parole. C'est irrationnel, mais Pétronille ne peut s'empêcher d'imaginer qu'il a eu vent, d'une façon ou d'une autre, de l'idée de Marie.

« Que s'est-il passé ? finit-elle par dire.

— Ma lettre. »

Elle respire à nouveau.

« Quelle lettre ?

— Celle que j'ai écrite en réponse à cet illuminé de la Compagnie. »

Il faut quelques secondes à Pétronille avant de se rappeler de qui il s'agit. Puis le nom lui revient : M. de Laguehay, l'assistant des directeurs qui leur doit de l'argent. M. Ducros n'a plus parlé de lui depuis qu'il a reçu sa missive, quelques semaines plus tôt.

« Eh bien ? demande Pétronille.

— Il ne nous payera pas de sitôt. Je n'ai pas pu envoyer mon courrier aujourd'hui. Il ne lui parviendra pas avant des mois.

— Vous êtes pourtant habitué à ces délais. »

Elle s'est exprimée doucement, d'un ton qu'elle espérait réconfortant. Elle aimerait soudain que ses mots aient autant de poids que ceux de Marie. M. Ducros ne semble pas l'entendre.

« Heureusement, poursuit-il, *La Baleine* ne devrait pas tarder à rejoindre La Rochelle. »

Pétronille ne comprend rien à cette phrase – ni en quoi elle est liée aux soucis financiers de son mari ni pourquoi *La Baleine* serait toujours en mer alors que le navire a mis le cap vers la France il y a huit mois. Son mari lui tapote la main :

« Mes factures pour la Compagnie, explique-t-il. J'ai réussi à convaincre le capitaine de les emporter, en mai.

— En mai ? *La Baleine* n'a-t-elle pas levé l'ancre l'hiver dernier ?

— Les quartiers de l'équipage se sont vidés en février, la corrige-t-il, sans paraître se soucier de la raison pour laquelle sa femme, alors malade, lui poserait une telle question. Mais le navire n'a pas quitté son mouillage avant la mi-mai. »

Pétronille se revoit au printemps, souffrante. Les images s'altèrent, leur sens change ; elle est alitée et *La Baleine*, Baptiste, sont toujours en Louisiane.

« Mais vous avez raison, poursuit son mari, il aurait mieux valu qu'elle parte plus tôt. M. de Laguehay ne m'aurait jamais écrit pareilles sottises s'il avait reçu mon courrier.

— Où était l'équipage en février ?

— Je ne savais pas que ces histoires de navires vous captivaient tant, dit-il en riant. Sur l'île aux Vaisseaux, le temps d'armer *La Baleine* pour son voyage de retour. »

Pétronille ne répond rien. Elle s'entend murmurer qu'elle est épuisée, puis force ses jambes à la porter. La sueur baigne ses cuisses, des crampes secouent son estomac. Dans sa chambre, elle s'assied par terre, la nuque renversée sur son matelas. Elle fixe le rebord de la fenêtre, comme si les deux pensées qui l'obsèdent y étaient gravées – au moment où elle s'est mariée à Biloxi, Baptiste se trouvait encore en Louisiane ; en février, il n'a pas pu la rejoindre parce qu'il travaillait sur l'île aux Vaisseaux.

Cette nuit-là, elle est frappée par une nouvelle idée. La date de départ de *La Baleine* n'a pas d'importance ; leur rendez-vous raté n'a rien à voir avec les sentiments de Baptiste. Elle se souvient de lui faire signe pour la dernière fois sur la plage de cette île venteuse et s'étonne d'avoir mis tant de temps à comprendre ce qui lui paraît désormais évident. Leur relation s'est achevée à l'aube du mercredi de janvier où le navire a rejoint la Louisiane. Maintenant qu'elle sait qu'il pourrait encore l'aimer, elle accepte enfin ce qu'elle a toujours su : elle appartient à la colonie, et il n'en fera jamais partie.

La lumière de la lune, éblouissante, s'immisce sous le rideau ; un animal cavale sous la fenêtre. Pétronille pense à Geneviève et à Charlotte distrayant les nonnes pendant le blanchissage, lui offrant l'espoir dont elle avait alors besoin.

*

Les chevaux appartiennent à M. Cléry, et l'itinéraire a été pensé par Marie : elles iront de chez elle à chez Pétronille, puis repartiront dans l'autre sens. Elles auront ainsi quelques heures pour se promener et rentreront à temps pour le repas de midi.

Le matin de leur excursion, M. Ducros a recouvré son calme. Il a réussi à confier son courrier à un autre capitaine. En apprenant que Pétronille passerait la matinée avec Marie, il a haussé les épaules. « Je me rends chez les frères Bernège, a-t-il expliqué. Ils vont me vendre des vers à soie. » Pétronille a acquiescé. Un mot de Marie sur les mûriers et son mari envisage maintenant de transformer la grange en magnanerie. Mais son empressement à suivre les conseils de son amie la laisse indifférente aujourd'hui.

Comme tous les matins, M. Cléry sera enfermé dans son bureau à travailler sur les cartes des établissements français qu'il réalise pour la Compagnie des Indes. Quand Pétronille a voulu savoir quel mensonge elles inventeraient pour les garçons d'écurie, Marie a eu l'air étonnée. « Aucun. Je leur ordonnerai de seller les chevaux. Que devrions-nous leur dire de plus ? » Pétronille n'en sait rien. L'idée de ne pas avoir à se justifier est grisante.

Elle ne parle pas à Marie de sa découverte d'avant-hier. Elle ne veut entendre personne lui soutenir que ce ne sont que des suppositions. La Louisiane ne lui donnera jamais rien de mieux que cette vérité-là, et Pétronille n'en demande pas plus.

Dehors, les nuages flânent au-dessus des pruniers et du lilas. L'allée des Cléry lui paraît différente, la distance entre la maison et l'écurie infinie. Marie est vêtue d'une veste bleu marine qui tombe à mi-cuisse et d'une jupe de la même couleur. « Vous me donnez enfin une occasion de porter la tenue que j'ai cousue à cet effet », dit-elle. Pétronille ne peut s'empêcher de penser qu'elle n'a pas pris l'initiative de cette balade, qu'elle n'est pas responsable de ce qu'elles s'apprêtent à faire. Et pourtant les mots de Marie la touchent. Elle ne se souvient plus de la dernière fois qu'on a agi grâce à elle.

Deux garçons d'écurie se lèvent à leur approche, les fils d'un laboureur du sud-ouest de la France. L'un mène par la bride une jument baie qui mâchonne son mors. Dans la seconde stalle, un cheval robuste gratte furieusement ses naseaux contre les planches de bois. Pétronille a plus d'une raison d'avoir peur mais, pour le moment, elle craint seulement d'avoir oublié comment monter.

« Sottises, lance Marie et elle prend appui sur l'épaule de l'un des gamins pour se mettre en selle. Certaines choses ne nous quittent jamais. »

En posant son pied sur les doigts entrelacés du garçon d'écurie, Pétronille se rend compte que Marie a raison. Le cheval, le plus vigoureux des deux, remue sous son poids. Les mouvements de l'animal, l'angle de son genou passé au-dessus du pommeau, la façon dont elle répartit sa jupe autour de la selle, toutes ces sensations lui paraissent si étrangement familières que pendant un instant, elle ne sait plus où elle est.

Elle rassemble les rênes dans sa main droite et rejoint Marie dans l'allée. Les muscles de l'animal roulent sous sa cuisse ; elle n'a jamais vu la campagne de si haut, ne s'est jamais sentie aussi confiante à Natchez. Elle caresse son ventre. Tout ira bien. Elle emmène son bébé se promener.

Elles se dirigent vers la forêt de cyprès qui s'étend entre le fort et la crique Sainte-Catherine. Les fleurs exhibent leurs pétales contorsionnés, leurs couleurs agressives ; Pétronille serait incapable de les nommer et Paul ne pourrait pas l'aider. L'une d'entre elles pourrait soulager les maux de dos. Celle d'à côté, avec sa corolle blanche, soigne peut-être la fièvre. Qui sait à quoi servent ces bouquets bleus, aux pétales ciselés. Pétronille enfonce son talon dans le flanc tiède du cheval ; le pommeau frotte contre sa jambe pliée.

Elle n'entend bientôt plus que les oiseaux. Ils se montrent rarement, ne sont que chant et bruissements d'ailes. L'un d'eux fredonne plus haut que les autres, et sa complainte ressemble à celle d'un chat blessé. Les feuilles tremblent sous les ailes des pigeons ramiers que M. Ducros prétend pouvoir abattre par dizaine d'un seul coup de pistolet. Marie ne voulait pas suivre la route qui serpente entre les fermes, celle qu'elles empruntent en voiture. Elles seraient trop visibles. Elles s'engagent sur le sentier que M. Cléry prend régulièrement pour rendre visite à M. Ducros. Sur la carte qu'il a montrée à Marie la semaine dernière, le chemin est tracé en rose. « Il va tout droit », a-t-elle assuré à Pétronille.

Le sentier tourne une première fois. Une deuxième. À certains endroits, il s'efface complètement. Pétronille perd les maisons de vue. La forêt l'étourdit, ses troncs répétés à l'infini, les branches barbues, l'odeur de terre humide et de bois moisi. Les roseaux se brisent sous les sabots des chevaux, les mouches les embêtent. Puis le chemin réapparaît timidement.

« Nous verrons bientôt la rivière », annonce Marie d'un ton joyeux.

Le murmure de l'eau, doux et insistant, est porté par le vent. D'autres bruits lui parviennent peu à peu. Les cris enjoués d'un enfant, d'une multitude de gamins – Pétronille a beau ignorer leur langage, elle devine aisément leur enthousiasme. Au virage suivant, elle les aperçoit, un groupe de six ou sept jeunes autochtones, certains âgés d'à peine cinq ans. Sur la rive opposée, un vieillard est assis sur un rocher. Il fixe Pétronille et Marie, comme s'il les avait entendues arriver. Pétronille ose à peine bouger ; son cheval fait un écart, la cravache de Marie se lève au-dessus de la croupe de sa jument.

Derrière l'homme se trouve un village vallonné, à moitié caché par une haie d'arbustes. Deux buttes se dressent au-dessus d'une place centrale, de dizaines d'habitations. Des femmes moulent du maïs, leurs dos et leurs seins couverts de dessins. Une fillette étale un liquide qui ressemble à de l'huile d'ours sur les bras d'un enfant, et son corps fin brille sous le soleil. Des garçons de treize ou quatorze ans visent de leurs arcs une meule de foin perchée sur un pieu.

L'eau couvre le son de leurs voix : les enfants ont jeté un coup d'œil au vieillard et aussitôt repris leurs jeux.

L'inconnu croise le regard de Pétronille. L'instant ne dure pas : la cravache ne s'est jamais figée, elle s'est abattue deux fois déjà sur les flancs de la jument, et les chevaux galopent le long de la rivière, loin des baigneurs et du village. Pétronille emporte avec elle l'expression incrédule de l'homme – l'apparition de ces femmes blanches peut-être encore plus menaçante que celle, pour elles, de ce vieillard et de ces enfants.

Lorsqu'elles ralentissent enfin, les chevaux ne sont pas prêts à s'arrêter. Leurs sabots écrasent les feuilles mortes, dérapent dans la vase. Marie respire bruyamment. Son petit chapeau a disparu et ses cheveux tombent sur ses épaules. Pétronille ne l'a jamais vue comme ça.

« Nous étions au Grand Village des Natchez, crie-t-elle presque.

— Je croyais qu'ils étaient nos alliés.

— Ils le sont, répond Marie. Nous n'étions pas censées venir jusqu'ici. Nous avons dû dévier vers l'est.

— Vous ignorez où nous nous trouvons.

— Pensez-vous qu'ils nous pourchasseraient ? » demande Marie.

Pétronille revoit les enfants s'interrompre, se remettre à sauter dans l'eau.

« Je n'en sais rien », admet-elle.

Entre le feuillage des arbres, le ciel est si clair qu'être perdues lui semble impossible. Pétronille a mal au crâne, les piqûres de moustique de ses mains la démangent.

« Si nous suivons la rivière, dit Marie, nous rejoindrons la concession Sainte-Catherine. »

Et ensuite ? Pétronille ne veut pas poser la question. Galoper ne lui a procuré aucune joie. Elle se sent fragile, elle voudrait dire au bébé qu'elle est désolée, mais ça n'arrangerait rien. Elle doit le ramener à la maison. Marie part au trot ; Pétronille l'appelle, la prie de ralentir. Son amie lui jette un regard exaspéré mais retient sa jument. Elles progressent lentement le long de la rivière. Parfois, Pétronille croit entendre des bruits de pas derrière elle. Mais ce n'est qu'un chevreuil, un rat des bois, une pie. Le monde lui paraît immense.

En arrivant aux premiers champs de tabac, Marie laisse échapper un petit cri. Elle se met à trotter sur le sentier qui court au bord du domaine. Pétronille la suit de loin. Sainte-Catherine est la deuxième plantation de Fort Rosalie après Terre Blanche. Entre les feuilles grasses, des femmes et des hommes noirs les observent. Elle essaye de ne pas regarder leurs mains abîmées, leurs ongles cassés, la sueur qui s'amasse entre les plis de leur peau. L'odeur de la sève de tabac alourdit l'air. Dans un panier posé à l'ombre des plants, un bébé se frotte les joues de ses poings fermés. Un homme vêtu d'une chemise déchirée lui pose une question qu'elle ne comprend pas. Pétronille avance. Elle ne sait pas quoi faire d'autre.

Marie continue de longer la forêt et les champs. Lorsque Pétronille la rejoint, leurs chevaux remuent leurs naseaux comme s'ils savaient quelque chose qu'elles ignorent. Au loin, un bosquet de mûriers dérobe à la vue la maison du gérant. Des rafales brèves mais brutales couchent les arpents de champs. Une femme noire se tient debout, résistant aux bourrasques, attendant que le vent tombe.

Mais quand Pétronille lève les yeux, elle aperçoit à la lisière du bois un groupe d'hommes natchez. Depuis le sentier, leurs silhouettes lointaines semblent minuscules et sombres, pétries par le soleil, la courbe de leurs plumes et de leurs arcs se fondent dans l'ombre de leurs cheveux et de leurs mains. Elle les regarde, les rênes longues, l'esprit bourdonnant. Une envie violente la saisit, un désir de s'en aller loin, là où personne ne l'obligerait à retourner dans ces contrées qu'elle n'a pas choisies.

*

Ce qu'elles apprennent après avoir rencontré les soldats alertés par les garçons d'écurie et M. Cléry, c'est que le danger n'est jamais là où on l'attend. Il ne se terre pas dans l'eau d'une rivière où se baignent des enfants. Il se dissimule entre les plants de tabac d'un colon détesté par les Natchez, haï si amèrement que leur chef, le Grand Soleil, n'échange avec lui que par le biais de ses hommes les plus méprisables, refusant d'entacher la réputation de ses meilleurs guerriers. Le danger réside dans le fait d'être considéré comme l'allié du sous-directeur de la plantation Sainte-Catherine, M. Guenot. Pétronille a déjà entendu son nom. Son mari le cite souvent en exemple pour critiquer les Français qui maltraitent les Natchez, les appelant « esclaves à plumes », moquant leurs calumets de la paix. À midi aujourd'hui, Pétronille et Marie traversaient sa concession.

Les soldats les escortent jusque chez Pétronille, la maison la plus proche ; elle n'a jamais vu M. Ducros dans un tel état. La fureur de sa voix a la qualité d'un jour d'été, quand la chaleur fait valser l'horizon. Son mari hurle contre Marie, si âprement que Pétronille prie pour qu'il ne se retourne pas contre elle. Ses vœux sont exaucés : il ne lui adresse pas un mot.

Une fois son amie rentrée chez elle, Pétronille s'assied sur son lit, entreprend de rassembler ses vêtements crottés. Elle n'a pas voulu appeler Renée, elle tient à gratter elle-même la boue séchée ; la saleté s'accroche à sa robe comme si elle y tenait. Pétronille aimerait tout effacer. Elle sent peser sur elle le poids de son ignorance, de tout ce que ce pays lui cache, des secrets enfouis dans ses forêts et ses rivières, ces secrets qui se dérobent dès qu'elle s'en approche. Ce matin, dehors, elle a cru comprendre ce qui se jouait. En Louisiane, certains tentent d'inventer une nouvelle vie loin de chez eux ; d'autres s'efforcent de défendre ce qui leur appartient ; d'autres encore regrettent la terre à laquelle on les a arrachés.

Elle se raisonne. Elle doit se tromper : même un enfant, son enfant, comprendrait ça.

Et puis il y a ce qu'elle sait, ce qu'elle a appris aujourd'hui. Après avoir bu un bol de bouillon avec Marie, après être allée prendre du cidre dans la cuisine, Pétronille s'attendait à entendre des chevaux, à ce que M. Cléry vienne chercher sa femme. Elle a bien aperçu un attelage : ce n'était pas la voiture de l'ingénieur mais celle de son mari qui s'arrêtait dans l'allée.

Il raccompagnait déjà Marie. Pétronille s'est précipitée vers la porte, elles ne s'étaient même pas dit au revoir. Sur le seuil, elle s'est figée. Marie se blottissait contre M. Ducros, le visage enfoui dans le col de son gilet, sa veste bleu marine plissée, leurs silhouettes à moitié dissimulées par les branches d'un immense pacanier. Quand elle a relevé la tête, ses yeux ont croisé ceux de Pétronille. Elles n'ont pas bougé. Aucune cravache ne les enverrait plus galoper vers cet avenir dont elles ignoraient tout.

*

Le lendemain matin, Renée annonce la visite de Mme Cléry. Pétronille a dormi d'un sommeil si profond qu'elle s'est réveillée sonnée, un peu nauséeuse. Elle ne sait pas si elle est prête à entendre les explications de Marie. Elle s'est sentie si proche d'elle hier, comme elle l'a un jour été de Geneviève et Charlotte. Quelques heures plus tard, elle la surprenait dans les bras de son mari. Les deux sentiments sont irréconciliables : l'aventure qu'elles ont partagée et sa trahison.

Marie est vêtue de la robe jaune qu'elle portait le jour de leur rencontre. Elle semble hésiter à s'installer dans son fauteuil habituel. Derrière elle, la porte est restée ouverte sur le jardin.

« J'imagine que vous vous fichez d'apprendre dans quelles circonstances tout cela a débuté », commence-t-elle.

Pétronille lui fait signe de s'asseoir. Elle se revoit passer l'été enfermée dans sa chambre ; son mari, quelque part, ailleurs, tant qu'il n'était pas dans son lit ; M. Cléry en voyage à Pascagoula. Elle n'a pas besoin d'explications.

« Je suis profondément navrée », dit Marie.

Dehors, les charpentiers censés construire la magnanerie de M. Ducros s'insultent en mesurant le champ. Le vent agite les plants de citronnelle et d'oseille comme s'il voulait en tirer quelque chose.

« Hier, répond Pétronille, il paraissait plus soucieux de votre bien-être que de celui de son propre enfant. »

Cette inquiétude mal placée l'a heurtée mais ce qui la blesse vraiment, c'est la traîtrise de son amie, pas celle de son mari.

« Vous avez raison », concède Marie. Elle regarde ses pieds, redresse la tête. « Je l'aime profondément, vous savez. »

Cette phrase sonne faux. Dans un autre monde, dans un monde où Pétronille aimerait son époux, ces mots balayeraient tout, consigneraient Marie aux premiers mois de sa vie à Natchez. Pas dans celui-ci. Dans celui-ci, elle force Pétronille à regarder à nouveau entre les branchages du pacanier. Cette fois-ci, elle ne voit plus son amie et son mari mais deux amants – elle reconnaît la façon dont Baptiste, qui n'a jamais cessé de l'aimer, l'attirait contre lui.

« Je sais, dit Pétronille.

— Je ne demande pas votre pardon. »

La paume de Marie caresse le daim de ses gants, son cadeau de mariage, et l'étoffe change de couleur au gré de ses mouvements.

« J'espérais vous trouver ennuyeuse le jour où nous nous sommes rencontrées, admet-elle. Tout aurait été plus simple.

— Et vous ne me trouvez pas ennuyeuse ? Animée par la cruauté, et terriblement prévisible ? »

Marie sourit.

« Prévisible ? Je ne m'attendais pas à ce que vous acceptiez de partir à cheval avec moi.

— Je ne pensais pas que vous me le proposeriez.

— C'est donc moi qui suis assommante, après tout.

— Non, cruelle. »

Elle appuie sa nuque contre les coussins, pose la main sur son ventre. À l'intérieur d'elle, le bébé se tient tranquille. Que restera-t-il de tout ça, au printemps, une fois qu'il sera là ? Elle serrera son fils, sa fille dans ses bras et lui chuchotera : imagine deux cavalières, imagine une matinée d'octobre. Les femmes se promènent le long d'une rivière où nagent des enfants, certains à peine plus âgés que toi. Ils se baignent comme tu le ferais, si seulement leurs mères connaissaient les créatures qui vivent sous l'eau, dont elles ne sauront pourtant jamais rien. Mais ce jour-là, ça n'a pas d'importance. Il n'y a aucun danger. Les enfants continuent de se baigner, les femmes d'avancer.

7

CHARLOTTE

La Nouvelle-Orléans, avril 1723

Charlotte voudrait hurler, mais elle réveillerait le bébé. L'air étouffant de la chambre l'oppresse, elle se maudit de s'être tant couverte au milieu du mois d'avril. Assise près de la fenêtre, elle aperçoit le nouveau-né, blotti contre Étiennette. M. Feuger est retourné à ses affaires après s'être excusé d'une voix tonitruante qui a fait gigoter son fils. Hugo ne ressemble en rien à son frère aîné, né rond et fort, la gorge pleine de cris. Son visage est fripé, son front jaunâtre ; sa langue pointe entre ses lèvres à demi closes. Il nargue les femmes de son sommeil parfait, ne sourcille pas en dépit de leurs murmures. Les filles rassemblées près du lit, Marthe et les jumelles Léonie et Sophie, ont toutes voyagé à bord de *La Baleine* et récemment suivi leurs maris à La Nouvelle-Orléans. Charlotte devrait s'extasier avec elles, énumérer chaque partie du corps minuscule du nouveau-né, de ses bras potelés à son nez en trompette en passant par ses ongles pâles. Les mains et les jambes de son bébé auraient dû être attendrissantes, elles aussi. Il aurait dû s'égosiller comme Hugo avant d'être nourri. Charlotte n'a jamais su si son enfant était une fille ou un garçon. Il n'y avait que du sang le jour où elle l'a perdu.

Ce matin-là, un an et demi plus tôt, elle vivait encore à Biloxi, dans la cabane que son mari avait construite près du bayou. Louis guidait des concessionnaires sur les rivières. À son retour, elle n'avait pas eu besoin de lui expliquer ce qui s'était produit. C'était mieux ainsi – l'aumônier lui avait interdit de raconter que son enfant était mort, et elle n'aurait pas pu le formuler autrement. Le prêtre avait été catégorique : un avorton ne serait pas baptisé.

« Charlotte », dit Léonie.

Elle n'a que deux ans de plus que Charlotte, mais à presque dix-sept ans, habillée comme elle l'est, elle en paraît vingt-cinq. Sa sœur, installée à côté d'Étiennette, caresse du bout des doigts un chien en déclarant qu'il est barbare d'emmailloter les nourrissons.

« Reparlons-en lorsque ton fils aura un pied bot », répond Étiennette sans même se soucier de baisser la voix.

« Comment vous sentez-vous ? » demande Léonie à Charlotte.

Charlotte montre la fenêtre d'un geste de la main. Le petit fossé déborde après les averses des derniers jours : l'eau poisseuse file le long des rues de La Nouvelle-Orléans.

« Nous avons à peine discuté ensemble cet après-midi », fait remarquer Léonie.

En face, le cordonnier examine une paire de sabots sous le soleil timide. Sur les bardeaux des toits, un écureuil se nettoie, la patte tendue, acrobatique.

« J'avais besoin de prendre l'air », répond Charlotte.

Dans les bras d'Étiennette, Hugo se met à hoqueter. Ses gémissements se transforment en hurlements, un son strident qui sature la pièce, soulève la poitrine de Charlotte. Elle n'a jamais su ce qu'ils avaient fait de son bébé. Elle se rappelle la femme qui l'avait emmené hors de la chambre, la masse visqueuse qui glissait sous ses cuisses. Elle avait essayé de couvrir ses jambes avec sa chemise, et la main qu'elle avait ramenée sur son ventre était si ensanglantée qu'elle paraissait noire. Ses souvenirs s'arrêtent là.

Étiennette se tenait près d'elle à son réveil. La présence de son amie était à la fois réconfortante et insupportable. Elle était enceinte de six mois, joufflue, rayonnante. Pour la première fois, Charlotte avait constaté avec surprise qu'elle aurait préféré recevoir la visite de Geneviève, elle qui faisait pourtant disparaître les enfants. Mais lors de leur premier automne en Louisiane, Geneviève avait déjà quitté Biloxi pour le pays des Illinois – une région du Nord encore plus éloignée de la côte que celle où habite Pétronille depuis maintenant près de deux ans. Au cours des semaines suivantes, Étiennette lui parlait de tout sauf de sa fausse couche, une expression affreuse que Charlotte peinait à associer à ce qu'elle avait vécu. Elle avait perdu son enfant. Cette phrase avait du sens, elle laissait au bébé la possibilité d'exister.

La fausse couche était un mensonge qu'elle n'avait pas su déceler ; elle n'avait de faux que le nom.

Charlotte essaye de tomber enceinte depuis un an maintenant, suffisamment de temps pour qu'Étiennette ait un second garçon. À la naissance du premier, Aurélien, Charlotte a mis trois semaines avant de se résoudre à venir le rencontrer. Le bébé pleurnichait, battait des pieds, agitait les poings. Sa vivacité donnait à Charlotte envie de pleurer. Dimanche dernier, en apprenant que son amie accouchait, elle s'est promis de se rendre à son chevet au plus tôt.

« Comme vous avez raison de vous asseoir ici », dit une voix aiguë.

Charlotte relève la tête. Léonie est retournée auprès d'Étiennette, remplacée par Marthe qui approche une chaise de la fenêtre, emportant un bout de tapis avec elle. Elle a un buste interminable, une allure dégingandée. Charlotte connaît son nom de famille, Valade, mais pas grand-chose d'autre à son sujet. Elle l'a aperçue à bord de *La Baleine*, puis chez Étiennette à Biloxi. C'est la première fois qu'elle la voit à La Nouvelle-Orléans, depuis qu'elles s'y sont installées il y a trois mois.

« Nous devrions la laisser respirer un peu, reprend Marthe.

— Ce n'est pas facile de résister à un enfant aussi charmant. »

Le visage de Marthe s'illumine.

« Je m'apprêtais à dire la même chose », répond-elle.

Charlotte préférerait être seule. Elle espère qu'en se taisant assez longtemps, l'amie d'Étiennette cessera de jouer avec sa bague trop petite et s'en ira.

« Votre époux travaille comme pilote, n'est-ce pas ? » demande Marthe.

Charlotte acquiesce. M. Valade est négociant, bien plus riche que Louis, son mari, mais elle n'est pas censée le savoir. Elle se force à poser la question.

« Je n'ai pas la moindre idée de ce qu'il vend, explique Marthe, mais je sais qu'il vient d'être appelé à Natchez. Il voyage sans cesse. Quoique sûrement moins que M. Charpillon, s'empresse-t-elle d'ajouter.

— Il passe plus de temps sur les rivières que chez nous.

— Vous devez vous faire un sang d'encre, reprend Marthe. Ces eaux sont traîtres.

— Votre mari côtoie les Indiens tous les jours. J'imagine que ce n'est pas non plus sans danger. »

Marthe baisse la voix, les yeux écarquillés.

« Avez-vous eu vent des combats à Natchez ?

— Évidemment. Tout le monde en parle. »

Marthe a l'air impressionnée. Ses yeux globuleux rappellent à Charlotte ceux des vaches. Elle fait un effort.

« Une de mes amies vit là-bas, explique-t-elle, et j'étais soucieuse.

— Quel est son nom ? Voyageait-elle avec nous ?

— Mlle Béranger. Pétronille. La fille avec la tache de naissance blanche sur la joue, précise-t-elle à contrecœur.

— Oh, bien sûr. Quelle étrange créature. Il ne lui est rien arrivé, j'espère ?

— Non, elle est sauve. »

La guerre de l'automne dernier n'avait pas duré. Si le conflit s'était aggravé, Pétronille aurait pu être blessée, Louis aurait dû partir se battre. Il lui avait expliqué que la garnison de Fort Rosalie ne comptait qu'une vingtaine d'hommes sous les ordres d'un seul capitaine, terrés derrière des palissades pourries – pourquoi entretenir les pieux quand la paix régnait depuis des années ? Tout avait basculé en octobre dernier, plus d'un an après le départ de Pétronille. La situation s'était envenimée à cause d'un sergent français en colère contre un Natchez qui ne lui avait pas remis les sacs de maïs promis. Les Français avaient assassiné plusieurs hommes de la tribu, sans que le sergent ne reçoive la moindre sanction. « Ce laxisme a rendu les Natchez furieux », avait conclu Louis.

L'inquiétude de Charlotte pour Pétronille avait grandi à mesure que les violences s'intensifiaient. Fin octobre, le sous-directeur de la concession Sainte-Catherine avait été blessé à la clavicule en rentrant du fort. L'insolence de M. Guenot et son mépris des Natchez étaient connus de tous. Il n'avait échappé que de justesse aux cinq coups de feu, mais les guerriers n'en avaient pas fini avec lui : les hommes du village de la Pomme Blanche avaient attaqué sa concession pendant une semaine entière. Charlotte s'était souvent demandé à quelle distance se trouvait la maison de Pétronille de la concession de

M. Guenot, et si elle entendait les tirs des affrontements.

« La guerre aurait pu être pire », avait répété Louis, et Charlotte partageait son avis. À la fin du mois d'octobre 1722, Serpent Piqué, le chef de guerre du Grand Village, cherchait déjà un accord entre les Français et les Natchez des villages belligérants. Une fois la paix restaurée, la délégation autochtone avait même apporté le calumet au gouverneur Bienville à La Nouvelle-Orléans. Ces mots n'évoquaient rien à Charlotte, mais fascinaient Louis. Il s'acharnait à dresser la liste des gages de réconciliation offerts par les Natchez – les peaux de chevreuil, les chemises, les couteaux, le vermillon, les aulnes de Limbourg. Charlotte l'écoutait d'une oreille distraite. Elle imaginait son amie à Fort Rosalie, perdue dans son monde, chuchotant à son petit garçon qu'il n'avait plus rien à craindre. Même Pétronille est devenue mère.

« Je dois m'en aller, dit Marthe. Restez-vous encore un peu ? »

La lumière de fin d'après-midi plaque au sol des ombres mouvantes. Un troupeau de vaches descend la rue, leurs queues claquent contre les roues d'une charrette.

« Probablement pas », répond Charlotte.

Les yeux d'Étiennette se posent sur elle dès qu'elle se lève. Les jumelles appellent leurs chiens et les bêtes détalent dans le couloir, leurs griffes cliquetant sur le plancher. Étiennette salue Léonie depuis son lit. À Paris, à Biloxi, son amie se fichait de savoir d'où venaient les autres filles, si elles avaient été élevées par des vendeurs de rue ou des maîtres couturiers. Elle se comporte différemment depuis son mariage. Les femmes les plus malchanceuses, celles contraintes de s'unir à des paysans sans le sou, des soldats déchus et des criminels soi-disant repentis ne sont jamais conviées chez Étiennette. Cette nouvelle attitude met Charlotte mal à l'aise. Pendant leur traversée de l'Atlantique, les filles étaient toutes égales. À Biloxi, leurs maris ont bouleversé la façon dont elles se voyaient – ce qu'elles étaient en droit de désirer, d'espérer.

Étiennette a renoncé à retrouver la trace de sa sœur après avoir épousé M. Feuger. Un jour de printemps, elle a prié son mari de l'aider à obtenir des informations concernant Marceline. M. Feuger a fini par se rendre à l'administration, mais il est revenu les mains vides. Les certificats de mariage des années précédentes avaient été détruits par une tempête, à moins que ce ne soit un incendie. Quoi qu'il en soit, il n'en restait plus rien, et sans ces papiers, comment retrouver une femme en Louisiane ? Charlotte se demandait si M. Feuger avait raison – s'il suffisait que ces documents disparaissent pour que son existence, celles des autres filles, soient effacées à jamais.

Depuis ce matin-là, Étiennette ne parle plus de Marceline. Charlotte espère qu'elle a fini par comprendre que les certificats de mariage n'auraient pas changé grand-chose – que la Louisiane est si vaste, si dangereuse qu'elles feraient toutes mieux de s'en tenir à celles et ceux qui vivent encore près d'elles. Parfois, Charlotte ne peut s'empêcher de se demander si Étiennette serait son amie si elles ne s'étaient pas rencontrées à la Salpêtrière. Puis elle se sent coupable d'avoir des idées pareilles : lorsque les vivres deviennent si rares que seuls les proches du gouverneur ont accès aux réserves des magasins, Étiennette lui rapporte toujours de quoi se nourrir.

« Te voilà », dit simplement Étiennette une fois que Charlotte s'est assise au bord du lit.

Le nouveau-né, engoncé dans les langes en lin, cligne ses yeux d'un bleu laiteux. Marthe s'en va, la nourrice emmène l'enfant. Charlotte reste avec Étiennette. Quand elles sont toutes les deux, son amie se conduit autrement. Sa brusquerie habituelle se transforme en maladresse, son ton s'adoucit, ses gestes redeviennent familiers – la façon dont elle touche son visage quand elle est fatiguée, sa paume épousant ses traits comme pour en chasser la lassitude. Charlotte imagine parfois sa main caresser le front d'Étiennette, suivre le contour de son nez, effleurer ses lèvres. Ses joues la brûlent, elle s'efforce de se concentrer sur une chandelle, un médaillon, une malle. Elle a été suffisamment punie pour ces pensées – son ventre, une poche vide et froide où meurent les bébés.

« Je t'ai vu discuter avec Marthe, fait observer Étiennette en se redressant.

— Elle est charmante. »

Étiennette rit.

« Tu ne peux pas me mentir, s'exclame-t-elle. Pas à moi.

— Très bien, admet Charlotte, elle est ce qu'elle est.

— Je savais que ses remèdes t'intéresseraient. »

Comme Charlotte garde le silence, Étiennette poursuit :

« À en croire Marthe, son fils serait sorti d'un pot de lait mélangé à des pelures de fruit. » Elle lève les yeux au ciel. « De quoi avez-vous bien pu parler, alors ?

— Pétronille, la guerre, peu importe. Elle n'a pas fait allusion à ses enfants une seule fois.

— Eh bien, étant donné la situation, répond Étiennette, je pensais que le sujet viendrait naturellement. »

Charlotte détourne le regard. Elle a honte de son ventre. Elle se doute de ce que les autres femmes pensent d'elle, de son corps brisé.

« Je n'aborde ces choses-là qu'avec toi, dit-elle, et sa voix est trop grave à son goût.

— Peut-être que tu devrais te confier à d'autres, répond Étiennette, à celles qui pourraient t'aider. »

Est-ce que Geneviève aurait pu faire quelque chose ? Elle en savait plus sur les bébés que les autres femmes de *La Baleine*, mais à Paris, à Lorient, ses connaissances s'étaient révélées meurtrières. Geneviève est trop loin, partie il y a trop longtemps. Charlotte n'a pas les idées claires. Elle sursaute en entendant l'église Saint-Louis carillonner. La bâtisse de la place d'Armes n'est qu'une simple maison accueillant les messes, les baptêmes et les mariages, et ses murs en bois étouffent vite le son de la cloche de fortune. Charlotte ignore quelle heure il est.

« Je ferais mieux de rentrer », dit-elle.

Étiennette coince une mèche de cheveux derrière son oreille droite, prend sa main.

« Je suis heureuse que tu sois venue cette fois-ci. »

Charlotte acquiesce. Elle se donne quelques secondes avant de dégager ses doigts. Elle finit par se lever, même si elle n'en a aucune envie.

*

Elle ne réussit pas toujours à résister. Parfois, la nuit, elle ne peut s'empêcher de retourner à l'entrepôt, deux ans plus tôt, au lit qu'elle partageait avec Étiennette, au cou de son amie si proche qu'elle sentait ses cheveux frémir sous son souffle. Il faisait froid à Biloxi et, quand les cauchemars peuplés de pirates la réveillaient, Charlotte se répétait qu'il n'y avait pas de mal à chercher un peu de chaleur là où elle pouvait. Elle avait dormi avec Étiennette pendant des années à la Salpêtrière mais cette nuit-là, elle comprit qu'il existait différentes sortes de réconfort. Elle se souvient de la date exacte, le 16 janvier 1721 ; au matin, elle s'était réveillée le bas-ventre raidi de crampes, sa chemise couverte de taches brunes, du sang incrusté sous ses ongles. Elle s'était rincé les cuisses, avait entendu une fille s'écrier : « La petite est enfin des nôtres. »

Cette nuit d'hiver, Charlotte somnolait ; tout lui semblait lent, sombre, possible. La paille sous sa tête, la couverture en laine qui lui irritait le mollet, les jambes d'Étiennette, sa bouche frôlant sa nuque, reposant là un instant. La vulnérabilité de ces minutes était parfaite, désastreuse. Étiennette s'était réveillée ; on ne dit pas non si clairement dans son sommeil.

À La Nouvelle-Orléans, la poitrine de Charlotte chavire à chaque fois qu'elle lui rend visite. Ces deux dernières années ont transformé le corps d'Étiennette : elle s'est arrondie, endurcie, a gagné en assurance. Elle s'occupe constamment de ses fils. Elle semble parfois ailleurs, comme si une partie d'elle ne les quittait jamais tout à fait. Elle lance à Aurélien des coups d'œil furtifs depuis l'autre bout de la pièce, lui tend des gâteaux ruisselants de beurre qu'il mâche indéfiniment. Elle ébouriffe de baisers ses cheveux de bébé.

Charlotte offre ce qu'elle peut à Louis. Elle a l'impression d'être bloquée dans le temps, de retour à Biloxi, mortifiée par son propre geste, par la réaction d'Étiennette. L'affection qu'elle ressent pour son mari n'est rien comparée à celle dont elle se sent capable. Elle aimerait tant son bébé. Un amour dénué de culpabilité, qu'elle ne parvient même pas à imaginer.

*

Louis aurait dû rentrer la semaine où Étiennette a accouché. Charlotte est habituée aux retards, au silence, à l'incertitude, mais il n'est jamais parti si longtemps, presque un mois maintenant. Cette fois-ci, il ne navigue pas sur l'Anglois, la rivière au sud de La Nouvelle-Orléans, mais au nord du lac Pontchartrain. Il accompagne une patrouille fraîchement débarquée de France. Lorsqu'elle lui a demandé comment il réussirait à guider ces soldats dans ces contrées où il n'a jamais mis les pieds, Louis a ri. « Tu devrais voir ces hommes, lui a-t-il répondu. Ils ne survivraient pas deux jours sans moi. »

Elle sait qu'il est plus heureux sur l'eau. Il vient de l'île d'Oléron, près des côtes de La Rochelle. À trois ans, un bar gigantesque lui a donné un coup si violent qu'il a failli perdre connaissance. « À croire que je ne faisais pas le poids à l'époque, lui a-t-il confié un jour, peu après sa fausse couche. Et je vois bien que tu ne penses pas mieux de moi aujourd'hui », a-t-il ajouté. Elle lui a souri ; il a sans cesse besoin d'être rassuré. Elle lui a répété de ne pas dire de sottises, qu'il était tout ce dont elle aurait pu rêver.

Ils sont arrivés à La Nouvelle-Orléans il y a trois mois, en janvier. En voyant la ville pour la première fois, Charlotte peinait à croire qu'une tempête l'avait balayée quatre mois plus tôt – l'église détruite, le presbytère et les baraques ruinées, les eaux du bayou Saint-Jean menaçant d'engloutir les barils de poudre, hissés in extremis dans un colombier. À Biloxi, le vent et l'eau avaient tout emporté sur leur passage ; Charlotte avait été soulagée de laisser ce paysage dévasté derrière elle. À sa surprise, les habitants de La Nouvelle-Orléans s'efforcent de parler avec détachement de l'ouragan de septembre 1722. Oui, il a fait rage pendant des jours, mais on comptait relativement peu de morts. Les bâtiments n'étaient pas conçus pour durer, leur emplacement ne correspondait pas aux plans de la ville : il aurait de toute façon fallu les démolir et les reconstruire.

À Biloxi, l'expérience de Charlotte fut différente. Les maisons avaient été anéanties, la ville entièrement inondée ; les corps flottaient le long de ces nouveaux cours d'eau, les cris de ceux qui avaient tout perdu résonnaient sur la plage. Charlotte a appris que plusieurs filles de *La Baleine* avaient péri dans la tempête ; heureusement que Pétronille et Geneviève avaient quitté la côte. En dépit de ce qu'on raconte dans la capitale, elle voit bien l'impact de l'ouragan sur la colonie. À l'ouest de La Nouvelle-Orléans, les riches rivages que M. Feuger appelle « le jardin de la capitale » ont été ravagés, leurs récoltes perdues ; même les fermiers allemands cultivant ces terres fertiles peinent à faire baisser les prix. La poignée de fèves n'a jamais été aussi chère, un œuf peut coûter jusqu'à seize sols, le bœuf fumé est devenu une denrée luxueuse. Sur ordre du gouverneur, Louis a récemment dressé des palissades autour de leur terrain. Ils pouvaient à peine s'offrir le bois censé les protéger de la prochaine tempête. Mais ils ne voulaient pas non plus risquer les sanctions de l'administration.

Les quelques arpents qui leur ont été attribués se trouvent au nord de La Nouvelle-Orléans. Les limites de leur parcelle apparaissaient plus clairement sur le papier. Charlotte ignore si les cyprès bordant le jardin leur appartiennent, elle doute que quiconque le sache. Ils vivent là où la ville cède le pas à cette forêt qui, il n'y a pas si longtemps, dévorait leur rue.

Ils ont eu de la chance : à leur arrivée, une partie du terrain avait déjà été défrichée par les ouvriers de la Compagnie. Louis devait terminer le travail amorcé s'ils voulaient que la parcelle leur revienne, et elle l'a épaulé comme elle l'a pu. Elle a rassemblé les roseaux tombés, arraché les mauvaises herbes, dégagé ce sol gorgé de lianes et de racines. Elle s'est fait mordre par un chat sauvage, a sauvé les oisillons d'un nid quand Louis avait le dos tourné. La Nouvelle-Orléans lui brisait les reins, soufflait des cloques sous la peau de ses mains. Pourtant, pour la première fois en deux ans, les forêts de Louisiane lui offraient un autre visage, esquinté. Les bois résistaient, mais le mur opaque qui la narguait à Biloxi reculait peu à peu. Des voisins les ont aidés à abattre les arbres et les bouquets de joncs pour construire leur maison – ces mêmes charpentiers, couvreurs, maçons qui avaient rebâti une ville en quelques mois. La route de terre vient d'être baptisée rue de Bourbon.

La rivière se situe de l'autre côté de la ville mais le vent traîne son souffle aigre jusqu'ici. C'est ce delta qui a convaincu le gouvernement de nommer La Nouvelle-Orléans capitale de la Louisiane. Ici, les navires n'auraient plus à mouiller sur l'île aux Vaisseaux, mais achemineraient directement leurs passagers, bestiaux et marchandises jusqu'au continent. Le fleuve qui traverse la colonie deviendrait cette avenue d'eau dont l'administration royale avait tant rêvé. Lorsque la décision a été prise, Louis n'a pas caché sa déception. La Nouvelle-Orléans était une tourbière inondée la moitié de l'année, piétinée par les cochons que les habitants laissaient vagabonder, faute d'enclos. Ces Parisiens ne savaient rien des bancs de sable à l'embouchure du fleuve Saint-Louis, de la difficile manœuvre pour entrer dans la rivière. « Toujours mieux que Mobile », a-t-il conclu. Mais Biloxi, où ils habitaient déjà, ne serait jamais le cœur urbain de ce pays de marécages.

Charlotte se souvient à peine de leur voyage vers l'ouest. Elle était immensément soulagée d'apprendre que le mari d'Étiennette avait lui aussi choisi de s'installer à La Nouvelle-Orléans. Il n'était pas le seul après l'ouragan. À bord des pirogues, Charlotte avait reconnu de nombreuses femmes de *La Baleine*. Il faisait froid sur l'eau, et la plupart serraient des enfants contre leurs seins.

Une semaine après sa visite chez Étiennette, Charlotte se résout à demander des nouvelles de Louis chez l'intendant. Elle dort mal ces derniers temps. Ses cauchemars semblent aussi réels que ceux qui la hantaient après l'attaque des pirates – les hommes sans visage, le canot disparu, le pont aussi plat et vide que la mer. La violence des rêves qui la réveillent aujourd'hui est différente, insidieuse, amère : Louis s'en est allé, et avec lui, tout espoir d'être mère. Étiennette a disparu, comme Pétronille et Geneviève. Le silence qui pèse sur la maison est assourdissant – les oiseaux, eux aussi, l'ont abandonnée.

Charlotte enfile sa robe la plus élégante. La dentelle de la manche droite est abîmée, mais elle la cache sous son manteau. Elle doute qu'on la recevra : les seules femmes qu'elle a vues passer devant le monastère des pères capucins et pénétrer dans la maison des directeurs étaient accompagnées. Mais Louis est parti pour le bien de la colonie. Il guide les soldats vers les avant-postes du Nord, aide à renforcer les fragiles établissements des Français. Elle espère qu'une exception sera faite.

Le temps s'est considérablement rafraîchi pour une fin de mois d'avril. Le jasmin, déjà en fleur, égaye les rues grises et brunes qui viennent tout juste d'être baptisées. Elle tourne à l'angle de la rue d'Orléans et s'écarte du passage d'un charretier rentrant des magasins près du bayou Saint-Jean. Elle baisse la capuche de sa cape en entendant quelqu'un l'appeler.

« Charlotte », répète la même voix.

La femme porte elle aussi un manteau, dont la laine a l'air plus neuve. Il lui faut quelques secondes avant de reconnaître les joues dodues de Marthe, son sourire niais mais bienveillant.

« Je pensais bien vous avoir reconnue, dit-elle en posant une main hésitante sur le bras de Charlotte. Allez-vous chez Étiennette ?

— Non, pas aujourd'hui. »

Elle lui a rendu visite hier, et son amie a encore insisté pour qu'elle parle à Marthe.

« Je me rends chez l'intendant », précise Charlotte.

Marthe la suit rue d'Orléans. Un groupe d'ouvriers allemands déchargent leur cargaison devant un terrain envahi par les mauvaises herbes. Près du parapet, l'eau brune s'écoule dans le fossé, entraînant du purin, de larges feuilles, des coquilles d'œuf. La saison des pluies a débuté le mois dernier et Charlotte s'est résolue à vivre avec des habits humides jusqu'à la fin du mois de juin.

« À quel propos ? demande Marthe.

— Ils sauront peut-être où se trouve mon mari. » Charlotte ne veut pas de la pitié de Marthe. Elle change aussitôt de sujet pour éviter ses questions.

« Étiennette m'a raconté que vous connaissiez bien des choses au sujet des enfants. »

Le visage de Marthe se décompose.

« Est-il arrivé quelque chose à ses fils ?

— Rien, répond Charlotte en baissant la voix. Je voulais dire "avoir des enfants". »

Marthe reste silencieuse.

« J'essaye depuis plus d'un an maintenant », ajoute-t-elle.

Devant son atelier, un perruquier époussette une chevelure immense dont les crins de cheval irritent les joues de Charlotte. Elle accélère le pas, Marthe sur ses talons.

« Que s'est-il passé ? »

Seule Étiennette est au courant de sa fausse couche. Convalescente, Charlotte a beaucoup pensé à Geneviève, plus qu'elle ne l'aurait voulu. Elle s'était sentie étrangement déracinée après son départ de Biloxi. Elle revenait sans cesse au jour de juin où Pétronille était partie pour Fort Rosalie, où Geneviève lui avait recommandé de boire du jus de citron pour calmer ses nausées. Elle aurait su quoi faire sur la côte, dans la maison près du bayou. Puis Charlotte s'est raisonnée – Geneviève n'a jamais sauvé de bébés.

Les remèdes de Marthe sont bien plus élaborés qu'un simple fruit pressé. Il faut du lait de jument, du miel, des cheveux. Elle lui conseille de tresser une ceinture de poils de chèvre, de la tremper dans du lait d'ânesse et de la porter au lit avec son mari. De boire de l'eau miellée avant de se coucher et d'attendre de sentir une piqûre près de son nombril, signe d'une grossesse. D'observer la forme de son ventre : s'il s'arrondit du côté droit, ce sera un garçon. Du côté gauche, une fille.

« Ma belle-mère m'a tout appris, explique Marthe. Elle ne réussissait pas à donner d'enfants à mon père.

— Y est-elle parvenue ?

— Oui, répond Marthe, et nous l'avons tous regretté. »

Elles s'arrêtent sur la place d'Armes, entre la prison et le corps de garde tout juste achevé. Trois hommes en sortent, leurs tambours accrochés dans le dos, leurs cornes remplies de poudre à la main. À l'intérieur, on demande le capitaine du régiment suisse.

« Je vous apporterai tout ce dont vous aurez besoin », dit Marthe.

Charlotte lui promet de tenter. Elle n'a rien à perdre. Les consignes de Marthe sont si précises, les ingrédients si saugrenus qu'il semblerait presque que ses remèdes puissent fonctionner. Si Louis revient un jour. Elle traverse la place, évite un âne minuscule mené par un garçon à peine plus haut, passe devant des femmes vendant des légumes encore verts. D'ici, elle aperçoit la rivière qui emporte Louis, qui le ramène à elle. Elle connaît par cœur l'histoire qu'il aimait lui raconter à leur arrivée : en octobre dernier, *La Loire* et *Les Deux Frères* ont salué La Nouvelle-Orléans d'une salve de seize coups de canon, et la jeune capitale, manquant de tout, n'a pu répondre aux salutations des navires que par un seul coup de poudre.

Elle est admise chez l'intendant sans difficulté. Mais là-bas, on ne lui apprend rien qu'elle ne sache déjà. Les hommes sont partis pour la rivière de Pascagoula. Ils auraient dû rentrer il y a huit jours. Une jeune femme comme elle ne devrait-elle pas être chez elle, auprès de ses enfants ?

*

Charlotte n'essaya qu'une seule fois de parler à Étiennette de cette nuit de janvier à l'entrepôt. Elle put se le permettre au début de l'automne 1721. Enceinte, elle se sentait protégée. Grâce à son bébé, il n'y aurait plus de secret dans l'obscurité, plus de lèvres cherchant la chaleur d'une nuque. Elles ne seraient bientôt plus que deux amies, deux mères. Ce matin-là de septembre, Charlotte voulait en finir. Elle voulait entendre Étiennette lui dire qu'elle lui pardonnait. Mais le feu s'éteignit, une servante toqua, le nouveau-né d'Étiennette se mit à donner des coups de pied. Son amie fut distraite. Elle lui demanda de répéter ses mots.

« Rien », répondit Charlotte.

Elle n'avait rien osé dire.

Son corps la punit tous les mois pour ses pensées, pour ce geste. La douleur qui accompagne ses règles est innommable, des lames qui sondent et pétrissent son bas-ventre. Les crampes font d'elle un pantin. Elles effacent ses pensées, lui brisent l'estomac. Aucune position ne la soulage. Elle s'agenouille près d'un seau, s'accroupit au-dessus d'un pot de chambre. Elle crache de la bile et trébuche jusqu'à son matelas. Chaque mois lui assène la même leçon : cette douleur, têtue, sourde, ne s'en ira jamais.

Il semble impossible que ses souffrances puissent être vaines.

*

Louis revient deux semaines après la visite de Charlotte chez l'intendant, une semaine après la fin de ses règles. Les premiers jours de mai n'ont pas su apaiser les pluies diluviennes et les fossés de la ville débordent déjà. Au moment où son mari apparaît, Charlotte peine à couper court à l'interminable monologue du voisin – Pinet, un armurier français déporté de Sénégambie pour des raisons qu'elle préfère ignorer.

« Les fugitifs, répète-t-il, haletant. Ils sont passés tout près hier soir. Êtes-vous blessée ? Les avez-vous entendus ? » Elle lui dit non, même si des bruits la réveillent parfois la nuit. Des autochtones auparavant asservis qui se sont échappés, errant dans les bois alentour, tuant le bétail et volant les colons. Mais elle refuse de laisser la terreur de cet homme la gagner.

À bord de *La Baleine*, elle a appris qu'une fois la peur installée, on ne s'en débarrasse plus. La femme africaine de Pinet les fixe depuis le seuil de chez elle. À quelques pas, Louis remonte la rue boueuse.

Charlotte bouscule son voisin sans s'excuser. Elle fait signe à son mari. Ces retrouvailles la mettent toujours un peu mal à l'aise, comme s'il fallait tout recommencer, réapprendre à connaître l'inconnu qu'elle a épousé. Il lui sourit et elle s'approche.

« Laisse-moi deviner, dit-il, il t'embêtait encore avec ses sottises. »

Il montre Pinet qui rentre chez lui, les mains dans les poches.

« Je m'inquiéterai le jour où il nous laissera tranquilles », répond Charlotte.

La porte de la maison des voisins se referme. La couleur de la veste de Louis est passée, il rapporte avec lui une odeur de vase qui imprégnera ses habits pendant des jours. Sa chemise est mal boutonnée, il ne prend jamais le temps de se concentrer sur ces choses-là. Elle appuie sa joue contre sa poitrine.

« Tu as dû te faire du souci, dit-il.

— Juste un peu.

— Vraiment ? Je peux à peine respirer. »

Elle recule, l'inspecte. La saleté du visage de Louis accentue ses yeux clairs. Une entaille traverse son coude, mais la coupure semble propre. À Biloxi, il est rentré de sa première mission la peau brûlée, délirant de fièvre, les bras et le dos boursouflés de cloques. Cette année-là, elle a craint pour sa vie, mais il ne paraissait pas alarmé. Il observait les plaies de ses mains et lui parlait de la mue des serpents.

Il la suit à l'intérieur, jette ses bottes près de l'unique commode même si elle lui répète sans arrêt de les ranger contre la cloison du fond. Elle les met dehors à sécher.

« Ce lac est maudit, marmonne Louis, nous aurions dû revenir il y a trois semaines. » Il s'assied près de la cheminée, se masse la cheville. « Ces rivières sont aussi dangereuses que l'océan. » Il cxplique qu'au retour, ils s'apprêtaient à rejoindre la côte lorsque de violents vents du nord les ont contraints à faire demi-tour et à accoster sur l'île Ronde. Le mauvais temps les y a piégés pendant quinze jours, ils se sont nourris d'huîtres et de chats sauvages.

« Nous nous serions estimés chanceux avec quelques baies, dit Louis. Nous avons trouvé de l'eau le lendemain de notre arrivée. Sans quoi, tu aurais eu de bonnes raisons de t'inquiéter.

— J'en avais. »

Il lui sourit, pose son pied par terre. La crasse assombrit ses mains mais Charlotte s'installe sur ses genoux, le laisse enfouir son visage dans son cou. En le rencontrant, elle était terrifiée, vaguement curieuse ; elle avait appris avec soulagement qu'il n'avait que cinq ans de plus qu'elle, et non dix, quinze. Avant lui, elle n'avait presque jamais côtoyé d'hommes, si ce n'est dans les écuries de la Salpêtrière, l'un des garçons qui lui tendait les fruits qu'elle offrait aux animaux. Elle ne connaissait ni la sensation d'une joue rasée contre la sienne ni l'urgence du désir d'un autre. Elle avait entendu des histoires de nuits de noces cauchemardesques, évoquées à demi-mot ; le souvenir de l'attaque des pirates achevait de la terrifier. Le soir de son mariage, elle se souvient de sa surprise en découvrant ce que cachaient les habits de son mari. Louis s'était montré patient, mais quand il l'avait pénétrée, elle avait tourné la tête dans l'oreiller, elle ne voulait pas qu'il la voie pleurer. Elle s'était rassurée en pensant à ses règles : elle survivait tous les mois à de telles souffrances, il était impossible qu'il lui fasse plus de mal.

Elle ne s'attendait pas à ce que la douleur s'atténue avec le temps, et pourtant, c'était le cas : certains soirs avec Louis étaient même devenus plaisants, ou presque – s'il n'est pas ivre, ou pressé. Il la serre toujours contre lui, après, et elle ne s'endort jamais aussi facilement que ces nuits-là.

Son mari n'est pas parfait, mais il pourrait être bien pire.

La maison semble toujours s'agrandir à son retour. Le matin, elle le trouve souvent assis en tailleur près de la cheminée, occupé à réparer ses filets de pêche. Lorsqu'il voyage, Charlotte racle le fond de la marmite sans prendre la peine de se servir dans un bol, passe la plupart de son temps dans le jardin, à se battre contre les buissons qui menacent de reconquérir ce qui leur appartenait. Parfois, elle fredonne des chansons de ses années à la Salpêtrière, des comptines que les Tantes lui ont enseignées, des ballades entendues à bord de *La Baleine*. Elle se sent moins seule : peut-être que quelqu'un, quelque part, l'écoute.

Elle ne s'aventure jamais derrière la cloison du fond de la maison, où Louis s'installe parfois pour lire. Après leur mariage, elle a été étonnée de constater qu'un homme comme lui, qui préférait l'eau à la terre ferme, aimait se plonger dans un roman de Challe en rentrant de voyage. Il a appris à lire grâce à son oncle de l'île d'Oléron, un amateur de poésie, de vents et de marées. Mais dans l'étroite pièce qui donne sur la forêt, Charlotte ignore les ouvrages de Louis. Elle ne voit rien d'autre que le berceau dans lequel il entasse ses hameçons et ses appâts. C'est lui qui a insisté pour qu'ils l'emportent en quittant Biloxi. Il a assuré à Charlotte qu'ils auraient des enfants à La Nouvelle-Orléans, que les bébés attendaient juste qu'ils s'installent pour de bon. Qu'il ne fallait pas se faire de souci, elle n'avait pas encore quinze ans, elle avait tout son temps. Il a raison. Elle n'a que ça, du temps.

Pourtant, elle a parfois l'impression d'en manquer. Louis s'apprête déjà à repartir, au sud de la capitale, pour le nouveau port de La Balize cette fois. Il a été choisi pour remplacer un pilote côtier tombé malade, et il guidera les navires qui tentent de franchir les dangereuses barres de sable à l'embouchure du fleuve Saint-Louis – une manœuvre périlleuse mais inévitable pour rejoindre La Nouvelle-Orléans. Quelques lieues plus loin, la forêt se referme sur l'eau, et il devient impossible de naviguer à la voile. Les bateaux doivent être treuillés. Charlotte sait que six semaines peuvent être nécessaires pour remonter la rivière.

Elle demande à Louis quand elle le reverra. Il hausse les épaules ; tout dépend de la santé du pilote. Ils n'ont eu que quelques nuits ensemble, et elle essaye de ne pas lui en vouloir. S'il partait moins souvent, leur garde-manger serait vide, elle pourrait même mourir de faim comme leur voisine à Biloxi – connaître cette misère qui lui semblait inconcevable avant d'abandonner la Salpêtrière et ses repas fades mais fixes. Elle se dit parfois que Louis est trop bon pour rester auprès d'elle.

Pendant ces deux semaines en sa compagnie, elle donne une chance au remède de Marthe. Il ne s'agit pas d'une ceinture en poils de chèvre, mais d'une poudre que Charlotte doit glisser sous le matelas. L'odeur, infecte, se dissipe vite. Charlotte ne sait pas où Marthe a bien pu dénicher de la corne de cerf ; l'origine de la bouse de vache est moins mystérieuse.

Louis s'en va, et Charlotte fait ce qu'elle sait faire de mieux. Elle attend.

Elle retourne voir Étiennette. Chez son amie, le temps passe de manière plus tangible. Hugo a presque un mois et demi et ne se réveille déjà plus la nuit – un miracle. Aurélien a ri pour la première fois l'hiver dernier, en route vers La Nouvelle-Orléans, lorsqu'un homme a basculé de l'une des pirogues avant d'être repêché une demi-lieue plus loin. À la fin du mois de mai, le petit garçon titube entre Charlotte et Étiennette, les yeux rivés sur sa mère comme si seule son attention le maintenait debout. Charlotte déteste l'enfant, elle l'aime de tout son cœur. Elle aurait dû avoir ses règles au début de la semaine. Son ventre reste muet. Elle a quatre jours de retard.

Puis une semaine, deux. Il pleut si fort que la ville pourrait être rendue aux marécages, sombrer entre ces roseaux vaseux, dans la mousse grasse dont on l'extirpe à peine. La fébrilité qui saisit Charlotte à chaque fois que l'eau des bayous et des rivières monte, menaçant d'emporter les quais, les remises, les rizières, comme si son monde pouvait être noyé – cette terreur a disparu. On raconte que le gouverneur a interdit à une foule désespérée d'embarquer à bord du *Dromadaire*, de *La Loire* et des *Deux Frères* pour fuir la colonie. Elle n'a plus aucun mal à ignorer ces rumeurs. Elle pourrait être enceinte, et cette idée balaye ses peurs ; la capitale paraît soudain assez solide pour survivre à un autre printemps. Dans le jardin, le soleil revient, sèche les toits de la grange voisine, ramène Louis. Au souper, Charlotte ne se contient pas. Elle n'a confié ses doutes à personne, pas même à Étiennette ou à Marthe, mais le soir de son retour, elle lui dit tout. « Tu vois, répond-il, il ne fallait pas te faire du mauvais sang. » Elle a une envie folle de le croire.

Les averses s'escriment sur la capitale, un été humide s'installe. Les vendeuses de rue annoncent de nouvelles inondations, les fermiers s'inquiètent pour les récoltes, mais leurs craintes laissent Charlotte indifférente. Elle essore les flaques d'eau près de la cheminée, accroche les draps à sécher, rend visite à Étiennette sans arrière-pensées. Elle traverse la ville, et l'idée qu'elle n'est peut-être pas tout à fait seule lui donne du courage. Bientôt, elle n'aura plus à envier son amie.

En juin, par une journée orageuse, elle la trouve dans le jardin de la maison, rue de Chartres. Le ciel s'obscurcit, mais l'air reste suffocant. Les frelons s'énervent au-dessus des fleurs blanches des fraisiers, la vigne est pleine de merles. À l'ombre d'un figuier, Étiennette tricote, Hugo endormi à côté d'elle. Les chaises sont si proches que leurs accoudoirs se touchent.

Charlotte la regarde tirer sur la pelote, entamer un nouveau rang. Elle l'entend décrire la fête qu'elle espère organiser mi-août – une fête qui ne pourrait jamais avoir lieu si M. Feuger n'était pas responsable des réserves des magasins. Étiennette s'interrompt, la dévisage.

« Charlotte ? dit-elle.

— Tu demandais s'il fallait inviter le chirurgien.

— Je te demandais si tu souhaitais chanter. Que t'arrive-t-il ?

— Je n'ai jamais chanté en public sans accompagnement.

— Il y aura des musiciens. Mettons ça de côté. Que s'est-il passé ?

— Rien. »

Hugo s'agite et Étiennette le soulève. Le bébé se cambre, ses pieds cognent contre les seins de sa mère comme s'ils ne rencontraient que de l'air. Étiennette réajuste le cordon qui se perd dans les plis du cou de son fils.

« Qu'est-ce que c'est ? » demande Charlotte.

Étiennette dégage un pendentif semblable à un petit caillou.

« Une dent de poulain, explique-t-elle. Pour qu'il ait moins mal aux dents, selon Marthe.

— Combien de temps est-il censé la porter ?

— Depuis quand prends-tu ces remèdes au sérieux ?

— Depuis qu'ils fonctionnent. »

Étiennette lâche le collier. Elle fixe Charlotte.

« Pourquoi ne m'as-tu rien dit avant ?

— Je ne sais pas », répond Charlotte.

Elle le sait très bien. Exprimés à voix haute, ses espoirs deviennent réels, fragiles.

« Je n'étais sûre de rien avant de sentir Hugo bouger, fait remarquer Étiennette. Tu ne sembles pas malade.

— Je n'ai pas eu mes règles. »

Le visage d'Étiennette s'adoucit. Elle ressemble soudain à la fille que Charlotte a accueillie un jour d'août à la Salpêtrière.

« Ménage-toi, dit-elle. Cesse de marcher autant. Je viendrai te voir, la prochaine fois. » Elle se reprend. « J'enverrai une voiture te chercher. »

Charlotte acquiesce. Elle laisse Étiennette tapoter son genou, ignore les frissons qui courent le long de sa jambe. La main de son amie s'éloigne. Charlotte regarde son ventre. Elle jurerait qu'il a grossi.

*

Les autres femmes ne se sont jamais montrées aussi attentionnées que cet été-là. Quand Charlotte était enceinte à Biloxi, les filles venaient de se marier, elles apprenaient encore à connaître leurs maris ; elles étaient plus timides, moins zélées qu'aujourd'hui. Il leur a fallu du temps et une nouvelle capitale pour réinventer la solidarité née à bord de *La Baleine*.

En juin et en juillet, certaines rendent même visite à Charlotte. Elles apportent des fleurs, des images de sainte Marguerite, elles chuchotent des prières à la Vierge que Charlotte n'a jamais entendues. Elles suggèrent qu'elle se mette à jouer d'un instrument de musique, la harpe ou la flûte, comme s'il était possible d'en dénicher dans une colonie où la nourriture vient trop souvent à manquer. Elles insistent pour qu'elle chante tous les jours, lui répètent de ne surtout pas se fâcher. « La santé de votre enfant dépend de ces commencements, la préviennent-elles. Méfiez-vous de vos envies. Entourez-vous de belles choses et évitez tout spectacle dérangeant. »

Charlotte obéit sans broncher. Mi-juillet déjà : l'Hôtel-Dieu, en construction depuis des mois, ouvre enfin ses portes. Louis raconte que des centaines de malades s'y sont précipités, alors que l'hôpital ne compte que quatre-vingts lits. Son mari semble soucieux ; il a entendu un maître charron et un menuisier parler de désertion. Elle le rassure. Tout s'arrangera, ils resteront, ils n'ont pas le choix. Le bébé sera bientôt là.

Lorsque Louis s'en va, la troisième semaine de juillet, les adieux lui paraissent moins pénibles que d'habitude. Il reviendra dans un mois, mais elle ne sera pas seule. Les femmes continueront de venir chez elle.

Elles ne parlent pas tant de son ventre que de l'importance de son regard. La première fois qu'elles abordent ce sujet, Charlotte peine à garder son sérieux. Mais les filles demeurent imperturbables. Elles évoquent une vie antérieure secrète, celle que Charlotte partage avec son enfant. Elles décrivent tout ce qu'elle lui transmet – le monde qui l'entoure, transformé en émotions, en vibrations, qu'elle le veuille ou non. Charlotte n'a aucun contrôle sur son ventre, mais elle peut choisir ce qu'elle regarde, ce qu'elle ne veut plus jamais voir. Cette responsabilité est écrasante. La nuit, elle se tourne et se retourne dans son lit, trop grand sans Louis. Ses pensées sont-elles des images ? Peut-on effacer ce dont on a rêvé ? Étiennette remuant dans la paille, son visage s'arrêtant tout près du sien, ses lèvres s'éloignant dans un sourire, l'écart entre ses dents, le bleu pâlissant de son regard – un ciel de juin, presque transparent. Dans son rêve, quand la femme lui demande « Dors-tu ? », c'est la voix de Geneviève que Charlotte entend.

Elle ouvre les yeux. Elle a le souffle court, le cœur battant. Dehors, le ciel s'éclaircit, une aube grise et jaune qu'elle devine entre les planches de bois. Ses cuisses sont humides. Elle demeure allongée, immobile, jusqu'au lever du soleil. Elle passe un chiffon entre ses jambes, casse du petit bois, étale du beurre sur du pain rassis. Elle chasse les fragments de rêve qui s'imposent à elle. Dès qu'il y a suffisamment de lumière, elle regarde autour d'elle – un œuf moucheté, le reflet d'un oiseau dans les iris verts d'un chat, quelques gouttes de pluie capturées dans une toile d'araignée. Elle choisit avec soin, pose ses yeux sur le monde comme si elle craignait de l'abîmer.

Lorsque Charlotte se demande ce que sa mère a pu observer enceinte, elle ne voit qu'un bonnet à la dentelle bleue – des berceaux devenus bateaux, flottant à travers un dortoir gelé, jetant l'ancre pour y rester. Le désespoir de cette femme, l'horreur blanche et dure de cet hiver impitoyable dont elle a tant entendu parler, elle les met de côté. La grossesse est la seule expérience qu'elle partagera jamais avec celle qui l'a mise au monde. Sa mère est un mystère, elle le demeurera. Charlotte saura tout de son enfant.

*

En se rendant chez Étiennette, elle croit percevoir un vague pincement au fond de son ventre. La calèche tressaute, ses roues butent dans les ornières remplies d'eau. Un nouvel orage se prépare et l'air de juillet, invariablement lourd, se fiche du trot des chevaux.

Elle est à table avec les autres femmes – Étiennette, Marthe, Léonie et sa sœur jumelle – quand les crampes l'assaillent. Cette fois-ci, il est impossible de les ignorer, des aiguilles épaisses tricotent la peau de son bas-ventre, des ongles acérés qui se plantent dans ces veines invisibles. Charlotte en a le souffle coupé.

« Qu'y a-t-il ? demande Étiennette quand elle refuse d'être servie.

— Je n'ai pas faim, murmure-t-elle.

— Elle est livide, fait remarquer Léonie.

— Elle devrait s'allonger.

— Aidez-moi à la mettre au lit. »

Charlotte sent des bras la soulever, la guider hors de la pièce, le long du couloir. Elle ferme les yeux : le monde et la douleur ne peuvent pas coexister. Sa tête s'enfonce dans les plumes du matelas et quelqu'un pousse un coussin sous sa nuque, ajuste la couverture.

« Allez dîner, mes chères, dit la voix d'Étiennette. Je vous rejoins dans un instant. »

Marthe répond quelque chose, mais Étiennette la fait taire en lui répétant de retourner au salon. La porte claque. Le corps de Charlotte bat au rythme des contractions. Le sang lui monte aux joues, elle plie les genoux, ramène ses cuisses contre sa poitrine ; la simple idée de tendre les jambes, de tirer sur son ventre, lui donne la nausée. Les crampes s'accentuent, patientes, acharnées – une première morsure à l'écho sourd, aussitôt remplacée par une nouvelle vague de souffrance, un jeu de relais cruel. Une seule pensée, terrifiante, lui résiste : cette peine n'a rien d'exceptionnel, Charlotte la connaît bien.

Étiennette passe un chiffon frais sur son front. Elle ne prononce pas un mot. À l'entrepôt de Biloxi, Charlotte lui a expliqué qu'une fois la crise déclarée, il ne fallait ni la toucher ni lui parler. Son amie n'a pas oublié cette règle.

Charlotte saigne une heure plus tard. Étiennette lui tapote la main. La texture du tissu sous ses jambes a changé, le matelas aussi humide que sa peau ; elle referme les yeux.

Elle a dû s'endormir. Une lumière bleutée envahit la pièce et les derniers rayons du soleil miroitent sur la pelisse étendue au pied du lit. Charlotte ne reprend pas ses esprits tout de suite, et lorsqu'elle y parvient, elle regrette d'y être arrivée si vite. Les crampes ont disparu. Son ventre est ferme, sensible, fourbu. Une ceinture de douleur lui étreint les reins. Étiennette, Marthe, les jumelles chuchotent près de la commode.

« La pauvre.

— Deux fausses couches, qui aurait…

— Elle se réveille. »

Charlotte se redresse en s'aidant de ses deux mains. Elle entraîne avec elle le drap, jonché de caillots si sombres qu'ils paraissent plats, sans volume. Ils ne ressemblent en rien à ceux aperçus le jour où elle a perdu son bébé.

« Ne regardez pas, dit Marthe.

— Laissez-la tranquille », l'interrompt Étiennette.

Ce que fixe Charlotte n'est pas un enfant, ne l'a jamais été. Elle reconnaît immédiatement le sang de ses règles, gras, épais, familier. Elle n'explique pas aux autres femmes ce qu'elle et Étiennette ont compris. Elle remonte la couverture jusqu'à son menton, déplie lentement ses genoux. Ses yeux se posent sur la fenêtre ouverte. Les hirondelles sortent comme les premières étoiles. Charlotte en compte une, deux, cinq, puis le ciel est sillonné de dizaines d'ombres noires.

*

Elle saigne pendant une semaine. Étiennette affirme, sans beaucoup de conviction, qu'il ne s'agit pas de ses règles. Mais en trouvant sa chemise propre au matin du huitième jour, Charlotte sait que son amie a tort. Son ventre est mort, sa tristesse, son sentiment d'impuissance, terrassants.

La semaine suivante, elle ne sort qu'une fois. Elle a entendu dire qu'une cargaison arriverait peut-être de la côte des Allemands, même si aucun bateau n'est apparu depuis des semaines. Les légumes manquent si cruellement que les rares fermiers en capacité de vendre seront dévalisés avant même d'avoir atteint le marché ; Charlotte se rend donc directement à la levée, au bord du fleuve Saint-Louis. Elle est loin d'être la seule à attendre la pirogue, et les quelques échalotes et poireaux qu'elle réussit à acheter pourraient, semble-t-il, la nourrir pendant des semaines. À la messe, une fois le silence retombé, elle ne se souvient pas d'un mot prononcé par l'aumônier. Dehors, elle se fraye un chemin sur la place d'Armes grouillante de monde, davantage qu'à l'accoutumée. Les aigrettes fixent les badauds de leurs yeux reptiliens. Derrière les échoppes, les pêcheurs ont cessé de scander les noms de leurs prises, des barbues et des écrevisses. La peur et l'excitation sont palpables.

Charlotte se dirige vers le corps de garde et s'arrête aussitôt en voyant l'estrade en bois.

Un garçon se tient au centre. Il a son âge, peut-être un ou deux ans de plus, mais il est moins grand qu'elle, si maigre que son habit flotte autour de lui comme une robe. La peau de son visage rougeoie, brûlée par le soleil ou l'eau-de-vie. Il est tourné vers la foule mais son regard est vide, immobile. Charlotte n'a jamais vu personne aussi calme face au danger. La semaine dernière, elle se serait dépêchée de quitter la place, elle aurait évité à tout prix la violence qui s'y déchaînerait bientôt. Marthe lui a un jour raconté l'histoire d'une comtesse ayant donné naissance à une fille souffrant d'une malformation après avoir été témoin, enceinte, d'une exécution. Mais Charlotte n'attend pas de bébé. Elle ne fait de mal à personne d'autre qu'à elle-même en restant là.

Elle écoute la liste des accusations : le condamné était déjà un criminel en France, il a été déporté de La Rochelle – rien d'étonnant donc à ce qu'il vole et abatte la vache d'un propriétaire terrien. Il passera trois ans au bagne et sera fouetté pendant trois jours.

Les jambes de Charlotte tremblent mais elle se force à ne pas bouger. La douleur du condamné a un début et une fin, tandis que la sienne semble infinie. Elle écoute pleuvoir les coups de fouet jusqu'à ce qu'ils deviennent siens, jusqu'à ce que l'homme soit traîné vers la prison. Un dédale de chair et de sang creuse son dos, les blessures ressemblent à des algues visqueuses. Elles guériront, mais les cicatrices ne s'effaceront jamais.

Charlotte reste chez elle après ce jour-là. Elle ne veut voir personne. Au crépuscule, l'odeur du delta emplit la maison, doucereuse, liquide. Elle entend parfois Baguette, le batteur officiel de la garnison de la ville, taper sur son tambour dans la maison voisine. Entre deux averses, elle se retire dans le jardin, derrière les palissades trempées et leur bois esquinté par les ragondins. Elle chantonne mais s'interrompt vite. Sa propre voix paraît enfouie dans sa gorge. Elle s'assied dehors aussi tard que possible, les joues badigeonnées de citronnelle pour éloigner les moustiques. Les nuits d'été sèment une lune qui ressemble un peu au soleil, rousse et grosse ; Charlotte la regarde pâlir au fil des heures, comme si elle se fatiguait.

Elle aimerait que Louis soit là. Il est le seul avec qui elle pourrait partager sa déception. Étiennette est trop distraite pour l'écouter. Pétronille a disparu dans une forêt lointaine, près d'un fort au nom de femme. Quant à Geneviève, il n'en est pas question ; à Paris, elle enseignait à d'autres filles ce que le corps de Charlotte exécute à la perfection.

Quatre jours après la fin de ses règles, on frappe à la porte. Elle écarte les queues de haricots d'un revers de main, écoute ; Louis n'est pas censé rentrer avant la troisième semaine d'août. Sur le seuil, elle trouve Marthe, les yeux rivés sur une fourmilière.

« Je voulais venir plus tôt, explique Marthe en la suivant à l'intérieur, mais Étiennette m'a répété que vous préfériez être seule.

— Elle a raison. »

Charlotte lâche les légumes dans la marmite et l'eau s'apaise aussitôt.

« Que voulez-vous ? demande-t-elle.

— M'enquérir de votre santé, dit Marthe en s'asseyant sur une chaise. J'ai aussi réfléchi à ce qui vous est arrivé.

— Mais vous ne savez même pas ce qui s'est passé. »

Marthe a l'air surprise. Elle secoue la tête.

« Une autre idée m'est venue. »

Charlotte se penche au-dessus du feu. Ces recettes extravagantes la lassent. Elle ne veut plus entendre parler de ces histoires de sel posé sur le sein pour savoir si on attend une fille ; elle serait prête à parier que mélanger du vin avec des testicules de lièvre séchés n'a jamais aidé personne à donner naissance à un garçon.

« Peut-être que votre mari est la cause de tout cela », dit Marthe.

Charlotte se tourne vers elle.

« Non », répond-elle.

Louis est bon, il est loin, ils pourraient faire l'amour plus souvent. Elle est seule responsable – son unique grossesse, un bref miracle qu'elle a réussi à gâcher. Mais elle n'a jamais imaginé qu'il puisse être à blâmer. Avec une autre épouse, il serait père depuis longtemps.

« Comment pouvez-vous en être si certaine ? » demande Marthe.

Charlotte hausse les épaules. Au cours des dix-huit derniers mois, cette faiblesse de son corps est devenue si familière qu'elle a fini par la définir. Quelque chose en elle est tenté de la défendre, de protéger cette épouse incompétente, cette fille incapable de remplir la mission qui lui a été confiée – Mlle Pancatelin, la directrice de la Salpêtrière, n'aurait jamais dû l'écouter. Puis Marthe vient lui suggérer qu'elle pourrait encore être mère, qu'elle n'est peut-être pas coupable.

« Comment pourrais-je m'en assurer ? » ne peut s'empêcher de demander Charlotte.

Marthe lui offre un sourire désolé.

« J'ai bien peur que vous ne le sachiez déjà. »

*

La fête d'Étiennette aura lieu deux jours après l'Assomption. Elle n'a jamais convié autant d'invités dans la maison rue de Chartres. L'idée semble absurde dans un pays où les vivres se font trop souvent rares – mais pas pour tous, pas pour M. Feuger. Les pluies interminables des derniers mois ont noyé une partie des récoltes : au marché, hier, Charlotte osait à peine croire aux prix annoncés. Elle a acheté ce qu'elle a pu, s'est efforcée de ne pas songer à l'hiver prochain. Elle s'est promis que Louis ne manquerait de rien.

Elle est soulagée qu'il ne puisse pas assister à la réception et cette simple pensée l'emplit de honte. Si Étiennette lui prête une robe, elle pourra plus facilement cacher le métier de son mari, ses habits qui empestent le poisson, son maigre salaire qui jette du pain de maïs sur la table et des robes de tiretaine sur ses épaules. Elle ne veut pas que Louis vienne. Il y aura d'autres hommes à la fête. Elle entend à nouveau M. Feuger et ses associés, leurs conversations surprises au détour d'un couloir chez Étiennette. Ils discutaient de nonnes et de prostituées, commentaient la gorge de la plus grande des jumelles. Charlotte se demande s'ils parlent parfois d'elle. Elle pense sans cesse au dernier conseil de Marthe.

Elle se rend à la messe de l'Assomption le 15 août. Les effluves d'encens lui chatouillent les narines, une rangée de bancs a dû être déplacée pour permettre aux fidèles d'entrer. L'église est bondée, une foule qui rassurerait les capucins, que Louis dit désespérés par la foi vacillante des colons. Charlotte ne vaudra bientôt pas mieux qu'eux. Ce jour-là, elle prie avec ferveur. Elle ne demande pas d'être pardonnée pour ses sentiments envers Étiennette, ni pour son ventre maudit, mais pour le crime qu'elle pourrait bientôt commettre. La Vierge n'a aucune clémence pour les femmes adultères.

Le jour de la réception, le ciel nuageux laisse Charlotte migraineuse. Elle se prépare avec Étiennette, lui emprunte une robe brodée de soie bleue qu'elle craint immédiatement d'abîmer. Le visage de son amie est encroûté de fard. Elle lui tend du rouge, des peignes, une broche, pousse une boîte engravée vers elle.

« Prends donc une mouche. »

Les pièces de taffetas noir ont beau ressembler à des insectes, Charlotte sait que ces faux grains de beauté sont bien plus élaborés que leur nom ne le suggère. Ils possèdent leur propre langue, une langue dont elle et Étiennette ignoraient tout à la Salpêtrière. Un morceau de taffetas gommé au milieu de la joue, comme celui que son amie porte, indique une nature galante. Une mouche sur les lèvres est signe de coquetterie. Charlotte en saisit une, fixe le miroir clouté à l'intérieur du couvercle. La poudre blanche dissimule à peine ses taches de rousseur. Elle pose le bout de taffetas sur sa tempe, près de ses cils, et montre à Étiennette son autre profil. Placée au coin de l'œil, sa mouche signale un tempérament passionné.

Une servante s'occupe de ses cheveux, ses gestes brusques tirent la peau de son crâne mais Charlotte ne proteste pas. En bas, les derniers meubles sont poussés pour pouvoir danser ; l'unique pâtissier de La Nouvelle-Orléans peste contre les moucherons. Les musiciens accordent leurs instruments. Charlotte est censée chanter tout à l'heure, même si elle espère qu'Étiennette a oublié. La cuisinière crie à un commis de se dépêcher ; dehors, les portes d'une voiture claquent. Étiennette s'écarte de la fenêtre, jette un dernier coup d'œil à son reflet dans la glace.

« Ils arrivent déjà », dit-elle.

« Ils » désignent le lieutenant royal et sa femme, tous deux élancés et taciturnes. Mais le reste des invités suit bientôt. Marthe et son mari, cinq autres négociants, deux voyageurs, quelques employés de la Compagnie qui ont fait le voyage avec leurs épouses, des membres de l'administration du gouverneur, un capitaine, trois officiers esseulés. Leurs conversations étouffent le son de la musique. Sur les tables, les guêpes pataugent dans la viande, les fraises suintent, la cire durcit sur les nappes. Les femmes brassent l'air de leurs éventails, disséminent une odeur de liqueur et de poudre de perruque à l'orange. Les paniers de leurs robes sont si larges qu'une invitée y a caché un chien minuscule, qui pleure derrière les cerceaux en côtes de baleine jusqu'à ce qu'on le libère. M. Feuger quitte rarement le coin de la pièce où il discute avec ses compatriotes canadiens. Étiennette est partout. Elle présente ses enfants à des femmes roucoulantes, renvoie la nourrice, sert du vin à un couple aux joues déjà écarlates, attrape l'épaule de Charlotte.

« Qu'as-tu là ? » murmure Étiennette, le regard planté sur sa tempe.

La mouche lui brûle la peau. Son estomac gronde, aussitôt couvert par le brouhaha ambiant ; elle n'a rien pu avaler de la soirée. Charlotte lance un coup d'œil à Marthe, dont l'attention se reporte aussitôt sur sa petite poche en crin.

« N'est-ce pas le charmant mezzo que j'ai déjà eu le plaisir d'entendre ? » demande un homme derrière elles.

L'officier se dresse au-dessus de la foule. Un ami de M. Feuger, que Charlotte a aperçu deux fois chez Étiennette à Biloxi. Son sourire est chaleureux, son cou ramassé, ses yeux humides à la lueur des bougies. Il embrasse sa main. La bouche de Charlotte est pâteuse, Étiennette la dévisage toujours.

« Vous avez raison d'économiser votre voix », ajoute l'invité. Il lui fait un clin d'œil, désigne la foule du menton. « Ils vous attendent. »

La musique a cessé. Une servante remplace les bougies consumées. L'un des violonistes la fixe, les doigts sur son archet.

« Enlève-la », chuchote Étiennette à son oreille.

Mais il est trop tard pour se débarrasser du bout de taffetas. Les convives s'écartent devant elle. Sur la petite estrade, les musiciens décalent leurs instruments, la saluent sobrement. Les visages se brouillent. Dans le coin de son œil gauche, Charlotte devine la forme sombre de la mouche, offerte au regard de tous. Elle pense à Louis, quelque part sur l'eau, à tout ce qu'il ignore.

« Vous souhaitiez chanter "Que les oiseaux de ce bocage", n'est-ce pas ? lui demande le claveciniste, contorsionné sur son siège pour lui faire face.

— Oui, s'il vous plaît. De M. D'Ambruis. »

Le musicien acquiesce. Le silence tombe peu à peu, mais jamais parfaitement. Charlotte contemple ses ongles courts, les bouquets brodés dans le tissu de cette robe qui ne lui appartient pas. Les premières notes s'élèvent, puis les violons se joignent au clavecin. Elle attend la deuxième mesure. Quand elle se met à chanter, elle commence si bas qu'il semble impossible qu'elle réussisse à atteindre la bonne octave. Elle remonte prudemment, les yeux tournés vers le plafond, loin du public. Elle voudrait que sa voix détourne leur attention du message qu'elle a inscrit sur sa propre peau.

Et, le temps d'une chanson, elle y parvient. Sur scène, ses épaules savent se positionner pour accompagner son souffle, ses mains connaissent l'endroit où elles ne la gêneront pas. Les muscles de son ventre obéissent au rythme de sa respiration – ce ventre qui refuse peut-être de lui donner des enfants, mais qui n'a jamais trahi son chant. Pour une fois, elle peut faire confiance à son corps qui sait transformer l'air en son, en mots, en musique. Elle n'a pas chanté comme ça depuis longtemps et la tête lui tourne un peu.

Les applaudissements retentissent avant qu'elle ait terminé. La musique s'évanouit progressivement, les musiciens reprennent place derrière leurs instruments. Quelqu'un demande un autre morceau mais Charlotte secoue la tête. Elle ne veut pas rester sur scène, exposée aux regards.

Elle se fraye un passage à travers la foule, sourit à ceux qui la félicitent. Les pâtisseries sont ruinées, les pipes fument, la poudre cède à la sueur. Lorsqu'elle touche sa tempe moite, la mouche a disparu. Elle avance vers l'obscurité qu'elle devine derrière la porte entrouverte, respirant un peu plus librement à chaque pas.

Dehors, les cigales ne donnent pas une seule chance au silence. Le jardin est nuit, figues, étoiles. Charlotte s'arrête sous le jasmin. Les battements de son cœur s'apaisent enfin.

« Tu étais très bien. »

Étiennette réajuste sa robe, malmenée par l'embrasure de la porte. La lune éclaire son dos, assombrit ses traits.

« Je l'ai enlevée, dit Charlotte en posant un doigt au coin de son œil.

— La chaleur s'en est débarrassée pour toi. Ou la musique. Peu importe. »

Étiennette chasse un moustique de la main.

« Pourquoi l'as-tu placée là ? reprend-elle.

— Tu ne comprendrais pas.

— Que tu sois prête à tromper ton mari ? Non, tu as raison, probablement pas. »

Étiennette jette un coup d'œil aux fenêtres entrebâillées, aux silhouettes entre les bougies. Une femme glousse si fort qu'elle se met à tousser.

« Je préférerais encore susciter la pitié que la honte, dit Étiennette.

— Peut-être que je ne mérite pas ta pitié. Peut-être que je n'y suis pour rien.

— S'agit-il encore de l'une des idées brillantes de Marthe ? »

Charlotte cligne des yeux dans la lumière blafarde, hausse les épaules. Elle se sent épuisée. Elle veut rentrer à la maison. Elle fait quelques pas sur la pelouse, ses semelles glissent sur les figues tombées.

« J'essaye simplement de te protéger, reprend Étiennette. Tu es bien plus forte que tout ça. » Elle passe son bras sous celui de Charlotte, comme elle le faisait, enfant, à la Salpêtrière. Elle laisse échapper un petit rire, visiblement amusée par ce qu'elle s'apprête à dire. « Sinon, tu chuchoterais encore des sottises, comme à notre arrivée à Biloxi. Te rappelles-tu ce que tu as fait une nuit, là-bas ? »

Les mots frappent Charlotte à la poitrine, au ventre. Ils n'épargnent aucune partie de son corps. Elle fixe le visage d'Étiennette, y cherche une expression familière, quelque chose qui puisse combler le fossé qui s'ouvre, béant, entre elles. Mais Étiennette sourit, la distance s'agrandit. Le regard de Charlotte se pose sur un lit de fleurs noires grouillant de lucioles. Jusqu'à présent, tout ce qui restait de cette nuit de janvier était la réponse de son amie : si elle ne s'était pas exprimée aussi clairement, Charlotte aurait pu l'avoir rêvée. Mais elle n'a pas inventé les sensations qui la submergent à chaque visite – les palpitations entre ses cuisses, le sang battant dans ses joues, la faiblesse de ses jambes. Pour Étiennette, rien de tout ça n'existe. Les sentiments de Charlotte appartiennent au passé, à un esprit dérangé.

Tu me trouverais bien faible, pense Charlotte, si tu savais combien je t'aime. Mais elle ne peut pas perdre à chaque fois ; elle a besoin de croire qu'un jour, elle changera. Elle se tourne vers Étiennette, qui lui sourit toujours. La lumière de la lune creuse des ombres étranges sur son visage.

« Non, répond Charlotte, je n'en ai pas le moindre souvenir. »

8

GENEVIÈVE

Pays des Illinois, mai 1726

La fille de Geneviève ne cesse de babiller sur la route du cimetière de Prairie du Rocher. Mélanie s'évertue à demander si son père n'a pas peur dans le noir, sous ce couvercle en chêne. Depuis la mort de Pierre, il y a trois jours, Geneviève se pose elle aussi de nombreuses questions – mais elle ne se préoccupe plus de l'organisation des funérailles, ou de savoir si elle aurait pu sauver son mari. Elle s'inquiète de ce qui adviendra ensuite, une fois qu'il sera enterré et qu'elles retourneront vivre dans la maison que Pierre a léguée à Mélanie. Elle envie la tristesse simple, abyssale de sa fille. Hier, en voyant le cercueil pour la première fois, la petite s'est mise à sangloter, et Geneviève lui a raconté une histoire pour l'apaiser. Une fois sous terre, le cercueil se transformerait à nouveau en chêne, ses planches se feraient racines. Un arbre invisible jaillirait et ses branches deviendraient des échelles, hautes et biscornues. Elles mèneraient jusqu'aux nuages.

Geneviève se rend compte qu'elle aurait dû se taire. Les chênes ne manquent pas au pays des Illinois. En sortant de l'église, Mélanie pointait du doigt leurs troncs imposants, la suppliant de l'aider à monter. Dans un mois, elle fêtera ses quatre ans. Elle ne croira plus longtemps cette fiction.

Sous son voile, Geneviève tâche de ne pas trébucher. La lumière filtre difficilement à travers le tissu : le visage rond de sa fille est parsemé de motifs noirs, la matinée de mai ternie par une lueur grisâtre. Quand la petite se met à agiter le bras, Geneviève sait exactement à qui elle fait signe : à sa belle-sœur et son mari, leurs cinq enfants. À la fin de la messe, Laure a posé une main maternelle sur l'épaule de Geneviève. Elle a réajusté la voilette qu'elle et son mari lui ont achetée, ainsi que l'ensemble de ses habits de deuil. La dot de Geneviève ne lui permet même pas de payer ces robes austères – l'idée d'être à la merci de sa belle-sœur est enrageante. Elle voudrait ne rien avoir à lui demander. Laure, elle, est ravie : à trente-quatre ans, elle aime traiter Geneviève comme si elle avait vingt ans de moins, et non six. Geneviève admet volontiers que la sœur de Pierre, née et élevée au Canada, est mieux préparée pour vivre aux pays des Illinois. Ces forêts insondables lui sont familières, elle connaît bien les hivers glacés qui sévissent au sud du lac Michigan, jusqu'au croisement de la rivière Kaskaskia et du fleuve Saint-Louis, là où Fort de Chartres et Prairie du Rocher ont été établis, où Geneviève habite depuis cinq ans.

Mais Laure n'a jamais parcouru d'océan, franchi de bayous humides ; elle n'a jamais vu de mûriers ou senti les effluves des champs de lavande. Elle ne connaîtra jamais rien d'autre que ces prairies foisonnantes où les céréales prospèrent, où elle a convaincu Pierre de la rejoindre en juillet 1721. Son frère adoré venu s'installer tout près d'elle – une victoire dont Laure se félicite encore.

Geneviève s'arrête enfin près d'un bosquet. Ici, il n'y a que quelques tombes, la plupart marquées par de simples croix tordues par le vent. Le prêtre les prie de se rapprocher, même si elle ne se rappelle pas l'avoir vu marcher à leurs côtés.

« Admettez-le, un enterrement digne de ce nom aurait été impossible dans le Sud », chuchote Laure à sa droite.

Geneviève fixe la fosse, dépose Mélanie à ses pieds. Sa belle-sœur a passé les cinq dernières années à lui rappeler les innombrables avantages qu'offre le pays des Illinois. Ici, pas d'ouragans ni de pain au maïs, mais un ciel bleu et de la bonne farine de blé, un sol assez sec pour que la prochaine crue ne vienne pas déterrer les cadavres.

« Vos hivers non plus n'auraient pas permis de telles funérailles, répond Geneviève.

— Je vois que les circonstances ne vous empêchent pas d'avoir de l'esprit. »

Geneviève n'a pas pleuré une seule fois depuis que Pierre est tombé malade, en revenant de chez les Illinois ; au coucher du soleil, il était apparu l'œil gonflé, la main fendue d'une plaie étroite mais profonde. En lui ouvrant la porte, elle ne se doutait pas qu'il serait mort avant la fin de la semaine, que l'infection se propagerait de son pouce à son avant-bras, de son épaule à sa poitrine. Il avait ignoré ses questions ce soir-là. Il lui avait parlé de la partie de lacrosse à laquelle il avait joué avec les Illinois, et Geneviève n'avait pas caché sa colère – quoi qu'il en pense, il n'était pas comme ces hommes, ne le serait jamais ; il finirait par se blesser sérieusement. Elle en avait assez de le voir disparaître pendant des jours.

Cette nuit-là, ils avaient tout le temps de se disputer, de se réconcilier. La gangrène ne s'était pas déclarée, Geneviève ne cherchait pas encore à le protéger.

Pierre s'était toujours montré étonnamment sensible à la douleur des autres – l'ongle incarné qui avait fait souffrir Mélanie pendant des jours, le coude déboîté du fils du voisin. Mais chez les Illinois, il se fichait de ce qui pouvait lui arriver. Leurs coutumes le fascinaient. Au cours des premiers mois en Haute-Louisiane, il s'était empressé d'apprendre leur langue, de se familiariser avec leurs traditions, ce qui l'avait rendu célèbre à Prairie du Rocher. D'abord en tant que négociant – puis, à mesure qu'il se désintéressait de l'argent et des affaires, comme guide et interprète. Cette année, depuis le retour des Illinois de leurs quartiers d'hiver, Pierre avait passé le plus clair de son temps à leurs côtés. Avant son accident, il avait même prévu de partir chasser cinq semaines avec un groupe de guerriers. Il inventait toujours une excuse pour retourner à leurs campements d'été, pour éviter de rentrer à la maison. Geneviève n'avait nulle part où aller. Les excursions de son mari ne faisaient que lui rappeler l'étroitesse de son monde à elle, cette liberté qu'elle ne connaîtrait jamais, même après avoir traversé un océan.

*

Les funérailles lui ont paru interminables. Geneviève a regardé les hommes descendre le cercueil dans la fosse béante, écouté le prêtre prier si bas qu'elle l'entendait à peine. Lorsqu'il s'est tu, un silence inégal s'est installé – les oiseaux ne pouvaient pas s'empêcher de chanter. Geneviève s'est forcée à jeter un coup d'œil au sol dérangé, au rectangle approximatif qui y avait été creusé. Elle n'arrivait pas à faire le lien entre le visage déformé de Pierre et la scène qui se déroulait sous ses yeux. Elle voyait les hommes en sueur, entendait les sanglots de Laure et de sa famille. Elle ne ressentait rien. Les choses étaient exactement ce qu'elles étaient, vides de sens. Le cercueil, une simple boîte, enfouie sous des poignées de terre. La foule modeste, des proches rassemblés par une journée ensoleillée, elle, une femme dans l'herbe haute.

Il lui semblait impossible que Pierre se trouve sous ses pieds. Il devait être ailleurs, parti pour les prairies, dans un champ de fraises où les taons harcèlent les bisons et les cerfs.

Après l'enterrement, à la maison, Geneviève réconforte Mélanie avec quelque chose de chaud. Elle trempe une cuillère de sirop d'érable dans le lait bouillant en la prévenant de faire attention, et la regarde appuyer ses lèvres contre le bol, se brûler le bout de la langue, l'air désolé. La petite fille boit en fixant Geneviève, comme si elle craignait que sa mère aussi ne s'en aille. Puis Mélanie est couchée, Geneviève devant la cheminée, et les choses ne sont plus simplement ce qu'elles sont. Chaque objet, chaque meuble la blesse à sa façon. Elle avait l'habitude de guetter le retour de Pierre depuis le fauteuil où elle est assise ; cette assiette fêlée était sa préférée, sans qu'elle ne comprenne jamais pourquoi ; l'arc posé contre la cheminée lui rappelle les heures qu'il a passées à en polir le bois, à répéter à Mélanie que ce n'était pas un jouet. Elle laisse aller sa tête contre le dossier, ferme les yeux. Pierre ne caressera plus jamais les boucles de ses cheveux, il ne touchera plus le petit écart entre ses dents en jurant qu'il reconnaîtrait son sourire entre mille. Il n'accompagnera plus Mélanie dehors pour qu'elle souhaite bonne nuit à la lune. Geneviève n'a connu la Louisiane qu'avec lui, ou presque.

Elle tente de se souvenir de ce qu'il lui a raconté au sujet des coutumes funéraires illinoises. Elle imagine des marmites et des hachettes circuler de main en main, des membres de la famille endeuillée échanger des cadeaux avec leurs proches. Des guerriers nus rejouant des scènes de bataille en l'honneur d'un chef mort, scalpant des ennemis invisibles. Des femmes pleurant chez elles, qu'elles aient aimé leur mari ou non.

*

Elle a mis des mois à se faire au pays des Illinois. Lors de son premier été en Louisiane, elle avait regardé Pétronille partir comme si ça n'arrivait qu'aux autres, comme si son propre périple avait pris fin à l'exact moment où elle avait épousé Pierre. Ce matin-là sur la plage, Geneviève était si soulagée de voir son amie en vie qu'elle n'avait pas tout de suite compris que son départ serait un nouveau deuil.

Quelques semaines plus tard, Pierre préparait déjà leur voyage. Il ne cessait de lui parler de sa sœur et de son mari, qui avaient quitté le Canada pour la Haute-Louisiane. Elle était étonnée de découvrir qu'il avait une sœur, qu'il la reverrait un jour. Dans le monde de Geneviève, les mères, les pères, les sœurs et les frères n'avaient plus leur place. On lui avait appris qu'elle venait seule en Louisiane : sa famille débuterait là.

Geneviève l'écoutait lui décrire le pays des Illinois, cette région autrement plus accueillante que Biloxi ou Mobile. Il lui vantait les mérites des terrains alloués, infiniment plus fertiles que ces arpents de marécage dont on ne tirerait jamais rien, il lui répétait que la chaleur y serait supportable, le froid moins implacable qu'à Québec. Le commandement de ces régions avait même été confié à un Canadien, M. Dugué de Boisbriand, gouverneur du pays des Illinois – un gage de qualité, aux yeux de Pierre.

La confiance de Geneviève s'amenuisait avec chaque anecdote. Ces récits lui rappelaient les rumeurs entendues à la Salpêtrière, celles qui chantaient les louanges de ces contrées extraordinaires, prêtes à lui offrir tout ce dont elle avait toujours rêvé. Elle essaya d'abord de se convaincre que le pays des Illinois marquerait un nouveau départ. Mais ces huit premiers mois à Biloxi n'avaient fait que confirmer ce qu'elle soupçonnait déjà. Elle ne se réinventerait pas sur ce nouveau continent.

Quand vint le temps de monter dans une pirogue, elle fit la seule chose qui lui restait à faire. Elle s'adapta, une fois encore.

*

Depuis les funérailles, le sommeil la fuit. Mélanie respire bruyamment, étendue au milieu du matelas. Geneviève fixe le plafond, écoute le bruissement de ces bois doués de parole, de ces nuits pleines d'animaux auxquelles elle a fini par s'habituer. Pierre lui manque mais c'est la rancœur, et non la tristesse, qui la tient éveillée. D'une certaine façon, elle comprend pourquoi il a légué la maison à Mélanie : Pierre aurait voulu que la propriété revienne à sa fille, et non aux possibles enfants d'un second mariage. Mais elle n'aurait jamais imaginé qu'il puisse la laisser aussi démunie, une veuve pourvue d'une dot à peine suffisante pour survivre quelques semaines.

Veuve. Le mot lui semble encore étranger. À la fin de la période de deuil, Geneviève aura presque trente ans. Elle ne peut s'empêcher de compter : un an et six semaines vêtue de noir, trois repas par jour pour deux personnes, un hiver au pays des Illinois. Elle revoit son père à Paris, ses doigts dévorés par le froid martelant la porte de l'église. La misère a déjà tué sa famille ; elle n'emportera pas sa fille.

En arrivant ici, Geneviève n'imaginait pas que l'argent viendrait un jour à manquer. Pierre avait des économies, il n'était pas dépensier. Il parlait peu mais de manière précise, et les Illinois appréciaient sa parcimonie. Il avait construit une maison solide, utilisé du bois de cèdre pour le toit, rapporté de leurs villages des recettes pour cuisiner le maïs, faire sécher les citrouilles si méticuleusement qu'on pouvait les consommer une année durant. Il avait présenté Geneviève à sa famille, ce qui, si Laure n'était pas celle qu'elle était, aurait été une chance immense. Elle a toujours su ce que sa belle-sœur pensait d'elle : une étrangère, une Française au passé mystérieux et donc suspicieux – une désagréable surprise, ramenée du Sud alors que Pierre pleurait encore la mort de sa femme canadienne. Personne, à part Laure, n'avait été choqué de le voir se remarier si vite. Les veufs n'étaient tenus par aucune obligation. Aux yeux de sa belle-sœur, Geneviève ne serait jamais l'égale de cette première épouse, que Laure avait prise sous son aile bien avant que son frère ne demande sa main.

Geneviève ne ferait pas partie de la famille. Encore moins maintenant que Pierre a disparu et que ses biens appartiennent à Mélanie.

Sa fille ne sait rien de tout ça. Les paupières à moitié fermées, elle joue avec les cheveux qu'elle a perdus pendant la nuit. Le soleil est déjà haut, la pièce inondée de lumière.

Une heure plus tard, Laure frappe à la porte, flanquée de ses deux enfants les plus bruyants, un garçon et une fille qui, à sept et huit ans, pourraient être jumeaux. Geneviève les a entendus venir de loin : ils entonnent toujours des chants religieux en arpentant les sentiers de Prairie du Rocher. Dans le jardin, Laure déplie un torchon rempli de biscuits. Pour elle, le garde-manger de Geneviève est toujours vide.

« En veux-tu, mon trésor ? demande-t-elle à Mélanie.

— Elle vient de déjeuner », l'informe Geneviève.

Sa belle-sœur fait comme si de rien n'était. Elle tend un gâteau à Mélanie.

« Comment va-t-elle ? » dit Laure en regardant la fillette comme si elle était sourde.

Geneviève essuie les miettes sur la robe de sa fille.

« Comment vas-tu ? » l'interroge-t-elle.

L'enfant les regarde à tour de rôle, comme si la réponse figurait sur le visage de sa mère et de sa tante.

« Papa me manque.

— Évidemment », s'écrie Laure. Elle prend Mélanie sur ses genoux et Geneviève se mord les lèvres pour s'empêcher d'intervenir. « Elle serait bien plus heureuse avec des frères et sœurs. »

C'est l'un des sujets de conversation préférés de Laure, une façon de lui assener sa supériorité en tant que mère de cinq enfants. Quelques mois après la naissance de Mélanie, elle avait commencé à interroger Geneviève sur ce deuxième bébé qu'elle n'attendait pas. « Toujours rien ? » s'inquiétait-elle, l'air atterré – Pierre, son petit frère adoré, ne serait jamais à blâmer. Les questions avaient vite été remplacées par des regards inquisiteurs : quelque chose ne tournait pas rond dans ce mariage, chez cette femme.

Quant à Geneviève, elle ne s'expliquait pas cette absence de grossesse. Elle avait eu des doutes, plus d'une fois : ses règles qui tardaient, une semaine de nausée, mais rien n'avait tenu. Elle avait été étonnée en tombant enceinte de Mélanie. Après ce que son corps avait traversé à Paris, elle ignorait si elle pourrait un jour être mère. Son avortement – et l'aide apportée aux filles chez Madame, à Pétronille – reste l'un des rares secrets qu'elle soit parvenue à dissimuler.

Sa belle-sœur n'a pas besoin de connaître la vérité pour la considérer comme une menace.

« Je craignais que vous ne soyez trop abattue pour vous occuper d'elle », fait observer Laure.

Elle repose Mélanie par terre, tamponne d'un bout de tissu sa bouche brillante de miel, puis entreprend de dresser la liste des veuves devenues folles. Une cousine lointaine, qui refusait de manger quoi que ce soit et s'évanouissait dès qu'on prononçait le nom de son mari. Une femme de Trois-Rivières sanglotant du dîner au souper, qui s'était mise à rire de son confesseur. Une fille à Québec ayant enfermé le cœur de son époux dans une crédence, devant laquelle elle s'agenouillait sept heures par jour.

« Mais je doute qu'il vous arrive quoi que ce soit de la sorte, conclut Laure.

— Préféreriez-vous que je me moque de notre aumônier et que je me lamente toute la journée ? »

Laure cligne des yeux, désigne Mélanie d'un bref mouvement de menton.

« Rien de tout ça ne la nourrira.

— Je travaillerai.

— Alors que vous portez le deuil ?

— Si je ne peux pas me nourrir, je ne vois pas comment je pourrais pleurer mon mari. »

Sa belle-sœur a l'air contrite. Elle se lève et s'agenouille près de Mélanie.

« Lorsque ta mère s'absentera, aimerais-tu rendre visite à tes cousins ? »

Mélanie jette un coup d'œil à Geneviève, ses yeux bleus, larges et soucieux.

« Où pars-tu ?

— Nulle part, répond-elle, la gorge sèche. Viens. »

Elle serre la main de Mélanie, sent ses doigts tièdes, gras de beurre s'enrouler autour des siens. Laure pousse déjà le portail.

« Si vous changez d'avis, prévenez-moi, lance-t-elle. Cinq ou six enfants, qui remarquerait la différence ? »

Dans le Sud, Geneviève ne se serait jamais retrouvée dans une telle situation. Elle demanderait à Étiennette ou même à Charlotte de s'occuper de Mélanie. Elle sait que de nombreuses familles ont quitté Biloxi pour La Nouvelle-Orléans au moment où l'établissement a été choisi comme capitale, il y a quatre ans, et parfois, elle imagine Charlotte et Étiennette dans ce village. Elle s'y était arrêtée en route pour Prairie du Rocher – à l'époque, ses cabanons lamentables coulaient dans la boue, les truies se prélassaient en travers de chemins qui ne méritaient pas le nom de rues. Mais on raconte que La Nouvelle-Orléans a été reconstruite, une véritable ville désormais. Geneviève se voit y débarquer avec Mélanie, s'installer dans une petite maison près du delta.

Elle regarde autour d'elle : la route de Cahokia, le fort de Chartres et ses bastions abîmés, assiégés par l'eau à chaque fois que le fleuve Saint-Louis sort de son lit. Elle peut rêver tant qu'elle veut. Elle mourra ici, comme son mari.

*

Les veuves doivent pleurer, mais pas trop. Elles ne doivent pas non plus sembler heureuses, même si elles ont matière à se réjouir : les voilà libérées du péché de la chair, prêtes à n'appartenir qu'au Christ. Elles doivent éviter les hommes, et surtout ne jamais mettre à profit ce qu'elles ont appris auprès de leurs maris pour séduire. Celles qui ne se remarient pas, ces saintes, deviendront des exemples de modestie, de compassion et de chasteté.

Quinze jours après l'enterrement de Pierre, Geneviève acquiesce en écoutant ces mots chuchotés par le prêtre, la femme du voisin, la sœur du boucher venue lui déposer des côtelettes de porc. Ils ne veulent que son bien. Mais Geneviève sait que bientôt, ils l'oublieront. Dans une semaine, ces faveurs cesseront, on ne lui apportera plus rien – ni poulet plumé, ni têtes de laitue, ni œufs couverts de terre.

On continuera de lui dicter ce qu'elle doit faire, mais ces mots ne la nourriront pas.

Elle a déjà vendu la jument et, si aucun autre choix ne lui est laissé, elle peut toujours se débarrasser des flèches, des peaux, des laines de bison de Pierre. Mais elle préférerait attendre l'hiver. Pour le moment, elle trouvera un poste, n'importe lequel. À l'idée de se remettre au travail, elle se sent au cœur de sa propre vie. Elle est de retour en Provence, à Paris, courbée entre Amélie et les lavandières, près de la ville renversée dans la rivière. La fille capable de travailler douze heures par jour n'a peut-être pas tout à fait disparu.

Lorsqu'elle se met à chercher, elle se heurte à des regards embarrassés. La boulangère recrute un apprenti, mais plus jeune qu'elle. Le teinturier l'écoute décrire les tanneries au bord de la Bièvre puis finit par lui annoncer que les peaux de la Louisiane ne ressemblent en rien à celles qu'elle a pu manipuler en France. Elle comprend : une jeune veuve est censée rester chez elle, prier, éduquer ses enfants dans la foi chrétienne.

C'est Laure qui finit par lui apporter une solution, et Geneviève aurait donné n'importe quoi pour que la proposition vienne de quelqu'un d'autre. Un mois après le début de ses recherches, son beau-frère a livré une dizaine de tonneaux chez M. de Monreuil, le gouverneur de Prairie du Rocher, et entendu dire que la cuisinière avait besoin d'aide. Évidemment, il a immédiatement pensé à elle. Ou tout du moins, c'est ce que lui assure sa belle-sœur. « Ma proposition tient toujours, ajoute-t-elle en partant. Confiez-moi Mélanie quand vous le souhaitez ».

Geneviève emmène sa fille chez le gouverneur. Elle n'a jamais vu de cuisines aussi grandes en Louisiane ; la cheminée est aussi haute qu'elle. En entrant dans le garde-manger, elle craint d'abord de ne pas réussir à se repérer dans ce dédale de pots de confitures, de conserves de fruits et d'herbes aromatiques. Les effluves de nourriture l'agressent. Elle n'est plus habituée à cette abondance, qui la fait d'abord saliver avant de l'écœurer. La chef cuisinière est une femme vive, étonnamment maigre, qui prononce rarement plus de trois mots à la fois. « Calme et obéissante ? demande-t-elle en fixant Mélanie. — Bien entendu », lui répond Geneviève, et la cuisinière pointe du doigt un banc près de la porte. Au cours des semaines suivantes, c'est là que Geneviève trouve Mélanie endormie, recroquevillée entre deux sacs de farine, après avoir passé des heures à jouer dans les cours de la ferme avec les enfants des autres domestiques.

Lors des visites de Laure, Mélanie liste maintenant les prénoms de ses nouveaux amis, et Geneviève ne cache pas son sourire. Une dizaine de camarades de jeu vaut bien quelques frères et sœurs. Quand Laure lui demande si ce n'est pas dangereux de les laisser vagabonder ainsi, Geneviève lui répond que les enfants ne sont jamais vraiment seuls. Laure fronce les sourcils : « Tout ça finira mal. »

Rien ne finit bien dans le monde de sa belle-sœur.

Elle ne voit ni le gouverneur ni sa femme. Les bols de bouillon de panais et les plats de viande de bison quittent la cuisine luisants et réapparaissent à moitié pleins. Geneviève glisse les restes dans son tablier et les rapporte chez elle.

Les autres femmes se montrent réservées. Au début, elles lancent des coups d'œil à ses robes sombres. L'une d'entre elles lui demande comment s'appelait son mari, puis secoue la tête – Geneviève n'arrive pas à déterminer si elle n'a jamais entendu parler de Pierre ou si elle regrette son décès. « L'homme qui connaissait la langue des Illinois ? » dit une apprentie pâtissière, avant d'affirmer que son oncle le citait souvent en exemple. Elle ne précise pas dans quel contexte. Elle reprend son travail, corrige la position des doigts de Geneviève sur le manche du couteau pour qu'elle ne se blesse pas, puis jette un regard à Mélanie, qui s'amuse avec des figurines en pâte sur le banc ; elle lui tend des morceaux de thym pour que la fillette leur donne une bouche, un nez, des yeux.

À la fin du mois de juin, la chef cuisinière annonce l'arrivée de visiteurs canadiens, des invités de marque, des amis du gouverneur du pays des Illinois – et même du gouverneur de Louisiane, M. Dugué de Boisbriand. Des célibataires, qu'il faudra divertir. Elle évoque des banquets, des parties de chasse, des danses qui ne signifient, pour eux domestiques, rien que du travail : se présenter à l'aube, plumer la volaille, vider d'énormes barbues qui sentent encore le fleuve, ouvrir de nouvelles jarres d'huile d'ours, sortir les meilleures bouteilles de la cave. « Il paraît qu'ils seront là dès la semaine prochaine, bien plus tôt que prévu, conclut la cuisinière avant d'ajouter : Maudits vents du lac Michigan. »

Maudits vents du lac Michigan, se répète Geneviève au fil des jours suivants. Ses muscles la font tout autant souffrir qu'à bord du bateau-lavoir, à Paris. L'odeur de nourriture ne la quitte plus ; elle imprègne ses cheveux, ses robes, lui colle à la peau. Lorsqu'elle s'assied enfin à la tombée de la nuit, elle sent la fatigue cascader le long de son dos. Mélanie, accroupie à côté d'elle, lui demande s'il est temps de s'en aller.

À la fin de la semaine de préparatifs, sa fille ne l'attend pas près de la porte. Le soleil se couche depuis des heures, et Geneviève a passé l'après-midi à pétrir la pâte à pain. Ses avant-bras sont cotonneux, ses mains tremblent. En voyant le banc désert, elle ne s'inquiète pas tout de suite : les enfants aident souvent la sœur du maréchal-ferrant à rentrer la volaille pour la nuit. Mais la jeune femme s'affaire seule devant le poulailler. Derrière les planches en bois, les poules roucoulent doucement.

« Avez-vous vu les enfants ce soir ? demande Geneviève.

— Ils ont préféré la rivière à la basse-cour », répond la femme en haussant les épaules.

L'air frais du crépuscule écorche la gorge de Geneviève. Au retour des beaux jours, les enfants ont pris l'habitude de suivre les lavandières jusqu'à la rivière Kaskaskia. Geneviève s'est montrée claire avec Mélanie : les courants étaient trop dangereux, elle n'irait pas avec eux. Elle savait que les blanchisseuses seraient trop absorbées par leur tâche pour surveiller une bande de gamins. La plus âgée du groupe – Rosie, une fillette de douze ans qui travaillera en cuisine dès le mois prochain – a accepté de ramener Mélanie s'ils s'aventuraient hors de la cour. Mais il n'a pas fait particulièrement chaud aujourd'hui ; personne n'est venu la prévenir de quoi que ce soit.

Geneviève emprunte le sentier qui mène à la rivière. Elle courbe l'échine sous les branches de pruniers, et les fruits encore fermes roulent sous ses pieds, le bleu crépusculaire des arbres se referme sur elle. Elle se traite d'idiote, d'irresponsable, ressuscite cette petite voix vicieuse qu'elle n'a pas entendue depuis qu'elle a quitté Paris. Pourquoi n'a-t-elle pas simplement interdit à Mélanie de sortir de la cuisine ? Parce qu'une enfant de quatre ans ne peut pas passer ses journées sur un banc, parce que Geneviève est veuve, parce qu'elle est sa mère. Elle aurait dû laisser Laure s'occuper d'elle. Elle sait qu'elle a agi de manière irrationnelle, qu'il aurait mieux valu que la petite soit auprès de sa tante plutôt que livrée à elle-même.

Elle croise les lavandières au moment où elle entend la rivière.

« Avez-vous vu ma fille ? » lance-t-elle.

Les blanchisseuses échangent des regards perplexes. Geneviève leur livre une description de Mélanie si confuse qu'elle-même peine à la comprendre.

« La petite bouclée ? » demande une jeune femme.

Geneviève écarte une mèche de ses propres cheveux, encore moins raides que ceux de sa fille. Elle acquiesce. Quelques enfants la dévisagent d'un air curieux et elle reconnaît certains visages. Ni Mélanie ni Rosie, l'aînée du groupe, ne se trouvent parmi eux.

« Elle nous accompagnait il y a un instant, dit une fille aux lèvres épaisses. Je jouais avec elle dans l'eau. Nous étions sur le point de rentrer et elle est partie se rincer les mains. »

Ce détail vaut toutes les descriptions. Geneviève imagine Mélanie trempant ses paumes dans la rivière, les araignées d'eau glissant à la surface comme s'il s'agissait d'un miroir, comme s'il était impossible de couler.

« Où est Rosie ? demande-t-elle.

— Chez elle, souffrante. »

Geneviève tente de se frayer un passage entre les lavandières, et aucune ne bouge ; l'urgence de la situation semble leur être étrangère.

« Attendez-nous, s'exclame quelqu'un derrière elle.

— J'étais certaine que la petite nous suivait.

— Moi aussi. J'aurais juré qu'elle marchait derrière moi. »

Les blanchisseuses parlent trop fort. Leurs mots parviennent à Geneviève, dénués de sens. Les cailloux et l'herbe sèche crissent sous ses semelles. Elle écarte une branche : de l'autre côté, la rivière rosit dans la lumière du soir. L'eau paraît calme, presque engageante, mais Geneviève connaît ses courants périlleux, la violence avec laquelle ils se heurtent à ceux du fleuve Saint-Louis. Dans le sable, elle aperçoit des traces de pas. À sa droite, à l'endroit que lui montrent les lavandières, la rive disparaît peu à peu sous une végétation drue, opaque. Les arbres se penchent au-dessus de l'eau, leurs troncs se tordent en un couloir traversé de bois flottant, de buissons et de racines. Tout au bout, juste avant le virage suivant, Geneviève discerne une silhouette, si enchevêtrée dans les roseaux qu'elle pourrait être celle d'un gros oiseau, protégeant son nid.

Mélanie l'appelle en premier. Elle a le hoquet, et ses phrases sont hachées.

« Ne bouge pas, dit Geneviève, même si elle sait que sa fille en est incapable. J'arrive. »

Mais elle est trop grande pour se glisser entre les branches sous lesquelles Mélanie a dû passer sans difficulté. Elle réussit à peine à faire quelques pas ; les ronces piquent ses mains, s'en prennent à son visage. Ses souliers patinent dans la vase, les feuilles lui égratignent les joues. Elle rebrousse chemin comme elle peut.

« Laissez-moi essayer », propose une voix derrière elle.

La fille, celle aux lèvres charnues qui assurait que Mélanie la suivait, s'agenouille à côté d'elle. Elle chuchote son nom, Margot, et son sourire révèle une canine malade.

« Soyez prudente », lui dit Geneviève alors qu'elle aurait juste voulu la remercier.

Mais la jeune lavandière a déjà disparu, avalée par le tunnel de végétation. Les joncs laissent échapper des craquements furieux sur son passage.

Geneviève fixe le creux entre les branches, sa vue se brouille, le ciel et la rivière sombrent dans des nuances de bleu de plus en plus menaçantes. Dans sa tête, la petite voix s'élève à nouveau – elle la traite de meurtrière, susurre les insultes terribles un jour proférées par Madame, les mots que Geneviève a cru pouvoir oublier. Et pourtant ils résonnent ici, sur cet autre rivage, là où personne ne viendra plus la sauver.

« Je crois que je les vois », commente l'une des femmes.

Les pieds de Geneviève dérapent dans la boue, un poisson ou un serpent d'eau lui effleure la cheville, des brindilles s'accrochent à son bonnet. Le tunnel s'est assombri ; à l'intérieur, mouvements et formes s'entremêlent. Puis une tache claire apparaît, la robe de la lavandière, guidant vers la terre ferme une silhouette encore plus petite. Geneviève sent sa poitrine se desserrer, si brutalement qu'elle en a le souffle coupé ; le son qui sort de sa gorge est guttural, animal, elle ne s'en savait pas capable.

« Viens par là, dit Geneviève.

— Sa jupe était prise dans les ronces, j'ai été obligée d'en arracher le tissu pour la dégager, explique la jeune fille, le tablier couvert de vase. Elle regrette de nous avoir alarmées.

— Viens », répète Geneviève en s'efforçant de parler d'une voix ferme.

Mélanie se blottit contre elle. Sa fille lui paraît minuscule, son corps est chaud contre le sien. Geneviève s'entend chuchoter des expressions toutes faites, des phrases qui, dans un autre monde, veulent dire exactement ce qu'elles signifient. Tout va bien, je suis là, je ne t'abandonnerai plus jamais. Mélanie reste silencieuse. Ses doigts humides attrapent le bonnet de Geneviève, enveloppent son oreille.

« Ne t'inquiète pas, maman, chuchote-t-elle. Je voulais juste monter en haut du chêne. Là-bas, le vois-tu ? »

*

Les rumeurs se répandent vite chez le gouverneur. Elles passent d'une lavandière à une autre au-dessus des vêtements sales, se mêlent au murmure imperturbable de la rivière, aux meuglements las des vaches dans les étables. Elles sont colportées du poulailler aux cuisines par de jeunes servantes, soufflées au-dessus des flammes qu'on ravive, abandonnées avec un plateau de biscuits dans une pièce où des femmes bien habillées chuchotent ces mêmes mots de leurs lèvres peintes. Les rumeurs prennent des formes différentes : Geneviève savait que l'enfant avait disparu. Elle était trop occupée à satisfaire un amant – le barbier, le maréchal-ferrant, le valet manchot.

Une chose est sûre : son époux ne voudrait pas que sa fille vive avec cette créature dépravée, cette mère ingrate, cette Française qui, comme certains l'assurent, a un jour été emprisonnée pour les crimes qu'elle a commis à Paris.

Laure ne perd pas une minute. Elle lui rend visite dès le lendemain de l'incident.

« Je suis absolument navrée, ne cesse de répéter sa belle-sœur en secouant la tête. Mais vous savez comme moi que Mélanie mérite mieux. Que dirait Pierre ? » Elle s'interrompt, comme pour écouter la réponse de son frère. Lorsqu'elle reprend la parole, son ton est détaché. « Nous pouvons résoudre cette situation de différentes façons, et certaines sont plus plaisantes que d'autres. Nul besoin de mêler les hommes à tout ça, n'est-ce pas ? »

Laure fait allusion à son mari, aux représentants du gouverneur, au clerc qui, à la mort de Pierre, a interprété son testament et expliqué à Geneviève qu'elle peut continuer de vivre dans la maison de son époux mais que celle-ci appartient à sa fille de quatre ans. Elle fixe sa belle-sœur. Sa tenue est encore plus sévère que la sienne, son sourire un subtil mélange de pitié et de triomphe.

« Sortez », parvient à articuler Geneviève.

Laure secoue à nouveau la tête, se lève. Avant de s'en aller, elle souffle un baiser à Mélanie.

*

En partant pour le pays des Illinois, Geneviève a tout perdu : ses amies, cette communauté de femmes avec qui elle partageait tout. La Louisiane ne lui a jamais donné que Mélanie, et maintenant, elle menace de la lui reprendre – Mélanie, qui ramène ses cheveux en arrière devant des miroirs chimériques, qui s'agite tellement dans son sommeil qu'elle se fait des bleus, qui marmonne toute seule en jouant dans le jardin.

Parfois, avant de s'endormir, Geneviève s'imagine survolant ce pays infini avec sa fille. Vu du ciel, l'océan est une mare, les rivières de la Louisiane des veines sinueuses, irriguant ces forêts bleues. Leurs arbres grossissent peu à peu, si bien que Geneviève pourrait compter les maisons, entendre la cloche d'une église et, en tendant l'oreille, le chant timide d'un oiseau. Dans ces rêveries, le fleuve la guiderait jusqu'à ce qu'elle connaît de mieux.

Elle ne quittera jamais Prairie du Rocher sans Mélanie.

*

Elle ne peut pas faire taire ces rumeurs, pas plus qu'elle ne peut travailler et surveiller sa fille en même temps. Les figurines en pâte à pain s'effritent rapidement. Mélanie finit par oublier les règles établies : ne touche pas aux marmites, ne goûte pas la tarte, cesse d'embêter la pâtissière. Dans les cuisines, une catastrophe survient vite, surtout avec un enfant. Une semaine après l'incident, deux jours après l'arrivée des invités canadiens, la chef cuisinière pose sa main sur l'épaule de Geneviève. « Je vous ai embauchée vous, pas votre fille », dit-elle. Ses doigts impriment de longues marques de farine sur la robe noire de Geneviève. « L'un des amis de Monsieur souhaiterait un verre de cognac. Occupez-vous-en. »

Du cognac, du ragoût de lapin, des côtelettes de veau. Au cours des jours suivants, Geneviève porte à l'étage des plateaux de plus en plus lourds. Elle comprend ce que personne ne lui explique : elle doit exécuter ses tâches pour garder son poste. Elle met à mal la patience des autres femmes. « Une dernière fois », soupirent-elles quand Geneviève leur promet d'être de retour dans cinq minutes, trois, puis une. Lorsqu'elle n'ose plus solliciter leur aide, elle essuie le nez de Mélanie et lui chuchote de la suivre discrètement, de rester derrière elle pendant qu'elle frappe à la porte de ces messieurs. Un jour, en sortant du petit salon, elle aperçoit l'un des invités, un homme blond doté d'un nez fin et de lèvres juvéniles. Il sourit à Mélanie, salue Geneviève d'un signe de tête.

Laure réapparaîtra bientôt avec de nouvelles menaces et Geneviève n'a aucune idée de ce qu'elle lui rétorquera. Elle devrait avoir un plan mais pour une fois, rien ne lui vient. Elle met ses soucis financiers de côté : si on lui enlève Mélanie, aucune somme ne ramènera sa fille. La maison deviendra une prison où s'infiltreront les murmures furieux du village. Lorsque Geneviève annonce son départ à la cuisinière, la femme entrelace ses doigts maigres. « Sage décision », lui répond-elle.

Ce sont les mots les plus gentils que Geneviève a entendus depuis des semaines.

Le lendemain matin, des coups sourds la réveillent. Elle se redresse trop vite ; pendant un instant, elle n'entend que le battement de son sang à ses tympans.

Elle attrape son corset, le lace à moitié, enfile un jupon.

« Habille-toi, dit-elle à Mélanie, et attends-moi là.

— Est-ce que je peux choisir ma robe ? »

Geneviève lance un regard aux tenues de sa fille, toutes deux noires.

« Bien sûr. »

Elle résiste à l'envie de la prendre dans ses bras, de la serrer si fort que Mélanie rouspéterait. Mais Geneviève sait qu'elle ne ferait que l'inquiéter. Elle s'efforce de se comporter comme si de rien n'était, glisse ses cheveux trop longs sous son bonnet, ajuste le col de sa robe sombre pour ne laisser voir que la peau de son cou. En s'avançant vers la porte d'entrée, elle se sent abattue, épuisée.

Trois hommes se tiennent sur le seuil. Le clerc n'est pas parmi eux ; Laure non plus. Un seul visage lui semble vaguement familier.

« Madame, recevez nos plus sincères condoléances et toutes nos excuses pour cette visite impromptue, commence le plus grand, un brun dont les sourcils touffus alourdissent le regard. Nous savons bien que vous êtes dans une position délicate pour recevoir des invités, mais nous espérions que vous feriez une exception. M. Melet et M. Beaulieu, poursuit-il en jetant un coup d'œil à ceux qui l'accompagnent, nous honorent de leur présence cette semaine et sont très intrigués par ce que votre mari a pu rapporter des tribus locales. »

M. Melet lui sourit, et Geneviève reconnaît alors l'un des deux Canadiens hébergés par le gouverneur, le blond au visage poupon qui se tenait dans le couloir.

« Je vous en prie, répond-elle en s'écartant. Mais j'ai bien peur que vous ne soyez déçus. »

Aucun homme n'est entré chez elle depuis trois mois, et la présence de ces invités la renvoie à un autre temps. Elle devine le pouvoir que détiennent ces amis du gouverneur, lui trouve quelque chose d'enivrant, d'effrayant. Elle se raisonne vite : ils n'ont aucune raison de l'aider. Elle les emmène au salon, où sont entreposés les artefacts rassemblés par Pierre. Il emportait souvent les marchandises que lui confiaient d'autres Français, et quand il n'avait plus ce prétexte-là, il fouillait la maison en quête d'objets à troquer avec les Illinois – de la poudre, de l'eau-de-vie, une couverture en laine. Elle l'avait arrêté le jour où il s'en était pris à ses corsets. Aujourd'hui, la malle de Pierre ne lui rappelle rien d'autre que son absence.

M. Beaulieu et l'homme brun ouvrent son couvercle, en sortent des flèches. Le troisième, M. Melet, ne prête pas la moindre attention au martin-pêcheur empaillé, au carquois bariolé, à la coiffe surmontée de cornes de bœuf. Ses yeux sont rivés sur Mélanie, appuyée contre l'embrasure de la porte, son pouce dans la bouche.

« N'est-ce pas là la fillette que j'ai vue chez le gouverneur ? »

Geneviève n'a pas le temps de lui répondre. Mélanie traverse la pièce, le doigt pointé vers l'arc que soulève M. Beaulieu, celui qu'elle a toujours convoité pour ses jeux.

« Vous ne devriez pas le tenir comme ça, lui explique-t-elle. Vous risquez de l'abîmer.

— Pardonnez-la », intervient Geneviève.

Elle essaye d'attraper la main de sa fille mais Mélanie la cache derrière son dos.

« Que veux-tu dire par là ? » lui demande M. Beaulieu.

Mélanie lève la tête, surprise d'être entendue.

« Eh bien, commence-t-elle prudemment, le fil est tranchant, vous pourriez vous couper. »

Le ton de Mélanie, sa posture, l'expression de son visage – à ce moment-là, elle ressemble tellement à Pierre que Geneviève sent ses jambes fléchir. M. Beaulieu désigne une gourde du menton.

« Et ceci ? De quoi s'agit-il ?

— Une chichicoya », répond aussitôt la fillette avant de lui expliquer qu'elle est remplie de perles de verre et de lui raconter des histoires de maladies et de chansons. Elle secoue la gourde et le bruit cristallin fait sursauter M. Beaulieu.

L'homme brun s'est approché pour mieux l'écouter. Geneviève se demande ce qu'elle dirait à ses visiteurs si elle avait leur attention. Je vous en supplie, intervenez en ma faveur. Dites au clerc et à ma belle-sœur que je ne suis pas celle qu'ils croient.

« Elle est bavarde, fait observer M. Melet, la main posée sur le dossier de la chaise de Geneviève.

— Parfois trop, répond Geneviève, la voix éraillée, comme si elle n'avait pas prononcé un mot de la matinée.

— Votre mari devait être très instruit. Je pensais que seul M. Dugué de Boisbriand parlait la langue des Illinois. Je lui demanderai s'il connaissait monsieur…

— Durand », complète Geneviève.

Elle doute que l'actuel gouverneur de la Louisiane se souvienne de Pierre. Son mari et lui ne se sont rencontrés qu'une fois, par hasard, le jour où M. Dugué de Boisbriand a rendu visite aux quelques filles illinoises que les pères jésuites se vantaient d'avoir converties. Lorsque M. Dugué a remplacé M. Bienville à La Nouvelle-Orléans, deux ans plus tard, Geneviève a demandé à Pierre combien de temps il donnait au nouveau gouverneur avant qu'il ne soit à son tour accusé d'avoir mal administré la colonie et rappelé à Paris. Son mari a levé les yeux au ciel ; il l'a priée de garder un peu foi en l'avenir. Ce n'était pas faute d'avoir essayé – elle n'y pouvait rien si on l'avait si souvent déçue. Pourtant, parfois, elle sait qu'elle n'a pas d'autre choix que d'accorder sa confiance, aveuglément, à des inconnus.

« Vous rendez-vous à La Nouvelle-Orléans ? » demande-t-elle à M. Melet en se tournant vers lui.

Il la dévisage. Ses yeux sont d'un brun clair qui tire sur le vert, ses épaules carrées. Sa main glisse du dossier de sa chaise.

« Le pays des Illinois, commence-t-il, ressemble tant au Canada que j'ai eu bien du mal à cacher ma déception à mon arrivée. J'espérais un temps plus clément, plus sec. Vos impressions devaient être toutes autres après avoir vécu à Biloxi. »

Geneviève s'efforce de garder une expression neutre. Elle n'a jamais mentionné la Basse-Louisiane, ignore ce que ces hommes ont pu apprendre d'autre à son sujet. Elle se sent soudain immensément vulnérable, seule dans cette pièce en leur compagnie.

« Je ne connais peut-être pas le Canada, s'oblige-t-elle à dire, mais je partage votre avis concernant le pays des Illinois. »

M. Melet s'apprête à répondre mais l'homme brun les interrompt.

« Nous vous avons déjà trop dérangée », lance-t-il, l'air affolé.

Mélanie lui court après en babillant des histoires de bison manitou et de chevreuils étranglés. Cette fois-ci, Geneviève reconnaît ses explications pour ce qu'elles sont – de pures inepties, inventées par sa fille. Les visiteurs n'y auraient vu que du feu.

« Il me semble que ces messieurs ont eu leur content d'exotisme », ajoute-t-il.

M. Beaulieu acquiesce mais M. Melet continue d'étudier la gourde.

« Pas exactement. Avec votre permission, j'aimerais revenir avec M. Soulant, qui se ferait une joie de découvrir tout ce que cette maison a à offrir. »

Les deux hommes échangent un coup d'œil.

« Avec plaisir », s'empresse de dire Geneviève.

Elle les regarde s'éloigner. Elle s'imagine leur emboîter le pas, un baluchon à la main, Mélanie à ses côtés. Si ces hommes l'écoutaient, elle ne leur demanderait rien d'autre que de l'emmener loin d'ici.

*

Lorsque M. Melet lui rend visite, deux jours plus tard, il est seul. Il porte des habits de chasse, beige de poussière. Il ouvre le coffre, s'enquiert du prix d'une peau de loutre et la repose tout de suite, même si Geneviève sait que le montant annoncé est trop bas. Il refuse tout ce qu'elle lui propose à boire et à manger. Il explique qu'il a été nommé conseiller par l'un de ses compatriotes, le gouverneur de Louisiane en personne, et que M. Dugué de Boisbriand l'attend à La Nouvelle-Orléans. « Si un homme né et élevé à Québec parvient à survivre à ce climat redoutable, je dois bien en être capable. » Il rit alors même qu'elle se tait, et son sourire révèle des fossettes insoupçonnées, joyeuses, qui adoucissent son visage. Il ne fait plus aucune allusion au passé de Geneviève, ne cesse de lui poser de nouvelles questions sur la Basse-Louisiane. Elle lui décrit Biloxi avec soin alors qu'elle n'a qu'une envie, lui parler de Pétronille, de la douleur insondable qu'elle a éprouvée en assistant à son départ – de sa dernière visite chez Charlotte, une fillette de treize ans enceinte et terrifiée, et de son bébé dont elle ignore le prénom. Cet homme rejoindra bientôt cette même côte où elle a vécu avec ses amies. Pour le moment, il se tient devant elle. Les faits semblent irréconciliables, presque magiques.

« Je ne devrais pas vous importuner plus longtemps », conclut-il.

Il ramasse sa cravache et son chapeau, réajuste ses bottes, part sans préciser s'il reviendra.

*

Sa belle-sœur est habillée pour l'occasion : le tissu de sa robe est épais, d'un noir parfait, sa tête coiffée d'une capuche – un cauchemar par une journée d'été étouffante. Laure n'essuie pas les gouttes de sueur qui mouillent ses joues, les laisse couler comme si c'étaient des larmes. Elle prend tout son temps pour expliquer ce qui l'amène. Elle s'est entretenue avec le clerc, un homme très pragmatique, qui est aussitôt tombé d'accord avec elle : il est évident que la place de Mélanie est auprès de sa tante, de son oncle, de ses cousins. Bien entendu, on favorise toujours les mères comme tutrices, comprenons-nous bien, les mères responsables. Mais le bien-être de l'enfant l'emporte sur tout le reste, n'est-ce pas ? Geneviève pourra évidemment leur rendre visite ; Laure n'est tout de même pas un monstre. Et puis le clerc se chargera de tout, y compris du transfert de l'héritage de Mélanie. Geneviève gardera sa dot, au moins pour l'année à venir. Mais Laure a juré à Pierre qu'elle s'occuperait de sa fille. On ne revient pas sur les promesses faites aux morts.

Vous avez raison, pense Geneviève. Il ne faut pas briser ses promesses ; mais parfois, aucun autre choix ne nous est offert.

Le lendemain, elle n'attend pas de découvrir si M. Melet se présentera à nouveau chez elle. Elle aide Mélanie à enfiler une robe propre et retourne là où elle travaillait, dans ces cuisines qui lui semblent remarquablement inchangées, où les femmes l'épient toujours au-dessus de leurs marmites fumantes, où la viande laisse échapper un son humide sous leurs couteaux. Dans l'obscurité de velours du couloir, les effluves de potage s'estompent, le tapis duveteux étouffe les pas de Geneviève. Mélanie souffle fort en marchant, trébuche parfois, ne pose aucune question ; Geneviève prie pour ne rencontrer personne, pour trouver au plus vite cet homme qu'elle connaît à peine, à qui elle s'apprête cependant à tant demander.

Elle va pour frapper à la porte à sa droite lorsqu'une seconde s'ouvre derrière elle. M. Melet se tient sur le seuil ; il lui semble plus petit que dans son souvenir.

« Entrez », lance-t-il en s'écartant.

Elle serre la main de Mélanie dans la sienne pour empêcher ses doigts de trembler. Elle remarque à peine ce qui l'entoure : le salon plein d'ombres et de lumière, l'odeur du soleil sur la soie des causeuses. Elle ne voit rien au-delà de cet instant.

« Je voudrais vous accompagner à La Nouvelle-Orléans », dit-elle.

Il la dévisage, l'air plus amusé que surpris.

« M'accompagner ? Et vous vous joindriez à moi en tant que…

— Je sais cuisiner, je sais blanchir, répond-elle. Je ferai tout ce que vous voudrez. »

Il joue avec une petite montre qui attrape les rayons, les envoie voler sur les murs.

« Ma femme ne cuisine pas, et elle ne blanchit pas.

— Votre femme ?

— Vous disiez que vous feriez tout ce que je souhaiterais, n'est-ce pas ? »

Elle sent Mélanie tirer sur sa robe mais le geste de sa fille vient de très loin. Geneviève se tient parfaitement immobile. Elle revoit la Supérieure dans le cachot de la Maison de Correction, courbée sur sa canne, les rats endormis dans la lumière grise. Elle entend à nouveau l'offre inespérée de la directrice – tout ce que la vieille femme savait d'elle, tout ce qu'elle ignorait. Le bateau qui était apparu dans sa cellule ce jour-là, qui devait partir à l'autre bout du monde, là où plus rien n'aurait d'importance.

« Que dirait-on d'une telle union ? demande-t-elle.

— Rien de pire que ce qu'on raconte actuellement à votre sujet. »

Elle apprécie son honnêteté.

« Et pour quelle raison épouseriez-vous une mère indigne ? Une veuve intrépide ? » s'enquiert-elle.

Elle sent confusément le regard de Mélanie sur elle, mais elle répète tout de même sa question. Elle n'a jamais su pourquoi Mlle Pancatelin avait choisi de la sauver.

« Précisément pour ces raisons-là.

— Ça ne peut pas être vrai.

— Et si je vous avouais que les Françaises ont toujours éveillé ma curiosité, me croiriez-vous ?

— Non », répond-elle.

Il se met à rire. Il jette un coup d'œil autour de lui, comme s'il venait de se rappeler où ils se trouvaient. Chez le gouverneur du pays des Illinois, dans le salon d'un appartement, une enfant attentive buvant chacune de leurs paroles. Des pas se font entendre dans le couloir, s'éloignent.

« Dois-je prendre cela pour un oui ? » l'interroge-t-il.

En donnant sa réponse à M. Melet, Geneviève regarde derrière lui, vers la fenêtre ouverte, vers tout ce qu'elle ne peut pas voir.

*

Il la prévient qu'il faudra du temps pour descendre le fleuve, même si le courant poussera leurs embarcations vers le sud. Presque trois cent cinquante lieues, trois à quatre semaines, lui annonce-t-il, et Geneviève peine à croire que le voyage puisse être aussi court. Elle se souvient qu'il leur a fallu des mois, à elle et à Pierre, pour rejoindre Prairie du Rocher ; elle sait qu'il est impossible de prévoir combien de temps les rivières de la Louisiane les retiendront. Ils essuieront des tempêtes, batailleront avec des tourbillons d'eau, croiseront le chemin d'ours et de castors ; ils devront s'arrêter pour réparer des coques abîmées et attendre que les vents contraires s'apaisent. Geneviève se fiche du danger. Pour la première fois de sa vie, elle se rend là où elle veut. Il lui suffit de penser à l'océan pour respirer plus facilement. Elle ne sera pas indéfiniment otage de ces terres, le fleuve Saint-Louis la mènera jusqu'au delta. Elle ne se fait pas d'idées ; elle n'espère pas revoir Charlotte et Étiennette à La Nouvelle-Orléans. Mais même si ses amies sont parties, elle retrouvera forcément certaines des passagères de *La Baleine*. Quelqu'un qui se souviendra de la Salpêtrière, de Lorient, de Paris.

Elle n'aurait jamais imaginé que la Basse-Louisiane puisse un jour lui sembler familière ; elle espère qu'une fois là-bas, son veuvage ne sera plus qu'une rumeur – un bruit lointain et aussitôt tu, le son brouillon de l'eau contre les pierres d'une rivière.

M. Melet se prénomme Pierre, la coïncidence la déconcerte. Lorsqu'elle s'adresse à lui, elle prononce soigneusement les deux syllabes de son nom de famille, met un point d'honneur à dire « Monsieur ». Elle se demande si elle parviendra à l'appeler autrement, une fois qu'ils seront mariés.

Elle a encore des mois pour se décider. Elle ne l'épousera pas avant d'arriver à La Nouvelle-Orléans, et même là-bas, ils patienteront, assez longtemps pour s'assurer que l'ancien mari de Geneviève n'est pas le père de l'enfant qu'elle pourrait porter. Même si elle est certaine de ne pas être enceinte, inutile d'attirer l'attention, ici ou en Basse-Louisiane.

Elle voit à peine M. Melet pendant la semaine qui précède le départ. Elle ignore ce qu'il a raconté à son compagnon pour justifier sa présence. Lors de l'une de ses rares visites, elle lui pose la question. « Ne vous faites pas de souci à ce sujet », la rassure-t-il en lui prenant la main. C'est la première fois qu'il la touche, et un frisson remonte le long de son bras, étranger et excitant. Les doigts de M. Melet sont aussi froids que sa chevalière ; elle n'avait jamais remarqué qu'il avait les ongles aussi pointus.

Mélanie s'intéresse peu à l'homme qui deviendra son beau-père. Seul leur périple la fascine. Elle veut tout connaître des gens du Sud, et s'il y fait aussi froid qu'ici l'hiver. Elle s'interroge sur la taille des araignées et la couleur du ciel. Geneviève lui répond patiemment, lui parle d'une terre ocre et moussue, de couloirs d'eau verte où plongent des oiseaux aux pattes immenses, d'arbres dont le feuillage ressemble un peu à ses cheveux, longs et bouclés. Son propre enthousiasme la surprend. La Louisiane qu'elle décrit à Mélanie est exempte de moustiques et de crocodiles, on y mange à sa faim. Elle regorge de fruits, et même de vers à soie ; la chaleur est à peine plus humide que celle qui fondait sur la Provence, quand elle était petite. Derrière ces mots, elle entend l'écho de la voix de Pierre, les chuchotements fiévreux des filles de la Salpêtrière. Elle comprend enfin que les contes de son mari et de ses anciennes compagnes ne lui étaient pas entièrement destinés – qu'ils tentaient, eux aussi, de se rassurer comme ils le pouvaient.

Une servante l'aide à préparer ses bagages, une femme que Geneviève n'a heureusement jamais rencontrée chez le gouverneur. M. Melet l'a priée de rassembler tous les artefacts de la tribu des Illinois. Le coffre est traîné hors de la maison avant même que ses affaires personnelles ne soient prêtes – elle ne s'attendait pas à ressentir cette sensation oppressante, vertigineuse, en voyant les hommes le hisser dans la charrette. Dans sa chambre, elle remplit péniblement la malle que son futur mari lui a offerte. Elle n'a jamais eu l'opportunité d'emporter quoi que ce soit, rien que la robe qu'elle portait le jour de son arrestation chez Madame et le trousseau qu'elle a reçu avant de traverser l'Atlantique. Elle finit par fourrer ses habits dans deux anciennes besaces de Pierre.

Avant de partir, elle rend visite à Laure. L'idée ne la réjouit pas, mais elle le fait pour Pierre, pour elle-même, peut-être même pour sa belle-sœur. Elle ne s'imaginait pas s'en aller sans lui dire au revoir. Les adieux sont importants : c'est peut-être le seul pouvoir que Geneviève ait jamais exercé sur les lieux et les personnes qu'elle a dû quitter.

Dans le jardin de la maison de Laure, Mélanie joue avec ses cousins. Depuis le salon, leurs cris sont étouffés, leurs lèvres presque silencieuses. Laure la salue d'un simple signe de tête en entrant dans la pièce. Elle ne lui a pas adressé la parole depuis qu'elle a appris son départ.

« Je ne resterai pas longtemps, lui assure Geneviève.

— Sûrement pas, puisque vous nous abandonnez samedi.

— Demain, donc.

— Demain », répète Laure, le menton dressé, les yeux ailleurs.

Geneviève observe les mouvements langoureux du chat au pied de la table. Elle réussit à croiser le regard de sa belle-sœur.

« Je suis venue vous dire que vous pouviez utiliser la maison de Pierre comme bon vous semble jusqu'au retour de Mélanie.

— Nous savons toutes deux qu'elle ne reviendra pas. »

Laure se tourne vers la fenêtre. Les mains des enfants, avec la distance, paraissent lui caresser le visage.

« Vous ne me croyiez pas lorsque je vous disais agir dans le meilleur intérêt de Mélanie, n'est-ce pas ? demande-t-elle.

— Non, en effet. »

Laure hoche la tête. Pendant un instant, elle a l'air songeuse.

« Pensez-vous que cet homme sera bon envers elle ? » l'interroge-t-elle.

Geneviève n'en sait rien. Elle ne le découvrira qu'en partant.

« Je serai là », répond-elle et elle s'attend à ce que sa belle-sœur lui rie au nez, mais son visage demeure sévère.

« Pierre n'aurait jamais rien voulu de tout cela », conclut-elle.

Elle quitte la pièce sans se retourner. Elle réapparaît dehors, entre les rideaux de la fenêtre, comme si elle venait de monter sur une scène, interrompant les jeux des enfants. Elle s'accroupit et Mélanie se précipite vers elle, son visage plongé dans la robe noire de sa tante, celui de Laure dans le bras potelé de la fillette. Par terre, le chat se roule dans un rayon de soleil, indifférent. Un son étouffé parvient à Geneviève, un sanglot peut-être, une promesse ou le cri de l'un des gamins, à moins qu'il ne s'agisse d'un tout autre bruit, trop lointain pour être compris.

*

Le fleuve Saint-Louis : gris, bleu ou brun, et trop souvent, d'une teinte qui ne porte pas de nom. C'est un mouvement plutôt qu'une couleur. Sous les embarcations, les courants fourbes charrient des masses de boue. Les pirogues sont bien plus larges que celles dans lesquelles Geneviève voyageait en 1721. Elle peut même étirer ses jambes et il y a suffisamment de place pour que Mélanie s'asseye à côté d'elle, fixant, hypnotisée, les gestes des Canadiens qui rament à l'unisson. Elle sait que sa fille attend avec impatience la tombée de la nuit. Au crépuscule, assis autour du feu, les voyageurs décrivent les dangers des rapides, leur livrent le récit des pires portages qu'ils aient vécu – quand les rivières deviennent impraticables, ils n'ont d'autre choix que de transporter les canoës et leurs chargements, parfois pendant des jours. Geneviève intervient la nuit où l'un d'entre eux montre à Mélanie les quatre orteils de son pied, lui racontant que l'hiver dernier, son pouce a gelé sur un rocher couvert de glace et qu'il a fallu l'amputer pour le dégager. Geneviève n'a jamais vu d'hommes aussi robustes que ces Canadiens qui, en l'aidant à monter à bord du bateau, lui donnent l'impression de peser à peine plus lourd que Mélanie. Cependant, lorsqu'elle leur demande de se taire, ils obéissent en se jetant des regards embarrassés.

À bord de leur embarcation se trouvent aussi une cuisinière sourde, un garçon d'une quinzaine d'années, trois coffres et un chien au poil odorant qui semble toujours sur le point de basculer dans l'eau. M. Melet voyage à bord d'une autre pirogue, ce que Geneviève comprend aisément. Elle est ici en tant que veuve, et non comme fiancée. Ce qui la dérange, ce sont les changements d'humeur de son futur mari. Certains soirs, alors que les Canadiens se disputent pour déterminer qui montera la garde près des armes, elle reconnaît l'homme curieux et souriant qu'elle a rencontré chez elle. D'autres, il paraît si distant qu'elle se demande s'il se souvient des promesses qu'il lui a faites.

Ils ont quitté Prairie du Rocher depuis deux semaines, se sont arrêtés à l'avant-poste du pays des Chicachas, le soir où Geneviève entend trois voyageurs chuchoter que le gouverneur de la Louisiane, M. Dugué de Boisbriand, pourrait bientôt faire face aux mêmes accusations que son prédécesseur – qu'il pourrait même être rappelé en France, comme M. Bienville. « Un Canadien à la tête de la Louisiane, commente l'un des hommes, ça n'aura pas duré longtemps. » Ses doigts épais et habiles jouent avec les bûches. Une flamme immense jaillit, puis se tasse. « Je suis certaine qu'il ne s'agit que de rumeurs », suggère Geneviève en rapprochant ses mains des braises. Les hommes échangent un coup d'œil, secouent la tête. Son malaise grandit. M. Melet devait siéger au conseil de M. Dugué de Boisbriand. Que se passera-t-il si le gouverneur a été renvoyé à leur arrivée à La Nouvelle-Orléans ? Elle s'efforce de ne pas y penser. Elle ne veut pas savoir ce que cette décision signifierait pour lui, pour elle et pour Mélanie.

Le lendemain, M. Melet lui montre une carte. Sentant le regard de M. Beaulieu sur eux, elle garde ses distances en s'asseyant à côté de lui. Elle se penche sur le papier fatigué, sur l'encre craquelée. Une boussole apparaît au milieu de l'océan, près d'un soleil enfermé dans un cercle, ses rayons mourant sur le continent. De petites montagnes, dont le dessin lui rappelle un peu celui de vagues, parsèment les terres : le fleuve Saint-Louis est la seule route qui les traverse. L'ongle de M. Melet file d'une illustration à une autre et Geneviève l'écoute déchiffrer ces amas de lettres qui, pour elle, ne signifient rien. Le lac des Illinois et Michigami, aussi appelé lac Dauphin, des eaux qui se battent pour un nom, à qui on en a donné deux plutôt qu'un. Des mots que Geneviève n'a jamais entendus, d'endroits qui lui resteront à jamais inconnus : l'île de la Tortue, le pays des Chaouanons, le Nouveau-Mexique et la Nouvelle-Espagne – comme s'il suffisait d'ajouter « nouveau » devant un nom pour devenir maître d'une région. Puis en vient un qu'elle reconnaît dès que M. Melet le lit. Natchez, coincé entre la rivière des Tonicas et les villages des Oumas. Son doigt recouvre toutes ses lettres lorsqu'elle le pose sur le papier.

« Nous arrêterons-nous là ?

— Où ? »

Elle décale légèrement sa main, se mord la lèvre. Elle évite le regard de M. Melet. Elle a posé la même question à Pierre, il y a cinq ans, et il lui avait répondu non, ils se réapprovisionneraient plutôt à Yazoo.

« Probablement », déclare M. Melet en repliant soigneusement la carte.

Elle ne mentionne pas Pétronille avant de rejoindre Fort Rosalie. Elle ne veut pas se faire de faux espoirs. Elle a appris son nom d'épouse grâce à Pierre, qui, à Biloxi, avait entendu parler de la plantation de M. Ducros. Geneviève ne sait peut-être rien d'autre sur Pétronille, mais elle imagine sans mal ce qu'elle lui dirait : « S'il te laisse venir à moi, c'est signe d'un cœur bon. S'il refuse, crains ton futur époux. » Pétronille, qui lit des messages dans les pétales de fleurs, qui, face au danger, a l'insolence d'une gamine. Son amie se fiche de l'opinion des autres ; elle ne s'est jamais empêchée d'avoir de grands rêves.

Le soleil est encore haut lorsqu'ils débarquent à Natchez, le ciel nuageux, les collines argentées. Le fort se dresse au-dessus de la rivière, la forêt brune absorbe ses ombres. Pour une fois, l'accostage est aisé ; les pirogues glissent dans le sable comme si c'était du beurre. Le village se dévoile peu à peu, une cabane au bout d'un sentier, une ferme, puis deux. D'autres suivent, les bois s'effacent pour laisser place aux cochons, aux moutons et aux champs, à ceux qui les cultivent, paysans français ou

Africains asservis. Depuis la berline que le gouverneur a envoyée, Geneviève regarde à peine le paysage. Sur ses genoux, Mélanie ronfle. Geneviève fixe M. Melet : sa mâchoire tendue, les rides timides que son air préoccupé accentue. Ce n'est pas un de ses bons jours, mais c'est le seul qu'elle ait.

« Une de mes anciennes compagnes de voyage », commence-t-elle. Elle s'interrompt, ses joues la brûlent. « Mme Ducros. Elle vit ici. J'espérais lui rendre visite. »

M. Melet jette un coup d'œil à travers la fenêtre, fronce les sourcils comme s'il avait reconnu quelqu'un. Quand il se tourne vers elle, il est le parfait inconnu qu'il a toujours été.

« Faites comme bon vous semble », lui répond-il, le visage dénué de toute expression.

Geneviève ouvre la bouche, la referme. Elle ne ressent pas le moindre soulagement. Elle a l'impression d'être devenue transparente, qu'elle pourrait être oubliée, effacée.

« Merci », parvient-elle à dire.

Elle ne s'est toujours pas débarrassée de cette sensation désagréable, une heure plus tard, en se hissant dans une autre voiture avec Mélanie. Un soldat claque la portière derrière elles. M. Melet a disparu dès leur arrivée chez le gouverneur de Fort Rosalie. Il lui a annoncé qu'elle serait escortée chez Mme Ducros, qu'il avait d'importantes affaires à régler. Probablement s'assurer qu'un poste l'attend encore à La Nouvelle-Orléans, vérifier les rumeurs de corruption qui courent au sujet de M. Dugué de

Boisbriand. « J'espère que vos retrouvailles avec votre amie seront plaisantes », a-t-il ajouté. Il semblait sincère alors, un éclair de bonté. Elle se raccroche tant bien que mal à ces derniers mots.

Les chevaux quittent la route principale. Les mûriers envahissent la campagne, comme en Provence. Geneviève s'efforce de respirer calmement. Sous ses pieds, la voiture tangue comme les pirogues sur la plage de Biloxi, la dernière fois qu'elle a aperçu Pétronille, il y a cinq ans.

La voiture s'arrête. La maison est grande, bien bâtie : Pétronille a un toit au-dessus de sa tête, elle ne manque de rien. Geneviève prend la main de Mélanie, l'aide à descendre le marchepied. La vigne est trouée de fenêtres, ses branches lourdes de grappes encore vertes. En dessous, des fleurs dont elle ne soupçonnait pas l'existence explosent en une multitude de couleurs riches et sauvages, difficiles à percevoir indépendamment les unes des autres. Le porche est désert, à l'exception d'un rouge-gorge qui s'envole à leur approche. Elle sent Mélanie se presser contre sa robe.

« Maman, chuchote-t-elle en pointant du doigt la fenêtre la plus proche. Regarde. »

Geneviève ne reconnaît pas immédiatement Pétronille – l'allée se reflète dans le verre épais, se fond avec l'intérieur de la maison si bien que les feuilles et le ciel vacillent sur le visage de son amie, la main qu'elle porte à sa bouche, sa tache de naissance tout juste visible, l'expression sidérée de quelqu'un qui aurait vu un fantôme. Puis la porte s'ouvre, elle apparaît. Les mêmes cheveux noirs, ses yeux moins verts que dans son souvenir, son air rêveur, toujours un peu ailleurs.

« J'ai cru que Marie venait me rendre visite », dit Pétronille.

Geneviève ignore de qui il s'agit. Elle résiste à l'envie de prendre Pétronille dans ses bras, se rappelle qu'elle n'apprécierait sans doute pas une telle étreinte. Mais c'est Pétronille qui l'attire contre elle, délicatement, comme si Geneviève, ce moment étaient fragiles. Ses mains la serrent à peine plus fermement que lors de leur dernière rencontre, dans le cabanon des malades, alors que Geneviève lui chuchotait de chercher Mme Durand à Biloxi. Dans quelques mois, Mme Durand n'existera plus – elle portera un autre nom, deviendra impossible à trouver. Geneviève est arrivée à temps.

« Comment es-tu parvenue jusqu'ici ? » demande Pétronille en faisant un pas en arrière.

Geneviève regarde autour d'elle. Elle est soudain à court d'explications.

« Nous voyageons avec des hommes immenses, intervient Mélanie. Et M. Melet. »

Pétronille la dévisage, incrédule.

« Qui est-ce ? demande-t-elle, et pendant un instant, Geneviève ne sait pas si elle parle de sa fille ou de l'homme que la petite a mentionné.

— Aucune idée », répond Mélanie.

Pétronille se met à rire, trop fort pour si peu de mots ; Mélanie sourit, fière de sa plaisanterie qui n'en était pas une.

« Mais tu le connais, n'est-ce pas ? » demande Pétronille à Geneviève.

Geneviève sourit tant bien que mal. Le malaise qu'elle a ressenti avec M. Melet ressurgit. Elle se raccroche à cet instant, à la scène sous ses yeux : Pétronille, le parfum des orangers, la lumière opaline. Mélanie s'accroupit sur le porche, regarde un lézard se tortiller entre les planches de bois.

« Je vais chercher Émile, dit Pétronille avant d'ajouter : Mon fils. Hélène dort. »

Geneviève la suit à l'intérieur. C'est ici que Pétronille a passé toutes ces années, là que ses enfants grandissent. Elle n'arrive toujours pas à croire qu'elle soit parvenue à Fort Rosalie, chez son amie. Les meubles sont de bonne facture ; leur bois donne envie de les caresser. En apercevant le châle qui repose sur le dossier d'une chaise, Geneviève s'agenouille près de la table. Le tissu s'empare de la lumière d'une manière unique, qu'elle reconnaît tout de suite. Dans la pièce d'à côté, un enfant hoquette. En touchant le châle parfaitement lisse, Geneviève pense aux cheveux des bébés, à la peau à l'intérieur des cuisses des femmes, à certains galets polis par la rivière.

« Si seulement tu avais vu M. Ducros essayer de produire sa propre soie », s'amuse Pétronille derrière elle.

Elle tient dans ses bras un garçon brun et dodu, le visage rose et bouffi de sommeil, âgé de trois ou quatre ans. Geneviève fait un signe de la main au petit, puis pointe du doigt le tissu :

« Ton mari l'a-t-il fabriqué ?

— Absolument pas. Il me l'a acheté. » Pétronille sourit. « Il n'avait ni la patience ni la dextérité pour dérouler la soie des cocons. Il n'arrêtait pas de pester, répétait que c'était un travail de femme ou d'enfant. »

Geneviève revoit les gestes précis de sa mère, la douceur avec laquelle elle approchait les vers, leurs cocons. Bien sûr que c'est un travail de femme, pense-t-elle.

*

Il est impossible de résumer cinq ans en une heure – impossible de décrire les joies infimes, les moments de désespoir, les éclats de colère qui les ont menées jusqu'ici. Elles choisissent les anecdotes avec soin, parfois plus que d'autres. Elles parlent de leurs époux, de trahison, de mort et de pardon. Elles évoquent leurs enfants, mais peu. Mélanie et Émile s'amusent sous leurs yeux et leurs jeux en disent long sur eux : Mélanie, résolue et inventive, Émile, distrait mais intransigeant. « Heureusement qu'il est de nature placide », fait remarquer Pétronille. Elle raconte à Geneviève qu'il était encore bébé lors des attaques d'octobre 1722 ; elle berçait son garçon de six mois sur ce même porche quand les guerriers natchez avaient défilé devant sa maison. Elle était terrifiée à l'idée qu'il se mette à pleurer et attire l'attention. Mais les hommes ne leur avaient pas lancé un regard. Les guerriers du village de la Pomme Blanche en voulaient à quelqu'un d'autre ce jour-là, ils se dirigeaient vers la concession de M. Guenot. Pendant une semaine, Pétronille les entendit tirer sur sa plantation depuis la colline. Elle avait prié pour que sa famille soit épargnée. Ses prières avaient été exaucées, mais tous n'avaient pas eu cette chance.

« Cette guerre n'était rien comparée à celle de l'automne suivant, dit Pétronille.

— Combien de conflits y a-t-il eus ? » demande Geneviève.

Elle tâche de garder un ton neutre. Elle ne veut pas risquer de mettre à mal l'indifférence déconcertante de son amie. Pétronille hausse les épaules.

« Ces trois dernières années ont été calmes. » Elle se tait un instant avant de poursuivre : « Je ne me souviens même plus de la cause précise des derniers affrontements. »

Elle réfléchit puis explique qu'à l'automne 1723, un groupe de Natchez avait abattu du bétail qui, il s'était ensuite avéré, paissait sur les terres de colons. À moins que ce ne se soit produit plus tard, lorsque les soldats de La Nouvelle-Orléans avaient débarqué à Fort Rosalie, rejoints par les guerriers tonicas, puis par des missionnaires des villages natchez alliés. Elle évoque les villages Grigra et Jenzenaque ravagés par les soldats mais ne parle pas de batailles ; elle s'en tient à la façon dont le chef de guerre natchez, Serpent Piqué, avait œuvré pour la paix. Geneviève visualise mal la scène – dans le monde de Pierre, il n'existait jamais le moindre différend avec les Illinois. Tout ce qu'elle imagine en écoutant le récit de Pétronille, ce sont des hommes battant leurs tambours comme aux alentours de Prairie du Rocher, et les brassards blancs que son amie décrit, portés par les guerriers alliés aux Français.

« Émile ne s'est même pas réveillé », conclut-elle.

Mais son ton est devenu incertain. Elle s'exprime de manière mécanique, en évitant le regard de Geneviève. Elle évoque l'épouse d'un sergent, menée par les Indiens jusqu'à un ravin, où elle avait tué un guerrier avec un couteau dissimulé dans la manche de sa chemise, avant qu'un autre ne la scalpe. Pétronille s'interrompt, secoue la tête, l'air soudain effarée par son propre récit.

« J'ai beaucoup appris depuis cette époque, reprend-elle. Un an exactement avant la première guerre, je montais à cheval avec Marie et nous traversions la propriété de M. Guenot, le sous-directeur responsable de toutes ces horreurs.

— Tu te promenais à cheval ? » répète Geneviève. L'image de la femme du sergent, se défendant comme elle le pouvait, ne la quitte pas.

« Une idée idiote, admet Pétronille. Mais tu sais, je ne le regrette pas. »

Geneviève se tait. Une libellule rouge lévite au-dessus d'un buisson de fleurs blanches, pulpeuses. C'est ce qui les différencie : Pétronille n'a aucun regret. Ni ici à Natchez, ni à bord de *La Baleine* avec Baptiste, ni à l'entrepôt où elle aurait tout risqué pour le revoir.

« Que va-t-il t'arriver maintenant ? demande Pétronille.

— Je l'ignore », admet Geneviève.

Elle s'attend à ce que sa respiration s'accélère, à ce que sa poitrine se serre, à ce que l'angoisse la suffoque. Rien ne vient. La brise sèche la sueur de son cou, jette les jupons de Pétronille contre sa robe. Son avenir est peut-être insondable, mais il n'est pas hors de portée. Elle le crée à cet instant même, le voit prendre forme, ouvrant un chemin clair né de tout ce qu'elle a entrepris, de tout ce qu'elle a dû abandonner. Ce chemin l'a menée jusqu'ici, à sa meilleure amie, avec sa fille, à un endroit qu'elle ne pensait jamais découvrir. Son passé, elle le connaît déjà ; il l'accompagnera partout où elle ira, la dévorera si elle se laisse faire. Elle pose son bras sur l'accoudoir, regarde Mélanie tirer un bout de tissu des mains d'Émile. Dans l'allée, le soldat fume sa pipe sur un rocher, le cocher s'avance déjà avec les chevaux récalcitrants. La portière de la voiture, entrebâillée, n'attend qu'elle pour s'ouvrir.

Partie III

Les femmes ont des enfants. Certaines auraient préféré ne pas en avoir, mais toutes savaient qu'un jour leur ventre gonflerait, qu'elles ne seraient plus totalement seules en Louisiane. Ils s'appellent Mélanie, Hugo, Émile. Leurs noms n'ont pas d'importance : comme ceux des femmes, on les oubliera. Ils sont nés dans la colonie, y ont grandi ; ils sont à présent assez âgés pour poser des questions. Il n'y a pas si longtemps, les femmes partageaient leurs interrogations. Elles aussi découvraient la Louisiane – elles ignoraient le nom de ses canoës, si cette créature volante était un énorme insecte ou un minuscule oiseau, ou pourquoi le soleil se couchait parfois si tôt.

Elles ont mis des années à comprendre ce qui les entourait. Elles veulent épargner à leurs enfants les faux pas, les désillusions, le sentiment amer que ce continent ne veut pas d'elles, pas plus que Paris et les villages qui les ont vues naître.

Elles se dépêchent donc de leur répondre : une pirogue. Un colibri. Le soleil est un mystère pour nous tous, mon amour.

Les enfants ont d'autres questions, que les femmes préféreraient éviter. Nous habitons en Louisiane, disent-ils, mais qui est donc ce Louis ? Pourquoi le roi vit-il si loin de nous ? Traverserons-nous l'océan, un jour ?

Non, répondent les femmes. Elles écartent les souvenirs de leurs parents, du tabouret bancal sur lequel elles s'asseyaient à leur chevet, de la cheminée qui refoulait parfois si violemment que leurs lèvres avaient un goût de cendre. Elles s'efforcent d'oublier tous les endroits qu'elles ne reverront plus. Elles caressent le visage des enfants, la peau parfaite de leurs joues. Elles s'agenouillent à côté d'eux, leur montrent du doigt le potager, les collines, la forêt, les pélicans rassemblés au bord de l'eau. Elles espèrent que leurs voix ne fléchiront pas et pourtant, parfois, elles les trahissent.

Regarde, disent-elles. Notre vie est ici.

Comme pour leur répondre, les oiseaux s'envolent dans un fracas d'ailes humides. Les enfants se hissent sur les genoux de leurs mères. Ensemble, ils les voient errer, tourner au-dessus du fleuve vert.

9

CHARLOTTE

La Nouvelle-Orléans, novembre 1727

Rue de Bourbon, les roues des voitures tressautent dans l'air frais du matin, les sabots des chevaux s'écrasent dans la boue. Le septième hiver de Charlotte en Louisiane est le plus pluvieux qu'elle ait connu – l'eau menace d'envahir sa maison à chaque averse, elle peine à échauffer sa voix avant de chanter. Elle a été navrée de découvrir les pages usées des quelques livres encore entassés dans le salon, même si elle ne s'est jamais beaucoup intéressée à la lecture. À la Salpêtrière, Charlotte n'appartenait pas aux salles de classe, à cette bande de filles choisies de la Maison Saint-Louis qui déchiffraient la Bible à voix haute ; les Tantes et Mlle Pancatelin avaient rapidement convenu que le chant serait sa seule vocation. Aujourd'hui, elle ne peut que deviner ce que la directrice de la Salpêtrière dirait en apprenant sa décision de rejoindre la communauté des sœurs ursulines.

Avant de fermer la porte de chez elle, Charlotte jette un dernier regard à la pièce vide, au coffre sur lequel étaient empilés les livres de Louis. Trois mois après sa mort, elle a décidé de les vendre. Il lui a fallu des semaines pour se faire à l'idée qu'elle ne retrouverait plus jamais son mari dans la pièce du fond, occupé à feuilleter les pages fatiguées.

Il a disparu, et avec lui, ses espoirs de devenir mère. Non pas qu'elle n'y ait déjà renoncé, ou tout du moins essayé, au fil des quatre dernières années passées à La Nouvelle-Orléans. L'été où Marthe lui dressait la liste de ses ingrédients farfelus lui semble loin ; Charlotte ne s'est plus jamais crue enceinte. Depuis qu'Étiennette a failli mourir en couches, elle s'est même souvent demandé si elle aurait survécu à une grossesse.

Elle était sur le point de partir répéter avec la chorale de l'église Saint-Louis lorsqu'une domestique avait fait irruption chez elle, en pleurs, bredouillant que le docteur tentait de sauver sa maîtresse. Les quatre accouchements précédents d'Étiennette avaient été si rapides que les sages-femmes la citaient en exemple, alors Charlotte peinait à croire la servante. Elle respirait mal ; le vide qui lui déchirait la poitrine l'accablait. Elle n'avait jamais connu pareille sensation et ne vivrait plus rien de tel, pas même six mois plus tard, quand un marin de l'équipage de Louis lui annoncerait qu'une tempête avait détruit leur bateau. Ce qu'elle avait éprouvé le jour où Étiennette aurait pu mourir, elle regrettait de ne pas l'avoir ressenti à l'enterrement de son époux.

Maintenant qu'elle s'apprête à entrer au couvent, il est inutile de ressasser ces souvenirs, de penser à

Étiennette, dont le mari s'est suffisamment enrichi pour abandonner cette côte maudite et acheter des terres au Canada. Étiennette répétait qu'elle ne le comprendrait jamais : La Nouvelle-Orléans commençait enfin à ressembler à la ville dont ils avaient rêvé, on chantait même dans les rues un air qui comparait la beauté de la capitale à celle de Paris. « De simples boniments », répondait M. Feuger, déterminé à s'en aller.

À la fin de l'été dernier, Charlotte avait fait ses adieux à son amie. Elle avait écouté ses descriptions d'arbres vertigineux, de forêts aussi intriquées et piégeuses que des toiles d'araignée. Étiennette l'avait serrée très fort contre elle et Charlotte avait blotti son visage dans son cou, s'abandonnant à son étreinte. Ce jour-là, elle se fichait de laisser paraître ses sentiments. Elles ne se reverraient plus.

Les sœurs ursulines remettront Charlotte sur le droit chemin. Elle croit en ces religieuses, dont l'arrivée en Louisiane relève du miracle. Il y a quelques mois encore, le gouverneur et le supérieur général les tenaient pour mortes ; en mai, personne ne savait où se trouvait leur navire, qui avait pourtant quitté Lorient en février dernier. *La Gironde* avait fini par rejoindre La Balize fin juillet, avec deux mois de retard. Charlotte a entendu dire que les nonnes refusent d'obéir aux ordres de qui que ce soit ; ces derniers jours, elle s'est endormie en songeant à cette communauté de sœurs, à cette famille de femmes courageuses. Elle imagine parfois leur couvent comme une autre Salpêtrière, plus libre, plus douce – un endroit qu'elle aura choisi.

« Charlotte ! »

Dans une berline arrêtée au milieu de la rue de Bourbon, M. Valade, le mari de Marthe, la fixe. C'est la dernière personne qu'elle veut croiser aujourd'hui ; elle doute qu'il comprenne qu'une veuve de dix-neuf ans ne veuille pas se remarier. Mais la voix qui l'appelle est féminine, et Charlotte a tout juste le temps de poser sa petite malle à ses pieds avant que la portière ne s'ouvre sur Marthe.

« Quel froid ! s'exclame-t-elle. Vous n'allez tout de même pas marcher. Montez ! »

Charlotte hésite. Elle n'a pas vu Marthe depuis un an, chez Étiennette. Ce jour d'automne 1726, il était question du nouveau gouverneur, de la réputation de cet homme qui débarquerait en janvier avec sa femme – qui, on l'espérait, vaudrait mieux que M. Dugué de Boisbriand et M. Bienville, tous deux accusés de mener la colonie à sa perte, rappelés à Paris l'un après l'autre. Étiennette avait rapidement mis fin à ces discussions politiques. Les doigts luisant de miel, elle avait tenté de leur faire deviner le nom d'une autre arrivante, bien plus importante que ces dirigeants nommés par le roi. Les jumelles et Marthe avaient volontiers joué son jeu, en vain. Quant à Charlotte, elle refusait de prononcer le prénom qui lui était aussitôt venu à l'esprit. Elle s'était figée en entendant Étiennette expliquer que Geneviève rentrait du pays des Illinois, qu'elle épouserait bientôt un conseiller du nouveau gouverneur.

Charlotte avait ouvert la fenêtre, le cœur battant. Des fragments de rêves lui revenaient ; elle était presque certaine que de retour en Basse-Louisiane, Geneviève troublerait à nouveau son sommeil – belle, déterminée, sûre d'elle-même.

« Je ne veux pas vous importuner, répond Charlotte à Marthe en jetant un coup d'œil à la rue fangeuse.

— Alors, où allons-nous ? »

Le ton de Marthe est forcé, comme si elle tentait de recréer une complicité perdue. Les chevaux mâchent leurs mors, secouent la tête impatiemment. Charlotte pose son bagage sur la banquette et tente de prendre un ton détaché en annonçant :

« Chez les sœurs ursulines, mais vous pouvez aussi bien me laisser descendre devant…

— Sottises ! s'écrie Marthe en ouvrant la portière pour indiquer la destination au cocher. Nous ne vous abandonnerions pas dehors par un temps pareil. N'est-ce pas, Jean ?

— Je me demande surtout ce qui vous amène chez ces femmes. »

Marthe lui lance un regard noir.

« Chacun s'entoure comme il le peut, le sermonne-t-elle. Ma chère, vous devez être si seule depuis que…

— Pas plus que vous, lorsque votre mari part pour Fort Rosalie », l'interrompt Charlotte.

Marthe fait la moue.

« Quand vous y êtes-vous rendu pour la dernière fois ? dit Charlotte en se tournant vers M. Valade.

— Le mois dernier.

— Avez-vous passé un bon séjour à Natchez ? »

M. Valade acquiesce et pendant un instant, Charlotte se demande si elle devra se contenter de cette réponse. Il finit par ajouter :

« M. Ducros m'a aidé à négocier l'achat de dix tonneaux d'huile d'ours. Sa femme a donné naissance à une petite fille. »

Elle essaye de se représenter Pétronille avec ses deux enfants, son bébé et son fils aîné, qui doit avoir cinq ans maintenant. Penser à toutes ces femmes devenues mères ne la laissera probablement jamais indifférente – mais ce sera toujours moins douloureux que d'imaginer Étiennette à des centaines de lieues d'ici. Elle s'efforce de ne pas songer au retour imprévu de Geneviève, de ne pas y lire un signe qu'Étiennette pourrait elle aussi, un jour, réapparaître.

« Je suis heureuse d'apprendre que Mme Ducros se porte bien », se contente-t-elle de répondre.

Les rues s'animent à mesure que la voiture s'approche de l'eau. Deux pirogues sont arrivées la veille des Allemands, la côte où sont cultivés la plupart des légumes de la colonie ; des femmes empilent des caisses de houblon et de fèves, des filles vendent des noix et des courges. On espère que les concessions du Nord livreront bientôt une cargaison de blé.

« Vous devriez nous rendre visite un de ces jours, suggère Marthe.

— Nous verrons.

— Je ne suis pas sûr de ce que M. Charpillon aurait dit s'il avait appris que vous vous rendez chez ces nonnes, fait observer M. Valade.

— Je crains que nous ne le sachions jamais », répond Charlotte.

Elle se tourne vers la fenêtre, la bouche sèche. La voiture fait le tour de la place d'Armes, file devant l'église Saint-Louis – enfin achevée, construite en forme de croix, de loin le bâtiment le plus ambitieux de la ville – et ralentit devant la maison de l'intendant et les chambres du conseil, là où les décisions importantes sont prises, où se rend quotidiennement le mari de Geneviève.

Les chevaux pressent le pas au bord de la rivière. Des hommes noirs restaurent la grande levée de cinq cents toises, aussi large qu'une rue, qui s'étire entre les quais et le port, le fossé censé protéger la ville des inondations. De l'autre côté du fleuve, en face de La Nouvelle-Orléans, les cabanons des Africains réduits en esclavage par la Compagnie des Indes apparaissent dans les bois. Charlotte a entendu parler des rébellions à bord des bateaux naviguant de la Sénégambie à La Balize ; plusieurs fois, elle a aperçu des femmes, des hommes et des enfants dénudés, décharnés, alignés devant des vaisseaux aux coques laminées par les vagues. Elle doute que le Code Noir de l'ancien gouverneur Bienville, passé trois ans plus tôt, ait amélioré leurs conditions de vie. Louis affirmait que ce texte n'empêchait pas les régisseurs de forcer les esclaves à travailler le dimanche, qu'il n'avait en rien atténué la violence des châtiments infligés. Lors de ses innombrables voyages, il avait été témoin de plus d'une sanction barbare.

« Ces rues me répugnent », marmonne Marthe.

Personne ne lui répond. La voiture cahote au bord de la rivière et Charlotte regarde défiler les briqueteries, l'Hôtel-Dieu. Des bosquets touffus surgissent entre les bâtiments, des parcelles de forêt qui résistent, puis cèdent sous les coups de hache des Africains contraints d'en abattre les arbres – la dernière idée du gouverneur de Périer pour que l'air circule mieux, comme le lui a un jour expliqué Louis.

« Les fugitifs, dit Marthe en jetant un coup d'œil dehors. N'en avez-vous pas peur ? »

Charlotte pense à sa maison à la lisière des bois, aux innombrables nuits où elle y a dormi seule.

« Non, réplique-t-elle.

— Nous en compterons bientôt de moins en moins, fait remarquer M. Valade.

— Pourquoi donc ? s'enquiert-elle.

— Le gouverneur a pris de nouvelles mesures. Dorénavant, les maîtres seront punis si leurs esclaves parviennent à s'échapper, dit-il. Ou du moins, c'est ce qu'on raconte à Fort Rosalie. Les guerriers natchez ont ordre d'attraper et de ramener les fuyards, ou bien leur peuple sera considéré comme notre ennemi. »

Il marmonne quelques mots que Charlotte ne comprend pas et, avant qu'elle ait eu le temps de le prier de répéter, Marthe agite la main vers la fenêtre :

« Est-ce ici ? »

La bâtisse marque la fin de la ville : sa cheminée tousse une fumée fine, les pins menacent d'écraser la clôture du jardin. Couvertes de boue, leurs racines luisent sous la lumière grise.

« Prenez soin de vous, Mme Charpillon », dit M. Valade.

Il s'est exprimé d'un ton si doux que Charlotte manque de trébucher sur les fourrures en descendant de voiture. Coffre à la main, elle se met en route, l'air glacé lui brûlant les joues, et frappe à la porte.

*

Au printemps dernier, Charlotte rendait visite à Étiennette lorsqu'une tempête s'abattit sur la capitale. Les nuages sombrèrent dans un noir jaunâtre, une couleur vile qui absorbait les maigres rayons de soleil. Au-dessus des toits, les éclairs imprimaient des formes argentées qui rappelaient celles d'arbres malades. La pluie s'écrasa soudainement sur les rues désertées, comme si elle tombait déjà depuis des heures.

« Tu restes ici, décida Étiennette. Nous dormirons ensemble, comme à la Salpêtrière. »

Charlotte ne ferma pas l'œil de la nuit. Elle était terrifiée à l'idée de remuer dans son sommeil. Elle agrippait le bord du matelas de sa main droite ; elle serrait ses jambes croisées, se persuadant que la chaleur qui battait entre ses cuisses n'avait rien d'extraordinaire, qu'elle n'était due qu'à la contraction de ses muscles. Elle ne voulait surtout pas somnoler, parce qu'elle savait exactement ce qu'elle verrait, les yeux clos.

Elle fixa le plafond, examina les poutres, les formes curieuses inscrites dans le bois. Elle écouta la pluie, martelant les tuiles avec une telle vigueur qu'elle ne sut bientôt plus si le son lui rappelait davantage celui de torrents d'eau ou d'un violent incendie.

*

Le couvent compte onze sœurs ursulines, et neuf pensionnaires nées sur l'Ancien Continent. Charlotte est la dixième. Quatre autres femmes, des filles noires ou autochtones asservies qui ne partiront pas avant de s'être converties. Et puis de nombreuses externes qui ne viennent que pour la journée, des filles aux origines diverses qui assistent à la messe à sept heures et retournent chez elles après souper, vers dix-sept heures trente. Ces informations sont fournies par mère Tranchepain, dans son bureau à peine plus grand qu'un garde-manger, devant un secrétaire couvert de lettres. Une représentation de la Passion du Christ pend derrière elle, et le cadre rond dessine une auréole noire au-dessus de la coiffe de la Supérieure.

« Nous ne demeurerons pas longtemps dans cette maison de la Compagnie, reprend-elle. Le révérend père de Beaubois se charge de la construction de notre couvent, mais notre mission ne saurait attendre. Quand êtes-vous venue dans ce pays ? »

Charlotte compte et répond. Il fait froid sous les toits, mais mère Tranchepain semble parfaitement sereine.

« Ma chère, vous savez donc bien que notre présence dans ces contrées est indispensable. Ces terres ne prospéreront jamais si nous ne menons pas bataille contre les impies. Les mères doivent élever leurs enfants dans la foi, ou le vice continuera de se répandre dans ces bayous. »

Charlotte se redresse, mal à l'aise. Elle s'était imaginé prononcer le nom d'Étiennette et expliquer les raisons de sa venue dès qu'elle rencontrerait la Supérieure. Il suffirait que mère Tranchepain lui pose une question – « qu'est-ce qui vous amène ici ? » – pour qu'elle lui avoue la vérité. Elle se confesserait, elle pourrait même guérir. Mais la Supérieure ne s'intéresse pas à elle, elle est trop préoccupée par le difficile établissement des ursulines en Louisiane, offusquée par le comportement du gouverneur de Périer qui a même tenté de faire travailler ses compagnes comme filles de charité à l'hôpital, alors que leur véritable mission est d'éduquer les femmes et de les élever dans la gloire du Seigneur.

« "Les vraies et chastes épouses du Fils de Dieu" comme nous le rappellent les Constitutions de notre ordre, dit-elle avant de marquer une pause. Les commandants de cette ville n'y comprennent rien. Il faut agir comme bon nous semble. Vous verrez. Les quelques sauvages et négresses ont beaucoup à apprendre et probablement autant à oublier. Je compte sur vous pour les aider à trouver le droit chemin. Nos sœurs les guident, elles vous accompagneront. Mais votre influence est cruciale. Ces filles doivent connaître leurs lettres et leurs prières. Elles seront baptisées avant Noël. »

Le sang a déserté les doigts de Charlotte. La Mère Supérieure a l'air persuadée qu'elle sait lire, et

Charlotte ne veut pas la décevoir. « Je ferai de mon mieux, parvient-elle à répondre.

— Eh bien, sœur Marie-Madeleine sera ravie de vous montrer notre humble maison. Nous nous verrons au dîner. »

Dans la cage d'escalier, une fille au visage dévoré par la petite vérole la dévisage.

« Quelle joie de vous accueillir ici, Madame. »

Entre les voiles, deux yeux joyeux fixent Charlotte. Sœur Marie-Madeleine est bavarde. Elle lui décrit les plans de l'ingénieur royal pour leur couvent, lui raconte les histoires de filles habitant à cinq ou dix lieues de la capitale n'ayant jamais entendu parler de Dieu. Elle lui assure que toutes veulent se faire religieuses puis baisse la voix avant d'ajouter :

« Ce n'est pas au goût de notre révérend père de Beaubois, qui préférerait les voir devenir des mères chrétiennes, afin d'établir la religion dans ce pays. Notre désir le plus profond, à tous. Vous le rencontrerez bientôt. Il a la bonté de nous dire la messe. »

Charlotte a croisé le supérieur général plus d'une fois à l'église Saint-Louis mais pour la nonne, le monde extérieur n'existe plus – bientôt, il en sera de même pour elle.

« Où sont vos sœurs ? » demande-t-elle.

Elle n'a encore croisé personne d'autre. Au rez-de-chaussée, une série de portes closes ; à travers l'une des rares fenêtres, un potager gelé, une cour immense infestée d'herbes drues et de ronces.

« Nous sommes toutes très occupées. Certaines enseignent, d'autres méditent. Sœur Françoise dégèle l'eau des poules. Oh, et le gouverneur de Périer nous a fait présent d'une vache et d'une truie la semaine dernière. La générosité des habitants de ces contrées est admirable. Tenez, voilà sœur Cécile. »

Dehors, Charlotte aperçoit une femme menue, hache à la main, fendant les bûches d'un geste sûr. Couper du bois, ce qu'Étiennette avait entrepris sans hésiter à l'entrepôt de Biloxi. Charlotte préférerait que la religieuse l'emmène à la chapelle ou au dortoir, plutôt que de laisser libre cours à ses pensées dans cette maison silencieuse.

« Il paraît que vous chantez à l'église Saint-Louis, fait remarquer sœur Marie-Madeleine.

— Vous disiez que l'une des sœurs enseignait. Pourrais-je assister à l'une des leçons ?

— Maintenant ? »

Charlotte acquiesce. La nonne considère sa cape noire.

« Trouvons d'abord une tenue convenable. »

Charlotte se demande ce que les ursulines feront de ses vêtements de deuil – à qui elle songera, dorénavant, en s'habillant. Elle aimerait qu'ils soient mis de côté et conservés, mais elle garde le silence. Sœur Marie-Madeleine explique qu'elles manqueraient de tout sans l'aide du gouverneur de Périer, mais qu'il leur reste peut-être une robe. Quant à ses sabots, elle demandera un billet pour les faire venir des magasins de la ville.

« J'imagine que votre habit conviendra pour aujourd'hui, finit-elle par décréter. Suivez-moi. »

Au bout du couloir, elles entrent dans une salle où une servante dresse chacune des longues tables. Charlotte compte quatre chandeliers en bois, une vasque en cuivre rougeâtre, vide. Elles traversent le réfectoire. Avant d'ouvrir la porte, sœur Marie-Madeleine chuchote :

« Les sauvages et les négresses étudient dans une autre pièce. Pour leur catéchisme. »

Une quinzaine de femmes dévisagent Charlotte. Des plumes et des encriers sont posés sur leurs pupitres improvisés, des lettres hésitantes apparaissent sur le mauvais papier. La nonne poursuit sa lecture sans accorder la moindre attention aux nouvelles venues, sa voix aussi monotone que celle d'un coucou. Charlotte observe les filles qui se détournent déjà, absorbées par la leçon. Puis elle se rend compte que l'une d'entre elles ne la quitte pas des yeux. Il faut une seconde à Charlotte pour reconnaître Geneviève. Pendant un instant, sa poitrine, son ventre ne semblent plus lui appartenir. Elle prend appui sur le dossier de la chaise la plus proche, s'assied aussi calmement que possible. Elle ouvre un livre de prières, comme si elle ne l'avait pas remarquée.

*

L'obscurité est complète lorsque les dix pensionnaires se lèvent – la lune, une présence visqueuse à travers le tissu qui tend les châssis des fenêtres. Ici, les heures portent le nom de prières, comme à la Salpêtrière. Matines d'abord, dont la cloche les réveille au milieu de la nuit ; puis laudes à l'aurore, suivies de prime, tierce, sexte à midi, none, vêpres le soir, complies avant le coucher. Matines à nouveau. Les femmes, somnolentes, enfilent leurs sabots, ajustent leurs jupons sombres. Charlotte les entend se moucher, tousser, cracher. Elle aide à s'habiller les deux fillettes grelottant de froid, les orphelines confiées aux ursulines après avoir été abandonnées à la boue givrée de La Nouvelle-Orléans.

Elle a été immensément soulagée d'apprendre que Geneviève ne vivait pas au couvent. Dans la salle de classe, Charlotte a d'abord éprouvé une joie bouleversante, puis un élan de colère, de terreur, un malaise dévorant qui l'a laissée sans voix. Les émotions sont incandescentes, trop neuves ; elle n'arrive pas à y voir clair. Tout ce qu'elle sait, c'est que le couvent ne marquera pas le nouveau départ qu'elle espérait. Elle sera contrainte de fréquenter Geneviève de tierce à vêpres – lors de la plupart des leçons, à la messe, au réfectoire, partout sauf dans le dortoir.

Elle ne comprend pas ce que Geneviève fait là, elle qui n'a jamais semblé se préoccuper de Dieu.

Depuis son retour en Basse-Louisiane, Charlotte ne l'a aperçue qu'une seule fois, le jour où Geneviève a épousé son second mari, un certain M. Melet. C'était il y a presque un an maintenant, le 5 décembre 1726. Charlotte n'avait pas été conviée à la cérémonie : la femme d'un pilote n'aurait pas eu sa place aux noces d'un conseiller du gouverneur. Mais il était impossible d'ignorer leur union. En ville, on ne parlait que des festivités organisées pour le mariage.

Geneviève et M. Melet étaient parvenus à La Nouvelle-Orléans juste à temps pour voir un gouverneur en remplacer un autre – M. de Périer, reprenant le poste de M. Dugué de Boisbriand. Le fiancé de Geneviève venait de Trois-Rivières, au Canada. Il n'était pas noble, loin de là. Mais, comme Louis aimait le répéter, il savait se mouvoir en terres inconnues, séduire les jeunes administrations de ces villes en devenir, s'allier avec les conseillers moins influents mais plus stables, plutôt que parier sur les hommes puissants qui tomberaient un jour.

Charlotte avait souvent aperçu M. Melet. Il portait toujours un chapeau orné d'une plume bleue, qui annonçait des traits plus vieux que ceux qu'il ne dissimulait.

Quant à Geneviève, elle ne sortait jamais.

Elle entendit d'autres rumeurs au marché, près du bayou Saint-Jean ; M. Melet était trop bon pour sa fiancée, le premier mari de Geneviève n'était pas mort depuis un an qu'elle se remariait déjà. Qui sait ce qui avait bien pu se passer, là-bas, dans le Nord. Mais le pays des Illinois était loin. La Louisiane, avec ses interminables lieues, avait transformé cette histoire comme elle changeait tous ceux qui s'établissaient au bord de ses rivières.

La plume du chapeau de M. Melet brillait d'un rouge éclatant le jour du mariage, en décembre dernier. Un vent perçant la secouait tandis que la calèche traversait la place d'Armes. Lorsque la voiture des fiancés s'était arrêtée, Charlotte l'avait aussitôt reconnue. Geneviève était assise près de son mari, le dos si droit que l'hermine de son manteau ne touchait pas le dossier de son siège. Même de loin, Charlotte voyait bien que l'étreinte de leurs mains avait tout l'air d'un compromis : la paume de M. Melet, courbée, recouvrant à peine le poing fermé de Geneviève.

*

Laudes. À l'aube, Charlotte descend avec les autres pensionnaires jusqu'à la chapelle, une salle sans prétention qui pourrait servir de dortoir ou de réfectoire si on n'y avait pas installé quelques bancs. Dehors, le soleil partage déjà le ciel avec la lune. Sœur Marie-Madeleine, alerte en dépit de l'heure matinale, les salue d'un sourire qui creuse les cicatrices autour de ses lèvres. La Supérieure se tient près de l'autel, une simple table drapée, et fait signe aux femmes autochtones et noires qui viennent d'entrer. Elles se mêlent aux autres pensionnaires sans un mot. Charlotte entend un bref reniflement et remarque que l'une d'entre elles essuie ses yeux ambrés.

Charlotte détourne le regard. Elle sait qu'elle ne peut rien pour elle.

« Sainte Marie, priez pour nous. Sainte Mère de Dieu, priez pour nous. Sainte Vierge des vierges… »

Dans la chapelle, Charlotte oublie où elle se trouve. À la Salpêtrière, elle s'était habituée aux intonations chantantes du sud de la France, à la voix des Bretonnes qui emportaient les mots comme si c'était de l'eau. Ici, au couvent, les accents des filles l'emmènent ailleurs ; la rumeur de la ville s'est tue. Les cris, hennissements, rires et pleurs ont cédé place au chœur des femmes, et leurs voix s'élèvent dans la pièce dépouillée, dans la lumière jaune de l'aurore. La Supérieure récite un hymne à sainte Ursule, et Charlotte incline la tête. Quand les pensionnaires et les nonnes se mettent à chanter, Charlotte ne reconnaît pas la mélodie. Elle se laisse guider, les accompagne sans prononcer le moindre mot, les vibrations de sa poitrine se mêlent aux leurs. Elle n'a pas éprouvé un tel apaisement depuis le jour où *La Baleine* a levé l'ancre – Étiennette à ses côtés, les côtes françaises s'amenuisant au loin. Plutôt que de penser au bras de son amie contre le sien, Charlotte se concentre sur le soulagement qui l'avait submergée en voyant l'horizon s'aplanir, disparaître, comme si le continent avait basculé de l'autre côté d'une falaise. Plus de sœurs officières ni de Tantes : rien que l'océan, à perte de vue.

Elle tressaille en sentant une main lui tapoter l'épaule, ouvre les yeux au moment où Geneviève chuchote « bonjour ». Charlotte jette un coup d'œil derrière elle : les autres filles se dirigent vers la sortie, mère Tranchepain rassemble ses recueils de prières. Bientôt, il ne restera plus qu'elles dans la chapelle.

« Mon mari s'en allait pour Mobile ce matin et m'a conduite ici plus tôt, explique Geneviève en souriant. À moins que ça ne fasse partie de son stratagème pour me transformer en parfaite dévote. Mais raconte-moi plutôt ce que tu fais là. M. Charpillon t'a-t-il confiée aux nonnes pour la nuit ?

— Il nous a quittés au début de l'automne. »

Elle est coincée entre deux bancs. Elle avait oublié le bleu des yeux de Geneviève, une transparence que l'Atlantique et les rivières de la colonie ignorent.

« Je suis navrée, reprend Geneviève plus doucement. Mais tout de même, ne te plairais-tu pas davantage en ville, hors de ce couvent ?

— Mesdames, s'il vous plaît », les interrompt sœur Marie-Madeleine en leur montrant la porte.

Charlotte sent l'épaule de Geneviève frôler la sienne en sortant. Elle se revoit il y a des années à Biloxi, enceinte, le jour du départ de Pétronille pour Fort Rosalie. Ce matin-là d'été, elle avait traversé la ville aux côtés de Geneviève, bataillant avec ses sentiments. Elle l'entend à nouveau lui demander : « Qu'ai-je bien pu te faire ? » Pour Charlotte, la réponse était évidente. Tu t'es mise entre Étiennette et moi. Mais cette simple pensée lui était insupportable – elle la forçait à admettre qu'il y avait déjà plus qu'une amitié à voler.

Au couvent, de nouvelles réponses lui viennent : tu as empêché des femmes de devenir mères, quand je n'ai jamais réussi à avoir d'enfant. Et maintenant, tu me prives du dernier refuge que j'espérais trouver en Louisiane.

*

Le matin, le premier enseignement a lieu entre prime et tierce, avant le déjeuner et après la messe. Dans la salle de classe, les doigts crispés sur son livre de prières, sœur Renée dicte. Charlotte observe la jeune orpheline assise à côté d'elle. Elle doit avoir sept ans à peine mais elle noircit la page de lettres bouclées, gracieuses. Devant elle, Geneviève est penchée sur son pupitre. Sa plume couine. En entrant dans la pièce, elle a confié à Charlotte qu'elle préférait de loin les leçons aux autres activités du couvent – mais si son mari lui demande de lui raconter ses journées, elle ne lui parle que de prières et de méditations. Charlotte n'a pas touché à son encrier. Pour elle, les mots sont suspendus : « dévotion », « Vierge », « confession », répétés tant de fois que leur sens s'évapore – leurs lettres, une coquille fine mais tenace, impénétrable.

Elle écoute Geneviève lire, la regarde tendre le livre à la fillette. Les doigts de Perrine glissent d'une ligne à une autre, ses lèvres remuent rapidement. Charlotte se raidit en tournant les pages usées de l'ouvrage.

« Poursuivez », dit sœur Renée.

Les lettres se brouillent. Charlotte n'essaye pas de se concentrer sur la première phrase mais s'attaque d'emblée au paragraphe entier, ses yeux parcourent les dizaines de signes aussi vite que possible. Ses tempes la brûlent, comme à la fin d'une répétition, avant de chanter à l'église. Seule avec sa voix, Charlotte savait dissimuler le travail et l'effort que personne ne veut entendre dans une chanson. Elle n'a aucune prise sur ces lignes sombres.

En redressant la tête, elle croise le regard bleu de Geneviève. À demi tournée sur son siège, elle dérobe Charlotte à la vue de sœur Renée. Puis elle se met à articuler les mots, silencieusement, sa bouche s'ouvrant et se refermant autour des syllabes, sa langue apparaissant, rose, entre le petit écart de ses dents de devant. Charlotte lit sur ses lèvres, incapable de détourner les yeux.

*

Elle découvre bientôt qu'elle n'est pas la seule à bénéficier de l'aide de Geneviève. La cloche sonnera bientôt sexte lorsqu'elle sort se promener dans le jardin. Elle s'éloigne de la maison, avance dans l'herbe en dépit du vent glacé. Entre les prières, les leçons et les repas, elle ne bouge presque plus, un rythme auquel son quotidien d'épouse puis de veuve ne l'a pas habituée. Dans le poulailler, les oies et les poules se réfugient dans la paille pour se tenir chaud. Charlotte aperçoit Geneviève, assise sur un banc à côté de la fille autochtone qui pleurait dans la chapelle. Geneviève montre du doigt divers objets qu'elle épelle ensuite en français.

« Joins-toi à nous, propose-t-elle à Charlotte. Nous reprenons ce que nous avons étudié ce matin. »

La jeune fille se lève. Ses pommettes sont hautes, sa posture rigide, son regard dur. Elle se dirige vers la maison sans se retourner.

« Je ne voulais pas l'effrayer, dit Charlotte.

— L'effrayer ! Voyons, je pense qu'elle nourrit plus de haine que de crainte à notre égard. »

Hier, Charlotte a demandé à sœur Marie-Madeleine à quel moment les femmes noires et indiennes étaient arrivées. La nonne lui a fièrement expliqué qu'en août, quelques jours après s'être installées dans cette maison, des membres du gouvernement avaient amené quatre pensionnaires. Une fois converties, elles repartiront dans leurs communautés, où elles accueilleront leurs enfants dans la foi chrétienne. Sœur Marie-Madeleine a souri. Qui sait : à l'avenir, quelques-unes pourraient même rester au couvent pour faire leur noviciat et servir d'exemples à celles qui suivront. Quant aux femmes qui ne viennent que deux heures par jour, elles rentrent chez leurs maîtres après leur leçon de catéchisme. « Il s'agit de faire en sorte que les impies n'envahissent pas nos maisonnées », a conclu la religieuse.

« Je peux vous assurer que Sor'kor Sokon n'apprécie aucune d'entre nous », reprend Geneviève.

Charlotte résiste à l'envie de lui demander de répéter le nom de cette femme, qu'elle n'a pas saisi.

« Pas même toi ?

— Peut-être davantage depuis que je l'aide avec nos leçons.

— N'as-tu pas besoin de livres pour ça ? »

Geneviève montre de la main la clôture bancale, les branches mortes des buissons de myrtilles, un raton laveur qui s'enfuit derrière la cabane à bois.

« Les prières ne sont pas les seuls mots qu'on puisse épeler. »

Charlotte regrette sa question. Les sœurs leur apprennent à lire et à écrire pour qu'elles soient prêtes pour la messe de Noël, dans vingt jours. Elle ose à peine imaginer ce qu'elles penseraient d'une externe qui s'inspirerait d'un jardin gelé pour donner des leçons d'orthographe. De petits nuages s'échappent des lèvres de Geneviève.

« J'ai écrit à Pétronille pour lui dire que tu étais ici », poursuit-elle. Elle s'interrompt, réajuste sa cape. « J'étais heureuse de te revoir, la semaine dernière, à ton arrivée. »

Charlotte baisse la tête. La conversation lui échappe, elle cherche un autre sujet.

« Pourquoi ne restes-tu pas chez toi la journée ? dit-elle.

— M. Charpillon ne t'a jamais demandé pour quelles raisons tu avais quitté la France ?

— Non. »

Geneviève sourit tristement. La lumière froide se reflète dans ses yeux comme dans de l'eau.

« M. Melet non plus ne m'a posé aucune question, répond-elle, mais il n'a pas eu de mal à obtenir les informations qu'il cherchait. Et il a décidé qu'il ne parviendrait pas seul à me laver de mes péchés. L'été dernier, il était le premier à demander de l'aide aux sœurs.

— Tu le rejoins pourtant tous les soirs. »

Geneviève coupe un fil qui dépasse de sa manche.

« Je préférerais qu'il en soit autrement. »

Charlotte voudrait soudain l'interroger sur ses années passées au pays des Illinois, sur la petite fille que les jumelles ont mentionnée, sur le gouverneur de Périer et sur le travail de M. Melet, sur toutes ces choses que seule Geneviève sait, mais sœur Cécile les appelle depuis le seuil de la porte. En s'avançant vers la maison, Charlotte voit la nonne attraper la main de l'une des orphelines et l'entraîner à l'écart de la plus jeune des élèves noires – répétant probablement à Perrine qu'elle ne doit fréquenter que les femmes blanches. Geneviève ne dit rien mais secoue la tête, lance à Charlotte un regard désolé. Elles marchent l'une à côté de l'autre, l'herbe haute frôlant leurs chevilles, envoyant courir des frissons le long de leurs cuisses.

*

Mi-décembre. Au lit, chaque soir après complies, Charlotte examine sa conscience. Dans l'atmosphère cotonneuse du couvent, ses souvenirs d'Étiennette se transforment, acquièrent une nouvelle qualité. Son amie devient intangible, lointaine, comme les mois humides passés à bord de *La Baleine*. À mesure qu'elle se plonge dans les livres de prières, Étiennette se fond peu à peu avec les héroïnes des textes que Charlotte découvre, ces récits dramatiques de seins mutilés et de filles muettes, la bouche remplie du sable de l'arène, le regard planté dans les yeux chocolat des lions. Des saintes que Charlotte ne rencontrera jamais, et dont elle utilise les histoires pour enterrer l'Étiennette qu'elle a connue, la remplacer par une femme digne des destins de ces chrétiennes disparues. Le soir, en s'agenouillant pour prier, Charlotte reconsidère ses sentiments. Elle en tire une parabole au sens nouveau – elle, vagabonde égarée, et Étiennette, la sœur sage qui refuserait ses avances, la remettrait sur le droit chemin.

Au couvent, ses péchés ne lui semblent plus irrévocables. Il ne s'agit pas d'une condamnation, comme son ventre stérile. Ici, Charlotte a le choix : elle peut décider de leur résister ou d'y succomber.

Elle lit de mieux en mieux. Les nonnes n'y sont pour rien : elles sont trop accaparées par l'enseignement, les comptes, l'entretien des animaux et du potager, les soins à apporter aux malades alitées dans l'étroite pièce qui sert d'infirmerie. Que ça lui plaise ou non, Charlotte progresse grâce à Geneviève, qui profite de leurs deux pauses quotidiennes, après le dîner et le souper, pour aller chercher *La Règle de la Compagnie de sainte Ursule*. Elle guide le doigt de Charlotte d'un paragraphe à un autre, ligne après ligne, jusqu'à ce qu'il soit l'heure de rejoindre la salle de classe. Charlotte observe son visage ; les mots coulent de ses lèvres comme si elle les avait toujours sus. Le soir, elles se séparent à sept heures, Geneviève pour rentrer chez elle, Charlotte pour dire le petit office de la Vierge lors du dernier service de la journée. Une fois seulement, Geneviève mentionne sa fille. Elle explique qu'elle ne se serait jamais résignée à venir au couvent si Belle n'était pas là pour s'occuper de Mélanie. Elle pose ensuite sa main sur le livre, regarde Charlotte. « Je suis navrée, pour ton enfant », murmure-t-elle. Charlotte sent sa mâchoire se crisper. Elle ne veut surtout pas croire que Geneviève puisse être sincère. Son regard retombe sur la page, elle cherche désespérément la prière à laquelle elles se sont arrêtées. C'est pour ça, se rappelle-t-elle, que je suis là.

Elle a aisément convaincu sœur Marie-Madeleine de leur procurer d'autres ouvrages ; la jeune nonne se réjouissait de les voir se passionner pour les préceptes de sainte Ursule. La pluie creuse des ruisseaux de boue dans le jardin et elles s'installent au réfectoire où Charlotte s'entraîne à lire d'une voix étouffée les écrits de sainte Angèle Merici. Elle ne questionne pas Geneviève sur sa vie hors du couvent. Quelque chose en elle lui dit qu'elle a tort, mais son inquiétude pour Geneviève se mêle à une crainte plus grande encore – que le monde extérieur puisse, si elle ne se montre pas vigilante, s'immiscer dans l'enceinte de la maison des ursulines. Elle est convaincue qu'elle doit garder ses distances avec la ville, avec la femme qu'elle y était autrefois.

Lorsque Geneviève mentionne son mari, Charlotte lui répond donc du bout des lèvres. Elle a agi de la même façon sur la route de Lorient, il y a sept ans, alors que Geneviève lui racontait ses années à Paris. Chez les nonnes, Geneviève, comme Étiennette, doit assumer un nouveau rôle : celui de la sœur aînée qui apprend plus vite que toutes les autres pensionnaires, qui sait les prières et les litanies, qui pourra la guider sur la voie du repentir. Elles ont toutes les deux péché. Elles viennent du même endroit. Elles se connaissent depuis des années, alors, quand les doigts de Geneviève rencontrent les siens sur le papier, Charlotte ne bouge pas, ignore la chaleur qui galope parfois le long de son bras, la sensation tiède qui lui chatouille l'estomac. Elle se concentre sur sa lecture. Elle accepte Geneviève comme la compagne de voyage qu'elle a un jour été, qui pourrait être pardonnée, si seulement elle s'y essayait.

*

Dix jours avant Noël, Geneviève s'assied à l'écart au dîner. Elle ne semble pas entendre les textes inspirants de sœur Marie-Madeleine et fixe son assiette, les mains sous la table. Les femmes trempent leurs tranches de pain au maïs dans le jus de viande, boivent leur verre de bière en silence. À la fin du repas, Charlotte s'approche avec un livre et du papier mais Geneviève secoue la tête.

« Je préférerais lire dehors aujourd'hui, si tu n'y vois pas d'inconvénient », dit-elle.

Le ciel est d'un bleu huileux, les nuages statiques. Charlotte continue de suivre Geneviève, le sentier s'efface sous leurs pas. Elle serre l'épais volume contre sa poitrine. Elle voudrait retourner à l'intérieur, étudier jusqu'à sexte comme elles en ont l'habitude. Le jardin, avec son odeur de terre retournée et ses effluves du fleuve, lui rappelle trop la ville. Geneviève s'arrête près de la cabane à bois. D'ici, les fenêtres du réfectoire ressemblent à des sabords. Charlotte ne s'est jamais aventurée aussi loin de la maison, aussi près de la forêt.

« Nous devrions rentrer », dit-elle.

Mais Geneviève prend place sur une pile de bûches, lui fait signe de la rejoindre. Les échardes s'accrochent à la robe de Charlotte, le bois oscille contre ses mollets. Puis les doigts de Geneviève apparaissent, ceux qui, hier encore, traçaient des lettres élégantes : l'ongle du pouce d'un noir d'encre, l'index et le majeur, cassés. Charlotte n'a pas besoin de s'approcher, elle se rend bien compte de la gravité des blessures. Mais elle ne peut s'empêcher de poser sa main sur les doigts brisés, tout doucement, saisie d'une envie désespérée de sentir sa peau contre la sienne – la douleur comme une simple extension, plus acceptable, du toucher. Geneviève ne se dérobe pas. Charlotte se raidit puis se détend à mesure qu'elle effleure la peau gonflée, amenant sa main jusqu'à sa robe, la laissant reposer sur ses genoux.

Elle revoit ces mêmes mains se refermer sur un chapeau de paille, le jour de septembre 1721 où Geneviève lui avait rendu visite à Biloxi pour la dernière fois. Le lendemain, elle s'en allait pour le pays des Illinois. Charlotte était enceinte, elle avait peur, son corps tout entier la faisait souffrir. Elle ne voulait pas que Geneviève la voie dans cet état, qu'elle remarque l'odeur infecte émanant du seau près du lit. À cette idée, elle éprouvait une peine immense, qu'elle ne s'expliquait pas.

Geneviève ne lui avait donné aucun conseil ce matin-là. Elle lui avait posé des questions au sujet de Louis, avait spéculé sur le quotidien de Pétronille à Natchez. Elle avait ri en lui rapportant les dernières rumeurs de la ville, l'air de la Louisiane qui inciterait soi-disant au vice. Puis elle s'était levée, avait dit à Charlotte de bien se reposer, comme s'il s'agissait d'une arrière-pensée, comme si elle n'essayait pas vraiment de l'aider. En entendant la porte de la maison se refermer, Charlotte s'était sentie submergée par un sentiment d'abandon si absolu qu'elle avait hésité à l'appeler pour lui demander de ne pas la laisser seule – de rester, s'il te plaît, juste un peu plus longtemps.

Ensuite il n'y a plus rien d'autre que la bouche de Geneviève, toute proche de son visage ; Charlotte se penche vers elle, presse doucement ses lèvres contre les siennes, jusqu'à ce qu'elle en ait mal.

*

Il ne se passe jamais rien de plus qu'un baiser dans l'air froid d'un après-midi de décembre, des doigts cassés rencontrant des mains gelées. Mais ce baiser a l'effet d'une claque. Même ici, enfermée dans un couvent, Charlotte peut échouer. Elle sait lire maintenant, mais elle n'emprunte plus aucun ouvrage. Pendant les leçons d'arithmétique, elle s'assied à l'écart des autres pensionnaires pour éviter de devoir partager ses jetons ; elle les empile et compte, distraite, alors qu'elle voudrait être seule, récitant les *Ave Maria* qu'elle s'est assignés.

Dans la chapelle, elle se perd dans le chœur des femmes. Leurs voix ne la réconfortent plus, ne font qu'amplifier sa solitude.

Charlotte a renoncé à s'approcher de Geneviève. Elle l'aperçoit parfois, mais toujours de loin. Elle ne veut plus jamais se trouver suffisamment près pour remarquer le petit espace entre ses dents de devant. Elle veut oublier ce qu'elle ressent quand on la touche, comme elle l'a fait après le départ d'Étiennette, après la mort de Louis. Elle y est déjà parvenue. Elle peut y arriver une nouvelle fois.

Un après-midi de décembre, juste avant vêpres, Charlotte bouscule Geneviève alors qu'elle sort de la salle de classe. Elle ne l'avait pas vue ; le couloir est étroit, la porte lourde, Charlotte tient deux bouteilles d'encre à bout de bras. Lorsqu'elles se fracassent au sol, le son est assourdissant. Le liquide noir éclabousse leurs robes, se répand entre elles comme un animal paresseux. « Laisse-moi faire », déclare aussitôt Geneviève, mais Charlotte s'agenouille déjà pour ramasser les débris. Elles se mettent à nettoyer en silence. Charlotte s'efforce de se concentrer sur ses doigts tachés, les flaques sombres, le plancher où scintillent les éclats de verre. Mais alors que Geneviève se baisse pour attraper le couvercle brisé, le col de sa robe se desserre et Charlotte croit apercevoir un bleu dans son cou, que Geneviève couvre aussitôt. « Je vais chercher des torchons », murmure-t-elle en se levant brusquement. À son retour, sœur Marie-Madeleine a rejoint Charlotte. « Ne vous inquiétez pas, dit la nonne en souriant à Geneviève, nous avons presque terminé. »

Au fil des jours suivants, Charlotte ne cesse de revenir à cet après-midi-là. Elle se force à embrasser le malaise profond qui la saisit à chaque fois qu'elle pense au cou de Geneviève. Y a-t-elle vraiment vu un hématome, ou ses yeux l'ont-ils trahie ? Elle n'est sûre de rien. Alors elle fait ce qu'elle a appris à parfaire ces dernières années – elle nie ses propres intuitions, les muselle jusqu'à ce qu'il n'en reste rien.

*

Trois jours avant la messe de Noël, Charlotte remonte au dortoir bien après les autres femmes. Elle s'est attardée dans la chapelle, a étendu des guirlandes de laurier sur l'autel, tressé les bancs de houx et de gui. À quelques lits du sien, avachie sur leur matelas, Perrine porte la main de Marie-Annette sous son nez, respirant les herbes et le charbon que les deux orphelines ont broyés pour fabriquer de l'encens. Charlotte s'apprête à s'agenouiller près de son lit lorsqu'elle se rend compte que le drap a été dérangé. Elle jette un coup d'œil aux deux fillettes qui rient discrètement à l'autre bout de la pièce. En glissant la main sous la couverture, ses doigts rencontrent un bout de papier, soigneusement plié en quatre. Elle le laisse tomber par terre, s'accroupit pour éviter d'attirer l'attention et fait mine d'enlever ses sabots. Il n'y a que trois phrases.

« Je ne peux plus rentrer chez moi. Aide-moi. Tu sauras quand. »

Ce soir-là, Charlotte tente de prier pour Geneviève. Elle répète : « jamais plus » et « pardonnez-moi », mais ne parvient pas à chasser les images qui la hantent. Celles de doigts bleutés et d'un baiser au goût sucré de maïs, de femmes endormies murmurant dans l'obscurité moite d'un entrepôt. Elle prie pour être guidée par ces forces divines qu'elle est venue chercher au couvent, cette puissance invisible que personne ne devrait pouvoir lui arracher.

*

La veille de Noël, Geneviève entre dans la cuisine accompagnée d'une petite fille. La leçon du matin a été annulée pour aider les deux servantes ; des plumes d'oie, humides et collantes, recouvrent la robe de Charlotte. Elle pose l'oiseau sur ses genoux au moment où Geneviève assied l'enfant sur un tabouret. Mélanie doit avoir cinq ans mais elle est presque aussi potelée qu'un bébé. Elle a les yeux clairs et les cheveux bouclés de sa mère. Elle mord dans le pruneau que sœur Marie-Madeleine lui a offert.

« Ils viennent tout droit de France, dit la nonne. Un cadeau généreux de nos sœurs de Tours. Sais-tu où se trouve Tours ? »

La petite secoue la tête.

« Comment se fait-il que nous ne t'ayons jamais vue ? »

Le visage de la fillette s'éclaire.

« Je suis ici à cause de…

— Elle ne restera que pour la journée, l'interrompt Geneviève.

— Vous avez manqué tierce, fait remarquer sœur Cécile en refermant le torchon sur les fruits secs.

— Nous avons dû nous mettre en route un peu plus tard ce matin », répond Geneviève.

Charlotte lève la tête en entendant le ton de sa voix. Sœur Cécile palpe la pâte qui repose près de la fenêtre. Elle fixe Geneviève.

« Cette brioche gagnerait à être pétrie.

— Bien sûr. »

Mélanie se lève mais Geneviève lui ordonne de se tenir tranquille. La petite obéit. Du coin de l'œil, Charlotte voit les doigts de Geneviève s'enfoncer dans la pâte, la soulever, la masser. Elle détourne le regard, se remet à plumer l'oie. Une odeur d'herbes fraîches s'échappe de la marmite. Charlotte pense à la brioche, demain si tendre, pour l'heure encore ferme au toucher. Aux doigts de Geneviève, lâches contre sa paume, à ses articulations blessées. Elle sent sa propre main mollir sous l'aile de l'oiseau.

« Attention ! »

Sœur Marie-Madeleine éloigne la fillette de l'eau bouillante, lui interdit de goûter à la gelée de mûre.

« Un instant, j'arrive », lance Geneviève.

Charlotte secoue son tablier où les plumes pendent toujours. Elle fait signe à Mélanie de s'approcher.

« Je m'en charge », dit-elle.

Au cours des heures suivantes, elle s'occupe de la fillette comme elle peut. Elle lui donne une pincée de persil dont Mélanie parsème la dinde, des fèves à éplucher, de l'huile d'ours à verser sur les courges. Charlotte n'accorde pas d'attention à Geneviève ou presque, tente d'ignorer le soulagement que trahit son visage. Mélanie joue calmement, roule une nouvelle boule de pâte sous sa paume enfarinée. Charlotte l'observe avec attention. Ses gestes méticuleux l'amusent, sa façon silencieuse de guetter son approbation, les miettes qui lui collent au menton. Elle savoure la joie méconnue de prendre soin d'une enfant, même si ce n'est pas la sienne.

Elle veille sur Mélanie méthodiquement, avec compassion, comme le lui enseignent les livres de prières que les nonnes lui ont confiés.

*

Charlotte est convoquée par la Supérieure peu après sexte. Elle a passé le reste de la matinée dans la cuisine avec Mélanie, jusqu'à ce que la douleur l'empêche de se concentrer : les spasmes qui lui ravagent le ventre tous les mois se sont déclarés alors qu'elle mettait la table. Lorsque sœur Marie-Madeleine lui a chuchoté que la Supérieure la demandait, Charlotte est montée à l'étage sans un mot, le dos courbé, son épaule râpant le mur de la cage d'escalier. Avant de quitter la cuisine, elle s'est assurée que Mélanie avait de quoi s'amuser. Dans le bureau de mère Tranchepain, les crampes se blottissent au fond de son ventre, feutrées et méfiantes, l'épargnant brièvement comme parfois quand Charlotte doit être présente, concentrée. Elle se laisse aller contre le dossier de sa chaise et garde le menton haut, espérant que la Supérieure ne remarquera rien. Mais le visage de mère Tranchepain rayonne.

« Je me réjouis des progrès que vous avez faits parmi nous », déclare-t-elle.

Elle se penche en avant, comme si elle s'apprêtait à lui confier un secret. Les mains de Charlotte la titillent et pendant un instant, sa souffrance se dissipe. Il semblerait presque que la Supérieure puisse l'entendre ; il suffirait que Charlotte s'approche de son bureau et elle pourrait enfin lui expliquer ce qui l'a amenée au couvent – confesser son échec et promettre de ne plus jamais fléchir. À cet instant, elle ose même imaginer que la Supérieure lui pardonne. Mais mère Tranchepain recule son fauteuil, étend ses bras sur les accoudoirs.

« Je souhaitais vous demander votre avis concernant la requête de l'une de nos compagnes. Mme Melet me dit que vous vous connaissez de longue date. Elle affirme que vous êtes la mieux placée pour répondre d'elle. »

Charlotte se sent minuscule. Les pointes de douleur dans son ventre se réveillent. La Supérieure se fiche d'elle et de ce qu'elle pourrait avoir à lui avouer. Il n'y en a que pour Geneviève, comme toujours, ses yeux d'un bleu limpide, ses petites dents carrées, sa façon de s'immiscer là où elle n'a pas sa place, de la poursuivre jusque dans cette pièce étroite, de s'interposer entre elle et mère Tranchepain, entre elle et Étiennette, entre elle et ses résolutions.

« Elle est venue me voir il y a quelques jours, continue la Supérieure. J'ai bien entendu ma propre opinion, mais la vôtre m'intéresse. »

Elle marque une pause, penche la tête sur le côté.

« Mme Melet aimerait devenir pensionnaire, conclut-elle.

— Vraiment ? »

Un son strident vrille les oreilles de Charlotte. Elle enfonce ses doigts dans la peau de son dos, comme pour en extirper la douleur. Elle entend mère Tranchepain expliquer qu'évidemment, elle peine à imaginer la façon dont Mme Melet réussirait à conjuguer son rôle de mère et d'épouse avec celui de pensionnaire, mais qu'après tout, les premières disciples de sainte Ursule vivaient chacune chez elles, se réunissant pour la célébration des offices. Une telle demande est certes sans précédent mais qu'est-ce qui ne l'est pas, de ce côté de l'Atlantique ?

Charlotte reste silencieuse. Geneviève n'est pas en quête de Dieu dans ce couvent. Elle y cherche quelque chose d'autre, d'entièrement différent, comme sur la route de Lorient lorsqu'elle s'assurait qu'Étiennette ne manquait jamais de nourriture, qu'elle s'allongeait tout près d'elle la nuit. Des choses qui se cachent dans un jardin gelé, derrière une cabane à bois, quand les bûches se mettent à vaciller et que le sol se dérobe sous les pieds. Charlotte ne peut pas lui faire confiance. Sous ses mains, une crampe se déplie lentement, un tentacule à la patience infinie qui racle l'intérieur de son ventre. Elle voudrait se terrer dans son lit, y attendre que la douleur s'apaise. Elle ouvre la bouche pour répondre mais mère Tranchepain n'a pas terminé.

« Je m'interroge simplement sur sa dévotion. Au vu du temps qu'elle vous a consacré, j'aurais voulu lui témoigner notre reconnaissance. Son engagement force l'admiration. »

Charlotte rougit. Les crampes s'acharnent, un ressac continu à présent. Elle se débat avec sa souffrance, sa colère. Avec un sentiment nouveau, désormais. Elle est indigne de la famille religieuse de sainte Angèle Merici. Elle doit se montrer plus juste envers Geneviève, reconnaître le bien qu'elle fait autour d'elle. Admettre que sans son aide, elle n'aurait jamais réussi à apprendre à lire, à mémoriser ses prières à temps pour la messe de Noël. Elle n'aurait pas pu envisager de débuter son noviciat l'année prochaine. Si elle prétend vraiment un jour appartenir à la communauté des ursulines, elle ne peut pas l'abandonner. Mais elle ne peut pas non plus se permettre de lui accorder plus de place qu'elle n'en a déjà.

« J'ai bien peur de ne pas pouvoir plaider en sa faveur », dit Charlotte.

La Supérieure semble étonnée, puis soucieuse.

« Y a-t-il quelque chose que je devrais savoir au sujet de Mme Melet ? »

Charlotte secoue la tête. Dans son ventre, la douleur explose. Elle vole en éclats. Elle irradie, lui révèle des recoins de chair dont elle ignorait l'existence.

« Rien, non, s'entend-elle répondre. Nous avons voyagé ensemble jusqu'à Biloxi. C'était il y a des années. Nous n'avons jamais été proches. »

*

Noël est un succès au couvent. Une tourtière refroidit près d'un poulet farci, les bûches s'empilent dans la cheminée du réfectoire, prêtes à être embrasées. Dans la chapelle, les vapeurs écrasantes d'encens se mêlent au parfum frais et mentholé des plantes d'hiver. Les femmes connaissent les chants par cœur. Charlotte se tient au premier rang, sans voix. Elle écoute la Supérieure finir son sermon sur la sainteté de la maternité tandis que M. de Beaubois hoche la tête derrière l'autel. Elle résiste à l'envie de s'asseoir. La douleur la rend nauséeuse, elle n'a pas dormi de la nuit et au déjeuner, elle était incapable d'avaler quoi que ce soit. Les crampes ne lui laissent aucun répit.

« Il est temps d'accueillir nos sœurs parmi nous », dit le prêtre.

Les pieds des bancs grincent derrière Charlotte. Les femmes noires et autochtones traversent la chapelle. À la plus grande joie des nonnes, toutes savent maintenant leurs lettres et leurs prières ; elles seront baptisées ce matin. L'une après l'autre, elles se présentent devant père de Beaubois. Il touche leurs visages de ses doigts humides. Sor'kor Sokon, la fille aux yeux ambrés, secs aujourd'hui, passe en dernier.

« Notre père qui es aux cieux, que Ton nom soit sanctifié, que Ton règne vienne… » entonne le vicaire.

Sor'kor Sokon ne regarde ni le prêtre, ni mère Tranchepain, ni l'effigie de la Vierge. La jeune femme s'appelle dorénavant Isabelle. En se retournant pour voir ce qu'elle fixe, Charlotte n'aperçoit que le mur blanchi à la chaux – au dernier rang, Geneviève, le dos droit, la main posée sur l'épaule de Mélanie, les yeux clos.

Le révérend père de Beaubois félicite la Supérieure et sa congrégation pour de premiers mois fructueux en Louisiane ; il y a un sermon final, un dernier chant et l'office s'achève. Impatientes de dîner, les femmes s'empressent de quitter la chapelle. Ni la Supérieure ni le vicaire ne demandent aux fillettes de se taire alors que la plus jeune laisse échapper un éclat de rire perçant ; Mélanie se joint aux orphelines avec l'aisance des enfants de la Maison Saint-Louis. Charlotte traîne derrière elles, cherche la silhouette de Geneviève parmi les robes sombres.

Elle la trouve près de la porte, immobile, comme si elle attendait que la cérémonie reprenne. Une boucle châtain ondule le long de sa tempe. Charlotte se fige. Les mots, tous ceux qu'elle pourrait prononcer, la terrifient. Les crampes de son ventre gagnent sa poitrine. En levant les yeux vers le visage interrogateur de Geneviève, un sentiment lancinant la transperce : une envie fulgurante de la réconforter, de la serrer contre elle – un besoin si soudain qu'il lui faut quelques secondes avant de se rappeler ce qu'elle a fait.

Elle voudrait lui expliquer qu'elle essaye de les sauver toutes les deux. Elle n'a plus le droit au doute, désormais.

Lorsqu'elle s'arrête devant Geneviève, Charlotte secoue la tête. Ses traits ne trahissent d'abord pas la moindre émotion ; Geneviève la dévisage, balaye ses larmes d'un revers de la main. Elles s'observent un instant, deux étrangères qui n'en sont pas. Puis Geneviève pousse la porte sans un mot et Charlotte reste seule dans la chapelle, cette salle simple et obscure qui, comme tant de choses en Louisiane, n'est que l'ombre de ce qu'elle voudrait devenir.

10

UTU'WV ECOKO'NESEL

Le Grand Village/Natchez, août 1729

Utu'wv Ecoko'nesel ne veut pas aller chez la femme blanche. Elle prend son temps pour descendre la colline, laissant le Grand Village et ses tertres derrière elle. La Grande Fête du Maïs vient d'avoir lieu, la saison des Myrtilles bat son plein : l'herbe encore haute s'accroche à sa jupe, effleure le soleil tatoué sur son épaule, ses bras nus et ses tétons hâlés. À la prochaine pleine lune, les hommes blancs incendieront la prairie pour voyager plus facilement, les sabots de leurs chevaux piétineront les racines calcinées, les roues de leurs charrettes laboureront la terre noircie. Puis l'herbe repoussera, verte et vive, et la chasse au bison reprendra. Utu'wv Ecoko'nesel est née après l'arrivée des Français : elle ne garde aucun souvenir du temps où la saison chaude s'achevait sur des cieux clairs, où les volutes de fumée ne striaient pas les nuages. Mais elle est convaincue que les plantes n'ont pas besoin de leurs incendies pour savoir quand elles doivent disparaître.

Utu'wv Ecoko'nesel suit la rivière. D'ici, elle aperçoit déjà le bâtiment en bois où les guerriers blancs entreposent leurs armes. Elle s'approche rarement de ce qu'ils appellent Fort Rosalie, ne passe presque jamais devant leurs maisons, qui se sont multipliées au cours des cinq derniers hivers. Leur nombre a presque doublé, insiste souvent sa sœur aînée Lv'vlk Lac'kup. En quittant la cabane familiale ce matin, Utu'wv Ecoko'nesel s'est arrangée pour l'éviter. Elle est lasse de ses avertissements, elle sait pertinemment ce que sa sœur pense de ce qu'elle s'apprête à faire. Si leur tante Vhvl' Kutnuf ne le lui avait pas demandé, Utu'wv Ecoko'nesel ne se rendrait pas chez la femme blanche, avec son nom plein de syllabes stridentes – des sons aussi acides que les fleurs vénéneuses des marronniers rouges, celles qui arrachent la paroi de l'estomac. Vhvl' Kutnuf a décidé qu'Utu'wv Ecoko'nesel lui enseignerait tout ce qu'elle sait sur les plantes et leurs vertus médicinales, dans l'espoir de calmer les tensions avec les Français.

Utu'wv Ecoko'nesel sent son corps se raidir en longeant leurs fermes. Ce n'est pas la première fois qu'elle est contrainte de côtoyer les hommes blancs. Sa tante a mis un point d'honneur à lui donner quelques leçons de français, auxquelles Lv'vlk Lac'kup a toujours refusé d'assister. Utu'wv Ecoko'nesel a obtempéré sans broncher, même si elle était bien plus intéressée par les autres connaissances de sa tante. Depuis que sa mère est partie dans le Grand Au-delà, il y a neuf hivers, elle a appris tout ce que Vhvl' Kutnuf sait des fleurs et des herbes, les pouvoirs immenses qu'elles recèlent. En tant que nièce d'une Soleille, elle a d'abord soulagé les douleurs des femmes enceintes du Grand Village. L'année de ses premiers saignements, elle a commencé à se rendre aux villages Tioux et de la Farine, pour y apaiser les gencives des bébés. Aujourd'hui, à dix-sept hivers, elle soigne régulièrement les blessures des guerriers.

Les plantes ont su atténuer sa peine lorsque rien d'autre ne la consolait – pas même les étreintes de sa sœur, qui la berçait dans la cabane enfumée jusqu'à ce que le monde s'évanouisse. Les baumes et décoctions l'ont distraite quand elle ne pensait qu'au visage de sa mère, à la façon dont elle tressait ses cheveux et réajustait sa jupe, d'un geste à la fois ferme et doux. Les remèdes de Vhvl' Kutnuf lui ont donné un but. Ils ont remis le temps en marche, à l'époque où Utu'wv Ecoko'nesel croyait qu'elle serait triste pour toujours.

Le long de la rivière, les fougères lui chatouillent les cuisses, ploient sous son panier. Il ne pèse pas lourd ; son double fond, celui dans lequel les autres femmes rangent leurs bijoux, ne contient que quelques fleurs d'okra, une branche de houx yaupon. Aujourd'hui, elle ne savait pas quoi emporter, elle qui se félicite de deviner la parfaite quantité de fleurs nécessaire à chaque baume, qui ne s'encombre jamais d'un ingrédient inutile. Mais cet après-midi n'est pas comme les autres. La femme blanche n'a besoin d'aucun remède. Elle veut être instruite.

Au début, cette simple pensée amusait Utu'wv Ecoko'nesel. Elle a vu comment les Français traitaient les malades – leurs médecins coiffés de faux cheveux, saignant des corps déjà affaiblis. Elle a entendu l'un d'entre eux conseiller de baigner des muscles douloureux dans une eau infusée d'herbes dont il a omis de préciser le nom ; de brûler un œil fatigué, rougi, pour en extraire les fluides, en jurant que la cornée du patient n'en serait que légèrement éraflée. Le peuple noir compte de bien meilleurs chirurgiens : même les Français doivent s'en douter, puisqu'elle connaît plusieurs esclaves exploités comme docteurs. Les rares fois où Vhvl' Kutnuf l'a priée de préparer une teinture pour une famille blanche, Utu'wv Ecoko'nesel a résisté à l'envie de moudre l'écorce un peu trop grossièrement, de laisser les fleurs décanter plus que nécessaire. Elle ne voulait pas de mal aux Français, mais elle ne voulait pas non plus les aider.

Hier, elle a été contrainte de changer d'avis lorsque sa tante lui a demandé de la rejoindre dans la demeure du Uv'cenv Cu'nv Uv'sel, leur Grand Soleil. Les autres membres de la famille souveraine ne s'y trouvaient pas : elles étaient les deux seules Soleilles à l'intérieur. Vhvl' Kutnuf l'a fixée de ses yeux gris et lui a expliqué que ses connaissances ne lui appartenaient pas. On commerçait avec les hommes blancs depuis presque trente hivers maintenant : elle aurait tort de repousser l'une de leurs femmes alors que celle-ci faisait un pas vers eux.

Derrière les mots de sa tante, Utu'wv Ecoko'nesel entendait la voix de sa sœur, qui avait grandi dans un monde où les Français étaient à peine plus qu'une rumeur. Lv'vlk Lac'kup aurait rétorqué qu'elles ne devaient rien à cette femme, qu'elle oubliait trop facilement les maladies apportées par les Français, les conflits qu'ils avaient provoqués deux hivers d'affilée. Sa sœur a toujours considéré que Vhvl' Kutnuf avait trop d'amis blancs – un amant, même, qui lui avait donné un fils, l'actuel chef de leur village. Elle aimait répéter qu'il y avait une raison pour laquelle on appelait littéralement les Blancs « ku'yukup », « hommes fous ». Les temps avaient changé et les fermes des Français étaient partout désormais ; les aider aujourd'hui ne signifiait pas la même chose qu'à l'époque où ils étaient apparus, quand les Soleils leur avaient offert l'accueil réservé aux nations étrangères. Mais les Français n'ont rien à voir avec les Caddos et les Chicachas ; ils sont différents de toutes les autres tribus.

Utu'wv Ecoko'nesel est d'accord avec sa sœur. Elle aussi préférerait que leur tante ne cède pas à toutes leurs demandes. Mais elle n'exprime pas toujours ce qu'elle pense, comme Lv'vlk Lac'kup. Leur mère disait parfois qu'elle avait peut-être inversé les noms de ses filles, qu'Utu'wv Ecoko'nesel ressemblait davantage à la douce oie qu'était sa sœur, que Lv'vlk Lac'kup tenait plus de la belle louve à qui Utu'wv Ecoko'nesel devait son nom. Puis elle prenait un air secret et ajoutait : « Mais une mère se trompe rarement. Un jour, vous me donnerez raison. »

*

Utu'wv Ecoko'nesel longe les champs de riz. Les femmes à la peau sombre s'affairent dans les allées gorgées d'eau, et leurs enfants plongent leurs doigts entre les plants trempés. Inonder les champs, une autre technique que la plupart des hommes blancs ignoraient, qui leur a été enseignée par ceux qu'ils ont amenés de force sur les terres des Soleils. Une fille noire lui a un jour raconté que, sur les rives du fleuve Gambie, son peuple savait depuis des générations construire des digues, maîtriser les crues, transformer le sol alluvial en rizières. Utu'wv Ecoko'nesel méprise la façon dont les Français remercient le peuple noir pour l'aide et les connaissances qu'ils sont forcés de leur offrir – en les arrachant à leur terre d'origine, en les nourrissant à peine, en les obligeant à travailler constamment. Elle les sait coupables de pire. Depuis la colline, elle a vu leurs chiens s'engouffrer dans les quartiers des esclaves, a entendu le claquement humide de coups de fouet. Elle n'a jamais oublié les hurlements de ceux qui étaient battus.

Elle cherche des yeux un maître de meute, un homme blanc. Mais sur le porche, il n'y a qu'une fillette. Elle moud des grains de blé, les mains crispées sur un large pilon. Sa peau est trop sombre pour qu'elle soit la fille de la femme blanche.

« Madame, Madame ! »

L'enfant asservie continue d'appeler sa maîtresse, les sourcils froncés. Le vent chaud se glisse entre elles, Utu'wv Ecoko'nesel sent l'écorce de mûrier de sa jupe se plaquer contre ses cuisses. Des pas martèlent le sol en bois.

« Inutile de crier comme… »

La femme blanche s'arrête net en l'apercevant. L'espace d'un instant, la frustration d'Utu'wv Ecoko'nesel s'évanouit. Elle ne s'attendait pas à connaître celle qu'elle est censée aider, mais elle aurait difficilement pu oublier la tache livide, encore plus pâle que le reste de la peau, qui s'étire sur la joue droite de la Française. Elle ne se souvient pas précisément de l'âge qu'elle avait le jour de leur rencontre. Mais cet après-midi-là, même si sa tante lui avait assuré qu'elle n'avait rien à craindre, Utu'wv Ecoko'nesel avait préféré garder ses distances avec les deux femmes qui la dévisageaient depuis le seuil de leur cabane.

Elle observe son hôtesse de plus près. Ses cheveux bruns sont moins foncés que les siens, son petit menton adoucit son visage. Elle ne cesse de retenir une mèche qui s'échappe de son chignon, même s'il n'y a aucun risque que ses cheveux se prennent dans le moindre feuillage. Comme toutes les Françaises, son corps s'efface sous plusieurs épaisseurs de tissu. Si la femme blanche l'a reconnue, elle n'en laisse rien paraître.

« Allons bon, dit-elle, M. Ducros ne m'a pas prévenue que tu viendrais aujourd'hui. »

Elle s'est exprimée plus rapidement que sa tante lorsqu'elle parle français.

« Moins vite, s'il te plaît », lui demande-t-elle.

La femme sourit et la tache se recroqueville sur sa joue. Sa robe a le bleu du ventre des perroquets, elle est parsemée de motifs dont la forme rappelle celle des haricots rouges.

« Pardon. Entre. »

À l'intérieur, Utu'wv Ecoko'nesel respire une odeur de viande, entend des voix, mais elles sont seules dans la pièce.

« Assieds-toi, je t'en prie. » La femme désigne d'un geste ce qui ressemble à un lit. « Je reviens de suite. »

La salle pourrait accueillir trois familles. Des ouvertures percent les murs, et la porte ne fait pas face à l'est et au soleil levant, mais au nord. Tout se trouve en hauteur : les pots sur des planches en bois, les matelas de tailles diverses éparpillés dans la pièce. Rien ne touche le sol, comme pour sauver les meubles d'une inondation qui ne serait jamais venue.

« J'espère que tu aimes le thé. »

Un fort parfum de fleurs se dégage des bols. Ici, l'hôtesse se permet de poser des questions avant même que les invités aient eu le temps de se sustenter et de se reposer, ce que ni les Soleils ni les gens du peuple ne toléreraient au Grand Village. L'eau lui brûle la gorge.

« Tu t'appelles Utu'wv Ecoko'nesel, n'est-ce pas ? »

La Française prononce son nom Utu'wa Ecoko'niseli.

« Non, Oudou'wah itchoko'nishel », la corrige-t-elle.

Pétronille répète, mais cette fois-ci, elle avale les deux dernières syllabes. Utu'wv Ecoko'nesel renonce.

« Et toi ? demande-t-elle.

— Pétronille. »

La femme blanche a une façon de s'exprimer et de se mouvoir qui lui rappelle la langueur des canards sonnés par le soleil, ceux qu'on abat facilement, au bord de la Petite Rivière. Elle distingue certains mots – « merci », « tante » et « fleurs » – mais déchiffrer ces phrases ne lui apporte aucune joie.

« Tu es la nièce de Bras Piqué », fait maintenant observer Pétronille.

Utu'wv Ecoko'nesel fronce les sourcils. Sa tante est suffisamment connue des Français pour qu'ils aient pris la peine de traduire son nom ; dans la bouche de cette femme, pourtant, il sonne faux. Elle est soudain soulagée que Pétronille ne connaisse pas le sens du sien – même si elle réussit un jour à le dire correctement, ces sons resteront mystérieux. Assise sur le lit, Pétronille ne la quitte pas des yeux. Utu'wv Ecoko'nesel n'a aucune envie de lui parler de sa famille, de son cousin le Grand Soleil qui, bien que frêle, n'en est pas moins l'Élu. Elle touche son panier du pied.

« Où travaillons-nous ? » demande-t-elle.

Pétronille porte à nouveau sa main à son chignon mais son geste maladroit ne fait qu'empirer la situation.

« Je vais te montrer. »

En passant dans la salle adjacente, Utu'wv Ecoko'nesel sent les plumes de cygne accrochées à ses cheveux effleurer l'encadrement de la porte. Sa sœur l'a prévenue : les Français aiment bâtir plusieurs maisons dans une seule.

« C'est tout ce que j'ai pu réunir pour le moment. »

La petite pièce ressemble davantage aux cabanes du Grand Village. Ici, seule une étroite ouverture laisse pénétrer le soleil de la prairie. Personne ne risque de les épier, Utu'wv Ecoko'nesel peut baisser sa garde. Les odeurs lui sont familières ; elle aperçoit la balle épineuse du panicaut à feuilles de yucca, les fleurs de velours des pieds de chat, les scrofulaires adorées des abeilles. Un panier déborde d'écorce de mûrier et de pêcher. Pétronille pointe du doigt une fine branche.

« Je l'ai ramassée hier. »

Utu'wv Ecoko'nesel s'approche, identifie aussitôt « l'épine de la passion », comme les Français l'appellent, l'un des bois les plus précieux. Elle déglutit avec peine. Elle se demande à quoi Pétronille s'attend, lui dit ce qu'elle veut sûrement entendre :

« Bon pour beaucoup de choses, surtout pour les amours perdus. » Elle saisit l'une des brindilles. « Elle ramène l'homme aimé. »

Elle reste interdite en voyant l'air bouleversé de Pétronille et se promet de ne plus jamais jouer avec elle. Elle a déjà vu cette expression sur le visage de sa cousine, lorsqu'elle a perdu son homme à la chasse. Utu'wv Ecoko'nesel détourne le regard – il est impossible que sa famille et cette femme aient quoi que ce soit en commun.

Sur la table, elle cherche une plante qui lui inspirera une recette, une vraie cette fois-ci. Elle pense à sa tante, rougit – Vhvl' Kutnuf a les menteurs en horreur.

« Le remède du serpent à sonnette, commence-t-elle en soulevant une racine semblable à un gros oignon. Elle aspire le venin. Et le lierre terrestre, là, soulage les douleurs de l'enfantement. »

Pétronille ne répond pas tout de suite. Elle s'approche.

« Comment t'y prends-tu ? » demande-t-elle.

Sa tache luit dans la semi-obscurité, et Utu'wv Ecoko'nesel se penche à nouveau sur la plante.

« De l'eau et… Comme du thé.

— Et celle-là ? »

Pendant l'heure qui suit, Utu'wv Ecoko'nesel montre à Pétronille comment préparer une décoction d'herbe-aux-vers. Elle se répète que sa tante lui a confié une mission, qu'elle ne la décevra pas. Cette petite pièce, avec ses effluves de thym et de chanvre, a quelque chose de rassurant. Elle ne se soucie plus de la course du soleil dans le ciel, de ce qu'elle racontera à sa sœur ce soir. La femme blanche pose peu de questions. Silencieuse, elle désigne du doigt une tige ou un pétale de ses gestes lents et doux, jusqu'à ce qu'un bruit sourd se fasse entendre.

« Qui est-ce ? l'interroge Utu'wv Ecoko'nesel en se redressant.

— De quoi parles-tu ? »

Quand la porte s'ouvre, une vive lumière de fin d'après-midi éclabousse les murs. Utu'wv Ecoko'nesel ne distingue qu'une silhouette.

« Je suis heureux de vous trouver là, dit une voix masculine. Je commençai à m'inquiéter. »

L'homme pose la main sur l'épaule de Pétronille. Il a des joues comme des babines, des cheveux bruns et brillants et des yeux trop grands pour son visage étroit.

« J'ai passé la journée ici. Avec elle, répond Pétronille. Voici mon mari, M. Ducros. »

Les mains de Pétronille restent suspendues au-dessus du bol. Pendant un instant, son attitude rappelle à Utu'wv Ecoko'nesel celle d'un chevreuil immobile, guettant le danger avant de reprendre son chemin.

Utu'wv Ecoko'nesel fait face à l'étranger mais ne se présente pas. Un jour, Lv'vlk Lac'kup lui a dit en riant que si les Françaises portaient des habits aussi épais, c'était peut-être pour mieux se protéger des hommes. À présent, sous le regard de M. Ducros, elle se demande si sa sœur plaisantait vraiment. Mal à l'aise, elle croise les bras devant sa poitrine. L'homme chuchote à l'oreille de Pétronille quelque chose au sujet des esclaves et du tabac, des enfants qui seraient une source de distraction aux champs. Il ne lance pas un regard de plus à Utu'wv Ecoko'nesel. Quand il quitte enfin la pièce, elle se rend compte qu'elle respire difficilement.

« Nous nous verrons demain après-midi », murmure Pétronille.

Utu'wv Ecoko'nesel aurait voulu lui conseiller de couvrir le mélange pour le protéger des insectes, mais Pétronille garde les yeux baissés. Dehors, la fillette asservie continue de moudre du blé. Le vent souffle sur la prairie et le son du pilon poursuit Utu'wv Ecoko'nesel bien après que la maison a disparu.

*

L'un de ses souvenirs les plus nets remonte à un hiver : le Grand Soleil venait de mourir, et elle s'était jointe aux proches rassemblés chez lui. Les danses et la procession débuteraient bientôt ; pour l'heure, le vieil homme reposait sur son lit, le visage fardé de rouge, la tête coiffée d'une couronne de plumes blanches. Tous les calumets qu'il avait reçus et l'ensemble de ses armes gisaient à ses pieds – un fusil de deux coups, un arc, un carquois rempli de flèches, un pistolet, un tomahawk et une interminable chaîne de roseaux, un anneau par ennemi tué. Parfois, l'une des servantes lui apportait de la nourriture en murmurant « touwvtekek », « il est bien mort ». Elle repartait avec un hurlement glaçant, auquel faisaient écho les habitants du Grand Village et leurs voisins.

Utu'wv Ecoko'nesel était assise entre Vhvl' Kutnuf et la favorite du Grand Soleil. Elle se souvient de la terreur qui s'était glissée dans sa poitrine en voyant sa tante se lever, les bras couverts des entailles qu'elle y avait creusées lorsque le chagrin était devenu insupportable. À la mort du chef de guerre, sa femme avait décidé de le suivre – elle s'était fait étrangler avec la corde d'un arc pour lui tenir compagnie dans ce monde plein de poissons roses, de bisons et d'eau douce. De nombreux serviteurs l'avaient imitée, tout comme le feraient sous peu la concubine du Grand

Soleil, son médecin, son chasseur, ses servants. Alors, quand Vhvl' Kutnuf les avait dévisagés un à un, Utu'wv Ecoko'nesel avait bondi pour la ramener près d'elle. Sa tante ne pouvait pas déjà rejoindre sa mère dans le Grand Au-delà. Mais Vhvl' Kutnuf avait secoué la tête. Elle lui avait expliqué qu'elle n'était pas tout à fait prête à s'en aller, que son fils, le nouveau Grand Soleil, avait encore besoin de ses conseils pour régner.

« Ce garçon est aussi faible qu'un bébé opossum, avait chuchoté Lv'vlk Lac'kup quelques jours après la cérémonie. Il n'a aucune chance. » À l'époque, les mots de sa sœur l'avaient inquiétée. Et maintenant que le Soleil de la Pomme Blanche a bel et bien pris le pouvoir sur les autres villages, ils l'alarment d'autant plus.

Ce n'était pas la première fois que sa sœur semblait douée de clairvoyance. Le jour de printemps où leur mère était descendue à la Petite Rivière, Lv'vlk Lac'kup lui avait confié qu'elle avait un mauvais pressentiment. Utu'wv Ecoko'nesel avait haussé les épaules, s'était à nouveau penchée sur la jupe qu'elle fabriquait. Leur mère était forte ; elle ne tombait jamais malade. Elle avait donné naissance à trois garçons tous devenus guerriers et à deux filles aux hanches larges et aux mains douces. « Tu te fais du souci pour rien », avait dit Utu'wv Ecoko'nesel à sa sœur, sans se douter qu'elle regretterait à jamais ces paroles.

*

Elle se réveille à l'aube le lendemain de sa première visite chez Pétronille. Les enfants de sa sœur dorment encore. En sortant de la cabane, elle aperçoit l'un de ses neveux s'agiter dans son sommeil, appuyer ses mains contre les matelas tressés qui recouvrent les murs. Ses deux frères cadets ronflent, leurs nez à peine visibles sous les couvertures. Utu'wv Ecoko'nescl n'est pas pressée d'avoir sa propre famille, même si elle se mariera sûrement dans quelques hivers ; Lv'vlk Lac'kup lui a fait jurer d'attendre de trouver un homme qui lui plairait, et elle compte bien honorer sa promesse. Pour l'heure, elle aide sa sœur autant que possible. Elle se surprend parfois à prendre soin de ses neveux comme sa mère s'occupait d'elle.

Elle balaye du regard la place principale et ses yeux s'arrêtent sur l'un des monticules où se dresse le temple et ses sculptures d'aigle en bois ; la fumée du feu perpétuel se disperse, indolente. Bientôt, le Grand Soleil se prosternera devant le soleil levant. Elle entend habituellement ses hurlements depuis les prairies où elle cueille des asclépiades et des penstemons, le long des champs où les femmes du peuple récoltent le maïs. Elle aime écouter le bourdonnement des cigales, sentir l'herbe humide sous ses pieds et la chaleur des premiers rayons sur son dos. Au-dessus d'elle, le village s'élève vers le ciel déjà rose – au premier plan, les champs et les premières cabanes en clayonnage enduit de torchis, suivis de la place et de ses maisons, et au loin, les tertres surmontés de leurs bâtisses. Son cabanon est facile à repérer :

en tant que membre de la famille du Grand Soleil, elle dort près des marches qui mènent à sa demeure.

Mais ce matin, Utu'wv Ecoko'nesel ne descend pas aux prairies comme elle en a l'habitude. Elle ravive le feu, attrape une poignée de haricots pour la soupe, fait bouillir l'eau de la veille. Elle n'a pas pu discuter avec sa sœur hier. Les petits avaient faim, ils étaient fatigués, agités, et Lv'vlk Lac'kup a fini par les entraîner à l'intérieur en leur chuchotant « Hvpvt petkup », « au lit ». Comme ils ne se calmaient pas, elle leur a raconté l'histoire de l'enfant panthère – les garçons l'interrompant pour lui réclamer plus de détails sur son costume d'oiseaux vivants, la corne utilisée pour les faire chanter. Au bout d'un moment, leurs voix se sont tues ; l'homme de Lv'vlk Lac'kup est revenu. En le voyant, Utu'wv Ecoko'nesel a compris que sa dernière chance de parler en tête à tête avec sa sœur s'était envolée. Quand son beau-frère est là, elle n'existe plus aux yeux de Lv'vlk Lac'kup. Elle les a entendus plus tard dans la nuit, le matelas de roseaux gémissant sous leur poids.

Derrière elle, la peau de chevreuil qui clôt l'entrée du cabanon claque dans l'air tiède. Les criquets chantent déjà. Les yeux de Lv'vlk Lac'kup sont encore gonflés de sommeil, les tatouages de sa poitrine teintés de rougeurs après avoir dormi trop longtemps du même côté. Elle effleure les cheveux d'Utu'wv Ecoko'nesel, accepte le bol qu'elle lui tend. Elle mange en silence, puis s'essuie les lèvres.

« Vhvl' Kutnuf doit être fière de toi, dit-elle enfin.

— Je ne l'ai pas vue », répond Utu'wv Ecoko'nesel.

Instinctivement, elle jette un coup d'œil vers la demeure du Grand Soleil, perchée sur l'un des tertres, et la cabane adjacente où sa tante ne tardera pas à se lever.

« Elle s'inquiète, et elle a bien raison, reprend Lv'vlk Lac'kup. Le Soleil du village de la Pomme Blanche est en colère contre les Français. »

Utu'wv Ecoko'nesel pense à la prochaine leçon chez Pétronille. Elle en veut à sa sœur de lui compliquer la tâche.

« Mais ce chef n'a rien contre les Anglais », réplique-t-elle.

Elle s'attend à ce que Lv'vlk Lac'kup la contredise mais sa sœur acquiesce.

« Ehema'ce, c'est vrai », admet-elle.

Une sauterelle jaune bondit à leurs pieds et se fond dans l'herbe asséchée par le soleil.

« Te souviens-tu, reprend Lv'vlk Lac'kup, lorsque Mère était persuadée que les Chactas allaient nous attaquer ? On ne parlait pas tant des hommes blancs à cette époque-là. »

Utu'wv Ecoko'nesel hoche la tête, même si elle ne s'en rappelle pas. Elle garde d'autres souvenirs de leur mère – la façon dont ses mains humides transformaient la terre en jarres, le jour où elle avait coupé ses propres cheveux pour parfaire une poupée en feuilles de maïs, la fraîcheur de ses boucles d'oreilles en nacre contre sa peau quand elle la serrait contre elle. Utu'wv Ecoko'nesel était trop jeune pour se soucier des désaccords entre tribus.

Elles restent silencieuses pendant un moment. En bas, sur la place, les filles du peuple se préparent à partir pour les bois. Leurs longues tresses se balancent contre leurs jupes, certaines frôlent le sol. Au coucher du soleil, elles rentreront les mains maculées de jus de myrtille, escortées par les guêpes, leurs paniers regorgeant de fruits délicats.

« Quel genre de femme est-elle ? » demande Lv'vlk Lac'kup.

Utu'wv Ecoko'nesel devine sans mal à qui elle fait allusion. Elle réfléchit à la meilleure façon de décrire Pétronille.

« Unckwen'ce, calme, répond-elle avant d'ajouter en caressant sa joue droite : Cette partie de son visage est encore plus pâle que le reste de sa peau. »

Lv'vlk Lac'kup secoue la tête.

« La plus blanche de toutes les Blanches, fait-elle observer d'un ton à la fois amer et amusé. Je n'en attendais pas moins de notre tante.

— Ce n'est que pour un temps. »

De l'autre côté de la place, deux gardiens du temple se hissent en haut du monticule, les bras chargés des bûches de noyer blanc qui entretiendront le feu ; leurs ombres s'étirent dans la lumière du matin.

Les yeux presque noirs de Lv'vlk Lac'kup ne quittent pas les flammes. Elle soupire, l'air troublé et un peu triste.

« Peut-être que tu y retourneras encore moins souvent que tu ne le crois », dit-elle.

En regardant sa sœur, Utu'wv Ecoko'nesel ne peut s'empêcher de penser aux malheurs qu'elle a déjà prédits : leur chef, aussi impotent qu'un bébé opossum ; leur mère au bord de la rivière, le regard tourné vers le ciel comme si elle y cherchait le mal qui l'avait frappée, alors qu'on n'y voyait rien d'autre que des nuages et des oiseaux.

*

Lorsqu'elle revient à la plantation, Pétronille n'est pas seule. Son fils Émile, un garçon brun encore trop jeune pour tirer à l'arc, s'esquive dès qu'elle arrive. « Il est très réservé, dit Pétronille, bien différent de sa sœur. » Ce matin, elle a accueilli Utu'wv Ecoko'nesel comme si elle lui avait toujours rendu visite. Elle avait commencé à couper du thym, si méticuleusement que de loin, on aurait dit de la poudre bleutée. Elles travaillent dans la pièce principale aujourd'hui, où les observe une petite fille – les yeux verts, la peau pâle comme celle de sa mère, la bouche aussi rouge que la teinture que les femmes du peuple tirent du suc d'achetchy. La fillette se dresse sur la pointe des pieds pour la troisième fois, les mains tendues vers les cheveux d'Utu'wv Ecoko'nesel.

« Hélène ! Arrête. »

Elle retombe sur ses talons, caresse un écureuil qui tire sur la minuscule chaîne encerclant ses pattes arrière. Utu'wv Ecoko'nesel détourne le regard. Elle ne comprend pas qu'on puisse enfermer un animal à l'intérieur si ce n'est pour l'abattre et le manger. La coutume lui semble étrange, irrespectueuse. Elle soulève le couvercle de son panier – si elle reste oisive trop longtemps, elle serait tentée de demander à quoi sert le castor immobile posé sur la cheminée. Elle se répète une nouvelle fois que les connaissances de sa tante ne lui appartiennent pas. Pétronille se tient près de la table, sa robe écarlate s'efface derrière les pichets et leurs bouquets.

« Es-tu prête ? » demande-t-elle.

Utu'wv Ecoko'nesel lui montre comment utiliser la liane barbue pour soigner les accès de fièvre. Ensemble, elles en coupent un bout long comme le doigt, qu'elles fendent en petits morceaux, prenant soin de ne pas se piquer les mains sur les pics crochus des tiges. Une femme noire aux traits anguleux apporte de l'eau chaude à Pétronille. Derrière elle, Hélène imite les cris de l'écureuil ; son frère dessine au fond de la pièce, gardant ses distances avec l'animal. Utu'wv Ecoko'nesel est soulagée de pouvoir s'occuper les mains. Pétronille ne parle presque plus, se contente de l'imiter, s'interrompant parfois pour la regarder jeter les plantes dans la marmite, les faire bouillir jusqu'à ce qu'il n'en reste qu'un tiers. Les explications viennent facilement à Utu'wv Ecoko'nesel. Il lui suffit d'un signe de tête pour répondre aux interrogations de Pétronille, toujours claires et précises. Oui, le malade doit être purgé avant d'ingérer la décoction. Non, il ne faut pas l'administrer plus d'une fois par jour.

Lorsque Utu'wv Ecoko'nesel rentre chez elle, ce soir-là, sa sœur ne mentionne pas Pétronille. Lv'vlk Lac'kup ne dit rien de plus à son sujet le lendemain, ni le jour qui suit. Elle fait comme si Utu'wv

Ecoko'nesel passait ses journées aux villages Tioux et de la Farine, apportant son aide aux guerriers et aux vieillardes, et Utu'wv Ecoko'nesel remercie silencieusement Vhvl' Kutnuf qui a dû lui parler. Lv'vlk Lac'kup oublie peut-être souvent sa place de femme, mais elle sait respecter les décisions de leur tante.

Au début, les questions de Vhvl' Kutnuf ne concernent que les remèdes qu'Utu'wv Ecoko'nesel prćparc avcc Pétronille. Sa tante hoche la tête, ses tatouages dansent sous sa peau lâche quand elle lui tapote le bras. Elle sourit, mais elle a l'air ailleurs. Un jour, elle lui demande si elle a perçu la moindre tension au village français. Utu'wv Ecoko'nesel pense aux maisons à l'intérieur des maisons, aux doigts d'Hélène tripotant ses cheveux, au silence qui tombe une fois que Pétronille se met au travail. À son homme qui s'est arrêté derrière elle aujourd'hui, a épié ses mouvements jusqu'à ce qu'elle se fige. Elle décide que Vhvl' Kutnuf doit faire allusion à autre chose. Elle lui répond non, et l'espace d'un instant, le visage de sa tante se détend.

*

Le grenier du village est presque entièrement rempli de maïs le jour où Utu'wv Ecoko'nesel ne trouve qu'Émile à la table du salon. Au cours de ses dernières visites, elle a montré à Pétronille comment se servir de la liane à trois feuilles pour soigner les crampes qui accompagnent la pleine lune, offrant à Hélène quelques noisettes de la plante pour son écureuil, jetant le reste dans son panier pour cuisiner ; elle lui a appris à mastiquer l'écorce que Pétronille appelle « bois d'amourette » pour soulager les douleurs de dents ; à utiliser les copalmes qui surplombent sa maison pour fabriquer un baume capable de guérir les plaies et les ulcères ; à faire bouillir les racines d'esquine et à se rincer la tête avec cette eau pour avoir les cheveux aussi longs que les siens. Pétronille prononce enfin son nom correctement – ses enfants ont décidé de l'appeler simplement « Oodoo'wah ». Ils ne sont jamais loin : Hélène joue avec sa poupée de chiffon, Émile griffonne derrière sa petite table. Mais aujourd'hui, Pétronille n'est pas là. Quand Utu'wv Ecoko'nesel demande au garçon où est sa mère, il pointe son doigt taché d'encre vers la porte. « Dehors », annonce-t-il.

Le mot vibrionne dans sa tête alors qu'elle rebrousse chemin. La sève lui colle aux pieds et les pommes de pin lui pincent les talons. Les abeilles errent dans l'air chaud, leurs corps trapus et duveteux rampent sur les fleurs, les pétales ploient sous leurs poids. Elle se rend compte qu'elle marche plus vite que d'habitude. Elle n'a jamais vu Pétronille ailleurs que chez elle. L'imaginer seule, à l'extérieur, la rend nerveuse.

Elle n'a aucun mal à la repérer. De l'autre côté d'un champ de tabac, à la lisière de la forêt, le jaune vif de sa robe contraste violemment avec le vert lumineux de l'herbe, encore haute. Elle est agenouillée entre d'énormes racines, les mains triturant l'écorce d'un mûrier. Ses cheveux sont en désordre, son dos assombri par la sueur. Utu'wv Ecoko'nesel ne lui a jamais connu une telle allure.

« Tu es là », constate Pétronille en l'apercevant.

La colère submerge Utu'wv Ecoko'nesel si brutalement qu'elle en a le souffle coupé. Bien sûr qu'elle est là. C'est à Pétronille qu'elle devrait demander ce qu'elle fiche dehors, dans ce monde qui n'est pas le sien. Elle s'approche. À la vue des fourmis rouges qui grouillent sur la robe jaune, sa rage s'évanouit aussi subitement qu'elle est apparue. Pétronille lui sourit toujours ; elle ignore tout des mocassins d'eau, des veuves noires et des serpents à sonnette qui pourraient la mordre. Elle peut s'aventurer tant qu'elle veut – la prairie ne voudra jamais d'elle. Elle sursaute quand Utu'wv Ecoko'nesel chasse les insectes du revers de la main.

« Merci, dit Pétronille. Je ne les avais pas senties. »

Comment pourrais-tu avec des jupes pareilles ? se demande Utu'wv Ecoko'nesel. Elle ne répond rien. Deux gros lézards se faufilent entre les épines d'épaisses ronces. Elle se lève et Pétronille l'imite, secoue son jupon terreux.

« Que fais-tu ? » l'interroge Utu'wv Ecoko'nesel.

L'arbre est esquinté, comme si un animal y avait fait ses griffes.

« Je ramasse de l'écorce.

— Avec tes mains ? »

Pétronille rougit puis se met à rire, et le son la surprend.

« Tu sais, reprend Pétronille, chez moi, j'avais de nombreux outils pour jardiner. » Elle regarde autour d'elle, comme si elle s'attendait à les trouver là. « Mais je n'ai pas pu les emporter.

— Pourquoi ?

— On ne m'a pas laissée les prendre. »

À leurs pieds, les termites vagabondent le long d'un tronc pourri. L'idée que Pétronille puisse être contrainte de faire quoi que ce soit est nouvelle. Si ce n'est en compagnie de son mari, elle n'a jamais agi contre son gré devant Utu'wv Ecoko'nesel. Le visage de M. Ducros s'impose à elle avec une précision dérangeante.

« Où habitais-tu avant ? » dit-elle.

Pétronille semble brièvement déstabilisée.

« Très, très loin d'ici, finit-elle par répondre. De l'autre côté de l'océan. »

Utu'wv Ecoko'nesel a entendu parler de l'eau qui ne finit jamais, mais elle ne l'a jamais vue de ses propres yeux. Elle ne connaît que le vert turbulent des rivières, leurs courants qui emportent tout avec eux – pirogues, crocodiles, des rivages entiers, parfois. Elle s'interroge rarement sur le pays où est né le peuple blanc. Pour elle, ces hommes et ces femmes sont apparus un jour avec leurs chevaux et leurs maladies, leurs fusils et leurs esclaves, et ils ne sont plus jamais repartis.

« Ces terres sont-elles riches en poissons et en gibier ? » demande-t-elle.

Pétronille acquiesce.

« Il y a aussi de très belles fleurs.

— Alors pourquoi t'en es-tu allée ? »

Elle ne pensait pas lui poser cette question mais elle se rend compte qu'elle tient à connaître la réponse. Les ongles incrustés de terre, Pétronille continue de jouer avec un bout d'écorce, frottant la pulpe de ses doigts contre la pointe aiguisée du bois.

« Je n'avais pas véritablement le choix », admet-elle au bout d'un moment.

Utu'wv Ecoko'nesel fronce les sourcils. À cet instant précis, elle n'arrive pas à imaginer ce que sa sœur rétorquerait à Pétronille. Si les Français n'ont pas décidé de quitter leur pays, elle ne sait plus quoi faire de la colère qu'elle nourrit à leur égard – ce peuple qui s'est installé sur leurs terres, qui a décrété que la prairie avait un début et une fin, qu'elle pouvait être morcelée et distribuée.

« Ton homme a-t-il choisi de vivre ici ? » demande-t-elle.

Cette fois-ci, la réponse de Pétronille la satisfait.

« Oui, dit-elle. Il est venu de son plein gré. »

*

Au cours des jours suivants, Utu'wv Ecoko'nesel ne peut s'empêcher de regarder Pétronille différemment. Sous le mûrier, pour la première fois, elle a guidé ses gestes sans arrière-pensées, sans entendre la voix de Lv'vlk Lac'kup – une voix qui, elle s'en rend compte, a toujours été un peu la sienne. Elle lui a tendu son petit couteau et accompagné sa main le long du tronc, orienté la lame de façon à ce qu'elle s'y enfonce aussi facilement que dans une miche de pain frais, à ce que le bois qu'elle emporte soit fin et lisse. Maintenant qu'elle a appris que Pétronille n'est pas entièrement responsable de sa présence dans la prairie, ses visites lui coûtent moins. Elle lui offre plus volontiers ce savoir qui aurait pourtant dû rester au Grand Village.

Elle ne nourrit pas les mêmes sentiments vis-à-vis de la femme blanche qu'elle rencontre quelques jours plus tard chez les Ducros. Cette Française-là non plus ne lui est pas entièrement inconnue : c'est à elle qu'Utu'wv Ecoko'nesel avait apporté un remède contre le mal de dos, l'après-midi d'automne où elle a vu Pétronille pour la première fois. Marie, comme l'appelle Pétronille, a une voix autoritaire avec laquelle elle gronde ses deux filles et des gestes abrupts qui menacent d'envoyer voler les quelques vêtements qu'elle a confectionnés pour les enfants de Pétronille. Elle n'accorde pas la moindre attention à Utu'wv Ecoko'nesel. Elle berce son bébé, un garçon, parle à voix basse de tensions avec les « sauvages », de son mari qui voudrait rentrer en France. Elle raconte que son voisin, un fermier, a encore perdu trois vaches la semaine dernière. « Les Natchez ont fait irruption dans son champ et les ont abattues », dit-elle en baissant la voix. Utu'wv Ecoko'nesel ne peut s'empêcher de hausser les sourcils. Elle a souvent entendu les Français se plaindre de bétail volé, perdu, tué. Mais à quoi est-on censé reconnaître les frontières de leurs terres ? Tous les bisons ne leur appartiennent pas. « Ils ne pensaient sûrement pas à mal, note Pétronille et Marie laisse échapper un gloussement désagréable. — Je ne suis pas surprise que tu leur accordes le bénéfice du doute », ajoute-t-elle, et Utu'wv Ecoko'nesel sent le regard de l'horrible femme se poser sur elle.

Elle se concentre sur les feuilles de sumac éparpillées sous sa paume, sur les enfants qui chuchotent à côté de la table – toutes les excuses sont bonnes pour échapper à ces conversations qui la glacent. L'aînée de Marie est agenouillée à côté d'Émile, tous deux penchés au-dessus d'une grande feuille de papier, ignorant la conversation des femmes. La fille de Marie a l'air un peu plus jeune que le fils de Pétronille ; ils se ressemblent tellement, leurs traits sont si différents de ceux de leurs mères qu'Utu'wv Ecoko'nesel a presque l'impression que le mari de Pétronille est là, avec eux.

Il passe plus tard cet après-midi-là, élégamment vêtu comme toujours. Il ne salue pas Marie, et elle ne lui prête pas non plus la moindre attention. Il demande aux enfants ce qu'ils dessinent. À mesure qu'il fait le tour de la pièce, les voix de Pétronille et de Marie s'éteignent. M. Ducros s'arrête une nouvelle fois derrière Utu'wv Ecoko'nesel.

Elle se fige. Une odeur de tabac émane de ses habits, et elle en perçoit une autre, une senteur âcre qui lui gratte la gorge. Elle le sent se déplacer derrière elle. Sa respiration ralentit, comme s'il était encore temps de se cacher.

« Nous manquons de barbe espagnole, n'est-ce pas ? » lui lance soudainement Pétronille.

Utu'wv Ecoko'nesel lui jette un regard reconnaissant. Le cataplasme qu'elles préparent ne requiert que des feuilles de sumac ; les mots de Pétronille brisent cet instant, remettent l'homme en mouvement. Il s'éloigne d'elle, piétine les longs rayons de soleil qui s'étirent au milieu de la pièce et se penche vers son épouse. Quand il lui embrasse le front, Pétronille garde les yeux clos.

*

En trouvant la porte des Ducros fermée le lendemain, Utu'wv Ecoko'nesel se demande si elle devra retourner chercher Pétronille dehors, comme elle l'a fait une demi-lune plus tôt. Elle éternue dans l'air humide, frappe à nouveau. La pluie tambourine sur le toit, sa tunique dégouline, des gouttes glissent le long de sa nuque. Lorsqu'une fille noire lui ouvre, des cris résonnent dans la maison. Utu'wv Ecoko'nesel sursaute en reconnaissant la voix de M. Ducros mais, à l'exception de la femme en face d'elle, la pièce principale est déserte.

« Madame veut que tu commences sans elle », dit-elle en croisant les bras.

Elle a des lèvres fines et une petite cicatrice qui court là où son bonnet rencontre sa tempe. Le silence est retombé. Elle semble mal à l'aise ; Utu'wv Ecoko'nesel non plus ne sait pas très bien comment se comporter avec elle, ici, dans cette maison qu'elle peut quitter quand elle le souhaite, alors que cette femme n'y sera jamais autorisée. Les esclaves qu'elle a aperçus au Grand Village étaient des ennemis de son peuple : leur liberté, le prix à payer pour avoir défié les Soleils et perdu. Mais elle n'a jamais entendu parler de la moindre guerre entre le peuple noir et le peuple blanc. Tout ce qu'elle voit, ce sont des gens à la peau sombre réduits en esclavage, forcés à travailler les champs de tabac et de blé tandis que les Français attendent le fruit de leurs récoltes.

Utu'wv Ecoko'nesel s'assied à la table, aujourd'hui tirée près de la cheminée. Dehors, la bruine teinte le jardin de gris. La fille noire a tout juste disparu dans la cuisine que les voix s'élèvent à nouveau. Cette fois-ci, elle distingue celle de Pétronille, mais elle s'exprime trop bas pour qu'elle puisse la comprendre. Elle attrape un bout de bois d'amourette et en racle l'écorce, les yeux rivés sur la lame courte et mate de son canif.

Elle manque de se blesser lorsqu'un bruit sourd retentit dans la pièce d'à côté. Elle pose son couteau près du bâton pâle, à moitié pelé. Elle s'inquiète pour Pétronille, mais surtout pour elle-même. Au moment où elle se décide à partir, le son de pas lui parvient, puis le claquement étouffé de la porte de derrière.

Pétronille apparaît quelques instants plus tard. Ses joues sont empourprées, ses cheveux en pagaille. Elle tient à la main une petite boîte fissurée, à la serrure brisée.

« Qu'y a-t-il ? » lui demande Utu'wv Ecoko'nesel.

Pétronille se contente de se passer une main sur le visage. Elle se laisse tomber dans un fauteuil près de la cheminée. À travers la fenêtre, Utu'wv Ecoko'nesel voit M. Ducros empoigner les rênes de sa monture, le cuir de la selle ternie par la pluie. Elle est soulagée d'entendre le trot du cheval s'éloigner.

« Il les a jetées, dit Pétronille.

— Qu'a-t-il jeté ? »

Pétronille regarde le couvercle cassé, puis contemple à nouveau le feu. Utu'wv Ecoko'nesel s'assied à côté d'elle et répète sa question.

« Mes graines, répond Pétronille. Celles qui venaient de La Rochelle. » Elle secoue la tête, tamponne son visage humide. Puis son expression change, et un rire triste lui échappe. « Je les avais commandées il y a si longtemps que je pensais qu'elles n'arriveraient jamais. J'imagine qu'il valait mieux les croire égarées. »

Elle dépose la boîte à ses pieds.

« Pourquoi ferait-il une chose pareille ? l'interroge Utu'wv Ecoko'nesel.

— Pourquoi pas ? »

Le feu crache des braises minuscules qui s'éteignent aussitôt en touchant le sol. On peut perdre pire que quelques graines, pense Utu'wv Ecoko'nesel. Elle n'a aucune envie de passer l'après-midi ici – elle ne veut surtout pas être là au retour de M. Ducros. Elle se lève, saisit un bouquet de salsepareille, fait de la place sur la table. Quand Pétronille prend la parole, elle ne quitte pas les flammes des yeux.

« Il aurait brûlé mon courrier si je ne l'en avais pas empêché, dit-elle. Mon amie Geneviève vient de m'écrire. Son époux est mort. »

Utu'wv Ecoko'nesel n'a aucune idée de qui elle parle et elle se fiche de savoir qui est cette Geneviève. Mais Pétronille l'a enfin rejointe à la table, elle a l'air plus calme. Elle ne l'interrompt pas.

« Elle s'apprête à se marier, pour la troisième fois », explique Pétronille.

Elle sépare les feuilles des tiges, continue d'évoquer cette autre Française, et Utu'wv Ecoko'nesel ne saisit que quelques mots – « malchance », « pauvre femme », « violent » – qui ne lui donnent qu'une vague idée de la mauvaise fortune qui s'acharne contre cette inconnue. Elle lui pose des questions sur le nouveau fiancé, mais seulement parce que Pétronille semble attendre qu'elle dise quelque chose.

« Il ne peut pas être pire que le précédent », répond-elle.

Elle se met au travail en silence et Utu'wv Ecoko'nesel l'imite. Elle pense au mariage de sa sœur, à l'épi de maïs et au laurier que leur mère lui avait offerts, aux matelas poussés contre les murs pour danser jusqu'à l'aube. Elle ne comprend tout d'abord pas l'expression lugubre du visage de Pétronille, puis elle se souvient de M. Ducros. L'atmosphère de la maison lui paraît soudain suffocante.

« As-tu d'autres plantes qui viennent de France ? » demande-t-elle.

Cette fois-ci, Pétronille lui sourit.

« Oui, dit-elle en regardant par la fenêtre. La pluie a presque cessé, les gouttes perlent au bout des feuilles. Suis-moi. »

Elle l'emmène jusqu'à une partie du jardin qu'Utu'wv Ecoko'nesel n'a encore jamais vue. Dehors, elle respire déjà plus librement. La fin d'après-midi est fraîche, l'air bruineux, la terre rouge liquide après les averses de la journée. Contre le tronc d'un orme, un pivert s'acharne ; des moineaux s'envolent avec des piaillements affolés lorsqu'elles s'approchent. Entre les fenêtres, des fleurs grimpent sur la façade. Utu'wv Ecoko'nesel devine à la longueur de leurs tiges que pendant la saison chaude, elles doivent entièrement recouvrir le mur. Elle observe les pétales, qui s'élargissent à mesure qu'ils s'éloignent du pistil. Leur forme ne lui est pas étrangère, elle croit même se souvenir que l'espèce qu'elle connaît peut être utilisée contre la dysenterie. Mais elle ne les a jamais vues de cette couleur, un blanc irisé de vert.

« Au moins, il ne s'est pas débarrassé de mes roses. Je ne savais pas si ces fleurs survivraient ici, mais elles ont poussé en un rien de temps. ».

Utu'wv Ecoko'nesel lui jette un coup d'œil : Pétronille fixe le mur, les bras croisés. Ses cheveux se gonflent dans l'air humide, ses yeux sont encore bouffis par les larmes, mais elle ne semble plus aussi malheureuse.

« Sans toi, je n'aurais jamais su qu'on pouvait guérir grâce aux plantes », lâche-t-elle.

Utu'wv Ecoko'nesel sent ses joues rougir. Elle ne veut pas que Pétronille le remarque et se tourne à nouveau vers la maison.

« À quoi servent-elles ? s'empresse-t-elle de demander.

— Ça ne va pas te plaire, répond Pétronille. Elles n'existent que pour le plaisir des yeux. »

Le parfum des roses, entêtant, se mêle à l'odeur de la terre après la pluie. Utu'wv Ecoko'nesel s'approche, effleure leurs pétales, et ils sont aussi doux que ceux des pieds de chat. Il s'agit peut-être des seules fleurs de France qu'elle touchera jamais, et elle se demande combien d'espèces lui resteront inconnues. Elle mourra avant de connaître toutes les plantes de la prairie. L'idée est fugace, inconsistante. Quelle insensée regretterait ce qui échappe à sa vue ? Utu'wv Ecoko'nesel pince ses doigts juste en dessous d'un bourgeon, évite les épines, tire d'un coup sec.

« Elles servent peut-être à quelque chose, dit-elle, mais nous ne le savons pas encore. »

*

La saison du Grand Maïs s'achève. Chaque hiver, les premières longues nuits ramènent Utu'wv Ecoko'nesel aux soirées de son enfance, au temps où sa famille se réunissait au coucher du soleil, où leur mère leur racontait des histoires autour du feu. Maintenant, sa sœur aînée a pris le relais. La fumée oscille devant son visage et ceux des enfants, mais les récits ont changé. Ce soir, elle évoque un homme du village de la Farine jeté en prison, accusé d'avoir volé la pirogue d'un Français – comme si les embarcations ne se prêtaient plus, comme si les hommes blancs n'étaient pas les vrais voleurs. Utu'wv Ecoko'nesel l'écoute en regardant la balle de ses neveux rouler.

Les épines de pin s'échappent de la peau de chevreuil, se répandent sur le matelas, et elle se demande combien de temps ils pourront encore jouer.

Elle parle à Pétronille du Français qui a fait enfermer l'un des siens, et Pétronille fronce les sourcils. « Une honte », dit-elle. Elle baisse les yeux. « Je l'ignorais. »

Le lendemain, le soleil est déjà bas quand Utu'wv Ecoko'nesel prend la route du Grand Village. Les criquets se sont tus. Elle s'apprête à entrer dans le bois ; elle se fige en entendant des pas dans les feuilles mortes. Un cardinal entonne l'un de ses tristes chants. Utu'wv Ecoko'nesel se retourne. Par-dessus son épaule, elle aperçoit les maisons éparpillées entre les champs qu'elle vient de traverser ; devant elle, la forêt se referme sur son éternel crépuscule. Un moustique lui pique la cheville, et elle se glisse entre les arbres, attache ses cheveux pour qu'ils ne s'emmêlent pas dans les lianes. Elle se trouve encore loin de la Grande Rivière lorsque le son s'élève à nouveau. Elle hésite à tourner à gauche, à se précipiter vers l'eau, dans l'espoir que les pêcheurs soient encore là. Elle prend la direction du fleuve et se rend aussitôt compte qu'elle n'y arrivera pas. Le bruit se rapproche, les pas de quelqu'un qui se fiche de faire grincer les joncs. Devant elle, deux chats sauvages s'enfuient, un perroquet disparaît en un cri furieux.

Elle n'a même pas le temps de se mettre à courir. Le mari de Pétronille se tient déjà devant elle, ses mains lui agrippent les poignets. Dans la lumière blafarde, le blanc de ses yeux immenses semble encore plus pâle. Il lui saisit la mâchoire et elle respire son souffle doucereux, l'entend susurrer quelque chose au sujet des filles sauvages, puis les mots se perdent dans la chanson du cardinal.

Un jour, Vhvl' Kutnuf a raconté à Utu'wv Ecoko'nesel l'histoire d'un idiot qui avait décidé de partir seul à la chasse à l'ours. Il avait tiré pour faire sortir l'animal d'un tronc creux, persuadé qu'il serait assez rapide pour attraper son arc. Vhvl' Kutnuf s'était dressée de toute sa hauteur, imitant l'ours qui s'était abattu sur le guerrier. Lorsque le mari de Pétronille la jette à terre, Utu'wv Ecoko'nesel ne résiste pas. Elle sait qu'elle n'aurait aucune chance. Elle se concentre sur sa rage, aussi brute et incisive que les roseaux qui lui lacèrent le dos sous le poids de l'homme.

Au-dessus d'elle, la fumée virevolte dans le ciel, grise et légère entre les nuages. Le peuple blanc a commencé à brûler la prairie.

*

Utu'wv Ecoko'nesel a déjà connu des garçons, des garçons qu'elle choisissait avec soin aux danses du Grand Village, qu'elle attirait contre elle à l'aube. Elle aimait sentir leur respiration s'accélérer dans son cou, leurs mains descendre de ses hanches à ses fesses. Ils avaient son âge, étaient souvent de simples gens. Elle ne leur a jamais fait d'enfants. Comme toutes les femmes nobles, elle épouserait un jour un homme du peuple. Ça n'avait pas d'importance :

elle mettrait au monde des bébés aux cheveux aussi sombres que l'écorce des noyers, qui seraient Soleils à leur tour. Après elle, ses filles et ses petites-filles entretiendraient la lignée de la famille souveraine ; ses fils et ses petit-fils ne régneraient que le temps d'une vie, leur noblesse vouée à mourir avec eux.

Elle se surprend à se demander si les robes bleues et rouges de Pétronille dissimulent des blessures comme celles qui marquent son dos, là où les joncs ont déchiré sa peau. Utu'wv Ecoko'nesel les cache sous ses cheveux. Elle utilise des feuilles d'hamamélis pour les empêcher de devenir jaunes et violettes, mais elle ne prie aucune femme de l'aider à étaler le baume. Elle ne retournera pas chez les Ducros. Elle ne racontera à personne ce qui s'est produit dans la forêt, pas même à sa tante. Brièvement, elle a envisagé de se confier à Lv'vlk Lac'kup. Mais l'idée l'emplit de honte – si elle avait écouté sa sœur, rien de tout ça ne serait arrivé. La nuit, elle veille sous la laine de bison, les yeux sur les braises mourantes. Elle écoute le souffle de ses neveux endormis, le frémissement des ailes d'une chouette ; elle se demande si les images qui la hantent la laisseront un jour en paix.

En préparant ses décoctions, elle pense à Pétronille. Elle ne sait pas si elle regrette les après-midi passés en sa compagnie – ou alors peut-être seulement le plaisir insoupçonné de transmettre son savoir, l'air paisible et attentif de Pétronille. Mais Utu'wv Ecoko'nesel a pris une nouvelle habitude. À chaque fois que les yeux blancs s'imposent à elle, elle se concentre sur Pétronille. Elle se convainc que c'est elle qui a besoin de réconfort, elle qui sera forcée de côtoyer cet homme lune après lune, hiver après hiver.

*

Une demi-lune après la nuit dans la forêt, Utu'wv Ecoko'nesel accompagne sa sœur jusqu'à la Petite Rivière. Les deux fils cadets de Lv'vlk Lac'kup sont vieux de trois et quatre hivers, suffisamment grands pour jouer dans l'eau mais pas assez pour suivre l'ancien qui enseigne à leur grand frère et aux autres jeunes à nager. Elles marchent l'une derrière l'autre dans l'aube nacrée, soulèvent les enfants au-dessus des fougères les plus touffues. Hier, elles ont emprunté le même chemin. Utu'wv Ecoko'nesel ne voulait pas se baigner, elle ne voulait pas exposer son dos ravagé. Mais Lv'vlk Lac'kup a insisté. Et quand elle a cédé, elle s'est rendu compte que sa sœur avait toujours su. Elle n'a rien dit en voyant les blessures. Elle a posé sa paume sur les cicatrices, comme pour les effacer. Elle l'a prise dans ses bras et elles sont restées là sans bouger, le reflet de leurs silhouettes tombant sur l'eau claire et immobile de la rivière.

Il fait plus doux aujourd'hui. Utu'wv Ecoko'nesel porte sa tunique préférée, celle avec les motifs brodés au fil rouge, qu'elle a plaisir à déplier dès que les arbres perdent leurs feuilles et que les jours raccourcissent. Elle serre les mains des garçons entre les siennes. Pour la première fois depuis longtemps, elle se sent légère. Le monde est tel qu'elle l'a toujours connu. Les racines roulent sous l'arche de ses pieds ; la brise du matin se faufile entre ses chevilles, les dindes s'enfuient de leur pas pressé. Sa sœur ouvre la marche, comme quand elles étaient petites – leur mère fermait le chemin pour garder un œil sur ses cinq enfants. Sur ce sentier, elle pourrait croire qu'elle n'a jamais quitté la rivière et la prairie.

Puis sa sœur s'arrête. Derrière le bosquet de cyprès, des voix s'élèvent et lorsqu'elles atteignent le rivage, une femme dodue les fixe, trempant ses pieds dans l'eau avec une fillette.

« Cenko'lo'lo', salutations, Soleilles ! » lance-t-elle.

Lv'vlk Lac'kup lui jette à peine un regard, détache les jarretelles en laine de bison qui couvrent les genoux de son fils. Là où la rivière tourne, des ibis sondent la vase de leurs becs acérés. Aux simples plumes d'oie qui ornent les cheveux de l'étrangère, Utu'wv Ecoko'nesel reconnaît l'une des filles du peuple.

« Je ne t'ai jamais vue ici. De quel village viens-tu ? » demande-t-elle.

La femme attend pour répondre qu'Utu'wv Ecoko'nesel ait posé sa tunique au pied d'un sureau et que Lv'vlk Lac'kup soit entrée dans la rivière. Les petits garçons retiennent leur souffle quand l'eau vient clapoter contre leurs cuisses.

« La Pomme Blanche, répond-elle, où de terribles malheurs nous accablent. »

À ces mots, Lv'vlk Lac'kup redresse la tête.

« Parle », l'encourage-t-elle.

Utu'wv Ecoko'nesel continue d'avancer, le courant presse timidement contre ses reins. Elle détache la ficelle de mûrier qui noue ses cheveux.

« Notre Soleil est revenu du fort des hommes blancs hier, explique la femme. Leur nouveau chef veut prendre possession de nos terres pour y construire son habitation.

— Que lui a répondu votre Soleil ? » intervient Utu'wv Ecoko'nesel sans laisser le temps à sa sœur de réagir.

La femme s'éclabousse le visage, tend la main à sa fille qui barbote.

« Il lui a dit que notre peuple vivait ici depuis plus d'hivers que ses tresses ne comptaient de cheveux. Mais l'homme est différent des autres Français. Il donne des ordres à notre Soleil comme s'il était l'un de ses esclaves. Où irions-nous ? »

Utu'wv Ecoko'nesel ignore sa question. En dépit du vent, son corps la brûle. Sa rage grandit, et c'est un soulagement de la voir se déposer sur quelque chose de nouveau, quelque chose qu'elle peut partager avec cette femme et avec Lv'vlk Lac'kup. Elle sent le regard de sa sœur sur elle, mais Lv'vlk Lac'kup reste silencieuse, la laisse poser les questions.

« Votre Soleil acceptera-t-il sa requête ?

— Mv'kupok no'kv, ça arrivera peut-être. Il a prié l'homme d'attendre que nous ayons fini nos récoltes. Bientôt, le conseil se réunira et prendra une décision. »

L'un des fils de Lv'vlk Lac'kup éclate de rire quand une carpe monstrueuse le frôle. Le cadet, grelottant, joue avec les boucles d'oreilles de sa mère sur le rivage.

« Sais-tu quand il donnera sa réponse à l'homme blanc ? demande Lv'vlk Lac'kup.

— Noco, je ne sais pas, soupire la femme. Tout le monde parle du terrible chef français mais nous ignorons ce qui va se passer. »

Elle soulève sa fille, sans prêter attention à ses cris de protestation.

« Peut-être nous reverrons-nous. »

Lv'vlk Lac'kup acquiesce, et Utu'wv Ecoko'nesel lui dit de prendre soin d'elle. En les voyant regagner la berge, sa sœur lui lance un regard entendu.

« Ce qui devait arriver se produit enfin », dit-elle, et Utu'wv Ecoko'nesel s'attend à ce qu'elle lui parle de revanche, de châtiment mais sa sœur se tait. Elle serre son fils dans ses bras, les mains du garçon posées sur ses tétons, et sort de l'eau.

Utu'wv Ecoko'nesel reste seule dans la rivière. Des feuilles mortes flottent à la surface, dérivent, comme pour lui indiquer le chemin à suivre. Entre les branches d'un cyprès, un oiseau s'ébroue, et l'espace d'un instant, ses plumes blanches semblent appartenir au feuillage. Lv'vlk Lac'kup aide ses enfants à s'habiller. Il n'y a pas la moindre trace de colère sur son visage, mais une expression qu'Utu'wv Ecoko'nesel lui a si rarement vue qu'il lui faut un moment pour comprendre que sa sœur est terrifiée.

Elle fait un pas en avant et plonge. Le froid saisit son corps tout entier, annihile ses pensées. Elle sent ses cheveux se déployer autour d'elle, la vase se soulever sous ses pieds comme de la poussière dans la lumière. Ici, il n'existe plus la moindre émotion, juste des vibrations sourdes – une branche coincée dans l'alluvion, un banc de sardines remontant le courant, ou peut-être une barbue pliant son corps rond. Utu'wv Ecoko'nesel ne voit rien. Elle garde les yeux clos, laisse l'eau sans goût la glacer. Elle nage de plus en plus loin, là où la rivière court trop vite pour appartenir à qui que ce soit.

*

L'un de ses souvenirs les plus marquants est vieux de quatre hivers : les premières pêches seraient bientôt là, duveteuses et sucrées, annonçant le début de sa saison préférée. Le crépuscule n'en finissait pas, elle était agenouillée sur la place principale, pilant des coquillages qu'elle mélangeait avec de la terre, comme sa mère le lui avait appris. Elle écrasait le fond de la pièce de poterie, l'odeur brute du fleuve montait de ses mains. Puis un cri l'interrompit. Les enfants cessèrent de courir après leur balle. Les femmes redressèrent la tête, les mains suspendues au-dessus des pots de colle de poisson. Les hommes se levèrent, leurs arcs rêches délaissés.

Le ciel avait disparu. Ou plutôt, il s'évanouissait sous des nuages hauts, gris, si proches les uns des autres qu'on les aurait crus brodés ensemble. Soudain, la lumière se retira entièrement ; puis le contour des nuages s'éclaircit, comme s'ils étaient cousus de fils d'or. Lorsque le soleil réapparut, juste avant de toucher l'horizon, il était acculé, jetant un éclat écarlate sur la nuée, abandonnant le reste à l'obscurité. Ce dont Utu'wv Ecoko'nesel se rappelle le mieux, c'est le silence, les silhouettes parfaitement découpées sur les cieux agonisants, et la pâte qui durcissait entre ses doigts – et, une fois la nuit tombée, les anciens interprétant l'astre furieux comme le signe de temps néfastes pour leur peuple.

*

Utu'wv Ecoko'nesel répète à sa tante les mots de la femme de la rivière, et le visage de Vhvl' Kutnuf se ferme ; elle ignore ses questions, s'éloigne sans un mot vers la demeure du Grand Soleil. Pendant les jours qui mènent à la pleine lune suivante, Utu'wv Ecoko'nesel n'entend plus parler du chef français. Pourtant, elle sent bien que l'atmosphère a changé. Alors qu'elle cherche du plat de bois pour aider le nouveau-né de sa voisine à dormir, une fille lui raconte que dans son village, les femmes ont reçu l'ordre de préparer des vivres. Par une soirée froide, tandis qu'elle cuisine du pain avec les premiers kakis, elle aperçoit le Grand Soleil revenir du temple, marchant sur les matelas tressés disposés au sol par ses hommes. Ses traits sont tendus, son visage malheureux. Il a l'air encore plus jeune que ses dix-sept hivers. Deux nuits plus tard, les chefs et leurs guerriers s'enferment chez lui ; aucune des Soleilles n'est conviée, pas même Vhvl' Kutnuf. Utu'wv Ecoko'nesel regarde sa tante jouer nerveusement avec les rangs de son collier en nacre.

Les habitants du Grand Village se couvrent de peaux de chevreuil et allument de larges feux le jour où Vhvl' Kutnuf lui demande de se rendre au chevet d'une cousine fiévreuse, au village de la Farine. Son panier à la main, elle suit sa tante à travers la prairie. Ses boucles d'oreilles bleues, celles qui appartenaient à sa mère, effleurent son cou à chacun de ses pas. Vhvl' Kutnuf marche lentement, une main appuyée sur son épaule. À l'exception d'un écureuil, elles ne voient rien ni personne ; les animaux se terrent déjà pour échapper à l'hiver.

« Pe-etce, assieds-toi », déclare enfin Vhvl' Kutnuf en s'arrêtant aux premiers rochers de la Petite Rivière.

Utu'wv Ecoko'nesel sent sa jupe glisser sur la pierre froide.

« Je t'ai amenée là où nous ne serons pas entendues, commence sa tante. Écoute-moi bien : une guerre va avoir lieu, bien pire que celles que nous avons connues. »

Elle a fait de son mieux pour la protéger lors des conflits précédents et Utu'wv Ecoko'nesel en garde peu de souvenirs – des hommes tués par la faute d'un Blanc, le calumet que les Français avaient ensuite fumé de bon cœur. Les villages Grigra, Jenzenaque et de la Pomme Blanche étaient impliqués. Rien de tout ça n'a eu lieu chez elle.

« Le Grand Soleil est encore jeune et ignorant, et il a tenté de nous dissimuler ses intentions, à nous tous. À moi, sa propre mère.

— Allons-nous attaquer les Français ? » demande Utu'wv Ecoko'nesel.

La colère revient, plus douce cette fois. Vhvl' Kutnuf ne semble pas l'entendre. Ses yeux sont pleins de larmes.

« Kokenesv, mon fils, reprend-elle, qui serait mort sans mon lait, qui ne serait pas Soleil sans moi, m'a menti. Mais il a fini par m'avouer la vérité. Ici même, sur cette roche où je t'ai menée. » Ses mains se crispent sur ses genoux. « Le chef français veut les terres de la Pomme Blanche. Sa requête a provoqué la rage du Soleil de ce village et il a convaincu tous les chefs, y compris mon fils, d'un terrible dessein. »

Elle parle vite, la mâchoire serrée, explique que le conseil a décrété que les Français étaient trop nombreux, qu'ils étaient devenus de dangereux voisins. Les Soleils ont décidé de les tuer, tous d'un coup. Le chef français a accepté d'attendre que les récoltes soient prêtes avant de prendre possession des terres qu'il convoite, et les Soleils lui ont promis de lui apporter du blé et des poules au moment venu. Ce jour-là, ils seront armés – trois guerriers par Français, dans chaque maison.

« Il y eut un temps où nous avions cinq cents Soleils, poursuit Vhvl' Kutnuf, où il fallait douze jours de voyage, d'est en ouest, pour parcourir les terres où nous habitions. Puis les hommes blancs sont arrivés et nous avons cru ces contrées assez vastes pour tous vivre sous le même astre. »

Utu'wv Ecoko'nesel frissonne. Les muscles de son cou lui font mal, elle ne quitte pas des yeux le visage dévasté de sa tante.

« Tvcukv, je sais, dit-elle. Pourquoi me racontes-tu tout ça ?

— Parce que les hommes blancs sont ingénieux. Les anciens du conseil les sous-estiment, ils sont convaincus qu'ils les surprendront aisément. Mais ce projet échouera, et nombre d'entre eux périront. » Elle s'interrompt, observe ses mains tatouées. « Certaines de nos femmes, qui fréquentent des Français, ont décidé de les avertir pour éviter ce massacre. »

Ses yeux scrutent le visage d'Utu'wv Ecoko'nesel. Un vieux débat familial se joue : Lv'vlk Lac'kup critiquant une amie ayant choisi un Blanc comme amant, et Vhvl' Kutnuf prenant le parti de cette femme plutôt que celui de sa nièce. Même si Utu'wv Ecoko'nesel se range souvent du côté de sa sœur, elle comprend aussi qu'après trente hivers de voisinage avec les Français, ces relations sont inévitables.

« Mon fils n'aurait jamais dû me cacher la vérité », entend-elle dire Vhvl' Kutnuf. La fureur et la tristesse déforment les traits de son visage, Utu'wv Ecoko'nesel ne lui a jamais connu une telle expression. « Un Soleil menteur ne mérite pas d'être considéré comme un homme », crache sa tante.

Un oiseau, trop gros pour un faucon et trop petit pour un aigle, plane au-dessus de la rivière. Utu'wv

Ecoko'nesel acquiesce péniblement. Elles restent assises en silence puis Vhvl' Kutnuf se redresse en s'appuyant sur le rocher, Utu'wv Ecoko'nesel attrape son bras pour la soutenir.

« Va tuer la fièvre chez notre parente », lui dit sa tante en ajustant sa tunique.

En route pour le village de la Farine, Utu'wv Ecoko'nesel ne pense qu'à la guerre. Au ciel incendié, aux arcs et aux tomahawks des guerriers. Son panier lui paraît plus lourd aujourd'hui, la forêt trop paisible. Lorsque le visage de Pétronille s'impose à elle, Utu'wv Ecoko'nesel sent les battements de son cœur s'accélérer.

*

Elle reprend le chemin qui mène chez Pétronille. Aux champs de tabac, les femmes et les hommes à la peau sombre portent maintenant des vêtements plus épais. Certains la regardent passer : ils ont sûrement été avertis de l'attaque qui aura lieu après-demain. Lv'vlk Lac'kup lui a expliqué qu'ils seraient affranchis une fois les Français abattus. Tout du moins, ceux qui rejoindraient les rangs des Natchez – les autres, ceux qui resteraient avec leurs maîtres blancs, seraient vendus comme esclaves aux Chicachas.

Utu'wv Ecoko'nesel est convaincue qu'ils prendront la bonne décision. Lors des guerres précédentes, ils se sont majoritairement ralliés à leur camp. Elle se souvient de l'homme noir libre qui s'était caché pendant des années dans l'un de leurs villages ;

il avait combattu les Tonicas, alliés des Français, avec la bravoure d'un guerrier natchez.

Elle accélère le pas. Elle aperçoit déjà les poules caquetant devant la maison, la fumée qui ne s'échappe pas de la porte, ici, mais du toit. Elle sait qu'elle ne doit rien à Pétronille. Mais elle n'arrive pas à s'empêcher de penser à l'après-midi d'été où elle l'a trouvée au pied du mûrier, décortiquant son écorce à mains nues – le jour où elle lui a parlé du voyage qui l'a menée à la prairie, celui qu'elle n'a pas choisi. Si elle était restée en France, ses jours ne seraient pas comptés.

Quoi qu'en dise Vhvl' Kutnuf, le peuple blanc sera bientôt puni. M. Ducros aussi. Elle n'a plus qu'à espérer qu'il n'est pas chez lui.

« Oodoo'wah ! »

Hélène dévale les marches du porche, court à sa rencontre.

« Où est ta maman ? demande-t-elle.

— Viens », répond la fillette en lui saisissant la main.

Pétronille coud près de la cheminée. Elle enfonce une aiguille dans un tissu bien plus fin que les peaux de porc-épic qu'Utu'wv Ecoko'nesel utilise pour broder. En la saluant, elle semble à la fois surprise et heureuse.

« Je m'inquiétais pour toi, dit-elle. Pourquoi n'es-tu pas revenue ? »

Utu'wv Ecoko'nesel examine la pièce, à la recherche d'un chapeau français, d'une veste d'homme. Elle ne voit qu'un bouquet de roses, un plat rempli de pommes et de baies de sureau. Installé dans le fauteuil près de la fenêtre, Émile lit. Il paraît soulagé en l'apercevant, puis retourne à son livre. Elle s'assied à côté de Pétronille. Elle parle aussi bas que possible.

« Mon peuple vous attaquera bientôt. »

Le sourire de Pétronille s'évanouit. Elle range son matériel de couture, repousse le drap.

« Les enfants, dit-elle, sortez un instant. »

Émile lève la tête mais ne bouge pas. Hélène attrape un chat gris et claque la porte derrière elle. L'écureuil a disparu.

« Mon mari a évoqué des menaces. Il pense que ce ne sont que des rumeurs, commence Pétronille. Des soldats se sont rendus chez le commandant Dechepare pour l'avertir du danger, mais il les a traités de menteurs et jetés en prison. M. Ducros répète que nous aurions l'air faibles si nous nous armions pour une attaque qui n'aura pas lieu. »

Utu'wv Ecoko'nesel appuie son dos contre le dossier du sofa. Elle n'est pas surprise d'entendre que les Français sont trop fiers pour se préparer à mourir. La main de Pétronille cherche la sienne, hésitante.

« Mais je te crois. En cueillant les lianes que tu m'as montrées, j'ai vu vos soldats – vos guerriers – marcher derrière vos chefs dans les bois.

— Moi aussi », dit Émile.

Utu'wv Ecoko'nesel avait oublié que l'enfant était là. Pétronille lui fait signe de sortir et le garçon referme son livre sans protester.

« As-tu prévenu ton homme ? demande Utu'wv Ecoko'nesel une fois qu'Émile a quitté la pièce.

— Oui. Il me répète que ce ne sont que des craintes de femme. »

Utu'wv Ecoko'nesel regarde Pétronille, ses cheveux bruns tirés en un chignon, ses yeux de la couleur des herbes hautes, son air plein d'espoir. Elle imagine les guerriers, ici, et ce qu'ils laisseront derrière eux en partant.

« Toi et les enfants, s'entend-elle dire. Après-demain. Attendez-moi dehors, et je viendrai vous trouver. Pas un mot à ton homme.

— Et Mme Cléry ? Sa famille, ils…

— Toi et tes enfants, personne d'autre. »

Pétronille acquiesce lentement et pose sa main sur celle d'Utu'wv Ecoko'nesel, comme si elle n'avait nulle part ailleurs où aller.

*

Il fait encore nuit lorsque Utu'wv Ecoko'nesel s'approche de la maison. Elle presse le pas, serre la peau d'ours autour de ses épaules. Ce matin, elle n'a eu aucun mal à quitter le village sans être remarquée. Lv'vlk Lac'kup était trop occupée à rassurer ses enfants alarmés. Juste avant de sortir de la cabane, Utu'wv Ecoko'nesel a été prise d'une envie soudaine, désespérée, que sa sœur l'interpelle, la somme de lui dire où elle se rendait. Mais elle ne lui a pas accordé la moindre attention. « Wetvwe'tes, jamais », l'a-t-elle entendu chuchoter, quand son fils aîné lui a demandé s'ils devraient partir d'ici.

Dehors, Vhvl' Kutnuf observait les hommes se préparer au combat. Comme les guerriers du village de la Pomme Blanche, ils attachaient des plumes à leurs arcs, faisant mine de partir chasser pour éviter d'éveiller les soupçons du peuple blanc. Ils frapperont à leurs portes et échangeront des jarres de céréales et d'huile contre des pistolets. Ils leur promettront de la venaison quand, en vérité, la chasse aura lieu à l'intérieur des maisons des Français.

Sur la place principale, Utu'wv Ecoko'nesel n'a même pas réussi à regarder les guerriers en face. Jusqu'à présent, sa proposition d'aider Pétronille lui paraissait impulsive, abstraite. Mais en passant devant l'armée du Grand Soleil, une nouvelle idée lui est venue, une pensée insupportable qu'elle s'est empressée de chasser, enterrant le mot « trahison » comme elle s'efforçait d'écarter ses doutes la première fois qu'elle s'est rendue chez les Ducros.

Elle fait la route plus rapidement qu'à l'accoutumée, entend Pétronille et les enfants bien avant de discerner leurs silhouettes. Ils ne l'attendent pas sous le porche, mais de l'autre côté de la maison, à l'opposé des quartiers des hommes et des femmes à la peau sombre. Pétronille porte une cape qui tombe jusqu'à ses pieds. Hélène est emmaillotée dans une peau de castor, blottie contre le sein de sa mère. Émile se tient à leur droite, immobile.

« Je craignais que tu aies changé d'avis », dit Pétronille.

Utu'wv Ecoko'nesel se balance d'un pied sur l'autre, mal à l'aise. Lorsque Pétronille se penche pour attraper un petit coffre, elle l'arrête :

« Non, nous devons nous dépêcher.

— Et ça ? » demande-t-elle en désignant un baluchon.

Utu'wv Ecoko'nesel soupire mais jette le sac sur son épaule.

« Partons. »

Dans les champs, Hélène s'agite. Pétronille marche bruyamment, il est impossible de la faire avancer plus vite ; sa robe se prend dans les plants de tabac. Utu'wv Ecoko'nesel lance un coup d'œil derrière elle pour s'assurer que personne ne les suit. La brume brouille le regard, mais depuis la maison, on les repérerait sans peine. Elle ne veut pas qu'on les voie – elle ne veut pas être vue avec eux. En atteignant les premiers cyprès, l'angoisse lui noue l'estomac.

« Où allons-nous ? » marmonne Hélène d'une voix ensommeillée.

Émile lui chuchote quelque chose, Pétronille garde le silence. Elle fixe Utu'wv Ecoko'nesel, qui se force à répondre :

« À la Grande Rivière. Dans la forêt. »

Un soleil hésitant ruisselle le long des arbres, éclaire la rosée qui mouille leurs pieds. Utu'wv Ecoko'nesel leur montre comment éviter les racines sinueuses. Elle se répète que Pétronille n'a pas choisi de venir ici. Mais elle n'a jamais rien fait pour elle non plus. Elle la laisse porter l'enfant, profondément endormie après avoir mâché les plantes de plat de bois qu'elle lui a données, sous le regard inquiet de sa mère. Pendant un bref instant, confrontée à la vulnérabilité et à la détresse de Pétronille, elle a moins de mal à se convaincre qu'elle a pris la bonne décision.

Elle les guide, se faufile entre des troncs si larges qu'ils se divisent parfois en plusieurs arbres, dont les piverts martèlent furieusement l'écorce. Lorsqu'elle entend les guerriers, elle se fige. Elle fait signe à Pétronille et à Émile de s'accroupir derrière les buissons et de se taire, même quand une araignée aussi grosse qu'un œuf de poule grimpe sur l'épaule du garçon. Elle se voit soudain à travers le regard des hommes : l'une des leurs, protégeant une femme blanche et ses enfants au matin d'une guerre. Elle retient son souffle en attendant qu'ils passent. Lobes dilatés par des anneaux de fer, certains transportent des pots d'huile et des paniers de blé, d'autres des lances et des arcs. Parmi eux, elle reconnaît un homme du peuple qu'elle a déjà croisé au Grand Village, une fine hache à la main. Le conseil nourrit un tel mépris à l'égard du chef français que les Soleils refusent de se salir les mains avec son sang.

Ils disparaissent enfin, et Utu'wv Ecoko'nesel se rend compte qu'elle tremble. Elle sent la paume de Pétronille sur son dos, tourne la tête au moment où elle entrouvre les lèvres. Elle lui intime de garder le silence, de se lever. Elle n'a plus le temps de douter. Ils sont arrivés jusqu'ici ; elle les mènera à la Grande Rivière. Puis elle retournera chez les siens, là où est sa place.

Elle ralentit le pas en atteignant l'eau. Pétronille a l'air épuisée, ses cheveux sont piqués de feuilles mortes, son dos courbé sous le poids d'Hélène. Trois canards les épient de leurs yeux rouges. Pétronille prend la main d'Émile, s'assied dans la vase sèche, allonge sa fille sur sa cape trempée par la rosée ; le garçon plante un bâton dans la terre moite. Utu'wv Ecoko'nesel s'installe sur un rocher au-dessus du fleuve. L'eau glacée emporte avec elle la lumière du soleil.

Elle n'entend pas le signal – les coups de feu tirés sur le chef français et son interprète. Mais le son mat des fusils des autres guerriers lui parvient, les tirs résonnent dans les maisons les plus proches. Utu'wv Ecoko'nesel ramène ses genoux contre sa poitrine. La distance déforme les hurlements. Elle s'imagine au Grand Village, se demande ce qu'elle aurait perçu depuis la place principale si elle avait fait un autre choix ; ce qu'elle aurait ressenti en sachant que les cris de Pétronille se noyaient au milieu de ceux des autres Français. Puis la clameur de la guerre est couverte par le bruissement des ailes des pigeons ramiers, les oiseaux apeurés fuyant la forêt en si grand nombre que, l'espace d'un instant, le ciel n'est plus qu'un nuage de plumes sombres.

*

Les fermes se consument autour du fort. L'odeur de chair calcinée flotte dans l'air du matin, les flammes lèvent une brise étouffante. L'herbe de la prairie s'est teintée de rouge, comme si les fraises poussaient désormais en hiver. Lorsque s'élèvent les gémissements des femmes blanches enfermées au sommet du tertre, Utu'wv Ecoko'nesel chasse les images qui lui reviennent : Pétronille, les yeux cernés, fixant la rivière tandis qu'Hélène et Émile observaient des bébés opossum se glisser dans la poche de leur mère. Pétronille n'a pas pleuré une seule fois pendant l'attaque. Elle est restée silencieuse, les mains plaquées sur ses tempes. Avant de partir, Utu'wv Ecoko'nesel lui a tendu de la viande de bison séchée qu'elle avait emportée. Elle lui a dit au revoir aussi vite qu'elle a pu.

Elle s'est dépêchée de remonter la Grande Rivière. Elle s'apprêtait à s'engager dans les bois quand le son de rames a retenti. Elle s'est arrêtée pour regarder autour d'elle. Les arbres se courbaient au-dessus du fleuve jaune, leurs branches tordues ployaient sous la force du courant. Elle s'est cachée avant que le Français ne surgisse : l'air halluciné, son habit souillé, le seul survivant qu'elle ait croisé.

Il allait dans la direction de Pétronille et de ses enfants. Il les manquerait peut-être, mais avec un peu de chance, il les repérerait. Une partie d'Utu'wv Ecoko'nesel voulait faire demi-tour, avertir Pétronille qu'un homme descendait la rivière, qu'il se dirigeait sûrement vers leur Grand Village, celui qu'elle appelle La Nouvelle-Orléans. Mais le Français s'éloignait déjà ; elle n'aurait pas eu le temps d'alerter qui que ce soit et de toute façon, elle n'était pas certaine d'en avoir envie. Elle laisserait l'homme blanc faire son devoir et ramener Pétronille chez elle, où que cela puisse être. Elle serait secourue par les siens ; Utu'wv Ecoko'nesel rentrerait à la maison.

Les blessés ont déjà été rapatriés lorsqu'elle arrive au Grand Village. En voyant leurs plaies, en croisant le regard interrogateur de Lv'vlk Lac'kup, elle voudrait avoir passé la matinée ici, préparé les teintures et les remèdes dont elle aurait bientôt besoin. Mais le temps des regrets n'est pas venu, pas encore. Elle court chercher ses paniers, se fraye un passage sur la place principale bondée de femmes occupées à trier les biens des Français ; les guerriers essuient leurs armes sanguinolentes, tatouent une hache et le signe de la nation vaincue sur leur épaule droite, les aiguilles et la poussière de charbon rassemblées à leurs pieds. Utu'wv Ecoko'nesel s'approche des hommes qui risquent maintenant de mourir pour avoir défendu les terres qui les ont vus naître. Elle s'agenouille près d'eux, nettoie leurs blessures, enduit leur peau de baume, comme elle en a toujours eu l'habitude. Elle essaye de ne pas penser à Pétronille, pour qui elle a fait tout ce qu'elle a pu, qu'elle n'aurait pas dû aider. Elle offre ses plantes à ceux à qui elles ont toujours été destinées.

11

PÉTRONILLE

La Nouvelle-Orléans, janvier 1731

Quatorze mois se sont écoulés depuis l'assaut des Natchez, mais pour Pétronille, les événements de ce matin-là d'hiver demeurent aussi limpides que s'ils avaient eu lieu hier. Après le départ d'Utu'wv Ecoko'nesel, ses forces l'avaient abandonnée. Elle était seule avec ses enfants, au bord du fleuve Saint-Louis, à presque cent lieues de la capitale ; de l'autre côté des bois, les combats faisaient rage. Quand son fils lui avait chuchoté qu'un Français s'approchait à bord d'une pirogue, elle s'était redressée pour entendre un bruit de rames, une voix grave. Elle était si surprise de voir un survivant, de reconnaître M. Cléry qu'elle en était restée pétrifiée. Puis elle s'était précipitée, l'avait aidé à accoster – les deux époux trompés s'échappant ensemble. Pétronille aurait donné n'importe quoi pour revenir au monde qui venait de s'effondrer, où elle aurait ri d'une telle coïncidence.

M. Cléry n'avait rien de l'assurance de Baptiste sur l'eau. Ses gestes étaient si saccadés qu'il avait trébuché, s'était affalé sur le rivage qu'Utu'wv Ecoko'nesel avait choisi pour refuge. Sans elle, Pétronille n'aurait jamais pu gagner La Nouvelle-Orléans, la maison de Geneviève, où elle vit désormais. Elle ne rendrait pas visite à M. Cléry toutes les semaines, dans le salon lourdement meublé de sa logeuse, le vent mordant attisant un feu mourant. La voix fébrile de cet homme efface le temps, annihile tous les efforts qu'elle fait depuis plus d'un an pour garder à distance l'attaque des Natchez – le baluchon de fleurs caché dans sa chambre, les images sinistres qui la harcèlent.

Le matin de l'assaut, M. Cléry parlait d'un ton distant et frénétique. Le bateau dansait sur l'eau, ses phrases n'avaient presque aucun sens. « Je les ai vus », insistait-il en jetant des coups d'œil furtifs, contagieux autour de lui. Il avait tendu une rame à Pétronille, comme si elle savait s'en servir ; elle avait fait de son mieux pour maintenir le cap du canoë et l'empêcher de buter contre le bois flotté, de dériver vers les arbres. Hélène sanglotait. Émile n'avait pas prononcé un mot depuis que les premiers tirs avaient retenti. Elle n'entendait que M. Cléry au milieu du bruit de l'eau. Il lui fallut plusieurs minutes avant de comprendre ce qu'il répétait : il revenait d'un village où il travaillait comme ingénieur lorsque les coups de feu avaient fusé. Il était arrivé à temps pour voir les guerriers natchez emmener Mme Cléry et les enfants, mais trop tard pour les sauver.

Pétronille sent encore les échardes lui érafler la paume. Elle se souvient des rameurs qui les avaient amenés à Fort Rosalie, elle et M. Ducros, lors de son premier voyage sur ce fleuve, presque dix ans plus tôt – combien elle enviait, alors, le contrôle que ces hommes exerçaient sur l'eau. Le jour où elle s'est échappée de Natchez, Pétronille guidait la pirogue. Et pourtant, elle était plus impuissante que jamais.

*

Aujourd'hui, M. Cléry est parfaitement cohérent. Il vient d'obtenir des nouvelles de l'expédition lancée par le gouverneur de Périer contre les Natchez, la dernière d'une longue liste depuis que les Français ont été envoyés au combat, un an auparavant. S'il n'avait pas perdu sa main droite lors de la première campagne, M. Cléry serait encore à leurs côtés, comme il le répète trop souvent. Il doit désormais se contenter de vivre la guerre à travers ces récits morcelés. Les troupes ont rejoint le village de leurs alliés tonicas il y a près d'un mois maintenant, leurs bateaux poussés par une tempête féroce. Ils ont mis le cap vers le nord sous la neige, filé sur les eaux hautes des rivières. Ils cherchent toujours le refuge des Natchez, quelque part à l'ouest du fleuve Saint-Louis. Ou du moins, c'est ce que prétendait un gamin autochtone de dix ans fait prisonnier par les Français.

« Et ensuite ? répète M. Cléry. Qu'a-t-il bien pu se passer ?

— Le prochain émissaire nous en apprendra davantage. »

Ses doigts en cuivre s'abattent sur la table avec un son clair.

« Cet émissaire est un idiot ! Il est parti bien trop tôt. Qui se fiche de savoir qu'ils ont rejoint la Rivière Noire le 12 janvier ? Qu'en est-il de la bataille ?

— Je croyais que vous préfériez les nouvelles au silence », répond Pétronille.

M. Cléry fait semblant de ne pas l'avoir entendue. Il se tourne vers l'œil-de-bœuf et son souffle brouille le verre glacé. Pétronille n'a que quelques secondes de répit avant qu'il ne se remette à fulminer. Entre la rue Royale et la rue de l'Arsenal, une jeune fille ramasse le paquet de petit bois tombé de ses épaules. Si M. Cléry se penchait, il aurait une bien meilleure vue : les rues droites de La Nouvelle-Orléans descendant jusqu'au fleuve et sa levée, ou, dans l'autre sens, remontant vers la porte est de la ville. Au loin, les ailes des moulins labourent le ciel terne de janvier ; les briqueteries fument. Les vaches paissent dans les champs tout juste défrichés, leurs langues chaudes s'enroulant autour de l'herbe gelée. M. Cléry ne sort presque plus.

« Ne pensez-vous pas que la fin approche ? Nous les tenons.

— Nous verrons », dit Pétronille en détournant le regard.

Elle a appris à faire preuve de prudence avec lui. Elle ne lui demande plus ce qu'il entend par « fin » – celle de la guerre, celle des Natchez. Pétronille a eu vent de l'avancée des troupes du gouverneur de Périer la semaine dernière mais, jusqu'à aujourd'hui, elle avait réussi à en préserver M. Cléry. Les nouvelles des combats le bouleversent toujours, ravivent les souvenirs de ses propres batailles contre les Natchez, et avec eux, ses espoirs de retrouver sa femme et ses enfants vivants. Pétronille n'a aucune envie de discuter de Marie aujourd'hui. Elle en a rarement la force.

« Nous verrons, répète-t-elle en grattant un morceau de peau morte sur son pouce. Qui vous a raconté tout cela ? »

M. Cléry marmonne dans sa barbe.

« De toute manière, combien de guerriers tonicas ont daigné se joindre à nous ? »

Sa jambe tressaute à nouveau, comme celle d'Émile lorsqu'il réfléchit. Ce n'est qu'une question de temps avant qu'il ne se mette à déblatérer sur son « amie sauvage », dont il ne prononce jamais le nom. Il bougonne quelque chose sur les potences de la place principale.

« Taisez-vous », lâche Pétronille d'une voix plus sèche qu'elle ne s'y attendait.

Son ton semble le calmer. Elle ne veut pas entendre parler des exécutions de la place d'Armes et il le sait. L'été dernier, une femme natchez capturée par une tribu alliée aux Français y a été condamnée au supplice du cadre.

M. Cléry hausse les épaules, utilise deux de ses doigts en cuivre pour caler la pipe sur ses genoux tandis que son autre main plonge dans sa blague. Pétronille le revoit faire cet exact même geste à Fort

Rosalie, quand il fumait avec M. Ducros. M. Cléry n'avait découvert la liaison de son ami avec sa femme qu'une fois que celle-ci s'était achevée, moins d'un an après l'excursion à cheval qui avait ébranlé leurs maisonnées. Il n'avait plus adressé la parole à M. Ducros, mais il avait élevé la fille aînée de Marie comme si c'était la sienne. Pétronille, elle, avait fini par ravaler sa rancœur ; l'amitié de Marie lui importait davantage que son mariage. Aujourd'hui, elle a perdu les deux.

« Je découvrirai ce qui est advenu dcs troupes avant vous.

— Peut-être », répond Pétronille.

Elle en doute. Elle a fait promettre à la logeuse d'éviter tout sujet lié à la guerre ; M. Cléry, célébré il y a peu comme un héros, ne compte plus beaucoup d'amis.

Quand elle se lève pour partir, il lui saisit la main. Il y a quelques mois, un tel geste aurait été impensable. En revenant de Natchez, elle ne supportait plus qu'on la touche. Elle sait que ses enfants en ont souffert ; Hélène surtout, la nuit, lorsque sa fille la suppliait de la débarrasser de l'araignée tapie dans ses cheveux, moins réelle que celle que Pétronille avait trouvée au matin de l'attaque.

Elle enfile sa cape. M. Cléry sort son matériel de dessin. Ses croquis, qu'il réalise désormais de la main gauche, se sont sensiblement améliorés. Pétronille n'a pas fait deux pas vers la porte qu'il la rappelle déjà :

« Les projets de construction de M. Bienvenu progressent-ils ? »

Le troisième mari de Geneviève parlait de sa future plantation près du lac Pontchartrain pas plus tard que la semaine dernière : Pétronille ne se souvient pas de ses mots exacts, juste de ses plaintes concernant le manque d'outils. À La Nouvelle-Orléans, la prospérité de Geneviève l'a à peine surprise ; elle a toujours su que la fille méfiante de la Grande Force se battrait tant qu'elle le pourrait en Louisiane. Son amie lui avait raconté l'histoire de ses premiers mois cauchemardesques à Paris, de la misère qui avait emporté sa famille – Geneviève avait toujours juré qu'elle ne subirait plus jamais un tel enfer. Pétronille habite chez elle avec ses enfants depuis six mois maintenant.

« Je crois que l'un de ses amis ingénieurs dessine les plans, répond-elle. Le terrain n'a pas encore été défriché.

— Qu'il se méfie. Les Nègres sont aussi vicieux que les Indiens. »

Pétronille se garde de répondre. M. Bienvenu ne possède pas encore d'esclaves mais cela ne saurait tarder ; même s'il ne ressemble en rien à M. Ducros, ses projets lui rappellent parfois les détestables ambitions de son mari. Elle espère que les esclaves de M. Ducros ont rejoint les rangs natchez pendant la guerre, comme l'ont fait la plupart des Africains asservis. Pourquoi auraient-ils choisi de rester fidèles aux Français ?

« Transmettez mes amitiés à Mme Bienvenu, ajoute M. Cléry.

— Comptez sur moi. »

Elle ne dira rien à Geneviève. Son amie n'approuve pas ces visites qui, comme elle le lui répète, l'empêchent d'oublier. Pétronille sait qu'elle devrait l'écouter mais elle ne peut pas résister. M. Cléry la ramène à sa vie à Natchez. Avec lui, elle pourrait presque croire qu'elle est en avance pour souper et que Marie s'habille encore – bientôt, Utu'wv Ecoko'nesel toquera et elles se remettront au travail ensemble.

Il lui a fallu huit ans avant de se sentir chez elle en Louisiane. Jusqu'à récemment, Fort Rosalie était tout ce qu'elle connaissait de la colonie. Le village, pourtant l'un des établissements les plus importants avec ses quatre cents habitants, avait fini par lui paraître petit. Les mûriers au bord des champs de tabac, dont Utu'wv Ecoko'nesel lui avait un jour appris à peler l'écorce ; les roses qui se hissaient jusqu'à la fenêtre de sa chambre ; la maison où ses deux enfants étaient nés, détruite. Longtemps, Pétronille a imaginé des cendres, des poutres consumées, des murs démolis. Puis, alors que les mois passaient, elle a commencé à voir autre chose. La vigne érigeant un plafond de feuilles, troué de soleil, sur les derniers vestiges du toit – le salon envahi par le rosier musqué, une hirondelle nichant là où s'était un jour dressé la porte d'entrée. Le silence indifférent qui avait dû s'abattre sur ces terres, à présent qu'elles n'appartenaient plus à personne.

*

Ce ne sont pas les premières nouvelles des combats qui parviennent à Pétronille depuis son retour. Loin de là. La guerre l'a poursuivie : des mois après l'attaque, elle consume toujours la Louisiane, ruine la colonie, portant un dernier coup aux directeurs de la Compagnie des Indes. À la fin de l'année 1729, l'assaut des Natchez avait levé un vent de panique : le gouverneur de Périer s'était empressé de faire creuser des tranchées autour de la capitale, mais les moyens manquaient pour riposter. En ville, Pétronille avait entendu dire que seul le roi pouvait sauver la Louisiane.

Elle ne voulait pas en savoir plus. Elle était déchirée entre son désir de revoir Marie et son espoir qu'Utu'wv Ecoko'nesel ait survécu. À ses yeux, la guerre avait le visage de ces deux femmes.

À son arrivée à La Nouvelle-Orléans, elle n'a pas tout de suite mesuré l'ampleur du conflit. À mesure que les détails affluaient, elle était de plus en plus terrassée par sa propre naïveté – par tout ce qu'elle ignorait à l'aube de ce matin du 28 novembre en suivant Utu'wv Ecoko'nesel dans les bois. Elle n'aurait jamais pu concevoir ce qu'elle a appris par la suite : les Natchez avaient attaqué le commandant de Fort Rosalie au moment même où Dechepare s'emparait de leurs faux cadeaux, les guerriers s'étaient infiltrés dans chacune des maisons françaises, tuant les hommes et réduisant en esclavage leurs épouses et leurs enfants. Avant la tombée de la nuit, cent trente-huit Français, trente-cinq Françaises et cinquante-six enfants étaient morts.

Les Natchez avaient épargné un charretier de Sainte-Catherine, et l'avaient chargé de vider les maisons et de rapporter au Grand Soleil tout ce qu'il y trouverait. Le couturier avait lui aussi eu la vie sauve. Il avait reçu l'ordre de confectionner de nouveaux vêtements avec les étoffes des magasins et d'ajuster ceux des Français abattus pour qu'ils aillent aux Natchez. Il avait gagné quelques tailles grâce à des chutes colorées, qui leur plurent énormément. Pétronille imagine les frères d'Utu'wv Ecoko'nesel vêtus des chemises de M. Ducros. Elle se demande combien le couturier a pu sauver de vêtements, combien il a dû en jeter.

Mais son ignorance avait des racines plus profondes. Au fil de l'été et de l'automne passés en compagnie d'Utu'wv Ecoko'nesel, M. Ducros n'avait pas jugé utile de mentionner la dernière folie du commandant : Dechepare avait exigé que des centaines de Natchez abandonnent leurs terres pour y bâtir son habitation.

À chaque fois que Pétronille apprend un nouveau détail, elle pense à Utu'wv Ecoko'nesel. L'aide de la jeune femme lui semble de plus en plus incompréhensible, mystérieuse, précieuse.

Pourquoi et comment, s'interroge parfois Pétronille, suis-je encore vivante ?

*

Le lendemain de sa visite chez M. Cléry, elle est incapable de se lever pour descendre souper. Elle sait qu'elle est attendue, que M. Bienvenu rentre du lac Pontchartrain ce soir, que Belle a passé la journée à cuisiner. Elle sait que Geneviève est déjà suffisamment affaiblie par sa grossesse, la seconde de son dernier mariage, célébré à peine trois ans plus tôt. Après tout ce que son amie a fait pour elle et ses enfants, Pétronille devrait lui prêter main-forte.

Mais elle n'a aucun contrôle sur les images qui l'assaillent depuis le début de la guerre. Elle ne se doutait pas qu'elles la pourchasseraient jusqu'ici.

Dans ses visions, M. Ducros erre à travers les pièces désertes, le matin où Utu'wv Ecoko'nesel l'a mise à l'abri. Il donne l'ordre de seller son cheval, se heurte à trois guerriers en franchissant le seuil de la porte. Ou alors les Natchez pénètrent dans la maison avant même qu'il ait eu le temps de se précipiter dehors. Elle voit ce qui s'est passé ensuite, combien de coups il a fallu pour l'achever. Un, trois, six. À moins d'une demi-lieue de là, Marie habille ses deux filles, essuie le nez de son fils enrhumé. Pétronille imagine le bruit qu'elle a peut-être entendu ou celui qui lui a échappé, quel enfant a pleuré en premier, ce que Marie a tenté pour les protéger. Dans la maison de ses nouveaux maîtres, Renée se cache sous un lit, la bouche pleine de sang. Les images ne sont jamais les mêmes. Elles engloutissent son lit, sa chambre, tout ce qu'elle connaît.

Comment se réveiller de ces cauchemars si elle ne dort pas ?

L'après-midi touche déjà à sa fin. Elle reste figée, la nuque enfoncée dans les oreillers, guette le prochain hurlement. Mais les enfants ne crient pas de peur. En bas, son fils et sa fille jouent. Elle se trouve dans sa chambre, dans cette maison que Geneviève a héritée de son second mari, l'homme que son amie mentionne si rarement. La voix d'Émile résonne à nouveau, aussi stridente que celle de Mélanie, les deux aînés s'alliant momentanément pour tourmenter Hélène. Belle les prie de faire moins de bruit pour ne pas réveiller le dernier-né de Geneviève, Louise. Ils sont tous en sécurité.

« Pétronille ? dit la voix de Geneviève, et la porte grince presque aussitôt. Le repas sera bientôt servi. »

Pétronille entrouvre les yeux, les braillements s'estompent, la silhouette de Geneviève apparaît. Son ventre bombé lui cambre le dos, tire sur ses épaules amaigries. L'accouchement est prévu pour le mois prochain. Lorsqu'elle sourit, ses joues creusées accentuent l'écart entre ses dents. Ses traits se sont endurcis, mais ses yeux sont plus pâles et brillants que jamais. Elle vient d'avoir trente-trois ans.

« Je ne peux pas, répond Pétronille.

— Sottises. »

Geneviève s'approche du lit, mais ne s'assied pas. L'une de ses mains est posée au-dessus de son nombril, l'autre pressée contre ses reins.

« Tu y es retournée. »

Ne t'arrête pas, pense Pétronille, continue de me parler. Autour d'elle, la chambre reprend peu à peu forme. Geneviève soupire.

« Si seulement tu tentais de le séduire, reprend-elle. M'écoutes-tu ?

— Ce n'est pas le cas.

— Je sais, répond Geneviève, avant de marquer une pause. Pour l'amour du Ciel, ne l'épouse pas.

— Je n'en ai pas la moindre intention, insiste-t-elle.

— Comme si mariage et séduction allaient de pair ! »

Pétronille peine à décrire ce qu'elle éprouve pour M. Cléry. À ses côtés, elle se sent comprise. Chanceuse, aussi. Utu'wv Ecoko'nesel n'a pas seulement sauvé sa vie et celle de ses enfants, elle leur a épargné les horreurs qu'aucun d'entre eux n'aurait pu oublier. Chez la logeuse de la rue de l'Arsenal, pour une fois, Pétronille n'est pas celle qui a besoin d'être consolée ; c'est elle qui vient soulager la peine de M. Cléry.

La seule fois où elle a essayé de l'expliquer à Geneviève, les mots sonnaient tellement faux qu'elle a dû s'interrompre. Pendant un long moment, son amie est restée silencieuse. Puis elle lui a demandé : « Tu sais que tu n'as pas à te punir pour quoi que ce soit, n'est-ce pas ? »

Geneviève désigne la porte d'un geste. Sa main est gonflée, sa bague mord la peau de son doigt.

« M. Bienvenu sera peiné d'apprendre que tu ne te joins pas à nous », dit-elle.

C'est son premier argument, et elles savent toutes les deux qu'il a peu de poids. M. Bienvenu fait tout ce que Geneviève veut – l'une des raisons pour lesquelles elle l'a épousé, comme elle le répète souvent. « Un Pierre bien plus aimable », a-t-elle conclu le jour où Pétronille a appris que M. Bienvenu portait le même prénom que les deux premiers maris de son amie. Quant à la mort du second, M. Melet, elle ne sait rien de plus que ce que Geneviève lui a écrit dans sa lettre, parvenue juste à temps à Natchez. Tombé dans les escaliers, un accident. Geneviève ne disait pas un mot à son sujet, ou presque. « Il n'y a rien à ajouter », lui assurait-elle. Même si cette réponse n'a jamais satisfait Pétronille, elle s'est résolue à éviter le sujet jusqu'à l'arrivée du bébé.

Elle tente de redresser ses jambes mais les draps sont trop tendus. Geneviève passe à son deuxième argument.

« Tes enfants te demandent. »

Pétronille sent sa gorge se nouer, les larmes la guetter.

« Je suis navrée.

— Faux », dit Geneviève.

Elle s'appuie au pied de lit. Au printemps dernier, le docteur Le Cau n'a pas caché ses craintes lorsqu'elle est de nouveau tombée enceinte, si vite après avoir donné naissance à Louise.

« Tu n'es pas désolée, reprend Geneviève. Sinon tu te lèverais. »

Pétronille ne répond rien. Son corps lui semble tentaculaire, inamovible. Geneviève la fixe. La main sur son ventre tremble légèrement.

« Que dirait ton amie indienne ? »

C'est la dernière carte de Geneviève et elle s'en sert rarement. La première fois qu'elle lui a rendu visite, en décembre 1729, Pétronille ne parlait que d'Utu'wv Ecoko'nesel. Elle était encore alitée à l'Hôtel-Dieu où elle avait été envoyée le jour où le fleuve Saint-Louis avait craché leur pirogue dans la ville. Geneviève lui a fait signe de se taire. Ce matin-là, trois fugitifs noirs ont débarqué à La Nouvelle-Orléans et décrit ce dont ils avaient été témoins à Natchez – les têtes des officiers alignées à côté des scalps des Français, les maisons incendiées entre le fort et la rivière Sainte-Catherine. Personne ne voulait entendre Pétronille brosser un portrait héroïque d'une femme natchez. « Oublie-la », lui a conseillé Geneviève.

Pétronille n'en sera jamais capable. Mais elle ne prononce plus son nom, sauf pour prendre sa défense devant M. Cléry.

Elle repousse les couvertures. Ses doigts lui semblent minuscules, maladroits. En se redressant, elle prend soin d'éviter son reflet dans le miroir. Plus d'un an après l'attaque, elle ne s'est toujours pas habituée à la couleur de ses cheveux, devenus parfaitement blancs. « Tu n'auras plus à les poudrer, au moins », a un jour fait remarquer Geneviève, même si elles se fichent toutes deux des coiffures en vogue.

Geneviève se laisse tomber sur le lit. Elle secoue la tête, et son sourire peine à masquer l'inquiétude qui teinte ses traits.

« Épargne-moi de tels efforts encore quelques semaines.

— Prends ma main », dit Pétronille en la lui tendant.

*

Elle a passé à peine plus d'une semaine à l'Hôtel-Dieu, au début du mois de décembre 1729. Les souvenirs de son séjour à l'hôpital de La Nouvelle-Orléans demeurent flous – les corps chauds d'Hélène et d'Émile contre le sien, le feu crépitant dans la cheminée, les visites régulières du chirurgien. Le docteur Lancert avait débarqué de Paris quelques mois plus tôt et ne se départait pas de son optimisme, alors même que la colonie s'effondrait. Elle appréciait son caractère doux et enjoué, l'attention avec laquelle il l'écoutait dès lors qu'elle évoquait les noms de plantes médicinales. Elle n'arrivait pas à déterminer si l'intérêt du médecin était sincère. Elle s'en fichait. Parfois, il jouait avec les enfants. Il permettait à Geneviève de partir plus tard que ne l'autorisait le règlement.

Durant l'une de ces visites, il avait expliqué à Pétronille que les sœurs ursulines avaient généreusement proposé de les accueillir, tous les trois. Elle avait toujours su qu'elle ne séjournerait pas éternellement à l'Hôtel-Dieu. Geneviève était à son chevet ce matin-là. Elle avait attendu que le docteur Lancert s'en aille pour prendre la parole. « Tu verras donc Charlotte », avait-elle fait observer. Quand Pétronille lui avait demandé des nouvelles de leur amie, Geneviève était restée évasive : « Elle est toujours pensionnaire à la maison des ursulines. Elle chante à la chorale, aide à élever les orphelins, semble plus dévote que jamais. » Charlotte avait renoncé à faire son noviciat, mais lorsque Pétronille avait voulu questionner davantage Geneviève sur le couvent, cette dernière avait haussé les épaules. « Pour toi, je suis certaine que ce sera un bon refuge », avait-elle conclu.

Elle disait vrai. L'année précédente, Charlotte avait pris grand soin de Pétronille et de ses enfants. L'hiver s'éternisait, et les sœurs ne parlaient que du nouveau bâtiment où elles s'installeraient un jour, ses murs épais qui les protégeraient du froid et de l'humidité, sa deuxième infirmerie, une grande salle de classe et un réfectoire rien que pour les orphelines et les élèves, de plus en plus nombreuses. La bâtisse était encore inachevée au début de l'année 1730 et Charlotte y faisait rarement allusion – pas plus qu'elle n'interrogeait Pétronille sur les événements de Natchez. Elle avait tiré un matelas à côté du sien, la rassurait en cas de cauchemars. Elle avait aidé Émile à perfectionner sa calligraphie et enrôlé Hélène dans la chorale. Par un froid matin de mars, après laudes, Charlotte avait trouvé Pétronille dans le jardin, les lèvres asséchées, un pot de chambre à ses pieds. Au fond, l'urine avait gelé pendant la nuit. Pétronille s'était laissé conduire à l'intérieur, avait regardé son amie nettoyer le seau.

Elle se souvient encore du choc de Charlotte, à la fin du printemps, le soir où elle lui avait annoncé qu'elle emménagerait prochainement chez Geneviève avec les enfants. Charlotte avait failli lâcher les bâtons de cire à cacheter qu'elle rangeait ; elle avait tenté de dissimuler le tremblement de sa voix derrière un éternuement forcé. Elle avait alors vingt-deux ans, de plus en plus de responsabilités au couvent mais, à ce moment-là, elle ressemblait à l'enfant que Pétronille avait un jour connue à Lorient. « N'es-tu pas heureuse ici ? » avait demandé Charlotte. Pétronille lui avait assuré qu'elle s'y plaisait, même si son esprit était ailleurs ce jour-là. L'armée venait tout juste de ramener les épouses françaises de Natchez, capturées après l'attaque, et Marie n'était pas parmi elles. En apprenant la nouvelle, Pétronille s'était réfugiée dans le dortoir ; elle ne cessait de revenir à l'injuste condamnation de son amie à Paris, à son horrible voyage en Louisiane – à celle qu'elle avait réussi à devenir à Fort Rosalie, malgré toutes ces épreuves. Et pourtant, Marie ne trouverait pas refuge au couvent avec les autres survivantes. « Je suis certaine que Geneviève prendra bien soin de toi, avait alors conclu Charlotte. Mieux que je ne le ferais. »

*

Aux premiers jours de février, Pétronille se lève reposée, alerte. Elle ne se rendra pas chez M. Cléry cette semaine. Elle répète à Hélène de faire attention au peigne en ivoire, mais la fillette de cinq ans s'obstine à le faire galoper sur le bois de la coiffeuse. Émile dessine près de la fenêtre. Dehors, Mélanie s'occupe des oisillons nés trop tôt, tombés du cerisier. À presque neuf ans, l'aînée de Geneviève est bien plus grande qu'Émile ; même si elle lui arrivait à l'épaule, elle le mènerait par le bout du nez. Pétronille réajuste une mèche de cheveux derrière les oreilles de son fils. Ils ont exactement la même qualité que ceux de M. Ducros, épais et vigoureux, d'un brun sombre.

« Maman », marmonne Émile en remuant son épaule.

Après l'attaque, dans la forêt, les enfants lui ont demandé où était leur père. Au début, elle est restée vague. « Il nous a quittés », a-t-elle fini par admettre et lorsque Hélène s'est mise à sangloter, son frère l'a serrée contre lui. Cette image lui revient souvent, ses enfants se réconfortant mutuellement alors qu'elle en était incapable. Et avec elle, la même interrogation : aurait-elle pu convaincre M. Ducros de l'imminence du danger ? Elle avait pourtant tenté de l'alerter, avant même qu'Utu'wv Ecoko'nesel ne vienne l'avertir. Il ne l'avait pas crue. Une part d'elle-même savait que son amie aurait refusé de le sauver, même si Pétronille n'aurait pas pu dire pourquoi précisément. Elle a dû faire un choix. Un jour, ils comprendront sa décision.

Dans le jardin, Mélanie se lève, le regard fixé vers le rez-de-chaussée. Puis elle part en courant vers la maison, abandonnant le nid.

« Que lui arrive-t-il ? dit Émile en repoussant la main de Pétronille.

— Je ne sais pas, répond-elle. Ne bouge pas. »

En bas, Belle, la femme noire contrainte de servir Geneviève depuis son second mariage, se tient sur le seuil du petit salon. Ses cheveux poivre et sel sortent de son bonnet, un détail inhabituel pour quelqu'un de toujours parfaitement mis. Sa petite bouche est tendue, son menton haut, ses yeux perçants posés sur Geneviève. Elle est inconsciente, allongée sur le sofa vert ; les coussins ploient sous son corps disproportionné.

« Elle s'est plainte de vertiges, explique Belle. Puis elle s'est évanouie. »

Elle parle sans un regard pour Pétronille, sa main résolument plantée sur la table d'angle. Belle lui adresse rarement la parole. Elle semble se méfier de tout le monde, quoique moins de Geneviève, qui a insisté pour que M. Melet ne la sépare pas de sa famille et achète aussi son fils Alexandre et son mari Constantin. C'était au début de leur mariage, à l'époque où il l'écoutait encore, et il avait accepté. Belle avait dû soutenir Geneviève lorsque M. Melet s'en prenait à elle ; elle s'occupe de ses enfants en même temps que d'Alexandre – Pétronille l'a entendue l'appeler Latorin. Quand elle s'en est étonnée, Belle a haussé les sourcils, lui a répondu qu'il s'agissait de son véritable nom. Elle ne lui a donné le sien, Iyawa, qu'à contrecœur.

Pétronille s'assied à côté de Geneviève. Sa respiration est régulière. Pendant un instant, elle pense au baluchon rempli de plantes dans sa chambre – elle essaye de se souvenir si elle a rapporté de la liane à trois feuilles, des scrofulaires ou des fleurs de pieds de chat de Natchez. C'est probable, mais sans importance : même si elle possédait tous les ingrédients, elle ne parviendrait pas à reproduire la recette. Ce n'est pas son rôle. Elle n'est ni natchez ni médecin.

« Je vais chercher le docteur Le Cau », décide-t-elle.

Au coin de la rue d'Orléans et de la rue Royale, la voiture manque de heurter deux hommes qui traînent un métier à tisser hors de leur atelier. Le cocher, Constantin, bougonne quelque chose dans sa langue qu'elle ne comprend pas plus que celle d'Utu'wv Ecoko'nesel, puis s'écrie en français : « Allez ! » Aux alentours de la place d'Armes, la rumeur de la foule s'intensifie. Pétronille s'enfonce dans la banquette. Elle supporte désormais mal la clameur des attroupements.

Ce n'est ni jour de messe, ni jour d'exécution, mais la place grouille de monde. Deux dizaines de soldats, au loin, font des allers et retours entre le port et la caserne, aux portes closes depuis maintenant deux mois. Pétronille peine à croire au retour de l'armée : après les victoires de février et mars 1730, les troupes du gouverneur de Périer et du général Le Sueur sont revenues en grande pompe, les nouvelles de la campagne les ont précédés. L'échelle de coupée vibre sous les pas des soldats, l'herbe à alligator jaillit de la levée principale. Pétronille se penche vers la portière. Seuls deux bateaux ont jeté l'ancre. Les hommes – certainement pas l'armée tout entière mais, indéniablement, l'un de ses détachements – transportent les pioches et les mousquets jusqu'aux entrepôts. Pétronille déglutit péniblement. Ils savent ce qui s'est produit sur la Rivière Noire, au fond des bayous, mais elle ne veut pas entendre ce qu'ils auraient à lui raconter. Au printemps dernier, les soldats triomphants n'ont pas rapporté que des bonnes nouvelles.

Pétronille s'est vite faite à l'idée qu'elle ne reverrait jamais son mari. À Natchez, les hommes n'avaient pas été épargnés comme la plupart des femmes et des enfants. Mais au début de l'année 1730, elle partageait les espoirs de M. Cléry : un jour, Marie réapparaîtrait avec son bébé et ses petites filles. Pendant les premiers mois à La Nouvelle-Orléans, à chaque fois que Pétronille passait par le port, elle l'imaginait se moquant des soldats ivres, son petit garçon endormi contre elle, les fillettes se chamaillant à ses pieds.

Après que les troupes de Le Sueur et leurs alliés chactas sont rentrés avec les survivantes françaises, au printemps dernier, M. Cléry ne cessait de critiquer ce gouverneur qui se fichait de réunir les familles séparées et dont le seul but était de ramener les esclaves. Geneviève expliquait aisément la décision de M. de Périer : les femmes et les enfants étaient l'avenir de la Louisiane, mais il n'y aurait pas de lendemains sans personne pour défricher les terres, labourer les champs, construire les embarcations, entretenir les digues.

M. Cléry demeure persuadé que toutes les épouses n'ont pas encore été arrachées aux Natchez ; Pétronille a compris depuis des mois que Marie et ses enfants ne reviendront jamais.

La voiture tourne rue Saint-Pierre et les soldats disparaissent. Le froid transperce les semelles des chaussures de Pétronille. Elle recevra des nouvelles de la guerre bien assez tôt. Mais personne ne répondra à l'unique question qu'elle voudrait poser – il lui est interdit de prononcer le nom de la seule rescapée qu'elle espère encore revoir.

Dans la chambre de Geneviève, le docteur Le Cau écoute M. Bienvenu chuchoter qu'elle s'est endormie une heure plus tôt. Le médecin touche à peine Geneviève, comme si un simple coup d'œil suffisait à déterminer ce dont une femme a besoin. « Du repos, chuchote-t-il ensuite à M. Bienvenu, jusqu'à ce qu'elle donne naissance à votre enfant. » M. Bienvenu la fixe à son tour, ses lèvres minces dessinent une ligne élégante sous sa moustache brune. « Le bébé viendra sûrement en avance », dit Le Cau avant d'expliquer qu'un tel phénomène n'est pas rare en cas de grossesses successives comme celles de Geneviève, surtout à son âge. Il parle sans regarder M. Bienvenu, comme si Geneviève était la seule responsable. Pétronille espère qu'elle ne feint pas le sommeil, qu'elle n'entend pas un mot de cette conversation.

« Ne perdons pas espoir », conclut Le Cau.

Les épaules de M. Bienvenu s'affaissent. Pétronille est consciente des battements de son cœur, vifs, lancinants. Elle n'aurait jamais pu rejoindre la Louisiane sans Geneviève. Elle n'a jamais imaginé que son amie puisse mourir avant elle.

Dans le couloir, elle peine à respirer. La décoration lui paraît soudain excessive, le tapis trop épais sous ses pieds. Elle se dirige tant bien que mal vers la porte du jardin, ses souliers s'enlisent dans la terre, les larmes l'étourdissent et pendant un moment, il n'y a de place pour rien d'autre. Les sanglots lui obstruent la poitrine, le bois du banc râpe ses paumes. Le temps passe, dilué par l'obscurité et la nuit. Elle reprend peu à peu son souffle ; l'air frais apaise sa gorge irritée. Des pensées blanches illuminent l'herbe noire. Au-dessus d'elle, il y a plus de ciel que d'étoiles.

« Qu'a dit le docteur ? »

Elle sursaute. La lanterne de Belle envoie danser des ombres sur son visage. Elle doit revenir du puits ; le seau qu'elle pose par terre est plein. Elle s'assied avec précaution à l'autre bout du banc, place la lampe entre elles.

« Il semblait très soucieux.

— Vous aussi. »

Pétronille ne la contredit pas. Belle lui prête rarement attention et elles se tiennent pourtant l'une à côté de l'autre, dans la pénombre. Son visage semble différent ce soir, et il faut un instant à Pétronille pour se rendre compte que les traits de cette femme, habituellement, ne trahissent pas la moindre émotion.

« Vous savez, reprend-elle, elle parlait souvent de vous quand elle était mariée à ce fou.

— M. Melet ? demande Pétronille, même si elle connaît la réponse.

— Elle disait que vous étiez l'une de ses seules amies.

— Ce n'est pas vrai. Elle était proche de Charlotte aussi.

— La femme du couvent ? Je ne l'ai jamais rencontrée. »

Quelque part dans le jardin, un oiseau s'envole dans un bruit de plumes.

« Madame Geneviève est plus forte que ce que vous pensez. »

La brise a séché les larmes de Pétronille ; elle serre son châle autour de ses épaules. Elle voudrait parler mais ne sait pas quoi dire. Quand Belle reprend la parole, elle s'exprime lentement, prudemment.

« J'étais là, la nuit où c'est arrivé. J'allais me coucher quand je l'ai entendu. Il hurlait, comme toujours. J'ai attendu près de l'escalier, juste en dessous d'eux. » Belle laisse son regard errer sur le jardin sombre. Elle secoue la tête. « Il était si saoul qu'il ne m'a pas remarquée depuis le haut des marches. Mais elle m'a vue. »

Pétronille se penche vers Belle, dont la voix est plus grave que jamais.

« Il tenait à peine debout, elle était derrière lui. Il s'est mis à descendre, il a trébuché. Elle a tendu la main, je crois qu'elle voulait le retenir. » Les yeux de Belle sont de nouveau tournés vers le cerisier. « Puis elle m'a vue, j'étais juste là. Je l'ai regardée. Quand il est tombé, elle n'a pas bougé. »

Pétronille réprime un frisson. L'espace d'un bref instant, Geneviève devient une étrangère. Puis Pétronille imagine un monde dans lequel Utu'wv Ecoko'nesel n'aurait pas aidé sa famille – ce dont elle aurait été capable pour sauver Émile et Hélène. Elle est soulagée de l'ignorer. Belle attrape le seau et la lanterne. La lueur jaune enveloppe son menton, éclaire son expression sévère.

« Il y a bien une question que je me pose », commence-t-elle. Elle observe les fleurs près du banc puis étreint la poignée, trouve le regard de Pétronille. « Qui s'occuperait de moi si j'en avais besoin ? »

Elle n'attend pas sa réponse. Elle se dirige vers la maison sans se retourner, marchant dans les flaques de lumière que la bougie jette à ses pieds.

*

Le lendemain matin, Pétronille se réveille en sursaut.

Le peuple natchez a été capturé et la nouvelle secoue la ville. Le petit détachement aperçu dans le port, hier, a émergé du bayou avant les autres navires, descendu la Rivière Noire, la Rivière Rouge puis le fleuve Saint-Louis, et, plus léger, a rapidement rejoint la capitale. Ces deux bateaux annoncent une flotte bien plus importante : bientôt, toute l'armée victorieuse reviendra, et avec eux trois cent quatre-vingt-sept femmes et hommes natchez réduits en esclavage. Le nombre obsède Pétronille. Les chiffres se muent en hommes, en femmes, en filles, en un visage qui ne lui serait que trop familier.

Comme tous les mardis, elle accompagne Hélène et Émile à leur leçon de catéchisme au couvent. Dans la voiture, Hélène ne cesse de pincer les culottes de son frère. Pétronille devrait intervenir, mais ses propres enfants, assis juste en face d'elle, lui paraissent lointains. Elle se sent agitée, absente. Presque quatre cents personnes. À travers la fenêtre, un garçon boiteux se traîne le long de la voiture, un panier d'écrevisses vivantes à la main. Pétronille est soulagée d'être occupée, aujourd'hui. Elle n'aurait pas laissé Geneviève seule mais son amie avait meilleure mine ce matin et de toute façon, M. Bienvenu refuse de quitter son chevet.

À côté du couvent, les Africains asservis abattent un nouvel arpent de cyprès. Pétronille ne sait pas bien à qui sont destinées ces terres. Elle ne se souvient pas du nom du dernier bateau venu décharger son lot de colons : elle entend plus souvent parler de vaisseaux emmenant des ouvriers désenchantés que de travailleurs insouciants débarquant dans le port de la capitale.

Le domaine des ursulines sent l'herbe fraîchement coupée, la farine levée et l'encens brûlé. Sœur Marie-Madeleine accueille Pétronille et les enfants avec un sourire exagéré qui souligne les cicatrices de son visage. Le désir d'aider de la nonne est si désespéré qu'il en devient agressif. Au couvent, elle a toujours refusé d'admettre que Pétronille ne se remettrait jamais vraiment – que ni les ursulines, ni Dieu, ni la Vierge ne pourraient rien pour elle.

Charlotte les attend sur le seuil de la salle de classe. Sa robe sombre accentue la pâleur de sa peau, les taches de rousseur qui parsèment ses joues. Son visage s'est aminci avec les années, ses lèvres fines dorénavant parfaitement à leur place entre les fossettes de ses joues. Elle leur fait signe d'entrer, n'accorde pas la moindre attention à Marie-Madeleine. À la fin d'une leçon, il y a quelques mois, Charlotte a expliqué à Pétronille pourquoi elle évitait désormais la nonne : lorsque Charlotte avait commencé à enseigner et à diriger la chorale, Marie-Madeleine avait exprimé ses doutes, avancé que de telles responsabilités ne devraient pas peser sur les épaules d'une pensionnaire. Mais les sœurs ursulines recevaient chaque jour de nouvelles filles dont elles avaient juré de faire l'éducation. La Supérieure était bien trop préoccupée par l'interminable construction de leur nouveau couvent pour se soucier de ces objections. Charlotte aimait répéter les mots avec lesquels mère Tranchepain avait conclu sa tirade : « Reprenez-vous, avait-elle lancé à Marie-Madeleine, nous sommes en Louisiane. Nous avons besoin de femmes comme elle. »

Charlotte referme la porte et le visage crispé de la nonne disparaît.

« Elle ne changera jamais », dit-elle en lançant un regard entendu à Pétronille.

Pétronille acquiesce et Charlotte sourit. La pièce est vide, les meubles rares – quelques tables tachées d'encre, des chandelles à moitié consumées, une commode remplie de livres. Pétronille tire une chaise près de la fenêtre. La lumière de fin d'hiver dessine de petits triangles sur le parquet, et le bois fatigué gémit lorsque Émile ouvre l'un des tiroirs. Charlotte appelle Hélène, occupée à se chatouiller la paume avec une plume bleu foncé.

« Pas celle-ci, la prie-t-elle. Prends celle que tu utilises d'habitude. »

Puis son amie ramène ses bras contre sa poitrine et Pétronille sait exactement ce qu'elle va dire. Chacune de ses visites hebdomadaires commence par la même question.

« Comment se porte Geneviève ? » demande Charlotte.

Hélène plante une plume d'oie dans son encrier.

« Mieux, déclare la fillette.

— Mieux ? répète Charlotte.

— Hélène veut dire reposée », dit Pétronille.

Émile entraîne sa sœur vers la commode. Charlotte suit les deux enfants du regard, les lèvres pincées.

« Reposée n'a rien à voir avec *mieux*, la corrige-t-elle.

— Elle était fatiguée ces derniers jours.

— Pétronille, tu ne sais pas mentir. »

Pétronille croise les jambes, puis les déplie. Elle sait que Geneviève ne lui a pas tout raconté sur les quelques semaines qu'elle a passées chez les ursulines, il y a quatre ans. Elle n'a abordé le sujet qu'une seule fois, à l'Hôtel-Dieu. Son ton enjoué semblait forcé mais elle s'est tout de même servi de l'histoire pour distraire Pétronille. Ce matin-là, Geneviève n'a mentionné qu'un baiser, mais son récit a eu l'effet escompté : Pétronille s'en est amusée, l'anecdote l'a ramenée à une époque plus douce. Elle savait que Geneviève avait été amoureuse à Paris, et le comportement de Charlotte la surprenait peu – à Château-Thierry, elle avait souvent aperçu deux des servantes derrière la grange, enlacées : les femmes n'interrompaient même pas leurs baisers à son approche, probablement convaincues qu'une enfant comme elle ne saisissait pas ce qu'elle voyait.

Au couvent, cependant, en constatant que Charlotte ne prononçait presque jamais le nom de Geneviève, Pétronille a compris que son amie avait tu la partie la plus importante de l'histoire.

« Hélène a raison, admet-elle, elle va mieux. Bien mieux que dimanche dernier.

— Le chirurgien est-il venu ?

— Oui. Elle doit se reposer jusqu'à la naissance du bébé. »

Charlotte presse l'une de ses mains contre sa tempe, ouvre la bouche puis se ravise. Elle se tourne vers les enfants.

« Commençons », annonce-t-elle.

Pétronille se penche vers elle.

« Ne te fais pas de souci pour elle, je t'en prie. »

Charlotte ne semble pas l'avoir entendue. La leçon dure une heure, jusqu'à ce que la cloche sonne vêpres. La voix de Charlotte n'a pas flanché une seule fois. Elle raccompagne Pétronille au portail ; son ton s'est adouci quand elle lui dit au revoir. Le vent se glisse entre elles, les enfants sautent dans des flaques.

« Promets-moi de me faire appeler s'il arrive quoi que ce soit », dit Charlotte.

Pétronille lui assure qu'elle sera la première prévenue. Sur le chemin du retour, elle essaye de se rappeler si Charlotte a toujours été ainsi, changeante, imprévisible, puis se souvient de ses sautes d'humeur pendant la traversée de l'Atlantique – la gamine rousse qui boudait dans la cale était aussi la fillette dont le courage les avait sauvées. À travers la fenêtre de la voiture, l'air est salé, le crépuscule brumeux, pastel. Elle se demande qui Charlotte choisira de devenir.

Dans l'entrée, elle trouve M. Bienvenu avachi dans la bergère près de l'escalier. Elle est surprise de le voir là : ce matin, il a dû se recoucher, tourmenté par les douleurs d'estomac qui l'assaillent parfois. Il lui a fait promettre de ne pas en parler à Geneviève. Il se lève prudemment à son arrivée.

« Vous avez eu de la visite aujourd'hui, dit-il une fois que Belle a emmené les enfants rincer leurs doigts souillés d'encre. Votre ami. M. Cléry. »

Ses joues sont rouges, ses mains croisées derrière son dos. Il ne la quitte pas des yeux.

« Il hurlait comme un possédé, baragouinait au sujet de sa femme, décrivait en des termes effroyables tout ce à quoi elle a réchappé, les viols, l'assassinat et Dieu sait quoi d'autre. »

Pétronille porte une main à son front. Elle devine un battement, léger mais persistant.

« Marie est-elle revenue ? » s'enquiert-elle.

Elle s'efforce de faire taire la partie d'elle-même qui veut croire ce qu'elle entend. Elle se répète ce qu'elle sait déjà : son amie est morte. Elle revoit le port envahi par les soldats la semaine dernière ; elle imagine M. Cléry apprendre le retour des troupes, se précipiter dehors pour supplier les hommes de lui dire s'ils ont vu sa femme et ses enfants. Elle se demande jusqu'où le désespoir peut mener.

« Comme si je connaissais le nom de baptême de son épouse ! Cet énergumène délirait. Il a fait irruption sans avoir été annoncé, piaillant… »

M. Bienvenu s'interrompt. « Je ne tolérerai pas ce genre de comportement chez moi. » Il baisse la voix, l'air soudain extrêmement préoccupé. « Ne croyez-vous pas que Mme Bienvenu soit déjà suffisamment affligée ? Est ce bien nécessaire de la contrarier avec ces inepties ?

— Pardonnez-moi, murmure Pétronille.

— Je ne veux plus voir M. Cléry ici.

— Bien sûr. »

Il acquiesce. Sa rage s'est évanouie ; il a l'air épuisé, vieilli. Il pose la main sur la rampe de l'escalier. À l'étage, Louise s'époumone, des pas rapides résonnent.

« Vous savez, ajoute-t-il avant de monter, je me demande s'il ne vous fait pas du mal, à vous aussi. »

*

C'est la dernière fois que j'y retourne, se répète Pétronille, au moins jusqu'à la naissance du bébé de Geneviève. Elle s'assurera que M. Cléry ne revienne plus jamais chez les Bienvenu – le passé n'a pas sa place rue d'Orléans. Pour la première fois, l'idée de s'installer ailleurs la séduit : un endroit qui ne l'aurait jamais vue souffrir, où tout serait encore possible.

Le lendemain, elle se rend à pied rue de l'Arsenal. En dépit du mauvais temps, elle ne veut demander aucune faveur aux Bienvenu, pas même une voiture ; dehors, les bourrasques glacées lui écrasent le visage, tirent sur sa peau comme pour la déchirer. Elle n'a pas prévenu Geneviève qu'elle sortait. Juste avant de partir, elle l'a trouvée au lit, écrivant une lettre. Elles ont ri lorsque Pétronille lui a demandé si elle se servait vraiment de son énorme ventre comme bureau. « J'en profite tant que je peux », a plaisanté Geneviève, la voix lasse.

La porte de la logeuse s'ouvre au moment où Pétronille s'apprête à frapper. Mme Lemoine est aussi large que l'embrasure ; la chaleur de la maison semble irradier de son corps.

« Qui a conçu cette ville ? Qui ? Le vent avec ces rues toutes droites… Regardez dans quel état vous êtes ! »

Pétronille s'avance dans le couloir. Le froid lui colle au dos comme une chemise humide.

« M. Cléry est-il chez lui ?

— Tout à fait, souffle Mme Lemoine en tournant la poignée, et il a de la compagnie. »

Pétronille fronce les sourcils. Elle est la seule à rendre visite à M. Cléry.

« Qui est avec lui ? »

Mme Lemoine hausse les épaules.

« Un soldat », répond-elle.

L'espoir et la déception submergent Pétronille d'un seul coup. Elle s'en veut d'avoir osé espérer l'impossible.

« Un membre de notre garnison, précise Mme Lemoine. Elle agite la main vers l'escalier. Et pas des plus fréquentables, si vous voulez mon avis. »

Pétronille entend le rire de M. Cléry, un hennissement contagieux, bien avant d'entrer dans le petit salon où elle le rejoint habituellement. À l'intérieur, les deux hommes se taisent à son arrivée. La table est encombrée de plats, le candélabre allumé et à l'exception de l'œil-de-bœuf, les rideaux en lin ont été tirés – il pourrait aussi bien être minuit. Même assis, le soldat paraît grand, sa chemise lâche sur son torse osseux ; sa cuillère de soupe goutte sur la nappe. M. Cléry pose son verre de vin en la voyant. Son sourire s'élargit.

« Quelle joie, s'écrie-t-il, quelle surprise ! Un hasard encore plus heureux que si je vous avais trouvée chez M. Bienvenu hier. »

Son ton est enthousiaste, les muscles de son cou tendus contre le col de sa veste. Pétronille s'assied sur la chaise qu'il tire pour elle.

« Vous ne m'aviez pas averti, reprend M. Cléry, que M. Bienvenu avait si mauvais caractère.

— Ce n'est pas le cas. Et vous n'auriez pas dû…

— Mme Ducros, l'interrompt M. Cléry en se tournant vers le soldat, est la très chère amie dont je vous parlais à l'instant même.

— Madame », dit l'homme.

Ses yeux, son nez et sa bouche sont rassemblés au milieu de son visage comme un motif floral au creux d'une assiette. Il sirote son verre, étudiant Pétronille du regard.

« Et voici M. Blanchet, l'un des héros de notre armée », explique M. Cléry.

Il marque une pause, comme si elle était censée reconnaître le soldat. Lorsqu'il se penche vers elle, la flamme de la bougie vacille sous son souffle. Il sent la purée et la liqueur.

« Il a vu Marie, reprend M. Cléry. Il l'a vue. Je sais ce que vous pensez, mais écoutez-le. Dites-lui, lance-t-il à Blanchet.

— Elle faisait partie des Françaises que Bras Piqué a gardées auprès d'elle jusqu'à la fin, explique le soldat avant de jeter un coup d'œil à son hôte. Sait-elle qui est Bras Piqué ?

— Savez-vous… commence M. Cléry.

— Oui », réplique Pétronille d'un ton sec.

La tante d'Utu'wv Ecoko'nesel, s'imagine-t-elle répondre, mais elle se tait. La fumée des pipes lui pique les narines.

« L'une des Soleilles, clarifie Blanchet.

— Je vous ai dit que je la connaissais. »

Le soldat lui lance un regard surpris, presque inquiet.

« Personnellement ? » demande-t-il.

Puis il se sert à nouveau du vin, plus nonchalant que jamais.

« Non. »

Le visage de Blanchet se détend.

« Eh bien, poursuit-il, il semblerait qu'elle ne se soit pas séparée de toutes les femmes qui la servaient, en avril dernier. Elle a gardé les plus intelligentes à ses côtés.

— Marie, souffle M. Cléry.

— Petite, déterminée, le teint clair.

— Marie », répète M. Cléry.

Il semble guetter la réaction de Pétronille. Elle doit le décevoir puisqu'il se concentre aussitôt sur le soldat.

« Il lui faut plus de contexte, dit-il, racontez-lui l'expédition.

— Bien entendu. Nous avons commencé à remonter la Rivière Noire mi-janvier, et quelques jours plus tard, nous nous sommes heurtés à deux groupes d'Indiens natchez. Nous avons eu tôt fait d'abattre deux d'entre eux, un homme et une femme. »

Pétronille réprime un frémissement. Elle se force à écouter le récit de la bataille finale : comment l'armée française a traversé les bayous gorgés de pluie jusqu'au fort natchez avant d'établir leur camp derrière un tertre, si proche de Fort Valeur qu'ils entendaient l'ennemi tirer. Les grenades jetées par-dessus les palissades lorsque les Natchez ont refusé de relâcher les Africains asservis ; la lutte acharnée, en dépit des averses torrentielles qui réduisaient la poudre en bouillie, les tranchées en lits de boue. Après quatre jours de bataille, la paix enfin conclue avec le jeune Grand Soleil.

Pétronille ne quitte pas Blanchet des yeux. Il lui rappelle les garçons miséreux et revanchards, suintant l'eau-de-vie, qui erraient aux alentours de Fort Rosalie : prêts à tout, convaincus que la Louisiane avait failli à ses promesses en leur refusant les destins fabuleux qui auraient dû être les leurs. Puis son regard se pose sur M. Cléry. Ses pupilles sont dilatées, il ponctue chacune des phrases de Blanchet d'un hochement de tête frénétique, comme s'il avait lui aussi participé à la campagne.

« Le chef du village de la Farine est parvenu à s'échapper avec les siens, conclut le soldat, mais nous ramenons tout de même la plupart de ces sauvages.

— Dites-lui ce qu'il s'est passé à…

— Non, l'interrompt Pétronille. Je ne suis pas venue ici pour entendre vos récits de guerre. » Elle inspire profondément, les mots l'étranglent. Elle se tourne vers M. Cléry. « Vous ne la reverrez plus. »

Il la fixe, le regard vide. Ses lèvres sont entrouvertes, sa main en cuivre trempe dans le jus de viande. Il a l'air si pathétique qu'elle se demande s'il ne va pas se mettre à pleurer. Elle pense à Utu'wv Ecoko'nesel, à la dernière image qu'elle garde d'elle, seule au bord de la rivière, les fougères contre ses mollets nus. Elle se rend compte qu'elle parle aussi bien de son amie natchez que de Marie.

Un silence troublé s'installe ; une bûche s'écroule dans la cheminée, les roues d'une voiture grincent dans la rue. Le verre de Blanchet, vide, cogne contre la table.

« Les troupes seront de retour avant la fin de la semaine. »

Sa voix est pâteuse. M. Cléry ne semble pas l'entendre. Il scrute le visage de Pétronille avant de faire face au soldat.

« Je pense qu'il est temps que vous partiez », dit-il.

Blanchet proteste, mais sans grande conviction. Il chuchote quelque chose à l'oreille de M. Cléry, attrape son manteau et son chapeau défoncé, puis titube jusqu'à la porte. Lorsque M. Cléry reprend la parole, son regard est rivé vers l'œil-de-bœuf.

« Vous aussi », dit-il à Pétronille.

*

Cinq jours plus tard, le vent souffle haut dans le ciel, bousculant des nuages fuyants. Pétronille cligne des yeux dans la lumière d'hiver ; Mélanie et Hélène jouent au bord de la mare pour la première fois depuis Noël. L'eau frémit comme s'il pleuvait, mais ce ne sont que les insectes frétillant à la surface. Hélène est accroupie dans l'herbe ; Mélanie la surveille, mais Pétronille sait que sa patience s'érode vite.

À quelques rues de là, l'armée triomphante célèbre sa victoire à Fort Valeur. Trois cent quatre-vingt-sept Natchez – femmes, enfants et guerriers – débarqueront bientôt. Ils ont attendu toute la matinée, depuis que les bateaux ont commencé à s'amasser dans le port. En revenant du bayou Saint-Jean, Belle a assuré qu'elle n'a jamais vu le marché aussi désert, les légumes de la côte des Allemands boudés par les habitants distraits. « Ils sont tous rassemblés sur la place », dit-elle en secouant la tête d'un air dégoûté avant d'emporter son panier rempli à la cuisine.

Mélanie s'approche de Pétronille, lui tend une fleur qui ressemble à une bouche béante, bleue.

« Hélène voudrait connaître le nom de celle-ci, et de celle-là, aussi, dit-elle en lâchant une poignée de larges pétales rose-rouge sur le banc. Elle ne les a pas cueillis, ils étaient déjà par terre. Elle ne laisse presque personne toucher à ses plantes. »

Mélanie rit comme Geneviève, ses lèvres légèrement retroussées dévoilant ses gencives.

« Tu as de la chance qu'elle t'ait permis de me les apporter », répond Pétronille.

La fleur bleue est une pensée. Quant à l'autre, sa forme ne lui est pas étrangère, mais elle hésite. Récemment, elle s'est surprise à s'intéresser à nouveau aux plantes. Elle s'est même mise à en récolter quelques-unes pour remplacer celles qu'elle a emportées de Natchez. Elle examine les pétales de plus près.

« En été, ceci aurait pu être de l'hibiscus.

— Mme Ducros, il y a quelqu'un pour vous », intervient la voix de Belle.

Pétronille s'attend toujours à voir apparaître M. Cléry, même si elle doute qu'il lui rende visite de sitôt. Après la scène avec Blanchet, il a fini par lui envoyer un mot dans lequel il lui présentait ses excuses et expliquait qu'il préférait rester seul pendant quelque temps. Il savait qu'elle comprendrait. Elle rend la pensée à Mélanie.

« Occupe-toi d'Hélène », demande-t-elle, mais la fillette s'éloigne déjà vers la tonnelle.

Une fille aux yeux de taupe patiente au pied de l'escalier. À sa tenue, Pétronille reconnaît l'une des jeunes recrues des ursulines. Elle serre une lettre dans sa main droite.

« De la part de Mme Charpillon », dit la novice.

La cire à cacheter a séché en deux traits gras. Pétronille lit le nom de Geneviève inscrit sur le papier replié.

Elle trouve la porte de sa chambre entrebâillée. Ce matin, Geneviève se portait mieux. Elle ne parlait que des dernières nouvelles de France, du décret royal qui actait la rétrocession des terres de la Compagnie des Indes au roi ; après des années de lutte, la Louisiane avait fini par anéantir les rêves des Français. Geneviève semblait alarmée. « Cette colonie est condamnée, si même les directeurs de la Compagnie renoncent à leurs concessions », insistait-elle. La colère de son amie, son air alerte, son ton échauffé l'emplissaient de joie. Elle ne se souvenait pas de la dernière fois qu'elle l'avait entendue s'exprimer comme ça.

Geneviève est assise dans un fauteuil près de la fenêtre. Elle observe Hélène et Mélanie se diriger vers le banc.

« Je crois qu'elles ont attrapé un triton, dit-elle.

— Une lettre vient d'arriver. »

Geneviève fixe son propre prénom, et Pétronille se demande combien de temps il lui faut pour identifier les larges boucles du « B » et du « G », caractéristiques de l'écriture de Charlotte. Elle est tentée de lui poser d'autres questions, mais elle se contente de jeter un coup d'œil dehors. Le soleil tombe de manière irrégulière et le reflet de son visage flotte au-dessus de l'herbe, les deux filles le traversent comme si elle était un spectre.

« Hélène n'accepterait jamais de toucher un animal aussi visqueux, dit Pétronille au moment même où la salamandre s'échappe des mains de sa fille.

— Il faut s'attendre à tout, chuchote Geneviève, sans quitter la lettre des yeux.

— Charlotte semblait inquiète à ton sujet.

— Vraiment ? répond Geneviève, et sa voix est teintée d'amertume.

— J'ai bien peur qu'Hélène ait mentionné la visite du docteur Le Cau lors de la dernière leçon », admet Pétronille.

Geneviève replie la lettre. Elle regarde Hélène et Mélanie, si proches de la fenêtre que leurs voix résonnent derrière le verre.

« Iras-tu ? dit-elle.

— Au couvent ?

— Non, au port. »

Le nombre, trois cent quatre-vingt-sept, lui revient. Pétronille se pose la même question depuis que Belle est rentrée du marché. Dehors, Hélène crie : « Ne fais pas ça ! » et Mélanie s'interrompt, une pensée arrachée à la main. « Il ne faut cueillir que ce dont tu as besoin », dit Hélène si fort que Pétronille distingue presque chacun de ses mots. Elle devine la fin de sa phrase, qu'elle lui a chuchotée à Natchez un jour où elles ramassaient des asclépiades avec Utu'wv Ecoko'nesel. « Il ne faut cueillir que ce dont tu as besoin, et seulement si tu as l'intention d'en faire quelque chose d'important », a expliqué Pétronille après qu'Hélène est revenue avec un bouquet d'iris et de mufliers. La petite fille a lâché les fleurs. Plus tard, elle a voulu savoir comment différencier ce qui était important de ce qui ne l'était pas. « C'est à toi d'en juger », lui a répondu Pétronille.

« Iras-tu ? répète Geneviève.

— Et si Utu'wv Ecoko'nesel était là ?

— Alors tu sauras.

— Et si je n'en ai pas envie ? »

Geneviève garde le silence. Lorsqu'elle se sert de ses orteils pour rapprocher un repose-pied du fauteuil, sa mâchoire se crispe sous l'effort.

« J'ai entendu dire, reprend-elle, que deux cents Natchez ont réussi à s'échapper avec le chef du village de la Farine.

— Si je reste ici, je peux encore imaginer qu'elle s'est enfuie avec eux. »

Geneviève acquiesce. Elle réajuste sa chemise en soie et son nombril gonflé transparaît sous le tissu fin.

« Il a fallu du courage à Utu'wv Ecoko'nesel pour t'aider. »

C'est la première fois que Geneviève prononce son nom à voix haute. Elle ne l'écorche même pas. Elle n'a jamais fait allusion à ce matin de novembre où une jeune Natchez avait sauvé son amie et ses enfants – elle n'a jamais laissé entendre que le souvenir d'Utu'wv Ecoko'nesel puisse être aussi précieux que le rôle qu'elle a joué à Fort Rosalie.

Pétronille se lève. Elle pense à la place d'Armes, aux bateaux, à la foule amassée. Elle ignore si les prisonniers ont déjà débarqué. Les pas rapides d'Hélène et de Mélanie retentissent dans l'entrée.

« Je serai de retour à temps pour souper », dit Pétronille.

Geneviève sourit et touche son ventre.

« De toute manière, quand m'as-tu vu manger à table pour la dernière fois ? »

*

Dans le port, les navires vacillent, leurs mâts éraflent le ciel – les nuages filent derrière eux, entiers et denses. Pétronille se penche vers la fenêtre de la voiture. La scène lui paraît d'abord étrangement familière : les soldats courent du port aux casernes, chantant entre leurs dents serrées, les fleurs de lys bavant sur leurs uniformes déchirés. Mais cette fois-ci, ils sont dix fois plus nombreux, deux fois plus joyeux que les hommes qui les ont précédés quelques semaines plus tôt. Il y a une victoire à célébrer et leur bonne humeur, les bouteilles d'eau-de-vie vidées d'un trait, les balles fusant dans l'air frais rappellent à Pétronille son enfance, l'impossible exubérance des invités de sa mère. Elle n'arrive pas à croire, pas plus hier qu'aujourd'hui, qu'elle puisse appartenir au même monde qu'eux.

« Tout va bien, Madame ? » demande Constantin depuis son siège.

Pétronille regarde un canon rouler sur l'échelle de coupée, menaçant d'emporter avec lui un gros sergent avant de s'écraser dans la boue. La poudre tombe des cornes de bœuf, les femmes soulèvent les caisses de vivres, les soldats empilent des haches et des mousquets près de la levée. Les bateaux semblent s'agrandir avec chacun des fusils et des munitions vomis sur la terre ferme, comme si leurs cales étaient ensorcelées, assez vastes pour porter une guerre sur l'eau.

En voyant les premiers Natchez apparaître sur le pont de *L'Aigle*, Pétronille ouvre la porte de la voiture. Ses chevilles lui paraissent fragiles sur le marchepied. Elle s'appuie contre la roue, sent l'humidité pénétrer sa cape puis sa peau.

Les hommes sortent d'abord, la peinture de leurs visages craquelée, prête à s'effriter. Des pagnes rouge et bleu couvrent leurs entrejambes. Quelques plumes pendent à leurs nattes, si lâches que le vent pourrait les emporter pour les rendre au ciel. Si leurs poignets n'étaient pas liés, les guerriers les réajusteraient aisément. Ils avancent entre les rangs de soldats, vers la prison de la ville. Pétronille se laisse aller contre les essieux, et le bois s'enfonce dans ses omoplates.

En apercevant les prisonnières, elle lève la tête vers le ciel puis se force à baisser le menton. Les badauds et les soldats se tiennent immobiles. Seule la file interminable des femmes natchez se meut dans le port. Une fillette tend ses mains libres vers la jupe en écorce de sa mère et à la vue des plis du tissu, la poitrine de Pétronille se serre – elle a toujours admiré les habits d'Utu'wv Ecoko'nesel, leur bois rendu si tendre au contact de la chair. Un capitaine à la barbe sombre crie aux femmes de se dépêcher. Pétronille scrute leurs visages, se décale pour s'assurer qu'elle n'en rate pas un seul. Un sein tatoué ou un serpent vermillon dessiné sur un bras, une fille au front couvert de sang séché, un bébé tétant, le regard perdu dans le vide. Plus d'une fois, elle est tentée de fermer les yeux – elle pourrait alors se convaincre qu'elle a simplement manqué Utu'wv Ecoko'nesel. L'échelle de coupée est amenée devant le navire suivant et une deuxième file de captives dérobe la première à sa vue.

Pétronille guette la silhouette d'Utu'wv Ecoko'nesel jusqu'à ce que le soleil se couche et que l'hiver fonde à nouveau sur la ville, jusqu'à ce que le port et la place d'Armes se vident et qu'on n'entende plus que les rires montant des logements de l'armée – puis les voix de deux soldats, toutes proches, Constantin bousculé près des chevaux, l'un des deux expliquant d'un ton geignard qu'il n'y a pas assez de place, que la plupart des femmes devront être envoyées aux quartiers des esclaves de la plantation du roi. « Raison de plus, répond son compagnon, pour les déporter et les vendre à Saint-Domingue au plus vite. »

« Madame ? » dit Constantin.

À l'avant de la voiture, le cocher réchauffe ses mains sous les naseaux des chevaux. Ses lèvres sont pâles, gercées.

« Ne devrions-nous pas rentrer ?

— Si, répond Pétronille, partons. »

Elle se demande brièvement ce que Constantin pense d'elle, une Française venue assister à ce spectacle morbide. Elle ignore s'il sait ce qu'elle a vécu à Fort Rosalie. Elle n'a qu'une envie : raconter à Geneviève qu'elle est restée jusqu'à la fin, qu'elle n'a pas vu Utu'wv Ecoko'nesel.

Elle sait que son amie aurait pu passer sans qu'elle la remarque. Utu'wv Ecoko'nesel aurait pu marcher au sein d'un groupe de femmes, son visage rond dissimulé par celui d'une autre. Elle pourrait avoir été tuée pendant le siège, ou avoir péri à bord des bateaux qui filaient vers La Nouvelle-Orléans. Elle pourrait s'être réfugiée au sein d'une tribu alliée, loin d'ici, comme beaucoup d'autres. Pétronille ne saura jamais ce qui lui est arrivé. Elle devra vivre avec cette incertitude qui a aussi un goût d'espoir.

À son retour, elle trouve la maison calme, les enfants couchés. Belle sort de la chambre de Geneviève, une marmite d'eau chaude dans les bras. Elle fronce les sourcils en voyant son mari souffler sur ses doigts rougis par le froid – Constantin lui répond d'un signe de tête discret, puis disparaît dans le couloir. Lorsque Pétronille lui demande des nouvelles de Geneviève, Belle secoue la tête.

« Elle a eu des contractions.

— Le travail a-t-il commencé ?

— Le docteur est venu et il assure que non, répond Belle. Mais c'est pour bientôt, si vous me demandez. Elle a besoin de nous », ajoute-t-elle en se dirigeant vers la cuisine.

Le sang palpite douloureusement dans les paumes glacées de Pétronille. Au salon, elle aperçoit M. Bienvenu, de dos, avalant un verre de brandy. La maison lui semble étrangère, comme la première fois qu'elle y est entrée.

Elle pousse la porte de la chambre, et l'odeur lui fait l'effet d'une gifle. Un effluve de fer et de sueur, quelque chose de métallique qui lui reste sur la langue. Puis vient le bruit. Un son rauque, une respiration saccadée ; dans le lit, la silhouette de Geneviève est animale.

Pétronille s'agenouille près d'elle. Elle pense à Lorient, à Biloxi, contemple le reflet inversé de celles qu'elles étaient. Geneviève à son chevet, le jour où elle attendait que son enfant s'en aille, puis, à l'entrepôt, que la fièvre l'abandonne – lui chuchotant que rien ne dure éternellement, pas même la douleur. Pétronille se souvient de ces mots, pertinents alors, indicibles aujourd'hui.

Une autre image lui revient en mémoire. Un après-midi resplendissant à Fort Rosalie, la fin de l'été trouvant enfin le parfait équilibre entre brise et lumière ; les Français et les Natchez, ceux qui mourront bientôt, vivants ; le village suspendu dans cette paix précaire – injuste, mais bien réelle. Utu'wv Ecoko'nesel est assise en face d'elle, la ligne tatouée en travers de son nez plissée par la concentration, ses boucles d'oreilles nacrées oscillant doucement. Ses yeux jaunes fixent son canif, Pétronille n'ose pas l'interrompre. Ce jour-là Utu'wv Ecoko'nesel lui enseigne une recette facile, qui soulage les douleurs de l'accouchement. Un remède simple, qui ne prétend sauver personne – juste essayer, quand et si elle le peut.

« Je reviens », dit Pétronille. Elle saisit la main de Geneviève et la serre fermement entre les siennes. « J'ai quelque chose qui pourra peut-être t'aider. »

12

GENEVIÈVE

La Nouvelle-Orléans, juin 1734

Il est déjà tard lorsque Geneviève rentre de l'indigoterie. Le lac Pontchartrain ne se trouve qu'à deux lieues de La Nouvelle-Orléans mais aujourd'hui, dans la chaleur huileuse de la fin du mois de juin, le voyage lui a paru interminable. Quand sa voiture arrive enfin en ville, les rues se sont rafraîchies ; les soldats du corps de garde voisin rient dans le cou de femmes aux joues fardées.

Ce voyage n'a pas été couronné de succès comme elle l'espérait. Elle a œuvré pendant des semaines pour organiser ce rendez-vous avec M. Rachard, le propriétaire de l'une des plus grandes plantations de Saint-Domingue. Elle lui a fait visiter l'indigoterie qu'elle a héritée de son troisième mari deux ans plus tôt, lui a montré le trempoire où pourrissaient les plantes, les bacs en bois où séchait le sédiment. Elle lui a expliqué qu'elle fabriquait l'un des meilleurs indigos du continent, que même les Espagnols le reconnaissaient. Elle lui a offert vingt pour cent de ses meilleures productions. Elle obtient trois récoltes par an, lui quatre ; en contrepartie, il pourrait lui accorder le même pourcentage de ses ventes, lui assurant ainsi un revenu entre ses récoltes. Elle lui a juré qu'ils seraient tous deux gagnants – ensemble, ils partageraient les bénéfices pour garantir une production stable. Mieux vaut être alliés que rivaux.

Elle s'attendait à ce qu'il accepte sa proposition sur-le-champ. Au lieu de quoi, il a promis de bientôt lui écrire.

Sa réaction l'inquiète. En apercevant son concurrent pour la première fois ce matin, son sourire aimable lui rappelait la façon dont les chevaux mangent dans la paume des garçons d'écurie – leurs lèvres maladroites, étonnamment douces, vaguement menaçantes. Quelques heures plus tard, quand M. Rachard lui a annoncé qu'aucun accord ne serait conclu aujourd'hui, Geneviève ne pensait plus aux naseaux duveteux, mais aux fruits broyés entre les épaisses molaires des bêtes. Sur le chemin du retour, elle s'est efforcée de repousser le souvenir de son second époux. Aux pays des Illinois, M. Melet avait lui aussi bien su cacher son jeu.

Son troisième mari, M. Bienvenu, ne lui ressemblait en rien : aussi têtu qu'un enfant, mais étonnamment attentionné et obligeant. Après les mois infernaux passés avec M. Melet, sa douceur avait pris Geneviève de court ; il lui semblait impossible de ne plus avoir à craindre le martèlement de bottes dans l'escalier, ou à verrouiller la porte de la chambre de Mélanie pour la nuit. À nouveau mariée, personne ne tenterait de s'emparer de sa maison. Lorsque M. Bienvenu, déterminé à lancer sa propre indigoterie en Louisiane, lui avait demandé sa main, elle avait donc accepté.

Il était convaincu que cette nouvelle industrie sauverait la colonie – et pourtant, il n'avait pas vécu pour voir sa plantation fructifier, le régisseur s'installer dans la grande maison en brique que M. Bienvenu comptait bâtir près des champs. Geneviève avait toujours su que c'était un gâchis d'argent, mais son mari persistait : selon lui, il fallait absolument impressionner les esclaves qu'il espérait acheter rapidement pour défricher le terrain. « Nous devons leur rappeler leur place », s'est-il mis à dire en juin 1731, quand un groupe d'Africains mené par Samba Bambara, un interprète asservi, a été accusé de comploter contre les Français. M. Bienvenu était rentré livide de la place d'Armes, répétant que selon le Conseil Suprême de Louisiane, les membres de la conjuration avaient prévu d'assassiner tous les Blancs de Pointe Coupée à La Balize.

Cet été-là, Geneviève a peu prêté attention au procès. Elle ne pouvait pas se le permettre, quelques mois après la naissance difficile d'Élisabeth. À l'époque, elle se reposait déjà entièrement sur Belle – un soutien qu'elle n'aurait pas dû tenir pour acquis, elle s'en rend compte à présent. La seule fois où elle a discuté du complot avec elle, Belle a laissé échapper un petit rire. « Je viens du peuple yoruba, a-t-elle répondu. Je ne sais pas à quoi vous faites allusion. Je ne peux pas parler au nom des Bambaras. »

Elle n'évoque son pays d'origine que par bribes : les oiseaux séchant leurs ailes dans les palétuviers, les planches de divination des prêtres d'Ifá, le mois d'août ponctué de danses en l'honneur d'une certaine Oshun. Geneviève ne comprend rien à la religion de Belle, son dieu suprême nommé Olorun, les orishas. Au fil des années, elle a appris à fermer les yeux sur les prières qui ont lieu dans les logements des esclaves ; elle a défendu à Belle de partager ses croyances avec les enfants.

Geneviève a longtemps pensé que les Africains vénéraient tous les mêmes divinités, qu'ils étaient originaires de ce seul et même pays décrit par Belle. C'était avant que M. Bienvenu ne lui assure qu'une fois la colonie sous contrôle, les Bambaras avaient prévu de réduire en esclavage toute personne noire étrangère à leur nation. Ou tout du moins, c'est ce qu'affirmait le gouverneur.

Son mari s'était souvent plaint de douleurs d'estomac. Lorsque son état de santé avait empiré, il lui avait confié tout ce qu'il savait des méthodes de production d'indigo. Le docteur Le Cau disait que ses reins lui faisaient défaut et même si Geneviève s'était habituée à ses crises, elle n'aurait jamais imaginé qu'elles le tueraient avant ses trente-huit ans. À l'enterrement, ses larmes étaient sincères – il avait toujours fait preuve de bonté envers elle.

Elle n'a jamais voulu avoir quoi que ce soit à faire avec la plantation de son mari, mais elle ne pouvait pas vivre sans revenus ; l'idée de replonger dans la misère de son enfance la terrorisait. Un mois après sa mort, elle a entrepris de demander à quelques gentilshommes de La Nouvelle-Orléans – qui n'avaient pourtant jamais touché à un trempoire mais qui avaient eu vent de ces techniques inédites – ce qu'ils connaissaient de la fameuse teinture bleue. Elle les a écoutés décrire les processus de fermentation, d'oxydation, de sédimentation ; ils s'interrompaient à chaque fois qu'ils employaient un terme sophistiqué. Elle ne perdait pas un mot de la conversation. Pour la première fois de sa vie, elle était en mesure de prendre des décisions, des décisions qui dépendaient d'elle seule.

Elle a enfin compris ce qu'elle était trop abattue pour percevoir après la mort de Pierre au pays des Illinois, trop choquée pour saisir après l'enterrement de M. Melet : les veuves sont à craindre. Ce sont des femmes libres.

Lorsqu'elle est revenue seule à la plantation, les quinze Africains asservis achetés par M. Bienvenu venaient d'être menés aux cabanons le long du lac. Elle se rappelle encore la surprise du régisseur quand elle l'a prié de les rassembler devant la maison. Hérin a secoué la tête, s'est éloigné sans un mot. Elle les a regardés s'asseoir, les enfants s'installer sur les genoux de leurs mères. Sous le soleil d'hiver, Geneviève leur a décrit comment faire fermenter les feuilles, battre le liquide obtenu pour l'oxygéner avant de le laisser reposer et de récolter la fécule d'indigo au fond de la dernière cuve. Elle leur a montré les plantes et les graines, a pointé du doigt les larges entrepôts. Ils l'ont écoutée, observée.

Elle se souvient des rictus ce matin-là, du rire à peine étouffé de deux femmes. Elle ne s'est rendu compte que quelques jours plus tard, grâce à Belle, que son mari et les gentilshommes de La Nouvelle-Orléans, tous ceux qui lui avaient décrit comment cultiver l'indigo, avaient omis de préciser que le peuple noir était expert en cette matière, que les connaissances des Français venaient en réalité d'Afrique. « Ma mère était teinturière, lui a raconté Belle, et moi aussi, avant. » Geneviève s'est sentie rougir. Elle avait décrit à une assemblée d'hommes et de femmes réduits en esclavage un processus que leurs aïeuls avaient inventé : sa honte était telle qu'elle n'est pas retournée à la plantation pendant des semaines. Lorsqu'elle a demandé à Belle pourquoi elle ne lui avait jamais rien dit de sa profession, Belle a pris son temps avant de lui répondre : « Parce que vous ne m'avez jamais demandé. »

Ce soir, comme toujours, Belle l'attend devant la maison. La lanterne éclaire ses pommettes hautes, la robe qui tombe parfaitement sur ses hanches étroites. Constantin saisit la bride des chevaux, chuchote à l'oreille des animaux en les entraînant vers l'écurie. Belle attrape la petite malle d'un mouvement souple. Geneviève espère qu'elle n'a pas laissé les enfants seuls, qu'Alexandre se porte mieux. Geneviève lui a toujours accordé sa confiance mais depuis que le fils de Belle est tombé malade, quelques semaines plus tôt, cette dernière passe de plus en plus de temps à son chevet, de moins en moins auprès de Mélanie et de ses frère et sœurs. Geneviève sait qu'elle devrait être plus présente mais, pour le moment, elle ne peut pas faire autrement.

« Les petits pensaient que vous seriez de retour hier », dit Belle en la suivant à l'intérieur.

Le hall d'entrée est à peine éclairé. Geneviève croit entendre Louise pleurnicher à l'étage mais quand elle tend l'oreille, seul lui parvient le croassement de grenouilles du jardin et du bayou. À la plantation, elle évite toujours de songer à ses cinq enfants. Hérin la traite avec suffisamment de dédain en tant que maîtresse – inutile de lui rappeler qu'elle est aussi mère.

« Moi aussi. Comment se porte Alexandre ? »

Belle hausse les épaules. Elle ne prononce presque jamais les prénoms français de son fils et de son époux ; elle les trouve dénués de sens, affirme qu'ils ne rivaliseront jamais avec ceux qui leur ont été donnés à la naissance. La seule fois où Geneviève l'a interrogée sur son nom chrétien, Belle a laissé échapper un rire amer – quitte à abandonner celle qu'elle était, autant choisir un autre nom flatteur.

« La fièvre est remontée cet après-midi. »

Ce n'est pas la première fois qu'elles ont cette conversation. En allant voir Alexandre, peu après qu'il est tombé malade, Geneviève a eu du mal à reconnaître le garçon alerte et souriant qui aidait son père aux écuries. Sa chemise suintait, de petites veines couraient sur ses paupières closes ; près de sa paillasse était posé un pot plein d'eau. Ces derniers jours, Belle se rend au fleuve pour le remplir, à l'aube, sans que Geneviève sache très bien pourquoi. À chaque fois qu'elle lui a proposé de consulter le médecin, Belle a refusé. Elle lui répondait qu'il serait incapable de soigner le corps et l'esprit de son fils.

« Peut-être que Mme Lancert aurait quelque chose à te suggérer, tente à présent Geneviève, dans l'espoir que Belle fasse plus aisément confiance à Pétronille qu'au docteur Le Cau.

— Je n'ai pas failli à mes devoirs en votre absence, si c'est ce que vous voulez savoir. »

Geneviève inspire profondément. Belle a évidemment raison – l'idée lui a traversé l'esprit. Elle sait que le régisseur de l'indigoterie ne tolérerait pas qu'une Africaine asservie s'adresse à lui sur ce ton-là : c'est l'une des raisons pour lesquelles Geneviève n'enverra jamais Belle à la plantation, en dépit de son expérience de teinturière. Le mois dernier, Hérin a lancé ses chiens après Jasmin sans consulter Geneviève. Le vieil homme a été capturé dans les jours qui ont suivi. Son pied droit était blessé ; il citait le Code Noir, répétant que sa fuite ne devrait pas être punie par plus de vingt-cinq coups de fouet. « Selon son fichu Code Noir, il aurait dû être marqué d'une fleur de lys et perdre ses deux oreilles », bougonnait Hérin. Ce à quoi Geneviève lui a rétorqué : « Et se vanter auprès de tous les acheteurs potentiels que nous avons un fugueur ? » Comme il ne répondait pas, elle a ajouté : « Tant que vous y êtes, pourquoi ne pas l'envoyer au tribunal à La Nouvelle-Orléans et payer pour le bois utilisé pour le faire parler ? » Argent, dévaluation, perte potentielle de ses esclaves : ce sont les seuls arguments dont dispose Geneviève pour l'empêcher de les punir trop durement. Il y a six mois, elle a décidé d'augmenter leur ration quotidienne mais s'est gardée de lui dire qu'elle voulait les nourrir à leur faim. Hérin n'aurait pas compris, ne lui aurait pas obéi. Elle a donc prétendu vouloir optimiser le rendement de l'indigoterie – ça, il pouvait l'entendre.

Elle a pourtant gagné quelques batailles. Hérin n'a rien pu faire lorsqu'elle a permis à Éléonore d'épouser James Mingo, un Anglais noir libre arrivé de Caroline. Ce matin, il lui a payé les premiers dix pour cent du prix de sa fiancée. Quand Geneviève a annoncé à Hérin que les enfants du couple naîtraient libres, elle a cru qu'il allait s'étouffer.

Mais depuis La Nouvelle-Orléans, elle ne peut pas s'assurer que tous ses ordres sont respectés, que le régisseur laisse les esclaves chanter aux champs, qu'il leur sert davantage que la livre et demie de maïs réglementaire, qu'il a remplacé le lard pourri par de la viande digne de ce nom. Elle ne peut qu'essayer de faire en sorte que chez elle, dans sa maison, les choses se passent différemment.

« Je ne repartirai pas avant plusieurs semaines », assure-t-elle.

Belle porte la petite malle à l'étage sans un mot. Geneviève soulève le panier rempli de feuilles de mûrier qu'elle a récoltées près du lac Pontchartrain. Ses pas résonnent dans l'entrée et elle manque de se prendre les pieds dans un tissu qui traîne au sol – ranger la maison, une autre tâche que Belle néglige ces derniers temps. Geneviève ramasse la chemise de Laurent, celle à laquelle elle s'est résolue à coudre des cordons de sécurité. Le garçon de deux ans ramenait du jardin plus de bleus que de fleurs.

Le nom de son fils apparaît en premier sur le testament de M. Bienvenu. À sa naissance, Geneviève remerciait intérieurement le nourrisson. Grâce à lui, elle n'aurait pas à se battre pour hériter de la propriété de son mari comme elle aurait dû le faire à la mort de M. Melet, si elle ne s'était pas remariée. Personne ne tenterait de lui enlever ce qui lui revient. Laurent était l'homme de la famillc ; il lui épargnerait un autre mari.

Depuis le décès de M. Bienvenu, Geneviève considère qu'elle a rempli sa part du marché conclu avec la Supérieure de la Salpêtrière. Elle a donné cinq enfants à la colonie. Elle a fini de payer pour sortir de la Grande Force.

Il y a trois ans, elle a écrit à Mlle Pancatelin. Elle était alors enceinte d'Élisabeth, terrifiée à l'idée de mourir. Le contenu de la lettre n'avait pas d'intérêt. La missive en elle-même portait le message le plus important : Geneviève avait survécu et elle tenait à ce que la directrice de la Salpêtrière le sache. Huit mois plus tard, elle a reçu une réponse. L'écriture était ferme et ronde, la lettre signée : « Mlle Bailly, Supérieure. » Cette femme, cette étrangère, regrettait le décès de Mlle Pancatelin le 26 octobre 1725, après plus de cinquante ans de loyaux services.

À cette même date, Geneviève vivait au pays des Illinois. Mélanie avait trois ans et de la fièvre, Pierre venait d'abattre un cheval blessé. Elle n'a pas pu s'empêcher de se demander ce qu'elle faisait au moment où Mlle Pancatelin avait poussé son dernier soupir – où se trouvait la marquise d'Argenson, et si elle avait pleuré la mort de sa sœur.

Tout est derrière elle maintenant. La Supérieure était la seule personne à qui Geneviève devait quoi que ce soit. Mlle Pancatelin morte, elle n'écoutera pas le collègue de son second mari ni les membres de l'administration du gouverneur. Elle fera fi de leurs critiques – une mère devrait rester auprès de ses enfants, confier ses affaires à un nouvel époux. Elle refusera leurs propositions de l'aider à gérer ses biens jusqu'à ce que Laurent soit adulte. Dans quinze ans, ses cheveux seront trop gris, sa peau trop ridée pour attirer le moindre prétendant. Dans quinze ans, elle ne sera peut-être même plus en vie.

Geneviève remonte le couloir, ses pieds s'enfoncent dans les franges argentées du tapis. La maison est l'une des rares bâtisses en brique de La Nouvelle-Orléans. Elle a fait changer les papiers peints à la mort de M. Melet : elle ne voulait plus jamais toucher les murs qui avaient blessé ses mains, abîmé son visage. Quand M. Bienvenu a décidé que leur chambre serait à l'étage, Geneviève a poussé un soupir de soulagement ; elle n'aurait pas à dormir dans la pièce qu'elle avait partagée avec son second mari. Elle pose le panier à ses pieds, cherche son trousseau. Elle entend Belle descendre les escaliers, dire que Mme Lancert est venue cet après-midi.

« Pétronille ? Que voulait-elle ?

— Je n'en sais rien. Elle vous en parlera au souper demain. »

Geneviève attend que Belle referme la porte de son logement, près de la cuisine, pour enfoncer la clé dans la serrure. La pièce a un jour servi de cave à vin à M. Bienvenu. Rien ne rendait son troisième mari plus heureux qu'un bon cru. Il en importait de France alors même que la construction de sa plantation ne cessait d'être retardée. Quelques jours avant sa mort, en novembre 1732, il lui a demandé d'aller chercher son bordeaux préféré ; la bouteille disparaissait sous une couche de poussière si épaisse que Geneviève toussait encore en entrant dans sa chambre. Il peinait à se redresser dans les oreillers et elle l'avait fait boire au goulot.

Elle était alors enceinte de quatre mois, et éreintée. À l'enterrement, elle s'appuyait de tout son poids sur le bras de Pétronille. Elle garde peu de souvenirs de cet après-midi-là d'automne. Le parfum citronné de son amie, son voile tombant sur un monde maculé de points sombres, et, près du portail du cimetière, Charlotte, penaude, ses tristes habits de nonne parfaits pour l'occasion.

Elles ont échangé quelques mots ce jour-là, mais rien de mémorable. Geneviève n'avait pas reçu de nouvelles de Charlotte depuis sa dernière lettre, qui lui était parvenue lorsqu'elle attendait Laurent ; à cette époque-là, Pétronille avait déjà quitté la maison de la rue d'Orléans et épousé le docteur Lancert. Geneviève savait que Charlotte enseignait toujours au couvent. Elle s'était souvent demandé pourquoi elle n'avait pas pris le voile. Ses missives, bien qu'indirectement, lui apportaient une réponse. Dans ses lettres,

Charlotte ne semblait préoccupée que d'une seule chose : savoir si elle était en bonne santé, en sécurité.

Au début, Geneviève ne savait pas quoi faire de ces mots, de la colère qu'ils suscitaient. Puis elle s'était mise à deviner autre chose entre les lignes – une honte, une culpabilité, ces mêmes regrets qui, elle l'espérait, avaient empêché Charlotte de devenir nonne. Geneviève ignorait peut-être ce qui s'était produit dans le bureau de la Supérieure par ce matin-là d'hiver, mais elle se souvenait sans mal du silence et de la froideur de Charlotte pendant ses dernières semaines au couvent. Une sœur ursuline était censée faire preuve de bonté, savoir pardonner. Charlotte en avait été incapable quand Geneviève avait eu besoin d'elle.

La cave à vin est étroite, sombre. Les vers à soie sont arrivés de France il y a trois jours, une boîte en acajou pleine d'œufs ronds, plus foncés que des graines de lavande. En l'ouvrant, Geneviève aperçoit de petits cercles noirs sur les œufs. Ils aiment l'obscurité et l'humidité ; demain ou après-demain, des chenilles affamées les auront remplacés. Même si Geneviève les a commandés des mois plus tôt, les enfants ne savent rien de sa nouvelle entreprise, ils ont interdiction de pénétrer dans la pièce. Lorsque Mélanie lui a demandé pourquoi, Geneviève lui a répondu que cet endroit la ramenait là d'où elle venait, en Provence. Laurent a guetté la réaction de ses sœurs, puis éclaté de rire ; Louise et Élisabeth gardaient le silence, leurs regards brun et jaune plantés sur elle. Seule Mélanie a hérité de ses yeux bleus.

Geneviève replace la boîte dans l'un des casiers à bouteilles – à moitié vides, ils lui rappellent les rayons d'une ruche. Il fait toujours frais ici, presque aussi bon que dans la magnanerie de ses parents, où les murs épais effaçaient la chaleur de l'été. Elle pose par terre le panier rempli de feuilles de mûrier blanc et rouge. Une poignée en plus – celles de mûrier blanc sucré – et ses expériences pourront commencer.

*

Le premier juillet, les invités se rassemblent chez Geneviève pour le souper du mercredi, une tradition de M. Bienvenu qu'elle a décidé de perpétuer. Le docteur Lancert et le révérend père de Ville se disent déçus de son annulation de dernière minute la semaine dernière, le lendemain de son retour de l'indigoterie. Pétronille n'a pas prononcé un mot depuis le début du repas, mais Geneviève doute que ce soit à cause de la soirée reportée. Ces derniers jours, elle n'a cessé de penser à M. Rachard, à son offre, à ce qu'elle pourrait y ajouter – un détail infime qui, pour lui, ferait toute la différence. Elle n'a pas eu le temps de rendre visite à son amie. Les enfants l'ont eux aussi accaparée, fiers de leurs petits exploits, pressés de lui faire écouter leurs chansons et participer au jeu de l'anguille, trottant jusqu'à la porte de la cave dans l'espoir de découvrir ce qu'elle y cache – les œufs tout juste éclos, les minuscules vers à soie noirs.

À moins que Pétronille ne soit attristée par la dernière décision du gouverneur. M. Bienville, pardonné par la Couronne et placé à la tête de la Louisiane pour la quatrième fois, a lancé une énième expédition contre les Chicachas. L'attaque des Natchez, cinq ans plus tôt, a marqué le début d'une longue série de campagnes ; les guerres sont plus violentes que jamais, l'armée française mise à mal. Geneviève a entendu dire que son voisin, un sergent, craignait tant pour sa vie qu'il avait affranchi son esclave de onze ans avant de rejoindre les troupes. Une telle décision provoquerait sûrement un débat houleux lors du souper – quant à Pétronille, elle l'applaudirait.

Geneviève essaye de croiser son regard depuis que le plat principal a été servi mais, comme toujours, le mari de Pétronille accapare l'attention de la tablée. En ville, on raconte que le docteur Lancert soigne ses patients à l'hôpital aussi voracement qu'il dévore ses repas. Si elle venait à tomber malade, Geneviève préférerait que son amie lui concocte l'un de ses mystérieux remèdes plutôt que d'être confiée à son époux. Lorsqu'elle le lui a admis pour la première fois, Pétronille a souri. « Tu es bien la seule », lui a-t-elle répondu. À l'époque, elle se plaignait encore des femmes qui pointaient du doigt sa tache de naissance et ses cheveux blancs, la surnommant « la sorcière ».

Le docteur Lancert n'a jamais cru à ces sottises. Pétronille l'a rencontré à l'Hôtel-Dieu en décembre 1729, après s'être enfuie de Fort Rosalie. C'était un homme plein d'entrain, que la présence de

Pétronille semblait apaiser. Il lui a fallu presque deux ans avant de demander sa main. L'été qui a suivi la défaite finale des Natchez, en apprenant qu'elle avait accepté sa demande, Geneviève n'a pas caché sa surprise. « Ne m'as-tu pas un jour soutenu que le mariage n'était qu'un contrat ? » a dit Pétronille.

Elle lui a expliqué que le docteur Lancert était le seul homme un tant soit peu intéressé par les vertus médicinales des plantes de ce pays – le seul qui lui permette de s'aventurer à la périphérie de la ville, escortée par un petit régiment de domestiques et de soldats, pour cueillir les ingrédients dont elle a besoin. Quand il lui demande son opinion au sujet d'un patient, Pétronille la lui donne sans se faire prier. « Ces connaissances ne m'appartiennent pas », a-t-elle dit un jour. Elle lui a raconté qu'à chaque fois qu'elle se rend au chevet des malades, son mari hurle à tout le monde de se taire et de l'écouter.

Au début, Geneviève peinait à comprendre ce qui les rapprochait : elle trouvait que le docteur Lancert parlait trop fort, qu'il était impatient, qu'il portait toutes ses émotions sur son visage. « Il s'exprime pour deux, a fini par lui répondre Pétronille. Avec lui, je n'ai pas à prétendre être quelqu'un que je ne suis pas. »

Geneviève savait que son amie serait incapable de se remarier tant que cet insensé, M. Cléry, ne serait pas parti. Il s'est enfin résolu à retourner à Paris au printemps 1731, juste après avoir vu l'armée ramener les survivants natchez à La Nouvelle-Orléans. Pour Geneviève, cet hiver-là est un brouillard ponctué de douleur : elle a donné naissance à Élisabeth peu après que les captifs ont été enfermés dans la prison de la capitale. Sa troisième fille, née presque silencieuse, dormait contre le sein de sa nourrice au lieu de chercher son lait. Pétronille n'a pas quitté son chevet, lui faisant avaler des teintures au fenouil et la nourrissant de mélanges d'herbes dont Geneviève ignorait le nom. Son amie ne doutait pas que le bébé survivrait, et le temps lui avait donné raison.

Le révérend père de Ville prie une énième fois le lieutenant Magnole de répéter ce qu'il vient de dire. Le religieux exaspère Geneviève. Il met un temps infini pour comprendre les faits les plus simples : c'est un miracle qu'il ait survécu si longtemps en Louisiane.

« Les Indiens, lui explique le docteur Lancert avec une patience forcée, avaient décidé de scalper l'intendant et sa famille et de leur voler leurs biens au lieu de faire commerce avec eux.

— Sur ce, répète le lieutenant, il arracha sa perruque et s'écria : Si vous voulez mes cheveux, les voici ! »

Les invités rient autour de la table. À Prairie du Rocher, de tels propos au sujet des Illinois auraient révolté Pierre. Pétronille non plus n'est pas contente – elle n'a pas touché à son bol de fraises, elle joue avec une meringue qui s'effrite sur sa robe, sa chaise reculée contre le mur. Survivre à une guerre a rendu ses excentricités plus acceptables, et rares sont ceux qui osent encore se moquer de ses moments d'absence ou de ses réponses parfois trop franches.

« Quelle fut la réaction des sauvages ? demande le révérend père.

— Ils étaient évidemment convaincus qu'un esprit habitait la perruque, répond le lieutenant. Ils leur offrirent des peaux à condition que le Français emporte ses cheveux démoniaques. »

Les melons et les bouteilles de vin ont été vidés. Si personne ne dit rien, il sera bientôt temps de mener les hommes au fumoir et les femmes au salon. L'épouse du lieutenant, avec son sourire à l'envers, entreprendra alors de critiquer chaque pièce du mobilier, et Geneviève pourra s'entretenir avec Pétronille. Mais le révérend rompt le silence.

« Dites-moi, commence-t-il. J'ai appris que vous avez récemment rencontré un homme d'importance. »

Geneviève se force à sourire. Elle récapitule tout ce qu'elle sait sur M. Rachard et son indigoterie. Elle ne mentionne pas le marché qu'elle espère conclure avec lui, ses espoirs de faire de ce concurrent un associé afin d'assurer la stabilité des exports : le religieux ne comprendrait rien au processus d'extraction de l'indigo. Le révérend père de Ville se tourne vers M. Lancert.

« Mais, docteur, n'est-ce pas l'homme dont vous avez fait la connaissance la semaine dernière ? »

Geneviève tressaille. Le médecin lui jette à peine un coup d'œil, acquiesce.

« Un homme très ambitieux, commente le révérend père.

— Vous ne m'apprenez rien », dit Geneviève.

Le religieux se penche vers elle, comme s'il ne l'avait pas entendue.

« On raconte, souffle-t-il, qu'il est assez fortuné pour acheter toutes les plantations de la ville. J'ignore quelles sont ses relations avec le gouverneur, mais il semble proche de M. Beauregard.

— Beaulieu.

— C'est ça. M. Beaulieu. »

Le révérend père de Ville continue de parler mais Geneviève ne l'écoute plus. Le nom lui donne des frissons. Tout comme son second mari, M. Beaulieu s'est avéré bien différent de l'homme qui s'était présenté chez elle à Prairie du Rocher, celui à qui Mélanie décrivait les artefacts illinois. Geneviève ne l'a jamais apprécié et le conseiller du gouverneur le lui rend bien. À la mort de M. Melet, il n'a pas hésité à sous-entendre qu'il la croyait coupable du meurtre de son ami et, après l'enterrement de M. Bienvenu, à ironiser sur sa situation financière, devenue encore plus avantageuse.

Il connaît ses faiblesses, ne manque pas de les lui rappeler. La dernière fois qu'elle l'a croisé, M. Beaulieu s'est empressé de s'enquérir de la santé de son fils. Elle est restée évasive – elle n'avait aucune envie de lui décrire les quintes de toux de Laurent, sa respiration déchaînée et ses joues bleutées. Il n'a pas pu s'empêcher d'évoquer une veuve qu'il connaissait, lui répétant que l'administration du gouverneur s'était fait une joie d'aider la pauvre femme à s'occuper de ses biens. Même quand M. Bienville a repris ses fonctions de gouverneur, M. Beaulieu a réussi à conserver sa place au Conseil Suprême. Avec l'arrivée de M. Rachard, il a dû voir une nouvelle façon de s'en prendre à elle.

Le docteur Lancert en saura plus sur les relations qu'entretient M. Beaulieu avec son concurrent. Les serviettes sont pliées, les chaises repoussées, les hommes se dirigent vers le fumoir sans interrompre leurs conversations. Geneviève s'apprête à intercepter le médecin lorsqu'elle sent une main se poser sur son bras. Les cheveux de Pétronille sont tirés en un chignon maladroit, une mèche blanche tombe sur sa tache de naissance.

« Voilà qui explique tout, fait remarquer son amie.

— Que veux-tu dire ?

— Que je comprends enfin pourquoi tu ne m'as pas emmenée à Pontchartrain comme tu me l'avais promis. »

Il y a deux semaines, mi-juin, Pétronille lui a demandé de l'accompagner à la plantation pour y ramasser des plantes introuvables à La Nouvelle-Orléans. Puis Geneviève a appris que M. Rachard débarquerait bientôt sur le continent ; elle a été si occupée à préparer sa visite qu'elle en a oublié son invitation.

« Je suis désolée, répond-elle. La prochaine fois, nous irons toutes les deux.

— La prochaine fois, tu retourneras voir ce M. Rachard. »

Geneviève sait ce que Pétronille pense des propriétaires de plantations à Saint-Domingue. Elle les méprise. Ils possèdent des Natchez, les survivants vendus sur l'île quelques mois après avoir été capturés et emprisonnés à La Nouvelle-Orléans.

« N'as-tu pas entendu le révérend ? demande Geneviève.

— Depuis quand l'écoutes-tu ?

— M. Beaulieu a déjà approché M. Rachard. »

Pétronille garde le silence. Elle n'a jamais été intéressée par la politique – depuis l'attaque des Natchez, elle répète qu'elle ne mène qu'aux effusions de sang. Geneviève baisse la voix, même si tous les invités ont déjà quitté la salle à manger.

« Il faut que je conclue ce marché. »

Pétronille regarde autour d'elle, balaye de la main le salon richement décoré.

« Vraiment ? »

Son amie sait très bien pourquoi elle essaye si désespérément de trouver un accord avec cet homme. Elle ne peut pas risquer un autre mariage. Elle a réussi à échapper à la misère qui a emporté sa famille à Paris, qui l'a terrifiée pendant des années, qui ne cesse de s'acharner contre la colonie : de ce côté de l'Atlantique, elle sait que la chance peut vite tourner, surtout quand des hommes comme Beaulieu sont impliqués.

« Parle à ton mari, dit-elle. Il semblerait qu'ils soient amenés à se revoir. »

Pétronille hausse les sourcils, ses doigts se crispent contre ses bras croisés.

« Heureusement que tu ne t'adresses pas à Belle sur ce ton-là, déclare-t-elle en tournant les talons. Du moins, je l'espère. »

*

Le lendemain matin, Geneviève regrette d'avoir été si dure avec Pétronille ; elle se promet de lui rendre visite bientôt et de s'excuser. À l'ombre du cerisier, les enfants écoutent Louise, absorbée par son histoire de toile d'araignée assez épaisse pour interrompre le vol des oiseaux.

Dans la lettre que M. Rachard finit par lui envoyer, il ne lui raconte pas d'histoires. Il lui annonce qu'il a bien réfléchi à son offre mais qu'il ne peut malheureusement pas l'accepter. Il ne s'excuse pas. Il ajoute qu'il restera sur le continent encore un mois, jusqu'en août. Il affirme avoir une autre idée, qui mettra tout le monde d'accord.

*

Deux choses ramènent Geneviève en Provence : la lavande et les vers à soie. Elle voudrait oublier l'incendie qui a détruit la ferme de ses parents, l'odeur animale que dégageait la soie en flammes et ne garder que le souvenir des épis de maïs mûrs, ceux qui lui brûlaient la peau si elle courait trop vite à travers champs ; de la raclée de ses frères, le jour où ils avaient voulu organiser une course de chenilles ; de la façon dont sa sœur piquait des fleurs de mimosa dans ses cheveux et se proclamait reine, ordonnant aux plus jeunes de dévider les cocons. Geneviève a quitté le sud de la France il y a vingt-cinq ans maintenant.

Des années plus tôt, à La Nouvelle-Orléans, elle s'est arrangée pour se procurer des graines de lavande française. C'était juste après la mort de M. Melet, ce mari qu'elle ne s'était jamais résolu à appeler Pierre. Une mauvaise chute, un accident. Des rumeurs circulaient alors en ville, l'histoire d'une femme au regard bleu et froid, enfonçant ses doigts dans le dos de son mari, le regardant s'écraser en bas des escaliers.

Ceux qui murmuraient à son sujet ne savaient rien de son mariage. Ils ignoraient la terreur qui l'avait saisie la première fois qu'il s'en était pris à elle. Ce jour-là, elle n'avait fait qu'exprimer son intérêt pour les écuries qu'il entendait construire ; il l'avait dévisagée, lui avait répondu que ça n'était pas ses affaires, et ne pouvait-elle pas se taire pour une fois ? Le lendemain, lorsque Mélanie avait effleuré sa main jaunâtre, Geneviève lui avait dit qu'il y avait eu un courant d'air, que la porte de la chambre s'était refermée sur elle.

Elle s'était souvent demandé pourquoi il l'avait prise pour femme. Il lui avait fallu des mois avant d'en comprendre la raison, si évidente qu'elle l'avait longtemps rejetée : son mari était mauvais, d'une violence qui obéissait à sa propre logique, stupide dans sa simplicité. À Prairie du Rocher, il avait vu qu'il restait encore quelque chose à briser en elle. Il lui avait proposé de l'épouser.

Ce tout dernier soir, elle avait quitté le couvent des ursulines aussi tard que possible. Elle se tenait debout dans les escaliers, tout près de M. Melet. Elle était désespérée. Elle avait aperçu Belle réajuster le tapis le matin même, avait remarqué la façon dont le tissu glissait sur l'une des marches. Elle avait même trébuché dans l'après-midi, mais n'avait pas tenté de le remettre en place pour éviter que Mélanie ne se prenne les pieds dedans. Quand son regard avait croisé celui de Belle cette nuit-là, juste avant que M. Melet ne fasse le pas en avant qui précipiterait sa chute, Geneviève s'était vue, elle, le bleu sur sa joue, la couleur qui serait la sienne le lendemain. Elle avait vu toutes les blessures à venir.

Après les funérailles, son esprit ne cessait de la ramener à l'accident – à la seconde où elle aurait dû rattraper le bras de son mari pour l'empêcher de basculer. Au moment où elle aurait dû lui enlever sa bouteille de bourbon, appeler à l'aide. Mais il y avait tant de choses qu'il n'aurait pas dû lui faire. « Ne le laissez pas vous hanter », avait chuchoté Belle le lendemain de l'enterrement.

Les graines sont arrivées quelques jours plus tard. La maison de la rue d'Orléans était anormalement silencieuse : Geneviève n'avait plus à marcher sur la pointe des pieds ou à guetter la voix de son mari avant d'entrer dans une pièce. Pour la première fois, elle se déplaçait librement chez elle. Elle a déballé les graines dans le salon vert et imaginé qu'elles venaient des champs de lavande, ceux qui s'étendaient derrière la magnanerie de sa famille, jetant une lueur violette sur les collines. Elle les a plantées elle-même dans le sol noir de La Nouvelle-Orléans mais les plants n'ont jamais pris – tués par l'air humide de la Louisiane. Quand M. Bienvenu lui a demandé si elle avait l'intention de combler le creux laissé dans le lit de fleurs, elle lui a répondu que non, que quelque chose s'y trouvait déjà.

Au nord, elle pensait peu à la Provence : le pays des Illinois ne lui rappelait en rien le village où elle était née. Mais elle s'était mise à rêver du sud de la France en retournant en Basse-Louisiane, en voyant Mélanie se passionner pour la saison des figues et rentrer du jardin couverte de piqûres d'insectes aussi grosses que celles qui la tourmentaient à la Bastide-des-Jourdans. Cette nostalgie pour une époque si lointaine l'avait d'abord surprise. Mais ces souvenirs avaient la qualité des temps heureux et révolus de l'enfance. La Provence lui avait offert une échappatoire lors des dix-huit mois où elle avait été l'épouse de M. Melet.

Pendant le temps infini qu'avait duré leur mariage, elle avait souvent regretté de s'être précipitée chez lui au pays des Illinois. Mais elle s'était toujours doutée, même à ce moment-là, que ce voyage, comme celui qui l'avait menée en Louisiane, aurait un prix. Elle ignorait simplement qu'il serait aussi élevé.

Elle ne se félicite que de deux choses avec M. Melet. Elle ne lui a donné aucun enfant. Elle ne l'a jamais laissé lever la main sur personne d'autre qu'elle.

Elle a commencé à songer aux vers à soie après la mort de son dernier mari. Mais M. Bienvenu ne la laissait pas seule, loin de là. Il laissait derrière lui une plantation au bord du lac Pontchartrain, trois filles et un fils, des bébés qui avaient empli Geneviève d'amour et de terreur à chaque fois que son ventre s'était arrondi. Elle aimait croire que son corps avait attendu qu'elle soit prête pour avoir d'autres enfants, mais elle savait aussi qu'elle avait mis trop longtemps avant de se sentir chez elle. Elle avait trente et un ans à la naissance de Louise, trente-trois à celle d'Élisabeth, trente-quatre à celle de Laurent, trente-cinq à celle de Céleste. Elle s'était mise à craindre pour sa vie un mois avant la naissance d'Élisabeth. Si elle s'était rendu compte à temps qu'elle était enceinte de Laurent, elle aurait tenté d'avorter ; l'idée lui avait aussi traversé l'esprit pour Céleste, mais Geneviève était animée par une envie profonde de connaître ces bébés, par un espoir irrationnel : cette fois-ci encore, tout se passerait bien. À chaque nouvelle grossesse, le médecin préconisait davantage de repos. Des après-midi passés à rêver d'eau bleutée et d'hommes disparus, d'enfants aux lèvres épaisses, de tétons humides de lait et de salive avant qu'elle ne se résolve à faire appel à une nourrice – et toujours, flottant dans son esprit, la bataille qui se livrait entre elle et son bébé, parce que le médecin affirmait qu'ils ne pourraient pas tous deux survivre, pas avec une mère aussi âgée.

Mais le docteur Le Cau ne savait rien de l'enfant auquel Geneviève avait renoncé à Paris. Il ignorait tout ce qu'elle avait affronté en traversant l'Atlantique, en s'installant au pays des Illinois et à La Nouvelle-Orléans. Elle lui a donné tort à chaque fois.

*

Expérience 1, une semaine après éclosion : Geneviève se lève tôt, avant que les pots de chambre des enfants ne soient vidés, avant que Constantin n'aille nourrir les chevaux. Belle prépare l'une de ses soupes épicées dont l'odeur pique le nez. Geneviève ferme la fenêtre pour garder le vent à sa place. Elle ouvre la boîte en acajou. Sur la table, elle éparpille des feuilles finement hachées de mûrier blanc, quelques-unes de rouge. Elle prend soin de les espacer, s'imagine que les premières représentent la France, les secondes la Louisiane – les vers à soie aussi ont leurs préférences. Puis elle libère les chenilles françaises. Leurs poils noirs et courts ondulent lorsqu'elles se traînent vers les feuilles : elles ne font pas la différence entre les diverses espèces de mûriers, se délectent des deux sortes. Elle ajoute maintenant, au milieu, des morceaux de feuille de mûrier blanc sucré. Elle regarde les insectes se précipiter vers elles, s'attarder sur les veines vertes, aspirer leur sève sirupeuse.

*

Le 10 juillet, M. Rachard arrive à l'heure, mais le thé n'est pas prêt. Geneviève ne le quitte pas des yeux alors qu'il se penche vers l'horloge qui trône dans le salon. Il est très jeune. C'est la première chose qui l'a frappée à la plantation, quand elle l'a aperçu entouré d'enfants, fascinés par son histoire absurde d'arbres à huîtres à Biloxi. Il s'est tourné vers elle, et elle a compris pourquoi son public l'écoutait si attentivement

– le brun chaleureux de ses yeux en amande, ses fossettes soulignées par son sourire. Elle a pensé à M. Melet, qui l'avait ramenée à La Nouvelle-Orléans, qui était convaincu que le couvent des ursulines la guérirait de ses fautes. À l'époque aussi, le danger avait un joli visage.

« Celui qui épouse une beauté épouse des soucis », lui avait assuré Belle en nettoyant son front blessé, la deuxième fois que M. Melet s'en était pris à elle. Lorsque Geneviève avait admis qu'elle ne connaissait pas l'expression, Belle avait souri. « Un proverbe de chez moi. Si c'est vrai pour les maris, ça doit l'être pour leurs femmes aussi. »

Geneviève tamponne la sueur de ses tempes avec un mouchoir. M. Rachard s'approche à présent de l'oiseau empaillé attaché à un fil de soie. Dans la pièce adjacente, Louise raconte à Élisabeth l'histoire d'une grenouille bondissant assez haut pour atteindre les nuages. Geneviève n'entend plus la voix de Belle – probablement en bas avec Alexandre.

Hier, en trouvant Louise et Élisabeth seules dans la cuisine, Geneviève a annoncé à Belle qu'elle ne tolérerait pas une telle négligence. Belle l'a écoutée sans un mot. Puis elle lui a rétorqué qu'Alexandre était en danger, et non pas ses filles. Dès que Geneviève a tenté de la contredire, Belle l'a interrompue. « Mon fils a besoin de moi. » Geneviève a ravalé sa colère, elle est sortie sans un mot.

« De quelle espèce s'agit-il ? »

M. Rachard la fixe. Sa question la prend de court. L'animal mort, comme les aquarelles timides de

Mélanie et les quelques gravures avec lesquelles M. Bienvenu avait voyagé, sont devenus invisibles à ses yeux.

« Un martin-pêcheur, me semble-t-il. Mon second mari a insisté pour que nous l'emportions avec nous en quittant le pays des Illinois.

— Un objet encombrant à transporter à bord d'une pirogue », fait remarquer M. Rachard.

Elle aimerait qu'il en vienne au fait. À son arrivée, elle était prête à entamer les négociations sur-le-champ. Elle sent qu'elle baisse la garde. Dans le couloir, Belle réprimande Laurent et la fin de sa phrase se perd dans les cris de protestation des enfants. Au moins, ils ne sont plus seuls. Geneviève s'éclaircit la voix.

« Mon premier mari, M. Pierre Durand, avait fini par tenir pour vraies un certain nombre de croyances illinoises, dit-elle en montrant le bec pointé vers la porte. Cet oiseau a la réputation de voler contre le vent. Le chef indien avec qui mon époux s'était lié d'amitié lui a expliqué que même mort, l'esprit du volatile continuerait de se battre contre les rafales.

— Y croyez-vous ?

— Il change de position tous les jours. Aujourd'hui il est tourné vers le nord, demain il pourrait parfaitement faire face à la fenêtre. »

Les enfants semblent s'être enfin calmés. Geneviève se force à sourire – elle ira les voir juste après cet entretien. Constantin entre en poussant la porte d'un léger coup de coude, pose le plateau sur la table. Il jette un coup d'œil désintéressé à

M. Rachard comme s'il n'était rien d'autre qu'un nouveau meuble.

« Avez-vous d'autres objets qui vous rappellent vos défunts maris ? reprend son invité.

— Vous les avez tous vus. Cette maison appartenait à M. Pierre Melet. M. Pierre Bienvenu a fait bâtir l'indigoterie du lac Pontchartrain. Je me dis parfois qu'avec un mari de plus j'aurais eu suffisamment de pierres pour construire un château. »

Elle sourit mais il ne réagit pas à sa plaisanterie, dont s'amusent souvent les autres hommes. Mal à l'aise, elle reporte son attention sur la fleur de jasmin au fond de sa tasse.

« Madame, je suis venu vous demander votre main, dit M. Rachard. Je ne me prénomme peut-être pas Pierre, mais j'espérais que vous fassiez une exception. »

Elle réprime un frisson. Les pourcentages s'évanouissent, remplacés par des tonneaux d'indigo, une flotte de bateaux au bois lisse ; M. Rachard, nommant de nouveaux régisseurs qui maltraiteraient les esclaves, décidant même d'ouvrir une indigoterie sous le soleil brûlant du Mexique. Elle, confinée à la maison avec les enfants, tenue à l'écart des affaires ; ses vers à soie, confisqués. Elle imagine la main de M. Rachard se lever vers son visage – cette seconde d'incertitude, quand il pourrait aussi bien la caresser que la frapper. Puis sa terreur, une fois que ses règles s'interrompraient, lorsque le docteur Le Cau lui ordonnerait de se reposer, quand elle se demanderait ce qui la tuerait : une nouvelle grossesse ou une tentative d'avortement. Ces années passées à se battre pour survivre depuis qu'elle a été libérée de la Grande Force – tout ça pour mourir d'une mort banale.

« J'ai bien peur de ne pouvoir accepter. »

Elle a parlé vite alors qu'elle aurait voulu s'exprimer calmement.

« Madame, permettez-moi de m'assurer que vous comprenez ce qu'implique une telle décision. »

Geneviève pense à M. Melet. Plus jeune qu'elle, si doux lors de leur premier repas rue d'Orléans. Elle n'osait pas croire à sa chance. Ce soir-là, Beaulieu aussi soupait avec eux.

« Donnez-moi quelques jours pour réfléchir à votre généreuse proposition », reprend-elle.

Il lui sourit, pose sa tasse vide.

« Je pars pour Pointe Coupée après-demain, puis pour Mobile, répond-il. Je serai de retour à la mi-août, au plus tard. J'espère, d'ici là, que vous m'aurez écrit. »

*

Expérience 2, deux semaines après éclosion : elle ouvre une seconde boîte en bois de noyer. Elle décide que celle en acajou accueillera les vers à soie les moins chanceux, nourris aux feuilles ordinaires. Les autres, ceux qui se délectent des plants de mûrier blanc sucré, vivent sous le couvercle rugueux. Elle descend régulièrement s'en occuper, et les enfants se montrent de plus en plus curieux – après la visite de M. Rachard, elle surprend Mélanie l'œil collé à la serrure. Elle n'explique pas à sa fille que les chenilles consomment des feuilles appartenant à trois espèces de mûriers différents, que son but est de déterminer l'impact de chaque régime sur la qualité de la soie qu'elles produiront. Ses expériences lui semblent soudain vaines, ridicules. Elle en vient même à se demander si les vers à soie ont la moindre chance de vivre et prospérer en Louisiane.

*

Cinq jours après la demande de M. Rachard, Geneviève reçoit un courrier de Beaulieu. Elle le lit adossée à la porte de sa chambre, sans prendre la peine de s'asseoir.

Madame,

J'ai eu le plaisir de recevoir de vos nouvelles grâce au docteur Lancert. Je l'ai rencontré hier au banquet organisé en l'honneur du capitaine Poiret. Vous n'êtes pas sans le savoir : la subtilité et la diplomatie ne font malheureusement pas partie des qualités qui priment chez nos hommes de science. En tant que conseiller et ami de feu votre mari, je me sens néanmoins obligé de vous mettre en garde concernant l'un des sujets brièvement abordés par notre cher médecin. Alors que nous discutions de la visite de M. Rachard, il m'a expliqué que vous hésitiez à accepter sa demande en mariage, une nouvelle qui, il me faut bien l'admettre, m'a grandement étonné. Je pensais qu'une femme comme vous aurait immédiatement perçu les avantages infinis qu'offre une telle union.

J'admire bien entendu le courage et la persévérance dont vous avez su faire preuve au cours des dernières années, et ce malgré les événements tragiques qui s'abattent sur votre maisonnée. Néanmoins, je ne crois pas être le seul à m'inquiéter pour vous – isolée, à la tête d'une vaste entreprise et d'une large famille.

J'ai évidemment demandé à notre cher docteur comment se portaient vos enfants, et j'ai été tout à fait consterné d'apprendre que l'état de santé de votre fils se détériore. Une fois encore, je m'interroge sur ce que peut bien faire une esclave ignorante et impie pour soulager sa douleur et l'éduquer, lui et ses sœurs, dans la foi chrétienne.

Nos enfants sont des êtres précieux, fragiles. Nous devons faire tout ce qui est en notre pouvoir pour les protéger, surtout dans ces régions périlleuses du royaume français.

Je ne doute pas, Madame, que vous saurez placer les intérêts de votre famille avant tout.

La lettre reste sur sa table de nuit pendant trois jours – trois jours de pluies sauvages, que Geneviève passe enfermée dans sa chambre. Au rez-de-chaussée, les enfants s'épuisent à l'intérieur de la maison. Elle n'est allée voir les vers à soie qu'une seule fois. Ils paraissent vulnérables, hors de propos. Leurs cocons, une prison.

On est le 17 juillet, et elle n'a toujours pas rendu visite à Pétronille, en dépit de ses promesses. Pourtant le mari de son amie pourrait la renseigner sur M. Rachard – lui donner quelque chose, n'importe quoi, pour se défendre. Elle a un mauvais goût dans la bouche. Son livre de comptes demeure ouvert sur son secrétaire, à côté d'une statuette en bronze. *Le Viol de Proserpine* : une femme tentant d'échapper à un homme au regard de dément.

Geneviève ouvre un autre encrier. Le propriétaire de *L'Espérance* tient à peine sur sa bonne jambe, et elle a passé des heures à écrire à de potentiels capitaines. Elle entend la voix de Beaulieu : M. Rachard lui offrirait des navires neufs, des équipages jeunes et expérimentés. Elle examine à nouveau les colonnes de chiffres, calculant et recalculant les coûts d'export de la prochaine récolte. Mais les nombres eux aussi restent muets.

« Madame Geneviève ? »

Belle entrouvre la porte. Alexandre a retrouvé l'appétit, sa fièvre est tombée depuis la visite d'une guérisseuse et son frère, un certain guide spirituel. Ils travaillent comme cuisinière et domestique dans la plus grande maison de la rue Saint-Pierre. Belle n'en a pas dit plus à leur sujet lorsqu'elle a demandé la permission de les faire venir, et Geneviève a honte d'avoir remis en cause les priorités d'une mère. Mais elle est épuisée, elle n'a pas les idées claires. Elle ne peut pas lutter sur tous les fronts. Elle laisse sa plume couler dans l'encre.

« Qu'y a-t-il ?

— Quelqu'un vous demande.

— Dis-lui d'entrer.

— C'est moi. »

En entendant la voix de Charlotte, Geneviève sent sa poitrine se creuser, les battements de son cœur s'emballer. Sa présence, de l'autre côté de la porte de sa chambre, lui semble impossible. Le couvent des ursulines se trouve à quelques rues, à des années de chez elle.

« Entre », dit-elle.

Elle ne dissimule pas sa surprise quand Charlotte apparaît. Elle ne l'a pas vue porter de vêtements de couleur depuis Biloxi : un bonnet en dentelle et une robe bleu ciel, modestes mais inappropriés pour une pensionnaire du couvent des ursulines. Charlotte se tient très droite, les bras raides le long de son corps, l'air sérieux. Geneviève s'apprête à lui demander ce qu'elle fabrique là, ainsi habillée, mais Charlotte prend la parole :

« Accepterais-tu que je devienne la préceptrice de tes enfants ? »

Sa voix est claire, ferme. Comme Geneviève ne répond pas, Charlotte ajoute :

« Mardi dernier, au couvent, Pétronille m'a dit que tu avais grand besoin d'aide. »

Geneviève ne sait pas d'où vient sa colère mais elle est soudaine, féroce. Elle aimerait blâmer Rachard et Beaulieu, sa situation inextricable. Elle déteste l'idée que cette fureur puisse trouver ses racines dans un petit mot, enfoui sous les draps du lit de Charlotte au couvent, il y a des années. Elle scrute son visage anxieux. Charlotte n'est pas juste venue s'assurer qu'elle se porte bien, aujourd'hui. Elle voudrait être pardonnée.

« Je veux simplement t'aider, dit Charlotte.

— Tu veux simplement m'aider. »

Les mains de Geneviève fourmillent, sa gorge se serre. Elle voudrait l'entendre répéter ces mots.

« Vraiment, reprend Charlotte. Si tu me le permets. »

Elle est toujours près de la porte. Geneviève lui indique une chaise.

« Je n'arrive pas à croire que la Supérieure ait accepté de te voir partir.

— Tu parles de cet endroit comme s'il s'agissait d'une prison », répond Charlotte en s'asseyant.

Il n'y a pas le moindre reproche dans sa voix. Elle réajuste sa robe avant de reprendre :

« J'ai expliqué à mère Tranchepain que j'avais fait mon temps avec elle. Je n'ai pas eu besoin d'en dire plus. Elle m'a répondu qu'elle avait toujours su que je m'en irai un jour, sinon pourquoi n'aurais-je pas fait mon noviciat ? Je lui ai assuré que plus d'une sœur serait heureuse d'enseigner, ce qui s'avère être le cas. »

Charlotte regarde ses mains, puis lance à Geneviève un sourire impossible, qui lui rappelle que cette fille a un jour combattu des pirates.

« Mes robes noires te manqueraient-elles ? demande Charlotte.

— Non, elles te donnaient un teint affreux.

— Elles nous donnaient à toutes un teint affreux. »

Surtout à moi, pense Geneviève, mais tu t'en fichais.

« Pétronille t'a-t-elle suggéré de venir instruire mes enfants ? demande-t-elle.

— C'est moi qui en ai eu l'idée, répond Charlotte. J'y songeais depuis des mois lorsqu'elle a évoqué ta situation. »

Elle croise ses jambes et son genou touche celui de Geneviève. Geneviève s'écarte.

« Je pourrais leur enseigner à lire et à écrire, poursuit Charlotte, leur apprendre leurs prières. M'occuper des plus petits. » Elle s'interrompt. « La nuit, aussi. Je sais que certains sont encore très jeunes. »

Geneviève se laisse aller contre le dossier de sa chaise. Elle se passe une main sur le visage. Elle peine à ignorer la frustration, le soulagement qui la traversent. Elle ne peut pas nier avoir besoin de l'aide de Charlotte.

« Pour cela, il faudrait que tu vives avec nous, fait-elle observer.

— En effet, répond Charlotte, et sa voix ne flanche pas. À moins que tu ne le souhaites pas.

— Quand pourrais-tu commencer ?

— Au plus vite. D'après ce que j'ai entendu dire, il y a beaucoup de travail à faire ici. Mais rien qui ne puisse résister à l'instruction d'une ancienne ursuline. »

Geneviève s'apprête à répondre quand elle entend du bruit dehors. Le son aigu de fifres militaires et le roulement de tambours, des cris ricochant entre les maisons de la rue d'Orléans, puis la mélodie lointaine d'un chant qu'elle ne reconnaît pas tout de suite. Charlotte ne la quitte pas des yeux, et Geneviève est soudain consciente de sa robe tachée d'encre, de la chemise qu'elle porte depuis deux jours. Elle se lève pour ouvrir la fenêtre.

« Voilà la réponse à ta question au sujet des sœurs, dit Charlotte. Je doute que quiconque me regrette, dorénavant. »

Geneviève s'appuie à la balustrade. Elle sent la chaleur du corps de Charlotte, tout près du sien. En face, les parapets et les toits luisent sous la boue et l'eau de pluie. Les paroles de la chanson se précisent. Il s'agit d'un cantique, chanté haut et fort par onze nonnes, maintenant visibles, vêtues de noir. Au-dessus d'elles, des nuages inoffensifs dérivent dans le ciel. Elles marchent derrière un lourd dais abritant le Saint-Sacrement, suivies de quelques novices qui joignent leurs voix au chœur. De nombreuses filles continuent de grossir les rangs de la procession – des femmes autochtones et des Africaines asservies, des maîtresses de plantation et des épouses d'armuriers. Les religieuses emportent déjà leur chanson dans la rue suivante.

« Le couvent de la rue de Chartres, dit Charlotte, le regard tourné vers la fenêtre. Il est enfin prêt. Elles ont attendu ce moment sept ans. »

*

Expérience 3, trois semaines après éclosion : installée en Louisiane depuis treize ans, Geneviève veut donner leur chance aux vers à soie de la colonie. Elle s'est arrangée pour en faire envoyer du territoire natchez, nouvellement reconquis. Le jour où ils arrivent, elle se précipite dans les escaliers, manque de bousculer Charlotte qui emporte sa malle au dernier étage. Après leur conversation d'hier, Geneviève s'en est tenue aux détails pratiques – programme des leçons, présentation des enfants. Quand Charlotte lui demande ce qui se trouve à l'intérieur de la boîte, Geneviève secoue la tête : « Rien. »

Les vers à soie de Louisiane sont gras, déjà âgés de plusieurs semaines. Sous le couvercle, ils ressemblent à des chiots potelés, blottis les uns contre les autres. Geneviève les pose sur la table. Ils ne sont ni lents ni ensommeillés : ils n'arrêtent pas de bouger – silencieux, obstinés, grouillant sur le bois. Geneviève coupe de nouvelles feuilles de mûrier. Elle est en train de les étaler entre les chenilles lorsque les enfants se mettent à applaudir dans le salon et que la voix de Charlotte s'élève, basse et enveloppante. Les notes lui traversent la poitrine – légères, maîtrisées, étourdissantes.

Les vers à soie se pressent autour des feuilles, inépuisables. Charlotte entame un nouveau morceau. Sans cesser de l'écouter, Geneviève lâche une petite branche de mûrier entre eux. La musique s'immisce dans la pièce ; elle tend l'oreille, observe les chenilles, la torpeur qui les saisit une fois qu'elles ont découvert les feuilles sucrées.

*

La maison de Pétronille se situe aussi loin que possible de l'hôpital où travaille son mari – une ironie que le docteur Lancert n'a aucune honte à résumer en quelques mots aux soupers du mercredi : « Je ne souhaite pas vivre si près de l'endroit où les gens viennent mourir. » Elle donne sur le fleuve, une vue agréable en hiver, embuée de moustiques dès le mois d'avril. En juillet, les odeurs agressent Geneviève comme lors de ses premiers mois de grossesse. Elle sort son éventail en descendant de voiture, l'agite dans la pénombre de la salle de travail de Pétronille ; son amie examine une pâte beige, le front luisant de sueur. Elle presse un second citron, remue le mélange.

« J'ai dû me tromper, dit-elle.

— Comment ça ? »

Pétronille lui décrit le remède sur lequel elle travaille mais Geneviève l'écoute d'une oreille distraite. Dehors, le grondement qui a roulé sur la ville hier soir, quelques jours après la procession des ursulines, résonne à nouveau. Le fracas semble venir de la mer. Après le déjeuner, au son des vibrations, Élisabeth a éclaté en sanglots. Belle parlait avec son mari d'un esprit vengeur ; au coin de la rue Sainte-Anne, deux garçons d'écurie pointaient le ciel du doigt. On dit qu'une nouvelle tempête menace la ville. Geneviève s'attendait à ce que Pétronille se fige en entendant l'épais bourdonnement – depuis son retour de Fort Rosalie, elle sursaute au moindre bruit. Mais elle ne réagit pas, continue de dresser la liste des ingrédients de son remède : de la rouille, des herbes, du citron, une pâte censée soigner du scorbut dont un médecin africain a fini par accepter de lui donner la recette. Le son a déjà disparu. Émile entrouvre la porte, mais Pétronille lui jette à peine un coup d'œil.

« Pas maintenant, dit-elle, et le garçon s'éloigne sans un mot.

— Je retourne à Pontchartrain dans une dizaine de jours, commence Geneviève. J'ai pensé que tu aimerais te joindre à moi.

— Est-ce la raison de ta visite ?

— En partie, répond Geneviève. Je voulais te remercier d'avoir parlé à Charlotte. »

En la voyant bercer Céleste hier soir, Geneviève s'est sentie submergée par le poids de la solitude, des responsabilités qui l'accablent depuis la mort de M. Bienvenu. Charlotte était de dos, la tête du bébé appuyée sur son épaule, son poing minuscule brassant mécaniquement l'air. Geneviève a refermé la porte ; ni l'une ni l'autre n'avaient besoin d'elle.

Pétronille sourit au nom de Charlotte mais garde les yeux rivés sur le bol.

« Je voulais aussi te demander si tu en savais plus au sujet de M. Rachard », dit Geneviève.

Le sourire de Pétronille s'évanouit.

« Quand pars-tu pour Pontchartrain ? demande-t-elle d'une voix sèche.

— Le 14 août. »

À cette date, Geneviève aura déjà donné sa réponse à M. Rachard. Elle comptera bientôt les jours depuis ses dernières règles, aura perdu tout ce qu'elle possède – soit au profit de son nouveau mari, soit à celui de l'administration. Elle explique la situation à Pétronille. Son amie approche une chaise à bascule de la table et pose son verre de limonade à côté d'elle.

« Serait-ce si regrettable de recevoir un peu d'aide du gouverneur ? »

Geneviève se mord la lèvre – Pétronille n'a jamais été une femme d'affaires.

« Tu sais aussi bien que moi que leurs intentions sont tout autres.

— Te seconder, alors. Tu risques d'être bientôt très occupée. »

Pétronille l'a aidée à se procurer les chenilles de Natchez. Elle est la seule à qui Geneviève ait mentionné la soie, la seule qui connaisse le risque d'être déçue, la joie d'expérimenter avec quelque chose de précieux.

« Et leur permettre de décider ce qu'ils veulent vendre, et quand ? M'accorder une pension misérable et nous forcer à quitter la maison ?

— Qui a parlé d'une chose pareille ? »

Le verre de Geneviève est vide. Elle boit dans celui de Pétronille.

« Je suis désolée, réplique Geneviève. Mais j'ai bien peur de ne pas avoir la force de tout recommencer. »

Dehors, le grondement retentit à nouveau, il court au-dessus du fleuve jaune, inonde les rues de La Nouvelle-Orléans. Le son est troublant, mais Pétronille reste silencieuse. Elle se laisse porter par sa chaise à bascule et il faut quelques secondes à Geneviève avant de remarquer que ses mouvements suivent le rythme de l'écho qui monte de la mer.

« Je comprends, répond enfin Pétronille. Mais parfois, ce n'est pas toi qui décides. »

*

Quatre jours plus tard, Geneviève s'occupe des vers à soie jusque tard dans la soirée. Elle a dit à Pétronille qu'elle voulait lui montrer quelque chose, et son amie lui a rendu visite cet après-midi. Pétronille l'a suivie dans le couloir, s'est arrêtée pour saluer Charlotte, entourée de Mélanie dessinant une série de « L », de Louise et d'Élisabeth plongeant leurs doigts dans une bouillie d'aquarelle. En enfonçant la clé dans la serrure, Geneviève a écouté le son de leur discussion, de leurs rires. Puis Pétronille l'a rejointe dans l'étroite pièce. Elle a observé les chenilles, l'a interrogée sur les différentes sortes de feuilles de mûriers ; elle l'a écoutée avec attention lui décrire les quatre étapes de développement des vers à soie. « Tu es la première personne à qui je les montre », lui a confié Geneviève en refermant la porte derrière elle. Pétronille a pris sa main dans la sienne. « Je sais », a-t-elle répondu.

Geneviève se penche au-dessus de la boîte en acajou, un chiffon à la main. Dans la maison, le calme règne. À chaque fois qu'elle pense à son rêve de la nuit dernière, une vague de chaleur lui brûle le ventre. Elle sent à nouveau le drap se soulever, l'air frais courir le long de son corps, elle voit les mains de ses maris et leurs visages, flous, se superposant, s'entremêlant pour ne faire qu'un. Mais lorsqu'elle ouvre les yeux, c'est Charlotte qu'elle trouve allongée à côté d'elle. La situation lui paraît inconcevable, parfaite. Les lèvres qui trouvent les siennes sont douces, leurs baisers, affamés. Charlotte a des seins hauts, fermes, qui n'ont jamais connu de grossesse. Elle est si mince que son cœur bat tout près de la paume. Elle n'est pas timide.

Le songe refuse de la laisser en paix. Il apaise sa colère, donne corps à une part secrète d'elle-même ; elle ne peut s'empêcher de le revisiter, de le sonder. Dans son rêve, elle s'endormait dans les bras de quelqu'un pour la première fois depuis deux ans – c'était la première fois depuis presque quinze ans qu'elle partageait son lit avec une femme qu'elle désire. Elle continue de le scruter, y cherche de nouveaux détails, même si elle sait qu'elle n'y trouvera plus rien d'autre que le fruit de son imagination.

Geneviève lâche le torchon. Elle écoute, croit entendre les pas de Charlotte dans le couloir. Puis elle se rend compte qu'il s'agit du grondement, lointain mais persistant, qui s'acharne sur la ville depuis quelques jours. Il s'estompe au moment où elle commence à s'inquiéter. Elle se concentre sur sa tâche.

Elle a fini de nettoyer la moisissure apparue sur le bois. Les vers à soie aiment la propreté : la pourriture pourrait avoir raison d'eux. Ils sont maintenant beaucoup plus gros, bien différents des points sombres qu'elle a vus naître un mois plus tôt. Ils viennent de muer une nouvelle fois, et elle ramasse les débris de leur ancienne peau, ses doigts effleurant le fil de soie qu'ils utilisaient pour s'accrocher aux feuilles, aux brindilles. Les chenilles ne sont pas difficiles : elles seraient capables de s'inventer une maison n'importe où.

Elle attrape une bougie, ferme la porte à clé, monte les escaliers. Elle devrait réfléchir à sa réponse à M. Rachard, ouvrir son livre de comptes au cas où quelque chose lui aurait échappé. Mais elle continue d'avancer dans le couloir, passe devant sa chambre, devant celle d'Élisabeth et de Louise. Toutes les portes sont closes. Elle sent les battements de son cœur s'accélérer lorsque ses pieds rencontrent les marches du petit escalier qui mène sous les toits.

Pétronille n'a qu'en partie raison, pense-t-elle. Elle est peut-être soumise à la volonté de Rachard et de Beaulieu, mais elle peut encore agir comme elle le souhaite dans sa propre maison. Son sang bourdonne à ses oreilles, tiède et assourdissant. Elle toque sans hésiter, entre dans la pièce, voit Charlotte se redresser contre les coussins. Geneviève sent son regard sur elle, mais il fait trop sombre pour discerner ses traits.

« Je ne pensais pas que tu viendrais ici, dit Charlotte, rompant le silence.

— Moi non plus. »

Geneviève la regarde à la lueur de la chandelle. Elle ne sait pas quoi dire.

« J'imagine qu'il vaudrait mieux que tu l'éteignes, suggère Charlotte. Au cas où quelqu'un verrait la lumière et nous entendrait.

— Y a-t-il d'autres règles que j'ignore ?

— Ne frappe pas à la porte ? »

Geneviève s'assied au bord du lit.

« Mais surtout, continue Charlotte, ne te marie pas une quatrième fois. »

Geneviève souffle la bougie. Pendant quelques secondes, le visage de Charlotte n'est rien d'autre qu'une forme pâle dans la pénombre.

« Je ne sais plus quoi faire, admet-elle.

— Moi non plus. Tu ne m'as rien raconté.

— Non, tu as raison. »

Charlotte se décale et Geneviève hésite, puis s'allonge à côté d'elle. Elle revoit sa joue appuyée contre son épaule maigre dans son rêve, hier soir.

Elle n'est pas sûre de ce que Charlotte connaît de ses affaires avec Rachard, et donc elle n'omet rien. Elle se tourne sur le côté pour lui faire face, sent les muscles de son cou se détendre à mesure qu'elle se livre. Elle dit à Charlotte que sa présence, son travail auprès des enfants l'aident grandement, mais ne résolvent pas tout. Elle explique qu'elle peut soit accepter la demande en mariage de Rachard, soit laisser Beaulieu mettre la main sur ses biens.

« Il attend cette opportunité depuis longtemps », conclut-elle.

Charlotte appuie sa nuque contre la tête de lit.

« Te souviens-tu du jour où nous sommes parties de la Salpêtrière ? Nous avons fait un choix qui n'en était pas vraiment un. Nous pouvions passer nos vies entre ces murs, ou croire à un avenir meilleur ici. »

Geneviève suit des yeux les mouvements du ventre de Charlotte, du drap quand elle respire.

« Peut-être que tu es dans une situation similaire, dit Charlotte, et qu'il te faut choisir entre la peste et le choléra.

— M. Rachard serait-il la peste ?

— J'aurais dit le choléra. »

Elles rient. Geneviève réajuste l'oreiller, appuie sa joue contre son poing. Dehors, les nuages révèlent un instant la lune, sa lumière blanche. Elle n'avait jamais remarqué que les taches de rousseur de Charlotte descendent le long de son cou, recouvrent ses épaules.

« Qu'est-ce qui t'a décidé à te présenter chez moi ? » demande Geneviève, et le bras de Charlotte se raidit contre le sien.

— J'avais une dette envers toi. Ce n'est pas la première fois que je me rends ici. » Charlotte cesse de gratter les bulles de cire de la bougie, pose sa main sur ses cuisses. « Je suis venue un mois après que tu as quitté le couvent. »

Le lendemain de la messe de Noël, M. Melet avait frappé Geneviève si violemment à la lèvre qu'elle avait eu du mal à manger pendant plusieurs jours. Sa solitude était totale alors, elle ne se souvient d'aucune visite. Son mari passait des journées entières chez le gouverneur, tentant de sauver ce qui pouvait encore l'être dans la colonie. Rue d'Orléans, Geneviève pensait à sa propre survie, à celle de sa fille.

« Je n'arrivais pas à me résoudre à entrer, reprend Charlotte, ses ongles pétrissant à nouveau la cire. Donc je suis restée dehors. Ne pas savoir ce qui t'arriverait m'était insupportable. »

Geneviève regarde ses mains, bleuies par les rayons de lune. Elle se revoit cet hiver-là au couvent, lorsqu'elle croyait que vivre avec les ursulines était sa seule façon d'échapper à M. Melet. Elle était acculée, aveuglée par la peur. Sinon, comment expliquer qu'elle avait prévu d'introduire Mélanie chez les religieuses, comme elle l'avait fait dans les cuisines au pays des Illinois ? L'idée était absurde, à l'image de sa vie à cette époque-là.

« La Supérieure n'aurait jamais laissé une mère, une épouse devenir pensionnaire, dit-elle. Tu n'aurais rien pu faire.

— Si », répond Charlotte. Sa voix est rauque. Elle écarte la chandelle, trouve les yeux de Geneviève. « Je n'ai jamais plaidé en ta faveur. »

La phrase résonne dans la petite pièce. Geneviève ressent une colère sourde, mais pas la moindre surprise : une simple confirmation de ce qu'elle a toujours soupçonné – quelque chose de terrible avait bien eu lieu dans le bureau de mère Tranchepain, la veille de Noël. Elle scrute le visage de Charlotte sans bien savoir ce qu'elle y cherche.

« Tu ne me haïras jamais autant que je me suis alors haïe, dit Charlotte. Et depuis ce jour-là, pour avoir pris cette décision. »

Geneviève s'attend à éprouver la même fureur que le jour où Charlotte lui a proposé de devenir la préceptrice de ses enfants. Mais les mots sont dénués de sens. Ou plutôt, ils semblent hors de propos. Elle a quitté le couvent presque sept ans plus tôt. Elle reconnaît à peine les deux filles qui s'embrassaient derrière la cabane à bois, les doigts blessés reposant sur des jupes sombres. Ces femmes sont des étrangères, marquées par leurs choix et leurs erreurs – des choix et des erreurs qu'elles devaient faire, qui les ont menées jusqu'à cette chambre mansardée. Elle a appris que la rancœur n'a pas sa place ici, en Louisiane.

« Je suis désolée », dit Charlotte.

Un animal trottine sur le toit et pendant un moment, Geneviève garde le silence. Puis elle cherche la main de Charlotte, touche sa joue. Lorsqu'elle l'embrasse, sa bouche est ronde contre la sienne, l'un de ses ongles, un peu trop long sur son bras. Elle respire une odeur de sueur, de savon, de bois. Les gestes de Charlotte sont précautionneux ; elle lui demande pardon, et Geneviève secoue la tête. Elle glisse sa main le long de la jambe de Charlotte, son souffle tiède et humide dans son cou. Geneviève cherche ses lèvres, embrasse ses seins et son ventre, la peau fine près de ses hanches, enfouit son visage entre ses cuisses, là où il n'y a de place que pour elles deux. Rachard, Beaulieu, les nonnes n'existent plus. Elle sent les jambes de Charlotte se raidir, aperçoit son profil, sa joue enfoncée dans l'oreiller. Geneviève sait exactement quand elle jouit.

Elle la serre dans ses bras, après, et elles restent ainsi, les chevilles entremêlées, écoutant le son de leurs respirations, le chant entêté des criquets dans le jardin. La chambre semble différente, comme si Geneviève n'y avait jamais mis les pieds ; elle est particulièrement consciente de son corps, de celui de Charlotte, à la fois étranger et familier contre le sien. Lorsque ses doigts se posent sur ses côtes, Geneviève se fige, soudain terrifiée à l'idée que le moindre de ses mouvements puisse briser cet instant. Mais Charlotte ne va nulle part, elle ne l'abandonne pas cette fois-ci. Elle s'approche de son visage, la lumière de la lune traversant ses cheveux rouges puis noirs à nouveau, se décale quand les os aiguisés de ses hanches piquent la chair du ventre de Geneviève. En sentant sa main sur son sexe, Geneviève tressaille, elle se concentre sur la chaleur qui grandit sous ses caresses. Elle fixe ses lèvres entrouvertes et voit Charlotte penchée vers elle, dans le jardin glacé du couvent ; couchée dans le lit de sa maison de Biloxi, dans la cale moite de *La Baleine*, recroquevillée sous la couverture que Geneviève lui avait tendue après l'attaque des pirates. Assise dans une grange perdue au milieu de la campagne française, fuyant sa compagnie, la recherchant. Elles deux, traversant la cour principale de la Salpêtrière sous un soleil de plomb, montant dans les charrettes qui les emmèneraient bientôt loin de tout ce qu'elles connaissaient. Elle voit les femmes qu'elles étaient disparaître, devenir autres.

*

Expérience 4, quatre semaines après éclosion : les vers à soie importés de France sont translucides. Repus. Ils ont cessé de se nourrir. Ils reposent au fond des boîtes, s'économisent, attendent l'inévitable – que la soie se forme, que la filature commence.

*

Lorsque l'ouragan s'abat sur la ville, Geneviève est avec Charlotte et ses cinq enfants dans sa chambre. Leurs regards sont flous à la lumière des bougies. Charlotte berce Céleste, essuie la morve séchée sous le nez d'Élisabeth. Le bourdonnement qui s'élevait de la mer a disparu. Dehors, le vent donne une voix à tout ce qui n'en avait pas ; il siffle contre les briques, fait hurler les bateaux du port, traîne leurs gémissements spectraux jusque dans la maison. Depuis ce matin, les rafales n'ont cessé de forcir. Peu à peu, les rues se sont vidées, les fenêtres teintées de lumière vacillante. Les enfants ont arrêté de jouer, se sont tus. Geneviève leur répétait ce qu'elle avait entendu : la tempête ne serait jamais pire que celle de la décennie précédente, qui a détruit les cabanons et presque toute la flotte de la jeune ville, coulant les navires chargés de vivres. Mais elle ne l'a pas vécue ; le visage de Charlotte se ferme à la simple mention du mois de septembre 1722. Geneviève n'a rien d'autre à offrir que ces mots rassurants. À mesure que les heures passent, ils lui semblent de plus en plus fantasques.

Quand vient la pluie, elle n'a jamais rien entendu ou vu de tel. L'averse martèle le toit, les gouttes devenues torrents, un rideau uniforme et assourdissant. À travers les fenêtres, on ne discerne plus rien. Les bâtisses voisines disparaissent derrière un mur liquide et gris. En croisant le regard de Charlotte, Geneviève imagine aisément ce qu'elle pense. Elles sont de retour à bord de *La Baleine*, la maison n'est qu'une petite flûte perdue dans les vagues vertes et furieuses.

« Nous devons faire monter tout le monde, déclare Charlotte.

— Mais il est impossible que l'inondation…

— Si, crois-moi. Ce n'est qu'une question de temps. »

Geneviève acquiesce. Elle pense aux femmes et aux hommes de la plantation du lac Pontchartrain, au nord.

« Fais vite », dit-elle.

Charlotte se lève. Céleste se met à hurler, et Geneviève la prend contre d'elle, la joue baveuse du bébé pressée contre son cou. Laurent titube vers Mélanie et cache son visage sous le bras de sa sœur aînée. Un courant d'air glacé traverse la pièce, et Élisabeth fond en larmes. Il faut une seconde à Geneviève pour comprendre que le vent s'est infiltré par la cheminée et a soufflé les bougies, que les meubles poussés contre les fenêtres pourraient bientôt céder aux bourrasques et à l'eau.

« Maman », chuchote Louise, mais elle ne dit rien d'autre.

Charlotte est déjà de retour, suivie de Belle et de sa famille. Constantin s'assied près de la porte. Belle chuchote des mots doux dans sa langue maternelle. Contre le lit, Alexandre tient ses mains comme sa mère le fait parfois, une paume serrant son poing fermé, comme s'il y gardait quelque chose de secret. Elle montre les couvertures d'un geste et bientôt, les peaux passent de main en main, recouvrent les épaules, tombent sur les genoux ; entre les meubles, les silhouettes ressemblent presque à des cocons.

Geneviève se souvient alors des vers à soie. Juste avant que la tempête ne s'écrase sur la ville, elle s'est trouvée happée par les préparatifs pour protéger la maison, sceller les fenêtres et les portes ; elle ne pensait pas, jusqu'à maintenant, que le rez-de-chaussée pourrait être entièrement inondé. Elle soulève doucement Céleste et le bébé pousse un cri aigu.

« Surveille-les, demande-t-elle à Charlotte en lui tendant sa fille cadette. Je reviens tout de suite.

— Où vas-tu ?

— Je reviens tout de suite », répète Geneviève plus fort pour être entendue au milieu du crépitement de la pluie.

Elle réarrange les couvertures sur les jambes de Louise, embrasse le front d'Élisabeth. Au cœur de la tempête, la demande en mariage de M. Rachard lui paraît insignifiante. Ses vers à soie, indispensables, les seuls qui puissent encore la sauver si elle réussit à les arracher à l'ouragan.

« Je peux y aller, dites-moi où. »

Elle se tourne vers Constantin. Ses bras épais sont croisés devant sa poitrine, les boucles de ses cheveux en bataille. Belle secoue la tête et lui fait signe de se rasseoir près d'elle et d'Alexandre. Geneviève sourit à Constantin, reconnaissante.

« Reste là. Assure-toi que les fenêtres demeurent closes. »

Il y a encore quelques chuchotements de protestation, quelqu'un sanglote. La main de Charlotte s'échappe des doigts des petits pour étreindre la sienne, brièvement. Au loin, le vent emporte les hurlements paniqués de chevaux. Geneviève cherche la clé dans sa poche et sort de la pièce.

Il lui faut quelques secondes avant que ses yeux ne s'ajustent à l'obscurité du couloir. Autour d'elle, la maison gémit et craque ; elle semble subitement à peine plus solide que les jouets des enfants, comme si l'eau et l'air pouvaient venir à bout de la brique et des tuiles. Geneviève s'avance vers les escaliers. Ses doigts frémissent contre le mur, mais elle ne saurait dire si les tremblements viennent du bois ou de ses mains.

Sur le palier, elle comprend que Charlotte avait raison : rassembler tout le monde à l'étage était indispensable. Le sol est d'un noir liquide, et les tapis ondulent sous un pied d'eau, leurs fils argentés brillant comme du corail dans la mer. La porte du salon vert s'est ouverte et éclabousse les murs à chaque courant d'air. Au bout de son fil en soie, le martin-pêcheur empaillé tournoie furieusement. Geneviève soulève le bas de sa jupe et descend, les marches de plus en plus spongieuses sous ses pieds, jusqu'à ce que ses chevilles sombrent dans l'eau de pluie.

Elle voudrait se hâter mais sa robe trempée la ralentit. Au-dessus du hululement du vent, son cœur cogne à ses tempes, les battements descendent le long de son cou, se répercutent jusque dans ses poignets. Puis elle se tient devant la petite pièce, enfonce la clé dans la serrure. L'eau tourbillonne lorsqu'elle pousse la porte. À l'intérieur, la moitié des casiers sont déjà submergés. Elle serre les poings pour calmer ses frissons puis attrape les deux boîtes, aussi délicatement que possible. À l'intérieur, les vers à soie glissent contre le bois. Elle saisit le panier de feuilles de mûrier et se précipite vers l'escalier.

En arrivant dans la chambre, elle garde pour elle ce qu'elle a vu au rez-de-chaussée. Elle ignore les regards interrogateurs de Charlotte, les questions de Belle et les plaintes des enfants. Elle s'assied par terre, leur fait signe de s'approcher. Les visages se penchent au-dessus de ses épaules, de petites mains jouent avec sa jupe humide. Le genou de Charlotte presse contre le sien. Geneviève ouvre la boîte. Alors que la tempête ébranle la maison, ils regardent les vers à soie grimper aux feuilles, leur peau jaunâtre et transparente luire dans le crépuscule de l'ouragan.

*

Les gens avaient raison : la tempête n'a pas fait autant de dégâts que celle de septembre 1722. Celle-ci n'a duré qu'un jour et demi alors que la précédente a frappé la ville pendant trois nuits. Geneviève ne leur prête pas attention. Pour elle, le désastre est évident. En marchant jusqu'au nouveau couvent des ursulines, Charlotte a entendu parler de bétail noyé, de cadavres entraînés par la rivière jusqu'au lac Maurepas. Geneviève a vu Belle fondre en larmes lorsqu'une jeune fille lui a appris la mort de Yaba, la guérisseuse qui a soigné son fils. Les cabanons sur le rivage où elle vivait avec les autres Africains asservis étaient trop fragiles pour résister à un tel ouragan.

Pétronille est saine et sauve, même si le toit de sa maison a été emporté. Elle fait preuve d'un calme perturbant quand Geneviève lui rend visite ; pendant un instant, elle imagine son amie à Fort Rosalie, juste après l'attaque, la terreur tapie derrière ses traits lisses. Pétronille hausse les épaules. Elle dit que ce n'est ni la première ni la dernière tempête, ajoute que sa maison endommagée convaincra peut-être son mari de s'installer dans un autre quartier de la capitale ; tant qu'elle a ses enfants et ses herbiers, elle ira n'importe où. En face de chez elle, le port est jonché de navires dévastés. *Le Neptune* a été entièrement détruit ; la poudre entreposée dans sa cale obscurcit le fleuve.

Les pélicans se sont abattus sur la ville ravagée. Ils contemplent le chaos de leurs yeux noirs et placides. Ils volent en nuées, fondent sur les nouveaux cours d'eau en un plongeon brutal. Ils ouvrent leurs becs sous la surface comme s'ils pouvaient respirer, comme s'ils étaient capables de s'épanouir n'importe où. Depuis la fenêtre, Geneviève les regarde se redresser, déglutir ; les poissons se débattent dans leur poche, encore vivants.

Elle interdit aux enfants de sortir dans les rues inondées. À l'intérieur, toutes les pièces ont la même teinte, le brun grisâtre de la pluie et de la boue. Mais ces dommages semblent dérisoires comparé à ce qu'elle apprend quelques jours après la tempête, lorsqu'un Hérin pathétique se présente à sa porte, bredouillant qu'il n'y aura pas de récolte. Les esclaves se sont réfugiés dans la grande maison en brique, qui a tenu bon ; l'ouragan n'a fait que deux blessés. Il ne reste plus rien des entrepôts ni des champs d'indigo.

Geneviève envoie Constantin à la plantation sur-le-champ. Comme elle s'en doutait, Hérin ne lui a pas dit toute la vérité. Plusieurs personnes ont disparu, et Geneviève insiste pour que les recherches continuent.

On est le 14 août, la date à laquelle elle devait donner sa réponse à M. Rachard. Elle ne lui écrit pas tout de suite. Elle veut que les nouvelles lui parviennent d'abord, qu'il apprenne que l'indigoterie rivale n'existe plus, qu'elle n'est plus qu'une veuve de trente-six ans avec cinq enfants à charge et une demeure délabrée, dans un pays trop sauvage pour être dompté.

Pendant une semaine, elle fait drainer l'eau, évacuer les meubles ruinés, assainir les murs. Finalement, M. Rachard la devance. Dans sa lettre, il déplore les ravages de l'ouragan. Il n'emploie plus le mot « mariage », explique qu'il se voit malheureusement dans l'obligation de reconsidérer son offre, le temps de remettre sur pied sa plantation, qui a elle aussi été malmenée par les intempéries, bien que moins durement que la sienne. Elle doute qu'il dise vrai, que la tempête ait aussi balayé les îles. Mais ça n'a pas d'importance. Ce qu'il reste de la maison de la rue d'Orléans lui appartient. Charlotte, ses enfants, Belle sont à ses côtés. Aux yeux de M. Rachard et des conseillers du gouverneur, rien de tout ça n'a la moindre valeur. Elle est redevenue invisible, libre.

*

Expérience 5, six semaines après éclosion : la cave à vin empeste le moisi, la peinture de ses murs pèle, alors Geneviève se rend au garde-manger plusieurs fois par jour. Des cocons épais, blancs, semblables à de la neige, à des toiles d'araignée, alourdissent les branchages de mûriers. C'est ce que les hommes ignorent ; c'est ce qui l'empêche de s'appesantir sur ce qu'elle a perdu. Elle entend les enfants jouer dans le jardin boueux, où il n'y a plus aucun creux à combler dans le lit de fleurs, plus de buisson de lavande à espérer. Charlotte crie à Élisabeth d'arrêter de manger de la terre. Il y a une heure, Geneviève lui a proposé de l'accompagner mais Charlotte a montré les enfants d'un signe de tête. « Une prochaine fois », a-t-elle dit et Geneviève a acquiescé, reconnaissante. Malgré son invitation, Charlotte se doute qu'elle préfère être seule aujourd'hui.

Geneviève verse de l'eau chaude dans un bol. Puis, minutieusement, elle détache l'un des cocons formés par les vers à soie français. Elle le trempe comme elle plongerait du sucre dans une tasse de café. Elle regarde la colle se dissoudre, la bourre qui maintenait les fils, fondre dans l'eau. Quelque part dans la maison, Laurent appelle Mélanie. Geneviève attrape une petite brosse, similaire à celle qu'elle utilise pour peigner les cheveux des enfants, et la passe autour du cocon. Le premier enchevêtrement tombe, brut, grossier.

C'est sa partie préférée. Les chenilles sont capables de bien mieux, et elles s'apprêtent à le lui prouver. Elle fait rouler le cocon dans sa paume, gratte sa surface du bout de l'ongle, en cherche le point d'entrée. Elle sait que la soie n'est fragile qu'en apparence, qu'elle est bien plus difficile à briser qu'elle ne le paraît. Alors, quand elle trouve l'encoche, Geneviève n'hésite pas. Elle ramène le fil vers elle, tire d'un coup sec, et la soie coule entre ses doigts.

Certaines femmes vieillissent, d'autres meurent encore jeunes. Celles qui restent évitent de penser à la France. Dans leur souvenir, leur terre natale s'est embellie ou enlaidie – elles gardent ce conte pour elles. Elles préfèrent guetter l'envol des chauves-souris s'échappant du grenier, écouter les rires montant du cabaret tout juste achevé, observer la mousse espagnole qui, entre les mains de leurs petits-enfants, se transforme en perruque. Les femmes n'osent pas les interrompre. Lorsque l'un d'eux leur propose du lait ou du cidre, elles secouent la tête et disent : « Pourquoi ne restes-tu pas un peu ? »

Elles leur racontent l'histoire de fillettes à peine plus âgées qu'eux, qui ont quitté leur ville pour ne jamais y revenir. Elles décrivent le mari ou la voisine qu'elles ont appris à aimer, les habitudes qu'elles ont fini par prendre, le poste de boulangère ou de couturière qu'elles ont obtenu. Elles pointent du doigt leur maison, décrivent sans rougir ce qu'elles ont détruit pour la bâtir. Elles ne parlent pas de celles et de ceux qu'elles ont meurtris ; même si elles s'y essayaient, leur liste ne serait jamais complète. Une fois et une fois seulement, l'une des femmes murmure : « Nous vivons dans un cimetière », et sa fille, passant par la cour, lui intime de cesser avec ces sottises.

Les enfants écoutent l'histoire d'un pays qui a un jour été dangereux, une prison d'arbres, un dédale de marais, un océan de boue. Les femmes jurent que l'horizon est plus vaste en Louisiane, et certaines admettent ne pas s'être tout de suite senties chez elles au Mississippi. La plupart mentent.

À la nuit tombée, tandis que les plus petits les accompagnent jusqu'à leurs chambres, certains gamins se glissent dans le jardin, lèvent le visage vers le ciel assombri. Le vent bourdonne, les moustiques affolés leur piquent les paupières et une bourrasque les force à fermer les yeux. Dans l'obscurité, les enfants se souviennent des bruits inquiétants qui troublent parfois leur sommeil, cette voix menaçante de la colonie, ces sons dont l'origine leur échappe toujours. Ils se demandent alors : la Louisiane a-t-elle vraiment changé ? Changera-t-elle un jour ?

NOTE DE L'AUTRICE

Ce livre est une œuvre de fiction, comme tout roman historique. Cependant, j'ai passé des années à rechercher les informations qui me permettraient de rester aussi fidèle que possible aux vies – imaginées, ici – que ces femmes ont pu mener. Ce roman n'aurait jamais existé sans les précieux ouvrages qui sont devenus mes compagnons de voyage. J'ai trouvé la majeure partie des informations concernant la Louisiane française au début du XVIIIe siècle dans les mémoires de colons français comme Antoine-Simon Le Page du Pratz (les trois tomes de son *Histoire de la Louisiane*), Jean-François-Benjamin Dumont de Montigny (*Regards sur le monde atlantique 1715-1747*), Marc-Antoine Caillot (*Relation du Voyage de la Louisiane ou Nouvelle-France fait par Sr. Caillot en l'année 1729*), ou Lamothe Cadillac et Pierre Liette *(The Western Country in the 17th Century : The Memoirs of Lamothe Cadillac and Pierre Liette*).

Pour la première partie du livre, j'ai visité l'hôpital de la Salpêtrière, où le bâtiment de la Grande Force se tient toujours ; si une plaque commémore le départ des « filles du roi » pour le Canada, aucune n'évoque le voyage des femmes envoyées en Louisiane à bord de navires comme *La Baleine*, *La Mutine* ou *Les Deux Frères.* L'un des premiers groupes de femmes est parti en 1704, à bord du *Pélican.* Le pélican est l'oiseau emblématique de la Louisiane, aussi connu de nos jours comme le « Pelican State », l'État du pélican. Ces oiseaux sont grégaires : ils chassent, migrent et nichent en colonies.

J'ai aussi parcouru les archives de l'Assistance Publique-Hôpitaux de Paris (APHP) ; les ouvrages suivants m'ont été indispensables pour écrire sur la Salpêtrière et Paris : *Femmes opprimées à la Salpêtrière de Paris : 1656-1791* de Jean-Pierre Carrez, *La Salpêtrière : son histoire de 1656 à 1790, ses origines et son fonctionnement au XVIIIe siècle* de Louis Bouchet, *Nouvelle description de la ville de Paris, et de tout ce qu'elle contient de plus remarquable* de Germain Brice ou *Almanach de Paris des origines à 1788* de Michel Fleury et Jean Julard. Contrairement à ce qui apparaît dans ce livre, la cour Lassay n'a reçu son nom qu'en 1756. Les deux textes suivants m'ont fourni des informations très utiles pour écrire du point de vue de femmes nées en France à la fin du XVIIe ou au début du XVIIIe siècle : *Être veuve sous l'Ancien Régime* de Scarlett Beauvalet-Boutouyrie et l'article d'Emmanuelle Berthiaud intitulé « Le vécu de la grossesse aux XVIIIe et XIXe siècles en France », publié dans *Histoire, médecine et santé.* Pour des raisons fictionnelles, dans le roman, Marguerite Pancatelin passe cinquante-six années à servir la Salpêtrière au lieu de cinquante-quatre.

Les recettes de Marthe dans le chapitre 7 sont toutes extraites de *Les Secrets du Grand Albert : comprenant les influences des astres, les vertus magiques des végétaux, minéraux et animaux.*

Dans le chapitre 10, les remèdes d'Utu'wv Ecoko'nesel proviennent des descriptions de recettes natchez de Le Page du Pratz, du site Native American Ethnobotany Database, des livres *Plants Used as Curatives by Certain Southeastern Tribes* de Lyda Averill Paz Taylor et *Religious Beliefs and Medical Practices of the Creek Indians* de John R. Swanton.

Pour faciliter la lecture, l'établissement français près des villages natchez est appelé « Natchez » plutôt que « aux Natchez » ou « au poste des Natchez » comme les colons le nommaient alors. De la même façon, Pétronille et Utu'wv Ecoko'nesel échangent en français dans le roman ; en réalité, les colons et les Natchez (ainsi qu'un certain nombre de peuples autochtones à cette époque-là) employaient le jargon mobilien pour communiquer. Dans le roman, la ville de Nouveau Biloxi est simplement appelée « Biloxi ». Une lieue équivaut à environ quatre kilomètres.

REMERCIEMENTS

Ce livre est avant tout une aventure collective : huit ans d'écriture et de recherche, épaulée par de brillant·e·s expert·e·s.

Je tiens à remercier du fond du cœur feu Randall Ladnier, descendant de l'une des femmes ayant voyagé à bord de *La Baleine*. Tout a commencé avec le mail que je lui ai envoyé un soir d'automne 2016 ; son livre *The Brides of La Baleine* a été ma première introduction à l'histoire de ces femmes.

En 2017, grâce à la bourse President's Commission on the Status of Women de l'université d'État de l'Oregon, j'ai eu la chance de partir faire des recherches à La Nouvelle-Orléans, où j'ai pu visiter le couvent des ursulines et consulter les fonds d'archives de la Historic New Orleans Collection, ainsi que les collections spéciales de l'université Tulane. Je n'aurais pas pu écrire le chapitre 9 sans le récit de sœur Marie-Madeleine Hachard, *Relation du voyage des dames religieuses ursulines de Rouen à La Nouvelle-Orléans,* et le livre d'Emily Clark,

Masterless Mistresses: The New Orleans Ursulines and The Development of a New World Society, 1727-1834.

Je suis infiniment reconnaissante à Hutke Fields, chef de la nation natchez. Je n'ai pas de mots pour exprimer ma gratitude pour le temps et le soutien qu'il m'a apportés pendant nos années de correspondance, pour les ressources natchez qu'il m'a conseillé de consulter, parmi lesquelles Natchez Indigital ou le dictionnaire natchez en libre accès sur www.natcheznation.com ; pour toute son aide afin de choisir les prénoms des personnages natchez, et pour ses retours généreux après avoir lu mon manuscrit. Comme l'a souligné Hutke Fields, le peuple natchez a continué à se battre pendant des années contre les colons après 1731, trouvant refuge et soutien au sein de nations alliées dans tout le sud-est des actuels États-Unis, où leurs descendant·e·s vivent aujourd'hui.

Un immense merci au docteur Gilles Havard, historien spécialiste des relations entre Européens et autochtones, directeur de recherche au CNRS et auteur de *Le Grand Soleil et la mort, anthropologie du coup natchez de 1729*, dont les suggestions m'ont permis de peaufiner les chapitres où apparaissent des personnages natchez.

Merci au docteur Ibrahima Seck du Musée de la Plantation Whitney, qui a eu la gentillesse de m'envoyer son livre *Bouki Fait Gombo : A History of the Slave Community of Habitation Haydel (Whitney Plantation) Louisiana 1750-1860*, et de me recommander la lecture de *The Yoruba Diaspora in the Atlantic World* de Toyin Falola et Matt D. Childs. L'ouvrage d'Oyeronke Olajubu, *Women in the Yoruba Religious Sphere*, et la Louisiana

Slave Database de Gwendolyn Midlo Hall ont été clés pour écrire les personnages d'Iyawa (Belle), Latorin (Alexandre) et Obe (Constantin).

Je suis très reconnaissante au docteur Stefania Capone, directrice de recherche au CNRS et autrice de *Les Yoruba du Nouveau Monde* pour ses retours sur la culture et la religion yoruba. Merci au docteur Jacob Kẹhinde Olupọna, professeur à l'université d'Harvard, spécialiste des traditions religieuses africaines, qui a accepté de lire des extraits de ce livre.

Merci à Ariel A. Vincent pour sa lecture attentive et ses retours précis.

Je remercie la Fondation Belem et le lieutenant Gabriel Maumené, qui m'a fait visiter *Le Belem*, l'un des derniers trois-mâts français, lors de son mouillage au Havre. Je n'aurais pas pu rêver de guide plus patient et savant pour répondre à mes questions sur les sextants, les cabestans et autres spécificités maritimes, ou pour jeter un œil aux chapitres 3 et 4 de ce livre. Mille mercis à Léa Surrel et à Éric Rieth, qui m'ont aidée à explorer le fond d'archives du Musée national de la Marine et appris tout ce que je sais des flûtes du XVIIIe siècle.

Toute ma reconnaissance à Joan DeJean, dont l'ouvrage *Mutinous Women: How French Convicts Became Founding Mothers of the Gulf Coast* m'a fourni des informations cruciales tandis que je peaufinais les dernières versions de ce texte en 2022. Son livre m'a notamment permis de construire en partie le personnage de Marie Cléry, dont le passé en France est inspiré par la vie de Marie Baron, qui a véritablement été arrêtée après avoir été accusée, à tort, d'avoir volé un ruban à Paris. Merci à Joan d'avoir pris le temps de lire mon roman et de m'avoir éclairée sur les destins de ces nombreuses femmes envoyées au Mississippi au début du XVIIIe siècle.

Au printemps 2019, la Fondation des Treilles m'a offert le temps et l'espace dont j'avais besoin pour retravailler l'une des nombreuses versions de ce roman ; je n'oublierai jamais ces deux semaines d'écriture dans leur somptueux domaine du sud de la France. À l'été 2022, j'ai eu la chance d'être l'une des résident·e·s de la Vil·la Joana à Barcelone ; merci encore pour cet incroyable séjour au cours duquel j'ai pu continuer d'écrire la version française de ce roman.

Je remercie infiniment mes éditrices françaises Raphaëlle Liebaert et Léa Marty, ainsi que toute l'équipe des éditions Stock, pour leur soutien, leur confiance, leurs précieux retours, leur accompagnement inébranlable alors que cette histoire se réinventait dans une autre langue.

Mille mercis à mon éditrice américaine, Millicent Bennett, et à mon éditrice britannique, Frances Edwards, et les équipes des éditions HarperCollins et Headline, pour leurs encouragements constants, leurs conseils avisés et formidable *feedback*, d'un côté et de l'autre de l'Atlantique.

Je n'ai pas de mots pour remercier mon agent, l'incroyable Sandra Pareja, qui a cru en ce livre au moment où je m'apprêtais à baisser les bras – merci pour les milliers d'heures passées avec moi dans la boue de la Louisiane de 1720, pour ces suggestions si pertinentes qu'elles me donnaient envie de réécrire ces chapitres pour la quinzième fois, pour son enthousiasme contagieux qui a fait voyager ce roman dans le monde entier.

Merci aux éditrices et éditeurs étranger·ère·s qui ont cru en cette histoire et lui ont offert de nouvelles maisons au-delà des frontières.

Toute ma gratitude va aux premières lectrices de ce livre. Sam, qui m'a fait vivre ce dont j'avais besoin pour l'écrire – dont les remarques rigoureuses et bienveillantes ont nourri plus d'une version de ce roman. Mackenzie et Sarah, sans qui *La Louisiane* n'aurait pas existé. Suzanne, qui a lu avec enthousiasme chacun de mes nouveaux chapitres pendant la première vague de la pandémie – qui m'a insufflé l'énergie qu'il me fallait pour réimaginer mon quatrième manuscrit.

À mes copines et copains anglophones, qui m'ont toujours soutenue et ont patiemment corrigé divers chapitres : Megan, Isabelle, Al, Gabriel, Mark, Andy, Morgane, Armelle, Cate, Peter, Steven.

À mes ami·e·s français·e·s, qui ont lu des morceaux de roman dans les deux langues : May, Anoushka, Martin, Pierre-Yves, Karine. À celles et ceux qui m'ont écouté leur parler d'une version puis d'une autre, qui m'ont épaulée et répété toutes ces années qu'ils avaient envie de lire ce bouquin : Cécilia, Élise, Julie, Antoine, Thara, Astrid, Yazid, Hélo, Camille, Louis, Pierre, Alex, Marina, Ignacio, August, Morgan et tout·e·s celles et ceux que j'ai la chance de compter parmi mes ami·e·s.

À mes camarades écrivain·e·s de Corvallis, OR, ma famille littéraire au bord du Pacifique.

À mon mentor et professeur d'écriture Kevin Moffett, qui m'a fait découvrir en Californie que l'écriture pouvait s'enseigner et s'apprendre.

À mes professeur·e·s du programme d'écriture de l'université d'État de l'Oregon, dont les conseils avisés m'accompagnent à chaque nouveau texte que j'écris : Marjorie Sandor, Susan Jackson Rodgers, Nick Dybek, Keith Scribner.

Je ne saurais jamais assez remercier toute ma famille, et surtout ma mère, mon père et mon frère ; je n'aurais pas pu écrire ce livre sans leur soutien, leurs retours et leur amour.

DE LA MÊME AUTRICE :

La Fiancée de Tocqueville, Balland, 2010
Thémoé, Balland, 2013
Les Fantômes de Christopher D., Fayard, 2016

PAPIER CERTIFIÉ

Composition réalisée par PCA

Achevé d'imprimer en France par
CPI BRODARD & TAUPIN (72200 La Flèche)
en octobre 2024
N° d'impression : 3058763
Dépôt légal 1re publication : janvier 2025
LIBRAIRIE GÉNÉRALE FRANÇAISE
21, rue du Montparnasse – 75298 Paris Cedex 06

65/2380/2